云巅之上

尔笛 著 | 桑甜 改编

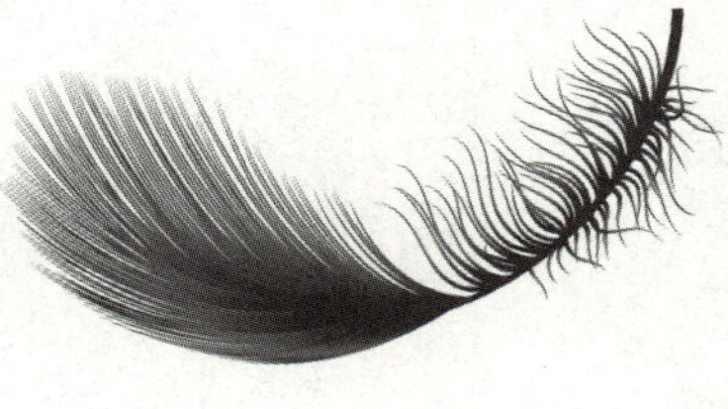

全国百佳图书出版单位
时代出版传媒股份有限公司
黄山书社

目 录

第1章
对手

放眼整个演艺圈，红十年的女星屈指可数，红二十年，那简直就是奇迹一般的存在。

一线当红影星展眉就是一个奇迹，不仅仅是因为她长得美、有观众缘、演技好，还因为她嫁给了国内最知名的导演左刚，在圈中的地位不可撼动。

《今夜不设防》节目正在做直播前的最后准备，现场人仰马翻，导演在做最后的调试，一边喋喋不休地询问助手："眉姐到了吗？妆化得差不多了吗？她是大明星、实力派演员，每个表情都是戏啊！什么？服装还没换好？赞助商送来的最好的衣服首饰全都拿过去给她挑。"

他又一把抓住匆匆而过的摄像人员："阿 May 的走位要标好，开会的时候我已经交代过了，她是今天的女一号，一定要多给阿 May 镜头……没有演技？那就不要拍表情细节嘛……观众喜欢，赞助商指明要求，我有什么办法？当然最重要的还是收视率！今天的直播一定要刷新纪录。"

实习生战战兢兢地跟在导演身后，叮的一声口袋里传来手机信息的声音，她悄悄地拿出手机，屏幕上跳出来一则同事转发来的娱乐新闻：名导新星共度春宵，影后展眉疑入冷宫。急忙滑开，屏幕上出现了左刚与阿 May 亲密相拥的图片。

她双眼瞪得巨大，迅速扫完新闻，抬起头推了推眼镜，嘴里喃喃自语："天啊，今天的直播会不会失控啊？"

此刻，后台的独立化妆间里异常安静，所有人都把目光集中在展眉身上，格外小心翼翼。

展眉的手从一排五颜六色的裙子上挑剔地掠过，头也不回地对经纪人安心说："告诉《Fashion》我不喜欢他们的封面，替我换掉那张！第二次封面试镜的衣服，提前 24 小时送来！《深渊困局》的剧本，剧情浮夸、台词白痴，第一集竟然有三场无法用画面表现的内心独白，还不停回放！以后这种愚弄观众的编剧，一律让他滚！"她略一停顿，继续说道，"关于今晚的聚会，马上打电话给 St.Paul，换掉海绵蛋糕，用黑巧克力！再打电话给我先生，晚上八点准时开始，不、许、迟、到！"

安心三十来岁，体态丰腴，年纪虽比展眉稍小一些，却是国内顶级的经纪人，人脉广，路子野，吃得开，就是她一手带出的展眉，她飞快地记着，迭声应道："是是是！"

展眉交代完，手也从最后一件衣服上划过，落了个空。

造型师米蒂是个男人，眼角眉梢却有几分说不出的柔媚，走上前去嘴角轻弯甚是温柔地道："亲爱的，你太挑剔了，这里都是精心挑选的。"

"看来……我要怀疑你的品位了。"

话一说出口，助理的脸都白了，米蒂一愣，猛地转过头："还不快去，全部都拿过来！"

助理迅速又拉来数条时尚的裙子供展眉挑选，展眉终于从中选出一条来。

米蒂双手抱胸说："这条，典雅、大气！"

安心赶紧纠正说："今年流行繁复设计，这个太简洁了……"

展眉却一点反应也没有，径直走到镜子前，在身上比了比，微微仰头俯视镜子里的自己："谁配和我一样。"

"对，要的就是这种漫不经心的美！我保证，搭配钻石耳环与细项链，十足女王范儿！"说话之间，米蒂已经将所需的首饰全部送到了展眉面前。

就在这时，安心的手机响了，她手忙脚乱地接起电话，电话那头传来导演的催促声。

挂了电话，安心晃了晃手机："眉姐，马上要开始了！"

展眉已经飞快地换好了衣服，正对着镜子左顾右盼，目光忽然停在了镜子里的安心身上："换衣服。"

"啊？"

"我让你，换掉这件垃圾。"

安心稍微呆了一下："这个……不是很 sexy 吗？"

米蒂看了看展眉的脸色，又看了看安心身上的那件紧身连衣裙，附和道："不，不，绝对不是！我知道你想展示傲人的胸部，不过这件衣服包裹得你像是一只快跳出来的粽子！"

"可是——"

米蒂白了她一眼："相信我！快去换掉这件破布，哟，这可怕的品位！"

说完随手拎出一件丢给她，安心险险接住。

安心在更衣室里换好衣服，走出来抬头一瞧，只见展眉坐在梳妆台前，伸出手正要取当日报纸，心中一阵紧张，心想糟糕，急忙端过一杯茶装成不经意地把茶杯搁在报纸上："眉姐，茶！"

展眉看了她一眼，推开她的手，拿起报纸定定地看着娱乐版醒目的特大标题和左刚与阿 May 亲密相拥的图片。

"眉姐，这种八卦新闻都乱写的！"

"是吗？"展眉的声线听起来毫无起伏。

"当然！但是……"安心小心翼翼地说，"今天的直播环节，要让您和她对戏呢！"

展眉迅速抬起头来。

安心忐忑地解释着："我和节目组沟通过了，可赞助商坚持要用她。"

旁边正在整理衣服的米蒂一字不落地听完之后，回过头来，伸出兰花指："顺便提醒你一句，她在勾引你的丈夫！"

展眉微微一笑，报纸被随意丢在了一边，过了一会，她突然放声大笑。

安心和米蒂面面相觑，全都愣住了神，直到工作人员进门通知直播马上开始，让展眉赶紧去摄影棚，这才回过神来。

摄影棚内一片忙碌，导演看见了展眉，立刻迎上来寒暄，展眉礼貌地微笑而过，接下来导演给展眉讲直播时要表演的戏份："眉姐，我再给您讲讲，直播时一定要入戏啊，您扮演的妻子温柔贤淑，遇到丈夫出轨，您要竭力掩饰内心的痛苦，大度地宽恕那对有情人！"

"原谅第三者？怎么会是这段？"安心一下子叫了起来。

导演讲的这段戏是左刚最有名的电影《星辰》里的片段，但是原先和节目组沟通的是另外的戏，剧本早就对过了，想不到竟然临时变卦，在左刚和阿 May 爆出绯闻的风口浪尖上，让展眉和阿 May 演这样的一段，太尴尬、太讽刺了，节目组的节操呢？

第 2 章
针锋相对

展眉也是暗暗一愣，但她尽量克制着自己的情绪，演艺圈摸爬滚打了那么多年，什么样的事情没遇到过，她又岂是轻易服输的人？！

导演赶忙辩解道："左导的这段十分感人，那是一位温柔、多情、脱俗的少女，他们一见钟情，心心相印。而您，作为端庄贤淑的妻子，因为无法给予画家丈夫创作灵感，所以情愿让位给他的缪斯！"

"所以，剧本结尾写了一句意味深长的台词。"展眉淡淡地回应。

"对，真爱是无敌的，我退出！"

展眉意味深长地一笑："我已经成功领会了。"

导演闻言已经意识到了什么，表情一僵，止住了笑声，赶忙赔出笑脸。忽见不远处阿 May 带着一应人浩浩荡荡走了过来，忙招手叫她过来，给展眉介绍道："眉姐，您还记得阿 May 吧？"

展眉打量了阿 May 一眼，礼貌地微笑："当然！今年最抢眼的新人，前途无量！"

"眉姐，我可是从小看您的戏长大的，所以特别崇拜您！能跟您对戏，我真是太开心了！"

阿 May 故意把"从小"两个字拖长了音，她是有备而来，胜券在握，何况今天还是她的主场，赞助商那边早就打点好了关系。左刚特邀她当新电影的女主角，对她青睐有加，连对媒体炒作绯闻一事都睁一只眼闭一只眼，所以她趾高气扬，根本不把展眉放在眼里。

展眉却是一副好脾气，神态自若地应承道："过奖了。"

阿 May 的笑容有些难看，干巴巴地回了句：“我一定全力配合您，演好这场戏！”

展眉笑而不语。

一边有人叫：“阿 May，请过来就位！”

阿 May 乘机施施然地离去。

一番唇枪舌剑之后，有了刀光剑影的感觉，导演生怕展眉不接招，故意看着阿 May 的背影，说道：“真是个尤物。我敢打赌，观众一定会爱死她的！”

展眉闻言只是微微一笑，随后开始了直播前的排练。

台上放着一只秋千，所有人各就各位，导演正要做开始排练的手势，展眉突然说道：“导演，这样安排不太好，我只是个配角，阿 May 才是今天的焦点呢！”

阿 May 一听立刻骄傲地扬起了头：“我不介意，真的！”

“不不不，我不喜欢喧宾夺主！导演，我就站在这儿！”展眉走到一边侧光的角落站着，“这样一来，才会主次分明。”

展眉的话一出口，底下一片的议论声：“眉姐这是疯了啊，这不是把镜头全让给阿 May 吗？”

“是啊，节目组借机炒新闻，还特意安排憋屈正房和清纯小三的对手戏，太过分了。”

“这样一来，眉姐的风头岂不是都让阿 May 给抢走了！”

……

导演完全没想到展眉会在这个时候打退堂鼓，十分失望：“眉姐，您真是这样想的？”

展眉点了点头。

唯独安心看着眼前这一幕，自信地笑了。

主持人：“现场观众就位。”

工作人员：“倒计时，三、二、一，Action！”

“应广大观众要求，我们特意请来著名演员展眉与人气飙升的阿 May……”主持人说着把镜头引向展眉和阿 May，她们并肩而坐，阿 May 对着镜头眼神温柔故作清纯状挥了挥手，展眉倒是镇定自若，大大方方地微笑着向观众们打了个招呼。

主持人继续说道：“下面又到了最激动人心的电影经典再现环节，现在我们把舞台让给两位，她们将再现名导左刚的电影《星辰》片段！”主持人介绍完，灯光渐渐暗了下来，掌声也慢慢平息了，全场安静了下来。

一片黑暗中，一束光打在了舞台中央的秋千上，展眉穿着华丽的长裙漫步走上了场，灯光有点刺眼，她眯起眼，四下打量了一下，然后轻轻坐到了秋千上。

紧接着，阿 May 也走上了舞台，但是刚走到光束中间，她就愣住了。这一刻有点奇怪，全场一片安静，主角也愣在舞台中央，观众们有点丈二和尚摸不着头脑。展眉见状，轻轻摇晃起秋千，不经意之间，吸引了所有人的注意。

导演有点急了：“怎么回事？”

工作人员："奇怪！她没站在那个点上啊！"

好一阵阿May方回过神来了，她有点尴尬地看了一眼摄像机的方向，导演向她打手势，示意她继续。

阿May稍稍调整了一下状态，开始投入到表演中："对不起，我们知道犯了错！"但是展眉的秋千一直在晃着。为了让她能听清，阿May被迫一边追着秋千跑一边接着说后面的台词："但是不管如何克制，真爱是挡不住的！就算受到天下人唾骂，我也……无怨无悔，因为……我爱他，我爱他啊！"秋千晃得太快，不一会她就有点上气不接下气，心里面也气得不行。

晃得正高兴的展眉终于开口了："和已婚的男人谈真爱？无耻！"

阿May整个人都呆住了，张开嘴却不知道该怎么接下一句，台词她已经背过很多遍了，根本没这句！

展眉突然跳下了秋千，怒视着阿May："说吧，你到底为什么，是钱还是名？"

阿May倒抽一口冷气，不由得往后退了两步，试图转身离开，被展眉快步上前拦住了："不不不！别走啊！我还没问完呢！"她一步一步地逼近，"我想知道，他勾引你了，还是你勾引他了？"

阿May已经完全乱了心神，到底怎么回事？发生了什么？！全不是按照台词在走，她不停地摇头示意导演，可导演就像瞎了似的视而不见，急得她眼泪都快流出来了。

第3章
初相遇

展眉却不管不顾，继续现场发挥："或是你们互相勾引，哦，我的天，好大一场戏！"

阿May被咄咄逼人的展眉吓得倒退了一步，一屁股坐在了秋千上，又惊又慌，还没有坐稳，整个人便翻了下去。

不明真相的现场观众，以为剧情就是如此，发出一阵哈哈大笑。

阿May气得浑身发抖，她迅速爬起来，竭力想要夺回主动权，几乎是嘶吼："在爱情里，不被爱的人才是第三者！你明明知道，我们彼此倾慕、互相了解，是天造地设的一对！"

"他和一千个女人都说过同样的台词，而你是第一千零一个！"

"不！"阿May已经完全乱了分寸，疯狂地摇着头，"这次完全不同，我们是情不自禁地，情不自禁……"

"呵！"展眉轻蔑地笑了一声，"如果人人都情不自禁，世界会变成动物园！告诉我，你是丑陋的猴子，还是发情的野猫？"

工作人员幡然醒悟过来，提醒导演台上的两个人完全出戏了，可导演见台下的观众反应十分热烈，情绪亢奋地让继续直播。

就这样画面通过卫星发射了出去……

展眉从来没有想过，就是从这次的直播开始，她的人生将发生惊天动地的变化。

北京的街道上车如流水、高楼林立，一派繁华。

简兮在路边下了公交，又走了半个多小时，沿路问了好几个行人，最后还是在一个老婆婆那里，问到了奶奶留下的写在纸条上的地方。

从简兮有记忆时候起，就跟着奶奶在上海的乡下长大，奶奶临终前，留下了这个地址，让简兮在她去世之后去投奔她的亲生母亲，简兮仔细想想已经有很多年没有见过妈妈了。

原以为会是母女相见抱头痛哭的场景，谁知人去楼空，千里迢迢地赶来，眼前却是一片即将拆迁的废墟，简兮茫然地看着墙上早已蒙尘的“嘉和有限公司”的牌子，鼻子一酸，眼睛红了。

到底还是来晚了一步！

她不死心地问了很多附近的人，可附近住的都是外地人，本地人都搬走了，没有一个认识妈妈，也没有人知道妈妈搬去了哪里，最后，简兮只好失望地离开了。

偌大的城市，繁华的街头，简兮一个人盲目地走着，心中说不出的悲伤：奶奶去世了，家没有了，上海回不去了，接下来要去哪里，妈妈又在哪里？一切未知。

就在这样的窘境下，她第一次遇见了唐斐。

不！确切地说，是在商场外的电子大屏幕上，灰头土脸的简兮第一次看到了熠熠发光的唐斐。

那个时候的简兮，已经累得走不动了，两条腿像灌满了铅，迷迷糊糊中她听见身边有人在尖叫：“唐斐！唐斐！”她抬头看去，就见几名学生模样的女生，画着眼线描着眉在对着广场中心的电子大屏幕亢奋地又蹦又叫。

原来电子大屏幕上正在播放环球电影金雀奖的颁奖典礼。

娇小漂亮的主持人刚刚宣布完万众瞩目的金雀奖最佳男主角——唐斐。镜头一晃切向了贵宾席上的唐斐，唐斐站起身，优雅地向众人欠身，走向了颁奖台。

“唐斐唐斐，我爱你！”简兮面前的那几名学生已经叫得嗓子都嘶哑了。尽管简兮累得快晕倒了，还是多看了唐斐几眼。

他穿了身黑色礼服，脚上穿了双深色皮鞋，头发干净清爽，镜头的大特写里，额头的发丝随着走路微微晃动……长得着实是好看，简兮看长得有点入神，由衷地感慨。就这样，在快崩溃的情况下，简兮瞬间觉得整个人都安静了下来。

大屏幕上娇小的主持人做仰望状走到唐斐跟前：“请问，上面空气还好吗？”

有趣的问题！简兮想。

唐斐露出一口洁白的牙齿：“好，空气很新鲜。”

接下来是主持人给唐斐颁奖，唐斐接过主持人递来的小金人做颁奖感言：“获得这个奖项，首先要感谢影迷们的支持，我爱你们。”

场内外一瞬间爆发出猛烈的尖叫声，几乎掀翻了屋顶。

主持人夸张地叫起来：“哇，真是厉害，fans超级热情啊！其实这个奖项啊，评委会争论了很久，大家都在讨论你到底是实力派还是偶像派。”

唐斐笑着调侃：“有结论吗？”

“你是实力派啊！”

“是因为我长得很丑吗？”他笑着反问。

“那你是偶像派！”

“是说我没有演技吗？”

主持人噎住，瞠目结舌，唐斐却是浅浅一笑，扭头对着观众和摄像头，认真地说：“我是偶像派演员，实力派歌手！”

机智而又幽默的互动，让台下观众一片大笑，拼命鼓掌喝彩。

主持人松了一口，嗔怪地看着他：“你很坏哦，好啦，下面有请《倾城之恋》女主角李萱上台！”

简兮也笑了，仰着头静静地看着大屏幕，镜头已经切向了李萱。

李萱长得美，模特身材，大长腿，摇曳生姿地走上台去，站在唐斐身边。

一对璧人，十分养眼。

主持人揶揄道：“斐哥，在你眼中，这次合作的女主角李萱和你的绯闻女友季晴谁更漂亮？”

摆明了是不怀好意，故意报刚才的尴尬之仇，连简兮都暗中替唐斐鸣不平，更不要说站在她面前的那几名女生，主持人的话一出口就骂上了：

“腹黑！说李萱得罪季晴，说季晴得罪李萱，居心何在？”

“刁难我唐斐，摆明了不安好心！”

“炒作！李萱和季晴没一个配得上我斐帅！”

……

镜头推向了唐斐的面部特写，他一脸为难：“季晴只是好朋友，这样我会很为难。”

主持人像是遇到了特别有趣的事情，不停地催促：“快点选啦！快说快说，给你一分钟时间考虑！我要倒计时啦，55秒……50……30……”

“季晴！”就在主持人喊出最后一秒之前，唐斐大声说出。

李萱一脸尴尬作势要走，被唐斐伸手拉了回来，一脸正经地看着李萱：“还是李萱呢？”

原来是卖了个关子。

第4章
杀了个回马枪

“喂，怎么可以大喘气啊！”主持人不依不饶，却拿唐斐毫无办法。

唐斐露出了迷人的笑容：“两位都是大美人，60秒太短，我反应又太慢，给我一年的时间，让我慎重考虑！”

“啊？”主持人愣住。

“所以，明年要再颁奖给我，我才会把答案告诉你哦！”

大屏幕上一片笑声和掌声，广场周围的人群也发出了热烈的掌声。

简兮默默地看着台上光芒四射的唐斐，会心地笑了，同时也记住了大名鼎鼎的唐斐，以前也不是没听说过，一来她对明星的兴趣不大，二来奶奶从来不让她看电视，妈妈走了之后没多久，家里的电视就被束之高阁了。

唐斐压轴出场完，颁奖典礼也就结束了，广场上的人陆陆续续离开，简兮也正准备要走，就在这时画面一转，跳到了《今日不设防》节目的直播上，展眉出现在画面上，一步步居高临下地走来，画面渐渐放大成脸部的特写。

只一眼，简兮浑身便僵住了，就连呼吸都要停滞了，她下意识地叫了起来：“妈妈……”

就在她发愣之际，画面已经切到了阿May的身上，阿May惊骇地扭头看着展眉，展眉已经走到了她跟前轻蔑地说：

“闹剧该结束了，我来告诉你结论吧。贱人互有引力，总能贴到一起！”

阿May脸色苍白，全身都在哆嗦：“你……”

“问心无愧才叫真爱，你别再装得楚楚可怜了，更不要借此来美化自己了，你不过是一个地地道道的入侵者，无论如何卑躬屈膝，都改不掉你无耻的嘴脸！”展眉不再给她说话的机会，一把捏住了她下巴，硬生生地抬高，咬重了语气，“记住，没有大脑的美女只是玩物！”

阿May慌了神，转身想要逃走，被展眉一把抓住，伸手掀去了她头上的黑长直假发，狠狠地丢在了她的脸上。

露出短发真容的阿May，双手抱着头尖叫了起来。

众人再次大笑，为展眉精湛的演技鼓掌叫好，在一片喝彩声中，展眉扬长而去。

简兮怔怔地看着，心中又是激动又是骄傲，虽然已经很多年没见过妈妈了，可妈妈还是跟记忆里的一模一样，还是那么年轻、美丽，一点都没有变，她喃喃地说：“妈妈，我终于找到你了。”

电视台的摄影棚内，展眉走下了台，刚才阿May惊慌失措的一幕犹在眼前，真是解气！她顺手接过安心递过来的水，刚喝了两口，导演就找了过来。

她故意低头致歉："不好意思啊，一时兴起，发挥了一下。"

导演亢奋地竖起大拇指："哪里，您的表现力非常好，观众全都回不过神来！真是太妙了！太妙了，眉姐就是眉姐，实力派！"

"展眉，你太过分了！"

身后传来一声嘶吼，不用看也知道是谁，展眉懒得回头，更懒得跟她多费口舌，朝导演笑了笑，随后将水杯交给安心，目不斜视地踩着高跟鞋大步离开。

阿 May 刚要追上去，被安心拦住："没文化！请问你看过《剧院风情》没有？这叫经典演绎！我家眉姐才是女王，你呀，顶多就是一只妄想爬上秋千的母、猴、子！"说完故意朝她顽皮地一眨眼，转身便走。

阿 May 气得脸都青了，脱下脚上的高跟鞋朝安心扔了过去，全然不顾形象地破口大骂，导演走过去安慰似地拍了拍她的肩膀。

阿 May 红着眼抱怨："导演，你也不帮我，她们简直太嚣张了！"

"小心点啦，下次抢人家老公，别专挑女王下手！"

导演笑眯眯地说完，后台一片寂静，随后爆发出一片讥笑声，阿 May 彻底地呆了，跺着脚，歇斯底里地大叫起来："混蛋！你们全都是混蛋！"

她输了？不！她要扳回一局，她还有左刚，她狠狠咽下了眼泪，掏出手机拨通左刚的电话，电话一接通便迫不及待地吼起来："你老婆太过分了，一定要帮我教训她！"

左刚刚从金雀奖的颁奖典礼现场出来，就被阿 May 一通咆哮弄得脑袋发麻，随后电话就已经断了，就算不问，他也知道是怎么回事，依着阿 May 的性格一定是主动找展眉的麻烦，最后落得一个难看的下场。

头疼！这个女人太不消停了，又给他找麻烦。他摇了摇头收起电话快步朝停车场走去，离着老远就听见一片疯狂的叫声："唐斐，我爱你……"

左刚停下脚步，就见唐斐在保安的帮助下，好不容易挣脱了疯狂的粉丝，保姆车快速停在他面前，车子上全被人用口红画满了爱心以及"唐斐我爱你"的疯狂标语，唐斐瞥了一眼举步刚要上车，突然粉丝们合力推开保安的阻拦蜂拥过来，无数的礼物雪花般飞进了怀里，唐斐维持完美笑容抱着礼物上了车，冲粉丝们挥手再见，经纪人岳乐赶忙关车门，就在车门关上的这一瞬间，唐斐看到了人群后面的左刚，隔着车窗朝左刚点头示意。

车子发动，副驾驶座上的经纪人岳乐转过头："对不起啊，车身被粉丝画得乱七八糟，还没来得及清理！"

车子离开了停车场，唐斐的脸色瞬间阴沉了下来，朝岳乐勾勾手指，岳乐忙将头朝他靠近过去。

唐斐问道："人气票选怎么样了？"

"目前有一百三十万张选票，遥遥领先第二名。"

唐斐点了点头："记住了，要想尽一切的办法，掏出他们钱包里的 money！"

“可我已经——”岳乐很明显底气不足。

唐斐打断了他的话：“如果你做不到，就等着去扫大街吧！”

岳乐擦了一把冷汗：“晚上左导的聚会，要不要替你推掉？”

唐斐简直被他蠢得无语，身子往靠背上一靠，揉了揉额头：“岳乐，是不是要我把百分之一的智商赏给你，你才不用把那点可怜的脑细胞浪费在人际关系上？他的聚会能不去吗？！”

司机扭头看了一眼霜打一般的岳乐：“现在去哪儿？”

岳乐抬手赏他一记爆栗：“我说你是不是笨？听不懂吗？当然是去左家啊！”

第5章
父女相争

北京的交通是出了名的堵，车子在主干道上走走停停，唐斐小憩了一会，醒来发现还在二环上堵着，他从车窗往外探头看了看，见路上排着长龙，无聊地拆起了粉丝送的礼物，拆到名贵的礼物，瞬间露出灿烂的笑容，拆到下一个便宜的，完美笑容立刻消失。

车窗外，霓虹灯不断闪耀，唐斐的面孔阴晴不定地变换着，身边的礼物包装纸不断被丢开，哗啦哗啦响个不停。

车子行驶过街道一角，车窗被摇下，玩偶求爱信这类全部被丢进了垃圾桶，唐斐用手帕擦了擦手，随后将手帕丢了出去，车窗再度升起。

左刚在回家的路上知道了事情的全部经过，记者的电话差点打爆了他的手机，原配在直播时质问小三，这么爆炸的新闻，谁都想抢个头条，他脑袋都要炸了，怒气冲冲地进了门，对着在大厅里布置晚上聚会的安心劈头盖脸地吼道：“到底怎么回事？”

安心立刻站起身：“对不起左导，今天的事情我可以解释——”

“解释？没什么好解释的，她太过分了！人呢？”

“在院子里——”

话没说完，左刚已经快步朝院子走去，安心刚要追上去，被送菜单过来的侍应生拦住了去路，让她核对晚上聚会的菜单。

院子里绿树华盖，一院的梧桐，展眉正抱着儿子左念在草地上玩耍，听到脚步声转过头来，若无其事地冲左刚笑了笑，用小念的口气嗲声嗲气地说道：“爸爸终于回来了，不亲小念一下吗？”

两岁的孩子看见了爸爸，粉嘟嘟的小脸上绽出了灿烂的笑容。

左刚四十得子，宠小念宠得含在嘴里怕化了，一看到儿子，满腔的怒气顷刻烟消云散，走过去，蹲下了身子，亲了他一下，左念笑了，左刚的心更化了，抬起头见展眉正笑眯眯地望着自己，柔声说道："好了，看在宝贝的分上，我不和你生气！"

"爸爸真糊涂，妈妈在生你的气才对！"展眉轻轻抚摸着左念的头发，继续用小念的语气说，"妈妈要宣布一个决定，从今天开始爸爸睡沙发，为期一个月！"

"哈？为什么？明明是你……"

展眉继续对左念说："等他改邪归正了，妈妈才原谅他。"

左刚服了软："展眉，一个小演员而已，你不喜欢她，以后我的戏再也不用她啦！"

展眉拿起左念的小手亲了亲："宝贝，你说妈妈应该相信吗？"

左刚赶忙表忠心："我对天发誓，往后再也不会有这种绯闻了！"

展眉抿起唇，慢慢地抚平了左念的衣领："是么？"

左刚半蹲着，顺势抓住展眉的手跪在地上："我向你保证！再发生这种事，睡一年沙发！"

展眉笑嘻嘻地说："宝贝，妈妈今天心血来潮，特意从剧组借了摄像机，专门记录宝宝成长的每一个画面，要不要看看，画面很棒哦！"

左刚瞠目结舌左右四顾……

展眉指了指花丛内的摄像机，左刚跳了起来，下意识想要冲过去拔掉摄像机，展眉却不温不火地抬头看着他，似笑非笑地说："四个角落都有，证据毁灭不掉呢！"

左刚又好气又好笑，展眉继续一副波澜不惊的神情："要是你再这样，我就把影片拿去公映，笑一个吧，上镜要很帅哦！"

左刚揽住她的肩膀："我的好夫人，今天还有宴会呢，饶了我吧，再也不敢了！"

展眉目的达到，不跟他再在此事上纠缠，似嗔非嗔地看了他一眼："记住了，只此一次，下不为例。"

院子里的卿卿亲我我、一言一行，全都落在了楼上的左左眼里。

左左是左刚与前妻所生的女儿，要说起这个女儿，左刚可没少操心，尤其是跟展眉婚后，更是问题百出，那时候她正值叛逆期，各种折腾，好在展眉大度，对她一概包容，可左左却从来不领情。

因着晚上的宴会，左左刻意买了件性感的露胸小洋装穿在身上，束腰低胸，她身材本来就前凸后翘，现在更加事业线大显，她正照镜子的时候，听到楼下的对话，听完之后猛地拉上窗帘，没好气地自言自语："一大把年纪秀恩爱，恶心！"

刚好牧歌开门进来，左左一肚子气没处发泄，上去拉着他的手大叫："你看到没有，他被那个女人迷昏了头，根本是言听计从！"

牧歌劝道："左左，只要叔叔幸福就好，你应该学着接受阿姨。"

他不维护展眉还好，这一来，左左更生气了，触电般甩开了手，退了一步，恶狠狠地说道："我爸不过供你读书，你现在都是金牌编剧了，还整天费尽心思帮他说话，简直像条哈巴狗！"

牧歌只觉得心里被刀割了一下，他是左家的养子不错，左刚在他六岁那年将他从孤儿院领回家，这些年来他一直小心翼翼地照顾着家中所有人的情绪，尤其是妹妹左左，第一眼见到她的时候，她才三岁，软糯糯地向他伸出手要抱抱，之后这些年不管她多么任性、不讲道理，他始终宠着她、保护她；可今日，他还是被左左的话伤到了，眼神一滞，不过，他很快便调整好了情绪，继续劝道："左左，我们是一家人，都过了这么久了，你何必耿耿于怀。"

"谁和她是一家人，没有这个女人，爸爸才不会变这么多！我讨厌她！讨厌死她了！"

"阿姨美丽优雅，对你又特别温柔，你究竟不满意哪一点？"

左左张张嘴说不出话来，牧歌说得没错，她哪都好，对她更是照顾周到，可她就是讨厌她，她总觉得展眉太虚了，她的善良她的友好都是装出来的，她愣了半天才说："那个女人啊，根本是只毒蝎子，你们不相信我，一定会后悔！"

牧歌失笑："你到底在说什么啊？"

左左冷哼一声，推门下了楼，迎面撞上了左刚和展眉说说笑笑地进门，保姆上前接过展眉怀里的孩子，左左看得烦躁，转身想要上楼，被左刚看见了，盯着她身上的衣服皱眉："左左，你站住，我告诉过你，不许穿得这么暴露！"

左左背对着他停下脚步："模特不都这么穿吗？你天天拍啊，没见说个不字！"

"今天来的都是重要客人，你要在大家面前丢我的脸吗？我说不许穿，就是不许穿！"

"不要你管！"

"左左，你这是什么态度？"

左左梗着脖子转过头，冲左刚冷笑道："对不起，从你娶这个狐狸精进门的那一天，就别想让我再尊敬你！"

左刚气得发抖，牧歌生怕左左再说出什么过分的话来，赶忙上前阻止："左左，不要这样跟叔叔说话！"

"那我要怎么跟他说话？"

左刚只觉得血往头上涌去，抖着手指着左左："你真是越来越大胆了！"

第6章

星光璀璨

左左挑衅似地朝左刚笑了笑。

一直站在一旁默默无声的展眉，笑眯眯地对左刚说：“我瞧这条裙子就非常漂亮啊，优雅又高贵。你别忘了，左左已经长大了，很多事情应该自己做决定，咱们就别越俎代庖啦！”

“哎，你——”

展眉示意他别再说下去，转头对左左说：“对了，我那里有一条钻石项链，正好搭配这条裙子，我马上就去拿！”

“你闭嘴啊！我爱怎么穿，都不用你指手画脚！”

左刚气得脸都白了，抬手要打，左左迎着他的手将脸伸了过去，大叫：“你打啊，你打吧。”

牧歌见状，连忙挡在左左面前，拦着左刚：“叔叔，算了吧，客人们马上就要到了！”

展眉也抓住左刚的手劝架：“左刚！孩子还小，好好教就是了！别动手。”

左左厌恶地看着展眉，吼道：“不用你替我说话，现在你满意了吧？”

“左左，你误会我了。”

“误会？是不是误会，自己心里清楚！告诉你，哪怕你说出花儿来，我也不会信你的鬼话！”

左左撂完这句话，蹬蹬蹬上楼去了，牧歌连忙追了过去。

左左的话伤了展眉的心，神色微微有些黯淡，左刚搂住她的肩膀，一脸歉意地看着她：“真对不起，左左是被我宠坏了，太任性！”

展眉摇了摇头：“左左还小，还是孩子，再说了，你的女儿就像是我亲生的孩子，怎么会生她的气？”

左刚被她的话打动了，拉起展眉的手拍了拍，一脸欣慰：“难为你了，把她当作亲生女儿。”

就在那一刻，展眉的心里咯噔了一下，像是有什么东西从心头硬生生地划过，带着一丝尖锐的疼，瞬间席卷了全身每一根神经。

也就是这个时候，正在小宾馆的镜子前试衣服的简兮打了个大大的喷嚏，她花了很长的时间终于在网上查到了展眉家的地址，为了跟妈妈相见，她站在镜子前反复练习见面时候要说的话，这已经是第二十遍了，可还是因为紧张变得结结巴巴：

“妈妈，我是简兮，第一次见面。不，我们有好多年没见面了。你看我是不是很陌生……可我每天都期盼你能回家……不，不应该这样说。”简兮想了一下，别扭地整理了一下衣领，“奶奶去世了，所以我才来找你。我绝对……绝对不会给你添麻烦，所以……能不能让我留下来？我想……和你在一起……妈妈，我真的很想你。”

简兮说完鼓足了勇气，捧起桌子上早就准备好的包装精美的礼物：“妈妈，这是送给你的礼物。”

她真的很想妈妈，做梦都想跟妈妈生活在一起，现在终于要靠近妈妈了，她迫不及待地想要见她，一分钟都不想等了。

简兮倒了几趟公交、地铁才找到了左家，到达时天已经黑了，左家别墅的大门外宾客如云，挤满了各式各样的人，记者和粉丝将门口围得水泄不通。

人群中的简兮有些手足无措，她刚想挤进去，就被记者们簇拥着一名女演员给挡了出来。

记者们纷纷将手中的长枪短炮对准了那名姓赵的女演员："赵小姐，听说你抛弃旧爱侯冰，另投新欢王钧祥怀抱，他比你还小六岁呢，姐弟恋是真的吗？"

那被称作赵小姐的女演员摇曳生姿地走着，一边说："你们千万不要乱讲，我们只是合作，没恋爱啦！"

这时一辆黑色保姆车停了下来，另外一名女演员婷婷袅袅地下了车，记者立刻追上去："顾小姐，听说你拍摄《春心绽放》的时候，因为角色太过颠覆，遭数十万粉丝网上抗议，要求立刻恢复玉女形象？"

刚才被簇拥的那位赵小姐眼睁睁看着所有人呼啦啦涌走，气急败坏地跺着脚。

顾小姐摇曳生姿地一边走一边摆着 pose 供记者们拍照："作为一个演员，我希望尝试不同的角色，才能不断磨炼演技，支持我的粉丝，最终一定会理解我的啦！"

早就暗中观察的粉色礼服的女演员眼珠一转，有了抢镜的妙计，突然"哎哟"了一下。

身边助理会意，立刻说道："各位请别挤，别伤了孕妇！"

果不其然，瞬间吸引了所有人的注意力，她故意嗔怪地看了助理一眼："讨厌，人家本来准备明天才公布啦！各位，我已经怀孕了，要暂时休息一阵子，只能放弃左导的电影邀约，真的好遗憾呢！"

媒体炸开了锅，所有镜头齐刷刷地对准她……

那姓赵的女演员，不甘示弱想要抢回焦点，一把撸掉手上的戒指藏进了包包里，大声地说："其实我和侯冰……早就分手了！"

记者们呼啦一下子又簇拥过去："赵小姐，你能重复一遍刚才的话吗？"

她伸手晃晃："你们看，我已经摘掉订婚戒指很久……现在，是单身的状态。"

记者七嘴八舌地提问：

"你们已经交往七年了啊，怎么会突然分手呢？"

"请问没有复合的可能吗？"

她竟抽抽噎噎地对着媒体哭了起来："一说起来我就想哭……"伸手接过助理递上的纸巾擦泪，情绪似乎有点失控。

哇噻，恋爱、分手、结婚、怀孕，条条是新闻！这就叫道高一尺，魔高一丈！为了博头版，全都用生命在战斗！

突然有人高喊一声："唐斐来啦！"

众人齐齐回头看去，一辆黑色的保姆车缓缓地开了过来，所有的记者、粉丝立刻蜂拥过去。

听到唐斐名字的时候简兮愣了一下，不过这时候，见妈妈要紧，根本无暇顾及其他，她拔腿刚要进门，恰好和唐斐的粉丝撞在了一起，被挤在了粉丝中间。

车停下，岳乐先下了车，替唐斐打开车门。

车门一拉开，闪光灯电闪雷鸣，粉丝们的尖叫声扑面而来：“唐斐！唐斐！唐斐，我爱你！”

“哇，好帅啊，我要晕过去了！”

记者们也在喊：“唐斐！看这边！看这边……”

第7章
第一次走进左家

粉丝们的簇拥让简兮跌跌撞撞，站立不稳。

一个粉丝冲到唐斐面前，激动地高叫着：“唐斐！我超级超级爱你，追着你跑已经三年了！”

唐斐摆出一贯的完美笑容：“谢谢你的支持。”

“你演的电影电视剧我看了无数遍，请帮我签个名！”

唐斐微笑着签名，瞬间更多人蜂拥上来，把简兮也一起推了过去，不小心撞到了唐斐面前，一个踉跄差点摔倒，唐斐抬头看了她一眼，很绅士地将她扶正，并顺理成章地接过她手里的礼物：“谢谢！”

简兮目瞪口呆：“这个不是——”

话音未落，唐斐已经被岳乐簇拥着离去。

粉丝们还在大叫：“唐斐，唐斐我爱你！啊啊啊啊！我们永远支持你！”

简兮急了，快步向大门冲去，大叫：“等一等！”

站在门口的左家佣人刘姨看见了，立刻皱起眉头将她拦住：“粉丝不能进来！”

“不，我不是粉丝，我来找我妈妈的！”

“谁是你妈妈？”刘姨诧异了一下。

“展眉！我妈妈是展眉。”

刘姨呆住。

简兮殷切地说：“我找展眉，我从上海来的，请你告诉她，我是简兮，我是她的女儿！”

刘姨狐疑地打量着简兮，眉眼之间竟真有些展眉的神韵，她知道展眉的老家在上海，这孩子说得有鼻子有眼倒也不像骗人，犹豫了一会，终于开了门，把简兮放了进来，说道：

“夫人很忙，你先进来！”

一看到门再次开了，记者和粉丝们更加混乱，保安拼命把他们拦在外面：“对不起，这是私人宴会，不接受报道！大家静一静！静一静！”

简兮惶惶不安跟着刘姨走到庭院的入口处，刘姨扭头看着简兮，面无表情地说：“等一等，我去请夫人。”

简兮也不敢说什么，只是拼命地点头，等刘姨走开，她才敢抬头四下张望，映入眼帘的，是如同电影画面般不真实的场景，无数的鲜花蔓延至庭院的每一处角落，盛装的男男女女三三两两坐在似锦繁花中，或交谈，或饮酒，那些面孔简兮多多少少有些眼熟，曾在杂志里或者路边的海报上见到过，她瞪大了双眼。

刘姨走了几步回头看了她一眼，她在左家多年，素来跟左左走得近，这样对夫人不利的事自然是先告诉左左，她用眼睛一扫就看见左左在正跟牧歌聊天，刘姨走过去贴在左左耳语低语道：“小姐，那边有个女孩来找夫人。”

左左端起了酒杯不以为然地问：“什么人？”

刘姨低声说：“她自称是夫人的女儿！”

左左手里的酒差点没撒一地，她愣了一下，随即反应了过来，望着刘姨，眼中是没消化完的震惊：“你说什么，你再说一遍？”问这句话时，她的声音有压抑不住的兴趣，而心中却有鼓点般的雷声路过。

刘姨忐忑地回道：“她说从上海来，是夫人的女儿。”

左左眼睛随便一瞄便看到了站在入口处的简兮，简单的衣着跟来宾那精致的服饰形成了巨大的反差，就像一个乡下丫头偷入了瑶池的盛会，她的嘴角微微翘起，心头有个小恶魔爬了出来，轻笑了一声：“如果是真的，可是有好戏看了！”

站在一旁的牧歌听到这消息委实被惊到了，他一看到左左如小恶魔般的表情顿时心头一悸，知道她不会放过这个踩展眉一脚的机会，连忙将她拉住劝道：“左左，别惹事。”

左左皱眉：“放手，展眉的女儿来了，我应该去打个招呼才对呀！好不容易出了这么好玩的一件事，如果不惹事的话，那我就不叫左左了，改名叫右右好了。”

“可是左左，今天来了这么多客人……”

“那岂不是更好！”

左左嘴角的笑意更盛了，冲着牧歌一仰头，宛如高傲的女王一般看着他：“我知道分寸的。”

牧歌不放心地紧抓着她的手，被她用力甩开，踩着高跟鞋，抬头挺胸地朝简兮走了过去。

简兮惴惴不安地站在那里，心中乱成了一锅粥，不知道跟妈妈见面时，第一句话说什么，也不知道妈妈看到她时，会是什么样的反应，正当她胡思乱想之际，左左走到了她面前，眯着眼细细打量着她，就好像她是商店里特别有趣的布偶。

简兮被她看得浑身发毛，心里一阵紧张，刚要说话，左左忽然开口问道：“这位小姐是……”

简兮回过神来，十分郑重地说：“我是简兮，我来——”

左左抿嘴一笑打断了她的话：“刚才我听说啦！你是来找阿姨的。”

“阿姨？”简兮一头雾头，搞不清状况。

左左抬起下巴，嘴角含着一丝不屑，讥讽地说：“对啊，展眉现在是我继母。”

继母？妈妈？

简兮愣在了那里，心里一阵难受，鼻子微微发酸，想不到那么多年不见，再见面时，她已经成了别人的母亲。

左左见她失神，心里十分得意，笑盈盈地望着她，热情地伸出手，声音也越发动听：“欢迎你，简兮，我是左左。”

简兮被她的热情弄得一愣，还没反应过来，便又听她说：“为什么，我从未听阿姨提起过你？”

左左的话让简兮难受，更让她无地自容，原来母亲从未提起过她，一瞬间有很多念头从脑海中闪过，是不想提起她吗？还是不愿提起，抑或是不能提起？心中千回百转，才讷讷地说了一句：“我……刚从上海来。”

上海来的！看来果真是展眉的女儿。

展眉啊展眉，你连女儿都不想认了吗？现在你不想认都不行了把，你女儿活生生地站在这里，你虚伪的面具该揭下来滚出左家了吧，想到这，左左邪恶地笑了，展眉，好戏开始了。她心里这样想，面上却愈加热情地挽着简兮的手：“好啦，好啦！你已经站了很久，过去坐一会儿吧！”

简兮不安地问：“我可以过去吗？”

“为什么不可以？今天聚会来的都是爸爸和阿姨的朋友，自助餐，随意就好。”她拉着简兮往餐台走去，宾客们对左左热情地拉着一个女孩都感到好奇，这个女孩不管从哪看都跟他们的圈子格格不入。

第8章

安心VS岳乐

左左保持着极致友好：“你先吃一点，我马上带阿姨过来。”

简兮被左左的热情感动得差点哭出来，她想过一万种可能，就是没想到碰到这种情况，母亲的继女这么热情地待她：“谢谢！”

左左飞快地消失在一束巨大的花柱后面，简兮站在餐台前手足无措，而旁边的宾客对她的身份十分好奇，交头接耳地轻声讨论起来：

“没见过这人，从哪儿来的？”

“是个小女孩呢，左家的亲戚吗？”

“左家会有这么穷的亲戚？看不出来。”

庭院的另一边，保加利亚进口的玫瑰组成了巨大的花墙，浓墨重彩地随风轻摇，散发出一阵阵诱人的清香，一旁岳乐正给唐裴介绍客人：“这位是英杰电影制作公司的。”等唐斐打过招呼后，才附耳轻声说，“股价严重下跌，资产缩水。”

唐斐脸上谦卑的笑容顿时如潮水般退去，赏了那人一个白眼，跟着岳乐的步伐朝下一个人走去，迎面来的是个胖而壮的宾客，岳乐很是热情地迎上去，谄媚的介绍道：“这位是周氏兄弟影业公司代表，业内著名的大公司啊！”唐斐停下脚步，在脸上堆出了最灿烂的笑容，亲切地上前握手。

岳乐在给唐裴介绍第三个宾客时，表情也是十分慎重：“Columbia Pictures（哥伦比亚影业公司）驻中国代表。”话一出，唐斐仿佛遇到至亲好友似的，立刻上前握手致意。

一番寒暄后，唐斐也适时表示了自己的意愿：“如果有合适的项目，欢迎随时来找我。”

紧接着，岳乐又介绍了几个年轻有为的业内精英给唐斐，不消一会，岳乐便出了一身汗，他擦擦额头的汗对唐裴说：“其他影业公司代表也想和您见见面。”

唐斐眼睛一白，双手比划了一个大大的叉：“我是随处可见的Cheap Coffee吗？不，是最昂贵的Kopi（咖啡）！记住，每一分钟都是钱，别浪费有限的精力，只选重要合作伙伴，OK？”

岳乐不以为然撇嘴，低声嘀咕：“不就是猫屎咖啡——”

岳乐的话虽轻可唐斐却还是听到了一点，顿时皱眉：“你说什么？”

岳乐忙住了嘴，脸上很努力地堆满笑意：“遵命，斐哥你的话就是王道。”

见他这么说话，唐斐便知他刚刚一准是没说什么好话，冷哼了一声，一旁的女演员中有一个眼尖的发现唐斐落了单，立即整理妆容，扭着腰肢朝唐斐走了过来，另外几个也看到了，纷纷簇拥过来。

“这不是斐哥嘛？”

“斐哥，好久不见！”

唐斐本欲对岳乐发火，但看到一群花蝴蝶般的女演员将他团团围住，脸上虽是摆出一团和气，心里却十分高傲：“各位都来了！”他的手不知何时搭在了一个女演员的腰上，那女演员立刻会意将柔软的胸脯靠在了唐斐的身上。

岳乐不由地暗骂了一声，特么平时一个个看到他一口一个岳哥，现在唐斐一出现，他岳乐简直成了空气。一口气上不来的岳乐眼尖看到了安心，正上上下下地指挥着侍应生，不知从哪飘来一根毛落到了岳乐的鼻腔里，顿时痒得难受，他眯着眼睛张着嘴抓狂，最终一个大喷嚏连口水带鼻涕喷了出来，好巧不巧喷在了走过来的安心脸上，丘乐一睁眼就看到了安心那张放大的脸，刚才飘过来的似乎是她身上那件衣服上的毛，心里一万个草泥马滚滚而过，他的视线扫过安心的衣服，顿时火不打一处来。

“喂！你穿的什么衣服，掉毛啊！”

无缘无故被喷了一脸的安心气得脸都绿了：“咦——你好恶心！你是存心的，故意喷我！”

岳乐摸摸鼻子，梗着脖子，指着安心身上的衣服：“谁叫你穿得跟火鸡一样！”

火鸡？

安心气得咬牙切齿，胸部一挺顶了过去：“你说什么？有本事再说一遍！”

岳乐本就理亏，见安心一脸准备把他撕碎的表情，被她顶得一直往后退，一边退一边嘴巴里还喊着：“这么霸道！有凶器了不起啊！”

安心笑笑用手指戳他的胸口：“就是了不起怎么了，胸脯多二两肉，买衣服还多占两尺布呢！”

岳乐被安心一戳，连连往后退，最后连退的地方都没有，停住了脚步：“喂喂喂，你别拿手指头戳我！”

安心见他无路可退，便用手指抵着他的胸口，一脸不屑：“是你先口水满天飞的啊！活该！口水怪！”

被安心逼到无路可走的岳乐心一横，索性一直往上扑：“口水怪？好啊，怕口水是吧，我就喷你，就喷你！就喷怎样！”

安心眼疾手快地用屁股一顶，把岳乐顶了一个踉跄差点没跌个狗吃屎，不由得哈哈大笑：“那我就撞你，撞你，我撞死你啊！”

恼羞成怒的岳乐跳了起来：“肥屁股！没人要的八婆！”

安心冲他做了个鬼脸不以为然：“唧唧歪歪个没完，你以为自己是谁啊，死人妖！”

两个人正吵得激烈，一个女演员踩着高跟鞋扭着屁股眼看着就要经过他们两人的眼前，二人的脸瞬间堆满了虚伪的笑容，肩并肩地站好微笑。等那女演员一走过去，安心一把推开岳乐，一脸嫌弃：“你还想占我便宜啊，滚开啦！”

闻言岳乐差点没跳起来，他指着安心痛心疾首：“我占你便宜？当初要不是我带你入行，你有今天吗？”

安心强作镇定，狠狠地说：“哼，这叫青出于蓝，我这个后浪啊，一把拍死你这个前浪！怎样，不服气啊！”

岳乐不由得傻眼：“你！”只是眼前这个安心再也不是他一手带出来的那个唯唯诺诺的女孩了。

第9章
伪粉丝

唐斐正被一群女演员簇拥围绕，无意中看到人群后一个年轻、漂亮、朝气蓬勃的女孩，不过漂亮归漂亮，衣着却很是寒酸，跟周围的一切格格不入，再一看觉着有些眼熟，仔细一看想了起来，不就是门口送他礼物的那个女粉丝嘛，追星竟然追到宴会来了，他不由得皱起了眉头，喊了声："岳乐。"

正跟安心大眼瞪小眼的岳乐听到唐斐叫他，狠狠地瞪了一眼安心之后，快步跑了过去，发现唐斐正盯着一个年轻女孩，一眼瞥去，认了出来，惊呼了一声："粉丝怎么跑进来了？"

这时，女演员们也注意到了站在餐台旁的简兮，其中一个不以为然地说道："那是唐斐的粉丝吗？"

另一个用藐视的眼光瞄了一眼简兮："居然混入宴会，现在粉丝真是什么都敢干啊！"

又有一个女演员双手抱肩懒懒地看着简兮："对啊，她到底想干什么？"

岳乐一拍脑袋似乎想到了什么，从桌子上拿起简兮带来的礼物盒，打开一看，里面居然是一串珍珠项链，更离谱的是还放了一个手工折的纸质爱心。

凑过来看热闹的女演员一齐笑了起来："什么嘛，居然送女人用的东西。"

另一个呛声道："这你就不懂了把，这送项链是有讲究的，这是要牢牢套住唐斐的意思啊！"

岳乐一拍脑门："妈呀！最近有疯狂粉丝送了全套粉色内衣来，该不会就是她吧！"

一个女演员闻言一脸受了惊吓模样，手掩小嘴，惊呼："天啊，太夸张了，这种女人就该好好教训才对！变态！"

在一片议论声中，唐斐望着简兮的目光变得厌恶之极，他抬头挺胸看看周围的人，决定亲自去解决问题，毕竟这是他的粉丝。

简兮丝毫不知道自己变成了焦点，拿起糕点张开嘴正准备咬下去，身后响起了唐裴的说话声："小姐，可以问你的名字吗？"

简兮吓了一跳，一转身看到唐斐站在身后，愣了个神，她左右看了看，发现附近根本没人，不敢相信地指了指自己："你在跟我说话？"说完方想起来原本打算送给妈妈的礼物被他拿走了，"对了，你是那个……啊，我的礼物……"

"等等。"唐斐一脸不耐烦，他放下身段过来跟这小粉丝打招呼，这小粉丝居然一脸不知所谓，"你辛苦追到这里，到底是为什么？"

简兮莫名其妙地望着唐裴："我叫简兮，可是我不——"

热闹的大厅里，突然响起了一阵优美的音乐声，唐斐不怀好意地微微一笑："要不要和我跳个舞？"

“对不起，我不会跳舞。”简兮诚实地说。

“没关系，我教你，来吧。”唐斐说完，风度翩翩地牵起简兮的手。

“不不不……”

简兮一再拒绝，可唐斐根本不理会，几步便把她拖到了舞池中央。

周围所有人的目光都集中在了两人身上，简兮的脸倏地一下红了，小声地抗议：“我真的不是来跳舞的，我是来找人的。”

“对啊，我知道你是来找我的。”

“我不找你，我是——”她话说到一半，忽然意识到根本没有必要跟一个毫不相关的人说出实情，顿时咬住了下唇，局促不安转身想走，却被唐斐死死地拉住。

两人的表现让宾客们觉得有趣，再加上几个女演员说了诸如疯狂粉丝之类的话，大家本着看好戏的心态，涌上前来。

唐斐风度翩翩地冲众人微微一笑，强行拉住简兮，随着音乐舞步旋转。

简兮本来就不会穿高跟鞋，更别提穿着高跟鞋跳舞了，只觉得脚像踩在刀尖上，唐斐一个旋转，整个人天旋地转地被倾斜着压倒，几乎快要倒在了地上。唐斐嘴角勾起，带着恶作剧的味道，宾客们明白过来，原来唐斐是故意要耍这个女粉丝，有几个年轻人吹起了口哨开始起哄。

简兮紧张得快要哭了：“我真的是要找人的！你放开我，你松手！”

唐斐握紧她的手：“不用紧张。”

简兮无奈磕磕绊绊地跟随着他的舞步在飞旋，一边焦急地解释：“我、我是……”

唐斐充耳不闻，微笑着带着简兮又旋转了三圈，就在把简兮送出去的瞬间，一下子松开了手，失去支持力的简兮脚一歪，整个人倒了下去。

其实所有人都料到了唐斐会捉弄这女孩，宾客中有人拍手，有人大笑。

简兮手忙脚乱地爬起来，愤怒地质问：“你们这是干什么？”

“干什么？”唐斐冷冷地看着她，“不顾一切的追求，如影随形的跟踪，你这样的疯狂粉丝，我每年都会遇到几个。”

粉丝，疯狂疯丝？简兮目瞪口呆。

唐斐从岳乐手上取过珍珠项链，拎在手里抖了抖了，冷笑：“我不是女人，以后别送这种垃圾。”

看到这种情况，岳乐有点不忍心：“唐斐，她也是真心喜爱你嘛——”

“很抱歉，被变态喜欢，真是让我恶心。”

“还给我，这是我的礼物！”那是送给妈妈的礼物，简兮不顾一切地上去抢夺。

唐斐一阵冷笑，把珍珠项链用力扯断，珍珠噼里啪啦掉在了地上。简兮震惊地看着一地的珍珠，眼泪在眼眶里打转，她不顾一切地弯下腰一颗一颗地将珍珠捡起：“这是我给妈妈的，你……你们太过分了！”

唐斐一愣："妈妈？谁是你妈妈？"

宾客们都本着看热闹的心态起哄，左左突然走了过来推开众人，带着展眉跟左刚出现了。

简兮望着展眉，眼泪一下涌出了眼眶，终于见到妈妈了，终于不是存在照片里、电视里，而是真实出现在面前的妈妈，她好想叫一声妈妈，妈妈，你还记得我吗？可声音却像哽在了喉咙里发不出来，她眼睁睁地看着展眉走到跟前，低头看着她。

一旁的左左故意提高了声音，生怕别人听不见似的大声问道："阿姨，这个女孩说她是你的女儿呢！"

第10章
拆台

无异于一个惊雷，在场所有人都愣住了。

简兮抬起头期待地看着展眉，刚要说话，被展眉厉声打断："安心！还不扶这位小姐起来！"

小姐？简兮心里一阵难过，望着展眉双眼再次模糊了，她忐忑地说："我是……"

"安心！"

简兮的话再次被打断。

安心这才回过神来，立刻跑过去扶起地上的简兮："这位小姐，你没有请柬是不能进来的！"

左左故意装出一副关切的模样，热心地问道："阿姨，你真的不认识她吗？"

牧歌在一旁用力拉了拉唯恐天下不乱的左左，可左左根本不理会，挑衅地看着展眉，她想看看她到底要怎么收场。

简兮的心里乱极了，不安地望着展眉，着急地说："妈妈，我是简兮啊，你不认识我吗？我特意从上海来找你的，妈妈！"

左刚再也忍不住了，走过来，审视着展眉："这是怎么回事？"

所有人都屏住呼吸注视着这一幕。

展眉摊开手，面色如常，就好像眼前的一切与她毫无关系，得体地冲大家微微一笑："大家看我像有这么大女儿的样子吗？"

左左盯着展眉，试图在她脸上找出一丝慌乱，可惜没有！展眉出奇的从容而淡定。

左左暗中咬碎银牙，她不信这个女孩无缘无故跑过来认妈妈，再一想展眉毕竟是当过三届凤凰电影节影后的实力派演员，不由得笑了："这可不一定！"

宾客间顿时炸开了，议论纷纷：“展眉哪儿来的女儿？”

“是啊，她在嫁给左导之前，不是一直未婚吗？”

“对啊，这个女孩子从哪儿冒出来的？不是唐斐的粉丝吗，怎么又变成展眉的女儿了，好乱哦！”

“私生女嘛，这种事情也很常见——”

“展眉演技棒风评好，她不会欺骗大家吧。”

“哇，如果是真的，消息太劲爆了！”

……

眼前的情况似乎十分混乱，岳乐低声问唐斐：“唐斐，到底什么情况？难道她真的不是你的粉丝？那这礼物——”

唐斐同样一头雾水地看向狼狈不堪的简兮。

周围的议论声全都落进了简兮的耳朵里，她紧紧攥着珍珠，咬紧牙关，眼底带着一丝渴望向展眉伸出手：“妈妈，这是我送给你的礼物，现在断了。”

展眉连看都不看她手心的一粒粒珍珠。

“展眉，把事情说清楚。”左刚望着展眉，眼底满是探究。

展眉微微一笑：“你忘了？上回有小演员为了求角色，冒充是你的侄女，这次又是故技重施啊！”

左刚恍然大悟，而简兮却如遭雷劈，瞪大了双眼，不可置信地看着展眉。

展眉一脸云淡风轻地看向简兮，说道：“简小姐，我能体会你想见到偶像的心情，但说这种很容易被拆穿的谎言，你觉得合适吗？”

谎言？不！这怎么能是谎言！

简兮激动地喊起来：“我没有说谎，我说的都是事实，明明是——”

展眉打断了简兮的话：“如果你是我的女儿，为什么要混进来和唐斐跳舞？”

“是他强行拉着我！”

展眉的脸色微微沉了下去，严厉地道：“别再掩饰了！为了追求唐斐，不惜引起这么大误会，我真替你父母害臊！”

简兮瞠目结舌地看着她，有苦难言，展眉面对着众多来宾沉声说道：“你不是第一个试图制造丑闻的人，也不会是最后一个。这么多年来，不知多少人想借机炒作，什么女儿啦，情人啊，我想在座的各位，都有这种经历吧？”

众人纷纷点头。

展眉重新面对简兮，没有一丝的情绪波动，好像真是看了一场戏：“看在你还年轻的分上，我不想把事情做得太绝，但你再这样胡搅蛮缠，我就要叫警察来，追究你的法律责任！安心，送客！”

简兮还想要说话，被安心拉住了，劝道：“走吧，难道你真想闯祸吗？快走！”

简兮看着展眉，展眉也看着她，平静得就像一滩秋水，平静得就像她说的那样真的与她毫无关系！她忽然感觉心里一悸，胸口处硬生生的疼，她用坚强构筑的强大世界，她以为的那个深爱她的妈妈形象，瞬间崩塌了，她无力再去分辩什么，任由安心拖着朝门外走去。

展眉微笑着从珍珠上踩过，朝众人解释道，“现在的小女孩就是这么不懂事，为追星什么都做得出来。”又朝唐斐嗔怪地说道，“唐斐啊，你惹出来的麻烦，反而要我替你解决！”

唐斐举起双手：“全是我的错，眉姐，千万别生气！”

展眉从容淡定地端起酒杯：“好了，诸位，忘了这个不愉快的小插曲，希望大家度过一个快乐的夜晚……”

宾客们一阵哄笑，这事便轻轻揭过了，三三两两的人进入舞池翩翩起舞，还有些对晚上事有疑问的人继续八卦，然而，就在展眉转身时脸上的笑意消失了，眼底宛若一汪深潭，说不出是失落还是无奈。

唐斐弯腰捡起一颗珍珠，把玩着，若有所思地对左刚说：“左导，今天的宴会真热闹啊。”

左刚笑道：“还不都是你害的，只要你出现的地方，各种戏码都层出不穷！这回连我太太都拖下水了！”

左刚走后，唐斐帅气俊朗的脸露出一个无所谓的笑，岳乐凑到他身边，小声问道：“这到底怎么回事儿？”

唐斐随手将珍珠丢了出去：“Who care？”

珍珠在空中划过一道闪亮的弧线，轻轻坠入了不远处的红酒杯中。

在场的所有人各忙各的，只有左左气得要炸了，好好的一出戏，竟然这样轻易让展眉化解了，她嘟着嘴巴气呼呼地走了过来，没好气地端起酒杯，喝了一大口，随后追来的牧歌安慰道：“左左，别生气了，就是一场误会！”

左左瞪着眼咬着唇：“误会才怪！”说完仰头将杯中的红酒一饮而尽，喉咙中传来一阵奇怪的感觉，有个东西卡住了，她脸色大变，连喘带咳，眼睛直翻地指着自己喉咙：“卡、卡住了！”

吓得牧歌大惊失色。

左左捶胸顿足，痛苦不堪。

第11章
没有你这个女儿

已是深夜，左家别墅的喧闹渐渐停住，简兮坐在门外的花圃上，愣愣地看着墙头垂下的枝丫，经过早先的那一场，她已经筋疲力尽，为什么妈妈不认她？是她的出现丢了妈妈的脸，还是妈妈另有隐情？都怪她太莽撞了！现在该怎么办？手足无措的简兮在惶恐不安中不知不觉睡着了。

正在迷迷糊糊之际，一道突如其来的光刺痛了她的眼睛，她捂着眼睛，坐了起来，又揉了揉，试图让自己清醒过来，模糊中，看见一辆车子缓缓驶出了大门。

车上坐的是唐斐，开车的岳乐眼尖地看到了简兮孤零零地坐在门口，有些同情她，对后座的唐斐说："居然等了三个小时啊……今天是不是有点过分了，就算真是变态粉丝，可毕竟是个女孩子……"

唐斐懒洋洋地看了一眼简兮："别抱怨了，抱怨也没有用，我是这世上最完美的男人，就算再怎么摆架子，女人也无法抗拒。"

岳乐觉得良心似乎有点过不去，反驳道："不管怎么说，害她在大庭广众下被赶出来，我们应该负责的。"

唐斐眼睛一白："那可不是我的错。"

"可……如果她真是展眉的女儿……"

"那又怎么样？跟我们有什么关系，只要不被承认，她就毫无用处。"唐斐冷冷地说道。

他太懂这个圈子了，唯利是图、名利至上，除了名利，亲情、友情、爱情都是奢侈品，可遇不可求，一旦拖后腿，那么即便是父母兄弟姐妹也改变不了被摒弃的命运。

岳乐有些傻眼。

唐斐收起了万人迷的笑容，跟他算起了账："她是能给我戏拍？推动我的人气？还是带来大笔投资？"

岳乐摇头，果断地说："当然不会。"

"所以，她就是没用的废物！"

话虽如此，可岳乐还是于心不忍，这里是别墅区，很少有车经过，他迟疑了一下，说："这里不好打车，要不咱们顺带捎她一程……"

"你以为你开的是出租车吗？"

岳乐从后视镜里看着唐斐那张英俊冷漠的脸，暗中感慨，世上怎么会有这么悭吝无情的家伙啊！

"别以为在心里骂我就听不见。"

岳乐顿时紧张了，随即又腆着一张笑脸矢口否认："没、真没有！哪能呢？"

唐斐冷哼一声："看什么看，还不快走！"

车子经过简兮面前的那一刻，唐斐双手抱胸微微睁开了眼，眼角的余光看到了简兮一脸愤怒地盯着自己的车子，他果断地闭上了眼，好像什么事都没看见，什么都没发生，车子很快便将简兮的身影抛在了远处。

后半夜，宾客散去，左家的别墅恢复了安静，连院子里的灯也熄灭了……

清晨，一束光穿透地平线，照亮大地。

安心提着大包，手里还拿着份文件，从楼上的客房快步下来，昨天因为太晚留宿在左家，她一边走一边向展眉汇报一天的行程："8 点 30 分有一个亲子节目的采访……"

展眉穿了套得体的套装，脸上化着精致的妆容，看起来昨天的意外丝毫没影响到她。

安心陪伴着她大步走出大门，一路上不停地报告着行程："9 点要赶——"

"左左呢？"展眉打断了安心的话。

安心顿了一下："她提前出发了。"

"妈妈！"

正在讨论的两个人突然听到一声突兀而小心翼翼的声音，顺着声音望去，看到简兮怯怯地站在那里。

展眉深深看了她一眼，皱眉："你怎么还在这里？"

"妈妈，我有话要跟你说……"

这时，展眉的车行驶了过来，展眉不再看她，自顾自地准备上车，简兮急了，激动地说："妈妈，你真的不认识我吗？"

安心上前将她拦住了："小姐，你一定是认错人了。"

"我有照片的，可以证明我是你的女儿简兮！是奶奶告诉我的，说你就在北京，让我来找你，我真的是你女儿！妈妈你不记得吗？你看……"简兮连忙从包里掏出了照片递了过去。

展眉面无表情地使了个眼色，安心会意，立刻把照片接过来看了看，照片上的确是展眉抱着婴儿的合照。

简兮紧张地看着她："妈妈，昨天都是我不好，太莽撞了，不该在那么多人面前出现！但我没有说谎，奶奶去世了，我才特意从上海来找你的——我可以自己找地方住，也不会乱说话，你放心，我绝对不给你添麻烦……"

接过照片的展眉冷冷看了一眼，刺啦几声撕碎，手一挥撒了出去，碎片如雪花似的飞了出去，简兮呆了，望着被撕碎的照片，她几乎要彻底绝望了。

展眉望着她，冷冷地说："我再说一遍，我没有女儿。"

安心一招手，几个保安冲上来，架住简兮要把她拉走，简兮崩溃了，一边挣扎，一边痛哭流涕地大叫："不要，不要！妈妈，你把话说清楚！不！放开我！妈妈，你为什么那么狠，不肯听我一句话？"

左家本来就是娱乐圈大咖，周围的人被这哭喊声吸引了过来，展眉看到有人朝这边聚集，皱眉冷斥："你们这帮饭桶，待在那儿干什么？还不将她弄走。"

安心连忙上去："简小姐，你的确是认错了人，别在这里浪费时间，回去吧！"

简兮奋力挣脱保安的钳制，快步跑到展眉面前抓住她的袖子哭喊道："妈妈！你就是我妈妈啊！我没有说谎，妈妈，你难道不记得我了吗？我是你的女儿简兮啊。"

展眉望着简兮涕泪横流的脸，声线冷如寒冰："要做我的女儿，你不够格！"

不够格？简兮不可置信地问："你说什么？"

"你这样的女孩，就是为了钱才找上门的，不是吗？"展眉说完，打开皮包，从里面取了一沓钞票递到简兮面前，"这些够了吗？"

简兮一把推开她的手："我根本不是为了钱！"

第12章
流落街头

"是嘛？不是为了钱的话，那你演什么苦情戏，我最讨厌没本事还总是哭哭啼啼的人！或者……你是为了出名，难怪要在宴会上出现，还到处宣扬自己是展眉的女儿，你是想借着我的名头蹿红吗？"

"蹿红？妈妈你在说什么啊，你怎么这样啊？"

展眉冷笑着："你不是不懂，你是太懂了！攀上我做妈妈，你的星途一马平川。很可惜，当演员是要资质的。看看你自己，从头到脚，哪儿有一点天分！"

"可我不是为了你的身份来认你的啊。"

简兮觉得自己的心在泣血，连哭的欲望都没有了，只觉得冷，浑身冰凉。

展眉突然笑了起来："不是为了身份？那你怎么会没皮没脸地缠上来！我劝你，做人要脚踏实地，妄想一步登天，也要看看自己的实力！"

眼前的人，忽然变得异常狰狞，字字句句如刀似剑，要将她寸寸凌迟，她冷静了下来，看着展眉，曾经她多么渴望叫她一声妈妈，而现在，只剩下失望，她心灰意冷地看着她："我只有二十岁，你根本无权小瞧我，总有一天，我会比你更有名，站得比你更高！"

展眉像是听到了最好笑的笑话，嗤笑了一声："一个傻丫头，会比我站得高？别想了，回上海去吧。"

简兮气得脸色苍白、浑身发抖，连安心都不忍心看她那张年轻的脸，还有那颗破碎的心，被展眉踩在地上，反复碾压。

展眉收起了包，不再搭理简兮，往前走了几步，突然又回过头来："哦，对了，别打坏主意，就算去找媒体，也不会有人相信你。继续这样闹事，我会告你名誉诽谤！懂了吗？"

说完拍了拍衣服，径直上了车。

简兮狠狠咬住下唇，恨恨地瞪着展眉。

展眉坐在车里笑盈盈地望着简兮："简小姐，有空请来家里坐，这次怠慢了……"

说罢，车窗缓缓摇上，隔绝了车外的愤怒与绝望。

展眉戴上墨镜，示意司机开车，车子发动，墨镜后头，目光复杂地盯着后视镜里的简兮，直到车子拐过弯才轻轻叹了口气。

简兮走出了左家的别墅大门，心里翻滚着浓浓的悲哀，她千里迢迢地找来，不管吃多少苦，不管多么艰难她都不怕，可妈妈不认她，这比什么都更伤她，她揉着发红的眼眶，忍了很久的眼泪终于夺眶而出，为了找妈妈，只身从上海来到了北京，她早已没有了退路，可现在连唯一的妈妈也不相认，她感觉自己彻底成了世界上最孤独的人，她一步一步艰难地离开了。

街道上热闹非凡，她的心却一片冰冷。

商场橱窗前的电视屏幕上正在播放采访视频，视频下方打出一行字幕：最佳母女关系——爱要如何维系？画面中出现的是主持人正在采访展眉和左左这对娱乐圈的模范母女。心里虽然恨透了她，可看到她时，还是不自觉地停下了脚步。

画面上主持人正在问展眉："您出的那本育儿日记不仅畅销国内，还被译成了英文，介绍到了国外，实在是很成功！"

"哪里，过奖了。"

展眉穿着一件棉白衬衫头发盘在脑后，几缕发丝垂在耳边，看起来温柔贤惠，就连回答问题的声线都充满了母性的温柔，跟她见到的判若两人，简兮看得有些呆了。

主持人继续采访展眉："书中提到，尽管您和左导都为了工作到处奔波，和孩子们不能天天在一起，却一直保持心灵对话，是吗？"

"是啊，我们长期保持良好的沟通，家里的每一个人都很爱彼此。"

主持人追根问底："具体心灵对话的方式是什么呢？"

展眉和左左对视了一眼，展眉说："现在的年轻人和我们不一样，不喜欢面对面的沟通。为了能够了解女儿的心声，我就给她写微信、发 E-mail，准确地说啊，我们不是母女，而是朋友。"

左左默契地附和："是啊，我有心事总是第一个告诉妈妈，请她替我参谋！"

主持人频频点头，又问了左左会不会进演艺圈发展，展眉谦虚地表示，左左有这方面的天赋和兴趣，作为母亲她非常高兴。

简兮仰着头，连呼吸都很小声，有那么一瞬间她有点恍惚，觉得那是妈妈对她说的话。

"哇，两个人感情这么要好，就没有吵架的时候吗？"主持人大惊小怪的声音将简兮拉回到现实。

"当然会闹别扭，但是看着她可爱的样子，总是我先投降啦！"

左左亲昵地攀住展眉的手臂："妈妈很理解我，我好爱好爱她呢！"

简兮咬住了唇，主持人后面说的什么已经听不清了，只听见展眉在说："作为一个母亲，我能放下架子，主动去体会女儿的心情，一步步学习与她的沟通和交流。也希望电视机前的父母们，都能了解自己的儿女，遇事不要苛责，要用最大的爱和诚意去包容。时间长了，你们的亲子关系会变得越来越亲密，矛盾也会越来越少。”

简兮恍惚地看着电视机里的展眉，她带着动人的微笑，大谈特谈，左左亲昵地依偎在她身边。她真的不敢相信这样一个慈爱的母亲，就是刚刚那个把她抛弃了，不认她的母亲。

简兮再也不想看下去，转身走了。

回到宾馆时，已经将近八点，为了省钱，疲惫不堪的她连晚饭也省了，准备上床休息，门铃就在这时响了起来，她神思不属地走到门边，从猫眼往外看去，只见宾馆的老板站在门外，简兮有气无力地问道：“什么事？”

老板说：“早晨清洁工打扫的时候把钥匙丢在这儿了！”

简兮打开门，老板走了进来，笑嘻嘻地找了一圈，却什么也没有找到，扭头打量了简兮一眼，背着手假模假样地说：“哎哟，怎么不在这儿啊，可能是落别处去了吧。简兮，怎么穿这么单薄啊，冷不冷？”

简兮扯了扯身上的衣服：“不冷，既然找不到，您就走吧。”

“不着急，我还有些事要问问你。”

第13章
宾馆老板的纠缠

“有什么事可以明天说。”

“哎，我又不是坏人，干吗这么防备。你住在这儿这么久，我一直很照顾你啊！”

老板无耻地笑着，伸手去拉简兮的手，吓得简兮急忙后退了两步避开。

“简兮，你别害怕，我这是关心你啊，对了，一直说要来找人，找到了没有？”

说到母亲，简兮就沉默了，诚实地摇了摇头。

“啊？没找到啊，年纪轻轻的，真可怜！其实啊，如果我是你的话，要留在这里生活很容易的。”

他一边说一边悄悄地靠近了简兮，简兮察觉到不对，警惕地往后退去：“我是这里的客人，请你放尊重一点！”

“你来了这么久了，钱都用得差不多了吧？这样，让我亲一下，免你一个月房钱！”

老板说完，扑上去就抱，简兮吓坏了，她看准时机，猛然推了他一把，老板站立不稳一头撞在玻璃上，他惨叫了一声双手抱头蹲在了地上，血从指缝间流了出来，简兮一看到血，慌了神，腿都软了，推开门撒腿跑了出去。

她住的是远离市中心最便宜的低价宾馆，夜深人静，空荡荡的马路上一个人影也没有，偶尔几辆疾驰而过的车卷起地上的落叶，风驰电掣般驶过。

她跑累了，停下来麻木地走着，脑海中回想着到北京这段时间的经历，也不知道走了多久，累得走不动，抬头发现停在了一个公园的门口，公园里行人寥寥，路灯昏黄，虫声唧唧，她又困又累，蜷缩在长椅上，呆呆看着天空，天上群星闪烁，她忽然想起了一个传说，传说人死之后会变成天上的星星，奶奶一定就是最亮的那一颗吧。

想起奶奶，简兮的鼻子就酸了，小时候最爱吃奶奶做的四喜丸子，那一年她才五岁，在桌上吃饭，拼命捞却捞不起肉丸子，奶奶笑了，灵巧地捞起丸子，轻轻滑入她的碗里，简兮吃了一口，叫了起来："奶奶，太烫了，完全没办法吃啦！"奶奶就停下筷子，帮她吹凉，再放进她嘴里，简兮心满意足地吃着丸子，一边夸赞奶奶做的丸子好香好香，奶奶笑眯眯地看着她，把丸子都给了她。

想到这里简兮的肚子很配合地咕噜叫了一声，这才想起一天没有吃饭了，偏偏出来时又忘记带钱包，她懊恼地拍了一下脑袋。

一对父子走过来，小孩子吵着要喝果汁。

父亲说："不是刚刚吃了饭吗？"

小孩子执意地说："我就是要喝，买嘛买嘛！"

父亲一脸无奈，笑着摇摇头，走到自动售货机前，买了果汁给孩子，父子俩渐渐走远。

简兮想起了小时候，爸爸带她出门，她也是这样的骄纵任性，爸爸总是宠着她惯着她，想着想着鼻子又酸了，她把脸埋进膝盖，一遍一遍地告诫自己不想了不想了，可越是这样心里越是堵得厉害，眼泪不争气地流了出来，后来为了逼回自己的眼泪，她索性躺在椅子上，不知不觉竟睡着了。

清晨，简兮被鸟叫声惊醒，太阳刚刚跳出地平线，阳光徐徐洒向大地……

她睁开眼看见头顶上青色的天空，鸽子带着哨声飞过，一咕噜身坐了起来，她自小胃就不是很好，受不了饿，长时间没有吃东西，胃在绞痛，她四下看了看，不远处的湖边有人正拿着馒头屑喂鱼，那人喂完了鱼，背着手走到垃圾桶旁边，把剩下半个馒头的袋子丢了进去。

简兮在对方一转身的刹那扑过去，伸手进了垃圾桶，直接把馒头袋子找了出来。飞快地将馒头全部塞进嘴里，狼吞虎咽，风卷残云，连手指上的馒头屑都添得一干二净，吃完满足地抬起头，才发现对方一直盯着自己，顿时涨红了脸："对不起……我实在是太饿了。"

喂鱼人同情地看着她，简兮慌忙走开，决定回宾馆取回自己的行李。

走进宾馆的大门，侍应生正在大堂里擦沙发，抬起头看简兮一眼连忙通知老板，老板怒气冲冲地冲了出来，指着她破口大骂："你还来干什么？"

简兮看着老板头上缠着的白纱布有些心虚："我来拿我的行李。"

老板冲到前台接待处从柜台后头拖出行李箱，怒容满面地砸在她身上："给你！"

简兮翻了翻却找不到钱包："我的钱包呢？"

"钱包？你打人知道吗？就你的几百块钱还不够医药费呢！"

简兮据理力争："是你先羞辱人的，凭什么不把钱包还给我。"

"你看看我的头，我才是受害人，知道吗？有本事你去报警啊，告诉你，我可是去医院包扎过的，还有验伤报告，看人家信不信你！"

"你……"

"你什么你，滚！再不滚有你好看的！"

简兮愤怒地盯着老板，老板挥了挥手，几名侍应生朝简兮一步一步地走了过来……

好汉不吃眼前亏，她拎着行李无奈地走出了宾馆。

现在她连住的地方也没有了。

这偌大的城市啊，竟然连她一个落脚的地方都没有吗？

幸运的是就在她感到无望的时候，一则便利店的招聘启事出现在了眼前，简兮看完，带着行李就过去了，面试很顺利，可是当她提出想要预支一个月薪水的时候，遭到了老板的拒绝，老板觉得她这是在开玩笑，不敢相信地问："现在预支薪水？"

"是啊，拜托了，我现在身无分文。"

"可是按照我们店里的规矩，要等一个月后才能拿到薪水！"

"拜托你！我真是没有办法——"简兮可怜巴巴地哀求。

"不行就是不行！我们这里只包中午一餐，下月领薪水，如果你觉得不行，换别家啦！"

简兮愣了一会，只好哀求老板把过期的食物送给她。

夜晚，她带着一包过期的食物，又回到了公园，现在，即便是过期的食物对她来说也是无比珍贵，她喝着过期的牛奶吃着过期的面包，对着远方的天空暗暗发誓：简兮，一定要活下去，一定要好好的。

第14章
再遇唐斐

就在简兮迷迷糊糊快要睡着的时候，突然响起一声刺耳的尖叫，她陡然惊醒，站起身，顺着声音传过来的方向找过去。

朦胧中发现不远处两个身影扭打在一起，仔细一看，原来是一个男人正试图控制住穿着病号服的女人，女人用力想要挣脱开男人的控制。

月光下，女人拼命挣扎，用力咬住男人的手背，男人吃痛，却不肯松手，女人死死地咬着，咬得脸都扭曲了，挣扎中男人脸上的墨镜掉在了地上，简兮怎么也没想到，那人竟然是唐斐！她以为自己看错了，揉了揉眼睛再看，果不其然就是唐斐！

怎么会是他？他怎么会在这儿？这个女病人是谁？到底怎么回事？一瞬间简兮的脑袋掠过一连串问号，联想到之前他的故意刁难戏弄，血往头顶冲去，这个衣冠禽兽、表里不一的坏蛋，一定要想办法治治他，想到这她悄悄地掏出了手机，用摄像头对准了唐斐。

一辆救护车疾驰而来，从车上跳下来几名医生和护士，一拥而上控制住了病号服女人，并且迅速给她注射了镇静剂，渐渐地女人不再挣扎，医护人员将她押上了救护车，车子开走。

筋疲力尽的唐斐站在原地，沉默地目送救护车离去，长长嘘了一口气，正准备离去，简兮突然站了出来，大叫了一声："站住！"

唐斐吓了一跳，扭头见是简兮，暗暗吃了一惊："你干什么？走开！"

"干什么？"简兮微笑着把手机举起来。

"你录了什么？"唐斐警觉地问。

"当然是你的秘密啊。"

唐斐脸色铁青，他快速过来，一把拽住简兮强行拖入树后，顺手夺走手机，一把捏住她的下巴："说，你还知道什么？"

简兮大叫："我告诉你，就算你抢走手机也没用，你欺负女病人，我亲眼所见，而且我已经上传备份了！"

唐斐目光一寒，冷冷地盯着她。

简兮迎上他的目光："干什么？你以为我会害怕啊？哦，对了，大家都说你是新世纪最温柔绅士、全国十大最受欢迎的男人！哼，如果今天晚上的事传播出去，伪善的假面具一定会被揭穿！到时候，你就再也别想演戏了！"

唐斐语气淡淡地："说吧，你到底想干什么？"

简兮想了想，咬了咬牙，伸出一个指头："答应我一个条件，我就为你保守秘密。"

唐斐移开视线，退开了一步，冷笑一声："我这辈子最讨厌受人威胁，够胆就公布吧！"

说完转身就走，简兮急了："哎——"

唐斐大步往前走去，简兮急忙追赶上去："喂，你等等，等等！"

唐斐装作没有听到，头也不回，加快了脚步。

"喂，把我的手机还给我！"

唐斐猛然站住，背对着简兮，一把将手机重重摔在了地上，只听啪的一声，手机摔成了几块，落在了地上。

简兮陡然停住脚步，一看手机摔烂了，整个人都懵了，手忙脚乱地趴在地上一片片捡起，想要拼好，可是已经不成样了，根本拼不起来，一着急哇的一声哭了。

原本已经走远的唐斐，听到哭声，转过身来。

简兮冲着他大喊："你把我的手机摔坏了，里面有奶奶跟我的合照，你这个人渣！"

唐斐一怔，诧异地看着她，见她哭得实在伤心，只好无奈地走了回去。

简兮心疼地重装着已经散了架的手机：“都怪你！”

“什么？”

“都怪你，害人精！”

“小姐，是你威胁我好不好？”

简兮抹了抹眼泪，愤怒地看着他：“是你捣乱在先！我是来认妈妈的，关你什么事，什么疯狂粉丝，可笑死了，唐斐了不起吗，谁是你的粉丝啊！自恋挑剔，冷酷自私，我最讨厌你了！”

唐斐呆住：“你到底在干什么？装疯卖傻，博取同情吗？”

“博取同情？你把我想成什么人，我告诉你，这个世上，只有奶奶对我最好，要不是走投无路，我才不要来这里！更不会遇到你这个大变态！”说到奶奶简兮更伤心了，索性号啕大哭。

最近是怎么了，什么倒霉的事情都让她遇上了，已经流落街头了，现在就连唯一贵重的手机也被摔坏了，跟奶奶一起的照片再也找不回来了，想到这些她越发放声大哭，一边哭一边说：“你这个高高在上的人，你什么都不懂，你不懂我有多么爱奶奶，你不知道，我讨厌鱼刺，奶奶会把刺通通挑出来。哪怕上高中了，奶奶还会每天等我一起回家！她生病之后，明明每天晚上都痛得呻吟，还是一直拉着我的手说对不起，以后要丢下我一个人，每天、每天，不断不断地说着，不知道说了多少次，就连死之前都在担心我！”

唐斐看着她哭得那么伤心，有些手足无措。

简兮说痛快了，一股脑地将这些天的苦恼和郁闷全都说了出来：“和奶奶一起生活，是我人生中最幸福的日子，所以我以为妈妈也是这样……千辛万苦来找她，结果发现根本不是！她不要我，根本不想要我，还用看垃圾一样的眼神看着我！”

唐斐诧异地问：“你真是展眉的女儿？”

简兮根本不听他的话，只顾哭诉：“我以为她是迫不得已才丢下我，其实很爱我，全是假的！我不是垃圾！你们这些人才是，虚伪自私恶心！你们才是垃圾！”

简兮越说哭得越伤心，唐斐不愿听下去，转身要走，可走了两步却走不动了，她虽然很讨厌地触到了他的底线，可如果她说的都是真的，那也真是挺可怜的，可悲之人必有可恨之处，他回过头来看着简兮，顿了一会儿，才低声问：“说条件吧。”

简兮哭得上气不接下气，抬起头看着唐斐。

唐斐不耐烦地吼着：“趁我没反悔，快说！”

第 15 章
再次交锋

简兮呆住。

唐斐藏着隐隐的怒意："数到三，再不说我走了！三、二、一！"

简兮脑子一下子梗住了，抽噎了一下，说："数到三，不是应该从一开始吗？"

唐斐当场暴怒，一摊手："好吧，那就当我没说！"

转身要走，可简兮哪里肯依，摔坏了她的手机想一走了之？做梦！她大叫了一声："唐斐，你站住，你得向我道歉。"

唐斐懒得转身看她，淡淡地说："换一条！"

"不行！一定要道歉！"

"你！"唐斐深吸一口气，这个女人脑袋是木头做的吗？

"道歉，一定！必须！"

他摇了摇头："对不起。"

简兮见他又要走，有些急了，心想，不能就这么让他走了，现在她身无分文，北京又没有熟悉的人……想到这，她鼓起勇气说："还有……"

"还有？"

"还有什么？"

简兮停顿很久，期期艾艾难以启齿。

唐斐有些不耐烦了，他可是举国皆识的大明星，深更半夜跟一个女人在公园里纠缠，被人发现了可不好，再者明天他还有一个重要的通告："快点，不说我可走了。"

"别走！我……借我钱。"

唐斐放松了下来冷笑："我就知道，你要多少钱？说吧！"

"五百……不，一千块！"

唐斐以为自己听错了，一千块？会不会搞错了？他可是万人瞩目的唐斐，刚刚拿了金雀奖、炙手可热的大明星好不好，一千块？吃顿晚餐都不止这个价，"你说多少？"

简兮有些忐忑地："一千块，不可以吗？你放心啦，我很快会还给你的！"

唐斐啼笑皆非："拜托小姐，你为了一千块威胁我？你神经病啊！"

简兮窘迫地垂下了头："实话告诉你吧，我不想住在公园里了，有一千块我就可以找地方住了。"

"一千块能住哪儿？你真可笑。"

简兮脸涨红了。

"算了，要住哪儿都是你的事！"唐斐爽快地掏钱，手摸进口袋才发现根本没带皮夹出门，手一滞，露出了尴尬的表情。

简兮从希望变成了失望："你没钱啊！"

唐斐简直怒了，这是什么眼神，没钱？她以为他和她一样穷困潦倒，他压了压怒火，扯了扯嘴角："你见过我这样的男神，出门自己带钱的吗？"

简兮一愣摇了摇头实话实说："我是没见过叫自己男神的……"

唐斐恼怒地打断她："闭嘴啦！明天，你在这公园门口等我！"

说完这句话唐斐果断转身走了，留下简兮目瞪口呆地站在原地。一阵风吹过，卷起地上的树叶，显得简兮身影更萧瑟了。

唐斐走后，简兮拼了半天的手机，怎么也拼不好，最后只得放弃，又躺回到长椅上，也不知过了多久才迷迷糊糊地睡去。

第二天，简兮早早地等在了公园门口，从天蒙蒙亮一直等到了日上三竿，唐斐的保姆车终于姗姗而来，车窗摇下，唐斐戴着墨镜的脸露了出来，冲简兮低声说了句"上车"。

简兮上了车，脚刚踏进车里，车门就关上了，车子开了出去，简兮晃了一下，站立不稳、一屁股跌坐在唐斐的身上，跌得简兮晕头转向的，连声道歉："对不起！对不起！"

唐斐脑袋都要炸开了，这个女人有病吧，往他身上坐，他可是记得她曾经说过，这两天她一直住在公园里，嫌弃地一把将她推开，连连弹了弹身上的衣服，生怕简兮身上的细菌病毒粘到自己的身上一般。

简兮吐了吐舌头，选了个距离他最远的位置坐下。

不多会，车子开出繁华的市区，越开越远，越走越偏。

简兮心里七上八下的，一瞬间一个念头闪过脑际：他不会因为一千块把我杀了，抛尸荒野吧。

就在她惴惴不安的时候，唐斐似乎觉察到了她的心思，冷哼一声，把一个信封递到了她面前。

简兮如遭大赦，心满意足地接过信封，抱在怀里连声道谢。

唐斐冷冷地："备份视频，请立刻删掉。"

简兮慢吞吞地抬起头："其实，没有那种东西啦。"

"什么？"

"我骗你的。"

唐斐这才发觉上了这女人的当了，这女人居然敢骗他，不怕死吗？他耐着性子："你说什么？"

钱已经拿到，简兮不忍再骗他："根本没来得及备份，你摔烂了手机，视频也没了！"

唐斐冷笑："我以为你是变态脑残，原来还是只狡猾的狐狸，把钱还给我！"

简兮连忙往后退："不要！因为你我才被赶出来，你要对我负责！"

唐斐简直无语了："负责？负什么鬼？你有病啊？"

简兮紧紧地抱着信封："一千块就当是你向我道歉，不过，我攒够了钱，一定会尽快还你！"

骗鬼吧？把他唐斐当成什么人了？那么好骗？这个女人真是可恶，一次一次地挑战他的底线，他伸出手用力去抢她的信封："现在就还！"

简兮死死地护着信封："不要不要就是不要！你不守信用！"

唐斐的手已经抓在了信封上，两人同时抓住信封两端，用力扯来扯去，唐斐不松手，简兮抓得更紧，最后简兮大叫了起来……

前面刚好红灯，车子在斑马线前停下，简兮和唐斐还在争夺着信封，丝毫没有在意到整个后车座都在剧烈动荡，岳乐回头看着后座上的两个人，刚要说话，忽见边上的车辆里纷纷有人探出头来不怀好意地朝车里观看。

岳乐这才意识到是两个人的动作让整个车晃动的关系，忙低声道："哎哟，我说简小姐，你叫得也太惨烈了，这样会引起误会的。"

唐斐闻言，触电般地缩回了自己的手。

第16章
住进了男神的小区

简兮气喘吁吁地抱着信封，无意中注意到了唐斐的手背上深深的牙印："你的伤——"

唐斐斩钉截铁地说："没有！"

简兮说："昨天夜里，我明明看你被咬得很痛啊——"

唐斐再一次斩钉截铁地说："没有！"

简兮面对他冰冷的态度，恍然间想起了什么说："放心吧，我会为你保密的！"

唐斐勃然大怒地说："够了，停车！"

岳乐连忙提醒："这里不能停车。"

"我说停就停，就在前面停下！让她滚下去。"

简兮意识到了说错了话，小心翼翼地问："能不能送我回公园？"

"不能！"唐斐立刻打断了她的话，"一千块足够你打车了！走！"

"你！你怎么这么狠心啊，这里离公园那么远……"

车子停下，简兮被唐斐推出车门，门砰一声关上，车子嗖的一声无情地开走了，留下茫然无措的简兮呆呆地站在路边。

岳乐从后视镜里看着黑着脸的唐斐："唐斐，这样把女孩子丢下不好吧？"

"女孩子？她可不是女孩子。"

“啊？”岳乐惊呼了一声。

唐斐一字一顿地说道：“她是敲、诈、犯。”

岳乐翻了翻白眼，无奈地看着后视镜里被丢弃的简兮：“对了唐斐，你该不是故意……让我开出城的吧？”

唐斐白了他一眼：“你还有些脑子，没被僵尸全部吃光啊？快走！”

车子绝尘而去，很快淹没在滚滚的车流中，简兮一直到看不到车的影子才收回目光，环顾着周围的高楼大厦，不知自己身在何方，好在唐斐没把一千块收走，不然真不知道要怎么才能回到公园去管理处取回自己的行李。

简兮打算先找个房子住下来，有了落脚之地再说。

她在路边的电线杆上看到几处房子，按照地址找过去发现都被租出去了，无奈只好找到了房屋中介，可看到了贴在玻璃上的广告，再低头数了数钱，真是不舍得交出昂贵的中介费，就在她纠结万分的时候，一张贴在角落的广告引起了她的注意。

这是一张出租地下车库的信息，价格很合适，房产经纪热情地接待了她，并当场带她去看房。

她坐着房产经纪的小电驴开了约莫半小时，进到了一栋住宅区前，整栋楼处于高档住宅区，房产经纪带着简兮走进其中一间车库，环顾四周，环境狭小，没有阳光。

房产经纪见她面露失望，忙道：“简小姐，出租屋通常都很简陋，这里就不同了！你看这个小区，风景如画，满眼赏心悦目，还有独立的洗浴间！只要800元——虽然没光，胜在价格便宜嘛！”

简兮打开灯，灯光格外昏暗，她苦恼地在屋子里走了两步，突然灵光乍现，打开了手机，搜索如何借光的方式。

这本是个高档住宅区，只是今天有那么些不同，一个穿着廉价牛仔裤的女孩拖着一面镜子，对，没错是一面镜子，她的行为在这个小区里显得有些另类，那些看起来高贵的行人不由自主地注意到了她。

她就是简兮，她在车库的过道墙面上敲敲打打，安装了一面镜子，来往的人纷纷投来异样的眼光，她却毫不在意。

在安装完一面镜子后，她又拖着第二面镜子，这次拖到了对面楼的天台上，她不停地摆动镜子调整位置，最后在一个合适的地方，把光线引到了过道那面镜子上。

一缕阳光用奇特的模式通过楼顶的镜子，再经过道墙面的镜子，最后折射到车库，幽暗的车库房间有了自然光照。

一通忙碌之后，简兮的脸和衣服都脏了，她拍了拍手上的灰尘，露出了满足的笑容。

唐斐便置身在这片高档社区里。挑高客厅落地窗，空间的划分和位置体现了名设计师的精心布局，拐角处一张巨大的海报，是一个英俊到无可挑剔的男人，下面是狂草签名：唐斐。

岳乐把一份资料递给靠在沙发上的唐斐："简兮，生母不详，父亲意外身亡后由祖母抚养。两个月前，她的祖母去世，孤身一人来到这里，的确没有撒谎。"

唐斐对于岳乐这个答案没有表现出太大的意外，他的手落在档案上，里面的资料很简单，"确定？"

岳乐点点头，肯定地说："百分之百。"他顿了顿，颇为担忧地问，"只是，她真的会保密吗？万一泄露出去，我们会有很大麻烦。"

唐斐看了一眼资料上简兮的照片，清秀的脸朴素无华，不由得想起那天她蹲在左家的大门口可怜兮兮的模样，这样就想过来认展眉，想得太简单了。

他冷哼了一声，丢下资料，不耐烦地站起身，在大厅里来回踱步，阳光斜斜地落在他身上，那侧面的线条宛若罗马雕像，美得不真实。

一个男人美成这样干吗呢？岳乐不由腹诽了一句然后想到后一句：祸害万千少女的春心。不由得笑出了声。

唐斐看了一眼资料上简兮的照片，丢下资料喃喃自语："展眉……"他眯着眼来回踱步，修长的腿往前一迈，只听哗一声，一个黑垃圾袋倒在了地上，里面的垃圾倒了一地，唐斐瞪大了眼指着那堆垃圾直跳脚，他是个有轻微洁癖的人，完全受不了一点垃圾在他家里，现在居然让他一脚踩进垃圾堆里……他的脸都绿了："为什么还不清理走？保洁呢？马上叫她过来。"

岳乐一把捂住了自己的脸，看来眼前这位是忘了，他试探着："你忘了吗？"

"什么？"唐斐一脸嫌恶地把脚上的拖鞋扔到了一旁，光着脚退后几步，离垃圾堆远远的。

岳乐咳了两声，提醒道："你今天早晨又赶走了一个保洁员。"

第 17 章
成了唐斐的小跑腿

说到保洁员，唐斐就火冒三丈："你找的什么保洁员？我又不是大卫雕像，她竟然半夜趴在床前要偷吻我，当然要让她滚蛋啊！快去找！"

岳乐听得眼珠子都快掉出来了，那保洁阿姨都快五十的人了，居然还能看上唐斐这身小鲜肉，还能下嘴……岳乐很想问她得手了没，但看到唐斐的表情，对，像吃了苍蝇……他不由得暗暗笑歪了嘴，但他还是很努力装出一脸无辜："我已联系过，最快也要下周啊。"

唐斐跳了起来指着那堆垃圾："你要我和一堆垃圾过日子吗？"

一道奇特的光线划过窗前，唐斐的眼睛不由自主地眨了下，一伸手猛地拉开了窗帘，窗外绿树如荫，不远处是一个巨型喷泉，顺着那光线一路过去，一直到车库的方向，看到了一个穿牛仔裤的女孩，清爽而利落，简单而美好，只是这个人怎么看起来这么眼熟？他定睛一看，不由咬牙切齿：“欺诈犯！”

“什么？”岳乐好奇的过去一看，顿时瞪大了眼睛，“这……这是……”

唐斐的嘴角突然翘起，弯起一道完美的弧线。

岳乐看着他的笑大感不妙，这种笑通常被他称为恶魔之笑。他看着唐斐转身拿起墨镜，哈了口气擦了擦，戴上，顺手拿了围巾一边戴一边快步往外走。

这祖宗又想干吗？岳乐跟着他的脚步追了上去：“哎，等一等！”

车库的门大开着，简兮趴在床上，小脚丫子不停地抖着，那束奇特的光线刚好落在这幽暗的车库里，她捧着一本漫画，看得津津有味，丝毫不知道，她莫名就树立了一个敌人，而这个敌人正快步向她所住的车库方向过来。

唐斐的速度很快，快到岳乐都快跟不上，等他走到车库门时，岳乐还在后面，他站在门口看到了自得其乐的简兮，嘴里还哼着跑调的歌曲。

这种人也有，住在这种地方……他看了看车库居然能改装成一个房间，简兮丝毫没发现有人过来，唐斐咬唇一笑伸手重重砸在门上。

简兮被砸门的声音吓得跳了一跳，一抬头，条件反射地从床上跳了起来：“又是你？”

唐斐摘掉墨镜，嫌弃地看着简兮：“这话换我说才对！”他指了指对面，面无表情得说，“看见那幢楼了吗？”

简兮一翻白眼，她又不是瞎，怎么会看不到那幢楼，只是这人过来干什么？简兮不由狐疑地看着他。

唐斐没好气地翻白眼，然后一字一顿地说：“那、是、我、家！”

“你家关我什么事？”简兮愣在那里。

“不关你事？”唐斐上下打量她，看着她一副穷酸相，再想起那天混入左家宴会，一脸恍然，“哦，我明白了！”

“你明白什么？”简兮一脸莫名其妙，这人脑子有问题吗？思考问题的模式与常人不同，长得人模人样，脑子却不太拎得清。

唐斐盯着简兮：“你先是狡诈，故意吸引我的注意，然后搬到附近，一步步顺利接近，是这样吗？”

接近谁？眼前这个拽得跟二五八万的男人？长得是不错，可惜脑子不好。

岳乐紧追紧赶终于跑到了，一到车库，看唐斐站在那对里面直吆喝，再定睛一看，惊讶地发现里面住的人是简兮，上上下下打量了她几眼。

简兮一头雾水，解释道：“我根本不知道你住在附近！”

不知道？唐斐冷笑着用手一指，指着对面楼上的奇特光线：“那怎么解释这个！”

简兮差点没一头撞死在床上，她指着那光线解释：“我只借自然光，你住在对面又怎样，连太阳都垄断啊！”这人是不是太霸道无理了一点。

借光？唐斐看着那光线柔柔地落在阴暗的车库里，给车库带来些许的温暖与光明。

只是这跟他有什么关系？

唐斐指着那光线，霸道地说：“阳光落在我的天台，就是属于我的！你——立刻搬走！”

脑子有病吧？简兮果断地摇头拒绝：“我签了协议，不搬！”

一看情况不太妙，岳乐腆着笑脸上前打圆场：“二位——”

不等他说完，简兮和唐斐异口同声：“闭嘴！”

这么有默契？岳乐呆住了，站在那里说也不是不说也不是，总不能眼睁睁地看唐斐欺负人家一个小姑娘吧！但也不能得罪唐斐，这可是他的衣食父母啊！

唐斐完全无视了岳乐，冷哼一声：“不搬是吧？”他转身顺着光线折射的方向走到过道，冷眼看着镜子，心想这女孩还是有点思路，居然能想到这么曲折的借光，可是……光是他的，他不借！

唐斐指着镜子得意洋洋地跟岳乐说：“派人把它敲碎！”

“敲碎？”岳乐愣住，他看看唐斐的表情立马知道这位爷今天是跟这女孩子犯上倔了。

敲碎？追上来的简兮刚好听到最后一句话，她不由得心头一紧，失声道：“我需要阳光！”

唐斐透过墨镜仔细端详着简兮，然后抿嘴一笑，雪白的牙在阳光下闪闪发亮，然后脸色一正：“关我什么事！”

如果是平时，简兮早一口唾沫喷过去了，只是眼下事关她未来的阳光福利，只能忍，简兮咬着牙说：“到底怎样你才肯借光给我？”

唐斐咧嘴一笑，心中的小恶魔挥着镰刀爬上他心头，他嘲弄地摆手高傲地说：“绝不可能！垃圾一样的女人，立刻从我的视线里消失，滚！”

“你！”简兮气得眼泪差点出来。

看着简兮眼泪快掉出来，岳乐突然灵光一闪，他眼珠一转：“其实，不如等价交换……”

两人同时看向他，就像岳乐说了什么不得了的话一样，岳乐哼了一声，拉了拉自己的衣服，证明自己确实有解决问题的方法。

“其实很简单，简小姐需要自然光照，我们的房子需要清洁人员，完全可以各取所需。”

岳乐的话一出，唐斐用手指一指差点戳到简兮的鼻子，简兮往后退了几步。

唐斐眼睛一白，愤愤地说：“让欺诈犯出入我的公寓？”

看着快跳起来的唐斐，岳乐压声了声音：“唐斐，两周内你赶走六个保洁员了。”

唐斐一指岳乐：“找保洁是你的事。”又指向简兮：“反正这事行不通，果断不行。”

岳乐颇为尴尬地轻咳一声，耳语：“可以就近监视，免得她出去胡说八道——这个意思你懂的。”

唐斐的眉毛挑了起，手指一滑，墨镜滑到了鼻翼位置，他看看站在那里的简兮，似乎这个提议不错。

站在那里的简兮似乎看到一线希望，急忙说：“打扫卫生吗？我可以！”

岳乐哼了两声清了嗓子，一本正经地对简兮说：“我要先声明。”他指了指唐斐，“唐先生是公众人物，极度需要保护隐私，你负责处理杂物。”最后扬起了下巴高傲地说，“未经允许，不可进入。”

谁没事去他家？简兮连忙点头：“可以，我可以负责唐斐先生住宅的清洁，也绝对不会随便进入他的家。”

唐斐抱胸，吩咐简兮：“我有任何需求，你要随叫随到！”

“任何需求？”简兮狐疑地看看唐斐又看看岳乐，有点不确定。

岳乐微微一笑，推推眼镜，镜片闪过一道光芒，嘴角露出一丝笑：“跑腿做饭煮咖啡之类。”

“啊？”简兮不由一愣，这不是一个简单的保洁员问题了。

唐斐指着那镜子：“做不到吗？那就——”

“别！”简兮看了看镜子，想到如果没有这镜子，那么她在车库的房间便是暗无天日，一咬牙拼了，“好！”

唐斐冷笑着，将墨镜推回，然后高傲地转身就走。

看着唐斐走远，岳乐握住简兮的手，十分诚恳地说：“我终于从找保姆的噩梦中解脱了。简小姐，谢谢你，非常感谢！”

什么情况？简兮一脸茫然地看着他，不是等价交换吗？

岳乐微笑着准备仔细介绍一下，结果唐斐突然探头，吓得两人一哆嗦。

“还不快走！”

岳乐向简兮一眨眼，快步跟上了唐斐的步伐，简兮也小跑着跟上。

“这个房间是多功能影视厅。”岳乐带着简兮慢慢逛着，简兮目瞪口呆地望着影视厅里那一张张真皮沙发，里面的音响麦克风无一不全。

“这个是健身房，唐斐这么大咖，不可能出门健身。”岳乐指着健身器材，“一定要打理干净。”

最后岳乐打开一个房间，房间里堆满了小山一样的盒子，简兮上前看了看，忍不住伸手摸了过去，只听岳乐大叫一声：“不要！”

房间里小山一样的盒子瞬间倒下来，延伸到了客厅，岳乐跟简兮面面相觑。

“这是什么？”简兮目瞪口呆地指着满地的盒子。

岳乐指着其中一堆花花绿绿的：“这些是粉丝送的礼物，不必管。”然后指着一堆包装奢华的盒子，“那边是代表唐斐寄出去的礼物，你要在今晚 12 点前整理完毕。”

“都送给谁？”简兮难免好奇，她弯腰捡起一个盒子，粉红色的盒子上面精心扎了一个蝴蝶结，一看就是迷妹送给唐斐的礼物，只可惜，他从未拆过。

“大多数是业内人士，影视巨头、金牌制作、各大广告商、知名演员、媒体朋友等等。清单在这里——”岳乐丢给简兮一大卷纸，然后交代，“每个人的礼物不同，千万不要弄混。”

简兮散开一看，密密麻麻写了一长串名字，一眼看不到头，她朗读着最后一行的数字：总计……534 份！天啊，他以为自己在演穿 Prada 的女魔头吗！

“这么多礼物，为什么不请专人包装？”

岳乐做了个切断动作：“省钱！”

简兮愤怒了：“说好只是保洁，现在连快递都要帮着寄，而且一寄就是534份，那么有钱，还这么抠门！”

岳乐不好意思地挠挠头：“唐斐说，可免则免。不好意思，辛苦你了。”

简兮看着堆成山的盒子，惨叹了一声，然后认命地盘腿坐下，愤愤不平地拿过一个盒子，咬牙切齿地开始包装。

“喏，给你。”岳乐递给她一部手机，“记得，要 24 小时开机——”

“我只是过来做保洁！”

简兮气得浑身发抖，岳乐同情地看她一眼。

“想想阳光！”岳乐安慰她，简兮一想到阳光，不由得一抓脑袋，双腿一蹬，她怎么会碰到这么变态的男人。

“贱人！”简兮把手里的礼物当成了唐斐，掐着礼物感觉就像掐着唐斐，最后认命地拿出包装袋，把礼物装好放到一旁，随着时间推移，包好的盒子在简兮身后堆起了小山。

包礼物包到腰酸背痛的简兮看着堆成小山的礼物，对着那卷纸用笔打上一个勾，还有最后一个。

胜利！为了阳光而战，我简兮是打不死的小强，唐斐，你个王八蛋！

她拿起最后一件礼物准备打包，这时候电话响了起来，简兮看着电话，握紧了双拳，有一点想把手机丢到马桶冲掉的冲动。

为了阳光！她认命地接起了电话，电话那头唐斐那磁性的声音传了过来：“一杯冰咖啡。”

“我在包礼物。”简兮果断拒绝。

电话那头的唐斐用不容拒绝的口气说：“立刻，马上！”

简兮还想说什么，电话已经挂掉了，她不可置信地瞪着手机，天！怎么会有这样的人！

第18章
偷听陆周的课

夜幕下的街头，简兮骑着自行车看着交通灯刚刚转绿，她的自行车便飞快地冲过十字路口，车篓里装着咖啡纸袋。

电话铃声突然响了起来，简兮猛然刹住，由于用力过猛，车轮转速跟她的动作不一致，不妙！简兮发现鞋后跟竟被卡住，该死！

她用力去拔，发现鞋跟竟断成了两截，这就是所谓的流年不利吗？电话还在响，简兮脱下鞋子，把它们放在咖啡边，单手将电话支撑在耳朵旁。

电话那头唐斐那具有魔性的声音传了过来，一字一顿道："欺—诈—犯？"

"我在听！"简兮平静地说着，视线落在坏掉的高跟鞋上。

"我的冰咖啡呢？"

"再过几分钟我就——"

没等她说完唐斐粗暴地打断了她的话："换卡布奇诺。"

"什么？"简兮欲哭无泪，死死地抓住了自行车的把手，"我已经买好了……"

电话那头传来挂掉的嘟嘟声，简兮盯着电话看了几秒钟，拼命调整呼吸，立刻调转方向，光脚继续骑。因为太过匆忙不小心挡了道，司机们从窗户探出头来，愤怒地咒骂：

"神经病！"

"眼瞎了，不要命吗？"

"你怎么不干脆插上翅膀飞过去得了！"

……

简兮委屈到不行，嘴里不停地道歉："对不起！对不起！赶时间！"

当她提着卡布奇诺气喘吁吁地进门，一只手拎着断跟的鞋，一只手捧着纸袋。

而唐斐坐在大厅悠闲地看杂志，一双长腿懒懒地搭在茶几上，岳乐则在电脑前排计划表，两人从容不迫的样子让简兮咬牙切齿。

她狼狈地把纸袋放在了茶几上："给你，卡布奇诺。"

唐斐打开纸袋，拿出咖啡晃了晃："奶泡呢？"

简兮愣住："啊？什么奶泡？你没有说。"

唐斐把咖啡打开指着里面，任性地说："没有润滑的奶泡，就不是卡布奇诺。"

简兮目瞪口呆地望着唐斐手里的咖啡："你真是……"

唐斐闻了闻，皱眉嫌弃："而且还凉了。"

冷了？能不冷吗？这种天气，简兮解释："我骑了三条街到你指定的店去买，当然会凉啊！"

唐斐把咖啡往茶几上一放命令道："十分钟内，重买一份！"

简兮愤怒了，指着咖啡叫了起来："你在做梦吗？来回要三十分钟啊，你怎么不干脆叫我飞过去！"

唐斐伸了个懒腰，大叫着："岳乐，把镜子——"

"好！十分钟就十分钟！"简兮又气又怒，倒退着飞奔离去，手上鞋子都跑丢了。

唐斐看着简兮光脚跑走的样子哈哈大笑，对岳乐说："你脑袋终于灵光了，留下她是个好主意！"

岳乐看看消失在大门口的简兮，颇为担忧："可是，这样欺负女孩……不大好吧？"

唐斐往后一靠，无情地说："她先敲诈我，就要承担后果！"

岳乐心想，简兮什么时候敲诈过你？还不是你一路欺负她，于是他说："不用说这么过分吧。"

唐斐摇摇手指说："少女漫画看太多，早晚变无脑玛丽苏，我是在拯救她！"

岳乐为简兮解释："就算看少女漫画，也未必是脑残少女啊。人家每天凌晨 4 点就要开始工作——"

唐斐一愣，什么 4 点钟开始工作？

岳乐掰着手指开始算简兮的工作时间："早晨 4 点到 7 点，她每天要送 226 份报纸，8 点赶去便利店工作，晚上 8 点回来打扫，一周出勤 6 天……"

简兮每天的生活如流水般出现在唐斐脑海中：报纸被放在前框和后座，全部用油纸蒙好，简兮仔细检查一遍。

简兮穿梭在各处送报纸，一个不经意让报纸散落了一地，她憨笑地捡起，核对着数量。

简兮干劲十足地冲上大坡，结果力气不够又滑落下来，只能再拼命把车往大坡上推。

简兮拿着剩下的最后一份报纸，笑得很开心。

唐斐用力摇了摇头，那个诈欺犯居然出现在他脑海里，还笑得很开心，他不以为然地说："资料调查倒是蛮详细，不过——那又怎样！"唐斐一脸高傲，不屑一顾。

看着唐斐的表情岳乐不由哑然。

唐斐的目光落到掉在客厅的鞋子上，冷漠地说："世上没有不劳而获的东西，阳光、空气都不属于穷人！"

世纪影视四个鎏金大字龙飞凤舞地立在大厅中央，简兮四处寻找着地方，结果越绕越远，完全迷路了。

她挠挠头："怎么看起来都一样啊……"到底在哪，先回去看看。

简兮正准备往回走，一旁的房间里传来了激昂的钢琴声，简兮转过头，着迷地顺着音乐声音而去。

在一个角落的琴房中，陆周坐在钢琴前，手指疯狂地舞动，起伏的双手，在键盘上挥出激昂的音符，任意驰骋在自由的想象世界。他弹的正是贝多芬的命运交响曲，在钢琴曲弹奏到最强音的时候，所有音乐戛然而止。

陆周脸色苍白，嘴唇发抖，猛然一拳砸在了钢琴上，钢琴发出重重的颤音。

简兮站在走廊上，好奇地看着里面的陆周。助教浮生经过琴房，古怪地看了简兮一眼，简兮吓了一跳，连忙退后一步。浮生没在意简兮，推门进去："老师，要上课了。"

浮生回头看一眼，发现站在那里的简兮已经不见了。

世纪影视公司教室里陆周坐在椅子上，冷冷盯着众人，所有的学生站成一排，他们都站得十分整齐，没有人敢做多余的动作。

浮生站了起来："早上好！恭喜各位从4568名报名者中脱颖而出，你们很幸运。一年后，世纪会提供一份经纪约，你们可能会成为万众瞩目的对象，参演最红的电视剧、电影，获得TOP时尚杂志的代言，登上演艺事业的巅峰！"

学生们笑了起来，可接下去浮生的话让他们很意外。

"但是你们也很不幸！"浮生笑眯眯的，让人看不透他的心思。

对于这句话，学生们很惊讶。

浮生手指一点："因为你们当中的百分之九十九都会被淘汰！这一年中，我们会为各位做最专业的表演训练和理论培训，但最后能否被选中，全看你们自己的实力和努力！"

其中不起眼的学生说道："只有和世纪合作才有机会吗？"

浮生扫视她一眼微笑着："当然不是！不过，成千上万人想要成功，但他们熬了10年、20年甚至一生，都只是一个可有可无的龙套！可一旦被公司选中，你们会拥有最好的经纪人和最棒的资源！全方位的包装，光明无限的前途……"他的手一指，从头到队伍一个个点了过去，声音极其高昂，"谁，会是那个幸运儿，这都取决于你们自己！"

学生们被浮生的气势震慑到，浮生正说得起劲，突然听见学生们一阵骚动。左左也在队伍里，她回头，看到柯洛走了进来。

周围人议论纷纷："看，是最近人气飙升的偶像歌手柯洛！柯洛，真的是柯洛！他是最红的选秀新星啊，怎么也来了！"柯洛的脚步很缓很稳，他帅气地用力一撑借力飞过一排桌椅，潇洒落地，向众人招手："Hi！"

浮生面无表情地望着柯洛："你迟到了。"

柯洛依旧保持着笑容，他的声音极有磁性，就像有羽毛划过耳膜一样，触人心扉："关于我的迟到，首先要感谢早晨突然坏掉的花洒，其次是失恋放假的助理，再然后是铁面无私的警察妹妹，因为她决定拖走我的车子，虽然我只想从路过的餐厅打包那么一小份早餐——"

浮生竖起了手指摆了摆，嘲讽地打断了他的讲话："演讲结束了吗？"

柯洛丝毫不介意，笑嘻嘻地："还有最后一句。"

浮生没想到柯洛会如此放肆，不由一愣。

"迟到是我一生中最大的愿望，没想到这么快就实现了。那些给我机会迟到的人们，谢谢，我爱你们！”柯洛用一种极为正经的表情来说这句话，左左看着柯洛，扑哧一声笑起来。

浮生额头的青筋蹦了蹦，狠狠瞪了她一眼，转头向众人：“记住我的话，好好珍惜这个机会，良好的起步固然重要，但更重要的是努力和做人的态度！”

陆周坐在那里一直没有说话，沉默地观察着所有的学生。

“第一节课要演一出新戏，来测验你们的能力！”浮生冷静地说出了这节课的要求。

顿时众人炸了锅，议论纷纷：“今天第一次来上课，我们还什么都不会！”

“老师，我们都没上课，怎么考试！”

“好夸张哦！这是入门测验吗？”

左左皱起了眉头，看着浮生，只见他大声说：“考题是，你的情人毫无征兆地，突然提出和你分手。”

学生们面面相觑。这时候简兮悄悄来到窗外，认真地看着里面的动静。

浮生走到中间，站在那里：“我来演对手，开始吧！”学生们一个个表演，有的大哭，有的抓头，有的跺脚，都竭尽全力表达痛苦。

轮到柯洛，他连眉头都没皱一下，就上前，先愕然之后冲动地上前捏住浮生双肩责问：“为什么，为什么要离开我！”然后猛然捂住脸做出痛不欲生的模样。

演完，柯洛脸部的绝望跟痛苦突然变成了哈哈大笑的表情，他忍不住捂着肚子笑了起来，最后几乎笑岔了气，教室里其他人也跟着哄堂大笑。

浮生恼怒地瞪着他，看他在那里笑的站不起身来。简兮看得入了迷，始终站在窗外。而陆周突然拄着拐杖一步步走过去，重重一拐杖打在柯洛的右腿上：“浮夸！可笑！”

众人不由哗然，简兮呆住看着陆周那愤怒的表情。

柯洛被一拐杖打倒在地，年轻的脸充满了愤怒：“你干什么！”

陆周连看都不看柯洛一眼，直接说：“下一个！”

轮到左左，她快步上前，柯洛不甘，愤愤地站在那说：“这次我来演对手戏！”

左左只背过身去，装作酝酿情绪，不知什么时候手里多了瓶眼药水，她在装作擦脸时悄悄点了眼药水，点完她一转身正要表演悲伤时，柯洛露出一个坏坏的笑，故意失声大叫：“看，你头上有只蟑螂！”

左左吓得高声叫了起来，还使劲儿甩着头发：“啊！”

柯洛高兴地哈哈大笑，大家也跟着笑，只有陆周冰冷地盯着柯洛：“蠢材。”

柯洛挑衅地回视陆周，一摊手：“我们都演得不好，那老师你来啊！给我们做个示范！”

众学生也跟着起哄七嘴八舌：“对啊，老师你来嘛！我们的演技不好，什么才是好演技！”

“就是，让我们看看老师的实力！”

陆周平静地看着柯洛：“浮生，你来示范。”

“是。”浮生从容地走到中间，坐到了椅子上，拿出了一包烟，准备划火点烟。

“我们分手吧。”陆周淡淡地说道。

浮生正在划火柴的双手突然一抖，接着苦笑，香烟已经点着，却一直等到灰烬掉落都没有吸一口。

众人愣住，议论纷纷：

“完了吗？”

“这就是表演？”

“痛苦呢？”

柯洛梗着脖子：“不会吧，这么平淡？”

陆周望着众人：“还不明白？”

柯洛是第一个出声的：“明白什么！”

陆周一字一句落地有声：“表现痛苦的时候，你们一个个哭得抑扬顿挫，情绪大起大落，却从未想过这样有多难看！什么是演戏，演戏就是人生！经历过痛苦的人才知道，痛苦有千万种表达。每一次痛苦都只会号啕大哭，那是婴儿！”

左左一听这话气得跳脚：“不公平！”她指着柯洛，“是他故意破坏我，难道我一个人能够完成一部戏吗？”

陆周很严厉地说：“不要找借口！去看看街头的疯子，他大喊大叫，因为有看不见的对手！演戏也一样，世界完全属于你，你不需要对手，他已在你的幻想世界里生存！”

对手……他已在你的幻想世界里生存……简兮闭上了眼睛，那个不知名的人对她说了一句：我们分手吧！她的表情很平静，眼睫处落下一颗泪珠。

教室里左左愤怒地大叫着：“这样真的很难啊……”

陆周无视左左的尖叫声，他平静地对同学们说：“要做演员，就要严守自己的本分！什么是本分，把戏演好，用作品说话！你们没有天分，就靠后天的努力来弥补。既没有天分，又不想努力，别说做演员，倒垃圾都没人要！记住，世上没有难演的戏，只有废物的演员！”

没有难演的戏，只有废物的演员。简兮的眼前突然一亮，似乎有一扇门被推开来。

教室里众人愕然。

而柯洛无所谓地耸肩：“老师你错了，没演技一样可以受人追捧啊，我不就是最好的例子吗？”

陆周冷漠地望着柯洛：“随着大众审美变化而淘汰的是偶像，岁月过去更加光芒耀眼的才是演员。”他顿了顿，用审视的目光扫过站成一排的众人，“我这里——不培养偶像，只培养演员！”

待陆周说完，浮生上前补充：“各位请牢记，这里实行淘汰制，每周一次考试，没通过的人会被踢出去！”

左左不服气地大叫：“说踢就踢吗，你知不知道我是谁！”

陆周平静地看着左左："大可一试！不管你们之前取得了怎样的成绩"，他严厉地扫视柯洛，柯洛桀骜不驯地回视，陆周盯着柯洛，"不管有怎样的背景，进了这里，就要守我的规矩！"

左左不由愕然，她向来最好使的背景，在这里真的行不通吗？她不信。

所有的学生都不敢出声，而左左愤愤地瞪着陆周。

柯洛则是一脸无谓，玩世不恭地靠在桌子上，百般无聊地四下张望，突然看到了窗户外的简兮，她正认真地看着陆周的一举一动。

好意外，窗外居然有个漂亮女孩子，柯洛很有兴致地盯着简兮，简兮被柯洛审视的眼神吓了一大跳，头也不回地跑了，报纸落在了地上，慌张地去捡。

厚厚的法国进口窗帘从高高的落地窗外垂落，中央的水晶吊灯闪的让人炫目，实木真皮的欧式沙发上坐着牧歌和左刚，他们在下围棋，展眉穿着维秘款毛绒拖鞋给左刚倒了一杯茶，正准备坐下，只见左左气急败坏地闯进来。

"爸，你要给我主持公道！"

牧歌关切地问："左左，你怎么了？"

左左理都没理他，只是盯着左刚撒娇："你立刻打电话，让那个陆周滚蛋！"

一听这话左刚很头痛，没好气："没头没脑的，人家到底怎么惹你不高兴了，发这么大脾气！"

展眉轻咳一声，柔声："左左，你才第一天去上课，还不习惯吧。"

左左瞪了展眉一眼，不屑地说："你懂什么！那个陆周当着那么多人的面大声骂人，还说我没演技——"

左刚一脸了然地说："看看你自己，一副大小姐脾气，就是缺教训！天天赌咒发誓，一定会好好学表演，我这才厚着脸皮去求齐文森，把你安排进公司。要是凭真才实学，你能进得去吗？现在受到一点小挫折你就受不了，将来要怎么演戏？"对于他自己的女儿，他还是了解的。

左左急了，抱着左刚的胳膊说："爸爸，你真想捧红我，给我一个女主角啊！"

展眉皱眉劝慰着："左左，你到底是新人，这个急不来——"

左左朝她怒目而视："不用你来教训我！"

展眉摸了摸额心，无奈地说："左左，我是关心你啊！"

左左指着展眉，冷笑着："关心？哼，你以为自己凭什么当女主角，还不是靠我爸爸！在我面前装什么装，恶心！"

这番话让左刚暴怒，一把打翻了棋盘："你住嘴！"

展眉连忙拉住左刚，而牧歌拉着左左往外走："左左，心情不好就出去散散心！"左左甩开他的手，怒哼一声，砰的一声摔门离去，牧歌连忙开门追出去。

左刚气得浑身发抖："混账！"

展眉轻声劝慰着："左左还是个孩子呢，何必跟她置气。"

左刚指着大门，怒气冲冲地说："她才第一天去就要换掉陆周，不知天高地厚！"

展眉倒是眼前一亮，欣喜地问："陆周，就是那位——"

左刚慢慢坐下，凝视一地的棋子："对，就是他。拍《紧急迫降》，他考到了独立跳伞执照；拍《棋王》，他去找棋王拜师研究；拍《悬崖》，他不用替身自己上阵……长得帅，演技好，还比任何人都努力。"说到这声音小了一些，感叹道，"不过天才又如何，老天对完美的艺术品只会更残忍……"

第19章
偷课被发现

展眉的眼微微地垂了下来，露出若有所思的表情。

左刚感慨："这个行业就是这样啦，没人能红一辈子，总有一天会被淘汰。展眉，如果有一天我不再是知名导演，你还会爱着我吗？"他郑重地望着展眉。

展眉淡淡一声，动作优雅地搂住了左刚的胳膊："当然不爱。"

话一落，左刚满脸愕然，展眉妩媚一笑："我要的一切全是最好的，你要越来越红，令我更幸福快乐，才配得上我说爱你呀。"

左刚恍然大悟，哈哈大笑了起来。

夜色下的城市，霓虹闪烁，pub内的灯光闪着诡异的蓝光，左左拿着一瓶酒，另一只手跷着指头，跟着音乐的节奏，脑袋在摇，手指在晃。

牧歌一路跟着左左，终于看到了摇头晃脑的左左，他叫了声左左，左左没反应，于是拍了拍她的肩，左左回头一看到牧歌就皱起眉头："你跟来干什么呀！一天二十四小时都来监视，我又不是犯人！"

牧歌小心翼翼想接过她手里的酒瓶："左左，你喝醉了。"

"别拉我！快走开！"左左指着牧歌的鼻子吼着。

牧歌想要拉住她，左左手一扬，一瓶酒泼在了他的身上。牧歌一身都是酒，狼狈地说："左左，我是担心你！"

左左眯着眼睛看着牧歌，拍拍他的胸："不用你担心！拜托，要报恩麻烦去找我爸，别像条狗一样盯着我，没有骨头给你！"

牧歌气得浑身发抖："你太过分了！"

"过分？"左左指着牧歌尖叫，"你要再不走，还有更过分的！"

牧歌很坚定地说："我不走，除非你跟我回去！"

看着他要死不活的表情，左左破口大骂：“你到底还算不算是个男人？我骂你是狗啊，有点自尊心好不好！”

牧歌的眼神暗了暗，一股怒气瞬间爆发：“闭嘴！跟我走！”

牧歌强行拉起左左，左左用力甩开了他的手，一转身逃进了混乱的人群里。

灯光突然闪烁变化，音乐随着节奏变得越发炙热，pub 的另一边，柯洛扬着手在那里热舞，一眼瞧见逃过来的左左，他伸出手玩笑似的拉住了左左的手。

牧歌随着左左逃走的方向追来，大声地喊：“左左！”

眼看着牧歌要过来，左左突然妩媚地一笑，伸手抚摸着柯洛的脸颊，身子跟蛇一样贴着柯洛扭动起来，牧歌好不容易挤了过来，却看到左左跟柯洛脸对着脸大跳贴身舞。

柯洛笑眯眯附耳：“真巧啊，我还以为看错了人！”

左左笑容艳丽，动作暧昧地轻轻环住柯洛的脖子，语气冰冷：“我想起来了，今天是你害我出丑！”

柯洛玩世不恭地一笑：“开玩笑嘛，何必这么认真！”

一边的牧歌定定地看着那边热舞的两个人，拳头紧紧握起，可左左根本没有回头看他一眼，他再也无法忍受，生气地扭头走了。

左左盯着柯洛，冷冷地问：“刚刚你说，开玩笑？”

音乐声震天，柯洛根本听不清：“啊，你说什么？”

正好一曲终了，原本激烈的音乐停了，就在换曲的空当，左左嘴角一翘露出了小恶魔般的笑，她突然大叫一声：“柯洛，新生代歌手柯洛在这儿！”

“柯洛？”

“不会吧！”

“好像真的是柯洛！”众人变成了狂热的歌迷，纷纷呼喊，“柯洛！”

“是那个选秀冠军？”

“对啊，真是那个偶像歌手啊！”

“快看快看，真的是他！真人好帅啊！”

“柯洛！柯洛！柯洛！”尖叫声此起彼伏，数秒内，无数人涌了过来，手机不停地闪着，柯洛震惊地看着左左，左左挑衅回视，做出了胜利的手势。

柯洛突然露出玩世不恭的微笑，转头自然地冲大家打招呼：“大家好！我是柯洛！”灯光瞬间暗了下去，音乐声正好响起，众人一个晃神，柯洛抓紧时机，一把拉过左左的手夺命狂奔。

半个 pub 的人追了出来，四下寻找，却不见两人踪影，只有茫茫夜色下孤独的霓虹灯在闪烁。

柯洛拉着左左一拐弯，藏入黑暗且寂静的巷子里，里面静静的没有一点人声，柯洛停下了脚步，在黑暗中凝视着左左，他喘了口气：“你这丫头，真是睚眦必报！”

左左捂着肚子，哈哈大笑。

柯洛无奈地叹了口气："难得我偷溜出来，差点被你坑惨了！你还笑？"

左左挑衅："这回咱们扯平了！"

柯洛一愣，左左向他伸出手，刚好有车灯划过，左左笑容艳丽："前账勾销，重新认识，我是左左！"

简陋的车库房间里，简兮在房间里对着镜子，表现快乐、痛苦、惊讶等各种不同的表情，学习着浮生点烟的动作，一副少年老成的模样。

她在努力揣度着白天表演训练班的学习内容，越发兴致昂扬。

第二天，简兮又借着送报纸的时候来世纪影视公司的教室外偷课，刚好被经过的左左看见了，简兮也发现了左左，心里暗暗说了一句糟糕，转身想要离开，谁知刚走了两步就被左左一把拉住了手臂："等一等！"

简兮的头低得更厉害，恨不得有个地洞可以钻进去，她可不想让左左认出来。

"怎么，你想躲啊？我可记得你，你是展眉的女儿！"

简兮一阵心慌，别转头去，矢口否认："你认错人了！我不是！"

说完想要甩开左左的手，赶紧离开，可没想到左左竟死死地拉着她不肯放手，说道："如果不是的话，那你为什么不敢面对我！"

第20章
左左的挑衅

看来无处可躲了，简兮只好转过脸直视左左，无奈地问道："请问你到底要干什么啊？"

"说吧，你为什么躲在门外偷看？"

简兮举起手里的报纸："我哪里是偷看啊，我只是送报纸……偶然经过而已。"

"送报纸？骗谁呢？这里可是练习室！你鬼鬼祟祟的……"左左狐疑地打量着简兮，忽然间明白了过来，"不会吧，你也想学表演是不是？"

被左左识破了心思，简兮更加慌了起来，挣扎着想要撤回手赶紧离开是非之地："我只想随便看看！你——"

"你怕什么啊？你又不是贼，要看索性进去，大大方方看！"左左一脚踹开了门，拉着拼命想要逃走的简兮进了教室。

众人被踹门声吓了一跳，一齐投来诧异的目光，见来了个新人，众人议论纷纷。

"你是新来的同学？"柯洛第一个跳了出来，猛然趋近了简兮，盯着简兮的脸，"咦？真奇怪，我怎么没见过你啊！"

距离太近，吓得简兮急忙向后退了一步。

柯洛哈哈大笑：“想不到你很腼腆嘛！”

左左心中莫名地感到了一阵不愉快，她瞪了简兮一眼，正要说话，陆周和浮生进了门，众人迅速安静下来。

陆周坐下之后，浮生将手里的资料散给各人：“这是今天的练习资料。”

众人开始传递资料，看完练习资料就呆了：“这是什么啊！”

“王尔德是谁？”

“西班牙公主的生日——”

“老天啊，这从哪儿找来这么土的戏啊！”

浮生平静地看着众人：“角色是个不知世事的天真小丑，他把公主逗得哈哈大笑，以为大家都是真心喜欢他，却在最开心的时候明白了真相。”

柯洛一脸好奇地问：“什么真相？”

“大家都把他当成笑柄，包括心爱的公主。”浮生说完抖抖资料，“十分钟时间记熟，然后开始表演。”

众人简直要崩溃了，一片尖叫：“啊，十分钟，救命啊！”

简兮乘机想要悄悄溜走，谁知左左还是不让她走，死死地扯住她，简兮简直要无语了，挣了半天实在是脱不开，只好放弃了挣扎。

浮生说：“好了，现在开始吧，这位同学你先来。”他随手指着最靠近他的学生，那名同学站到表演区，开始表演小丑，卖力地做出各种可笑的形态。

大家嘻嘻哈哈地看着，陆周看着看着脸色阴沉了下来，突然将手里的资料猛地往桌子上一拍：“你演的是什么？角色是可爱的小丑，不是《蝙蝠侠》里的变态侏儒！他在逗人发笑，不是在发精神病！下一个！”

见陆周发怒，众人都噤了声，下一位同学战战兢兢地走出来表演，可因为紧张，而显得无比笨拙毫不可笑，陆周脸色更难看了，他努力压着怒气，将他训斥了一通，赶下台去。

“下一个。”陆周的话未出口，众人不约而同全都低着头往后退去，谁都不想往枪口上撞，这个陆周实在太严厉。

简兮惴惴不安地用眼角余光看着众人，预备退出去，可左左偏不让她走，死死地堵住了后路，站在简兮旁边的柯洛注意到她们两人的异样，歪头好奇地看着简兮。

左左紧贴着简兮，压低了声音问：“你想去哪儿？”

“我还有很多事情要做呢。”

“我没说可以走，你哪儿都不许去！”左左霸道地说。

“喂，你不要太过分啊……”

“我就这么过分怎样？”

听见说话声，浮生转过头：“你们两个不要窃窃私语，现在是上课时间！”

简兮立即低下了头，左左内心的小恶魔在疯长，她看了看陆周又看了看浮生，暗暗笑了一声，突然昂起下巴，一把将简兮推了出去："老师让她来吧！她说自己比我们都强！"

简兮被推得一个踉跄冲向了表演区，脚下站立不稳几乎栽倒在地，她极力控制住身子，抬起头就见所有人的目光都看向了自己，而肇事者左左正抱着肩膀，笑嘻嘻地看着她，挑衅地道："演啊，你不是喜欢表演吗，那就演给大家看啊，大家都在期待着你的表演呢，顺便让陆老师给你点评点评。"

"我没！你别胡说。"简兮简直被她气坏了，这不明摆着让她难堪嘛。

浮生说："既然你这么自信，那就来试！"

"我？"简兮慌乱了起来，充满不安地环视四周，各种质疑声传进耳朵里：

"她是谁？"

"说什么大话，我们都演不好，她行吗？还瞧不上我们，凭什么？"

"就是，不知天高地厚！"

"以为自己是谁啊，看她怎么演！最好不要被骂得狗血淋头，不然看她怎么收场。"

……

简兮只听见自己的一颗心噗通噗通地跳着，紧张得连嘴唇都开始哆嗦了，手心里全是冷汗。

浮生催促道："快开始啊！"

简兮深深垂下头、攥紧手心，一动不动。

人群发出了笑声：

"看啊！她的手脚都僵硬了。"

"脸都白了，果然是说大话！"

陆周气坏了，这么严肃的课堂，居然弄得像儿戏一样，他绝不容许有这样的事情出现，他愤怒地大喝了一声："够了！你们这是在浪费我的时间！"

说完气愤地站起身，拄着一只拐杖往外走去，腿因为急速行走显得更瘸。

浮生赶紧追了上去扶着陆周，陆周哼了一声，甩开手，大步迈出了教室的门。

陆周一走，教室里顿时喧闹了起来，左左便得意地看着简兮："就你这样还想演戏，下辈子吧你！"

这句话就像一根针深深扎在了简兮的肉里，她猛然抬起头，怒视着左左。

"看什么看，有本事你就演演看啊！"

"你……"

"怎么？演不了啊。"

第21章
柯洛的关心

“演就演！”

浮生追到门口时，听见身后突然爆发出一片笑声，急忙转过身，意外地发现简兮正在表演，她故意弯下腿，蹒跚地移动着，脑袋左右摇摆着，引起众人哄堂大笑。

左左大惊小怪地叫着：“她在干什么啊？”

旁边的同学笑得前仰后合：“真可笑，动作太丑陋了！”

“对呀，这就叫表演啊，真是笑掉大牙了！”另一个附和。

柯洛没有笑，慢慢地走了过来：“大家难道看不出来，她是在演小丑吗。”

左左撇着嘴：“小丑？”

柯洛朝简兮走了过去：“王尔德写道，小丑晃动着硕大的脑袋，一摇一摆地出现在公主的花园里。孩子们笑了，天真的小丑完全不知道自己被嘲笑，也跟他们一样笑得无拘无束。”

简兮完全沉浸在自己的表演中，脑海中闪现出了一幅幅画面：花园里，只有背影的公主从头发上取下一朵白玫瑰，向小丑装扮的简兮掷了过去，简兮一只手将花朵压在唇下，另一只手按住胸膛，头高高仰起，眼睛放射出欣喜。

柯洛继续说道：“下一幕是照镜子，小丑发现镜中丑陋的容貌，才意识到自己受到所有人的愚弄，而他心爱的公主，只把他当成一个怪物。”

学生们惊讶地看了看柯洛，又看向了简兮。

也就是这个时候，陆周出现在了教室门口，原来已经走出门口的陆周听见了笑声，不禁停下了脚步回头观看简兮的表演……

浮生转头：“老师——”

陆周“嘘”了一声示意不要打扰了简兮。

简兮演得如痴如醉，脑海的画面中，她完全化身成了小丑，走进房间，看见了镜子，她对着镜子皱眉、微笑、发怒，镜子里都是同样的表现。她从怀里拿出白玫瑰，吻着花，镜子里的人同样动作。她终于明白镜子里的人就是自己，眼泪从脸颊上滚落，瞬间把白玫瑰扯了个粉碎，愤怒地锤打地面。人们走了进来，看见小丑躺在地上用紧握的拳头捶打地板的时候，忍不住哈哈大笑，并围着他观赏。

简兮低着头，哭泣声越来越弱，突然发出一声喘息，似乎想要爬起来，却又倒了下去，一动不动了……

嘲笑声渐渐地停止，所有人都静静地看着简兮，被她的表演打动了。

陆周表演的欲望瞬间被点燃，不由自主地慢慢走过去，完成了公主的台词：“这可真精彩，不过现在你必须为我们跳舞了。”

简兮倒在地上一动不动。

陆周继续配合表演：“这个有趣的小丑生气了，一定要把他叫醒，让他为我跳舞。”

浮生也加入了表演，走过来，弯下腰去，轻轻怕打简兮的脸：“听见公主的命令了吗？你必须得跳舞，小怪物，你一定得跳！”

简兮还是一动也不动。

浮生等了很久，终于不耐烦了：“这位同学，表演都结束了，你为什么还不起来？”

简兮一愣，这才发现陆周和浮生站在面前，有些紧张，讷讷地说了一句：“因为——小丑的心碎了。”

左左翻了下白眼“嘁”了一声：“什么乱七八糟的，简直是胡说八道！”

柯洛当即反驳道：“不，剧本里说小丑的心碎了，一切戛然而止。所以，她的小丑死了，这是情理之中、意料之外。”

陆周点了点头：“虽然表演得不堪入目，但是你用了脑子。”

能得到陆周的夸奖，对简兮来说是莫大的鼓励，脸上露出了喜色，浮生伸手把她从地上拉了起来，浮生说：“希望大家都能自己思考，深入挖掘每个角色——”

浮生居然拿简兮做榜样，简直把左左气坏了，明明是想让她出丑，却在全体覆没的时候唯独她被夸奖了：“表演得那么可笑，到底哪里好了！我才不会演这种丑陋的角色！”

陆周声色俱厉地说道：“做演员，光有美丽的脸没有用，要有自己的特质，越特别越好，让别人记住你！不管是演小丑，还是演侏儒，只要角色需要，你就是小丑，就是侏儒！放不下丑角包袱的人，永远只是个花瓶。”

左左一愣，从小到大从来没有人违背过她的意愿，他陆周算什么，凭什么说她是花瓶！可毕竟他是老师，碍于面子又不好发作，她勃然大怒地向简兮吼道：“还不滚出去，一直在这里蹭课，不觉得丢人吗？”

众人皆一片哗然：

“蹭课？天啊，她不是这里的学生吗？”

“她到底是谁？”

“对啊，真奇怪啊。”

……

各种质疑飞进了耳朵里，简兮呆住了，左左揪住她的衣服领子：“说啊，你说啊，你为什么不告诉大家你是谁？”

简兮尴尬地低着头。

左左哈哈大笑：“不敢说啊？那告诉你们吧，她根本不是我们的同学，她不过是来送报纸的！”

人群中传出讥笑声：“送报纸？不会吧，竟然是混进来听课！”

“简直闻所未闻，居然有这种厚脸皮的人！”

“送报纸的小妹也想成名，太可笑了！”

……

简兮羞愧难当，想逃出去，却被柯洛迎上去拦住，简兮一头撞在了柯洛身上，她不顾一切地一把推开他，头也不回地跑了。

陆周看着简兮远去的背影，若有所思。

柯洛气愤地说：“左左，你怎么能这么做？你也太过分了。”

左左想不通柯洛为什么要替简兮那样的人说话，一个身无分文乡下来的女孩，竟然为了她而责备她：“你为什么要帮她说话，本来就是她不对！”

“表演不就是给人看的，多一个观众又怎么了！你为什么要咄咄逼人？”

“人也分三六九等，她连给我提鞋都不配！”

柯洛觉得左左说出这样的话简直是疯了，他懒得再跟她废话，课也不上了，急忙追了出去。

柯洛在二楼的走廊里追上了简兮，她从教室里跑出来一屁股坐在台阶上兀自出神。

柯洛远远地看着她，只见她背影孤独地坐在那儿，不禁想起了她刚才表演的小丑一角，也不知怎么回事，心里隐隐升起了一丝难言的感动和同情，他慢慢走上前去，好声好气地问道：“你怎么一个人坐在这里？”

简兮听见有人跟她说话，抬起头，看到了柯洛，不禁吃了一惊。

“被人骂不开心？”柯洛说着在她身边坐下，“还是不能再听课，心情糟糕？”

简兮摇了摇头。

“如果你真想做演员，这种事情只是小意思。”

简兮又摇摇头：“做演员？我想都不敢想！”

何止是不敢想，那简直就是她的梦，永远也触不到的梦。

“那你还偷偷来听课？”

“我……”简兮一时语塞。

“说说你的理由啊！”

简兮看着他认真的样子，忍不住微笑：“我只是看到你们演戏，觉得特别有意思，非常想自己试试看！你一定非常喜欢演戏吧，所以才进了这个班学习，老实说，我还真有点羡慕你。”

“我？”柯洛指着自己的鼻子，一脸的痛苦，“实话告诉你吧，我这辈子最恨的就是演戏！”

简兮一愣。

“我就想好好唱歌，但公司一定要推我去试镜！”

“你不想去？”

“当然，从导演到制片，全都说我演技差！哼，比起什么演戏，我情愿一辈子只做歌手！”

简兮目瞪口呆地看着他，一时竟无言以对。

柯洛耸耸肩，安慰道：“喂，我说，这一行人家踩你，就当握个手一样，别这么在意！就连我的偶像Leslie，刚上舞台的时候，抛了顶心爱的帽子下台，还被观众捡来掷回台上，如果他灰心丧气了，如何创造永恒的经典？”

简兮长大了嘴巴：“不会吧，你也有偶像？”

“这有什么好奇怪，告诉你，我是为了他，才走上唱歌这条路！”说完拍拍她的肩膀，“所以，只要肯努力，以后一定有机会，来，笑一个吧！”

简兮忍不住笑了：“谢谢你安慰我。”她忽然想起上班快迟到了，连忙站起身，“我该走了。”说完依依不舍地看了一眼教室的门。

“不舍得？欢迎你以后再来啊。”

再来？说得简单，她可不想再遇见左左了，那简直就是噩梦一般的女孩，“我不会再来了，再见。”简兮说完转身飞奔了离去。

柯洛还想再说点什么，简兮已经飞奔出去很远，只留下一个优美的背影。

柯洛全然不知，此时楼上的窗户背后有一双眼睛愤怒地盯着自己和简兮，一直到简兮跑远，才收回视线，那双眼睛来自左左。

简兮一路狂奔回到便利店，可还是迟到了，一进门就被便利店老板黑着一张脸教训：“我告诉你啊简兮，这已经是第二次了，如果再有第三次，你就不必再来了。”

简兮连连道歉：“都是我的错，都是我的错，老板您放心，我下次再也不会迟到了！”

老板摇头叹气：“年纪轻轻的，整天神神叨叨，经常看到你对着玻璃做表情，你说你是不是走火入魔了？”

简兮又是连连弯腰：“对不起！对不起！”

叮的一声，便利店的自动门开了，老板使了个眼色，让简兮上班，秋后再算账，然后一扫刚才的严肃，笑脸迎上进门的人：“欢迎光临！”

简兮松了口气，发觉来人朝自己走来，再一看是浮生，她有些紧张，不过偷听了一堂课，不至于追上门来吧？转念一想，或许是来买东西的，就礼貌地问道：“先生，请问您需要什么？”

“我找你有件重要的事情。”

“啊？”难道是要课时费？天，她可没钱。

“你跟我出来一下。”

“我正在上班，不太方便。”简兮小心翼翼地说。

浮生转向了老板：“老板我想给她请十分钟的假，说几句话，可以吗？”

老板一向看人下菜碟，见浮生举止不俗，满脸堆笑地准了假。

出了店门，浮生二话不说地取出报名表递给了简兮。

原来是世纪影视公司的报名表。简兮看完直摇头，做演员是她梦寐以求的不假，可那实在不该是她去的地方，她只是仰望星辰的灰姑娘。

“不想来上课？”

“不，不是这样。”

“那为什么？”

简兮惭愧地低下头：“只不过……我没有钱，我恐怕交不起学费。”

“这个你不用担心，只要顺利通过考试，公司可以减免费用，将来这笔债务会写入合同，直到偿清为止。”

简兮闻言一阵欣喜，正要答应，可眼前突然浮起了左左鄙夷的嘴脸，就像泄了气的皮球，何必要跟左左做同学，她是妈妈的继女，何必要跟她在同一间教室里低头不见抬头见？何况她今天的故意刁难差点让她下不了台，如果成了同学，往后不知道还有什么事情在等着自己，那个左左看起来就不是善茬，惹不起躲得起，想到这她摇了摇头：“那也不行！谢谢您专程跑一趟！谢谢！”

简兮转身就要走，浮生又叫住了她，他实在不能错过这个陆周口中最有天赋的学生：“简兮，考试在明晚七点，如果改变主意，请随时联系我。”浮生不由分说将报名表塞给了简兮。

简兮拿着表格呆住。

浮生不再给简兮说话的机会，大步离开。

简兮捧着报名表，激动地把它攥紧了，简兮啊简兮，你一定要抓住这次机会，简兮深深吸了口气，抬起头，恍惚间她感觉有个熟悉的身影从街角处闪过，似乎是左左的身影，可当她再看时，街角根本没有人。

“简兮，十分钟到了，还不进来上班。”

便利店老板就像黄世仁一样，见浮生一走开便叫了起来，简兮应声跑了回去。

一直到看不见简兮的人影，躲在街角处的左左才探出头来，冷冷地盯着便利店，握紧了拳头。

第 22 章
遇见伯乐

夜晚给城市披上了华丽的外衣，从某个高档餐厅里传来了悠扬的小提琴声，像一双温柔的手，抚慰着来宾，在一片衣香鬓影里，季晴与唐斐正在忘情地相拥而舞。

为了配合季晴主演的即将上映的电视剧做宣传，公司故意将两人做成CP，这一次就是故意制造的曝光机会，早就安排好了狗仔队偷拍。

季晴一袭黑色的礼服，恰到好处地随着舞步露出一双洁白的大长腿，周围的宾客看得呆了，纷纷放下手中的刀叉惊艳地看着她，就连正在倒酒的服务生也忘了工作，酒一直蔓延开来，直到女客人惊叫一声才回神过来。

唐斐的手贴在季晴的腰间，领着她在舞池里旋转，季晴贴近了唐斐轻声说道："和我约会……给你添了麻烦，抱歉。"

说话间两人换了个动作，唐斐配合地笑着："入这一行，时刻在表演，多一分钟，少一分钟，无所谓。"

"听你这么一说，我倒是有点紧张了。"季晴似笑非笑的样子特别妩媚。

"紧张？No No No，季晴，你要相信自己，世上没有男人会拒绝你，因为你是最优秀的女孩。"

"那……你呢？"

音乐声中，唐斐深情地看着季晴，慢慢向她侧过身去，季晴以为他要亲吻自己，不自觉地闭上眼睛。唐斐的嘴唇停在她耳边，莞尔而笑："别往后看。"

季晴猛然睁开了眼睛："你说什么？"

餐厅里白光闪了一下，季晴愣了愣，看向唐斐："是记者？跟着我，就让他们拍个够。"

小提琴的高音伴奏陡起，唐斐的舞步瞬间变得热情奔放，季晴一愣，在他的带动下跟着舞步飞旋。

记者们不停地照着，满脸兴奋。

从餐厅里出来，季晴上了唐斐的车，唐斐一直将她送到别墅门口，车停下，唐斐亲自开了车门，季晴走出车门的瞬间，暗暗轻叹了一声，回头又换上了动人的笑脸对唐斐说："今天真是谢谢你了。"

一摆脱记者，唐斐脸上深情的笑容便消失了，疏离地微微一笑："不必客气。"

"那……明天见。"

唐斐点头，车门关上，车飞驰而去，季晴看着车子离去的方向，失望地叹了口气。

唐斐和季晴"约会"结束后立刻被世纪影视公司CEO齐文森叫回了公司，齐文森三十出头，美国麻省理工大学硕士毕业，相貌不俗，自从他出任世纪影视公司CEO之后，接连拍了好几部戏，部部票房大卖，公司的股票也跟着水涨船高，实力不容小觑。他敲打着桌上的手稿对唐斐说："恋情炒了两个月，偶尔出门吃个饭还能上头版，你的魅力好大。"

唐斐坐在沙发上跷着二郎腿微微一笑："哪里。不过，环宇影视《唯爱》播出后会和我的《永恒之恋》打擂台，准备好了吗？"

齐文森大手一挥："这个你不用担心，一定赢。"

唐斐不以为然地摇头："文森，别太自信。"

“Why not？”

“环宇大手笔非要赢这一仗，我可不想看到报纸说什么我唐斐不敌杨明义。”

齐文森一拍桌子摆出了数据：“《唯爱》比《永恒》晚一小时，当天《永恒》播男女主角分手，故意延长15分钟，完了再加演员花絮互动，等看完《永恒》，《唯爱》已播三分之一，还有兴趣看吗？首播收视不利，明天记者们会怎么写？”

唐斐扬了扬眉：“老奸巨猾，你是故意的吧？”

齐文森哈哈大笑：“不是！真不是！”

“连电视台那关都过得去，你果然厉害。”

齐文森底气十足：“你唯一要做的就是好好谈恋爱，但是别太快！这种事，扑朔迷离才好看嘛！”

唐斐点头认可：“凭季晴的天分和家世，登顶不会太久，何必这么急？”

“我在投资上永不吝啬，不过每付出一块钱，他们将来都要千百倍地偿还。”

“这么简单？”

齐文森勾起嘴角：“不然还会有什么？”

唐斐微微一笑：“这就只有你知道了！绯闻炒得满天飞，我的酬金别忘记付就好。”

齐文森突然换了个口气：“唐斐，我一直想知道一件事。”

唐斐看着他示意他说下去。

齐文森说：“你这么有钱，为什么还死要钱？”

说到钱这件事，唐斐的笑容更深了：“因为——对我来说，钱就是天下最好的一切。”

齐文森一愣。

唐斐说完这句话，从沙发上站起来，伸了个懒腰，转身走了出去。

齐文森愣愣地看着他的背影，呆住。

唐斐刚出了大门，就听见走廊的尽头传来一阵脚步声，唐斐抬头，看见陆周从阴影中慢慢走出，唐斐隐约觉得像是在哪里见过，却一时间想不起来，就在两人擦肩而过的一瞬间，电光石火地唤醒了记忆，他陡然停住了脚步：“我知道你。”

听见他说话，陆周也停下了脚步。

唐斐扭过头眼睛一动不动地盯着他：“我记得你，你比我出道早，才会成为所谓的天才。”

陆周深吸一口气，正准备继续往前走。

唐斐接着说：“这个圈子每年都会大浪淘沙，我没想到，你竟也如此不堪一击。”

陆周没有转头，淡淡地道：“你说完了吗？”

唐斐双手摊开：“真想让为你疯狂的影迷亲眼看一看，从前那个热情自信又才华横溢的人，变成了现在的幽灵！”说完，哈哈大笑，快步离去。

陆周的手握紧着拐杖，努力平复着激动地情绪。

陆周是来找齐文森的，他消无声息地推开门，齐文森原本背对着桌子坐着，听见脚步声没有回头：“怎么又回来了？”靠椅转过来，看到了陆周，露出了惊讶的表情。

陆周开门见山地说：“我要留下一个人。”

齐文森愣了一下：“我已经听说了，不过公司没有这个先例。你能不能告诉我，那个女孩有什么特别？”

“没有特别。”

第 23 章
冲突

齐文森感到不可思议。

“我在她的身上，看到了一个人对表演的热情。”

“这样的人一大把，空有热情就能演戏？”

陆周敲着拐杖：“别忘了，做出选择的不是你我，而是台下那些观众。”

齐文森一头雾水：“你这话是什么意思？”

“什么意思？能够留住观众目光的人，才会成为真正的演员。”

“可是公司不做毫无把握的投资。”

陆周怒火中烧，对，这就是商人，满脑子只有钱，根本不懂什么叫艺术，他闭上眼睛努力压抑住怒气，少顷又睁开：“齐文森，别忘了我们的约定！你说过的，学校事宜全部由我决定。”

“可是公司的每一份投资，每个人的将来都要由我负责！”

陆周冷笑了一声，昂起头：“看来，我要重新考虑环宇的邀请了。”

齐文森立刻站了起来，他太了解陆周了，他想做的事情，就一定要做到，这些年过去了，他依然这样偏执，况且这个时候，公司也确实离不开他，只有他有着能把二流的演员调教成一流的能力，他赔着笑脸，哈哈一笑，妥协道：“陆周，别生气嘛，行吧，明天我亲自去看，如果她达不到标准，即便是你的面子，我也不卖！”

这一夜，简兮躺在床上翻来覆去怎么也睡不着，脑海中反复想起浮生临走前说过的话：想演戏吗？这是你唯一的机会。明天的角色是，盲女。

她当然想演戏，朝思暮想，可现实不容许，但若让她就这样放弃了，她又心有不甘，也许这是她离演员梦最近的一次了，简兮啊简兮你到底在纠结什么？最后她一狠心，爬下床，从纸篓里捡起了报名表，铺平。

简兮盯着报名表，表情变得坚毅，她闭上眼睛，自言自语：“盲女，看不见的……”

她开始练习，摸索着向前走去，不小心被横在前面的椅子绊倒，带到了一连串的东西，乒乒乓乓落了一地，她立刻睁开眼睛，看着满地狼藉，懊恼地一拍脑袋："哎呀，这样不行啊，一遇到困难就会条件反射地睁开眼睛了，这怎么可以呢，你演的可是盲女啊。"她想了想，找出一块丝巾蒙住眼睛。

她想，如果出去演的话应该更好吧。

整个高档住宅区十分安静，简兮环视四周，满意地点点头，随后扎起布条盖住眼睛，摸索着在空无一人的小区内走着，无意中撞到了垃圾桶，下意识要摘掉布条，但她马上止住了动作，告诫自己："不可以！我是盲女！"

她继续往前走去，突然耳边传来了一声刺耳的刹车声。

唐斐的保姆车一个急刹车停在了简兮的面前，要不是刹车及时，差点就要撞到突然走出来的简兮身上。

唐斐的头撞在了靠椅上，他揉着脑袋定睛一看，好死不死，又是简兮，顿时火冒三丈，快速甩上车门，走到她面前，指着她的鼻子破口大骂道："我这辈子最讨厌人家讹我的钱，你现在又打算第二次讹诈我吗？"

简兮迅速摘下布条，愕然地看着唐斐："对不起，我在练习。"

"练习？"唐斐简直无语，"蒙着布条扮盲人，你还想碰瓷啊？"

"请你别这么说话，我只是在练习表演——"

"练习表演？我没听错吧？"唐斐瞪大了双眼："难道，你也要演戏？"

"对，我想演戏，那又怎么样！"

唐斐似乎恍然大悟："哦，我明白了！你千里迢迢来认妈妈，根本想要借机攀高枝。也对，展眉名声斐然，左刚又是一线大导，成为他们的女儿，你可就一飞冲天了。不过，人家也不傻，一眼就看破了你呢！"

简兮被他一本正经的胡说八道给气坏了，朝他小腿狠狠地踹了一脚，疼得唐斐大叫了一声，她又一下子扬起手想要打下去，被唐斐一把抓住了手腕："你——"

简兮愤怒到了极点，眼眶含泪，拼命地吼道："卑鄙！卑鄙！卑鄙！"

唐斐最见不得女人哭，虽然他讨厌透了简兮，可还是被她的眼泪吓到了，松开手："我卑鄙？是你自己没有自知之明！"

简兮心上的那道疤又被残忍地撕开了，她不顾一切地喊道："对，我没有！如果我有的话，根本不会千里迢迢跑来找妈妈，她过着光鲜亮丽的生活，早就把我忘了！我还做着母女团圆的美梦，以为妈妈会喜欢我，全都是白日做梦！"

唐斐一愣。

简兮哭喊着："唐斐，你走到哪儿都万人追捧，尝过无家可归、到处流浪的滋味吗？你从来没试过只能睡在长椅上，害怕晚上下雨的经历；没试过口袋空空，只能用水填饱肚子的痛苦！没试过为了便利店的过期火腿肠，拼命和人家说谢谢的心情！"

废话，他可不愿有这样的尝试！

简兮大喊："从前不是这样的，奶奶很疼我，虽然我们没有很多钱，也从来没让我受过委屈，你懂不懂！"

"这么理直气壮，难道我是让你受罪的人吗？"

"不，这是我自己的选择，我不后悔！我是要告诉你，正因为一直觉得自己特别渺小、特别可笑，所以别人肯给我机会，我是那么高兴！"

唐斐简直无语了："你真以为这是机会？"

简兮点头："是，无比珍贵的机会！"

"既然你要去碰壁，头破血流也无所谓，那就随便你好了！"

"本来就不用你管，这个机会，我一定要抓住，死都要抓住！"

简兮终于说完了，转身快步离去。

"你简直就是……欺诈犯！"唐斐无奈地点了点她的背影，真想再送她几个字：白日做梦，异想天开。

灯火璀璨的左家别墅里，展眉把一杯咖啡递给了坐在餐桌旁的左刚，两个人很有默契地相视一笑。

左左抬起头，冷冷盯着他们，眼底尽是嘲笑，她在左刚抬起头的瞬间，绽放出笑脸："爸爸！"叫得分外热情，左刚不由一愣，倒是展眉明白，左左又有求于左刚了，不然才不会这么热情。

第 24 章
左左的诡计

左左撒娇道："今天我们上课结束后，会有一场表演，我想请您去看。"

左刚皱了皱眉说道："你这孩子，明知道我待会儿就回片场去，还是下次再——"

左左失望地望着左刚，目光转向了展眉："那阿姨呢？"

左左的话让左刚很是意外，但他还是很希望展眉能去，于是望着展眉等她回应。展眉暗暗吃了一惊，她用审视的目光望着左左，若有所思，这是一个重修"母女"关系的好机会，可展眉总觉得没那么简单。

左左一脸无辜又期盼而热切地问道："阿姨，可以吗？"

看着展眉不出声，牧歌急忙打圆场："左左，还是我去吧。"

左左看都不看牧歌一眼，望向左刚双手合十眨眨眼睛："我想让阿姨去看我第一次的表演。爸爸，拜托啦！"

展眉望着左左，有点弄不清这个继女的心思，看她的表演？

看女儿拼命卖萌装可爱，左刚看着展眉有些为难：“这——展眉，你有时间吗？如果很忙的话就不必——”

展眉嘴角泛出一丝微笑，甜蜜蜜地望着左刚：“没关系，难得左左心情这么好，我当然要捧场。再说我正想拜访陆老师，让他多照顾左左。”

看两人的表现，左刚不由欣慰一笑，端起咖啡杯。

左左故意挥手高兴地大喊：“那真是太好了！”

牧歌知道左左平时跟展眉不太对付，今天突然转性让展眉去看她的表演，不太对劲。

看大家都高兴，左刚伸了懒腰站了起来：“好啦，我得先走了。”说完低头在展眉面颊上留下一个吻，转身离去，展眉跟上去。送他到了大门口，然后回过头对左左说：“左左，我上楼给安心打个电话，推掉今天的通告，一会咱们一块去。”

左左的心情似乎非常好，嘴里哼着歌冲展眉满口应承：“好啊！”

乘着展眉上楼换衣服的时候，牧歌审视地望着左左：“左左，你到底想干什么！”

左左放下刀叉一脸无辜地望着牧歌，嘴巴一嘟：“我不懂你的话。”

“少来，你知道我在说什么！”他虽然不知道左左到底想干什么，但绝对没好事，对展眉，左左从来不会给好脸色。

左左翻了个白眼，冲牧歌咧嘴一笑：“我不是听你的话，好好和继母相处吗？”

牧歌无视左左装傻充愣的表情：“你当我是傻瓜，随便糊弄吗？”

看牧歌这神情，左左脸色一凝，冷冷地说：“我警告你，闭上你的嘴巴，别破坏我的好事。”

牧歌不由为之气结：“你！”

左左挑衅地扬起下巴，一脸你能奈我何的样子，牧歌还想劝左左不要太离谱，这时候展眉出现了，看他们剑拔弩张，一怔：“怎么了？”

牧歌推开椅子站了起来：“阿姨——”

左左装模作样地看了一眼手表，打断了牧歌的话：“时间到了，咱们快走吧！”

展眉对今天的左左倒是深感意外，而左左已经上前挽住了她的胳膊往外走去，牧歌着急却也无可奈何，只能眼睁睁看着二人走出大门口。

巨大 LED 屏上正好放着展眉的一支化妆品广告，优雅而高贵的脸孔看不到一丝岁月的痕迹，而对面的大楼上挂着世纪影视公司几个巨大的字符，穿过熙熙攘攘的一楼大厅，齐文森带着众多董事参观教室。

季晴的父亲季董就在其中，他是公司的最大股东，挺着啤酒肚，半秃的脑袋油光铮亮，交代道：“文森啊，你可一定得帮我盯着点小晴。”

齐文森忙哈腰点头：“您放心，季晴是公司力捧的对象，我当然会好好照顾她。”

季董满意地笑了笑：“不过，咱们现在来，课程都结束了吧？”

齐文森微笑着看了一下手表："不，现在去还能赶上一场表演。"

"表演？"季董愣了愣看看旁边的众位董事，大家都饶有兴致的模样，便点了头。

齐文森往教室的方向一伸手："各位，这边请。"说罢，带着一众人往教室走去，教室里学生正在训练，弯腰劈腿，也有人拿着资料正在揣摩表演。

浮生发现了齐文森带着众董事进入教室，迎上前去："Boss。"

齐文森点了点头，眯着眼扫视着学生："是哪一位？"

浮生一头雾水："啊？"

齐文森招招手示意浮生过来，然后指指教室里正训练的学生："我在问你，陆老师看中的是哪一位？"

听到这话，浮生的表情顿时紧张了起来。而齐文森扫视过众人："到底怎么回事？"

怎么回事，你问我我问谁？这么想着，这么想着浮生无奈地望向陆周，结果发现陆周连眼皮都没抬一下，云淡风轻地翻阅一本杂志。

陆周看来是不会管这档子事了，浮生只得结结巴巴："还……没来。"

"没来？"齐文森不敢相信地望着浮生。

"马上就会来的！"浮生连忙解释。

对于这样的解释齐文森很不满意，他看了一眼坐在沙发上聊天的三位董事，一把推开浮生，快步走到陆周面前："你在寻我开心吗？一个籍籍无名的小女孩，居然敢在这时候缺席。"

陆周对齐文森的反应视若无睹，笃定地说："她会来的。"

齐文森反问："你怎么能保证？"

陆周的视线落在教室外的LED屏上，展眉巨大的面孔一闪而过，他把杂志收好，平静地说："如果她真想演戏，就一定会来。"

齐文森哑然失笑，反讥道："如果不来呢？你要如何负责？"

教室外突然一阵骚动，紧接着学生们突然叫起来："是展眉！"

"不会吧！"

"天啊，眉姐来了！"

"真是本人啊，好年轻好漂亮！"众人的惊叹与骚动引起了董事们的注意，领头的季董首先上去和展眉打招呼。

第25章
母女对手戏

展眉一如既往挂着优雅的微笑："季董，好久不见！"说罢与季董亲切握手。

季董指着展眉笑道："你啊，自从嫁了左导，把我们这些老朋友都忘了！想约你出来喝喝茶，比登天还难啊！"

展眉笑盈盈地客套："瞧您说的，我忘了谁，也不会忘记您的栽培。"

季董眼尖地发现站在展眉旁的左左，左左今天精心打扮了一番，浑身名牌，一看就不是寻常学生，季董问道："旁边这位就是左左吧，真漂亮！"

左左笑眯眯地上前打招呼："季伯伯好！"

"季董这么忙，怎么有空跑到这儿来了？"展眉笑着问道。

季董连忙解释："哦，这是——"

不等他说完齐文森就走过来打断他们的对话："眉姐，今天我请两位董事来，原本是想看一场精彩的表演，不过看来……"他扭头看了看周围，摇摇头："他们还没准备好！"

这时候浮生突然大叫一声："来了！她来了！"

教室门口简兮不安地站在那里，展眉被浮生的大叫声吸引，不经意地回过头，目之所及便看到了简兮，而简兮几乎是一瞬间就注意到了展眉，两人目光碰个正着，一同愣住。

浮生赶紧上前一把拉住她："还不快进来！"

简兮麻木地被浮生牵引着，一路往前走去，短短的几步路好像走了半生，当她慢慢从展眉身边经过时，她的心在怦怦地跳着，视线一直没有离开过展眉，一直被浮生拖到了中间，才恍惚地收回视线。真是奇怪啊，明明心里恨到不行，为什么看见她，还是会有一丝期望，期望她会承认自己这个女儿。

就在简兮经过身边那一刻，展眉身形有刹那是僵住的，只不过很快就恢复如常，好像经过她眼前的人，她并不认识。

浮生向大家介绍道："诸位，这位就是简小姐！"

所有人的目光都集中到了简兮身上，简兮局促不安地望着站成一排的各位董事们。

左左小脸一扬，得意洋洋地对展眉说："阿姨，你怎么不说话，你们上次见过面啊！就在——"

展眉微笑着打断："我知道，简兮小姐。"

"阿姨一定不知道，简兮今天是来参加考试的，她也想进入培训班！"

简兮不由自主地望向了展眉，展眉好像根本没放在心上，好像站在中间的那个简兮与她毫无关系，坦然地望着简兮，朝她点头示意。

齐文森仔细地打量着简兮，并没瞧出什么不同来，最后放弃了审视，对展眉说："眉姐，今天您难得过来，也坐下和我们一起看看新人的表演吧！”

“抱歉，我还有……”

不等她说完，左左热情地挽住了展眉的胳膊：“阿姨，今天你的通告都推掉了啊，那就留下来，好好欣赏！”她得意洋洋地望着简兮。展眉深深地看了一眼简兮。

随后大家分别找位置坐了下来。

浮生压低了声音对交代简兮：“好好表现！”

什么？简兮不由被浮生的话吓得身体一震，但眼神却不由自主地落在了展眉所在的方向。

齐文森敲敲桌子提示大家：“别浪费大家的时间，OK？”

左左有意无意地提醒大家：“听说简小姐演技很好呢，这也是有遗传的。”她的目光转向了展眉，笑眯眯地问，“阿姨，我说得对吗？”

展眉连眼皮都不抬一下，淡淡地说：“这个女孩很普通，齐总，我看大家还是不要在她身上浪费时间——”

展眉的话很轻，落在简兮耳里却如惊雷，她猛地抬起头，恨恨地望着展眉，眼睛几乎要喷出火来，就这样被她瞧不起，她不甘心，一抬下巴打断了展眉的话，反驳道：“谁来判断我的天赋，你吗？”

简兮的话让众人一阵哗然：

“这女孩好大胆子，这么和展眉说话！”

“她以为她是谁啊，太过分了！”

“就是，董事们遇到她，都要礼让三分，她竟然大言不惭！太没家教。”

……

听到这样的评论声，简兮不怒反笑，环视四周，大声说道：“对，你们说的没错，我是没家教，因为从小没有妈妈教嘛！”

展眉的脸色僵住了，刹那变得苍白如纸，没有了往日的温柔与从容，一旁的左左勾起嘴角，脸上露出了胜利的微笑。

所有人被简兮突如其来的话给惊呆了，陆周抬头望着简兮，眼底滑过一丝失望之色：“你走吧。”

简兮震惊地看向陆周：“你说什么？”

陆周指着教室的大门：“伶牙俐齿无法帮你赢得尊重，这里只相信实力。如果你做不到，现在就离开。”

简兮定定地看着陆周，而陆周用一种平静的方式回望着她。

简兮闭上眼深吸一口气：“我可以！”

陆周指着简兮：“好！你可以开始表演了，记住，必须等到我说结束，表演才完毕！”

简兮点点头，深吸一口气，眼睛突然放空，头微微侧着像是正在倾听什么。

这莫名其妙的动作让坐在那里的季董看不懂了，问陆周："她在干什么？"

陆周的脸上很难得地出现了一丝微笑："过马路。"

场中央的简兮用教鞭当拐杖，探出去，突然，她的身形一歪，整个人倒在地上。

看到这情形，季董一拍脑袋恍然大悟："我明白了，刚才是远处来了车子，她被撞倒了对不对？"

陆周望着简兮平静地解释："不，车辆刹住了。"

"什么？这也可以？"季董瞪大了眼睛。

果然，简兮很快站起身，继续摸索地往前走，突然地叫了一声，捂住了额头表情痛苦。她伸出手，巍巍颤颤地抚摸电线杆，大家心领意会哄然笑出了声。

接着简兮一路小心地走着，教鞭一顿好像是遇阻，她皱眉，慢慢拐了两个弯。

第26章
较量

随着简兮的表演，众人的眼前，仿佛出现了公路、盲道、电线杆、汽车。

季董点点头对简兮投去高度肯定的目光："避让误停盲道的汽车，哇，演得很逼真嘛。"

齐文森倒是不赞同季董的观点："这又能证明什么，这女孩的表演很平常，我不赞成破格收她入学！"

听到齐文森对简兮的否定，季董倒不这么觉得，反驳道："文森，你的标准太高啦！现在的年轻人都太浮躁，我倒觉得她很真实，我投赞成票！"

季董的话让齐文森下不来台，他转向王董，询问他的意见："您怎么看？"

"我也赞成！"

王董对简兮很是满意，在他看来这次的表演完全符合公司的要求，公司需要有潜力会表演的演员，而这个女孩完全达到了要求。

坐在一旁的张董评价："你们呀，太感情用事了。她没有接受过正规表演训练，不行！我不赞成公司在这种人身上浪费时间和精力！"

窗外柯洛刚刚赶到，正好看到了这一切，他一脸震惊地望着简兮。

齐文森捏着下巴思考，随即说："既然大家迟疑不决，"他的目光落在了展眉身上，有了一个想法，"等一下——"

大家一愣把视线集中到了齐文森身上，不知道他会有什么决定。

齐文森望着展眉微笑着："眉姐，你的演技众所周知，不如说说你的看法！"

什么？简兮不由身体一僵，顿时心跳加速，她忐忑不安地想：怎么办……机会要白白溜走了吗……她一定不会同意她留下来。

展眉冷眼瞧着众人，突然扬起手，茶杯重重砸在简兮脚边的地上，碎片四溅，大家被展眉突如其来的举动吓了一跳。

简兮下意识地往后退去，然后一抬头望着冷漠的展眉，眼中的怨恨不觉溢出。

展眉的脸上柔柔地绽开浅浅的笑容，慢慢地用一种优雅且有磁性的声音说："太可惜了，这种纯朴的演技根本还上不了台面。"

季董看了看展眉又看了看场中央的简兮，指着简兮很肯定地评价："她很努力啊！"

展眉将视线稳稳地落在简兮脚下的碎片上，眼帘微微颤动："年轻人嘛，不投入、不疯狂，哪儿说得上青春无畏。不过天赋这种东西，不是后天靠热情可以弥补的。她刚才的表演有太多瑕疵——"

"瑕疵？"季董不觉犹疑。

展眉抬起头平静地看着前方，她的视线穿过简兮落在她身后的一排学生上："盲人对于外界有一种不安全感，所以在走路的时候，身躯偶尔有不自觉的佝偻，她没有。在表情的控制上，她的眼神太过有力，表演又不够松弛。更糟糕的是，刚才茶杯砸过去的时候，还下意识后退了半步，如果是真正的盲女，绝不会出现这种情况！"

简兮被展眉的话一下子说愣住，竟无可辩驳。

展眉扬起眉毛，用肯定的语气说："别忘了，盲女眼睛看不见，怎么会在茶杯没有落地之前，就预先知道会砸在她的脚边呢？所以，她根本演不出盲女，不要浪费时间了。"

听了展眉的解释，三名董事齐齐点头：

"有道理。"

"是啊，这么一说，她好像是后退了！"

"果然是行家，一语中的！"

……

展眉看了简兮一眼，轻蔑一笑："她的一举一动，都平平无奇，这个女孩，根本没有天分！"

浮生不觉替简兮抱不平，脱口而出："这样说也太过分了吧！老师，您说句话啊！"

陆周看向简兮点头："说得没错，她的确只是在演罢了。"

简兮被这些评论气得浑身发抖，手不觉握紧了教鞭，青筋直暴。

陆周突然看向左左，用询问的语气说："左左，你愿意试试看吗？"

"当然。"左左昂起下巴，"如果只是这种程度的话，我当然没问题！"

左左说话的表情活脱脱像只高傲的小公鸡，她从容地走到中央，没好气地白了简兮一眼，一把夺过她手里的教鞭，冷哼一声："我来！"

就在这时候，周围突然一片黑暗，灯光全部熄灭了。

董事们惊吓得从椅子上站起来，其他人也紧张不已，大家七嘴八舌地问道：

“怎么了？怎么回事，停电了吗？”

“工作人员在哪儿！”

……

柯洛不知道从哪冒出来大声地说：“各位不要紧张，刚才突发用电故障，请坐在原地等候，半小时后会恢复正常。”

众人不由松了一口气，坐回了原来的位置。

左左闻声撇撇嘴，将手中的盲杖扔到了一旁，伸了个懒腰，若无其事地站在那里，跟平常一般无二。

刹那间，教室四个角落里的大探照灯突然亮起，笔直射向场中央的左左和简兮，突如其来的灯光刺激到左左，她不由一声惊呼，猛然捂住了自己的眼睛：“好刺眼！”

陆周微笑起来：“左左，你输了。”

左左一下子放下手，愤愤不平地问：“凭什么？”

这时她发现所有人的目光都落在简兮的身上，不由自主转头望去，简兮正半趴在地上，专心地摸索着地面，丝毫没有受到光线的影响。因为过于专心，她的手碰到了地面的碎瓷片，手指被划破了，鲜血淋漓。

左左看着简兮的手吓了一跳，失声问道：“你在干什么？”就在此时，简兮终于摸到了地上的教鞭，一下子抓过来，露出安心的微笑。

“她在找莫名其妙被人抢走的盲杖。”陆周眼底有着满意的神色，他终于开口说道，“简兮，表演结束！”

简兮会意地点点头站起身，被划破的手还在滴血，她轻轻地捂住，向众人鞠了一躬。

左左指着简兮不满地大叫：“我不懂！为什么说我输了，刚才是发生了意外啊！”

柯洛突然地在教室门口出现，用玩世不恭的态度望着左左：“你还不明白吗？”

左左茫然地望着柯洛：“什么意思？”

第 27 章
母女对手

柯洛哈哈大笑：“刚才突然停电，我告诉大家要过半小时才恢复，只是在迷惑你们。猝不及防之下，突然打开大灯对准了你们俩，谁高谁下很明显啦！”

左左愣在了那里。

“宣布表演结束前，你们都是盲人。”柯洛指着左左，“就在你被强烈灯光刺激得捂住眼睛的瞬间，”又指向简兮，“而她却若无其事地继续找自己失落的盲杖。别忘了，一个真正的盲人，是不会对灯光有任何反应的！”

齐文森不满地一拍桌子指着柯洛：“柯洛你是故意——”

柯洛一脸无辜耸耸肩：“我只是拉了电闸，一场误会，让大家受惊了！”

左左脸色极为难堪，恨恨地望着跑出来捣蛋的柯洛。而季董倒是饶有兴趣地问简兮：“简兮，为什么你一直没有停下？”

简兮握着教鞭紧张地说：“老师说过，在他没说停之前，我就必须表演下去。”

季董点点头：“这场表演有这么重要吗？”

简兮目光坚定地大声说：“这是我生命中最重要的机会，绝对不能浪费。”

众人全都震撼地看着她。而左左更是握紧了拳头，恨恨地看着简兮，真是倒霉透了，怎么会输给一个毫无表演经验的人，满心都是气愤。

季董由衷地感慨：“这个女孩很用心，我想留下她。”另外两名董事纷纷点头附和。

浮生看了一眼面无表情的齐文森小心地询问：“Boss？”

齐文森脸上好不容易挤出一丝尴尬的笑意：“好吧，既然大家都这么说，我也没有异议。”

柯洛走到简兮身边愉快地向她伸出手：“恭喜你！”简兮为突如其来的消息惊喜不已，她连忙冲柯洛一弯腰：“谢谢！谢谢！”

乘着大家不注意，展眉走了出去。

左左迅速地走上去提醒简兮：“简兮，阿姨已经走了呢，不去追吗？”

闻言，简兮一把推开左左，向展眉离开的方向追了上去，留下了一头雾水的众人面面相觑。

简兮的脚步很快，她穿过走廊，疯狂地往前追去。

电梯前，展眉正准备进去，简兮气喘吁吁地冲了过来，激动地望着展眉的背影叫了声：“等一等！”

展眉的脚步一顿，身体微微僵了一下，但还是转身，面孔依旧温柔而优雅，平静地望着简兮。

简兮上气不接下气地说：“我考上了！”

展眉不屑一顾：“那又如何？”

“说明我没有你想的那么差，说明你的眼光很糟！”

简兮激动地说着，极力想要证明自己，可展眉根本不把他放在眼里，轻蔑地笑了笑：“你以为这样就能当上演员了？”

“难道不是吗？”简兮愣住。

展眉从容地陈述：“世界是你不可想象的残酷，你什么都不懂，又能撑多久。一天，两天，还是一个月？只是浪费时间而已。”

简兮站在那里动也不动，也不再出声，只是静静地望着展眉。展眉掸了掸衣服，似乎漫不经心地丢下一句："好心劝你一句，在撞得头破血流之前，老实滚回去吧。"说完，伸手按电梯准备离开。

简兮拦住了正准备进电梯的展眉："不，我绝对不会离开的！别把我看扁了，我会证明给你看，你的判断是错了！我不是废物，不是垃圾，找你更不是想要攀龙附凤！"

展眉定定看着她，目光里是深深的审视，过了一会，她莞尔一笑："那就随便你好了，不过我还要提醒你一句，以后不要再在任何人面前以我的女儿自居。"她漫不经心地提醒，"只有左左和小念才是我的儿女，至于你……什么都不是！"

展眉说完迈步进了电梯，转身平静地按了一楼的按钮，简兮气得浑身打战，盯着她的脸，眼底蓄满了眼泪，就在电梯快要关上的那一刻，她冲她声嘶力竭地大吼："我一定会证明给你看的！"

世纪影视公司的教室里，董事们走了，学生也都陆陆续续回家了，陆周坐在窗前，窗外依旧是巨大的 LED 屏，闪烁跳跃着，纱帘拂过他的面孔，他一动不动，浮生站在不远处看着他：

"老师，今天一切都很顺利，简兮的盲女实在太逼真了。"

陆周依旧静静地望着窗外："你这样认为？"

"难道不是吗？她一直坚持到最后，甚至连心如铁石的董事们都被打动了。"

陆周脸色沉沉的："展眉说得对，说起演技，她还差得远呢！"

浮生愕然一愣："那老师为什么留下她？"

陆周没有回答，站起身，一步步缓慢走出了教室，浮生看着他的背影，眼里充满了困惑。

电视台的化妆间里，唐斐手里捧着一本时尚杂志，却迟迟没有翻页，而是低头看了一眼手表上的时间。

岳乐在边上提醒："通告还有八分钟，你有事吗？"

唐斐不经意地说："今天欺诈犯要去考公司的培训班。"

岳乐恍然大悟："真的？啊，难怪她最近都神神秘秘的。"

唐斐的嘴角不由微微上扬，眼底有某种不易察觉的激动之意："光靠蛮劲可能成功吗，待会儿一定哭哭啼啼地承认失败。"

岳乐狐疑地看着他："你好像对这个女孩特别注意哦。"

唐斐头也不抬继续看杂志："我这辈子最恨——"

岳乐连忙替他解释："我知道，你这辈子最恨动你钱的人，她是头一个嘛！"唐斐一转头，狠狠地盯了岳乐一眼，吓得岳乐连忙做个封拉链的姿势，闭上嘴巴。

唐斐和岳乐结束了通告，回到了家，意外看到了简兮正在厨房里忙活，桌子上已经摆了几道家常小菜。

"洗手准备吃饭。"简兮脑后生眼一般地说道。

唐斐和岳乐对视了一眼，简兮把最后一个菜端了出来，唐斐坐在客厅里拿起一本杂志。

简兮用愉快的口气说："请用。"

听这声线充满了愉悦，唐斐放下杂志，满脸狐疑地盯着她。而岳乐当即走过去拿起筷子尝了一口，连声赞道："很不赖，你从哪儿学来的？"

第 28 章
被歧视的简兮

简兮过去收拾摊在茶几上的时尚杂志："以前勤工俭学，在端菜的时候，偷偷学来的。"

唐斐坐在餐桌前，挑剔地用筷子拨来拨去，一脸嫌弃。

岳乐却一连吃了好几口，竖起大拇指："你真了不起！"

简兮被夸得不好意思："哪有！"

岳乐边吃边点头："现在也是啊，每天去便利店工作，晚上还要来清洁，辛苦啦。"

简兮愉快地把杂志放到了一边："还好啦！"

岳乐发现唐斐一直在挑挑拣拣并没有吃东西，劝道："唐斐，你也尝一口嘛！"

唐斐把筷子往前一戳，指着盘子里点缀的蔬菜，双眉蹙起骄傲地说："我讨厌胡萝卜。"

简兮皱眉觉得意外："胡萝卜补肝明目，很好吃啊。"

唐斐扬起下巴，夹着根胡萝卜目空一切地说："我、不、喜、欢！"说完丢开胡萝卜，又扒拉牛排，"至于牛排——"

简兮连忙说："按你说的，七成熟！"

唐斐尝了一口吐到桌上："太老，重做。"

岳乐皱眉，尝了一口："不会啊，其实很好吃了——简兮，你不用介意。"

唐斐翻翻白眼："不要信，纯粹是安慰。"

"唐斐，人家很用心啊，你就将就点！"岳乐帮着简兮说话。

唐斐把牛排推到一边："好吃就是好吃，难吃就是难吃，如果说好吃，对方就会自以为是地错下去，那就是虐待我的胃了，这是助纣为虐。"

简兮被唐斐的话气得瞪大了眼睛，唐斐看着简兮："怎么？做不来吗？"

简兮气得胸口直起伏，几秒钟后她平息了自己，脸带笑意，热情地说："我知道了，唐先生！马上就重做！"

对于简兮的反应，岳乐感到十分惊讶，而唐斐只是挑起了眉毛，他们看着简兮飞快走进厨房，没过一会，一份新牛排被放在唐斐面前。

简兮站在那里："如果没有别的吩咐，我先走了。"岳乐点点头，简兮笑眯眯地解下围裙哼着歌，脚步轻快地往外走去。

岳乐望着简兮的背影自言自语："被这样责难都不发火，怪了。"

唐斐看着牛排听着歌声，突然出声："等等！"

简兮停住脚步转头："还有什么吩咐？"

唐斐坐在那懒洋洋地用双手抱胸："考上了？"

简兮很是得意："没错，你那么看不起我，我还是考上了。"说着俏皮地一歪脑袋，"怎么样，是不是现在对我刮目相看了？"

"真的啊，恭喜你！"岳乐衷心地祝贺。

"谢谢你，我一定会好好努。"简兮双手握拳做了一个加油的动作。

唐斐不以为然地摇摇头，笃定地说："你不是做演员的材料。"

"你凭什么这么说？"简兮反问。

"如果我是你，会去找个更适合的工作，而不是成天做梦。"

简兮顶了过去："唐先生，每个人都有做梦的权利！"

唐斐举起刀叉，一副不愿搭理的样子："白日梦不但浪费时间，还会自取其辱。"

简兮愤怒地大声说："我会用实际行动告诉你，这不是白日梦，是人生理想！"

唐斐正在切牛排，听到这话手一滑，整块牛排飞了出去，一下子砸在简兮的衣服上，简兮一声尖叫愤怒地盯着唐斐："你干什么？"

这情形让唐斐哈哈大笑了，笑过头了，差点没呛到，咳了两声："好多年没人用这么幼稚的字眼啦！"他端起红酒杯冲简兮轻轻一点，"来，敬你伟大的理想！"

简兮怒气冲冲地喊着："总有一天，我会向你证明，你是个没眼光的混蛋！"

"我拭目以待。"唐斐仰头把红酒一饮而尽。

简兮怒气冲冲掉头就走，出门时狠狠地甩上大门，发出砰的一声巨响，岳乐被吓了一跳，他责怪地说："唐斐，你又何必这么刻薄！"

唐斐晃着红酒杯，眼睛眯成一道线："我是好心提醒，一个什么都不懂的傻丫头，抱着不切实际的梦想，只会摔得更惨！"

岳乐转头看向紧闭的大门，略显得担忧："是啊，真有点让人担心呢！"

车库里亮着一盏微黄的灯，简兮对着镜子在刷牙，喝了一大口水，咕嘟半天，最终吐掉泡沫，认真看自己，满怀激情地大喊了一声："加油！"

清晨，住宅区两旁的梧桐落叶簌簌，三三两两的行人走在路上。

简兮推着自行车正准备骑上去，突然一辆汽车从她身边经过，带起了一阵扬尘，车牌号是 7484。唐斐坐在副驾驶座，从后视镜看到了简兮，随手戴上了墨镜，车子绝尘而去。

简兮瞪着车远去，生气地自言自语："讨厌鬼、自大狂，真是嚣张！"

世纪影视公司教室外的走廊里，简兮紧张地望着浮生，浮生有点为难："学费可以免除，只是……"他担忧地望着简兮，"一旦觉得你没这个资格的话，必须马上离开这里。"

简兮露出坚定的表情，冲浮生感激一笑，快步走了过去。

众人围成了一个小团体，轻声讨论着，这时简兮走了过来，大家都围了上去，把她堵在门口，七嘴八舌责问起来。

一名学生带头问她："你来了啊，叫简兮是吧。"

"啊？"简兮一脸莫名。

另一名学生一脸的不屑："居然真被破格录取，公司历史上还从没有过呢！对了，你从前在哪里学表演？"

简兮紧张地抓住了背包的带子："这……我没接受过专业训练。"

众人目瞪口呆："没学过？老天，真的假的？"

这时候左左走了过来，靠着门笑了起来，大声说道："当然是真的，她只是个送报纸的小妹，别说科班学习，就连表演经历都是零！"

第 29 章 柯洛助演

第一个责问的学生一脸惊讶："不可能吧！我们可都是经过重重选拔考进来的，她凭什么啊！"

周围一片的附和声：

"就是！"

"对啊。"

"陆老师是不是疯了，居然收留这种人，还让她和我们一起上课！有黑幕吧！"

其中一名学生突然灵光一闪："说，你有后台的是不是？"

简兮面对咄咄逼人的学生们，认真地摇头："我没有！"

左左大步走到简兮的面前，牢牢地盯着她："你就老实交代好了，到底使了什么下三滥的方法，居然骗陆周帮你入学！"

简兮气得小脸通红："别太过分了，我从来没有——"

左左打断了她的话，轻蔑地说："难道我说错了，你不是卖报纸的？你学过表演？还是你没耍不正当手段！"

"对，我是卖报纸的，我也没机会学表演，但我从没用过卑劣手段！"

左左一挑眉："这话说出来，"她冲众人们微笑，"大家信吗？"

众人哄堂大笑，跟着起哄：

"谎言！"

"胡扯！"

“真虚伪！”

简兮的眼前是一张张鄙夷的面孔，气得她涨红了脸，奋力大声分辩道：“为什么你们要用最大的恶意来揣测别人，我从来……”

“我信！”不远处传来了一个声音，众人扭头看去，只见柯洛笑嘻嘻地走过来，走到简兮身边，一把勾住简兮的肩膀。

简兮身子一震，转头感激地看着柯洛。

左左不可置信地望着柯洛：“柯洛，你为什么总护着她！”

柯洛嬉皮笑脸地说：“我、乐、意，你管得着么！”

左左气得地咬牙：“你！”

柯洛毫不在意地耸耸肩，左左气坏了，扭头愤怒地进了教室，其他同学看柯洛一眼，都散开了。

柯洛望着静静站在那里的简兮，她身上穿了一件洗得发白的卫衣，素面朝天，干净而又美好，他缓缓伸出手：“简兮，我们又见面了。”

简兮跟他握手，眼睛弯弯的，露出了一个真心的笑：“谢谢。”

柯洛不以为然地一甩头：“别客气，这种事——”

“我知道，不管她们说什么，我都不会受到影响！”

柯洛对她投去一个欣赏的眼光，哈哈大笑：“这样才对嘛！现在什么心情？”

简兮仰头环顾四周，做梦一般说道：“好像做梦一样，我还以为自己一辈子都没机会进入这个课堂。不过，他们说得没错，我的确什么都不懂！”

柯洛拍着她的肩膀鼓励：“好好把握机会，我相信你能行！”

“我一定会竭尽全力！”简兮望向柯洛，两人相视一笑，一旁的阳光拉长了两人的影子，教室里面，左左的视线穿过窗户落在了两人身上，看着柯洛对简兮亲切地微笑，嫉妒就像虫子似的慢慢从心底爬了出来。

陆周走进教室的门，大家上前问了早安，陆周冲大家略略点头，随后便在沙发上坐下，准备上课。

“真拽。”

柯洛忍不住对简兮说，简兮随口“哦”了一声。

“你不觉得，这副嘴脸十分讨厌吗？”柯洛说。

简兮没有回答，她不觉得讨厌，相反很尊敬陆周，每个有才华的人都应该有性格，这是可以被原谅的。

浮生听到了柯洛的话，狠狠瞪了他一眼，轻咳一声，大声说道：“演员这个职业，别人看起来轻松惬意，其实是非常可笑的误解！想要出人头地，除了学习演员必备的知识和技能，更要学会为人处世！如果不懂得循规蹈矩、小心谨慎，如果一直抱着油嘴滑舌、满不在乎的态度，”他的目光有意看向了柯洛，“那么等待你的只有淘汰！”

众人也都看向了柯洛，柯洛不以为然地撇了撇嘴。

“下面，练习开始！”浮生搬了把椅子放在表演区，随后走到一旁打开了音乐，一阵欢快的曲子跳出来，浮生说，“请以久别重逢为主题，挨个上来表演。”

学生们挨个上去表演，一个劲儿地和对手握手拥抱，做激动状，简兮一直在思考怎么表演，最后终于轮到了她，她对柯洛说：“可以请你帮我个忙吗？我要演的是一对久别重逢的恋人，你演我的恋人。”

“好啊。”柯洛爽快地答应了下来。

音乐再次响起，简兮愉快地走上了表演区，欢快地跳上了一张椅子，一会儿又跳下来，围着椅子翩翩起舞。

简兮的表演马上引来了哄堂大笑，大家七嘴八舌地：

“这什么表演啊！主题是久别重逢，她以为是跳舞吗？”

“好可笑的表演！浮夸又糟糕，外行就是外行，老师分明看走眼了！”

最得意的人就是左左，看到大家嘲笑简兮，心中暗暗附和：“就是嘛，她会什么表演。”

柯洛回头瞪了一眼众人，同情地朝简兮看去，简兮表演得十分投入，神情十分专注，像是根本听不见嘲笑声。

轮到柯洛出场了，简兮看到了他，略带羞涩地背过身去。

柯洛只觉得心里咯噔了一下，瞬间被什么打动了，深情地看着她，不自觉地伸出手拥抱住了她，两人忘情地相拥着。

众人渐渐被打动了，笑声消失，直到表演结束，浮生带头鼓起掌来。

陆周也满意地点了点头：“你们看到了吗，这是恋人的重逢。跟随音乐的节奏，展现少女的喜悦和羞涩！简兮，你告诉大家，为什么要这样表演？”

说到这个简兮有些惭愧，这些都源于那段流落公园的苦难日子，尽管难以启齿，她还是实话实说：“我……我在公园看到过久别重逢的情侣。”

“大家听到了吗？这是观察记忆。”

“什么是观察记忆？”柯洛问道。

浮生狠狠瞪了他一眼：“通俗地说，没吃过猪肉，也见过猪跑，这是最浅显的表演方法！”

陆周接着说：“你们的表演切合了重逢的主题，但把音乐节奏完全丢开了！作为一个演员，要对周围的生活异常敏感，懂得用多样化的表演来诠释感情，更要让观众看明白，你们到底在干什么，而不是自我陶醉！”

第30章
英雄救美

“她的表演也没多好啊！”左左立即反驳道，真不知道为什么陆周这么认可简兮，莫不是腿瘸了，眼睛也不好了？

“是，你说得没错，她的表演很寻常。但她做到了对演员来说最重要的事。”

“什么事？”

浮生提醒道：“这点老师说过很多次，旁若无人，死不要脸！”

众人再次哄堂大笑，简兮低下了头。

“笑什么？”陆周斥了一声，“当你表演的时候，不管别人如何嘲笑、羞辱你，哪怕天崩地裂、海水倒流，都不准停！时刻记住，别人可以当你是笑话，但自己必须知道，你是个演员！”

笑声戛然而止，众人闭上了嘴，左左不服气地哼了一声。

陆周转过脸对简兮说道：“简兮，你记住了，表演要自然，自然是最好的表演，你的表演太刻意了。”

“我会记住的，谢谢！”

陆周看着她，嘴角露出一丝罕见的微笑。

陆周笑了？同学不敢相信地看着他，就连浮生也惊愕了一下。

这节课陆周很满意，下了课特意在琴房里多待了一会，弹了一曲肖邦的《夜曲》，浮生走了进来，将一杯水放在陆周的旁边，说道：“老师，我终于明白你为什么要留下她了。”

陆周闭着眼继续弹奏着曲子。

浮生说：“因为她非常善于思考，对演戏充满热情，总能有出人意料的表演！”

音乐戛然而止。

浮生疑惑地问：“不是吗？”

陆周摇摇头：“你以为她的表演是经过思考的吗？”

浮生一时无法回答。

陆周说：“她的表演富有吸引力，但这完全是无意识的行为，哪怕你问她为什么，她自己都不明白这是怎么回事！”

“这……”浮生被陆周说得糊涂了。

陆周说：“身为演员，不惜一切代价去吸引观众的注意力，哪怕引来哄堂大笑，也胜过默默无闻！她可以毫不费力地吸引所有人的注意，这就是最重要的特质！但光凭这一点，远远不够！”

浮生呆住。

陆周稍稍停顿了一下才说：“她需要更多的引导……”

所谓树大招风，简兮从没想到过，陆周一个夸奖的微笑，会在同学之中引起那么大的反应。

课间的时候，她从洗手间回来，在走廊里迎面走过来三个女同学，她挥手上前打招呼，可同学们却一点回应也没有，直接走进了教室。

简兮的手举在半空中，尴尬了好一阵子才收回来。

那三名学生一边往教室里走一边说道：

“真讨厌，陆周竟然对着她笑，真是越想越觉得讨厌，我还是第一次看到陆老师笑呢，没想到他笑起来那么帅！”

“本来就是，要不是出了意外，他一定会在三年内登顶！”

戴着 pink 帽的女孩仰慕地说：“对啊，简直帅爆了，那时候我是他的超级粉丝，他每出演一部电影，我都双眼发直地反复来回看……因为陆周，我才下决心学表演！”

“可惜啊，人家又不是对着你笑，别做梦了！”

“都怪那个简兮，她根本没学过表演，装什么内行！”

“是老师太偏心了！”那个 pink 女孩声音里充满了嫉妒和不甘。

“既然这样，你想不想教训一下她？”一直偷听的左左，神不知鬼不觉地站在三个人身后，突然说道，三人受了惊吓，一起回头。

四个人默契地互看了一眼。

唐斐这几日一直在片场拍戏，忙得昏天暗地，每天只有少量的休息时间，可帅哥就是帅哥，即便熬夜拍戏，第二天仍旧精神十足地出现在片场。

唐斐的古装扮相是圈内出了名的好。

碧绿的湖水，微斜的落日，唐斐衣袂飘飘地骑着一匹白马经过。

水泛微澜，季晴猛然从水下探出头来，长发扬起，水花飞溅。

听见响声，唐斐勒住缰绳，微微眯起狭长的凤眼，惊艳地看着水中的佳人。

“Cut！”

导演叫了声停，这场戏完美拍完。

季晴上了岸，早就等在岸边的助理笑笑快速过来把浴巾裹好在她身上。

唐斐飞身下了马，刚把缰绳撂给工作人员，抬头见季晴走了过来，季晴真是个美人坯子，淡妆看起来更美，唐斐看得几乎有些失神，不过很快便回过神来。

季晴冲他温柔地一笑，问道：“我演得可以吗？这是女主角第一次和男主角见面，是不是应该更羞涩？”

“不，这样就很自然。”唐斐说，“这场戏不错，很好！”

季晴心满意足地垂下头，这时，有工作人员向这边打手势，笑笑连忙提醒：“季晴，该准备下一场戏了。”

“我马上就过去。”

季晴说完向唐斐微微一笑，转身离去。她一边走一边擦着头发，经过工作人员时，不经意地甩了甩水珠，那名工作人员手中器材差点掉地下，幸亏被另外一个人抢过来抱在怀中，猛拍他的头：“混账东西，小心点，很贵的、很贵的！”

季晴不由微微一笑，那人忘了骂人，痴痴望着季晴的背影。

那名差点摔坏仪器的工作人员与他肩并肩站着，满脸陶醉地赞叹：“真是太漂亮了！”

那人回过神来，狠狠给了他一个爆栗：“看！再看！叫你再看！”

“打我干什么，你不也在看嘛！”

季晴忍不住笑了。

在化妆间里换裙子的时候，导演过来找她，门一推开就惊呆了，站在门边痴迷地看了许久。

季晴从镜子里看到了有人进来，吓了一跳，忙问道：“刘导，您找我？”

“是，要和你说说戏。”导演回过神，走进了化妆间，说完目光看向了一旁的笑笑，故意支开她，“你，去帮我买杯咖啡。”

第 31 章
季晴的真实身份

笑笑看了看季晴，季晴点头，笑笑只好退了出去。她留了个心眼，走了两步，又蹑手蹑手脚地走了回来，站在门口偷听。

导演向季晴招手让她坐下，季晴选了个离他稍远的位子坐好，不料刚刚坐下，导演便把椅子拉近了点：“哎呀，你真是太漂亮了，每一个镜头都光芒四射。”

季晴谦虚地点下头：“导演，您过奖了。”

导演话锋一转：“不过啊，龙吉公主是昆仑山掌管水的女仙，她对水有天然的亲密感，所以需要你更放松、更舒缓！”

季晴忙问：“那要怎么表现呢？”

“学会通过肢体语言和面部表情展示心境。”导演一边说一边假装不经意地拉起季晴的手，另一只手试图抚摸季晴的肩膀，“比如这肩膀，只有放松的时候，露出的弧度才最好看最美的。”

季晴脸色变了，立刻站起：“刘导！”

导演干笑了一声：“不用紧张，我只是给你举个例子！”

“对不起，我要准备下场戏了。”

季晴说完便走，导演上去拦住，一脚踢上门："季晴，你不是第一次拍戏吧。连碰都不让碰，你还做什么演员！你知道多少演员排队让我指导吗？"

季晴略有愤怒："刘导，请你让开！"

"瞧瞧这张脸，就是生气起来，也是那么美！季晴，好好听我的安排，能让你学到更多……"说完扑上去抱着季晴。

季晴拼命地挣扎，导演抱得更紧了，嘴凑了上去想要亲吻，季晴又急又气，大叫了起来，导演却不顾一切地向季晴的胸前摸去，就在千钧一发之际，大门砰的一声被踢开，唐斐笑容满面地倚在门口："哎哟，好热闹啊！"

导演一愣迅速放开了手，季晴乘机快步冲了过去，躲在了唐斐的身后。

导演呵呵笑着："唐斐啊，别紧张，我就是——"

唐斐同样笑眯眯地看着他，猛然抬起脚踢向了导演的胯下，就听他一声惨叫，直接跪倒在地，脸色发白，双手捂着裆下，站都站不起来："唐斐！你这……干什么？"

"干什么？看不出来吗？"唐斐搓了搓手，"给色狼的一点小礼物罢了，不用客气，照单全收吧。"

导演气急败坏地骂道："混账！混账东西！你不过就是个演员，我会让你付出代价的。"

唐斐再次抬起了脚作势要踢，导演条件反射地捂住了裆下。

"怎么，这一脚踢得不过瘾，还想再来一次？"说完轻蔑地看了他一眼，拉着季晴走出了化妆间。

出了化妆间之后，唐斐把外套披在季晴身上问道："你没事吧？"

季晴点了点头。

唐斐见她唇色发白，安慰道："有我在，你别怕！他刚从国外回来，玩女人的名声比导演名头还大，以后你要小心点。"

"嗯！"

"你没事就好，那我先走了。"

季晴感动地看着唐斐的背影，拉了拉身上的衣服，心中升起了一阵暖暖的感觉。

笑笑在一旁双手撑着下巴看着唐斐的背影："好梦幻啊，英雄救美！"

季晴轻轻敲打了一下她的头："你还说！"

笑笑深感委屈："大小姐，你要谢谢我才对！是我看情况不对，特意请来了斐哥！"

"笑笑，你怎么能这样？发现有问题，还不赶紧来救我。"

笑笑翘起了下巴："刚才要是我进去了，英雄就没有用武之地了！"

季晴嗔怒："混账丫头！别再说啦，我要准备下一场了。"

笑笑看季晴离开，躲到无人处掏出手机，拨了一个电话："对，今天片场有点事……"

季晴到了片场，白衣如雪长发垂肩，轻轻坐在秋千架上，一边摇晃着，一边轻轻哼着欢快的歌曲，蝴蝶围绕着她翩翩起舞。

副导演正在指挥摄像："镜头慢慢推过去。对，就是这种感觉。"

工作人员等了半天还不见导演过来，有些着急，问了几次副导演："导演怎么还不来？"

片场外，导演挨了唐斐的打，一路怒气冲冲地走来，走到停车场附近的高坡上，掏出手机打电话给齐文森："喂，这片子我不拍了！对，演员耍大牌！什么？开天窗？我可管不着！"

突然从他身后窜出来两个人高马大的男子，浑身肌肉，一看就是打手的模样，利索地用一件衣服蒙住了他的头。

导演大惊失色叫道："你们干什么！我是刘俊山！"

"色坯，打的就是你！"

那两人拳打脚踢，一阵猛揍，打得导演惨叫不已。两人打得不过瘾，临了一脚将他从小坡上踹了下去，他一边滚一边尖叫，最后整个人狼狈地倒在了地上，"哎哟、哎哟"叫个不停。

唐斐拍完了戏，从片场出来，来到停车场，刚上了车，就见一个人从高处滚落在了车头，对方手忙脚乱扯开头上的衣服，只见那人鼻青脸肿，再一看原来是导演。

唐斐若有所思地探出头向上看去，坡上面早已经不见人影。他慢慢升起了车窗，假装什么也没有看见。

岳乐大惊小怪地低声对唐斐说："天哪，是刘导演！谁敢这么做？"

"他调戏季晴，你说呢？"

岳乐恍然大悟："难道是……"

导演连滚带爬地跑到车边上，拍着车窗大叫："救命啊，救命，救救我！"

车窗落下，唐斐的脸出现在了窗前，吓得他一下子弹开了，大叫："原来是你！唐斐！我告诉你我是不会放过你的！"

唐斐摆摆手："化妆间里，是我打你，这次可不是我，刚刚我打你，那是在救你。"

"救我？什么救我！你这混蛋——"

第32章
拙劣的小伎俩

岳乐同情地看着导演："刘导，我们斐哥当然是在救你啊，你知道季晴是谁吗？她可是季董的千金啊。"

导演愕然呆住："什……什么？"

唐斐微微一笑，戴上墨镜，靠在车背上，缓缓地说道："现在知道也不晚，无知的代价，你就好生受着，岳乐咱们走吧。”

车子开动，留下导演瞠目结舌地站在原地，额头上早已惊出了一层细密的汗珠。他懊恼地拍着脑袋，恨不得将自己拍死，得罪谁不好，非要得罪季董的千金，自己的东家大小姐，季董在影视圈的地位举足轻重，惹了他，恐怕往后也就甭想在影视圈混了。

他思前想后了一番，当下，便火急火燎地去找季晴道歉去了。

季晴带着笑笑刚回到休息室，导演便走了进来。

笑笑以为他贼心不死，连忙挡在季晴的面前，一脸敌意地问道：“你还想干什么！”

“我是来道歉的，对不起！对不起！都是我的错！”导演不停地鞠躬。

季晴被他鼻青脸肿的模样吓了一跳，忍不住问道：“刘导，你刚刚还好好的，现在这是怎么了？”

导演身子一抖，矢口否认：“没事！没事，我没事的。”

笑笑瞥着他，嗤笑了一声：“还说没事，你瞧你都被人打成猪头了！”

“是我不好，是我……是我自己走路不小心摔倒，自己摔的！是我的错！季小姐，今天是我手贱嘴贱，你大人有大量，请你原谅我！”

季晴见他道歉的态度十分诚恳，便不再生气了：“好了好了，这件事……我不会放在心上的。刘导，你伤得不轻，要不要我叫人送你去医院？”

导演连忙后退：“没关系，没关系的，我自己去看医生就行了，不用麻烦你了。”说完没命地跑了出去。

季晴一脸纳闷，看着他仓皇离去的身影，讷讷地问笑笑：“你说，他这是怎么回事啊？”

笑笑冷笑了一声：“这不明摆着的嘛，这个家伙，最爱在片场占人便宜，夜路走多了总会撞见鬼！”

季晴不懂她的意思，笑笑掩饰道：“啊，其实也没什么！我的意思是，这是所谓的恶有恶报，老天有眼！”

季晴点了点头，松了一口气：“本来我还担心他以后会找我麻烦，没想到他居然这么轻易就善罢甘休了，还主动来道歉。”

“怕什么！要是让季董知道，活活扒了他的皮！”笑笑做了个杀的动作。

季晴忙对她说：“事情已经过去了，你可千万别向爸爸提起啊，免得他又要担心我。”

“我……我知道了，你啊，就是太善良了，要我说，这种人就该狠狠教训一顿！”

“跟你说了多少回，我不想什么都靠爸爸！”

“好啦，我都听你的！”笑笑话虽如此，却不自觉地挑挑眉。心想：不告诉季董？要是等季董怪罪下来，那才叫吃不了兜着走。

简兮一进门就见女学生们全都围在柯洛的身边，一个个就像花蝴蝶一般花枝招展，叽叽喳喳地说着话，而柯洛双手抱肩坐着，嘴角挂着迷人的微笑。

“柯洛，下课后和我们一起去玩嘛，去嘛！”

“对啊，我找到一家很不错的 pub 耶。”

“柯洛，你怎么不说话啊？”

“不了。”柯洛无所谓地一笑。

“你和谁约好了吗？”

“没有。”柯洛说。

“那就一起去玩啦，好不好嘛。”

“就是，这么难得的机会，和大家一起联络感情嘛！”边上的人附和。

柯洛忽然看到了简兮经过，立刻丢下女生们追上了简兮：“简兮你来了。”

简兮“嗯”了一声，同时接收到无数道敌意的目光，心里敲起了一阵鼓点，她甚至隐约听见了她们的说话声：

“又是她！缠着老师又缠着柯洛，讨厌鬼！”

“哼，待会儿有她好瞧的！”

幸好上课开始了，陆周和浮生走进了教室。

浮生往下分发剧本：“剧本都发到每个人的手上了，大家要合力演出，请记住刚刚分配好的角色。”

简兮翻开剧本，发现被人掉了包，拿到手竟然是白纸，有些愣怔。

柯洛见她露出为难的神情，探头一看，二话没说把自己的剧本递给了简兮：“我的台词少，已经记熟了，你先看吧。”

简兮感谢地接在手里。

柯洛扫视一眼众学生，说：“这是有人在故意捣乱。”

“没关系。”简兮不在意地说。

简兮低头看剧本。

“你的角色是什么？”柯洛问道。

“一个在战争时期沦为流莺的少女，遇到了自己的初恋情人。”

“这角色——”

“又是久别重逢吗？好像跟上一次有点不同。”

浮生：“下一幕要开始了，简兮。”

简兮有些不知所措地站在原地：“我还没想好要怎么演……”

柯洛将手搭在简兮的肩上：“加油。”

简兮定了定神，微笑地点了点头。

简兮来到场中央，静静地站着，还在思索怎么样才能演好。

浮生见她没有动，不禁有些担心，悄悄对陆周说：“老师，这个角色对她来说太难了，远非刚才的久别重逢。”可陆周却说：“所以才让她演。”

同学一听简兮的角色，窃窃私语着：

“你看，是妓女的角色啊！”

“对啊，还是个站在街边的小妓女，碰到了多年未见的情人！”

“哈，这角色很特别，她要怎么演啊！靠关系进来的人，一定会丢脸！”

句句虽轻，却结结实实地落进简兮的耳朵里，她不由自主地握紧了双拳，暗暗对自己说：冷静，一定要冷静！

简兮的第一场是她和相依为命的好友阿宁对戏。

开演前，左左朝旁边的人使了个眼色，刚才那三名女生中的一名端着水走到简兮的身份边说“今天辛苦了，先喝点水吧。”

“谢谢。”简兮接过水杯，只觉得手上黏了一下，杯子黏在了手上，怎么都甩不脱，不用说，一定是被人在杯子上放了胶水，而且是强力胶水。

“怎么回事？”浮生问道。

简兮尴尬地看着浮生：“对不起，杯子好像有点——”

那名女生忙自告奋勇道：“怎么了？我来帮你吧！”

说完，出其不意地上前，一把从简兮手里抢过杯子，杯子和皮肤瞬间分开，手掌破了一大块皮，那女生连忙用小手捂住嘴，一脸惊恐地致歉：“哎呀，真不好意思，我用太大力了！”

简兮倒抽一口冷气，捂住手震惊地看着她。

陆周：“继续表演吧。”

浮生回头看着他：“老师？这……”

“我说继续。”陆周声线十分笃定。

浮生无奈，只好问简兮：“你可以吗？”

简兮看了一眼手掌，忍着痛点了点头：“我没事的，我可以坚持。”

“好吧。那么，现在就开始吧。”浮生说。

简兮继续表演，对那扮演阿宁的女生说道：“谢谢你，今天我太累了。”

“那我替你铺床，你好好睡一觉，明天一切都会好的。”阿宁走到沙发前，装模作样地铺床，柔软地拍了拍：“过来躺下吧。”

简兮走过去，刚刚躺下便觉得脖子上一阵钻心的疼，不由得叫了起来，众人吓了一跳，浮生连忙跑过去：“又怎么了？”

简兮坐起来才发现原来是沙发上被人放好了刀片，她用手一摸后脖颈，只觉得手黏黏的，一看全是血。

柯洛快步走过去，一把拉起简兮，怒视众人：“谁干的！”

阿宁一脸无辜地摊着手：“我不知道啊！对啊，谁干的啊？”

三名女生中的另外一名，大惊小怪地叫起来：“哟，好恶劣哦！”

戴着 pink 帽子的女生嘴里“啧啧”了两声：“这就是她自己不得人心啊，才会这么惨！”

左左附和说："别人都没事，怎么就她出问题！看来大家以后也要小心才行！"

简兮盯着左左，她突然意识，这一定是她干的，她愤怒了。

浮生制止住了众人的争执："好了，先去医务室吧！"

柯洛担心地上前查看了一下简兮的伤势，随后拉着往外走，原本预备忍耐，谁知左左嗤笑一声，故意火上浇油说："对啊，去医务室多好，本来就演不下去嘛！我是不是也该学学你！"

简兮再也无法忍耐了，她一把甩开柯洛的手，径直向左左走去："是你让人干的，是不是？先是换掉剧本，然后在杯子上动手脚，现在还用刀片，你不知道这是故意伤害吗？"

"故意伤害？哎哟，我好害怕！"左左说完大笑了一声，"告诉你吧，对，就是我让人干的，那又怎么样！？"

"我从来没有得罪过你，你为什么要处处针对我？！"

"我就是看你不顺眼，不行吗？！"

"左左，你太过分了！"柯洛怒了，他跟左左认识到今天，从没想到她竟然是这样的人。

柯洛的庇护，更加激起了了左左的妒火，她用力推了一把简兮："滚出去！你这种人根本不配留在这里，听见没有！滚出去啊！"

简兮盯着左左，一动不动，气得浑身发抖，已经在爆发的边缘，左左全然没有意识到，继续吼道："厚脸皮！跑上门来认亲，还想法子挤进培训班，和你妈妈一样贱！妄想当一名演员，你简直就是做梦！"

这字字如刀，每一刀都扎在了简兮的心上，她猛然抬起头，声音出奇冷静："你说什么？"

左左疯了一般地叫道："我说你们母女一样贱！"

"你再说一遍！"

"那我就再给你说一遍，我说你们母女一样贱！"

简兮走上去，扬起手，就听啪的一声，一记响亮的耳光狠狠地扇在了左左的脸上，所有人都惊呆了，左左愕然地摸着自己的脸："你敢打我。"

"对，就是打你！"简兮恶狠狠地扯住左左的长发用力撕扯，疼得左左双手抱头失声尖叫，两人纠缠在一起，整个课堂乱成一团。

浮生上去拉住左左。

柯洛用力抱住简兮："不要打了！简兮，冷静一点！冷静一点简兮！"

简兮根本听不见柯洛在说什么，猛地挣脱开，又扑向了左左，左左失去了平衡，高跟鞋都飞了出去，简兮还不依不饶，拼命伸出手去够。

浮生和柯洛竭尽全力想要分开两人。

所有人目瞪口呆，不可置信地看着眼前的一幕。

左左被浮生抱住，两只脚在空中乱踢，嘴里大叫着："贱人！贱人！贱人！"

简兮像小兽一般，发疯地再次挣开了柯洛的手，扑上去揪着左左的衣领，大声喊：“我没有妈妈！没有妈妈！你听到了吗？”

教室里争吵声、打架声，乱作一团，陆周猛然一拳重重砸在桌子上：“够了！”

就像被按了一下静止键，一切的嘈杂都停下，所有人都看向了陆周。

陆周一步步走过来，怒容满面吼道：“全都从这里滚出去！”

学生们全部被赶到了走廊上，浮生最后一个走了出来，对左左和简兮说：“你们都被开除了。”

左左冷哼一声，扭头就走。

简兮猛然抬起头：“对不起。”

“晚了。”浮生摇头。

简兮难过地咬住了唇，她后悔了，真的后悔了，刚刚不应该这么冲动的。

浮生叹了一口气，转头离开，简兮一动不动地站着，像个木头人，她曾经离梦那么近，现在梦碎了，是她自己亲手打碎的，她真想给自己两记耳光，她反复问自己，为什么不能忍，为什么要打架？可她什么都做不了，整个人软得浑身一点力气也没有。

柯洛看着简兮的样子，忽然大步走进教室，他要跟陆周理论，他要留下简兮，哪怕只有一线希望。

柯洛说：“那些人拼命欺负人，本来就不对。简兮是受害者，为什么反而受到惩罚？不公平，这完全是不公平的！”

“公平？”陆周冷漠地合上剧本，“什么是公平？”

柯洛大声说道：“简兮明明是最有天分、最认真的学生，要离开也是那些闹事的人离开！凭什么让她离开学校？”

“那是因为，是她自己先放弃的。”陆周说。

“放弃？”柯洛愣住了。

“你要知道，一个放弃表演的人，是没有资格站在镜头前的。”

柯洛愣了一下，从齿缝里冷冷地送给了陆周几个字：“你真是，太残酷了！”

陆周不以为然：“不适合当演员的人，无谓浪费彼此时间。”

第33章
道歉

也不知过了多久，简兮还站在走廊里，陆周面无表情地从简兮身边经过，好像简兮不存在一样，简兮后悔且无力地喊了声：“老师……”

陆周停住了脚步，却没有看一眼简兮，他的目光平平地落在最尽头的玻璃窗上："要道歉吗？"

简兮懊悔地说："对不起，破坏了表演是我的错，但是他们先……"

陆周打断了简兮的话不让她说下去："你走吧。"他的语气平淡到听不出情绪的波动。

"我根本没有错啊，为什么要赶我走？难道受人欺负就要一声不吭吗？"

陆周望着窗口，眼神更加深沉了，冷漠地说："我不想再看见你。"

"老师……"简兮愣在了那里，不知如何是好，而陆周却头也不回地离开了。

柯洛追了上来，一把拉住她："简兮！"

简兮沉默地望着看着陆周的背影，表情从泣然欲滴慢慢变得倔强，突然大声喊："有什么了不起！这种不分是非的地方，我永远也不要再来了。"

柯洛想要拦住简兮，她却倔强地擦掉眼底的泪光，用力推开他，头也不回地走了。

左家也不安静，牧歌和左刚站在左左的房间外，看着紧闭的门，牧歌担忧地对左刚说："叔叔，左左回来后就一直关在房里，不肯吃饭，叫门也不应！"

左刚听完眉头皱了起来，伸手敲了敲女儿的房门："左左！"

左左在里面一声不吭，毫无动静，左刚又重重敲了两下："左左，我知道你听得见我说话！如果你再不开门，我就直接让人撞开了！"

深知左刚脾气的牧歌连忙说："左左，叔叔不是跟你开玩笑，快开门吧！"

又过了一会儿，里面响起了轻微的脚步声，门外的两人对视一眼。果然，门开了。

左左站在门边上，整张脸上都是泪痕，哭得眼线黑成一片，挂着熊猫眼极其委屈地望着门外两个人。

左刚被吓了一跳，忙问："怎么回事？"

左左小嘴一撅，将脸扭到一旁："不用你管！"

左刚无奈，伸手摸了摸左左的脑袋："我是关心你，不识好歹——"

左左撇撇嘴带着哭腔撒娇："关心我？不，你从来没有关心过我！"

左刚面色沉了下去："你根本不知道自己哪儿错了！哼！一个女孩子，居然在课堂上和人大打出手，最后硬是被陆周赶回家了！没一个小时，天底下人人都知道了，我的女儿刁蛮任性，丢人现眼！我没骂你，你倒蹬鼻子上脸了！"

看着父亲不安慰反而铁青着脸教训自己，左左不由鼻子一酸，哭着说："你只在乎自己的面子，在乎过我这个女儿吗？"

"是你跑去和人打架，还满口道理？难道是我错了吗？"左刚为之气结，却又无可奈何。

左左一跺脚，拿出小时候耍无赖的精神头，顶了过去："这是我的事，不要你管！"

把左刚气得，一把抓住床头上左左和亲生母亲的合照，劈头就砸过去。左左吓得花容失色，下意识地一让，相框砸在了墙上，摔碎了。左左突然尖叫一声，飞快地扑了过去，一把将相框抱住，哭喊着：“你干什么！”

望着痛哭流涕的女儿，左刚顿时语塞：“左左，爸爸……”

左左抱住脑袋缩在角落里，撕心裂肺地尖叫起来：“滚出去，你立刻就滚出去！”

牧歌看看左刚又看看哭泣的左左：“叔叔，你先去休息吧，这里交给我就好。”

左刚看着伤心的左左，满是无奈，叹息了一声扭头就走，走前丢下一句：“随便她好了，我再也不管了！”

门砰的一声被关上，牧歌蹲下身试图安慰左左，左左瑟缩了一下尖叫起来：“走，全都走！”她猛然站起来用力把牧歌推了出去，重重关上了门，抱着相框扑倒在床上，哭得撕心裂肺。

门外的牧歌听着里面的动静，不由自主地叹了口气。

夜很沉，左家的庭院里一片花海，而左刚站在窗边，看着一片沉寂的天空，神色复杂，这时门开了，有人走进来，左刚头也不回，沉声问：“她闹完了没？”

刚进来的展眉一愣，笑问：“在等谁？”

左刚一愣回过头发现是展眉，揉了揉眉心颇为无力地说：“是你啊。”

展眉走到他身边，微笑着说：“在等牧歌吗？”左刚并不吭声，倒是展眉笑了笑，柔声说道，“你啊，嘴硬心软，明明那么疼爱左左，为什么不告诉她？”

左刚无奈地叹了口气：“这丫头太任性了，千方百计进了公司，又闹出这种事。”

展眉将脑袋轻轻靠在左刚肩上安慰着：“小孩子嘛，不懂事难免的，好在只是小事。”

“小事？她都被人赶出来了！”

展眉起身亲自替他倒了一杯茶，将他拖到书桌边坐下：“好啦，喝杯茶，别再生气了。”左刚还是面无表情，动也不动。

看这情形，展眉两只手搭上他太阳穴，动作轻柔地替他按摩起来：“你呀，一劳神就会头痛，医生不是说过吗？凡事不许动怒，你可倒好，难道连医嘱都不听了吗？”

左刚闭着眼，叹了口气：“事情闹这么大，我怎么能无动于衷呢！”

展眉轻声安慰着：“有话好好说，再不济，还有我呀！”

左刚望着展眉，见她气定神闲的模样，但有点怀疑：“你？”

“放心吧，我已经给齐文森打过电话，他会卖我这个面子。这样一来，你就不必自降身份去和他们打交道了。”展眉很笃定地说完，然后把茶递给了左刚，“这下总可以安心喝茶了？”

左刚接过茶喝了口，眉开眼笑地亲了亲展眉的手，少倾，他又迟疑了：“陆周那个脾气，左左能回去吗？”

展眉将腿缩到沙发上，猫一样蜷缩在那里，妩媚地冲左刚一笑：“齐文森会想办法说服他的。”

左刚顿时心情大好，顺势抓住她手，在她的额头亲了一下：“能娶到你，真是我的福气。”

展眉嫣然一笑："洗澡水放好了，快去吧。"

左刚点头，拍了拍展眉的手，起身进了洗漱间，展眉的笑容瞬间消失，拿起手机按了快捷键："安心，对，我有事吩咐你办……"声音低沉而宛转。

第34章
被钱羞辱了

两排巨大的树木遮天蔽日地延伸开来，简兮骑着自行车飞快向前，突然有人从旁边走了出来，简兮吓得魂飞魄散、手忙脚乱，吱的一声巨响，好不容易把车子刹住，她没好气地抬起头，准备大骂一通，却看到了站在她前的女人——安心。

"简小姐，我一直在等你。"

简兮指了指自己："我？"她四下张望发现周围并没有别人，而且叫简小姐，简姓并不多见。

安心微微一笑："你不记得我了？"

简兮颇为困惑，眼前这个人是谁？她认识吗？她的记忆里似乎没有这个人的印象。

安心解释："我是展眉的经纪人。"

一听到展眉二字，简兮的面色微变："你来干什么？"

安心递给她一个信封："这是给你的。"

简兮盯着信封却没有接过来，她怀疑地问："什么意思？"

安心抬起下巴冷漠地说："简小姐，有人在传说，你是展眉的女儿。"

简兮意识到信封里装了什么，觉得受到侮辱，满脸涨得通红："我不知道。"

安心冷笑一声嘲讽地说："今天在公司发生那样的事，你的存在已经引人注意了，你真的不知道？"她看了看寒酸的简兮，抖了抖手里的信封，"简小姐，咱们开诚布公地说吧，希望你尽快离开这里，再也不要回来。"

简兮的脸色铁青："这是你的意思，还是她的意思？"安心沉默不语，简兮会意地惨笑，"如果是她要赶我走，请她自己来！"说完准备继续往前走。

安心追了过来："我是展眉的经纪人，全权代理她的一切事宜。"

简兮猛然一回头："要不要离开，是我自己的事，谁都无权过问！"

"好好听我把话说明白，我了解眉姐。你想要得到她的承认，这是绝对不可能实现的。"她劝道，"与其抱着不切实际的梦想，不如——"

"我不在乎，"简兮抬头挺胸地说，"我再也不关心她了！但我的生活，也不需要你们来指手画脚！"

简兮推着车准备离开，安心突然叫了一声：“简兮！”简兮一回头：“还有什么要说？”

不等她反应过来，只见安心一把把信封塞进她手里，轻描淡写：“拒绝不代表高尚，反而显得你好傻。我是从你这个年纪过来的，那时候总钻牛角尖，等真正长大了，才知道做人不能自讨苦吃。拿钱走吧，再也不要出现。”

简兮紧紧攥着信封，几乎把信封捏碎，她气得浑身发抖，在安心准备离开时，简兮突然把信封砸了过去，钱撒了一地，安心目瞪口呆地望着简兮：“你！”

“引人注意？她已经在大众面前给我贴上骗子的标签，我的存在根本威胁不到她，还在担心什么呢？”简兮冷冷地用嘲讽的口气说道。

安心叹了口气：“你不是小孩子了，展眉的事业如日中天，与左导的婚姻也十分美满，如果在这个时候出现一个来历不明的女儿，一定会引起轩然大波。而你呢？外人会怎么想你？他们一定会认为你想攀高枝，想炒作！假如你是个聪明的姑娘，就该知道怎么做对彼此更好。”

简兮一扬头，洒脱地说：“我不用她的钱，不用！我会走的，绝不会再打扰她！”

安心点头：“很高兴你能够想通。将来，如果你有其他需要，还可以联系我，我一定会尽力……”安心还想再说点什么，只是她再也说不下去了，因为她看到简兮眼底有泪光，强忍着没有掉落下，只听简兮轻轻地说：“不必了，告诉她，我没有妈妈！”她转头就骑上自行车飞快地往前，泪水不自觉地迎风飘落。

正当安心看着简兮远去的背影，同情地摇头时，身后响起了岳乐的声音：“经纪人什么时候管起这些事儿了？”

安心一下子转过头去，岳乐气定神闲地站在那里手里捧着一摞资料，好整以暇地看着她。安心脸上立刻没了同情，怒气冲冲地对岳乐叫：“少管闲事！”

她快步从岳乐身旁走过，岳乐嘴巴一撇，指着地上的钱：“喂，钱不要了！”安心转身去捡钱，依旧一脸恼怒。

岳乐不以为然地说：“都什么年代了，拿钱羞辱人这么老土的事，只有你做得出来。”

安心愤怒地回过去：“她是年纪小不懂事，你装什么天真啊！有钱干吗不要，好吃好喝比什么都重要！”

岳乐摇摇头叹了口气：“瞧瞧这思想，真龌龊，难怪人家说啊，有什么样的主子就有什么样的奴才！”

安心本来已经走过去，闻言转头嘻嘻一笑：“你再说一遍！”

岳乐做了个不以为然的表情：“耳背啊，我说你心黑手狠死不要脸啊。”不等岳乐说完，安心狠狠在岳乐的屁股上踹了一脚，岳乐惊叫一声，一下子扑了出去，狼狈地趴在地上，资料撒了一地。

安心冷哼一声，拍了拍手掌：“这是心黑手狠的我，送给你的礼物，不、谢！”

岳乐怒吼：“回来，你给我回来！”岳乐想要追上去，却又要去捡满地飘的资料，手忙脚乱，再抬头，安心已扬长而去。

岳乐气急败坏地朝唐斐家走去，推开门，唐斐正在看杂志，抬头问道：“不是去取剧本了吗？”

岳乐重重把资料丢在桌上，怒气冲冲：“别提了，遇到个神经病。”

唐斐看他狼狈的样子，轻笑一声，继续看杂志。

岳乐越想越是愤怒，腾地一下子又站起来：“那是什么女人啊，又丑又肥，嘴巴恶毒！”

“能把你逼得暴走，是安心吧。”唐斐一猜就中，他手指翻过一页，顿住，再次抬头，“她来干什么？”

第 35 章 冤家对头

“欺负小女孩啊！”岳乐顿时进入狂暴状态：“你不知道啊，她居然跑来用钱收买简兮！这么狗血的剧情，真的让我遇到了，拿钱砸人啊，啧！”

听到这话唐斐瞬间来了兴趣：“这么说，欺诈犯有钱还给我了？”

岳乐一下子没反应过来：“啊？”

只见唐斐精神抖擞地站起来，活动了一下关节，露出恶魔般的微笑。

窗外阳光正好，简兮对发生的一切一无所知。

她灰头土脸地冲进门，爬到床下找出箱子，把所有衣服都往箱子里塞，东西翻得乱七八糟，拼命把箱子合上，头也不回往外冲，结果还没出门，就一头撞在了唐斐怀里。

唐斐指着她的鼻尖：“拿到钱就要跑？”

简兮抬头看到他，愣住，而唐斐脸上依旧挂着笑：“说话啊，你不是能说会道吗？”

钱？简兮丢下箱子，在身上到处摸钱，最后找出零碎的钱币，用力拉住唐斐的手全部塞给他：“给你！”

唐斐看着自己手里的一把零钱，一脸的鄙视：“就这些？”

简兮看着那一堆零钱很不好意思：“房子我会尽快转租，再加上自行车，其他的……等我攒够钱就会还！”

唐斐捏着手中的零钱，犹豫了下，又不死心地问：“从展眉那儿得到的钱呢？”

简兮面色一下子变了：“没收。”

唐斐差点没跳起来：“你有病啊！”

“你才有病呢！”简兮怒视着他。

唐斐看了一眼乱七八糟的房间，很认真地问：“我问你，现在打算去哪儿？”

“回家。”简兮毫不犹豫地回答，地上的箱子证明了她没有说谎。

唐斐不可思议地看着她：“回家？”

“我不想待在这里了，我讨厌这个地方，我要回家了！”简兮近乎绝望地喊了出来，然后提着箱子往外走，唐斐手一伸，撑在门上，阻止了她的脚步。

“培训班呢？”

“不去了。”

唐斐不解地问：“演员梦呢？”

简兮深深地望着唐斐，用一种绝望的语气说：“根本不可能实现！”说完她一把推开唐斐，快步走出去。

唐斐望着简兮的背影，冷冷地说道：“愚蠢的行为，到此为止了吧。”

简兮停住脚步，愤怒地转过身来：“你说什么？”

“满腔热情、信心满满来找妈妈的小蝌蚪，终于发现妈妈跟自己想象的不一样，于是决定善良地退出，回到属于自己的世界里去了。”唐斐嘲笑地说，并配合啪啪啪的鼓掌声来刺激简兮，“真是让人感动的童话故事啊。”

果不其然，简兮受到了刺激，睁大眼睛看着他，问道：“你觉得这是可以随便拿来开玩笑的事？”

“难道，我说错了吗？”

“你——”简兮想用话言来反击他，可搜遍大脑，却发现自己无话可说。

唐斐站在那里，英俊的脸上挂着厉色：“千里迢迢赶来，真是可敬！费尽心思做演员，多励志！明明被人遗弃还不要补偿，简直是高风亮节！”

简兮的眼泪夺眶而出：“你知道吗？我已经尽到最大努力了！”

唐斐笑了出来：“是啊，每一件事你都尽力了，所以理直气壮地卷铺盖走人了。”

“你知道什么，明明是他们拼了命地践踏我……”

唐斐“哦”了声，然后弯腰俯视着简兮：“现在身无分文，买车票的钱也没有，可至少不用面对别人的嘲笑，自尊多可贵啊！只要尝试过了，就算失败也没关系，因为过程最重要嘛！”他大笑了起来，“哈，社会就是因为有你们这种人的存在，才会无法进步！”

简兮恼羞成怒：“你住嘴！”

唐斐一脸惊奇地望着简兮：“恼羞成怒了？”

简兮的脸涨得通红，正欲爆发，随后赶来的岳乐看到两人表情不对，赶紧上前拦住了简兮：“等等，两位！你们到底为什么要吵啊！”

简兮倔强地冲上去：“走开！”

唐斐往旁边一指：“站一边去！”

看两人之间汹涌的暗潮，岳乐一愣，下意识后退了一步。

简兮梗着脖子直视着唐斐：“从小没有妈妈教，是我的错吗？没有学过表演，是我的错吗？想要做演员，真是罪过吗？是！我不甘心，但起点不同，无论我怎么努力，都只是个笑话！所以，我只能——”

唐斐点点头表示赞同：“对，你只能服从垃圾一样的命运，还有注定失败的人生！”

“我已经很拼命了！”简兮愤怒地喊着。

唐斐看着简兮再也没有嘲弄之意，而是用一种很严肃的神情望着她：“很拼命，所以希望受到赞扬。哪怕努力未遂，大家也要拍拍你的脑袋，笑着对你说，干得好啊！你以为自己是谁，玛丽苏万人迷还是圣母玛利亚？呵呵，世界都被你感动了！”

简兮愣在了那里，而唐斐还在说：“什么尽到努力，那是只有失败者才会说的话。别人说的话照单全收，磕破点皮就哭着回家，这就是你。”

简兮摇摇头：“不是所有人都像你一样有那么好的运气，更不是人人都能当演员！难道所有失败的人，都应该去死吗？”

唐斐冷笑两声，不以为然：“什么才是演员，你根本就不懂。我早就知道，你会有这种结局。”

简兮握着拳头不甘心地反驳：“一个只知道钱的人，凭什么教训我！我瞧不起你！”

唐斐微微一笑：“等你有了钱，才能说自己瞧不起钱。否则，那就是羡慕嫉妒恨！记住，我不管你晚上睡马路还是明天没饭吃，欠的钱必须连本带利还，一分都不能少。现在，了不起的垃圾，你可以滚去回收站了！再见，不，再也不见！”

简兮震惊地看着唐斐一转身径直走了，身形挺拔洒脱，连脚步都不曾顿一下。岳乐摇摇头，喊了句：“唐斐！等一等！”然后转头，拍了拍简兮的肩膀，“他说话就是这样，别放在心上。”

岳乐追唐斐去了，简兮一个人孤零零地站着，风渐渐大了起了，路灯亮了起来，她手一松，箱子砰的一声掉在了地上，她无力地坐了下来，抱住自己的腿，望着四周那一幢幢高级住宅楼，再回头看自己住的车库房间，眼眶不争气地红了。

唐斐脚步轻快地走着，岳乐追上来：“唐斐！”

“什么事？”唐斐一脸轻松地看着黑压压的天空。

岳乐欲言又止：“你今天……话说得太重了。”

唐斐抬着头：“对于这种垃圾，我才没心情管。”

岳乐不解：“那你说这么多？”

唐斐一笑，拉长了脸：“还不是为了钱！”

岳乐目瞪口呆以为自己听错了：“为了那一千块？”

唐斐一本正经地拍拍岳乐的肩：“什么一千块，连本带利一个月是两千块！”

岳乐如同被雷劈了一样呆住了，这也太可以了。

车站的时针指在凌晨两点，简兮拖着行李箱在看表，然后抬头望向巨大的钟，还有两分钟就要上车了，就要离开这里了。

周围的旅客来来往往，没有人注意到简兮，天地间只有她是隐形的，好像所有人都看不见她。

两分钟很快也很慢，当时钟走到两点时，简兮站起身拖着行李走到车站检票口，伸出手，检票员想接过票却发现她紧紧地捏着票，怎么也拉不动，简兮的脑海里闪过唐斐说的一切，她手一缩把票拉了回来，看看入口的方向，又看看出口，检票员不耐烦地准备说她，她突然笑了起来，拖着行李箱狂奔往出口方向。

不！她怎么可以放弃？她的理想只有在这里才能实现。

岳乐跟往常一样，打开车门让唐斐先进去，然后看了一眼周围的情况，戴着墨镜的唐斐飞快地钻进车厢，岳乐快速进入驾驶室发动了汽车，开始陈述一天的行程："今天八点有一个通告，九点半赶着去拍写真——"

他的话戛然而止，目光落在推着自行车的简兮身上，不由惊讶："她怎么回来了？"

唐斐若无其事地瞟了一眼，不自觉勾起嘴角，戴上墨镜把自己所有的表情掩盖住说："天知道。"

汽车再一次从慢悠悠骑着自行车的简兮面前经过，喷了她一脸灰尘。

"太过分！"简兮冷哼一声，遥遥望向牌号 7484 的汽车，挥了挥拳头恨恨地喊："得意什么！气死 bus 还用汽油呢，我气死你也不用钱！"

简兮面带着微笑，拍拍自行车上的牌号：741。

"这次勉强留下了你，是看在眉姐的份上。"浮生很无奈地说道："但老师很生气，如果再有第二次，不管谁来说情，你都必须离开。"

左左小嘴一撇很不开心，抬头想要辩驳，一想到陆周那严厉的脸，只好硬生生忍住。

浮生看左左那骄傲的脸欲言又止，笑了："好了，进去上课吧。"

左左迈着轻快的步伐正准备进入教室，却看了简兮在教室外的走廊东张西望。简兮一看到浮生赶紧上前，冲他 90 度鞠躬："对不起，我是来见老师的。"

浮生看看表，抱歉地说："马上就要上课了。"

简兮马上急切地说："我可以等！"

冷眼旁观的左左嗤地笑了出来，她望着简兮，白了她一眼："现在后悔想来道歉吗？太晚啦。"

"左小姐，请你回教室去。"浮生毫不犹豫地命令到。

左左横了他一眼，一跺脚："你！"

浮生也不多说什么，只是盯着她，左左无可奈何，最后还是很嚣张地看了简兮一眼，像只骄傲的小公鸡一样，转身走了。

浮生劝道："简兮，不管你等多久，老师不会改变主意的。"

简兮摇摇头，脸上神情坚定，她站在那里一动不动，冲着浮生微微一笑："我就在这里等，不管老师是否原谅我。"

浮生摇了摇头无奈地叹口气，进了教室。

时间过得飞快，一晃几天过去，众人都在上课，而走廊那头陆周远远走来，简兮连忙挺直了腰身，远远地冲陆周鞠躬，陆周却好像没看到她一样，面无表情地打开了教室门。

柯洛发现简兮站在走廊里，便时不时地看她，而其他学生也发现了简兮的存在，一个个露出幸灾乐祸的表情，还窃窃私语：

“她还在啊！”

“对啊，每天跑来站在这里，有什么用啊！”

左左得意洋洋地用挑衅的眼神望着简兮：“老师不会再原谅她了，惹事精。”柯洛那张英俊的脸沉了下去，他一直向外看，满脸担心。

一晃几个小时过去，陆周结束了一天的教学，收拾完毕向外走去，这时候简兮追了上去，冲他不停鞠躬：“老师，对不起！请您原谅我！”

只是跟以前一样，陆周把她当成透明人，继续向外走，连头也不回一个。简兮跟着陆周的步伐，边走边真诚地道歉：“对不起，老师，对不起！我想继续演戏，请再给我一个机会！”

陆周突然停住了脚步，他冷冷地说了句：“你没有资格。”

简兮不由愣住，喃喃问道：“这是……什么意思？”

“你身上不具备演员的基本素养。”陆周无情地说出真相。

简兮不解，继续问：“那老师为什么收留我！”

“我看走了眼。”

陆周的话沉重地打击了简兮，她倔强地喊：“我不相信。”

第36章
暗生情愫

“你走吧，再追问下去也没有结果，无谓浪费彼此时间。”陆周这人向来不通人情，说话从来就没有客气过，不管是对简兮或者是左左。

看着陆周继续往前走，简兮突然叫了起来：“等一等。”陆周的脚步停住，却依旧没有回头，好像简兮并不值得他回头一样。

“什么是演员的基本素养？”简兮诚恳地问。

“你一点都不明白？”陆周的声线变得更加冷淡，而简兮困惑地看着他。陆周声音终于透出了浓浓的失望之声：“如果连这点都不明白，你更应该放弃。”陆周丢下这句话，头也不回地走了。

看着他转身离去的背影，简兮追出去几步，忍不住大叫一声："老师，我不会放弃的！"陆周再没有停止脚步，一直往前直到消失在简兮的视线里。

阳光很好，简兮的心却很冷，对面大楼的LED屏上，展眉的脸嘲笑般出现了，她默默望着，一动不动。

不知什么时候柯洛出现在她身后，一拍她的肩膀："简兮。"

简兮被吓了一跳，回过头来，看看柯洛，眼底有说不出的疲倦。

"你怎么又回来了？"柯洛不解地问，简兮却不说话，只是沉默地望着对面的大楼。

"说话啊！"柯洛不耐烦地推了推她。

"我已经到了车站，可还是不甘心。怎样都不甘心！"简兮失神地回头看着柯洛，清秀的脸上满是不甘。

柯洛犹豫了，他劝解着："简兮……其实不一定要演戏，做别的不好吗？"

简兮摇摇头目光坚定："不，你不明白！从前我只是个平凡无奇的人，是老师发现了我！对我这样的人来说，是唯一的机会！所以我会天天来，哪怕被别人说厚脸皮、不要脸，都没关系！"

柯洛被简兮的目光震住，不解地问："演戏对你有这么重要？"

简兮点点头，眼底一片清透，透得可以看到眼底深处，那深处除了执着再无他物，她说："我不知道，就在一个月以前我还不知道演戏是什么，突然爆发出这样的渴望，究竟可以持续多久，我都不清楚！但我从来没有这样强烈的愿望，这是第一次！"

她的话使柯洛陷入了沉默，看着她坚定的表情，他忍不住笑了："每天都来？"简兮郑重地点头。柯洛再次询问："绝对不放弃？"简兮再次点头。

柯洛脸上露出一个会心的笑意："把你的手伸出来。"

简兮困惑地看着他，柯洛一把拉过她的手，把一张纸放在她的手上，神神秘秘地压低了声音说道："这是陆家的地址。"

简兮不由愣在那里，"啊？"

柯洛得意洋洋地说："你在这里等，不过只缠八个小时，记住了啊，要一天二十四小时地缠着陆周，缠到他发疯为止，说不定到时候他头脑一热，就真的原谅你了。"

简兮被柯洛的话惊呆了，而柯洛顽皮地笑着，像个调皮的大男孩，阳光正好，将两人的身影无限拉长。

唐家的客厅里，简兮正忙上忙下打扫卫生，她跪在那里擦着角落，一边仔细回忆陆周所说的话。

岳乐看到发呆的简兮，在旁边敲了敲桌子："简兮，麻烦你去买一杯咖啡。"却发现简兮心不在焉，毫无反应，还在那里机械地重复擦角落。

岳乐哼了两声提高了声音："简兮？"结果简兮还是漫无目的地擦啊擦。正在背剧本的唐斐闻声抬起头大声呵斥："喂，我说你是聋了吗？"

简兮猛地抬起头差点把花瓶弄摔倒，幸亏岳乐眼疾手快扶住了花瓶，结果简兮不管不顾地直接扑到唐斐身侧：“告诉我，演员的基本素养是什么？”

唐斐一愣，就见她双眼发亮，跟只小狗一样眼巴巴地望着他。

“拜托你告诉我，要做一个演员，基本素养到底是什么？”简兮用一种从未有过、撒娇的语气说，唐斐不由浑身一僵。

“谁会问你这么无聊的问题啊？”

他往后缩了缩，简兮却立刻凑了上去，依旧趴在他身侧。

“你不用知道，求你告诉我！”她双手合十，诚恳地看着唐斐。

唐斐一扭头装成继续看剧本，然后不屑地说：“那种无聊的东西，我怎么会知道。如果你不去买咖啡，我就把利息再提三成。”

原以为身为巨星的唐斐总该知道，结果居然一问三不知。

简兮无奈地站起身，失望之极，而唐斐把剧本稍稍往下挪了下，用讥笑的语气说：“真不明白，陆周为什么会看中你这种笨蛋，从上到下，横看竖看，找不到一点闪光点。”

简兮被他这句话说得满脸通红，愤怒地瞪着他：“你！”她转身就走，懒得再跟这自大狂说话，出门时故意重重关上了门以示不满。

站在一旁当背景的岳乐，无奈地耸了耸肩，摇了摇头，叹了口气。

唐斐嘴巴缓缓地勾起，英俊的脸因为这笑容格外的迷人。

简兮出了唐斐的家，想起唐斐的话，心里还在生气。

唐斐那张坏坏的脸，嘴巴一张一合出现在了简兮的脑海中：“真不明白，陆周为什么会看中你这种笨蛋。”

她拼命摇了摇头赶走那张讨厌的脸，自言自语：“嘴巴恶毒，又那么任性，我怎么能指望他呢……陆老师看中什么，我怎么会知道……”

简兮话说到一半，似乎想到了什么，整个人突然僵住了。

夜很黑，微微的路灯幽暗着，简兮孤单的身影被拉长，她站在那里一动也不动，风轻轻吹过，带动她的发。

第37章
再遭整蛊

简兮坐在陆家大门口，夜风有些凉，吹得人浑身发冷，她用力搓了搓双臂。

一直到很晚，陆周才从酒吧回来，他今晚心情不大好，因为酒吧侍应生擦钢琴时无意中碰响了琴键而被钢琴师大骂一通，说她不配碰这么名贵的钢琴，这令陆周大发脾气，狂奏了一曲《野蜂飞舞》之后将钢琴师狠狠训斥了一顿。

简兮听见了脚步声，赶忙站起来："老师，我知道了！身为演员最重要的是忍耐，一个演员就是要演戏，抓住一切机会演戏！而我像个傻瓜一样和人打架浪费时间……所以老师才会生我的气。"

陆周脚步几乎没有停顿，开了门径直进了屋，大门"砰"的一声在简兮面前关上。

简兮伸手想要敲门，却又停住，呆了一会，讷讷地转身想要离开，想不到大门却突然开了，陆周头也不抬地问道："然后呢？"

"然后？"

"知道我为什么生气，然后接着犯错吗？"陆周声色俱厉。

简兮连连摆手："不会了，以后再也不会了！不管发生什么事，我都会记得自己在演戏！"

陆周这才看着她说："进来吧。"

简兮进了门，怯怯地问："老师，明天能去上课吗？我保证不会再犯错了。"

陆周没有直接回答她的问题，说道："作为一个演员，时刻要保持良好的形象。站立，行走，说话，都要在最好的状态。可是你的当务之急是生存，连生活都无法保证，要怎么做演员？"

简兮低下头无言以对。

陆周接着说："做一名出色的演员，绝非一朝一夕的功夫，你没有受过系统表演学习，没有基本的形体训练，没有显赫的人脉背景，这所有的一切，都是要用金钱去支撑的。他们嘲笑你的话没有错，现在的你，没资格站在镜头前。你想要成为演员，简直比登天还难。就算你一天 24 小时努力，也未必成功，这样你还要坚持吗？"

简兮郑重地点点头："是，我想做演员，做最好的演员，不管遇到什么，我都会坚持下去。"

"我不信！"

"老师……"

陆周从书架上取了一本书，将她拉到墙边，让简兮靠着墙壁挺胸、收腹、站好，把厚厚的书放在了她的头上："走过来。"

简兮顶着书本，还没走两步，书已经落了下来，陆周拿起桌子上的鸡毛掸子做教鞭，用力打了简兮的头、膝盖处："弯腰、低头、耸肩，这些都是仪态的大忌！你瞧瞧你，站没站相，坐没坐相，连走路都像鸭子，你以为演员那么好做吗？重来！"

"是！老师！"

简兮捡起书本放在头上，按照陆周说的双肩放松，目视前方，继续练习……

夜深人静，两个人毫无睡意，一个教一个学，一旦做得不好，陆周手中的教鞭就狠狠地打了过去。

一个小时之后，陆周看了看表，叫简兮停下来休息，他要求简兮从现在开始，每天做仪态训练一小时，对着镜子自己练习，简兮连连点头。

陆周说："不管走路、吃饭、喝水，做任何事情的时候都要想到有摄像机在对着你，只要做一天演员，就要记住，每一分每一秒，观众都在看着你！只有对自己苛刻，随时随地展现完美状态的演员，才能长久走下去。这是基本的职业道德！"

第二天，简兮回到了世纪影视公司继续学习，柯洛离着老远便朝她快步过来："成功了？"

"是啊！"简兮眉开眼笑地说。

"太好了。"柯洛作了加油的动作。

简兮伸出手跟他庆祝，两双拳头碰在了一起，这时身后传来了一声大喝："你怎么回来了，你真是厚脸皮。"

不知道什么时候，左左站在了她的身后。

《龙吉公主》剧组因为季晴被导演骚扰，季董大发雷霆辞了导演，邀请左刚继续执导，展眉为了缓和跟左左的关系，特意向齐文森要了个角色给左左，左刚导演，牧歌编剧，左左参演，《龙吉公主》她一家子做主的戏，左左一大早就在教室里眉飞色舞地宣扬开了，称自己的戏份仅次于女一号季晴，大红大紫指日可待。

可她怎么也没料到毫无背景的简兮也能重新回来，简直是扫兴、败兴，十分想不通。

简兮冲她微微一笑："你怎么说都无所谓，我不会再让你影响到我。我要做演员，你想阻拦我，就尽管尝试好了！我是不会被任何人打败的！"

"你！"

左左愤愤地盯着简兮，简兮毫无畏惧地看着她，四目相对咄咄闪着火花。

不知谁喊了一句："陆周来了。"

两人一齐朝门口看去，陆周已经走进了门，身后跟着浮生，喧闹的教室一下子安静了，左左不甘心地退了回去，走到那天一起作弄简兮的三个女生中间悄悄耳语了几句。

浮生宣布完上课，开始布置表演，让大家按照原来的剧本准备好，并叫简兮上去继续那天中断的表演："简兮，准备好了吗？"

"准备好了。"简兮说。

"其余的人呢？都准备好了吗？"

"准备好了！"扮演阿宁的女生和柯洛一齐答，柯洛悄悄地向简兮比了一个加油的姿势。

简兮走到场中坐下，扮演阿宁的女生走上了台，担忧地把手放在她肩膀上："芝兰，外面兵荒马乱，不要为了我去冒险。"

简兮握住她的手："阿宁，我生病的时候，辛苦你一个人筹措费用，现在我好了，更不能让你一个人为了生活奔波了。"

两人泪光盈盈，阿宁掏出手帕替简兮擦脸，忽然一阵洋葱味扑鼻而来，呛得简兮不停地打喷嚏，眼泪直流。

第38章
反击

见简兮中招，左左得意地笑起来："看见了吧，我就说她肯定又要出状况。这种人啊，根本……"

果然又是她搞的鬼！

话音未落，简兮已经破涕为笑："瞧我，昨天开了窗睡觉，可能是受了风寒。阿宁，你对我真好，明明自己也流泪了。"

简兮抢过帕子，替她擦眼睛。阿宁措手不及，不停地流眼泪。一计不成，还有一计在前面等着，阿宁看了一眼涂了强力胶水的椅子，赶紧从口袋里掏出梳子。

简兮早就料到有这一手，反手将她按在椅子上，亲切地说："是想让我给你梳头吗？来。"

"啊！"阿宁惊叫一声，一屁股坐在了椅子上。

"呀，怎么回事，别着急，我来帮你！"简兮故意装出一副无辜的样子，说完一把将她拉起来，只听"刺啦"一声裤子裂了，阿宁气急败坏地跳了起来："你……"可当她看到陆周冷冷地看着自己，便什么也说不出了，慌慌张张地道："时间到了，你快走吧！"

这场戏就这样演完了，浮生宣布："下一场是重逢。柯洛！"

这场戏对白很少，简兮全靠动作表明流莺的身份，搔首弄姿，卖弄风情，在接连被拒绝后，眼神变深沉，而当她看到了自己的恋人出现时，眼神充满了恐惧、绝望和疑惑。

"芝兰！"柯洛上场抱住了简兮。

简兮伏在柯洛的肩上，强忍着眼泪，很快再也控制不住号啕大哭起来："你还活着，太好了……"

"在战场上的时候，我就想着一定要活下来，回来找你！"

简兮慢慢低下了头，手指轻轻攥住了衣摆，泪水终于控制不住，缓缓顺着面颊流了下来。

"你怎么了？"

"高兴！我是太高兴了！"

"对了，我得先给妈妈打个电话，你等着我回来！"

柯洛走到一边去打电话。

简兮乘机赶紧擦掉了口红，眼神绝望地窥视着正在打电话的柯洛，脸上泛起了怯生生的微笑，向他走去……

她演得真是太好了，所有人都沉浸在表演里，表演结束了，周围爆发出一阵热烈的掌声。

“老师……”简兮满怀希望地看着陆周希望得到他的赞许，谁知陆周冷冷地盯着她，手中的剧本“啪”地飞了过来，摔在了简兮的脸上，陆周起身愤然离去。

众人一片哗然，简兮愣了一下，追出了教室。

“老师！我哪儿做错了？”简兮追了上去问道。

陆周猛然停住脚步，背对着她：“告诉我，谁教你那样表演的？”

“是《魂断蓝桥》里的玛拉——”

“所以，这只是简单粗糙的模仿而已。”

“我……”

陆周转过身：“想要做一个演员，必须有自己的表演风格，而非单纯的模仿别人！还有——你忘记我教过你什么？

“你让我忍耐！”

“你做到了吗？”

“我有忍耐，但忍耐会让他们变本加厉！”简兮倔强地说：“就算老师赶我走，我也要说真话。忍气吞声不会让人尊敬，所以我不会任人欺负。他们给我一个耳光，我一定会毫不犹豫地还回去。可答应老师的事，我从来没有忘记，真的有好好完成这出戏！”

陆周看着简兮，严肃的表情松弛了一点点，嘴角边慢慢牵起了笑意，这才是他想看到的，不屈不挠的样子。

一阵脚步声响起，早就站在门外的左刚快步走了过来，他今天来公司签约指导《龙吉公主》的后续指导，无意中经过教室看到了里面的表演：“陆周，刚才我在外面都看见了，你的学生非常出色，我可以请她参演吗？”

“这个，你要问她自己。”

“你叫简兮对吧？”

简兮做梦般地点头。

“我可以请你参演吗《龙吉公主》吗？”

“我……我愿意。”

简兮冲进教室把喜讯分享给柯洛：“柯洛，我有机会表演了！真的，你掐我一下，看我是不是在做梦？”

柯洛伸出手轻轻捏了一下，简兮不甘心，自己狠狠掐了一下：“很痛，不是做梦，我真的不是做梦啊！”

“这么快就有机会，我真替你高兴！是什么片子？”

“《龙吉公主》！”

“这么说，我们有一起演戏的机会了？《龙吉公主》里的伯邑考，是我演的哦！”

左左一听噌地站起来，大步跑出去找左刚了。

夜晚，简兮给唐斐买了晚餐，顺道蹭了唐斐的车回去。

吃完了晚饭，简兮头上顶着一本书，在唐斐的厨房里洗碗碟和玻璃杯，忍不住把好消息告诉给了岳乐：“我有演出的机会啦，《龙吉公主》！你知道吗？”

岳乐大吃一惊，看了一眼唐斐：“这部好像是——”

唐斐毫无反应。

简兮兴高采烈地说：“明天正好是我的生日，一个演出机会……是我这辈子收到的最好的生日礼物啦！哎呀时间不早了，我先回去了，晚安。”

“晚安！”

简兮走后，岳乐对唐斐说：“《龙吉公主》，不是你正在拍摄的电影？”

唐斐合上剧本：“我要去休息了。”

岳乐看着唐斐起身往卧室方向：“唐斐啊，她真的很努力呢。”

唐斐已经走到卧室门口，手指落在了门把上，闻言顿了顿：“还没学会走，就想要学飞，迟早摔得粉身碎骨。”

简兮回到住处，早早地躺到床上，可心情太激动了，翻来覆去怎么也睡不着。

第二天，简兮天一亮便早早地起了床，搭公车前往剧组，摄影棚一派繁忙的景象，大家正在准备着开拍前的工作，简兮一脸憧憬地看着眼前的一切，终于来到了梦寐以求的剧组，她忍不住双手紧握蹦了起来。

场务快步走过来，打量了她一下：“你是简兮？”

第 39 章
临时换角

“对，我就是。”简兮忙道。

“左导和我提过，说你今天会来，快准备一下，很快到你了！”

“啊？”简兮愣了一下，“可是我都不知道要演什么角色？”

“当然是丫鬟啊！难道还能主角啊？”

“丫鬟啊！”简兮有些失望。

场记白了她一眼：“你还不满意啊？我告诉你，不是左导特别关照，丫鬟都轮不上你！”

角色不分大小，星爷也是从跑龙套开始的，这么一想简兮又高兴起来：“你说的对，可我还没拿到剧本呢。”

“用不着，告诉你吧，你演丫鬟，跟一大堆人站一块儿！没有台词，把自己当一棵树，懂了吗？我忙得焦头烂额，你去那边找化妆师，换好衣服赶紧过来！”场务说完匆匆忙忙地走了。

“我……”简兮刚说了一个字，场记已经淹没在人群里，她有些不知所措地喃喃自语：“我去哪里找化妆师啊？”

耳边传来左刚的声音：“预备，Action！”

简兮激动地顺着声音看去，原来在拍季晴的戏，只见头戴花环的季晴吊着威亚从高空飞下，清新脱俗，美新绝伦……简兮看呆了。

“Cut！”

表演结束，左刚比了个大拇指：“这幕很好，下一场。”

“季晴、季晴。”早已等候多时的粉丝一拥而上让季晴签名，简兮呆呆看着，只觉季晴离自己异常遥远，整个人像是发光体。

笑笑挡住拥挤的粉丝，“好了好了，季晴要去休息了啊，各位让一让！”转头低声对季晴说：“先去休息一下，咱们待会儿再过来。”

季晴奇怪地问：“今天的戏不是拍完了吗？”

笑笑神秘地一笑：“临时加了一场嘛！”

“妲己准备好了吗？”简兮听到左刚大声在问，扭头看见牧歌把剧本递给左刚，左刚翻了翻。

“这……”副导演为难地。

左刚抬起头不悦地问：“还没到吗？”

“我再打电话去催！马上就来了！”

左刚看了一眼手表：“还有两分钟，再不来就换人！”

“谁说我不来！”左左快步走进来，故意看向简兮：“我是重要角色嘛，又不是闲杂人等，当然要来了！”

“快去准备！”牧歌迎上去推着左左往化妆间走：“快，化妆师都在等着！”

左左高傲地从简兮面前走过，简兮低下头无奈吸了口气，场务走了过来，见到了简兮，气呼呼地责备：“你怎么还在这儿！妆也没化。”

简兮：“啊？我——”

“快去化妆间啊，找个人帮你化妆！快点儿！”

简兮一脸郁闷：“我没找到化妆间啊！”

场务气得叉腰：“连这个都不知道，怎么这么蠢啊！那边，快点。”

简兮赶忙顺着场务手指的方向走去，站在门口往里一看，只见化妆师正在给穿好衣服的左左化妆，小心翼翼地问道：“对不起，我……”

化妆师看了她一眼："我很忙，你自己先坐一会儿吧。"

左左看了简兮一眼，蔑笑了一声，翻开了牧歌递过来的剧本，突然坐直身体，一把挡开化妆师正在化妆的手，咆哮："有没有搞错，只有这几句台词吗？"

牧歌解释说："这部电影取材自《封神演义》，龙吉公主是女主角，主要讲她和洪璟冲破敌对阵营、相识相爱的故事，其他女性角色戏份少，妲己已经是最重——"

左左一把将剧本甩在地上："让我爸爸过来！"

"叔叔忙着拍下一幕，现在没时间！"

左左横眉竖目："我不演小配角！"

"左导说了，就算不肯拍，也没其他角色给你。先拍吧，有什么事待会儿再商量。"牧歌说。

左左想了想也对，牧歌做不了主，等会见了爸爸，直接问他便是了。

左左化好妆出来，走到左刚面前："爸爸！"

左刚看都没看她："片场没有你爸爸。"

左左提高声音："左导！我要加戏！"

"剧本已经写好了！"

"我不管，妲己才出场几分钟，还是个恶毒角色！"

"妲己戏份少，但演好了很出彩。"

左左一把扯过剧本："你看看牧歌写的，一出场就教唆纣王杀死伯邑考，这算什么啊！你让自己女儿演奸角！"

左刚拉回了剧本："左左，我告诉你，这里没有你爸爸，抱怨也别找导演！"

左左气得直跳脚，可左刚根本不吃她那一套，她只好跟牧歌闹起来，让牧歌改台词，被左刚严词拒绝，她便装起了肚子疼，跑进了卫生间里不出来，气得左刚脸都白了。

牧歌连忙上来打圆场："左导，这一场就要拍了，现场约演员的确来不及，我马上就改，二十分钟就好！"又压低声音说，"叔叔，左左还是小孩子，无谓伤了父女感情！"

"八岁都比她懂事，别羞辱孩子两个字！谁说没人演，就她来！"

左刚手一指，所有人都看向他指的方向，简兮刚刚化好妆站在那里，整个人都呆住了。

左刚心平气和："她不是不想演吗？让简兮来吧。"

副导演显得很为难："左导，这样的话，不太合适吧。"

"没什么不合适的，简兮也是公司的演员。"说完他大步走到简兮面前，问道："你能演吗？"

简兮还没从震惊中回神过来，迟疑地点头。

"待会儿给你试戏，如果不行的话，那就不能用你，明白了吗？"左刚把剧本递给她，扭头吩咐牧歌："你给她讲讲戏！"

"好。"牧歌无奈地看了左左一眼。

左左已经气得七窍生烟，愤愤地坐在了一边的椅子上，她不信简兮能演好，一副等着看好戏的神情。

第40章
好像真的被亲了

牧歌耐心地给简兮讲戏：“整部戏是讲龙吉公主和洪锦的爱情故事，他们分属武王和纣王两个阵营。妲己是纣王爱妃，只出场几分钟，主要剧情是，妲己爱慕武王兄长伯邑考，求爱不成恼羞成怒，教唆纣王杀死伯邑考，牵引出后来武王伐纣的故事。这是剧本，你只有五分钟时间准备。”

因为录歌而迟到的柯洛匆忙进了场：“左导！”

左刚冲他点了点头：“妲己换了人，你的戏份不变。”

柯洛发现演妲己的人是简兮，不由得愣住了。

左刚：“准备好了吗？”

简兮点头。

“试一次吧！”

简兮走上场，所有人都看着她，低声议论：

“怎么回事，妲己换人了吗？”

“是啊，妲己不是由左导的女儿演吗？”

“真奇怪，这女孩儿是什么人？”

简兮看着众人，一时有些慌乱，左左忍不住笑了：“这个蠢货都没演过戏，有什么资格踩着我往上爬？”

周围的人也都开始质疑：

“她不行吧！你看她的手都在抖啊！”

“对啦，左导从哪儿找来的演员。”

“不是演员吧，我从来没见过她！”

“这都浪费多长时间了，今天要晚收工，真被她害死了！”

简兮越听越慌，整个人不受控制地发抖，脑子里一片空白，完了，彻底完了。

她悲哀地闭上眼睛，一咬牙想拔腿从片场冲出去不要再在这里丢人，突然一只手放在了她的肩膀上，简兮睁开眼，只见柯洛微笑看着自己：“你说过，不顾一切也要抓住机会，现在机会摆在面前，伸出手。”

“柯洛。”

简兮犹豫着伸出了手，柯洛把她的手指握成拳头："一定要紧紧抓住，绝不放过！我相信你。"

简兮呆呆地看着柯洛，终于从柯洛的笑容中找到了力量，对啊，我怎么能轻易就放弃，这是我梦寐以求的啊！

想到这里她深吸一口气，重新走到场中。缓缓回过头，看向饰演纣王的演员："陛下，您答应过，要送我天下独一无二的礼物。"

纣王："哪怕你要摘下天上的月亮，寡人也一定照办！想好要什么了吗？"

简兮巧笑倩兮："当然！天下间独一无二的礼物，对我来说只有一件。"

纣王："是什么？"

妲己站起，妖娆地说："他的人头。"手指径直指向伯邑考（柯洛）。

纣王："不，除了这个！"

妲己："为什么？"

纣王："伯邑考是个忠臣。"

妲己："难道他的头颅比天上的月亮还要珍贵吗？别忘了您的诺言。"

纣王："妲己！"

妲己："我要亲眼见到他的头颅！"

纣王："不，不行，这会引起战争！换别的，珠宝、华服……天下间任何宝贝，只要你要！"

妲己："天下间的万物，我都不屑一顾，除了伯邑考的头颅！"

纣王顿感震惊，妲己用双臂环绕着他的脖子："我的陛下，请您遵守诺言！"

纣王在争执中落败，长叹了一口气："好吧！砍下他的头颅！"

片刻后，仆人提着金盘，里面装着一颗人头。妲己双眼放光，立刻抓着它。对着盘子上的人头，咬牙切齿地说："伯邑考，你拒绝我！你诅咒我是红颜祸水、祸国妖姬！很好，伯邑考，现在你的头颅属于我，永远属于我一个人。我要天下每一个人都看到，这就是拒绝我的下场，世上没人能拒绝妲己！"

现场的工作人员看着简兮，忍不住笑了：

"什么啊，这就是表演吗？"

"妲己是个恶女，她表现得中规中矩嘛！"

"根本就是照本宣科，没看出有什么特别！"

……

左左原本绷紧的身体放松，靠进了椅子里，端过一边的饮料咬着管子。

牧歌自言自语："只有一分钟，她来不及表现了。"

左左冷笑："本来就写得烂，什么又爱又恨的心情，还要演员自己发挥，这是人话吗？就看她怎么丢脸好了！"

就在众人失望之际，只见简兮端起了盘子，轻轻举起，突然她靠近了人头，深情地盯着，轻轻吻了吻。

她的眼半垂，嘴角微微勾起，那清秀的眉瞬间变得极其妩媚，她微微低下了头，美丽的唇落在了那颗人头上，一种诡异到恐怖的美丽，呈现在了众人视线里，她化身为妖娆的妲己。

左左站了起来，她被这场面惊得目瞪口呆，牧歌的眼神充满了震撼，而季晴趴在栏杆上刚好看到了这一幕表演，喃喃自语："她比我想象中还有意思。"

展眉也刚巧走了进来，后面跟着安心，她正大包小包拎着糕点陪展眉过来探班，展眉不由自主地停住了脚步，远远地看着沉浸在表演中的简兮，只是一瞬间的走神，便优雅地一转身，快步离开。

她亲了！

那种入骨的妩媚浑然天成，媚惑又恐怖的感觉让所有人都感到全身发麻，却又转不开视线。

左刚的眼神充满了狂热，望着简兮精确地分析着："因为恨，妲己杀死伯邑考；因为爱，才会有后来的亲吻。"

"这就是你要表现的主题，爱与恨。"左刚点醒了处于震惊状态的牧歌，他回过神点点头。

"什么叫演员的魅力，这就是。"左刚饶有兴趣地盯着简兮，在她身上找到了一种久违的熟悉感。

他们的反应让左左脸色惨白，她死死地盯着牧歌，而牧歌却是一脸为难。

结束表演的简兮第一时间冲向了柯洛："我演得好吗？"

还在回味简兮那销魂蚀骨一吻的柯洛下意识地摸了摸自己的唇，喃喃地："好像真的被亲了一下。"

"啊？"

"我说……很好。"柯洛望着简兮红了脸。

第41章
换角风波

简兮被他的脸红弄得一头雾水，好在副导演过来，打破了尴尬的一幕，他冲她竖起了拇指："演得真好。"

副导演的话让简兮一阵狂喜。

那头左刚站了起来准备向简兮走去，左左却一把抓住，大叫声："爸爸！"眼睛死死地盯着左刚："不要！"她拼命地摇头，眼眶里泪珠渐渐凝成，她下定决心无论如何都不会把机会让给简兮。

"左左，这是你自己的选择。"

"不，爸爸，爸爸！"左左拼命抓着左刚的衣服，哀求："爸爸，你不可以这样，爸爸！"眼泪簌簌而下。

左刚一阵心疼，虽然左左一向不懂事，可到底是他的亲生骨肉，他舍不得她这么哭，可简兮……这女孩演的实在太好了，他舍不得放弃这么好的苗子。

左左哭得几乎晕厥，一旁的牧歌不忍心劝道："左导，我们跟齐总都说好了的，妲己不能轻易换人。"

一旁早已看呆了的简兮浑身一僵，刹那间，脑海中一片空白，不由自主地往前一步，嘴巴张了张，却不知该说什么。

"你们这样对简兮不公平！"柯洛愤怒地盯着他们。

牧歌收起了对简兮的歉意，平静地，如同什么事都没发生似地说："这不是公平的问题，这是原则问题。"

左左看清了左刚的犹豫，一把抓着左刚的手："爸爸……我一定会好好演，爸爸……你再给我一次机会。"

牧歌不再顾及简兮，一个眼神让所有人散了，柯洛也被人强行拉走了，左左终于破涕为笑，妩媚地望了一眼简兮，然后一个飞吻踩着高跟鞋消失在简兮的视线里。

简兮浑身像结了冰，站在那里一动不动，周围一片嘈杂，在她耳朵里却什么声音都没有。大家好像都看不到她一样，四下忙碌着，有几个工作人员抬着东西走过来，看她不动，一把推了过去，推得简兮踉跄了一下差点摔倒。

"哎！别杵着，缺个丫头，你去旁边等着。"

简兮被人一把推到了旁边，她呆呆地望着周围的一切。

左左已经开始上场。

简兮蹲坐在那里，一动不动地，突然一个阴影将她笼罩，她抬起头，唐斐戴着墨镜正居高临下地望着她："被赶出来了？"

简兮没有说话。

唐斐微微弯下腰，盯着缩成一团的简兮，说："你知道吗？从一开始，你就不该出现。"

"为什么？"简兮红着眼睛问。

"因为你不够格！你美貌惊人？"简兮摇了摇头。

"你没钱，你没有背景。"简兮呆滞了一下点头。

"那就对了，没钱，没背景、没有最基本的美貌，想留在娱乐圈，根本就是浪费时间。"

字字句句戳中了简兮的心，简兮不服气地站了起来，差点撞到唐斐的下巴："是，你说的我都没有，至少我肯努力！"

唐斐眉毛一挑："如果努力奏效，那么今天的妲己就是你。"

可以嘲笑我没钱没地位没背景没美貌，怎么可以嘲笑我努力无用，简兮心中的怒气被点燃了，挥着拳头愤愤地喊道："我有问过你的意见吗？你说这么多干什么？"

"因为你挡了我的路。"唐斐说完冲她绽开了一个灿烂的笑容，露出一排雪白的牙齿。

简兮这时候才发现自己堵在了片场门口，她尴尬地往左边移了移让他进去，唐斐慢悠悠地走了两步，又回过头看着她，补刀："要怪就怪自己不会投胎！"

"你个混蛋！坏得真是……"她一时间找不到形容词，挥着拳头说："荡气回肠！"

"让你少看漫画多看书，荡气回肠说的是文章婉转动人，白痴！"唐斐说完头也不回地走了，留下这句话气得简兮差点背过气去。

左左拍完了一场，换下戏服踩着高跟鞋大步出了摄影棚，因为演得达不到左刚标准，被左刚训了一通，她气呼呼地对身后的牧歌说："什么叫妩媚？这样不行那样不行，我爸真是的！"

牧歌追过来，给她披上衣服。

左左瞪了他一眼，趾高气扬地吼道："让你改剧本都不肯！"说完调头就走，走了两步发现了角落里的简兮，脚停顿了一下，站到了简兮跟前，得意洋洋地转动着左手拇指上的戒指："哟！这不是未来的女主角嘛！"

简兮一动不动地坐在那里，左左内心突然升起了一种强烈的满足感："知道吗？演员不是像垃圾一样的人可以做的。"

简兮愤怒地抬起头望着她，左左嘴角一翘："看什么看！机会永远只属于我这样的人，而你这种垃圾，只配跑一辈子龙套！"

"够了！"牧歌实在听不下去了，一把抓住了左左走了。

高跟鞋的声音渐渐远去，简兮垂下头，有些恍惚，忽听场务在喊："还有一个没走，正好，快进来！"简兮一怔，抬起头场务已经到了跟前，拉着她的手往里面跑："快点！进来帮忙。"

简兮稀里糊涂地跟着场务跑进门去，场内漆黑一片，笑笑带着季晴从另一边的门走了进来，一束灯光出现了，打在季晴身上，紧接着唐斐推着蛋糕走到她面前："季晴，Happy Birthday！"伴随着《生日快乐》歌曲，周围响起了热烈的掌声。

季晴惊喜地看着眼前的一幕。

"Surprise！"有人拉开了礼花筒，瞬间彩纸四溅，柯洛"砰"的一声打开了香槟，而唐斐趁季晴不注意，一把把蛋糕涂在了她脸上……所有人都围绕着她，季晴被意外惊喜惊呆了，脸上洋溢着幸福的笑。

简兮羡慕地看着眼前的一幕。

"好啦！季董订了酒店，大家一个都不许走，一起为季晴庆祝！"一群人簇拥着季晴往外走去。

简兮望着离去的众人，心中不由感慨，今天也是我的生日啊，不等她感慨完，场务拿了个扫把往她手里一塞：“干什么，快打扫！”

第 42 章
从演丫鬟开始

“啊？”

“别废话，想再回剧组，就把场地打扫干净，不然就别来了。”场务一副小人得志的模样，丢下简兮转身就走。

简兮目瞪口呆地望着一片狼藉的片场，她一个人怎么打扫？

为了还能回剧组！一咬牙，拼命地干了起来，抹地板、墙壁，收拾乱成一团的器材，等她好不容易把器材收起来，突然“啪”的一声，灯光熄灭，黑暗中简兮站在那里一动不动。

“这个世界有多残酷，对于一无所有的人，人们是如何轻视，你就像个透明人，谁也看不见你。”

陆周的话在黑暗中响起，简兮不甘心地睁大了眼：“我不服气，他们有背景，有资源，而我一无所有！”

“知道我为什么留下你吗？”陆周说：“是因为你有野心！”

唐斐跟一众人在 KTV 里庆祝季晴的生日。

有人在撕心裂肺地唱着歌，有人躲在角落里八卦：“哎，你不知道吧！那个叫简兮的得罪了左大小姐，我今天狠狠整了她一把，让她一个人打扫整个片场。”

“左大小姐不喜欢她，你整的对，还有明天不要让她出现在片场里。”副导演交代着。

唐斐刚好听到了对话，脑海中浮起了简兮在那里拼命收拾的场面，他伸出手拿过麦克风。

“打扰一下。”唐斐站了起来，帅气的脸上十分严肃，对副导演说道：“明天早上我要在片场看到她！”

副导演愕然地看着唐斐，这简兮何许人也？竟然能让唐斐为她说话。

唐斐提前离了场，从 KTV 出来，上车了，深夜的街头一片寂静，车轮带起枯黄的落叶，飘起又落下。

“你今天是怎么回事？”岳乐一边开车一边问道，唐斐没有说话，只是静静地望着车外倒退的店铺。

“倒回去！”突然间唐斐没头没脑地丢下一句话，岳乐脚一踩刹车换档倒了回去。

“就这儿！停车。”

岳乐一个急刹车，不等他开口，唐斐已经开门下车，岳乐好奇地望着唐斐，只见他闪身走进旁边的蛋糕店。

谁过生日谁能让唐斐亲自去买蛋糕？岳乐瞪大了眼睛。

在从蛋糕店回去的路上，岳乐几次三番想问，最后还是放弃了，唐斐的性子，自己要是不说，多嘴问了反而招骂。

岳乐走后，唐斐拿着蛋糕轻手轻脚地来到简兮住的车库房间外，捧着蛋糕一本正经地对着门说："白痴，生日快乐……切，垃圾还配我跟她说生日快乐吗？"

他把蛋糕放到了门口，看看蛋糕，自言自语："为什么我要掏钱去买你？"

蛋糕静静地躺在地上，上面粉色的缎带被风轻轻吹起，唐斐蹲了下去，指着蛋糕说话："你不是来报仇的吗？应该敬业一点。"

蛋糕理所当然毫无反应，他突然生起气来，拎起蛋糕气急败坏地往回走，把蛋糕往垃圾桶上一放，盯着看了半天，越想越生气一脚踢了过去，垃圾桶被踢得晃了起来，刚好有人经过转头看着他，他忙扶住了快倒下的垃圾桶，装成若无其事的样子，扭着哼着歌。

等路人走远，他转身就走，走了几步又停住了脚步，走回到垃圾桶前，伸出手，拎起了蛋糕。

当简兮拖着疲惫的身子回到车库时，看到了一个系着粉色缎带的蛋糕静静地躺在地上，她抱起蛋糕左右看了看，不见有人，她想也许是谁不要了的，犹豫了一下，走进了车库，点了蜡烛，自己给自己唱了生日快乐歌，吃着生日蛋糕，想起往年生日这一天，奶奶都会给她煮一碗长寿面，以后的每一个生日再也不会有奶奶煮的长寿面吃了，不知不觉中眼泪顺着眼角流了下来。

第二天，简兮又早早地来到了剧组。

柯洛特意早来，找简兮聊天："昨天你没事吧？"

"没关系！我起点低，不管是丫鬟还是路人甲，每一个机会我都不能放过。"

"你竟然又来了！"

一个冷冷的嘲笑声响起，左左趾高气扬地走了过来，简兮不由脑子一热，不过她很快调整了状态，微笑着："是，我又来了。"

"没见过你这种人，你都没有自尊心吗？"

柯洛挡在了简兮的面前："说话客气点。"

简兮无所谓地一笑："没关系，无关紧要的人说的话，我根本没往心里去。"

说完换衣服去了。

拍摄开始了，简兮穿着丫鬟的衣服站在左左后面，左左僵硬地对着镜头背着台词："对，我就是要杀了他，杀了伯邑考！"

"Cut！"

左刚气急败坏地吼道："左左，妲己对伯邑考爱恨交织，要言语恶毒，眼神痛苦，你不明白吗？”

“爸爸，这么高难度的动作我怎么演的出来，我又不是人格分裂。”说完跑了出去。

左刚几乎忍无可忍，就要爆发的时候，展眉及时带了茶点来探班。

“何必大费周章。”左刚在看到展眉之后，心情好了起来。

“我是想让他们好好拍戏，少惹你生气，左左呢？”展眉四下张望。

左刚冷哼了一声，展眉大概已经明白了，柔声劝慰：“怎么了？”然后递上了参汤：“提提神！”

一身丫鬟装扮的简兮站在那里冷眼看着二人，左左气够了，从化妆间出来，见简兮望着展眉发呆，心头的小恶魔又冒了出来，热情冲展眉打了个招呼，叫了声：“妈妈！”脚步轻快地走了过去，挽住了展眉的胳膊。

展眉毕竟是人精，只是愣了下便反应过来，笑问：“左左戏拍的顺利吗？”

“当然了，有爸爸为我保驾护航，一切顺利。”然后拎着裙子转了一圈：“妈妈，你看我漂亮吗？”

“漂亮，全场就你最美了！”展眉慈爱地望着左左。

第43章
非法搜身

简兮只觉得心上被什么东西压住了，死死地咬住了下唇。

“真羡慕左导，事业成功，家庭又幸福。”

众人都交口称赞，左左一脸幸福，拉紧展眉一副撒娇的语气：“比起爸爸，其实我更喜欢妈妈，爸爸会骂人，可妈妈最疼我，总是护着我。”

展眉拉着左左的手，就好像是她的亲生女儿一样，简兮的眼睛红了，她不想再看下去，刚要离开，就见安心走了过来，说：“看到了吗，他们才是一家人。”

简兮的心像是被刀子割了一下。

安心接着说：“不管到了什么时候，眉姐都不会承认你。”

“你觉得我还会想得到她的承认吗？”简兮绝望地反问：“我从未想过，她会是这样庸俗冷酷的女人。我情愿自己的妈妈一无所有，哪怕是因为贫穷抛弃女儿，也比现在好得多！”

就在展眉跟左左幸福自拍的时候，简兮走了出去，坐在那里拿着不属于她的剧本，仔细揣摩着剧里的角色。

她看得正入神的时候，突然从化妆间传来了一个尖叫声：“是你干的吧！”

她一抬头，就见左左铁青着脸冲了出来，笔直朝自己跑过去，劈头盖脸地叫着：“我问你，有没有拿走我的项链。”

项链？好像记得她的脖子上戴了一条钻石项链，简兮理都不想理她，可左左一把抓住了她：“少装蒜，这里最有可能偷项链的就是你这个穷鬼！”

“你有什么证据？”柯洛不知从哪出来，一把扯开左左，挡在了简兮前面。

“要什么证据啊？”左左指着简兮气势汹汹：“她是最后一个离开化妆间的，而我的项链一转眼就不见了。”

“这事可大可小，左左你能确定？”左刚犹豫着。

左左痛苦地哭诉着：“爸爸那是你送给我的项链，是我最珍爱的东西，我百分之百肯定。”她望着简兮眼泪掉得很快了：“求求你简兮，那条项链对我来说非常重要，我知道你缺钱，我可以给你钱，许多钱，求你把项链还给我。”

“谁都有可能！”柯洛护着简兮：“你为什么一口咬定是她拿的？”

看着柯洛护着她，左左心里更生气，她恨恨地瞪着简兮：“简兮，你还不承认吗？”

“我没有，我没做过的事，我不会承认。”简兮愤怒地抬起头，毫无惧色地迎着左左的目光。

“那就搜包，既然没偷就不怕我们搜。”左左的视线不经意地落在了牧歌身上，牧歌的脸色有点不大自然。

“好了，先拍戏。”左刚哼了一声：“没有实际的证据，谁都不能乱来。”

左左抬起头冷冷地盯着他，然后落在展眉身上：“不要，妈妈你说，要不要搜。”

简兮吃惊地看着展眉，而展眉像是没看到简兮一样，慢慢地开口说道：“左左说得对，事情发生了，就该查个水落石出，身正不怕影子斜，如果没偷东西，就不怕别人检查。”

简兮不可置信地望着展眉，有人过来一把拉住她的包，她紧紧地护着：“我没偷，为什么你们每个人都不相信我！”

见简兮不放手，工作人员强行拉了过来，“刺啦”一声，包被撕裂，里面的东西全部掉了出来，从包里掉出了一个饭盒，里面吃了一半的饭菜撒落一地。

简兮的脸腾地通红，她弯下腰慌张地收拾着饭盒。

旁边有人出声嘲笑：“看，她连盒饭都要偷，更别说那么贵的项链了，一定是她偷的。”

“你们太过分了！”柯洛愤怒地挡在了她面前：“你们这样做，简直令人发指。”

左左一看柯洛又护着简兮，心里的火气更大了，指着简兮大声呵斥：“到了这个时候，你还替她说话，你看她连一盒饭都要偷，这么没家教的女孩，什么事做不出来？”

“对，我是拿了盒饭。”简兮愤怒地扯开了包包，里面的东西撒了一地，她把包包砸了在地上：“你们找啊？”

左左挑衅地望着简兮：“不在包里，可能在身上！”

所有人都望向了她，简兮双眼通红，她解开了外套扔在了地上，然后伸手准备解打底衫的纽扣。

看到这个动作展眉呵斥了一声："你在干吗？你疯了吗？"

简兮笑了起来，望着展眉说："有可能藏在内衣里面。"

"你简直无可救药！"

"这不是你们想看到的吗？因为贫穷，所以一定是小偷，那么我成全你们，来检查啊！"

"咦，你们在干吗？"唐斐不知什么时候站在了简兮身后，上下打量着简兮："当众脱衣服，你真是疯了！还有你们，事情闹大了，报警的话。"他的手指一个个指过来："你们就变成非法搜身了。"

大家不由退后了一些，唐斐捡起外套披在简兮身上，问左左："你丢了项链？"

"她偷的！"左左一口咬定。

唐斐好看地一笑："到底谁偷的，看下摄像头就知道了。"他晃了晃手里的钢笔，"微型摄像机。"

左左的脸顿时一片惨白，她下意识地冲过去抢钢笔，唐斐高高举起没让她得逞。

"你……"

"我觉得左小姐应该回忆下，项链到底放在哪了！"唐斐笑眯眯地望着左左，眼底却是冷厉之色。

"左左，你好好想下！"牧歌装成提醒，左左恍然大悟："我想起来了，项链是放在家里了。"

左左的话让众人嗡的一声炸了锅，简兮一把抓住左左："你是故意诬陷我。"她看着左左紧张地握着自己的包，大声地说："看看你的包就知道了。"

"好了，大家都回去拍戏吧！"展眉笑意盈盈望向唐斐，说道："把这个交给我吧！"

"还是留在我这比较好。"唐斐说完把笔放进了口袋。

第 44 章
"母女"开撕

众人都散了开来，唐斐跟岳乐也离开了，在离开前唐斐在简兮面前微微停了下脚步，最后却也没说什么，转身走了。

"你是故意的。"简兮对左左说。

左左无所谓地昂起下巴："对啊，我就是故意的。"

简兮愤怒地抓着她的手，这时候展眉过来，一把将她推开，冷冷地看着她。

简兮的心一点点地碎了，她自嘲地笑着，忍住眼眶里的眼泪，说道：“我终于明白了，你根本就不爱我，我也不需要你这样的妈妈，你只爱你的名誉和地位，你是一个彻头彻尾的演员，你害怕承认了我会失去现在的一切！你虚伪、卑鄙，为了自己什么都干得出来！”

展眉扬起手“啪”的一记耳光打在了简兮的脸上。

最大的绝望大概是最深的渴念开始，她曾经是多么渴望展眉可以承认她，可是这希望一点一点地被展眉践踏得支离破碎，终于在这个耳光后，轰的一声碎成了粉末。

从今以后再也没有妈妈了，从今以后再也没有亲人了，从今以后她再不做寻母梦了。

她木然地一转身，用最快的速度冲出了化妆间。

正在对戏的柯洛，看到简兮脸色苍白地冲了出来，丢下副导演头也不回地追了出去。

不远处唐斐冷冷地看着眼前的一切，无动于衷地低下头，抽出一支笔，赫然是刚才的微型摄像机，笔轻轻落在剧本上，幽蓝的蓝线随着他的动作化成一个个文字。

一踏出摄影棚的大门，简兮的眼泪再也控制不住了，她无力地蹲在地上，双手搂住自己，张嘴极力地呼吸着，眼睛望着天空，她不想哭得太难看，她不想让别人看笑话，可眼泪却呼啦呼啦地涌出来。

柯洛心疼地望着简兮，远远地望着不敢上前去打扰。

两个女演员坐在一旁一边喝着奶茶一边聊着八卦：

“当年展眉为了上位，不知道耍了多少手段，连导演的床都爬了，当然要哄好人家女儿，才能坐稳嘛！”

“这种女人啊，我见得多了！表面上高贵的不得了，根本不是好东西！”

简兮只觉得一股怒火直冲脑门，即便展眉不爱她，即便断了母女情，可她也容不得别人在背后诋毁她，她愤怒地吼了起来：“谁高贵谁下贱，要你们评价吗？要骂人就当面骂啊，表面拼命夸，背后那么损，真卑鄙！”

“谁卑鄙？”其中一名女演员瞪大了眼上下打量着简兮轻蔑地说。

“我就是说你们，卑鄙、无耻！”简兮愤怒着指着她们。

“我想起来，你就是那个小偷。”另一个女人认出了简兮，上去抓住简兮的头发：“你居然还敢留在这，你以为自己是谁啊？敢管我们？”

简兮还没反应过来就挨了两个重重的耳光，打得她晕头转向地差点摔倒在地，她挣扎着刚要站稳，谁知一脚踢来，踢在了肚子，疼得她立刻弓起了腰，女演员恶狠狠地瞪着她：“怎么，想去告状啊？一个小偷还想告状？”

“住手！”

一旁的柯洛冲了过来，两名女演员认识他，惊慌失措地甩开手，掉头跑了。

柯洛又是心疼又是生气地扶着简兮坐下，恨铁不成钢地说：“你疯了吗？她这样对你，你为什么还要帮着她说话？”

简兮一声不吭地擦了擦脸，脸上两个掌印分外刺眼，柯洛一把拉住她：“跟我走。”

说着就要拉简兮离开。

简兮挣扎着甩开了柯洛的手："我不走！"

"你疯了吗？"柯洛望着简兮，简直想劈开她的脑袋看一看，里面装的是不是糨糊。

"我是疯了，所以我不走，无论如何都不走。"

简兮说完头也不回地往摄像棚走去，柯洛站在那里，看着她的背影，他不能理解简兮内心深处到底在想什么。

简兮在片场的角落里找到了正在收拾东西的场务，鞠了一躬，诚恳地说："对不起，我再也不会惹麻烦了，请您留下我吧！"

场务白了她一眼："你回去吧，你得罪了左小姐，我已经联系了其他演员，你不用再来了。"

"请再给我一个机会吧，什么角色都行。"

"真要命，说没有就没有！"

"求你了，再给我一个机会。"

场务烦躁地推开简兮，扭头就走。

一直在远处暗中观察的副导演小跑着过来，指着简兮问："什么角色都行？"

简兮双眼放光连连点头。

"明天有场戏，替身来不了了，你顶上。"

场务惊讶地回过头："副导演，那需要专业替身……"

"没事，不是什么危险动作。"望着简兮问："你能干吗？"

"可以！可以！我肯定好好完成。"简兮拼命点头，就像溺水的人抓到了稻草，她才不管什么危险不危险的，只要不让她离开，做什么都可以。

唐斐刚刚上了车，车子还没发动，就见笑笑飞奔过来，敲了敲车窗。

车窗落下，笑笑一脸歉意地笑着问道："斐哥，我们的车子坏了，能不能麻烦你送季晴回家啊？"说完朝不远处孤零零的季晴看了一眼。

"当然可以。"唐斐晗首。

笑笑立刻打开车门，冲季晴招招手，季晴走了过来，上了车坐在唐斐的边上，笑笑自己则坐在前面副驾驶的座子上。

唐斐只是礼貌地朝季晴点了点头，待车子开动便玩起了手机，随口客套地问道："拍得顺利吗？"

"很顺利。"季晴羞涩地低着头，双颊绯红。

唐斐看了看手表："时间太了晚了，本来应该请你吃饭的。"

季晴鬼使神差地脱口而出："不晚！一点都不晚！"说完才意识到自己太过急迫，脸更红了。

第 45 章

甜蜜的吵嘴

“我们季晴从早到晚才吃了一份沙拉，肯定是饿坏了。”笑笑没放过这个机会，从容地说着：“斐哥你带她去吧，不过，一定要送她回家哦！”

唐斐的表情变得十分微妙，他有点勉强：“那——一起去吧！”

“我还有急事。”笑笑对着岳乐说：“让岳乐送我回家吧！”

说完不由分说，拉着岳乐下了车。

唐斐选了一家附近的西餐厅，两人刚从车上下来，忽地后方灯光一闪，一辆车飞速地从水坑里轧了过去，水花四溅，季晴下意识地回避了一下，高跟鞋一扭差点摔倒。

“小心。”唐斐伸手将她扶住。

季晴顺势跌进了唐斐的怀里。

唐斐礼貌地松开手，看着她的裙摆：“裙子都弄湿了。”

“没……没关系。”季晴慌忙站好。

“先吃饭吧！”唐斐说完往餐厅走去，季晴亦步亦趋地跟在唐斐身后走进餐厅。

吃完了饭，唐斐送季晴安全回到家中的别墅门口，才乘上保姆车离开，季晴目送着车子离开，一直到车子消失在拐弯处，还是不肯回家。

“你们不是真的谈恋爱，不要陷得太深！”

突如其来的话让季晴背上一冷，回头看到了齐文森站在那里冷冷地看着她，立刻收起笑容说：“我累了。”

“他不适合你，他的眼里除了钱什么都没有，你不要爱上他！”

季晴脸色一变，大步走着：“我爱谁，由我自己决定，不用你管。”

季晴准备开门进去，齐文森突然快步走了过去，狠狠地把季晴压到了墙上，眼底闪着幽暗：“我当然要管。”

“凭什么？”

“因为你是最贵重的——”齐文森的话让季晴瞪大了双眼，他慢悠悠地吐出后面的两个字：“商品。”

季晴不敢相信地望着齐文森。

齐文森微微一笑：“我说错了吗？在你的眼里，我只是个市侩的商人，我们唯一的话题，也只有生意两个字。”

季晴愤怒地推开了他，转身逃进了家门。

唐斐坐在出租车里，回想起季晴的投怀送抱，淡淡一笑望向车外，从他入这行以来，经历过太多这样的事情了。

车子拐了个弯，到了小区门口，一个熟悉的身影出现在了唐斐的眼睛里，他的眉毛不由扬了起来冲司机说了句：“停车。”

简兮丝毫不知道身后有个挂着恶魔笑容的男人正迈着大步冲她走来，她乐滋滋地想着明天再去拍摄的事情，对她来说不管是替身还是路人甲，演什么都可以，想到这里，连脚步都变得轻快了。

唐斐的脚步也很快，很轻，快速走到简兮后面，清了清嗓，然后脚步一迈站到了简兮面前，指着手表，故意拉着脸：“喂，现在几点了？你别告诉我晚饭还没准备好。”

简兮被吓了一跳，看清楚是唐斐之后才松了口气，唐斐弯下腰把脸凑到她面前：“每天和我一起出门，晚上比我回来还要晚，有你这样的清洁工吗？”

简兮没好气地瞪了他一眼，故意说道：“应该我问你才对吧，为什么总是阴魂不散地跟着我啊！难道你喜欢我？”

“你说什么……”唐斐指着自己的鼻子。

简兮不屑地打断：“不是喜欢我，干吗在片场帮忙，现在还缠着我？”

“自作多情也要有个限度，我什么时候缠着你了！还不是为了催你还债！不过，能天天见到我，你应该感到荣幸才是！知道有多少女人会为了见我一面开心得要死吗？”唐斐上蹿下跳地表明自己的清白，恨不得多长出一张嘴来。

简兮不服气地吼了回去：“我倒是天天见你，却觉得你比鬼还恐怖。”

唐斐吃惊地拍着自己的脸：“你疯了吗？到哪儿去找我这么帅气的鬼！”

“帅气的鬼不还是鬼嘛？”

看着简兮一脸嫌弃地望着自己，好像自己是传染病人一样，唐斐不由怒从中来，偏偏关键时刻肚子不争气地咕噜一声，刚刚和季晴一起用餐，她只吃蔬菜，害得他也没吃饱，他很没面子地转移开话题：“别站在这儿闲磕牙，快点去做饭！”

“去去，我看你不是帅鬼，是饿死鬼！”

简兮的话让唐斐愤怒地扬起了手，简兮却有恃无恐地吐了吐舌头，跑了。

唐斐站在那里，咬着下唇，看着她像燕子一样轻盈飞奔，嘴角一扯，笑了。

开门，进了客厅，客厅的地上乱七八糟地躺着各种杂志和衣服，唐斐先发制人不等简兮说话，便先叫了起来：“看看这里乱的！就知道你不会干活。”

“还不是你丢的。”简兮丢了个白眼过去，唐斐刚好接收到这白眼，她心满意足地扭开头装成若无其事的样子：“我马上收拾干净！”

唐斐又笑了，他被自己的笑弄的一愣，立刻板起脸，对着简兮呼呼喝喝地：“再这么懈怠，立刻把钱还给我！”

简兮恨恨地瞪了他一眼，却不敢出声，看她欲言又止、敢怒不敢言的样子，唐斐跑到房间拿了一堆衣服丢到她面间：“全部洗了！”

看着堆成小山一样的衣服，简兮翻着双眼，老天爷他哪来的那么多脏衣服？

“晚上有大雨啊！”

“我不管！今天不洗，那就明天洗，反正你要洗干净！”说完，他笑眯眯地补充了一句：“只能用手洗哦。”

简兮可怜巴巴地望着他：“明天我要上课，下午还要出外景。”

“真把自己当演员了？”唐斐伸伸懒腰往自己房间走去，一边走一边说：“不管有多少工作，都应该把我排在第一。”他进了房间，又把脑袋伸出来：“我要睡觉了，不准洗衣服打扰到我。”说完脑袋一缩，门“砰”的一声关上。

“你不是要吃饭吗？”简兮伸手敲门。

里面传来唐斐的声音：“不吃了，气都被你气饱了。”

简兮望着关上的房门，握紧了拳头，扭头看着满地的衣服，眼珠子一转，想到了好的办法。

第46章
深夜的片场

一下课，简兮便风一般冲出教室，扑进洗手间，没过多久，就抱着一盆洗完的衣服走了出来。一路小跑着冲上了楼顶，随手拉了一根晾衣绳，将衣服一件一件搭在上面，忙完了这一切，她拍了拍手抬头望着天空，阳光明媚，长长地松了一口气。

“你在干什么？”陆周听到了风声，上来一看究竟，只见楼顶上挂满了男装，脸冷的几乎结成冰块了。

“这……我是……”

看着她忐忑不安，下一秒，陆周便笑了一起：“我才不管你干什么呢。对了，在片场还顺利吗？”

“顺利，一切都很顺利！”

“真的？”

“对呀！导演都很照顾我，演员们相处得也很好。”

“真的？”陆周盯着她。

简兮的脸红了，解释道：“虽然现在我只能演配角，但总有一天我会红的！”

陆周靠在栏杆上，抬头望着天空，悠悠地说道：“一阵大风刚刚过去，我看到一只牛在天上飞呢！”

“老师你取笑我。”被看穿了心思，简兮低下了头。

陆周那向来深沉的脸上出现了深深的笑意：“口气很大。”

“不，我不是口气大，我是相信老师的眼光，也相信自己。”简兮抓住栏杆，将身体探了出来，她冲着楼下大喊着：“我一定要红，比所有人都红，大、红、大、紫！”

简兮的替身戏是在晚上拍摄，到了片场之后，化妆师忙不迭地给她化好了妆，场务领着她朝片场走去。

灯光“砰”地亮起，简兮长裙轻摆，摇曳走来，云髻堆翠，一张脸被恰到好处地勾勒出完美的线条。

圈子从不缺美女，可从来没有一个美女像简兮这样，她远远地走来，夺走了所有人的视线，就连一旁走位的唐斐也看呆了。

“替身到了，准备，”

“Action！”

简兮优雅地往前一跃，落入了湖中。

湖水冰冷入骨，她浑身打战，就偏偏这个时候，腿抽了筋，一阵阵钻心的疼，她感觉就像被人拖着一般往湖底沉去，她拼命地挣扎着：“救命！”

“镜头跟上，快！”

沉重的戏服拖着简兮往下沉去，她拼命地扯着衣服，拍打着水面：“救……救命……”

唐斐突然发现有些不对劲：“别拍了，她真的溺水了！”他疯狂地往湖边冲了过去：

在他冲到湖边的那刻，柯洛已经“噗通”一声跳了下去，拖着已经没入水里的简兮往岸上划去。

众人合力将简兮拉上了岸，有人递过来毛巾给两人擦头发。

副导演走过来查看：“没事吧？对不起啊，我不知道你是真的溺水了。刚才忘了提醒你，拍这种戏最危险了，你求救很容易让人家以为是演技好——”

简兮摇摇头，浑身在发抖，这时候左刚过来看了看，问道：“没事就好，还能拍吗？”

柯洛愤怒地一甩手中的毛巾：“导演，现在这种情况当然不能——”

“我能。”简兮抬起头，身体还在瑟瑟发抖目光却无比坚定：“左导，没关系，我还能拍。”

柯洛看了看简兮，头一扭，大步离开了，而唐斐却不可思议地望着简兮，就像看一个不要命的疯子。

一切井然有序地拍着，简兮一次一次跳进湖水里。

“角度不对！重新来过。”

“不，不是这种感觉！重新来过。”

当简兮第三次站在那里，当冰冷的湖水又一次将她吞没，唐斐咬牙切齿地望着在湖水中挣扎的简兮，喃喃地重复着：“疯了，这个女人真是疯了！彻头彻尾的疯子！”

“Cut！过了！”

简兮刚刚上了岸，副导演便过来交代说：“等会还有个镜头要补，你别走开了。”

“衣服要换吗？”简兮的牙齿打着战，脸色在灯光下分外苍白。

“穿着，等下就到了你了。”

简兮穿着湿衣服躲到一旁的角落里，疲惫的闭上眼睛等待着下一场拍摄通知。

也不知过了多久，简兮醒了过来，周围静悄悄的，一个人影也没有，黑暗中，她拿起手机才发现竟然没有信号，雨越下越大，她认命地缩在树下，把脸埋进膝盖里。

黑暗中，有一道灯光照在了简兮身上，她的眼睛被刺激得睁不开来，慌忙用手捂着眼，耳边有脚步声急急跑过，在她面前停住，她迟疑地放下手，怎么也想不到唐斐竟然出现在了眼前。

大雨中的唐斐，浑身早就湿透了，雨水顺着头发滴滴答答地往下流。

“唐斐……”你怎么来了。

简兮话还没说完，肩膀已经被唐斐抓住，愤怒地冲着她吼道：“你怎么会在这里？你是白痴吗？为什么不跟车回去？”

简兮被他吓到了，一时间竟不知道怎么回答。

唐斐更加火上浇油，破口大骂：“你就是个蠢货！难道你不知道吗？替身都是找专业人士！为什么找你，分明是故意戏弄！所有人都走了，独独丢下你，到了这个地步，还不明白吗？简直蠢得无可救药！”

所有人都明白，她又怎么不明白呢？可明白又怎么样，对于没有出路的她来说，哪怕是替身也要去做！不过多亏了他及时出现，不然真不知道这样的黑夜要怎么度过，不过嘴上却不饶他：“你这个人是疯子吗？这是我自己的事！你为什么跑回来？”

第 47 章
温柔梦里唐

他一听就虚了，不过，他才不会告诉她真相：原本他已经走了，半途想起这傻子还在片场，才折回来找她：

“你可千万别误会！我中途才想起落了东西在这儿，谁知道就碰上了你这个笨蛋！”

简兮白了他一眼，反击：“我才不会误会呢，我才不会因为你这种讨厌鬼自作多情呢！”

“你说什么？”雨声太大，唐斐听不清简兮的话。

简兮拉开嗓门喊：“我说你恶心、讨人厌，走开啦！”

唐斐火冒三丈一把扯住她：“你再说一遍！”

简兮狠狠地朝唐斐的小腿上踢一脚：“唐扒皮！吝啬鬼！没人性！恶毒、冷血、刻薄，你这样狂妄的家伙，一定会下地狱的！”

“住嘴！跟我回去。”

拉着他就走。

“走开，我不要被你批评……”

简兮一把推开了唐斐，也不知道怎么回事，突然间只觉得天旋地转，眼前一黑，倒在了地上。

简兮做了一个奇怪的梦，梦中唐斐像是换了一个人，对她十分温柔，像哄孩子一样哄着她，昏睡中的简兮迷迷糊糊地睁开了眼，心想真是奇怪啊，怎么会做这样的梦呢？常言说日有所思夜有所梦，不是应该梦到虐待她才对吗？这个念头只是一闪而过，很快她又昏睡了过去。

清晨的阳光折射着进入昏暗的车库里，简兮想伸手，却发现自己动弹不了，睁开眼才发现自己包裹成了蚕茧，而旁边放着药……

昏倒的一幕出现在脑海中，她极力想要回忆后来的事情，却什么也想不起来，该不会是唐扒皮送她回来的吧？他会这么好心？

想到唐扒皮，她翻身坐起，今天还要去他家打扫卫生呢，迟到了，又该受他冷眼了。

到了唐斐家才发现，唐斐居然还没起床，她叠好了衣服，打扫完客厅，叠好最后一件衣服，开始打扫健身房。

这个时候，唐斐伸着懒腰走到客厅，从叠放得整整齐齐的衣服中，挑起一件白色衬衣，想不到上面染上了奇怪的印子。

他拎着衣服进了健身房，丢到了简兮面前。

“对不起，是我不小心……”简兮看着白衬衫上的印子道歉。

“对不起有什么用？这件衣服是我第一次拿奖时穿的，最有纪念价值，你毁掉了它，伤害了我的感情！”

简兮低声反驳：“平时怎么没见你这么爱惜？”

“是我感情内敛，不行吗？”唐斐视线落在远处，不看简兮。

简兮怒不可遏地站起来：“你这……根本吹毛求疵嘛。”

“吹毛求疵？好，你自己来看！这里、这里、这里。”唐斐把健身器底部、客厅沙发夹缝，门廊上面四处用手一摸，冲着简兮拍拍手：“都是灰尘！我早就提醒过你，在做白日梦之前，请你先做好清洁工！”

“你一定要这样过分吗？我还在想昨晚是不是你帮了我，现在看来不必道谢了！你放心，我会在今天晚上全部清理干净！”简兮气呼呼地抓起衬衫往外走。

“你去哪儿？”唐斐不开心地质问。

“去干洗店洗你的高级定制！”简兮头也不回地走了，一抬头看见大门开着，岳乐站在客厅里，连个招呼都没有心情打，便走了。

岳乐默默地注视着唐斐，好半天才说：“这么说，昨晚你跟她在一起？”

唐斐被他看得浑身不自在，板了起脸：“不行吗？”

“不不，也不是不行！”

“别想了！”

“啊？”岳乐一愣。

“我知道你在想什么，全部是胡思乱想，结束，立刻结束！”

岳乐的眉挑起，神情变得很微妙，唐斐气急败坏地一转身，回到房间“砰”的一声甩上门。

干洗店就在小区的旁边，简兮刚把衬衫送进去，就收到陆周的电话，发了个定位给她，叫她立即去咖啡厅见他。

她又急三火四地往咖啡厅赶去，到了咖啡厅，陆周正低头看菜单，示意她坐下。

侍应生送上了早就为她点好的咖啡，一大早跑来跑去早已经口干舌燥，刚拿起汤匙，陆周仿佛头顶生了眼睛，说：“汤匙要顺时针，从12点转到6点方向，别让汤匙跟茶杯碰出声音。”

可惜他话没说完，简兮已经端起杯子咕咚咕咚一口气喝完了。

陆周无奈地放下菜单：“咖啡要一小口一小口地仔细品尝。你记住了，不光是站立，包括吃饭、饮茶的仪态，任何时候都要动作优美、神态迷人，尤其是参加宴会的时候，你记住了吗？”

“记住了。”简兮爽快地说。不过宴会嘛，她才没有资格参加呢。

“对了，你想吃什么？”

简兮眼睛一亮，看向邻座正在吃蛋糕的女孩子，咽了下口水，试探着问：“我可以吃巧克力蛋糕吗？”

“不能。”

“那，牛排呢？”

“不能！知道蛋糕含多少卡路里吗？一块牛排又会让你长胖多少！从现在开始改变菜单，每天早上一份不超过300克的燕麦粥，中午150克鸡胸肉，可以加150克蔬菜，晚上禁食。服务员，请给她一份蔬菜沙拉。”

“老师。”简兮很小声地抗议：“我会饿的……”

“你不算高挑，现在要连苗条都丢掉吗？”

简兮哑口无言。

吃完饭之后，陆周将她带去了世纪影视公司化妆间，把简兮推到了造型师米蒂的面前：“改造她。”

米蒂围着简兮走了一圈，伸手捏了一下简兮的脸：“宝贝，你在开玩笑吗？一个朝气蓬勃的年轻女孩子，穿成这样谁会爱你呀。”

简兮捂住脸，后退半步，羞愧地低下头，她又何尝不想要漂亮衣服，可现在她根本没有多余的钱买衣服。

第48章
谁才是晚宴的焦点人物

“来，转一圈。”米蒂拉着她的手，简兮听话地旋转了一圈。

米蒂盯着看她的腿啧啧了两声：“腰这么细，腿又长，明明是好身材，好身材就应该全部露出来，包裹得这么严实干什么？拜托，上帝创造了你，可不是让你做木乃伊的！”

米蒂说完向助理做了个手势，助理立刻将简兮推进了试衣间，开始给简兮换上了各种华丽的衣服，一直换到第十九套的时候，米蒂终于满意了：“Perfect！”

坐在一旁的陆周从杂志上移开目光，只见简兮穿着式样简洁的小礼服，站在镜子前，样子清纯美丽，看上去格外的脱俗动人，看得他竟出神了，少顷方微微一笑，说：“就这件吧。”

“就这件吗？我不习惯啊，而且也根本没有穿这种衣服的场合啊！”简兮局促不安地打量着镜子里的自己。

陆周放下杂志，若有所思地说：“明天就用得着，我会带你去见一个非常重要的人，你要保持最好的状态。”

“噢。”

趁着简兮进了试衣间换衣服的时候，米蒂三两步走到陆周跟前：“可别告诉我，你要带这个女孩去见欧阳山。”

“这个圈子真的很小，他回来的消息，早就传得人尽皆知了。”

米蒂惊叫起来：“不会吧，你真要带这只菜鸟去？拜托！欧阳山要在宴会上甄选下部戏的女主角，多少女演员趋之若鹜，就连季晴都势在必得！还有左导的女儿左左也刚从我这儿回去，明天晚宴集合了最红的演员、最一流时尚设计师和最漂亮的模特，你带着她？”他用手指着试衣间，“天啊，你简直在开玩笑！”

陆周笑了：“不试一试，怎么知道她不行？”

“NO！ NO！ NO！欧阳山最懂得品鉴女人，镜头下都是光彩夺目的女神，从未有一个例外！她未免——”

说话间，简兮已经走了出来，米蒂立刻掩住嘴巴，直到简兮和陆周离开之后才叫起来：“他一定是疯了！”

“谁说不是呢？”陆周听到身后的叫声，脚步微微一滞，望着远处的天空，又扭头看了看身边的简兮，大步朝外走去。

欧阳山的晚宴，在一处豪华会所里举行，这是他回归的首次晚宴，承办方格外用心。

当欧阳山偕夫人进入宴会厅时，灯光突然全部暗了下来，只有T台两侧沿线点着蜡烛，音响里传出狂风海浪的声响，一束聚光打在T台后面的墙上，放映的影片正是欧阳山的电影《海洋之心》。

欧阳山入神地看了一会，只听见海浪声慢慢小了，温柔的轻音乐响起，海洋中心的幻影里，突然出现一个美丽的身影，她头戴花环，手中捧着贝壳蛋糕，犹如出水的美人鱼从海洋的波浪中走出，一直走到欧阳山面前，缓缓弯腰施礼：“欧阳导演，欢迎回国！”

灯光适时亮起，宾客响起了雷鸣般的掌声。欧阳山惊喜地看了看美人鱼，又看了看齐文森：“Surprise？”

齐文森颔首一笑：“您这么久没回来，我当然要精心准备。”

“文森，你还没有为我介绍呢？”

齐文森恍然大悟地介绍道：“这位是世纪季董的千金，季晴小姐。”

欧阳山正在说话，那边，左刚和展眉走了过来，左刚离着老远便亲切地打起了招呼：“老朋友，好久不见！”

“好久不见。”

两人高兴地握手，一番寒暄之后，展眉跟欧阳夫人也聊上了，还聊了家乡上海，转眼之间，便亲切地拉起了手，两人回忆了一下过去的上海，展望了一下未来，展眉见缝插针，聊天之余不忘了旁敲侧击推荐左左参演欧阳山的戏。

不过，左左却不买展眉的单，虽然她巴不得有这样的机会，但是在她看来，展眉这么兜着圈子说话，根本就是虚伪。

晚宴开始十分钟后，陆周和简兮才姗姗来迟，服务生为他们打开车门，简兮下车，就被眼前的场景惊呆了，会所门前灯火辉煌，音乐喷泉翩翩起舞，周围豪车云集，名模演员出入……这样奢华的场景，她只在电影里见过，一紧张手心冒出了一层汗。

简兮在心里打起了退堂鼓。

陆周看穿了她的心思，问道：“你害怕了？”

简兮低着头。

“你那么辛苦地练习，究竟是为了什么？”

“啊？我、我只是……”

陆周把胳膊递给她：“不用害怕，我会陪着你。”

简兮愣了一下，才慢慢地把手伸入他的臂弯，陆周挽着她大步往宴会厅走去。

“老师，我……我该怎么办？”她感觉周围人都朝她投来异样的目光，低着头紧张地抓住陆周的衣服。

“做你自己！”

陆周的到来，立刻引起了一阵骚动，欧阳山当即放下酒杯，大步迎上前：“陆周！”

“欧阳导演。”

“我在国外也看过你的表演，真是太出色了！”

陆周轻轻握住拐杖：“您过奖了，我不演戏已经很久了。”

“可惜，实在是太可惜了！”

欧阳山突然注意到了简兮：“这位是？”

“她是我的学生，名字叫简兮。”

欧阳山看向简兮，凝神看了好一会儿，被她清澈的眼神吸引，又不自觉又多看了简兮一眼，才对陆周说：“快进来吧，我还有很重要的事想和你聊。”

简兮如遭大赦，暗暗长出了一口气，偷偷一撇，看到了一旁的左左，目光只是简单地碰撞了一下，便迅速收回了。

左左不忿地嗤笑：“怎么哪都见她啊？以为自己压轴啊，居然来得这么晚，太没礼貌了！”

恰好被柯洛听到了，回头冲她一笑说：“适当的迟到，可以成为全场焦点。”

左左一愣，发现众人果然都看向简兮，冷哼一声：“真可笑，有其母必有其女，都是一样会耍手段！”

第49章
舞会热吻

在这个场合遇见简兮，唐斐还是蛮意外的，虽然在跟季晴跳舞，眼睛却偷偷打量着简兮，一曲终了，他放开了季晴的手，径直向简兮走去，伸出了手。

简兮僵在那里，一动不动。

能让唐斐主动约舞的女人，大家怎可不看？

唐斐平静地看着她，身子微微前倾，在她耳边低声说道：“你希望别人一直这样看着我们？”

简兮被迫无奈只好把手放进了他的手心里，他的手心微热，也不知怎么的，原本紧张的情绪竟渐渐缓和了下来。

浪漫的音乐声响起，他领着她滑进了舞池，昨天刚学的舞蹈，多少还有些生疏，跟着他倒也不会出错。

“舞蹈课很有成效，不过你得面带笑容，不然别人还以为，你是被绑架了。”唐斐若无其事地，微垂下头。

“我本来就是被胁迫的！”

简兮想抽身出来，却被唐斐抱紧了腰部：“别动，欧阳导演在一旁看着呢。”

简兮心里咯噔了一下，轻轻抬头一看，唐斐说的没错，欧阳夫妇和陆周正在交谈，欧阳山不时转头微笑看向这边，无奈不得不继续跳下去。

“连你都跑来争夺女主角，该说是自信还是狂妄呢？”低沉的声音在耳边响起。

“我从来就没梦想着某天一举成名。”她反击。

“那你来干什么？”唐斐带着她舞步飞旋：“还是让我来给你一些劝告吧，大厅里所有女人都想在影片中得到角色，欧阳山看花眼了，早已分不出谁是谁。因此，你一定要引起大家的注意，要让每个人都看你。要么成功，得到一个角色，要么失败，灰溜溜滚蛋，摆在你面前的只有这么两条路。”

简兮努力地配合他的脚步，他的舞步太娴熟了，灯光下的他的面容完美得无懈可击，带着一种梦幻般的美感。

有那么一瞬间，简兮竟有些迷惑了，心里暗暗感叹：世界上，怎么会有这么好看的人？

他们的热舞，果不其然成功吸引了所有人的目光。

左左不甘心地拉过柯洛的手：“走，和我去跳舞吧！”

“我累了，不想跳。”柯洛礼貌地拒绝，继续和别人说话去了，眼睛却不断看向简兮。

左左气坏了，拉住走来的牧歌滑进了舞池。

随着舞步飞旋简兮已经迷惑了，她分不清是现实还是梦境，突然后背被人撞了一下，整个人被撞了出去，千钧一发之际，她忽然想起了唐斐说过的话：你一定要引起大家的注意，要让每个人都看你。她借力旋转，裙摆一下子铺开，动作优雅地落地，远远向唐斐行了个屈膝礼。

唐斐忍不住笑了，众人纷纷鼓掌，简兮大出风头，引起了很多人注意。

左左愤怒地推开了牧歌，跑到一边，端起酒杯一饮而尽。

这些都没逃过左刚的眼睛，如他所料，左左真的很在意简兮，原本他大可不必留简兮在剧组，为了激励左左才这么做，左左越是讨厌她，就越是要留着她，这样左左才肯用心拍戏，当然还有一点，简兮总让他想起过去的展眉。

那时候展眉每天四点起床，连早饭都来不及吃，到处找片场，想尽各种办法，悄悄混入剧组去琢磨每一场戏，然后回到自己房间里，一遍遍模仿戏中的人物，跟现在他眼里的简兮一模一样。

简兮远远看见陆周和欧阳山谈笑风生，便在周围闲逛了一会儿，走到自助区，满心欢喜地看着琳琅满目的食物，挑选了满满一盘子食物，最后还是颓然地放下了盘子。

在欢快的音乐声中，舞会气氛变得热烈起来，左左走到了简兮的身边，简兮不想惹麻烦，转身要走，被左左拦住，好在牧歌及时赶来，提醒她不要因小失大。

左左不甘心地被牧歌拉走了，她忽然发现柯洛被一群女演员围住，她走了过去，套上柯洛的胳膊：“你们……一个都不准走，全都留下来陪我玩游戏！”

牧歌扶着左左：“左左，我们回去吧。”

“拜托你，别烦我好吧！”左左一把将他推开，指着柯洛说：“就从你开始。”

柯洛笑着往后退，被左左一把抓住：“玩真心话，你为什么讨厌我啊！？”

众人一愣，欢快气氛消失殆尽。

牧歌赶紧打圆场：“左左，你喝醉了！”

“谁说我喝醉了，大家一起玩就要尽兴嘛！”说完扑到柯洛身上：“说啊，那个简兮有什么好，为什么你总帮着她啊！”

柯洛皱眉，牧歌连忙硬把左左拉到一边：“左左，叔叔在叫你，快过去吧！各位，你们接着玩！”

众人继续玩游戏，一个男演员突然发现季晴正在旁边看着他们，立刻跑去把季晴拉过来，不出两分钟，季晴输了，大家七嘴八舌地让她找唐斐，然后给他一个吻！

“对，狠狠亲下去！要有口红印的那种哦，不可以偷工减料！”

季晴脸一下子涨红了：“这……”

“我们都手下留情啦！对嘛，快去快去，再不去就换人了，让你去亲欧阳导演哦！”

季晴吓了一跳：“不要换不要换！”说完放下酒杯，走到唐斐身后。

一个女演员大叫：“斐哥，美女有话告诉你！”

唐斐闻言转过身来，看到了脸色泛红的季晴。

“唐斐，她们说，一定要我来……给你一个吻！”

大家开始起哄：“Kiss！ Kiss！”

唐斐一愣。

众人全都盯着季晴，她更加紧张，深吸了一口气，季晴终于鼓足勇气，轻轻靠过去，正准备吻上唐斐的唇。

唐斐却微微一笑，主动抓住季晴的肩膀，在她额头上落了一个吻，看向众人：“季晴腼腆，你们不要欺负她哦！”

第50章
他的保护

众人在愣怔后大笑起来：

“斐哥真是的，这么护短！”

“对嘛，只是玩游戏，有什么不可以！”

“唐斐你也来玩啦！不对，季晴这算没做到，罚酒、罚酒！”

季晴失望地看着唐斐，刚刚端起酒杯，唐斐随手把酒杯拿走：“既然是我违反了规则，那就由我来喝吧。”

说完一饮而尽，众人拍手叫好，场上气氛更加热烈。

站在角落里的简兮，静静地看着眼前的一幕，心里有一种说不出的感觉涌了上来，只觉得胸口有一丝酸酸的，手按在胸口处，心想真奇怪，怎么会有这样的感觉。

里面的热闹气氛始终与她格格不入，她转身走了出去。

外面静悄悄的，一侧的花园里鲜花盛开，一片唧唧的虫声，她找到无人的角落，坐在椅子上将脚上的高跟鞋脱掉，穿了一晚上，脚都有些肿了，她正低头看着脚面，一个声音从身后响起：“啧啧，小姐这么漂亮，怎么一个人坐在这儿？要不要我来陪你呀！”

简兮吓了一跳，抬起头，见面前站着一个衣冠楚楚的陌生中年男子，忙起身穿上鞋子，礼貌地说：“对不起，我不认识你。”

说完便要走，中年男子叫道：“喂，何必拒人于千里之外，认识一下，你有什么损失啊！不是说为了出名什么事情都肯做吗，装什么清纯啊！给我开个价吧。”

“谁告诉你为了出名我什么都肯做？”简兮隐隐觉得有人背后说她，停下脚步。

“难道不是吗？”

中年男子笑嘻嘻地凑上前来，想去拉她的手，简兮避开了，他便继续说道：“里面的女人哪个不想大红大紫，我可是环宇的董事，只要我愿意，明天就开部戏，让你演女主角！”

来人自报身份，说完双手放进口袋，等着简兮主动投怀送抱。

显然他想多了，简兮最恨的就是潜规则，她定定地看着他：“你说要捧红我？说红就红，根本不用努力？最起码也要知道我是什么水平吧！”

“用不着啊！我想让你红，你就能红！这是你的福气！多少人求还求不来呢！”

她的火腾一下冒了起来：“环宇和世纪一样有训练班，大家都要跳舞、表演还要节食！明明那么辛苦，却都熬下来了，就为了一个出人头地的希望！但是因为你这种人，把大家的梦想都弄脏了！混蛋！”

“你这个死丫头在骂谁啊？”男子一把抓住简兮的胳膊，气急败坏扬起手。

简兮眼睛都红了，一头向他的脸上撞去，头撞在了他的鼻子上，中年男子尖叫了一声捂住鼻子弯下了腰，简兮对着他拳打脚踢，一边打一边发泄着愤怒：“做替身要一次次跳下去，知道水有多冷吗！一共只有三句台词，还借来剧本拼命看，最后整本台词都记下来了！结果因为有你这种人，害我连机会都没有！”她一甩手脱下高跟鞋，拼命用高跟鞋追着抽他：“没有资源是错吗？不肯献身是错吗？当演员就要被占便宜吗！敢弄脏我的梦想，讨厌！”

“住手！”

简兮打得正起劲，忽听见一声呵斥，又打了几下才罢了手，来人已经走到了跟前，急急地问道："怎么回事？"

原来是唐斐来了，唐斐在舞会上，发现简兮不见了，出来寻找，于是就看到了眼前的一幕：简兮拎起裙摆，高高扬起脚丫，一脚把男人踹趴在了地上。

中年男子指着简兮："证人来了！她疯了，突然发狂一样冲过来！报警！马上报警！"

简兮还要向男人扑过去，被唐斐一把拉住。

外面的叫声，惊动了宴会厅里的人，里面的人全都好奇地跑了过来。

唐斐在娱乐圈里待了不是一两天，知道当中的厉害，眼下的场合若处理不好只怕简兮还没进演艺圈，就被永远淘汰了，他看了一眼鼻青脸肿的男人，又看了一眼简兮，急中生智突然俯下身用力撕开了简兮的裙子，接着动作飞快地把简兮的头发弄得蓬乱，又把泥土抹在她脸上。

简兮被她弄得懵住，大叫："放手啊！你到底干吗！"

唐斐按住她的手，说道："还想当演员的话就立刻闭上你的嘴！"

中年男子见来了很多人，立刻从地上爬起来："快抓住她，她疯了——"

唐斐突然大声地对简兮："你真笨，遇到流氓就要大声叫救命啊！"随后微微一笑转向众人："对不起各位，让你们受惊了，好在没有人受到实质性的伤害，不然麻烦就大了。"

"流氓？你说什么？"

中年男子愕然地望着唐斐，众人愕然地看向中年男子。

有人认了出来，"这不是环宇的董事嘛，他喝多了吧！居然在宴会上欺负女孩子！"

"是啊，你看她头发都乱了，裙子，快看裙子！哇，太劲爆了，简直是没品，耍流氓啊，也不看看这什么场合！"

"简兮，你没事吧？"柯洛赶忙走上前问道。

简兮茫然摇头。

"对不起各位，我先送这位小姐回去吧！"唐斐出其不意地拉住简兮就往外走。

"唐斐。"柯洛追上去："让我送简兮回去吧！"

"你留下来善后吧。"

说完已经拉着简兮跑了。

在众人的指责声中，中年男子大叫："报警！我要报警！"

柯洛走到他面前："王董，如果我是你的话，现在就保持沉默。今天好在没请记者，如果闹大了，明天你就上头版头条了，我想环宇也不想搞事吧。"

"你……你说什么，你们欺人太甚！"这时有保安过来将他请走了。

众人嬉笑着纷纷散去，陆周站在原地一直没动，就在他转身的刹那，看见欧阳山从旁边走了出来。

陆周的脸色微微一变："欧阳导演？"

欧阳山感叹地：“刚才我觉得闷得慌，就跑出来抽根烟，没想到看了全场，真精彩啊！”

第51章 遭遇色狼

唐斐拉着简兮上了车，不等简兮坐好，便一脚油门开了出去，唐斐一边开车，一边大发雷霆：“你以为自己是谁啊，居然敢这么干！”

“遇到色狼也要忍耐吗？”简兮委屈地。

“色狼？他干了什么，在宴会上强暴你了吗？我告诉你，什么行业都有烂人，连这个都应付不了，做什么演员！”

“应付？你这就是看人下碟吧，如果是季晴，你还会这么说吗？”说完有些后悔，真是自取其辱，为什么要拿自己和季晴比。

唐斐的车开得飞快：“是啊，季晴受了委屈，大家都会帮她出头，因为她有个了不起的爸爸！你有什么？”

简兮不服气地吼了回去：“是！我什么都没有，可我对演戏是认真的，也不想做花瓶！”

“花瓶？”唐斐嗤笑：“是谁想做就能做？你这张脸想做花瓶，重新投胎比较快！”

简兮受了打击，声音小了下去：“你一定要这么过分吗？”

“这么重要的宴会，都被你给毁了，还想让我安慰你吗！抱歉，我不是这种人。还有拜托你，下次做事之前，动动脑子！”

“停车！”

唐斐没有搭理她。

“我叫你立刻停下啊！”

唐斐猛然踩了刹车，车停了下来，简兮下了车，重重甩上车门，往前走去，走了几步又走了回来，咬牙切齿地吼道：“你说得对，我做不了花瓶，也不屑做花瓶！”委屈了一个晚上，情绪再也压抑不住了，眼泪忍不住往上涌，她不想哭，可眼睛还是红了：“是，现在我还学不会虚与委蛇，到处惹事被人笑，但我会学！总有一天，我要做最棒的女演员！”

简兮拼命忍耐，还是流下了眼泪，她不想让唐斐看到她哭，急急忙忙地转身，悄悄擦掉了泪珠，头也不回地往前走去。

她记曾经有人说：逆着风走，眼泪就不会掉下来。可明明风吹到眼里，泪水更多了。

唐斐盯着她的背影，生气地说：“毁掉宴会的人是你，现在还自以为是，愚蠢！”

不一会儿，简兮听见车门砰的一声关上，车子从她身边一阵风似的驶过，透过朦胧的冷眼，看到了唐斐冷酷的侧脸，想起唐斐刚刚的话，她停住了脚步，转身朝会所走去。

宴会结束了，宾客们已经走光了，大厅灯光暗淡，简兮站在门口看着满地狼藉，心里生出了丝丝的后悔，就在这时她看到欧阳山走了过来。

“欧阳导演！”

欧阳山回来取桌上的手机，听见有人叫他，诧异地抬头看去：“是你啊，怎么突然跑回来了？”

“我是……来向您道歉。今天在宴会上发生的那件事。因为我太过冲动，破坏了您的回归宴，我深感抱歉。欧阳导演，不打扰你了，我先走了。”

简兮说完向欧阳山深深鞠了一躬，然后往外走去。

欧阳山突然叫住了她：“真把所有人的台词都记住了吗？”

“啊？”

欧阳山哈哈大笑起来，一边笑着一边走过去拍了拍简兮的肩膀，径直走了。

留下简兮茫然地看望他的背影，直至消失。

夜深沉着，昏暗的路灯，寂寂的街头，唐斐独自开着车，视线落在远处，脑海却浮现简兮通红的双眼，痛苦的控诉……倔强而孤独的身影。

车子方向盘一甩，车轮在地上划出半圆形抛物线，冲着来时的方向飞驰而去。

而此刻的简兮正抓着包疯狂地冲进公交站台，恰好一辆公交车刚开走，她弯着腰气喘吁吁痛苦呻吟着：“下一班还要30分钟。”

她蜷缩在长椅上，耳边响起唐斐的话：“毁掉宴会的人是你，现在还自以为是，愚蠢！”

简兮愧疚地垂下了头，恨不得用手锤头，就在这时，一阵独特的脚步声传来，简兮惊讶地抬起头，果不其然看见陆周走了过来。

陆周把简兮从头到脚打量一遍，轻轻叹了一口气。

“对不起。”

“为什么要说对不起？”

“老师那么精心替我打扮，我却把自己弄得很狼狈。现在看起来像个疯婆子，对吧？”

陆周看着她蓬乱的样子，笑了，抬起手温柔地为她擦去脸上的灰尘：“走吧，回去吧。”

“真的不怪我？”

陆周久久地注视着简兮：“不怪你。”

“可我的确犯了个大错误。唐斐说得对，那个人又没有怎么样，是我太大惊小怪了。”

陆周：“这不是你的错。”

简兮抬起头，惊讶地看着陆周。

看着缩成一团的简兮，陆周叹息：“我想让你成功，比所有人都成功。所以，我用自己的办法教导你，可是我失败了。”

“老师。”简兮的神经瞬间绷紧，满怀愧疚地望着他：“对不起。”

“这不是你的错。”他抬起头望着空旷的长街：“这是我第一次看走眼。不，不是说你没有天分，你已经非常努力了。只是成功的方法不能复制，你终究和我不同。”

简兮紧张地连话都说得断断续续：“老师，我……我其实是喝了一杯酒，才会头脑发热……”

看着她无地自容的样子，陆周笑了起来：“好好听我说完，你有自己的个性和特色，如果一味忍耐退让，你就不是简兮了。所以，不要总说对不起，以后就照你自己的方式去做。”

简兮不可置信地看着他，陆周揉揉她的脑袋：“走吧！”

她一手提起高跟鞋，陪着陆周缓缓地走着，路灯将两条身影拉得很长，他们一边走一边聊天，路上的车子经过，他们却毫无知觉，其中就有唐斐，车子从他们身边开过去很远才停下。

唐斐下了车，看着消失在夜色中的两条身影，长长松了口气。

第52章
精彩的试镜

回到了居住的车库，简兮踢掉脚上的高跟鞋，一头扑倒在床上，将脑袋深深地埋入枕头里。

手机响了，是陆周打来了，她连忙按了个接听。

“忘了告诉你一件事。明天上午九点参加欧阳导演的试镜。”

简兮还没反应过来，电话已经挂了，她愣了一会，才恍然大悟地尖叫了一声：“试镜！”

第二天，简兮跟随陆周来到电影《董贤》的公开试镜大厅，里面已经坐满了人。评委席上坐着欧阳山、唐斐和其他评委，正是左左在表演一场哭戏，只见她肩膀的抖动越来越大，最后变成剧烈颤抖，突然她瘫软在地，失声痛哭。

简兮看得呆了，想不到左左的进步这么大。

大厅里响起了热烈的鼓掌，左左站起向众人行礼，随后离开了。

接下来是季晴的表演。

原本安静的会场顿时沸腾了起来，季晴是现在最红的女星，一看到她出现，几乎所有人都肯定了，这个角色一定会落在她身上，除了她没有人更合适了。

在所有人的注目中，季晴站到了舞台中央，一束光打在她身上，得体的衣服，精致的容貌，让先前表演者黯然失色。

欧阳山把玩着手中的钢笔：“请你表演跟左左一样的题目。”

空荡荡的舞台随着季晴的表演，渐渐有了刀光剑影，她倒在地上，挣扎着将板指捏在手心里，噙着眼泪微笑，眼神里反映出极度的痛苦："陛下，请再等一等，董贤马上就来陪你！"

简兮望着季晴眼底是深深的震撼，这就是表演，一个人表演可以精彩到如此地步……

左左感到了绝望，她与这个角色无缘了，如果没有季晴，她还有希望，可是季晴不论哪一方面都比她更优秀，更好的背景，更好的人气，更好的容貌。

几乎所有人都被季晴的表演惊艳到了，欧阳山也很满意点点头，大家觉得没必要再浪费时间，决定结束这次的选角。

"还有几个人？"欧阳山问到。

工作人员飞快地翻看着人员名单："还有最后一个。"

"啪"的一声，唐斐手中的铅笔断成了两半，他不耐烦地丢到了一边："不过是个没名气的替身演员而已。"

欧阳山视线远远落在简兮身上："既然人家来了，就给她一个机会，让她试试吧。"

"下一位，简兮。"

简兮沉浸在季晴那如教科书般的表演里，在听到自己的名字之后犹豫了。

陆周看出了她的胆怯，鼓励道："被人称赞演技好，没什么大不了，记住一点，最好的技巧就是真实。让大家相信一切都是真的，用你那颗真诚的心去表演。"

简兮终于鼓起勇气站到了台上。

没有人再去关心这一场表演，对他们来说，季晴就是女主……

欧阳山翻看着简兮的资料，简单的只有身高体重，不由好奇地问："怎么没看到你的表演经历，连张简历都没有？"

"是，没有。"一站上舞台，简兮就开始平静了下来，下面的观众有嘲笑的有窃窃私语的，对她来说都没有关系了，这个舞台现在属于她。

"那你带来了什么？"欧阳山好奇着，这个在宴会上掀起波澜的女孩会带给他什么意外。

"我自己。"简兮自信地。

"你自己？"这个女孩有点意思，欧阳山来了兴趣。

"最好的自己。"

欧阳山被简兮的话逗乐了："题目和季晴一样，哀痛欲绝。"

底下轰地讨论开来："啊，她惨了！珠玉在前，怎么样都不可能超越啊！对嘛，完全不可能！她这样的人，跟季晴怎么比啊！"

简兮不知所措地站在那里，不自觉看向陆周，发现陆周正用一种信任的眼光注视着自己。

想起陆周刚刚的话：最好的技巧就是真实。一刹那明白了要怎么演了，她一声不吭走到一个角落里坐下，灯光落在她身上，四周陷入黑暗。她开始想去世的奶奶，和奶奶相处的一幕幕浮现在眼前，很快，她就开始流眼泪，然后再缓缓抬起头来……

那无声而空灵的表演，震撼着所有人的心灵，整个大厅一片寂静。

欧阳山狂喜地望着那双眼："这才是真正的泪水，不需要眼药水，不要多余的动作……"他望着评委们："怎么样大家，现在还需要选择吗？"

所有人都摇了摇头。

陆周露出了一丝欣慰的微笑。

左左愤怒地站了起来，死死盯着简兮，不甘地握紧了拳头。

季晴的脸色也变得很难看。

"我反对！"唐斐突然冷冷出声。

"为什么？"欧阳山不解地望着他。

"她的感情很真挚，却缺乏最基本的演技。欧阳导演，你愿意用一个没受过专业训练的演员吗？"唐斐冷静而残酷地分析着。

欧阳山犹豫了。

唐斐得意地笑了笑，指着季晴："所以，我相信在座的各位和我一样，更喜欢季晴的表演。还有一个最重要的理由。大家别忘了，董贤是绝色美人，才能迷住汉哀帝，这位简小姐。"唐斐上上下下打量着简兮摇摇头："她合适吗？"

在众人的哄堂大笑中，简兮瞬间感到无地自容，逃一般地跑下了台。

"如果不能接受批评，你要如何进步。"陆周拦住了她，说完望向一脸凝重的欧阳山："欧阳导演，最终决定权在你的手中。"

欧阳山沉默了许久，他的目光远远地落在季晴身上，就在所有人都期待着宣布季晴成为女主角的时候，他却突然快步走到简兮跟前，高举起她的手："简兮。"

"欧阳导演，我希望你慎重考虑这件事情。"齐文森冷冷地说到，眼神落在简兮身上，一掠而过。

第53章
女主角易主

试镜过后的第二天，简兮被叫进了办公室，齐文森非常热情地跟她打了声招呼，电视剧《夏日恋情》的制作人张旻从沙发上站起来："简小姐的《董贤》试镜会录像我也看了，感情特别真挚，青春的形象也很适合我的电视剧。"

简兮再愣了一下："您的电视剧？"

齐文森哈哈一笑说："就是《夏日恋情》啊！张制作想邀请你参加这部电视剧的拍摄，女主角！嗯，我非常有诚意，这一点请简小姐相信。"

"拍摄时间就在下月。"

简兮几乎要雀跃了，可当她听到拍摄时间是在下个月时，整个人都呆住，恍然明白过来，这不是在邀拍，而是委婉地让她放弃《董贤》，她愣在了那里。

齐文森手里玩着一个打火机，明明灭灭的火苗照着那张冷酷的脸。

"出演电视剧更能积攒人气，至于欧阳导演的《董贤》你不必担心，我会帮你推了。"说完，他拿出早已准备好的合同放到简兮的面前："签了它，你就是《夏日恋情》的女主角。"

"对不起，我不能答应。"简兮毅然拒绝。

"你知道，如果没签合同会有无数的变数，现在这个合同就摆在你眼前，签完之后有一笔定金到账，简小姐，有了钱，你的生活会比现在好过很多。"齐文森压低声音，魔鬼般地诱惑着她。

没错，他对简兮做了全面的分析，像她这样初来乍到一无所有的姑娘太需要钱了。

门突然被推开，陆周斜靠的门框上："齐总，这样欺负小女孩不太合适吧。"

"我只是给她找一条更适合的路。"

陆周冷笑了着走进了门，双手撑在桌子上，冷冷地逼视着齐文森："欧阳山的大制作，跟名不见经传的电视剧，到底哪个更重要？"

齐文森的笑意渐渐消失，冷冷地望着陆周。

陆周拿起桌子上的合同，用力撕成了碎片，扔到了齐文森面前，随后拉起呆住了的简兮，大步走了出去。

齐文森望着两人的背影，眼神慢慢变得森冷。

《董贤》剧组进行得很顺利，剧组很快安排拍摄简兮的试妆照，陆周一直陪在简兮的身边寸步不离，生怕齐文森又来破坏。

"董贤的造型会进一步调整，先让她熟悉剧本。"欧阳山很满意地望着正在拍照的简兮对陆周说，"在正式宣传启动前，所有事宜都对外保密。简兮是个新人，我希望在她上大屏幕前，能保持一个干净清新的形象。"

"这个你放心，我会保护好她。"陆周说。

现场一片忙碌，谁都没有留意到有一名工作人员的手碰了一下电脑，拔走了一个U盘，U盘里就放着简兮的定妆照。

第二天一早，简兮取代季晴出演《董贤》的消息便不胫而走，在各大媒体发酵了起来。

完全蒙在鼓里的简兮一进教室，所有人便都围了过来七嘴八舌地说："简兮你好厉害！居然挤走了季晴拿到了《董贤》这个角色！"

"你们……你们在说什么啊？"简兮一愣，心里一阵发慌。

左左扔了一张报纸给她，没好气地："这下子你可高兴了，现在你可是家喻户晓的明星了。”

简兮慌忙拿过报纸，上面赫然是董贤的试妆照，她扔下报纸头也不回地往外冲去。

刚冲出教室，无数刺眼的闪光灯将她团团围了起来，收到消息的记者蜂拥而至，长枪短炮送到了简兮的面前：“简小姐，你拿到董贤这个角色，听说挤走了季晴，里面有内幕吗？”

“有消息称你跟导演关系密切是真的吗？”

……

简兮呆了，眼前一片晃动的镜头，耳边是层出不穷的问题，她不知道要回答哪一个问题，不知道要看向哪一个镜头，她想走却无路可走，她想逃也无路可逃，她感觉脑子都要炸开了。

不，我不能倒下！她反复地在心里告诫自己：简兮一定要争气，一定不要害怕。

一边慌乱之中，她感觉有人挤到了跟前，在她的耳边轻声说了句：“刚刚收到的消息，齐文森在开记者招待会，你快去找陆周，这边我来处理。”

是柯洛的声音，她吃惊地抬起头，见到柯洛已经挡在了自己的前面，微笑着冲所有的记者说：“各位，如果有进一步的消息，会提前通知……”

众人不约而同地将镜头和话筒对准了柯洛，乘着这个机会，简兮挤出人群跑了。

平时这个时候陆周都在琴房里，她拼尽了全身力气朝琴房跑去，“砰”地撞开门。

正在演奏中的陆周皱着眉转过身，看到简兮惨白着一张脸冲了进来，无助地指着电视：“老师，快，快打开。”

浮生狐疑地打开了电视，画面正在播放记者招待会的情景。

钢琴的声音戛然而止，陆周猛然站了起来，盯着画面。

齐文森正在发言：“其实发生这样的事件，我们也非常意外，毕竟谁都想不到，有人会抓住电影受到的广泛关注，进行如此恶劣的炒作。”

记者们一瞬间炸开锅：

“齐总是说简兮恶意炒作吗？”

“对啊，董贤的女主角不是简兮吗？那泄露的试妆照到底是怎么回事？”

“是啊，业界流传的消息也是简兮啊！”

……

一直沉默的欧阳山突然向记者们主动开口：“各位，齐总说得对，简兮的确不是电影的女一号。”

众人面面相觑。

季晴就在这时候赶到了现场。

陆周盯着电视机屏幕，表情阴沉。

电视上记者们纷纷提问：“真正的女主角确定了吗？”

“如果简兮是炒作，谁才是真正的女一号？”

“欧阳导演，现在能公布真正的主演名单了吗？”

欧阳山微微一笑，站起身，越过记者们走到门口，当着众人的面牵起季晴的手：“这才是我当之无愧的女主角！”

简兮不敢相信地看着眼前的一幕，这是怎么回事？怎么回事？昨天不都好好的吗？为什么突然变卦了？她要问清楚，一定要问清楚。

第 54 章
温柔的暴力

她找到了欧阳山下榻的酒店，从中午一直等到晚上，始终没有等到欧阳山出现，她又饿又累心力交瘁，反复告诉自己，不论怎么样一定要见到他，跟他当面说清楚。

时间走得极慢，一直到了九点，齐文森的车子才缓缓地驰了过来。

车子停下，齐文森亲自给欧阳山开了车门：“欧阳导演，今天辛苦了，告诉您一个好消息，季晴和《董贤》已经上了搜索榜第一，您看，我提议的换角没有错吧。”

欧阳山下了车，跟齐文森握手。

简兮一看见欧阳山，大步跑了过来：“欧阳导演。”

欧阳山皱着眉，把头别过去，转身就要进酒店。

“欧阳导演！请您听我解释！”

简兮着急地追上去，齐文森拦住：“导演现在很忙，你回去吧。不管你说什么，结局都无法改变，别白费心思了。”

简兮望着欧阳山：“我来不是为了追究女主角的，我只是想要解释清楚！”

欧阳山猛然回过头，愤怒地道：“还有什么好解释的？我早就告诉过你，在没有定案之前，不能泄露任何消息！”

“我没有，消息不是我放出去的！”

“不是你，还能有谁？难道是欧阳导演御用摄影师放出去的吗？”齐文森故意火上浇油。

欧阳山停下脚步，转向简兮：“知道我为什么选择你吗？因为你的眼泪比任何人都真，那是我需要的感觉，可现在我才发现，你一点儿也不真诚！”

“导演！”简兮往前冲了两步，却被齐文森拦住，无法靠近。

“女主角我已经给了季晴，你再做什么都无济于事，我累了，再见。”欧阳山说完头也不回地进了酒店。

“欧阳导演，你听我说……”简兮一边大叫，一边试图往前冲。

齐文森死死拦着，见欧阳山的身影已经进了酒店的电梯，一把将她推倒在地。

“够了！我们都心知肚明，事情绝无回旋余地了。”齐文森丢下这句话，上车扬长而去。

简兮慢慢地退出了酒店，站在楼下，绝望地往着高高的大楼，缓缓转过了身。

唐斐跟岳乐一前一后进了大门，看见早上出门时散落一地的衣服叠得整整齐齐地放在沙发上，桌子上摆着两道烧好的菜，厨房门开了，简兮端着一盘菜走了出来，若无其事地招呼：“刚刚接到岳先生的电话，知道你们会回来吃晚饭，只能匆忙做几个菜。”

她把菜放到餐桌上，岳乐毫不客气地挟了一口：“饿死我了，谢谢啊！”

“好吃吗？”简兮像个等待夸奖的孩子，满怀期待地望着岳乐。

岳乐竖起大拇指：“好吃。”

唐斐冷眼看着满桌的菜，又看了一眼满嘴饭的岳乐，那边简兮飞快地进了厨房，端着一碗汤走出来：“齐了，两位慢用。”说完拿着抹布，蹲在茶几前面擦着。

唐斐看着她，问道：“消息是你放出去的吗？”

简兮站了起来好像没听到话一样：“房间打扫完了，衣服也叠好了，只要把客厅收拾一下——今天我的工作就暂时结束了。”

“我在问你，到底是不是你？”唐斐又问。

简兮垂下眼睛继续装聋：“还有其他吩咐吗？”

唐斐愤怒地一把抓住她的手：“我在问你话，你没听见吗？”

简兮一把扔掉抹布，抬起头双眼通红，别人这么说，只觉得委屈，可这样的话从唐斐的嘴里问出来，她感觉心像被刀割了，那么长时间的相处，难道在他眼里，她是这样一个不懂事自掘坟墓的人吗？她不顾一切地吼了起来：“我没有！真的没有！为什么你们都怀疑是我泄露了消息？我为什么要这么做！”

“你不是想红吗？”

“是，我想红，拼了命想红，可那又怎样？”简兮含着泪绝望地喊着。

唐斐摇摇头：“为了红那么拼命，却一辈子都追不上别人，做出这种事也很常见吧！”

“是，我怎么也追不上别人！那又怎么样，一年追不上五年，五年追不上十年，十年追不上就二十年，只要我活一天，就会追一天！就算一辈子红不了，我也不会后悔，更不会用炒作的手段捧红自己！”

唐斐愣住了。

岳乐被她的一番话说得眼圈有些发红，不管别人信不信，他始终相信简兮，放下筷子难得一本正经地说：“唐斐，我相信简兮不会这样做。事先欧阳导演已经告知所有主创，不允许消息外泄，她还没正式签约，现在就拆台，不是太愚蠢了吗？可我不明白，照片到底是怎么传出去的呢？”

这样的问题对唐斐这个娱乐圈的老江湖来说，破起案来堪比福尔摩斯。

唐斐问："真是一群笨蛋！现在女主是谁？"

"季晴啊！"

"那不就行了！"唐斐说完，一声冷笑。

岳乐恍然大悟，不过很快他便摇了摇头："我觉得季晴不是这种人。"

唐斐简直被他蠢哭了，停顿了一下，声音温柔了下来，耐心地说："很多时候不用她自己动手，自然有人替她料理垃圾。"目光转向了简兮，"傻瓜，还记得我提醒过你的事吗？"

简兮瞪大了眼睛，脸色惨白惨白的，喃喃自语道："齐文森，我明白了，他一早拿了电视剧合同给我，我拒绝了，可他也不能这样做啊。"

"那他要怎么办？任由一个新人违背公司意愿，爬到他头上为所欲为吗？"

简兮的腿一软，跌坐在了沙发上。

"我早就告诉你，从一开始就放弃这场角逐，将来还会有出道的机会！谁让你自不量力，非要和季晴去争！你昨天那种牛气哪里去了，现在哭丧着脸干什么？"唐斐一把抓住简兮胳膊："还不站起来！"

"你？"简兮委屈地看着他。

"去挽回啊。"唐斐拽着简兮往外走："死皮赖脸求，不行就跪下！不管用什么办法，什么角色都行，一定要拍这部电影！"

"可是导演他根本不想见我啊。"

第55章
为了演戏拼了

唐斐一把把简兮扔到了门外，他盯着她一字一句："齐文森不会再给你活路，必须去求欧阳山，否则你会被这个行业埋葬掉！快滚！"

大门"砰"的一声关上，将简兮关在了门外，简兮失魂落魄地站在门口，就在她不知所措的时候，手机响了，电话是陆周打来的，告诉简兮他约了欧阳山吃夜宵，让简兮立刻赶到饭店，简兮二话不说便朝陆周说的地址奔去。

到了饭店，找到了包间，里面只有陆周一人，为了避免欧阳山看到简兮就离开，陆周让她先藏到屏风后面，听他的号令再出来。

这边刚刚藏好，那边欧阳山已经来了，陆周起身迎接，两人寒暄了几句后落座，陆周开门见山地说："欧阳导演，我约你出来的目的，我想你应该很明白。"

欧阳山脸色沉了下去："如果是为了简兮，请免开尊口。我是看在你的面子上，才出来见这一面。"

“如果你是简兮，会这么愚蠢暴露自己吗？”

欧阳山微微一愣：“什么意思？”

“如果我是她，一定不会向媒体爆料。摄影师、工作人员，谁都有可能不是吗？”

“可这对他们有好处呢？”

“对齐文森有好处就行了。”陆周的手指轻敲着餐桌，发出轻快的声音：“简兮你出来吧！”

简兮从屏风后面走了出来，欧阳山一见简兮，气就不打一处来：“你们是合起伙来寻我开心吗？”

“不要责怪老师，是我自己想解释清楚。我知道无法挽回，至少想让您知道，消息泄露出去是我没有预料到的。”

欧阳山冷哼了一声。

简兮说：“您在拍摄《消失的远山》时只是助理导演，因为制作人和导演理念不合，故意趁导演生病的时候让您改拍，最后还把一切罪名都推到您的头上。莫名其妙被冠上自作主张的罪名，您才不得不逃到国外去，不是吗？”

这段时间她已经把欧阳山的过去了解得一清二楚，欧阳山的手气得发抖，指着简兮：“抬举你的机会，被你自己浪费了，现在还有脸和我相提并论，你以为自己是谁！”

简兮完全不顾欧阳山的愤怒，她知道如果不能说服欧阳山她就完了，她不顾一切地继续说着：“为了证明自己，导演是那么努力，就是因为过去所受的屈辱，不是吗！”

陆周拉住她不让她再说下去，她却依旧在大声地说：“不管被人如何践踏，都想要争取机会，梦想着总有一天像导演那样荣耀归来，向所有践踏我的人证明，什么才是真正的才能！我，就是这样想的，也是这样做的！”

“够了！”愤怒的欧阳山站起来掉头就走，简兮毫不犹豫地追了出去。

恰好，一辆出租车停下，欧阳山拉开车门正要上门，被追上来的简兮抢先一步拦在车门前。

“你干什么？”他简直要暴跳如雷。

简兮说：“我希望导演相信，和您抱着相同心情的我，不会毁掉这唯一的机会！”

“你是有病，一定是有病吧！”

“对，我一直都有病，别人看我就像个疯子。但是导演，难道您不是这样吗？如果没有执着，没有热情，在国外您接不到活儿，别人嘲笑您吃软饭，您又怎么熬过来！”

“你们到底走不走？”司机探头出来问道。

欧阳山一脚踢上出租车门，车子开走了。

欧阳山无奈地看着简兮：“说吧，你到底要干什么？”

“我要角色。任何一个角色，什么样的都可以！”

“女主角已经给了季晴！所有的角色都定了，没有你的份！”

话已经被说绝了，可简兮还是不死心，争取最后一丝机会："路人甲，替身演员，哪怕只是一棵树，只要能够参演，我都可以！"她一边说一边从包里拿出剧本："上面任何一个角色的台词，我全都记住了！只要导演给我一个机会，我只要一个机会！"

欧阳山被她纠缠得无计可施，一把抢过剧本，撕成两半，抛向了天空："好啊，你不是要演戏吗，只要你把剧本找回来，我就让你出演！做不到那就放弃，我绝对不会再给你机会。"

话音未落，简兮已经冲进了车流里，一阵刺耳的急刹车划破天空，司机愤怒地探出头破口大骂，可简兮充耳不闻，捡起剧本小心地抱在怀里，不断有车子被迫停下来，她全然不顾地一张一张地捡起剧本，比她生命还要重要的剧本。

欧阳山看得几乎呆住了。

还剩下最后一张纸，马上就要捡到了，一阵风吹过来，纸飞到远处，简兮毫不犹豫地追去，伸手想拿起这最后一张，纸片却再次被风吹起，飘落到了水面，她将手中的剧本放到欧阳山的手中，跳下了湖，捡起最后一页，面带着笑容地上了岸，还给欧阳山："最后一页。"

欧阳山被她疯狂的举动惊呆了，一会看着剧本，一会又看着简兮："拿性命威胁我吗？你父母到底怎么教出这种女儿，知不知道刚才有多危险，你要我一辈子背负骂名吗？你这混账丫头！"

简兮浑身发抖："我可以演吧，任何一个角色，一个角色就好！"

"如果我说不呢？"

"那我就缠着导演，每天缠着你，一直到您答应为止！"

欧阳山看着那张倔强的面孔，想起了年轻时的自己，她的倔强跟那时候的自己还真有点像："给你角色，你必须好好演，否则，别怪我。"

"放心吧！我一定会全力以赴的。"简兮高兴地跳了起来，见路边的人都看着自己，便立刻作鹌鹑状："谢谢导演给我这次机会。"

第56章
醋意浓浓

送走了欧阳山，简兮迈着轻快的步子重新回到了饭店，快走到了包厢的时候，忽然看到大厅里放着一架钢琴，她灵机一动，调整了一下情绪，故意装出一副悲伤的样子走进门去，一坐下便忍不住失声痛哭。

陆周叹了气，叫来服务员点了一份巧克力蛋糕，推到简兮面前："你喜欢的巧克力口味。今天不用节食，吃完这块蛋糕之后，要重新出发。”

简兮抽抽噎噎地哭着：“老师，你是因为看见我哭，用蛋糕来哄我吗？如果是这样，老师你可不可以送我一首曲子？”

陆周目光看向餐厅中央的钢琴，微微地皱了一下眉，不想再让简兮失望，起身道：“只此一次。”

说完，走到钢琴面前坐下了，随手弹了一曲《俄罗斯之舞》。

正在吃饭的客人纷纷停下看向静心弹奏的陆周。

简兮慢慢地走到他身边，认真地听着，一直等陆周弹完一曲，才突然笑了起来：“这就当作老师替我祝贺拿到新角色的曲子吧！”

陆周这才发觉上了简兮的当，想不到自己也被她的演技骗到了，不由得笑了。

世纪影视公司 CEO 办公室的签约仪式上，季晴和左左分别在准备好的合约上签好自己的名字，递回。

简兮因为没挤上一班公交，来得迟了，一进门，就被齐文森怒气冲冲地吼：“这是签约仪式，你来干什么！”

简兮正尴尬之际，就见欧阳山抬起头说：“是我叫她过来的。”

“欧阳导演，难道你还相信她吗？”

“就是啊欧阳叔叔，可别被她欺骗了，她心机很深，早就打算好了！”左左添油加醋地说。

欧阳山淡淡地说：“我不知道究竟是谁在背后放出了消息，但我现在相信与她无关。还有你，左左，我看在令尊的份上，给了你一个角色，从明天开始，请你和大家一样，叫我欧阳导演。”

左左愣住。

齐文森还想再说点什么，被欧阳山打断，宣布道：“简兮将出演《董贤》里的……”他故意停顿了一下，才接着说：“傅黛君。”

“电影里最恶毒的反派——傅皇后，”齐文森连连摇头，“这个角色太有心计了，她演不了。”

好不容易得来的机会决不能功亏一篑，简兮理直气壮地回击：“我已经学习这么久，齐总可以对我没信心，难道对公司的培训没信心吗？”

“你懂什么，越是复杂反派，越是难把握，你刚刚学演戏，根本拿捏不准……”

“既然如此，为什么不让我先试试？”

说完突然靠近季晴，朝她灿灿地一笑，指着季晴的胸针：“你的胸针真漂亮啊！”

季晴是何等聪明的女人，当下便知道是找她演戏，当着欧阳山的面决不能怯场，她微笑着配合地把胸针取下来送给了简兮：“你喜欢的话，就送给你。”

简兮手捧着胸针，欣喜地把它在胸前比划半天，正准备佩戴上，无意之中手一紧，把针尖捏弯了过来，蹙着眉，愧疚的眼圈都红了："对不起。"

"没关系，坏掉就算了，小事情。"

"你真好！"简兮甜甜一笑，天真地抱住了季晴。

季晴有些惊讶，下意识地顺着她的动作，轻轻搂住了她。

乘着这个机会，简兮猛然把针尖举了起来，对准了毫无防备的季晴的后颈，露出可怕的笑容……

表演结束，简兮恢复原来的笑容，问道："这样的恶毒，可以了吗？"

欧阳山立即把合约推到简兮面前："傅黛君的角色，属于你了！"

简兮看着那份历经千辛万苦才得来的合约，心中百感交集，郑重地签下了自己的名字。

接下来，简兮进入了匆忙的准备阶段，她把所有的角色都研究了一遍，所有人的台词都熟烂于心。

可开拍的第一天就出了状况，一是欧阳山觉得饰演皇帝刘欣的唐斐和饰演董贤的季晴之间缺了一点感觉。二是简兮饰演的皇后傅黛君空有其形，没有神韵，让她回去好好看剧本。三个主演有两个出了问题，还怎么拍？

于是，第一天开拍就提前收了工。

大家都走了，简兮还坐在桥上，看着荡漾的水波，心中有些难过，她很用心的演了，一时间也想不出到底哪里有问题。

陆周今天有课，所以没有来现场，晚上从欧阳山那里打听到了她表演上的问题，立刻找了过来，直言不讳地问道："在你看来，傅黛君是个什么样的人？"

"出身高贵，心机深沉，一心想要做皇后。"

"那你有没有想过，傅黛君为什么会变得那么可怕？"

简兮愣住。

"编剧创造人物，演员则必须让人物活起来，导演对你不满意，因为你的傅皇后只是一个角色，而不是一个女人。好好想想，她那样憎恶董贤，到底因为什么？"

经过这么一点拨，简兮明白了过来："因为她嫉妒董贤拥有刘欣的爱，最终因为嫉妒而疯狂。"

"没有爱情哪儿来的嫉妒？你要深刻感受她的情感，体验这个角色的全部，再将它传达给观众。"陆周说完把打包的生菜沙拉递给了她。

简兮看了一眼失望的叫起来："啊，不是巧克力蛋糕啊？"

"想要红起来，你还得瘦，很瘦！"陆周语重心长地谆谆告诫。

"知道啦。拍完这部戏，我肯定很瘦啦，瘦成一道闪电！"

陆周看着信心满满的简兮，嘴角隐隐透出一丝微笑，伸手拿过剧本递给她："别好高骛远，好好研究台词。"

简兮心中一阵感动，忍不住笑了，抱着剧本靠在陆周肩头："谢谢老师！如果没有你的话，我肯定坚持不到现在！”

第57章
靠在他的肩膀上

因为晚睡，第二天简兮眼睛都睁不开，草草地洗漱完毕出了门，迎面便撞上了徘徊在门口的唐斐，

唐斐伸手抓住她的胳膊，冷冷地问：“你昨晚什么时候回来的？”

简兮打了个呵欠：“半夜两点。”

“跟谁？”

“老师啊。”

她哪里知道，昨晚她靠在陆周肩膀上的时候恰好被唐斐看在眼中，不过由于太远，加上灯光太暗，他并未看清陆周的脸，于是一大早就在这等着简兮问个清楚。

简兮说完甩开放在胳膊上的手，从他身边走过去，唐斐大步追上她：“回答完我的问题再走！”

“我还要去剧组，你到底要说什么？”简兮眯着眼问他。

唐斐一时语塞掩饰地道：“当然是钱啊！我找你能有什么事，钱！你签约后拿到定金了吧，先把钱——”

实在是太困了，根本听不清他在说什么，简兮身子软绵绵地向前倒去，头刚好靠在了他的肩膀上……

“喂，你……”

唐斐推了推，简兮一动不动，再一看，发现她居然睡着了。

唐斐简直无奈了，居然有人站着睡着？

幸好岳乐的车很快到了，两个人合力把简兮弄上了车。

上车之后，简兮继续打着瞌睡，头摇摇晃晃地靠到了唐斐的身上，唐斐触电般用手指撑开，谁知稍微力气大了点，只听“砰”的一声简兮的头撞在了玻璃上，她迷糊地摸了摸，顺势把头靠在了唐斐的肩头……

唐斐生怕再撞了她，虽然很嫌弃，还是把肩膀借给她。

就这样，她一路睡到了片场，下车时，叫了几次都叫不醒，唐斐急中生智打了个响指：“Action！”瞬间她如同被施了魔法一样坐得笔直：“开拍了吗？”

片场一片忙碌，左左站在路边，刚找的助理沈嫣正半跪在脚边，给她擦鞋子上的灰尘，见唐斐来了，忙迎了上去。

沈嫣吃力地拎着一个大箱子亦步亦趋地跟着，箱子打开，里面装满了零食和十几罐各式各样的汽水。

出于礼貌唐斐随意挑了一瓶走了。

这边唐斐刚走，那边季晴走了过来，左左赶忙亲切地上前挽着季晴的胳膊递上了饮料，被笑笑抢先拿走："你的好意心领了，我家季晴对芒果过敏，从来不碰的！"

"谢谢你。"季晴冲左左微微一笑，说完对笑笑说："走吧，该去化妆了。"

原本想和主角打好关系，想不到热脸贴了冷屁股，一大早就憋了一肚子的火，见沈嫣正在整理箱子，愤愤地道："去，给我弄份面来。"

沈嫣忙不迭地跑了，不一会端着一份热腾腾的方便粉回来了，左左一看，不由分说端起热粉丝泼在了沈嫣的身上，跳着脚骂道："你是故意要让我长胖吗？我说过要魔芋粉吧，这是什么鬼东西？"

沈嫣满身脏污，不知所措地看着左左。

"看什么看，这点事情都办不好，我请你来有什么用！"她猛然见简兮看向这边，故意看着简兮数落道："天生就是做助理的命，可别抱什么不切实际的幻想。千万别跟某些人一样，心比天高命比纸薄，异想天开要当演员，哼，根本是痴人说梦！"

简兮气得要上去理论，被唐斐硬拉到一边："你跑过去，然后呢？去破口大骂，还是主持正义？"

"那就看着她欺负别人不管吗？"

"你看看周围，所有人都看见了，有谁说一句吗？"

简兮看了一眼现场忙碌的工作人员，根本没有人注意刚才那一幕。

唐斐说："看见了当没看见，听见了当没听见，这就是行规。你有时间多管闲事，不如好好琢磨怎么把戏演好！再说了就算你阻止一次，也阻止不了第二次。这个世界就是这样，每个人都有自己的位置，如果你要越位，先想好后果。"

她不懂后果是什么？

唐斐说："你会因为闹事被赶出剧组，或者那个女孩子失去工作。"

简兮愣住。

唐斐敲敲剧本："我再提醒你一遍，不要多管闲事，真正的演员，任何时候都要心无旁骛，好好揣摩吧，别拖慢进度！"

"各就各位，开始准备了！"耳边传来了欧阳山的声音。

简兮逃命似的跑了。

这场戏拍的是唐斐和季晴的对手戏，可唐斐还是出戏，跟季晴完全没火花，急得欧阳山团团转："你们两个人是爱侣！爱侣！可我在你的眼睛里看不到一点的爱意！"

"对不起。"唐斐致歉。

"哀帝父亲早亡，上有傅太后和太皇后王政君死死压着他，朝堂上又有不服他的王莽丁明在明争暗斗，对于他来说，董贤是唯一干净的所在。所以，不要用你精湛的演技去表现，我要爱情，真正的爱情！难道你天生是冰做的，没有一丝感情吗？”

这句话刺着了唐斐，脸上的笑容消失了。

副导演连忙打圆场：“唐斐，别着急，我们重来一遍！”

欧阳山丝毫不留情面：“如果他不懂情，再重拍一次，结果还是一样。”

“我是专业演员，知道该如何演戏。说实话，我不觉得自己的演绎有什么不对。”

“你……”欧阳山气的冷哼一声，径直离开。

季晴关心地走上去，想要安慰他几句，唐斐转过身走了。

第58章
女神的邀约

导演喊道：“下一场，准备。”

这一场是简兮的戏：

简兮饰演的傅黛君如同一道幽魂，缓缓走入大殿，走到摇篮前，定定地看着婴儿，傅蓉快步闯了进来，喊道：“你这个毒妇，要对我的儿子做什么！”

傅黛君一闪身，傅蓉扑了个空，跌倒在地上，傅黛君一把扯住她的长发：“我十四岁嫁给陛下，陪他度过七载春秋，挡掉明枪暗箭无数，方才换来今日局面，你，还有那个董贤，全都是鸠占鹊巢，竟敢叫我毒妇！”

傅蓉惊骇大叫：“谁让你生不出儿子！”

傅黛君一怔，凄艳地笑了：“是，所以陛下爱上了董贤，抛弃了我！从前我以为，至少还有家人，可现在连傅家都派了你来，要彻底取代我啊！”

“已经没有用的棋子，就该退位让贤！”

傅黛君看着傅蓉，突然轻声笑了起来：“原来，我是没用的……棋子。”

傅蓉下意识往后退，傅黛君突然死死扯住她的长发，将她的头往墙上去：“七年啊，人生有多少个七年，我的一生献给陛下，献给傅家，你们就这么对待我！该死，董贤、你，所有人……全都该死！”

傅蓉拼命推开傅黛君，一边往外爬一边大叫：“救命！救命啊！”

拉扯中，傅黛君长袖被撕裂一块，她猛然扯过断袖，勒住了傅蓉的脖子。

傅蓉双目赤红，惨叫：“傅黛君，你不得好死……”

傅黛君紧紧勒住，满眼憎恶，良久，傅蓉终于一动不动。

“哇”的一声，寂静的大殿中，传来婴儿的哭声，傅黛君震了一下，丢下傅蓉，立刻扑上去紧紧抱住了襁褓里的孩子，温柔地哄着。

夜深人静，傅黛君眼中满含着悲悯，最终，她把婴儿放在摇篮里，婴儿冲着她咧嘴笑，傅黛君也笑了，她拿起枕头，慢慢举起来，蒙了上去，就是那一刹那，眼中的泪终于落了下来，一滴，半晌，又是一滴……

“Cut！ OK，一遍过！”

“她鬼上身啊，演得这么恐怖！”副导演感叹，欧阳山给了他一个爆栗子：“快去准备！”

“导演。”副导演为难地：“又到唐斐的戏份了。”

甘泉宫寝殿，刘欣抚摸着董贤的长发，含情脉脉地正要说话。

“Cut！”欧阳山暴跳如雷：“重来！”

“Cut！ Cut！ Cut！”

一遍遍NG，欧阳山耐心消失殆尽：“唐斐，你到底是怎么拿到奖的？评委会都瞎了吧？你的眼睛里一点感情都没有，你是木头吗？简直是在浪费大家的时间！”

唐斐压住了情绪，走了出去。

季晴赶紧赶紧追上去，安慰：“唐斐，欧阳导演是出了名的暴脾气，平时看起来还好，一旦拍起戏来，什么都顾不了。还有人叫他戏疯子呢，你可千万不要为了这件事不高兴。”

“我是专业演员，怎么会为了一点小事就生气？”唐斐大步往前走着。

“那等我的戏份拍完了，晚上一起吃饭？”

唐斐看了一下手表：“我晚上还要赶个通告。”

“没关系，我等你就好了。”

“如果有时间的话……”

“那我等你。”季晴坚定地说。

唐斐没有给她明确的回答，上了车，车子开走了。

简兮从副导演那里得知了全部的情况，她简直不敢相信唐斐感情戏会演得烂。

副导演挠头：“其实我觉得他演得很棒，但你知道啊，欧阳导演和其他人不一样，他最喜欢有真情实感的演员。这方面，唐斐算是个绝缘体吧，没啥CP感啊！”

简兮还想再从他那问点欧阳导演的想法，手机突然响了，是岳乐打来的，说他晚上有事，让简兮帮忙给唐斐准备晚餐。

简兮从剧组里打包了餐盒，带了回去。

开了门就见唐斐蒙着头一动不动地躺在沙发上。

“吃晚饭了。”她把饭盒放下叫道。

唐斐猛然坐了起来：“我不饿，走开。”

“还在为欧阳导演骂人的事情生气？”

“我不想提这件事。”

“导演今天说——”

唐斐一下子跳下沙发：“那个老头子说什么？”

简兮瞪着他：“欧阳导演说，如果继续毁他的戏，情愿削减你的戏份。”

唐斐冷哼一声倒回到沙发上，他和很多国际导演都合作过，从来没有人说他不会演戏，欧阳山是第一个。

简兮将他从沙发上拖了起来，抓过围巾墨镜戴上，捂得严严实实，又抓过一顶帽子扣在他的脑袋上：“你跟我来！”

唐斐不情不愿地被她抓着手走出了门。

夕阳下，游乐场内一派热闹的场景，到处都是欢声笑语，一对对年轻的情侣手拉着手，笑容亲密地走过。

简兮撞了撞唐斐：“你没有看到吗？那是恋人。”

“我没看到恋人，只看到一堆傻瓜。好了，别再浪费我的时间。”

唐斐转身要走，简兮又把他拖回来：“你仔细看清楚！”

“难道我要你来教怎么演戏吗？”

“唐斐，我知道你有资历有演技，但再好的演技，也演不出真情实感。拜托你认真点好不好？”

唐斐摔开她的手，一屁股坐在椅子上。

简兮毫不在意，指着一对恋人，说：“看到了吗，那是充满爱意的眼神，还有依恋的动作。”

“我没看出有什么不同。”

一个小男孩跑过来，站在他们面前，指着唐斐大叫：“蒙面怪。”

“死小孩，你说什么！你知道我是谁吗，再说一遍试试！”

小男孩做了个鬼脸：“蒙、面、怪。”

唐斐用力捏住小男孩的脸，小男孩拳打脚踢，拼命挣扎，简兮连忙把男孩解救出来：“拜托，不要和小孩子斗气！”

唐斐郁闷地：“你见过嘴巴这么贱的小孩吗？”

简兮看了看小男孩又看了看唐斐：“我怎么觉得这孩子的坏脾气很熟悉——好像你啊！”

唐斐猛然起身：“回家！”

简兮拉住他：“等一等！你不是来学习爱情的吗，现在走了还怎么学？”

“我不学了！”

“你总说我拖慢进度，这次你也要和我一样吗？你卡在那场感情戏已经三天了吧，NG了上百次，季晴的眼睛一直在放电，你总是无动于衷。”

“我拍了那么多戏，感情戏也过了无数次，从来没遇到……”

第59章
为她心跳

“对，你每次都能过关，大家还都说你演技精湛，但是欧阳山不一样啊！他对演员的要求是真实，感情是演不出来的！”

唐斐愣了一下，简兮说的他又何尝不明白，他演戏从来都靠演技，至于真情实感，从来没有人要求过，内心苦笑了一下，脸上却依然倔强，白了她一眼：“我真是蠢，居然会相信你。这种鬼地方，会有演戏灵感吗？”

说完大步朝外走去，门口一个小女孩坐在地上，哇哇大哭，指着远处的摩天轮：“我要坐那个！”

唐斐扭头看向摩天轮，恍惚间，记忆回到了小时候，他和妈妈一起乘摩天轮的情景，妈妈告诉他，等摩天轮到最高处的时候，就能许一个愿望，而他许下的愿望是：以后要和爸爸妈妈一起来坐摩天轮。

“摩天轮的幸福传说啊，等升到顶点的时候，只要许一个愿望——”简兮一脸向往。

唐斐突然笑了出来，嘲讽着：“全是骗人的东西。”简兮一愣，唐斐看着窗外，冷漠地说：“每天不停地吸纳游客，吃越来越多的钱，编造用来骗钱的谎言！这巨大的摩天轮，就是一个吃钱的机器！”

“唐斐！”简兮不可思议地望着他：“多留一点浪漫的想象，人才会生活得更幸福。”

“这是事实。”唐斐把墨镜戴上，微红的眼眶被遮盖住，冷冷地往前走，他的速度很快，匆忙中撞到了一个女孩，女孩原本想要发怒，当她看清楚时，瞬间狂喜地尖叫起来：“啊！唐斐！！是你对不对？我一眼就认出来啦！”

尖叫声引来了人群的注意，大家疯狂地涌了过来：

“是唐斐！”

“真是好帅！”

……

整个游乐场的人随着一声声尖叫轰动了。

唐斐立刻拉低了帽子，拉住简兮的手往前跑去，狂热的粉丝不顾一切地追赶而来。

匆忙中，他见前面有一条窄巷子，唐斐脚步一拐跑了进去，藏到了窄巷的阴影处，巷子刚好只够两个人容身，唐斐的下巴刚好挨在简兮的额头上，一瞬间，他听到了自己心跳的声音。

外面狂热的人群潮水般朝另一条巷子蜂拥过去。

过了一会，简兮探出脑袋，看了看四周，巷子里空荡荡的，迷乱的唐斐也在这时清醒过来，他盯着怀里的简兮，突然意识到了什么，慌忙松开了手。

“他们都跑错方向了，好了，安全啦！”

“看见了吧？都是因为你这个笨蛋！来什么游乐场，你脑子进水了吗？”唐斐正要发怒忽然看到了简兮嘟起嘴一脸委屈地看着自己，所有的怒气一扫而空，几乎看得呆了。

“你怎么了。”

简兮见他呆呆地看着自己，手在他眼前晃了晃，吓得唐斐连忙往后退了一步，靠着墙坐下来，扶着脑袋。

“到底怎么了？”

简兮关切地盯着他，唐斐的心又疯狂地乱跳了起来。

“不舒服？”她问。

“低血糖吧。”唐斐按着胸口，“今天没吃饭。”

简兮像变魔法一样从包里掏出了一个饭盒，里面是各种各样的蔬菜，简兮盘腿在他身边坐下：“吃了不会发胖，来，这份给你了。”

“好吧……”他勉为其难地从饭盒里挑了一块黄瓜出来。

简兮一边吃一边不解地问：“真不明白你这种人，明明有女朋友，怎么会演不了感情戏？”

嚼着黄瓜的唐斐，突然想起刚才贴着简兮的情绪，心神一乱，忙假装若无其事地站了起来：“趁没人，赶紧回去。”

说完便走了，简兮连忙收拾东西追了上去，唐斐听到身后简兮的脚步声，不由步子迈得更大了。

回到家中他赶紧打开电脑，上网百度了低血糖的症状，网上给出的答案是一般情况下会有发抖、头晕、流汗、心跳过速……

唐斐恍然大悟地往床上一倒，庆幸自己只是得了低血糖而不是可怕地喜欢上了简兮。

第二天，唐斐在片场又遇见了简兮，想起昨天的情形，心里还是砰砰飞跳了几下。

欧阳山过来给大家讲戏：“这出是演皇帝发现孩子死去，冲进皇后寝宫兴师问罪的一幕，唐斐，这个你没问题吧？”

唐斐点头。

“Action！”

刘欣手持佩剑，凶神恶煞地闯入椒房殿寝殿，见到一个人影蜷缩在床上，立刻一剑斩了下去，顿时鲜血飞溅，刘欣的脸上露出一丝冷笑：“皇后，是你嚣张跋扈，不要怪朕。”

傅黛君穿着鲜艳的红衣一步步走入，语笑嫣然：“陛下，这是怎么了？”

刘欣看到她的笑脸，瞬间惊骇欲绝，猛然转头，看着床上滚下的那具尸体：“她……她是谁……”

傅黛君微笑：“你瞧瞧啊。”

刘欣仔细一看，竟然是傅蓉，不可置信：“你疯了……傅蓉是你的表妹啊！”

傅黛君低叹一声："从她进宫开始，便处心积虑地要取代我，这就是她要付出的代价！"

刘欣大叫："你、你简直丧心病狂！"

傅黛君看着滴血的长剑："因为我杀了你的儿子，所以你杀我，是么？可是陛下，不是我忘了，是您忘了！我才是大汉皇后，只有我才能生出正统皇嗣！"

"你——"

"傅蓉死了，下一个，就该轮到陛下最心爱的董大人了。"

刘欣惊叫："疯子，你这个疯子！"说罢丢了长剑，发狂一般地跑了出去。

傅黛君看着他的背影，突然轻轻笑了起来。

欧阳山露出满意的神情："Cut！"

结束拍摄，简兮快步向导演走去，副导演刚好转过头，猛地看到简兮，下意识地惊呼了一声。

第60章
被反扑被碾压

听到导演的赞美，简兮高兴坏了，赶忙拿出剧本向欧阳山请教。

一旁正在补妆的季晴收回了目光，继续看剧本。

笑笑愤愤不平地："什么嘛，你才是女主角嘛！"

"不是戏份多少的问题，她从一出场，就演活了傅皇后。"

"你就容得她抢了你的风头？"

"我不会输给她的！这场戏，我才是主角！"季晴的语气虽淡，表情却无比坚决。

"下一场，准备。"

副导演的声音从扩音器里传来，打断了谈话。

甘泉宫寝殿内刘欣正在画画，看到董贤进来，笑着招招手："过来，陪朕画画。"

"陛下，该用药了。"董贤轻轻放下托盘深情地望着刘欣。

"你来喂朕。"刘欣微微一笑，并不接过。

董贤刚把药碗递过去，刘欣碰到他的手，不由勃然变色，他握住董贤的手："手这么凉。"

"外面风大了些。"

刘欣将的手放在心口："暖一暖就好了。"

董贤靠了过来，将脸轻轻倚在他的胸口。

就那么一瞬间唐斐突然想起了，小巷子里简兮靠在他胸口的情况，心突然砰砰地跳了起来，眼神充满了深情和温柔。

欧阳山满意地望着这一幕："Cut！OK！准备下一场！"

"简兮，季晴，接下来这场戏是哀帝病重，你们两人在榻前对峙。"欧阳山拿着剧本跟简兮和季晴说，"我要的是对抗的感觉。"

季晴点点头："导演您放心，我知道要怎么演。"说完冲简兮伸出了手："我期待你的表现。"

简兮点点头，茫然地目送季晴转身去准备。

一直关注着这边动静的唐斐略带嘲讽的在简兮耳边低语："恭喜你，成功挑起季晴的好胜心了，待会儿可别被碾压得太惨哦。"

简兮听得心里一阵紧张，赶忙准备去了。

随着导演一声："Action！"

甘泉宫寝殿，董贤趴在床边静静看着刘欣的睡颜，泪水落在了他的脸上："陛下，请您不要离开我。"

一阵脚步声传来，傅黛君带人大步走了进来，指着董贤，高声喝道："董贤狐媚惑主，扰乱朝纲，来人，将他拖下去，杖毙。"

两名宫人上前来抓，董贤猛然起身，一巴掌扇过去，狠狠地道："我是陛下亲封的高安侯，谁敢碰我！"

宫人捂着脸，面面相觑，竟无人敢上前。

董贤盯着皇后傅黛君轻篾地道："皇后，趁着陛下病重，你是要造反吗！"

傅黛君一愣："一个佞臣，竟有脸面来指责我？"

董贤放声大笑了起来："是，我是个佞臣，可是偌大的皇宫，有罪的只有我一人吗？"

"满口胡言……"傅黛君紧张得双手握拳。

董贤上前一步逼视着傅黛君："太皇太后王政君，一门五侯，何等风光，天下人不认识万岁，只认识王家！纵容外戚，权倾朝野，要说有罪，她便是第一个！"

傅黛君不由退后了一步。"至于您的姑母傅皇太后，那就更了不得了！平日碰见蚂蚁都要绕着走，杀起人来却眼都不眨。陛下生母丁太后怎么没了，就是她这个祖母，为了控制陛下，生生杀害了呀！要说有罪，她跑不了第二！"

董贤步步逼近："口口声声我是佞臣，可你们自己呐！你们之中，又有谁真心关怀过陛下！最后，只有我这个佞臣，陪伴在他的身边啊！我不为权势，不为富贵，只因心疼陛下，他是这天下最尊贵的囚徒！"

董贤气势逼人，傅黛君步步后退，被她的气势全面压倒，竟跌坐在了地上。

"Cut！"欧阳山大喊了一声。

接下来的戏，简兮全面溃败，刚开始说话就被喊："Cut！"

第二十遍时，她终于承受不住压力，猛然蹲了下来抱着脑袋："我没法演这场戏，我演不了！"

欧阳山闻言大怒，拿剧本指着简兮吼道："演不了的话，当初不要求着我，先休息一个小时。"

简兮从片场里出来，独自蹲在走廊里，痛苦地抱着脑袋，千辛万苦得来的角色，她决不能轻易就放弃了，可是不放弃，实在不知道该怎么演下去，演下去也会让导演不满意。

唐斐从走廊的另一头远远地看着她，手插在裤袋里，走了过去："剧本里的傅黛君强势冷酷，从智商和气场上都和董贤势均力敌。可是你今天的戏，完全被季晴压倒。"

简兮低着头，红着眼眶说："季晴太强了，我不知道怎么演。"

唐斐一把把她从地上拽了起来："外面那么多人在等你，不要像个白痴一样，说什么'对方太强了，我该怎么办'这种弱智的话！现在就去跟欧阳山说，你不行，让他立刻换人！"不由分说，用力把简兮往外面拉扯，"走吧，现在就去说，或者我勉为其难地去帮你说！"

简兮用力扒住柱子："不，我不去！放开我！"

"放手！"

"不！"

两个人拼命地拉扯着，最后，唐斐力气用尽，松开了她。

简兮紧紧地抱着柱子，死死地闭着眼，她不想面对，更不想放手，过一会听见唐斐的脚步声远了，这才小心翼翼地睁开眼，谁知，不一会唐斐从外面拿了面镜子快步走了回来，她以为唐斐又来羞辱她，愤愤地望着唐斐。

唐斐冷笑了一声："看清楚镜子里自己的脸！记住你现在的表情！就是这样冰冷的眼神、尖锐的语气，调动你全身的细胞，去向对方抗议！记住，傅黛君天生有一种无畏的精神，还有对董贤的蔑视！她是一个比董贤更有力量的人，而你刚才的表现，处处承认了自己的失败！要有激烈的对抗啊，笨蛋！"说完，拉过简兮的手，把镜子塞给她，转身走了。

第 61 章
优秀的演技

她平静地回到了片场，欧阳山见她回来，示意大家准备，随后表情严肃地冲简兮说："这是最后一次机会。"

季晴闻言走了过来，从一场场演技碾压中，她早已不把简兮放在眼里，明明是施舍，却说得格外动听："如果需要我的帮助的话，我会……"

"不用。"不等她说完，简兮便已经打断，"我知道要怎么演。"

欧阳山松了口气，一挥手："各就各位！ Action！"

龙床上的刘欣突然醒了，猛然从床上扑了下来，踉跄着护住董贤："皇后，你若伤爱卿一分，朕必杀你！”

董贤连忙抱住刘欣：“陛下小心！”

傅黛君看着他们相拥，神情在一瞬间变得无比悲伤。

与此同时，傅皇太后带人赶到来，厉声道：“皇后，你善妒寡恩，迫害皇嗣，今日还公然闯殿，惊扰陛下，来人——”

“慢着！”傅黛君哈哈大笑，“姑母，不妨听我把话说完。”

董贤看着傅黛君，一脸惊诧地拉住了刘欣，刘欣拍了拍他的手：“不用怕。”

傅黛君神情癫狂，视线从刘欣董贤二人身边掠过，落在傅太后身上，眼中露出深深的憎恶：“刚才董大人说得对，这宫里不光是我，人人都有罪，最大的祸首，就是姑母您啊！”

傅皇太后厉声：“你疯了么，哀家何罪之有！”

傅黛君的粲然一笑随即掩去，冷冷地道：“在我眼里，你比太皇太后、王莽之流更可恶百倍！他们争夺权势，倒也毫不遮掩，而您——借着皇帝的一腔孝心，把持朝政，玩弄权术！”

傅皇太后气得捂着胸口痛声呵斥：“皇后，是哀家把你送上了后位……”

傅黛君指着傅太后，似笑非笑：“是啊，您为了掌控皇帝，不惜隐瞒我早有婚约的事实，一手将我的未婚夫送上了战场。他死的时候啊，中了十一箭，连骨头都被马蹄踩碎了——”

“皇后——”傅皇太后失声尖叫起来。

傅黛君空洞的眼睛望着空气喃喃地说：“从那以后，我每天晚上都会梦见碎骨头，一块一块儿的，实在硌得慌。怎么也睡不着觉，因为害怕啊。”她看了一眼董贤，掩嘴一笑，“董贤，躺在陛下的怀里，晚上睡得好吗，噩梦会不会总缠住你、勒住你，让你没法呼吸？”

季晴不敢置信地看着跟刚才判若两人的简兮。

傅皇太后露出惊恐的神情，颤抖着尖叫起来：“不、不要再说了！”

刘欣强撑着病体：“不，让她说，把话全都说清楚！”

傅黛君笑靥如花，眼含深情地看向刘欣：“世事如棋，命贱如蚁，我认命！既然嫁给了陛下，您就是我的夫君，我要护着、敬着！这七年来，太皇太后一次次施压，我替您挡了。您的龙椅一次次摇晃，我帮您扶着。可是您爱上了董贤，把我一并抛弃了！”她又看向傅皇太后：“我的好姑母，却只想着从我身上剥下最后一块皮来。”

傅皇太后在傅黛君那癫狂的眼神下惊得倒退了半步。

傅黛君神情寥落，满眼疲惫：“偌大皇宫，满地刀子，前路漫漫，步步是血啊，我天天在惨叫，你们谁又听见了声儿！”她的手摁着胸口痛苦地望着刘欣。

刘欣愤怒地迎上她的视线：“就算是这样，你也不该杀死朕的儿子，他是无辜的啊！”

傅黛君脸浮现一抹奇特的微笑，声音似踩在云里一般不真切：“我的丈夫，陛下，大汉天子，我是在帮您啊！”

“你撒谎！”傅太后用颤抖的手指着她。

“姑母要的是有傅氏血脉的皇嗣，只要他一被立为太子，陛下可就没用了。不管是王家还是傅家，随时可以废了您，另立新君！”傅黛君血淋淋地揭开这层皮，刘欣脸色顿时惨白。

傅皇太后尖叫：“皇帝，你就亲眼看着她这么羞辱哀家吗！”

“她说的是真的吗？”刘欣不可置信地盯着傅皇太后，傅皇太后惊恐地退后两步。

傅黛君慢慢走到桌边，伸手将烛火拨得更亮，抬眸凝视着傅皇太后：“姑母，何必敢做不敢认呢？”

“住嘴！”傅皇太后双眼通红，身体不停地哆嗦，“叫她住嘴！”

傅黛君微微一笑：“姑母，您性喜奢华，我特意赠了这件华袍，全部用金丝织就，真的很配您！可是啊——”说话间，她的手指轻轻一挥，一点火星溅在傅皇太后的裙摆上。

“每一根金丝都浸过油呢！”

傅太后突然瞪大了眼，金色凤凰在此时越来越耀目，顷刻间火焰席卷全身，她只来得及惨叫一声，就像是一棵着火的大树，倒了下去。

刘欣跌倒在地，他转过头望着已然癫狂的傅黛君：“你疯了……你杀了祖母！你杀了祖母，该死，你罪该万死！”

“不劳陛下担忧，黛君自有归处。”话音刚落，她的嘴角流出鲜血，如风中落叶般，倒在了地上，她微微侧耳用生命中最后一点力量，倾听着外面雨落的声音，“下雨了……雨水可以洗去满手的血腥。”

刘欣第一次真切地望着傅黛君，这个从少年时便一直在他身边的女人：“皇后……”

傅黛君叹息了一声，眼帘垂下，眼角还有一滴未落下的泪……

“Cut！”欧阳山迎上了简兮，“演得太好了，就是我想要的令人战栗的感觉。”

“谢谢导演。”简兮长长松了口气。

“恭喜你啊，演得不错。”季晴客套地说，随后转身离开。

简兮愣在了那里，唐斐走了过来，冲着她没好气地吼：“还不走！”

“去哪？”简兮一头雾头。

“回家，我饿了！”

简兮还没反应过来，唐斐已经走出很远，她连忙追了出去。

第62章
错位一吻

到了外面才发现天空下起了雨，简兮手搭着凉棚在外面等车，唐斐的车在她身边停下，简兮赶忙拉开后面的车门。

“谁让你坐后面了，我又不是你司机，这里……”他用手拍了拍副驾。

简兮讷讷地坐了过去，刚坐下便说：“下午谢谢你。”

“我是怕你这种新人拖慢进度，不然才懒得理你！”车子发动。

简兮望着前面的路：“这条路好像没走过……”

唐斐装成若无其事地往前开，眼睛却一刻都没离开过前方，雨越下越大，他还在一直往前开。

“你到底……往哪儿开？”简兮担忧地望着他，“你不会是迷路了吧？”

“每次都是岳乐开车……”后面的意思不言而喻。

正说话之际，车经过一个水坑，车轮打滑，再也出不来了，两个在一番挣扎后终于还是放弃了。

这时，雨已经变小，唐斐见她冷得瑟瑟发抖，将自己宽大的外套挂在她身上，拉起她的手：“走吧！”

夜深沉，二人肩并肩地走在马路上，像一对亲密的恋人。

“去哪？”

“你放心好了，像你这样的家伙，我是绝对不会有兴趣的。”

“你……”

“放心，岳乐马上就到。”

“当然马上就到，跟你这种人在一起，我真的会短命的。”

雨天路滑，简兮一个不稳，整个人跌进唐斐的怀里。

唐斐一愣，本能地紧紧地抱住了她，就在那一瞬间，他再次听见了心“怦怦怦”加速的声音，呼吸也变得困难了，整个人几乎都僵了。

这是多么尴尬的时刻，岳乐赶到了，目瞪口呆地望着眼前这一幕，唐斐立刻放开了。

岳乐顺利地把车子开出了水坑，一路上车子里出奇的安静，三个人谁都没说话，一直到了家，他们才发现简兮不知道什么时候睡着了，无奈只好把她搬进了唐斐的家里扔在了沙发上。

唐斐找准了时机解释道：“你刚才看到的都是意外……”

“意外！我懂！”岳乐点点头，然后决定远离这是非之地，“我先走！”指了指沙发里的简兮，“她呢？”

“别管她，白痴，在哪都睡得着。”唐斐拿着一瓶饮料神态自若地目送岳乐离开。

岳乐一离开，他就蹲在了简兮跟前，静静地看着她，想起两个人在马路上斗嘴的样子，不由笑了出来，温柔地拉过旁边的毯子，正准备给她盖上，哪知简兮翻了身，从沙发上滚落下来，她的脸那么近，近得可以数清她的睫毛，他愣在了那里。

过了一会，他小心地把她又搬回沙发上，仔细地看着她。

许是她做了梦，嘴角带着甜甜的笑意，他出神地看着，许久才关了灯，对着简兮说：“晚安。”

拍完了最后一个镜头，电影《董贤》顺利杀青了。

随着香槟砰的一声开启，无数彩带在空中爆开，众人举杯：“为了《董贤》，干杯！”

女主角季晴被人众星捧月般围在中间，而简兮坐在角落里静静地看着大家欢庆。“走，过去玩。”柯洛走过来拉着简兮走到人群中。

大家在玩一个数字游戏，左左见柯洛拉着简兮的手，故意拿着纸挑衅地递给简兮：“抽一张！”

简兮抽了一张数字：6。

有人说：“斐哥呢？”

唐斐正在和欧阳山聊天，欧阳山对他后来的演技充分肯定，这时候听到有人在喊：“斐哥！”

唐斐回头过去。

“去吧！你们年轻人玩开心点。”

唐斐走了过去。

季晴把纸条递给走过来的他，他伸手抽了一张。

“这次轮到我发号施令啦！大家听好了，2号抱起3号转5圈！”染成白发的年轻演员大声说。

一名瘦削的年轻人走出来：“我是2号。”一名胖乎乎的女孩走了出来：“我是3号！”

2号咬着牙硬着头皮在众人的起哄声中，抱着3号转了一圈，最后支撑不住倒了下去，两人摔成了一团。

第二轮开始了，有人宣布：“我宣布，5号和6号安全kiss一分钟。”

唐斐扬了扬手中的纸条：“5号！”

众人一阵热烈的欢呼，季晴激动地低头看了一眼纸条，数字10，不免有些失望。

“谁是6号？”有人问。

简兮拿着纸条，拼命往角落里缩去，左左看她的神色不对，走过去一把抓住她的手，拿过纸条一看，笑了起来，高高举起简兮的手：“6号，在这里。”

说完用力一推，把简兮推了出去。

简兮慌张地站着，像柯洛投去求救的目光。

柯洛马上站了出来：“不好意思，简兮没玩过这个，大家可以换一个人吗？”

左左瞪了柯洛一眼：“愿赌服输啊！当然不能跑！”

“不许耍赖！玩游戏要放得开。”众人跟着左左起哄。

这个游戏就是让唐斐和简兮，嘴对着嘴夹着一张纸条，从长桌这里慢慢开始移动。

大家跟着倒数：“58、57、56……快到了，快到了！”

左左故意走了过去，肩膀撞了简兮一下。她瞬间失去了平衡，纸条飞了出去，嘴唇和唐斐的碰到了一起。

所有人都惊呆了。

唐斐瞪大了眼。

简兮吓得蹬蹬往后退了两步撞到了侍应生身上，侍应生手中的酒洒了简兮一身。

“没事吧！”柯洛连忙拿着纸巾给简兮擦脸。

“我车上有衣服，笑笑，你去拿过来给她换！”季晴关切地看着简兮。

“谢谢。”

“不用客气。”

不一会，笑笑拿着衣服过来，柯洛陪着简兮出去换衣服。

左左走过来，一把拉住柯洛的胳膊：“我有话要和你说。”

柯洛微微皱眉，轻轻拂开她的手：“有事明天再说吧，我……”

第63章
要让那丫头付出代价

左左突然附耳上去：“如果你不听话，我就在这里亲你！”

柯洛一愣，左左迅速做了一个亲吻的动作，惊得他向后退了一下，左左作势威胁，柯洛无奈只好跟着她走了。

简兮换好衣服走出来，四周找不到柯洛，就见笑笑捧着托盘走了过来：“呀，这条裙子你穿着真美！”

简兮脸一红：“多亏了季晴把裙子借给我，我明天一定会清洗干净送回来，对了，你有看见柯洛吗？”

“好像被左左拉走了。”笑笑说完，将托盘上放着的两杯饮料往简兮面前一送，“果汁，要不要？”

“谢谢啊。”简兮随手端起了一杯，喝了两口。

“不客气，我们赶紧过去吧，他们玩得可热闹了！”

简兮跟着笑笑向喧闹的人群走过去，走了没几步笑笑停住脚步，说：“突然想起来了，有个电话要回，简兮你能不能帮忙把盘子上的果汁端给季晴？”

简兮接过果汁，送到了季晴的面前，季晴接在手中喝了一口：“谢谢你。”

“应该是我谢谢你才对啦，要不是你，今天都不知道该怎么办呢。”

就在这时候，欧阳山走到麦克风前：“诸位，感谢大家在过去两个月的努力，这次能顺利完成《董贤》的拍摄，我真是非常开心。我特别欣赏两位主角，希望下次他们还能在我的电影里演情侣档！”

众人响起了热烈的掌声，简兮跟着鼓掌，刚想跟身边的季晴说话，忽然发现季晴手里的杯子掉在地上，身子软软地倒了下去，满脸都是红疹子。

“季晴，你怎么了？”简兮吓了一大跳，刚准备扶季晴起来，谁知被冲上来的笑笑一把推开，尖叫了起来：“季晴！季晴你没事吧？你别吓我啊！”

整个宴会顿时乱成了一锅粥，欧阳山跳下台，飞快挤过来，问道：“怎么回事？”

唐斐第一个靠近了季晴，抱起季晴说了声：“去医院，快！”抱着季晴跑了出去。

看见大门打开，外面等着《董贤》杀青的记者们见季晴被唐斐抱着冲出来，全都呆住了，唐斐挤开一条路，冲进了保姆车，车子飞驰而去。

记者们见状立即分成了两拨，一拨人追唐斐，另一拨围住欧阳山询问到底发生了什么事。

欧阳山说：“刚才会场发生了一点意外，我们会等季晴醒过来……”

“根本不是意外！”

众人一愣。

笑笑一把抓住了简兮：“简兮你说，季晴刚刚喝了什么？”

简兮愣住了。

笑笑大声责问：“我问你刚刚给季晴喝了什么？”

左左走过来，在众人面前亮出碎了一角的酒杯：“这就是你刚才端给季晴的饮料，说吧，在里面加了什么？！”

简兮盯着杯子，突然明白了什么，一把抢过来喝掉了仅剩了一点的饮料：“现在还有问题吗？”

左左抢过杯子举起：“大家看，饮料本来没问题，但里面有芒果粒，你不知道季晴会过敏吗？你是故意害季晴过敏，你嫉妒季晴是女主角对不对？”

“你胡说，果汁是笑笑让我端过去的！”

“简兮，我明知道季晴过敏，怎么可能让你把这杯端给她啊！”笑笑不敢相信地看着她，“季晴对你那么好，特意拿新衣服给你换，结果你竟然……她对芒果过敏的啊，一碰就浑身起疹子，你是故意要害死人！”

左左大声说：“欧阳导演，你把这种心如蛇蝎的人带入剧组，真是看走眼了！上次偷窃项链，这回又害季晴，从来没见过她这种人！无耻、下贱！”

那边笑笑向众人哭诉：“季晴对人那么友善，你们都知道，她从来不和人结怨的……想不到简兮心肠这么恶毒……就为了角色嘛……早知道让给她了，风头全让给她就好了！”

众记者不由分说，啪啪地不停拍着，向简兮蜂拥而去：

“简小姐，你是不承认吗？”

“其实你知道的吧，就是故意让季晴过敏，因为嫉妒她夺走你的角色吗？”

“简小姐！简小姐，请你说两句！”

……

站在简兮身边的柯洛连忙护住简兮，阻止记者们拍照。

欧阳山看情况越来越失控，立刻上前挡住镜头：“对不起，请各位不要拍了！请你们回去！季晴要是有进一步消息，一定会通知大家！”

唐斐将季晴送到了医院，安排进了VIP病房，经过治疗，确诊为食物过敏，并无大碍，季晴虚弱地躺在病床正在打点滴，唐斐在一旁守护着。

病房的门被推开，季董快步进了病房：“小晴你怎么样？”

唐斐迅速站起身：“放心吧，医生说过敏症状很轻，打完点滴就可以回家休息了。”

季董松了口气，坐过去拉住季晴的手：“我听说是简兮干的，哼，欺负我的宝贝女儿，我一定要让那个丫头付出代价！”

季晴摇晃着他的手臂：“爸爸，我不想把事情闹大，更不想因为这件事毁掉简兮的前途。好不好？答应我不追究了！”

季董勉强点头，季晴笑了。

刚进门的笑笑马上说道：“斐哥，你看见没有！我家季晴心地多善良，简直像个天使！那个简兮啊，根本就是个恶魔！蛇蝎！”

季晴瞪了笑笑一眼：“唐斐，你先回去休息吧，谢谢你了。”

“那我先告辞了。”唐斐说完，和季董、齐文森略一点头，便转身离开。

季晴目送他离开，才回过头来盯着笑笑：“笑笑，今天的事情到底怎么回事？”

“季晴，你这么说是怀疑我吗？天啊，冤枉死了，难道我会帮着外人害你吗？”笑笑一脸的委屈。

第64章
接二连三的报复

季董说：“小晴，你怀疑谁都不该怀疑自己的助理啊！笑笑那么精心照料你，尽心尽责，你这样说，她多伤心啊！”

季晴缓和口气：“笑笑，我不是怀疑你，只是觉得……这里面也许有误会。”

“爸爸还有事，你好好养病。”

季董带着满脸笑从病房里走出来，关上门的瞬间脸色阴沉下来。

“文森啊，季晴是个善良的女孩，我不希望她受到任何伤害。”

齐文森郑重点头。

季董说：“那就交给你了。”

简在小区的长椅上坐立不安，一看见唐斐的车开进来，立刻站起来，快速走到车前：“季晴怎么样了？”

唐斐下了车，脸色难看，连看都不看简兮一眼，一边往里走一边说：“医生说她没什么事，很快就能出院。”

简兮松了一口气。

唐斐突然停住脚步，盯着简兮。

简兮一愣：“你为什么这样看我？难道连你都在怀疑我？”

唐斐恼怒地说：“那是因为每次出事儿的都是你！好端端的，你跑去给季晴送什么饮料！”

简兮委屈坏了：“季晴好心借给我裙子，她的助理请我帮忙端一杯饮料，我要拒绝吗？”她越说越委屈，“你们都怀疑我是吧？好啊，那我干脆全都承认了！是我干的！我早知道她对芒果过敏，一切都是我故意设计的，行了吗？她被欧阳山选中，而我变成了空欢喜一场！季晴长得美，性格温柔，名正言顺得到女主角，我什么也没有……为了泄愤，我只能使坏了，你们想说的，不就是这个吗？我心理阴暗，手段卑劣，现在满意了吗！手机给你，立刻打电话报警啊！”

唐斐见她一脸破罐子破摔的神情，气得好半天说不出话来：“你这么理直气壮？你知道明天会发生什么？”

简兮愣住。

“你什么都不知道，就这么莽撞地闯了祸，明天要是大批记者涌上来，你要怎么应对？如果像今天这样，别说做女二号，一切都完了！”

“不用你担心！”

“谁担心啊！多亏了你，我活得这么热闹！作为回报，得让你日夜难眠才行……终于说完了，晚安。”

唐斐放掉她的手，快步走了过去。

简兮不知所措地坐回到长椅上，痛苦地抱着头，想着明天到底会发生什么事。

不管怎么恐惧，明日的太阳还是准时升起了，简兮骑着自行车刚到世纪影视公司楼下，转身就见到一个少女迎上来：“请问，你是简兮吗？”

简兮一愣：“我是啊，你是——”

少女闻言将手中的装满墨水的针筒，朝她的眼睛喷了过去，简兮猝不及防被击中，捂住眼睛，痛苦地蹲了下来，呼啦一下从四周涌上来一群季晴的粉丝，有人抓过她的手，用刀片划开一道血口，疼得简兮大叫了一声，低头一看手心血流不止，她撕心裂肺地大叫起来：“你们干什么？”

“干什么，当然是教训你！季晴多漂亮啊，你凭什么和人争女主角！季晴出道三年，从来没和人争执过，你居然使阴招！我们这是伸张正义，以牙还牙！对付你这种人，就该让你尝尝受伤的滋味！”其中一个粉丝把简兮推倒在墙角：“你小心点，我告诉你，下回再敢欺负我们晴晴，就划花你的脸！听见没，说话啊！说话！聋了吗？！”

“聋了吗？”

“聋了吗？”

粉丝们七手八脚过来推她，她气愤极了，猛地站起来，回头见一旁的墙角有把扫帚，一把抓起来，用力地挥舞愤愤地将一群无知的丫头赶走。

扔下了扫把，去洗手间内用水冲洗眼睛，又清洗了一下手上的伤口，抬起头，认真地盯着镜子里的自己，看着看着眼前再一次开始模糊，她用力擦掉了快要涌出来的眼泪，调整了一下情绪若无其事地去教室上课。

这一节课练习形体，班上的同学像是没有注意到她似的，她稍微放下了心，练了一会，有些累了，随手拿起旁边的水杯，刚喝下去一口立刻吐了出来：

“谁干的？”原来水里让人放了洗洁剂。“有本事做，没勇气承认吗？”

左左正在做压腿的动作，闻言微微一笑：“说的正是，某人敢做不敢认呢！”

简兮深吸一口气：“这么说，你是在为季晴鸣不平了？你什么时候变得这么公正。请问你是季晴的什么人？粉丝？好朋友？救世主？”左左一愣，简兮逼近一步，“希望把我赶出去，那就堂堂正正地来，恫吓和暴力强迫认罪，教唆所有人一起孤立我，甚至在水里放洗洁剂，这种行为不恶毒？”

左左恶狠狠地瞪着她：“伶牙俐齿有什么用，现在大家都讨厌你！”

简兮说：“你们有谁亲眼看到我害季晴了，有什么资格主持正义，又有什么权利指手画脚？！如果我有罪，现在早就在监狱了，轮得到你们来审判吗？”

左左一时语塞，忽看见门推开了，陆周走了进来，立刻迎上去：“老师您来得正好，我们不能接受这种人继续学习！大家都来说说，你们还愿意和这种蛇蝎心肠的女人做同伴吗？”

众人全都停下来，七嘴八舌地道：

“老师，我们再也不会容忍她了！做出那么恶劣的行为，根本不配做演员！”

“就是，多不要脸啊，居然还敢跑来上课！”

“我们不要和她在一起练习，请您立刻让她出去！”

……

浮生急了：“你们要逼老师吗？”

“对，如果不让她走，那我们走好了！我们大家一起走！”左左带头逼宫，所有的人如同打了鸡血。

第65章
重磅被黑事件

陆周淡淡地看着他们说：“要走吗？那你们就走吧。”

众人目瞪口呆。

左左叫了起来：“陆老师，你这是什么意思？难道不惜牺牲大家，你也要留着她吗？”

陆周走到一边打开教案：“公司培养的是演员，不是正义使者。各位不愿意上课，立刻离开这里，公司不需要一群没脑子的笨蛋！”

众人面面相觑，各自默默回去练习形体，简兮突然快步走了出去，出门才发现，自行车前轮轮胎被人扎破，龙头也歪了，上面还贴着一块牌子，写着：坏女人，去死！

简兮呆呆地看着，抬起头看着天空，悲伤一股脑涌了出来，到底是被唐斐说中了，她忽然很想给唐斐打个电话，拨出去才得知对方正在通话中。

唐斐的电话是季晴打来的。

电话那头的季晴声音听起来特别虚弱：“方便的话，今天可以来医院吗？如果很忙的话就算了……可……可以吗？好像更严重了一些。”

唐斐客套地回答：“我今天晚上拍摄要很晚结束，明天下午可以吗？”

“那我等你哦！”

打不通唐斐的电话，简兮硬生生逼回了眼泪，蹲下来动手修理自行车，时间过得特别快，一转眼就到了晚上。

毫无心情做饭，随意走进了路边的一个小餐馆，这家餐馆她来过，跟老板也算熟悉。

里面的人都在看电视，她好奇地看去，电视里正在路透《董贤》的片段，刚好放她谋杀婴儿的场面，画面非常模糊……她心里一惊，正想看仔细，老板发现店里来了人，连忙站起来，定睛一看是简兮，大呼小叫起来：“电影里你害了多少人啊？”

简兮一愣：“只是演戏而已，我都是照着剧本拍啊……”

客人冷笑了一声：“到最后还有谁没死都被你杀光了吧！就是嘛，能出演这么恶毒的角色，才会在现实生活里给竞争对手投毒啊！”

“对啊。”有人附和，“看她刚才的表情，多狰狞啊！好可怕，竟然是这么恶毒的女人，警察为什么不抓她啊！投毒啊，多严重，看不出来啊，很平常的女孩子，心肠这么狠！”

简兮再也不能忍受，一路飞跑出来，失落地在大街上徘徊，差点被一个路人撞到。

“喂，走路看前面啊！”

“对不起！”简兮连忙低下头，急匆匆从路人身边走过，却被路人一把抓住，“是那个人吧！给季晴投毒的！哇，真是你啊！”

众人渐渐围拢上来，不时传来议论：“不会吧，见到真人了！”

“对，就是新闻上说的那个人，投毒！不是投毒，是含有毒物质的饮料吧！”

“哎呀，那还不是一样吗？！反正就是用了卑劣的手段抢女主角！好可怕哦，看着长得很可爱呢！”

简兮一脸茫然，浑身冒冷汗。眼前到处是放大的人脸，人们不停地向她逼近，她突然害怕极了，一个劲儿地后退，简兮一下子爆炸：“不要说了，不要再说了！”

隐隐感觉身后有人快步走过来，好像是柯洛！柯洛用手捂住了她的耳朵，将她拉出人群塞进车里带走了。

也不知过了多久，她才慢慢睁开了眼睛，缓缓转过头来……

车子停下。

柯洛回过头看着她安慰道：“没事了，简兮。”手臂猛然抱住了发抖的简兮。

耳边的嘲讽声、眼前放大的人脸消失了，世界一下子变得安静下来，好半天才推开他。

“简兮。”

“嗯？”

“如果再发生这种事，逃到我的身边来吧。”柯洛握住她的手，“如果藏在我身后，你就不会遭遇这种事。害怕就说害怕，不用逞强，我会帮你。”

她茫然地看着柯洛：“柯洛，你相信我吗……我说没有对季晴下手，你相信吗？”

“你是我的朋友，我当然会相信你。”伸手捏住她的脸，“笑一笑，别人要说什么随便啦，唾沫淹不死人，大不了放弃演戏，有什么大不了？”

简兮缓缓摇头：“不，我不要，不管发生什么，我决不放弃演戏！”

唐斐心神不宁地不停看手表。

岳乐抱着笔记本刷微博，脸色越来越难看：“唐斐，不光有路透，还做了专访……事态升级了。”

唐斐面色微变，岳乐点开了电脑上的视频，将电脑推到唐斐面前。

主持人：“本月15日，电影《董贤》关机宴发生食物中毒事件，伤者是当红明星季晴，事发一周后，警方调查尚无明确结论，但本报已采访到许多信息。据采访报道称，三月前《董贤》试镜会便露出争角端倪。”

报道中，证人被打了马赛克并变声：

证人甲：“一开始季晴的表演艳惊四座，大家都以为女主角是她的了，谁知道欧阳导演钦点简兮，硬是把季晴挤掉了。后来简兮拿这件事恶意炒作，就被临阵换角啦！如果是我的话也一定很不甘心吧，原来是电影女一号呢！”

视频上打出大标题：“食物中毒疑与争角风波有关！”

记者问：“能不能说说事情发生的情形？”

证人乙：“当天我们大家就一起玩啊，我亲眼看到简兮端了一杯饮料给季晴，后来季晴就脸色苍白地倒下去了！一定是她干的啦！”

视频上继续打出一行标题：“因心怀怨恨投毒的电影新秀！”

证人甲：“警察没证据？肯定没有嘛！她特别狡猾，只是让人过敏的芒果汁而已！”

证人乙：“这样的人啊，完全污染了行业风气，应该驱逐出去。”

电脑前的唐斐脸色越来越难看：“终于开始了。”

岳乐：“不光是这些，还有更可怕的。”

第66章
持续发酵

简兮几乎在同一刻看到了另外一个更可怕的视频：

男证人：“简兮吗？哦，我们很熟悉啊！当然，她从小没有爸爸妈妈啦，跟着奶奶在这一片长大的！没人管教的女孩子都是这样，也不好好念书，没得救啦！”

记者：“这么说她是不良少女喽？”

女证人插嘴：“她一直很倔强，脾气好固执！对了，还有一件很特别的事……哎呀，这种事能说吗？”

记者：“可以仔细说说嘛？”

女证人：“去年啊，她突然说骨折进了医院，我很奇怪的嘛！”

记者：“她说是骨折吗？”

女证人：“好多不懂事的女孩子都这样，不小心怀孕，找个骨折的借口进医院！本来不想说这种丑闻，但她真的太丢脸了！听说现在她学表演，五光十色的行业这种没背景的小女孩当然会走错路！”

简兮抓住手机，不可置信地瞪大了眼睛，这些人撒谎，她气愤到了极点，一把将手机摔了出去。

在这个信息大爆炸的年代，流言瞬间就可以窜至每一个角落，每个人都拿着手机：当红女星季晴被投毒、新人为了角色不择手段、新人简兮毒杀季晴……

愤怒的民众用手指飞快地留言：季晴好可怜！有内幕，这样一个新人能拍电视……到最后竟一直要求简兮下跪道歉，成了热搜第一……

经过一夜的发酵，公司里每个人都在低声讨论着这件事，而齐文森胸有成竹的样子，公关经理却没那么淡定。

“我希望季晴能出来辟谣，两个人拍一张闺蜜照，事情就一笑而过。”

齐文森头也不抬：“对于没用的投资，止损比弥补更为重要。”

公关经理突然明白齐文森要做什么，脸色变得很难看，但他必须遵从齐文森的意思，他起身飞快出门，出门那刻，陆周走了进来，他看了一眼陆周，很是同情他，简兮毕竟是陆周一手带出来的。

陆周是接了齐文森电话来的，没有人可以装作什么都不知道，包括陆周，他坐在齐文森面前："你预备怎么做？"

齐文森的手指轻轻划过手机上的热搜，抬头看着陆周："简兮必须向大众坦承错误，并且主动承担给公司造成的各项损失。"

这是预料之内的回答，齐文森是个冷酷的商人，简兮并没有给他创造利益，反而带来无数的麻烦。

"你是打算放弃简兮了？"

陆周的肩不可察地一抖，这世界就这么残酷，蝼蚁一般的简兮自然会被放弃掉，他用嘲弄的神情望着眼前这个冷酷的男人："明明没有在她身上投资，却要榨取剩余价值，不觉得太残忍吗？"

"这都是她自己的错！那些记者已经弄得公司烦不胜烦，我这是在弥补损失！"齐文森不耐烦地把手机扔到了一边，"公司在她身上投下大笔钱进行电影宣传，现在全都成了泡影。再加上前期的培训费用，后续的……"

陆周笑了起来，摧毁不满意不服从公司管理的演员，再从中赚取一笔，齐文森认了第二，没人敢认第一。

"是吗？"

"她只是一个普通的女孩，没有大红大紫的潜力。"齐文森冷漠地说，"希望你理解，公司必须要给大家一个交代。"

陆周站了起来，冲着他微微一笑："希望一切真能如你所愿！"

陆周没有直接和简兮说这番话，而是让浮生传达给了简兮。

简兮感觉世界跟她开了一个大大的玩笑，从练习生到电影的女二号，再到投毒事件，现在告诉她，她被公司解约了。

"我不信！我要见老师。"

浮生断然拒绝："简兮，这件事以后，老师的声誉也受到很大影响。哪怕是为他考虑，我希望你不要再来烦他了。加上社会反响特别强烈，齐总十分生气，尤其在风口浪尖上，公司决定不再继续与你的合约。"

浮生的任务是掐灭简兮的希望，可看着失魂落魄的简兮，他终是补了一句："季晴是当红演员，又是季董的女儿，董事会当然会优先考虑她的立场，在这种情况下牺牲你是在所难免的。"

"现在老师也觉得我是累赘，所以要赶走我？"

"简兮，话不要说得那么难听！"

"是他告诉我不要放弃，要坚持到底，最后，全是骗人的谎言！因为那些子虚乌有的故事，老师觉得我毫无希望了，不是吗？”简兮吸了一口气，绝望地看着浮生，“他不肯亲口对我说难听的话，所以才不愿意见面，对吧。”

看着说不出话来的浮生，简兮惨然一笑，冲浮生一弯腰：“请你帮我说一声，谢谢他长久以来的帮助，我不会再给他添麻烦了。”

“你以后准备怎么办？”浮生始终不相信简兮会干出那种事，关切地问。

简兮笑笑，喃喃自语：“我原来就是垃圾，现在一样还是垃圾，垃圾只能去回收站。”

浮生不忍心地看着绝望的简兮，却不得不提醒她：“你可能还会面临经济诉讼……”

简兮无所谓地笑了：“不劳你费心。”她低下头走了。

外面的阳光很好，她的眼眶酸得厉害，她抬起头，努力地望着天空，一遍遍地跟自己说：不准哭，不准哭……

很快就有人发现了她，不一会就被人群包围，无数张愤怒的面孔，无数张嘴在咒骂指责……简兮几乎要窒息了，抓着头愤怒而绝望地望着天空，撕心裂肺地吼叫着。

“走开！全都走开！”

唐斐拍完了一场戏，坐在椅子上休息，捧着杂志看得很认真。

岳乐气冲冲地走来：“抛弃一个污点新人，公司根本没损失，可对于简兮来说，拍了欧阳山的电影，她本可以一炮而红的，没想到现在变成这样，前途算是彻底完了。”

第 67 章
宠爱之名

唐斐对岳乐的话不以为然地继续看杂志。

岳乐继续打抱不平：“齐文森手段真狠，毁人眼都不带眨一下，杀鸡给猴看啊，以后谁还敢不听话。”

提到齐文森，唐斐的眼皮不由跳了一下，他的脑海中浮现齐文森那张冷酷的脸，表面却一副无所谓：“这是急于求成应该付出的代价，是她酿的苦果，当然得她自己品尝。”

岳乐对唐斐的反应感到很是怀疑：“真的不关心？”

“不关心。”

“你盯着这张照片，已经十分钟了……”

唐斐一低头，才发现自己翻到了野生动物这一页，杂志上猩猩正对着他龇牙咧嘴，他啪地合上了杂志站起来，若无其事地看看四周：“很闷，出去转转。”

他走了一圈，思前想后觉得简兮这事，要想停止扩大影响，只有找当事人季晴，如果季晴肯出面，问题便迎刃而解。

想到这，他特意去花店买了束花直奔季晴的病房，站在门外敲了敲门，笑笑很快出来开门。

发现是唐斐，连忙接过他手中的花："斐哥来得正好，刚好我有点事，你陪陪季晴。季晴，斐哥来了。"

季晴下意识地往被窝里一缩拿被子挡着脸："我没化妆。"

唐斐拉住被子笑笑："你本来就漂亮，化妆只是锦上添花而已。"

季晴把脸露出了一点点："真的？"

唐斐点点头。

季晴脸一红，甜蜜地笑了。

"不是说要出院了？为什么还在医院里？"唐斐看着脸色红润的季晴，很难把她跟病患联系在一起。

季晴假装扶着额头："偶尔还有点头晕，医生建议再观察几天。你今天这么早过来，不用开工吗？"

"一会还要过去……"说完，他犹豫了下，"季晴，我希望你能跟记者们解释清楚。"

季晴明白了唐斐的意思，迟疑了一下，问："你是让我帮简兮澄清吗？"

"是，她这个人除了演戏，眼里没有任何东西，根本不会关注演戏以外的事。"

季晴看着唐斐，想起以前种种，心里不是滋味："你这么肯定？她可能会是因为嫉妒。"

"不，"唐斐果断地摇头，"她看不到你，看不到我，当导演叫出'action'的时候，她完全陷入自己的世界，所以希望你能跟记者澄清。"

季晴看着唐斐恳切的眸子，笑了笑，虽然她看到新闻之后，觉得这件事小题大做，甚至还打电话质问了齐文森，可唐斐为了简兮来求她，心里多少有些不舒服："即便你不说，我也准备这样做。不过，现在事情闹这么大，我的解释未必有用。"

"你以为我是为了简兮才特意跑来？"唐斐掩饰了一下，说，"《董贤》会参加国际电影节评选，不想太节外生枝。"

"电影节？我还以为……"

"以为什么？"

季晴的脸微红，摇头不语。

回来后，简兮一整天都把自己关在家里，不吃不喝也不睡，就那么静静地坐在一片漆黑中，眼神空洞地望着天花板上唯一一点光亮。

外面传来一阵又一阵的敲门声，她把脑袋埋进臂弯里，依旧不动弹。

也不知道过了多久，敲门声一直响着，把简兮从濒死的状态中叫醒，她终于听清了，是柯洛的声音："简兮，我知道你在里面！你不开门我是不会走的。"

门被敲得砰砰响，在夜里格外响亮，简兮忍无可忍地站了起来，深吸了一口气，猛地打开了门，若无其事地站在门口："柯洛你来了。"

柯洛被她的反应给惊呆了，伸手摸摸她的脑袋："你没事吧？"

"当然没事。"

"跟我来。"柯洛说完，突然一把拉住简兮的手，朝外跑去。

Pub昏暗的灯光交错，音乐声震耳欲聋，简兮紧张地跟着柯洛身后，一旦有视线无意中落在她身上，她便本能地想要捂脸。

"在这里，没人会发现你。"柯洛说完，脱下了帽子给她戴上。

简兮的心头一暖，感动地望着柯洛，柯洛捏捏简兮的脸："把一切都忘掉，你等我。"

他松开了简兮的手，站到了舞台上，拿起麦克风："今天一位好朋友遇到了很难过的事，我想送给她一首歌，希望她把烦恼全部忘掉！"

"是柯洛！"台下一阵躁动，尖叫声响起。

音乐响起，大家随着柯洛的歌声疯狂地踏着舞步，看着台上被粉丝包围中的狂歌热舞的柯洛，简兮暗暗失落，脚步慢慢地往后退去。

人群里看不见简兮，柯洛跳下来想去找她，可狂热的人群将他团团围住动弹不得。

门外的简兮远远地看着，微微一笑，轻轻摘下帽子，将帽子挂在了门口，走了。

简兮失魂落魄地往车库方向走去，好像世界所有的一切都与她无关，她只属于那个黑暗狭小的车库，脑子里空空的，不知该去想什么，想什么都是痛，她已经哭不出来，只是麻木地迈着步伐，一步又一步。

"欺诈犯！"唐斐的声音突然响了起来，在静静的夜里格外突兀。

简兮一扭头，看到他从车里探出头瞪着她，她烦躁地扭开头："走开，我没有心情跟你说话。"

唐斐把车往边上一靠，下车把她堵在那里："被公司解约了不起啊？从早上到现在为了赶场我连饭都没有吃，你想要饿死我吗？"

简兮不可思议地望着唐斐："你没吃饭关我什么事？"

"要不是为了……"他突然停住，然后抓抓脑袋任性地说，"总之，我没吃饭，快、去、做、饭。"

简兮望着车子开进了地下车库，无奈地叹了口气，朝唐斐家走去。

第68章
唐斐亲自下厨

洗米的时候，眼里水汽腾腾而上，泪水不受控制地落了下来，滴在了饭里。

唐斐看着她，有些不忍心，脱口而出的却是："我辛苦了一天，让我吃水泡饭吗？"

简兮胡乱地擦了一把眼睛，瞪了他一眼，继续洗米，炒菜。

“你可别告诉我，这一坨就是我的晚饭。”唐斐指着那一坨看不出模样的菜。

简兮气得一咬牙一瞪眼：“爱吃不吃，不吃拉倒！”

“这是你和债主说话的态度吗？还有，你到底在做什么啊！”唐斐没好气地过去倒掉乱七八糟的菜。

“你耍我是不是？”简兮气愤地叫起来，这一整天已经够委屈了，他还要找不痛快。

唐斐推开了她，取出冷冻鱼，化开，在鱼体两侧抹匀佐料，精心烹饪起来，看起来动作熟练。

看他行云流水地把鱼端到桌上，简兮没好气地说：“你明明会做饭，为什么要我做？”

“穷人才要自己做饭！”

唐斐抛下这句话然后端出一碗饭放在她前面，命令道：“吃饭，多煮了一碗饭，一粒米都不准浪费！”

简兮坐在对面，可面对着一桌子的菜，她却毫无胃口。

唐斐看了她一眼，一边吃饭一边淡淡地说：“欺诈犯，放弃吧！”

简兮突然很想哭，却又哭不出来。

“投资失误时，要严格控制受损失的程度。简单地说，很多人都想成为演员，但大多数只是空想。一旦发现没有前途，就要立刻放弃，这就叫止损。”

“你……”

“陆周一直对你说‘你能行’，对吗？”

简兮愣在了那里说不出话来。

“他在欺骗你。”

简兮的手颤抖着不敢置信地望着唐斐。

“他不停地对你说‘你可以’‘你能行’‘你很棒’，真是在为你好吗？明明没资源没背景没有钱，却被告知一定要死撑到底。被称为老师的那个人，看你站在悬崖边上还轻描淡写地鼓励，‘快，跨过去！’而你呢，不肯放弃的原因，是出于对表演的热爱，还是抱着‘站台等了两个小时，如果等不到那班车，实在太可惜’的念头？”

简兮不由自主攥紧了手里的筷子。

唐斐继续说道：“再继续留在这个圈子里，你会受到更大的伤害，甚至会赔上全部的人生，这也无所谓吗？所以，在还能回头的时候，放弃吧。”

简兮愣愣地坐在餐桌前，唐斐看了她一眼，眼底是浓浓的关心，但并不再说什么，转身走了。

放弃了吗？也许应该放弃了吧，就像他们说的她一无所有，不配站在舞台上。

接下来的几天简兮不再颓废地把自己关在黑屋子里，而去疯狂地赚钱，在街头化妆成日本艺妓模样卖衣服，打扮成小丑发糖果……总之她要让自己忙起来，忙到没空想任何不开心的事情。

这天晚上，她在批发市场买了一堆首饰工艺品，把帽子压得低低的，蹲在路边吆喝叫卖。

柯洛远远地走来，看着瘦了一圈的简兮，心疼地一把将简兮拉了起来：“跟我走！”

简兮甩开他的手。

柯洛担忧地看着她：“你一天到晚都在干什么？”

简兮掰着手指头数着：“很多事情啊！早上我去商场做模特，给橱窗做清洁，给孩子们发糖果，还有替行人画……”

“为什么不找我帮忙？”

简兮愣在了那里，不再出声。

“那天突然从pub里跑掉，知道我找了你多久？我每天都去你家门口等，可是每次都擦肩而过，你根本是故意躲着我！”

“我不想连累你！不要跟我牵扯上任何关系。”

柯洛一把抓住了她，简兮轻轻推开他：“谢谢你的好意，请别管我，就算是我拜托你。”

简兮慢慢转身往前走，柯洛远远地望着她，看她瘦削的身影在那里收拾摊子，然后拎着一个大包艰难地往前走，他不自觉地跟了过去。手中的大包总是会不小心撞到了人，她一路道着歉，最后她的大包被一个滑滑轮的孩子一下子撞散了，柯洛冲了过去帮她收拾。

“请你不要管我！”简兮抢回他手中的货品，“我不认识你，请你走开。”

这时候电话响了起来。

“喂，哦宁导——真的吗？好，我现在就过去！”

刚才还是一脸绝望的简兮，突然像打了鸡血一样，瞪大了双眼，挂了电话一脸不可置信地望着柯洛，欣喜若狂地说：“《董贤》的副导演说有个角色给我，麻烦你帮我保管。”

说完，她把东西往柯洛手里一塞，狂奔而去，鞋子跑掉了都来不及捡起，消失在人群里。

按照地址气喘吁吁地推开包厢的门。

左左和一群人站在那里，笑眯眯地看着她：“这是谁来了！”

简兮看到左左，心头一震，立即问坐在当中的副导演：“宁导，究竟是你找我，还是她找我？”

副导演呵呵两声不再出声，左左拎着酒瓶走过来：“是我请导演打电话叫你来啊，关心一下朋友嘛。不过，到现在还死皮赖脸地活着，公司没让你赔偿损失吗？”

简兮根本不在意左左说什么，目光恳切地望着副导演：“宁导，真的有工作给我吗？”

副导演尴尬地一笑，看着左左，左左突然哈哈大笑了起来：“不会吧，你还真相信啊？现在你这么倒霉，谁敢给你工作呀，太天真了！”

话一说完，所有人都笑了。

简兮呆了，目光扫视了一圈：“没错，我的确很落魄，我被训练班解约，被公司追债，没有人愿意雇佣我，连房租都交不起。但我今天还是来了，因为不想放过任何机会，哪怕只是被人骗，我也高兴得连鞋子都跑掉了。”

众人这才发现简兮脚上只有一只鞋子。

第 69 章
化解危机

“那又怎样！想用可怜博同情啊？每个人都有自己的位置，痴心妄想当然摔得很惨！我劝你认清现实，不要再白日做梦了！”左左趾高气扬地打击。

简兮平静地看着左左：“每个人都有做梦的机会，我愿意沉浸在梦里永远都不醒，你要怎么办，钻进梦里来打我吗？”

说完扭头就走，这时候不知是哪个演员一伸脚，将简兮绊倒在地。左左伸手把一盘水果倒在了她身上，从钱包里抽出几张钞票，丢到简兮头上：“去买双鞋吧！垃圾。”

简兮的手指紧紧攥了起来，竭力控制着自己的情绪，害怕一不小心爆发出来，连自己都不知道会是什么下场。

门就在这个时候被推开了，追赶过来的柯洛看到满身脏污的简兮，他心都要碎了，他走过去心疼地将简兮扶了起来。

左左怒火中烧：“你又多管闲事。”

柯洛愤怒地望着左左回击：“简兮是我女朋友，我当然要管！”

简兮一时间反应不过来，愣在了那里，左左瞪大了眼，指着简兮，眼眶里泪珠子在打转：“我不信，你在骗人，我不信！”说完疯狂地把桌子上的东西一扫而落。

柯洛拉着简兮在一片错愕的目光中离开。

一路上简兮的心都是乱的，一直到柯洛带她到游乐场的云霄车前，还沉浸在刚才的情绪中。

“忘掉表演，忘掉一切，忘掉过去。”柯洛说完，亲手帮她绑好了安全带。

简兮怔怔地看着柯洛，云霄车慢慢运行，她的身体从高空中落下，整个世界旋转着，她瞪大了眼睛，训练班的艰辛，演戏的片段，疯狂地在她眼前旋转。

最后一切都静止了。

她看着云霄飞车，再看看柯洛，突然明白了过来：“谢谢你，柯洛。”

简兮说完解开安全扣，丢下一头雾水的柯洛，疯狂地往前奔跑。

原来如此，她的世界除了演戏，再无他物。

坐在陆周面前的简兮再也不是以前那个简兮了，她抬头望着陆周，眼神坚定。

“我怀疑过很多，怀疑过老师的眼光，怀疑过自己的才能。每个人都叫我放弃，一度，我也准备放弃。今天我去坐云霄车，在感觉快要死去的那一刻，我突然知道了。除了演戏，我想不起其他，我终于明白，哪怕是在人生的尽头，比任何事情都要重要的是——演戏。”

“你不怕受伤吗？”陆周问。

“不怕，因为没什么比失去梦想更可怕。”

陆周缓缓抬起头：“这次的事件比想象中还要可怕，但是有危便有机。”

“怎么才能转危为机？请您教我！”简兮热切地盯着陆周。

陆周看着她，就像看到了当初的某个人，他把电脑转了过去，指着热搜第一条：“大家都关注你，厌恶你，甚至比讨厌杀人犯还讨厌你。要成为优秀的演员，不光要学习演技，更要学会绝处逢生。这次的事件，就是一次最好的试炼。”他笑了起来，“开始吧，你的第一仗。”

陆周带着简兮找到了《董贤》杀青晚宴的酒店，找到了当别人弄脏了简兮衣服时当值的侍应生，而此时他已经是大堂经理。

陆周软硬兼施，逼得他同意站在媒体面前，帮简兮恢复名誉，他承认这一切都是受左左和笑笑的指示，随后陆周带着他回到了世纪影视公司将事实真相摆到了齐文森的面前。

齐文森迫于无奈只好把左左、笑笑和季晴一起叫到了办公室对质，同时给左刚也打了电话。

左左进门后看到沙发上坐着的陆周跟简兮，还有一个穿酒店制服的男子，她的脸色一变，而站在季晴身旁的笑笑望着简兮，感到了一阵不安。

齐文森看着简兮，冷漠地开口：“你要见的人都来了，想说什么，不妨直说。”

“把那天晚上发生的事情再说一遍。”简兮对酒店制服男子说。

“记得，当时有个女孩跑来倒了两杯饮料……哦，她还特意问我要了有芒果粒的那一种。”

季晴忙道：“当天那么多人，你记得还真清楚。”

“因为她特意站在洗手间边上等，我远远看着还很奇怪，后来才看见她把饮料递给了简小姐。”

“那个人在这里吗？”简兮环顾四周。

男子很笃定地指着笑笑：“是她！”

齐文森的脸色沉了下去，看了一眼笑笑又看了一眼简兮，从容地说：“先生，我们有些内部事务要处理，请你先回去吧。”

男子不安地看着简兮和陆周，陆周点点头：“我会再和你联系。”他点点头飞快地离开了是非之地。

齐文森的手指轻轻刮着下巴，若有所思地说：“简兮，你以为记者会相信一个侍应生的话？”

简兮早就预料到齐文森的反应："齐总，你弄错了事情关键吧？记者要的是版面，我送头条给他们，他们会不感兴趣吗？女神季晴打压新人，指使助理恶意诬陷。"简兮看着季晴，摇摇头，"不得不说，你的助理真的很能干，我相信记者们得到这个消息，一定高兴得飞上天。"

笑笑的脸色陡然一变："别血口喷人，这事跟季晴没有关系。"

"可记者们不会这么想，是谁端来了芒果汁？是你！"

季晴不可置信地望着笑笑。

"是谁！引火烧身！是你！"简兮步步紧逼，"闯祸的人都是你，还好意思振振有词，当真问心无愧吗？"

"可以找到一个证人，就能找到第二个、第三个，只要有人站出来说明，很快会是一面倒！我只是个新人，大家还踩得那么痛快，撕下女神的假面具，一定到处有人狂欢吧！季晴是否无辜，谁会相信？大家只会像践踏我一样，努力地碾压，不是吗？！"简兮残酷地分析着事情的最终走向，季晴脸色惨白，而笑笑早已吓得双腿发软。

第 70 章
漂亮的反击

左左站了起来，偷偷地踮着脚往外走去。

笑笑突然看到了摸到门口位置的左左，大叫了起来："不是我！真的不是我！是她！是她的计划！"

左左瞪大了眼望着笑笑："你想干什么，找替罪羊吗？不要碰我！"

笑笑死死扯住左左："全都是你在使坏，跟季晴毫无关系！她要早知道有芒果粒，根本不会碰的！是你要陷害简兮，故意利用了我！"

左左一把推开了笑笑："跟我没关系，芒果汁又不是我端过去的！"

笑笑扑过去拽着左左的肩膀把她从门边拖了出来："别想走！想赖在我一个人身上啊，想得美！"

"住手！"

打成一团的左左突然听到了左刚的声音，一抬头，看着了左刚站在那里失望地看着她，心里不由一颤。

"左左，我告诉你多少次了，不许再惹事！为什么你从来不知道反省，简直把我的脸都丢尽了！"左刚上前强行拉开了左左。

"我没错！"左左跳了起来，含着泪指着笑笑，咬牙切齿道，"是她陷害我。"

“住嘴！”左刚厉声呵斥。

左左瞪大了眼，不可置信地望着左刚。

“到底怎么回事？”左刚望着大家问道。

“左导，你的女儿和季晴的助理通力合作，制造了一出拙劣的食物中毒案。”陆周平静地解释着。

左刚明白了事情的严重性，顿时脸色更加难看了。

季晴很快反应了过来：“笑笑，道歉！如果你不立刻道歉，就马上离开！”

笑笑无奈低下头，不情愿地说：“简兮，对不起。”

左刚抱歉地对简兮说：“对不起啊，简小姐，我也替左左向你表示歉意。”

“她哑巴了吗？”简兮看着一言不发的左左，冷冷地说，“做错事的时候那么嚣张，现在却没勇气承担错误？你难道不知道，‘对不起’这三个字，要真心诚意地说出来才有价值。”

“我没做错！”左左不甘心地吼着，“我没错！”

左刚气得说不出话来，手一扬要扇左左耳光，左左扬起脸固执地看着他，满含了恨意，左刚无奈地撤回手。

齐文森的手指轻敲着桌面，双手合拢支撑着下巴，别有深意地望着简兮：“你到底想怎么样？”

“两个选择：第一，让季晴站在公众面前，为笑笑承担责任！第二，让她离开公司。”说完眼睛看向了左左。

“你不要太过分了！”左左吼了起来。

简兮平静地看着她：“你们向我泼脏水，到处封杀我，害我像过街老鼠一样躲藏，那时候不过分吗？如果不是被抓住把柄，你们会道歉吗？”简兮望向季晴，“请你将心比心。如果换了是你，能够轻易原谅她么？”

季晴站在那里哑口无言，是的，不论是谁都不会轻易原谅毁掉自己前途的人。

齐文森嘴边泛起轻蔑的笑：“轻率相信别人的你，理所当然要付出代价！”

简兮转身望着他：“所以，现在他们也必须为任意伤害他人付出代价！”

简兮的不退缩让齐文森很是意外，在他眼里，简兮不过是刚出茅庐的新人而已，没想到事情似乎棘手起来。

“左左会退出！”左刚在瞬间做出了决定，他头也不回地走了出去。

“爸爸！”左左大惊失色地望着离去的左刚，发疯般冲到了齐文森办公桌前：“齐文森，你不能让我离开，我不会走的，绝不会这么轻易就离开公司！”

“左左，很抱歉，从公司大局着想，这是我必须做出的选择。”

对于齐文森来说，这个选择是最好的，左左和季晴，他当然站在季晴这边。

左左绝望了，愤怒地盯着简兮：“你这个天生没家教的女人，轮不到你来教训我！简直和你妈一样，整天惦记着抢走别人的一切——”

话音刚落，简兮仰起头将一记耳光狠狠扇在她的脸上：“我说过吧，我没有妈妈！如果下次再让我听到这句话，我会再送你一记耳光！”

左左不敢置信地捂着脸，望着简兮，点了点头：“别得意，路还长着，咱们走着瞧！”说完，甩门而去。

齐文森重新开始估算简兮的价值：“按照约定，公司会帮你恢复名誉，并且重新签订经纪约。”

“不用再签约了，免除我的经济赔偿责任，从此以后，我和贵公司再无瓜葛。”

“你知道自己在说什么吗？”齐文森望着简兮，愣在了那里。

“她会签约的。”

简兮一愣，不可置信地望着陆周。

陆周的视线越过简兮：“这方面的事宜，我会说服她的。不过，《董贤》的首映礼，简兮可以参加吧？”

“当然，我会请最好的团队来打造。”

从齐文森的办公室出门，季晴小跑着追上了简兮跟她郑重地道歉，简兮只是微微一笑，说：“请你今后约束好自己的助理，我不会让任何人破坏梦想，如果你下次再随便践踏，我绝对不会轻易原谅！”

简兮说完追上了陆周，问道：“老师，为什么还要签约？”

陆周停下了脚步望着简兮：“你准备孤军奋战，还是加入名不见经传的小公司？”

简兮从没想过这样的问题，一时间语塞。

陆周开始分析：“你要知道，公司和你是互相利用的关系，没必要为了你承担风险。你落到低谷，当然踩你，你要是红了，公司也会拼命捧你，一切就这么简单。”

“可我不要跟这种人合作！”

“错的都是别人，无辜的只有自己，这种想法趁早摒弃。知道左左的陷害多拙劣吗？简直像是场闹剧，为什么你会上当？”陆周看着简兮叹了口气，“在羽翼丰满之前，留在公司对你没有坏处！尽情地利用他们吧，等你一飞冲天的时候，再狠狠地把他一脚踹开。不，如果你走到了巅峰，让齐文森来舔你的鞋底都可以。只要这么一想，什么都能忍受了吧！”

第 71 章
左左的眼泪

这个圈子的消息传得很快，牧歌在找到左左的时候，已经知道所有的事情，他站在那里看着眼眶通红的左左，脸上还有一道划痕。

左左望着他，自嘲地笑道："我被公司赶出来了。"

牧歌心疼地伸出手，却被左左一把推开。他踉跄着坐在马路边上说："我已经劝过你了，不要再做伤害自己的事，可你从来不肯听我的。"

左左扬眉望着牧歌："听你的？我有什么理由要听你的？……就因为你是我爸的一条狗？"

牧歌的身体一颤，脸上难掩受伤的神情："左左，你一定要故意伤害我才觉得痛快吗？"

"伤害？"左左大笑了起来，望着牧歌，"伤害？是你送上门来让我伤害的啊！一次、两次、三次，怎么赶都赶不走！牧歌，有时候我简直怀疑你——"左左凑近了他，顽皮地笑着，"怀疑你每天都跟着我、照顾我，不是为了报恩，是因为爱上我了！"

牧歌愣在了那里，他望着左左很认真地点头："是，我很爱你！"

左左笑了起来。

牧歌被伤到了，大声说道："我爱你，爱你很多年了！从我十三岁那年，第一次到左家，是你牵起我的手，从那天起我就告诉自己，不管你怎么骂我，我都不在乎，只要能陪在你身边就好！"

左左盯着牧歌，眼睛一白："你以为自己是谁，连出道做编剧都靠爸爸的提携，现在还想要攀高枝是不是？我接受你，就像接受家里多了一条宠物狗嘛，又没有什么损失！"

她丝毫不顾及牧歌，也不在乎会不会伤害到他："告诉你，我左左喜欢的男人，要像柯洛一样热情洋溢、风度翩翩，而不是你这种闷罐子。不，更准确地说，我很讨厌你，最讨厌你！因为，像狗一样的男人，恶心死了！"

牧歌从未想到，自己的感情有一天会被左左踩进尘埃里，他如此卑微地爱着，却换来这么一个结果，他一转身，快步冲到车旁。

左左一把按住了车门："在我没说够之前，你不准离开！"

牧歌看着她的眼睛："被赶出公司，故意拿我出气，这样就能改变现实了吗？"

左左的脸瞬间冷了下来，牧歌平静地望着她："用肮脏手段陷害对手，结果自食恶果，你说你喜欢柯洛，可我不信。因为你这样的人，满心只有胜负欲，根本不懂爱是什么！被赶出公司只是开始，你还有得受！"

下不来台的左左愤怒地抬手要扇牧歌耳光，却被他一把抓住推到了一边。

看着牧歌开车绝尘而去，左左脱下高跟鞋砸了过去："你以为你是谁，凭什么教训我！

我讨厌简兮，明明什么都不是，凭什么样样跟我抢！我讨厌她！”

空荡荡的街头，左左孤零零地站在那里，她的愤怒渐渐化成了悲伤，她蹲了下来抱着自己的腿，哭了。

没有人懂她，其实她所做的一切只想证明给爸爸看。

她的眼泪一滴滴落下来，落在柏油路面上。

牧歌开远了又慢慢倒了回来，从车上下来，走到她身边，左左抬起头看着他，喃喃地说道：“我为什么要做演员？因为妈妈是演员，我妈妈曾经是很棒的女演员，她很红，很红很红！”说着说着不禁泪如雨下，“妈妈为什么那么早死，为什么要丢下我啊！如果她还在的话，一定会教我演戏，也不会让那些人嘲笑我！简兮凭什么，垃圾一样的人到底凭什么啊！抢走我的角色，还有我喜欢的人！人人都说她努力，我不努力吗？我也有练习，每天都练习啊……”

牧歌抱住了她，拍着她的背像哄孩子一样：“我们回家好吗？”

左左哽咽着看着他说：“我要你背我。”

牧歌背着左左往前走，说：“不要哭了好不好。”

抬头挺胸，往前。

简兮的脚步才迈开，陆周就打断了她的脚步：“不行。”

她不甘心地又重新开始练习走红毯。

“你是去菜场吗？”陆周皱着眉头。

简兮又不得不重新来过。

“你像是一只搔首弄姿的鸭子，而不是走红毯的女星！”

简兮终于忍不住一屁股坐到了地上：“我不知道，我不知道能不能做好。再走一百遍、一千遍也没用，我好像连走路都不会了。”

陆周看着她一副焦躁不安的模样，把她推到镜子面前：“要学会征服观众，这是出事后第一次面对大众，哪怕内心再没自信，走上红毯那一刻，都要让人看到你光芒四射。去拿属于你的东西吧，现在轮到你了。”

简兮重新起身继续练习，不知不觉便到了首映当天。

简兮早早地赶去化妆，可刚走到化妆室的门外，就觉得胃部不适，一阵绞痛袭来，疼得她脸都白了。

柯洛看她的神情不对，忙关切地问：“简兮，怎么了？”

简兮摇摇头说：“可能是因为紧张，胃有些痛，过会应该没事。”

“什么没事啊你都冒冷汗了，这样不行，得去医院检查一下。”

“来不及了，我还要化妆做造型。”简兮看着时间，摇摇头。

“你疯了吗？生病又不是排队，跟我走。”他一把拉着简兮往外走。

一只手拦住了柯洛的去路：“首映礼开始前，她哪儿都不能去。”唐斐那张冷漠骄傲的脸出现在简兮面前。

“她病了！”

“不管什么病，丢下首映礼不管，明天就等着去冰窖吧。”

柯洛完全不再搭理唐斐，拉着简兮往外走，唐斐一把扣住简兮的手腕：“你不是小孩子了，应该懂得轻重。”

“我不知道什么轻重，只知道人生病了就要看病！”柯洛愤怒地顶了过去。

第72章
《董贤》首映礼

唐斐看都没看他，盯着简兮问：“你可以坚持吗？”

简兮点点头：“我可以。”

“这就行了，在首映礼结束之前，哪怕是痛死都要坚持，懂了吧！”

简兮望着唐斐认真的脸，坚定地点了点头。

季晴从化妆间出来就看到了唐斐，唐斐松开了扶着简兮的手，转头绅士地问：“准备好了吗？”

说完伸出胳膊，季晴挽住，两个人相偕离去。

坐在化妆镜前的简兮脸色更加苍白，柯洛递了杯水过去：“你还能坚持吗？”

简兮点点头，伸手去接着，手一软，杯子“啪”的一声掉在地上砸成碎片。

“你痛成这样了，跟我去医院。万一在镜头前出丑，会更丢人。”

简兮虚弱地说：“我好不容易争取到这次机会，我不会放弃。”

《董贤》首映礼现场，巨大的海报上季晴与唐斐深情凝望。无数的粉丝和记者将红毯围得水泄不通，突然间灯光暗了下来，一辆豪华轿车缓缓驶入，戴着白手套的迎宾上前打开车门。

随着音乐声流转，一束灯落在车门上，欧阳山从车上下来，红毯尽头的巨幕上打出了电影的片头，无数的闪光灯亮起。

季晴挽着唐斐踩上红毯，微笑着挥手向前走去，粉丝们尖叫着试图冲上前，保安筑起了人墙将他们隔离开。

就在这时候，又一辆车驶过来，左左从车上走了下来，一袭真空透视长裙将她的曲线勾勒得纤毫毕现，所有人的目光都她吸引了，她妖娆地挥着手，妩媚地冲闪光灯方向飞吻致意，快步走到唐斐面前，一把推开了季晴，挽住唐斐：“斐哥，我们合照几张。”

唐斐还来不及反应，无数的记者把镜头对准了她们，闪光灯将黑夜闪成了白昼。

“左小姐今天穿得好性感，请问在电影里扮演了什么角色？”

左左妩媚地冲唐斐一笑：“这个啊……我跟唐斐在电影里演的可是情侣……”

季晴的脸上挂着职业性的微笑，神情自若地转过头：“我怎么不知道？”

左左的脸一僵，笑了起来：“难道不是吗？我们在电影里可是有激情戏的。”

记者们顿时沸腾了，冲过去将几个人围住：“真的吗？你和唐斐有激情戏？不会吧，斐哥爱惜羽毛，从来不拍啊！左小姐、左小姐请你说两句！”

“我家教很严格，本来不会拍啦，这部影片算是突破了我个人的尺度，为了艺术献身嘛！”左左不停地摆着姿势，迎合着记者的拍照。

唐斐不着痕迹地想摆脱左左的纠缠，左左却蛇一样贴了上去，将季晴完全挡在了后面。

这时候红毯上一阵骚动，一个男粉丝不知怎么竟突破了防线冲了进来，他直奔季晴而来，一把抓住了季晴的手，竟拿手铐将自己跟季晴铐在了一起，兴奋地大叫起来：“女神！这样我们就能永远在一起了。”

唐斐迅速推开左左，一手将男粉丝抵住，阻止他继续靠近季晴。

男粉丝不停挣扎着将脑袋伸向季晴：“女神，我在这里。”

目瞪口呆的人们这才反应过来，记者们丢下左左，齐齐将镜头对向了季晴。

“给我签名，女神！”男粉丝痴迷地望着季晴。

“哇，季晴人气好高啊！这是什么情节，手铐！”无数的闪光灯亮起。

左左站在原地气得直跺脚，这时警卫冲了过来，用力制服了男粉丝。

“请不要伤害他。”季晴生怕伤到了粉丝，连忙对警卫说，随后又问那名粉丝，“谢谢你喜欢我，你要签在哪里？”

男粉丝小心翼翼地伸出手，季晴微笑着在他手上签上了名。

场内外响起了无数粉丝的高呼：“女神！女神！季晴！季晴！”

警卫将男粉丝带出场，记者一拥而上，将左左挤到了旁边，季晴挽住了唐斐的手，甜蜜地笑着。

即将到达现场的简兮胃疼得已经抽搐，腰都弓了起来。

“你还行吗？”柯洛望着她心疼地埋怨，“不要命了吗？”

简兮疼得额头直冒冷汗：“没事，我能撑着，柯洛，这是我最重要的机会。”

说完，她的手伸向了车门，一咬牙，打开了车门。

简兮用颤抖的手抓紧了柯洛的手臂走了出来，脚一站到红毯上，似乎换了个人，脸上丝毫看不出痛苦的痕迹。

记者们纷纷把相机对准简兮和柯洛。

柯洛一边配合拍照一边在她耳边低声说：“够了，已经到极限了。”

“不，我还能坚持。”简兮同样小声。

“要是当场昏倒怎么办？”

“那就自己爬起来。”

突然简兮脚下一软，高跟鞋突然踩到了自己的长裙，身子猛然向前扑去，露背长裙突然松开，她慌忙捂住了胸口处一片春光，唐斐一惊，刚想冲过去伸手，就见柯洛及时一把揽住了简兮的腰，两人的脸几乎贴在了一起，记者们蜂拥上去拍下了两人姿势暧昧的照片。

柯洛脱下西服遮在简兮的身上，简兮对着镜头腼腆地笑了：“对不起，我太心急了。”

一番话，化解了现场的尴尬，大家被简兮的机智折服，咔擦咔擦拍个不停。

这一晚，简兮苦苦挨着，一直坚持到首映礼结束，才在柯洛的陪同下去了医院。

护士刚给她挂上点滴，她便迫不及待地问主治医师：“我什么时候可以离开？”

“离开？你必须留院观察一晚。”医生吹胡子瞪眼地叫起来，“你知不知道你再迟来一会恐怕就要手术了？！”

柯洛瞪了一眼简兮：“听见了吗？今天哪儿都不许去，就留在医院。谢谢你，医生。”

简兮撅着嘴，无奈地倒在床上，这时手机忽然响了，简兮掏了半天才把手机从手包掏了出来，一看上面的名字，按下接听键：“喂。”

第73章
爱唐斐练习

电话是唐斐打来的，一接通，就劈头盖脸地吼道：“我想吃夜宵，你快点回来。”

震得简兮赶忙从耳朵边拿开手机，小声地说：“你自己去买，我有很重要的事。”

“这么晚了有什么重要的事。说是胃痛提前离开，实际却是偷偷约会吧？像你这样懒散，真能做演员吗？”

简兮刚想分辩，被柯洛强行从手里拿走了手机：“我是柯洛。简兮是急性胃炎，现在人在健康医院，如果你有什么事，请明天再和她联系……”

柯洛的话还没说完，那边唐斐已经愤愤地挂断了电话。

柯洛疑惑地将手机还给了简兮，嘟囔道：“什么人啊，这么不懂礼貌。”

简兮没答话，过了一会，见天色不早了，劝柯洛早点回去休息，柯洛起初不肯走，最后被简兮强行赶走了，临走前他帮简兮关了灯，叮嘱她一定不要偷偷溜出去。

黑暗中，简兮躺在床上长舒了一口气，打了个呵欠，不一会便睡着了。

夜里她做了一个梦，梦到和唐斐无意中亲在一起画面，浑身打了个激灵，一下子惊醒了，吓出了一身冷汗。

护士听到响动声轻轻推开门，拉开了窗帘，天已经亮了，阳光从窗口照了进来，静静地洒在床头的一束白玫瑰花上，简兮惊喜地翻身坐起，抱起来闻了闻，淡淡的清香扑鼻而来。

“简小姐醒了？”护士笑着说，“昨天晚上你睡着，有人来看望你。”

简兮这才发现花里的卡片，抽出来一看，卡片上写着：愿你早日痊愈，Mr.T，忙询问送花的人长什么样。护士也说因为那人来得太晚了，并没有看清，应该是她影迷。

她听说是影迷更加激动了，抱着花去护士站查探病记录，可也没能查到任何线索，失望之极，柯洛走了过来，简兮紧紧地抱着白玫瑰，开心地对柯洛说：“我真的好开心，这是我第一位影迷送的呢。”

“这只是开始，以后会有更多更多的影迷。”柯洛说。

办理了出院手续之后，简兮带着花回到了车库，特意将白色玫瑰做成标本贴在笔记本里留作纪念。

陆周就在这个时候打来了电话，让她立刻去见他。

陆周通过和齐文森谈判，又给简兮接了个武燕燕的角色，三天后开拍，时间紧迫，工作量大，让简兮做好准备，简兮拿过剧本看了一眼人设，就失望了，又是个坏女人，她不想接，可陆周却认为这是她挑战的好机会不能错过：“隐忍角色可以演，狂妄的角色呢？你能胜任吗？！顺便告诉你，季晴会出演完美女主角唐小山，至于徐承志——”

简兮隐约感觉到了什么：“不会……又是唐斐吧？”

要不要这么衰，世界这么大，这么多角色可以挑，为什么又得和他搭档啊？简兮垂死挣扎地指了指剧本说：“你看，这次的武燕燕以自我为中心，任性、狂妄到不可一世，完全和我的性格相反啊。”

陆周根本不和她讨论剧本：“世纪投资了这部戏，更重要的是你们三人有话题，能炒作！准备一下吧，三天后就开机了。”说完意味深长地说，“一旦最好的时光过去，你就永远走不到巅峰了。”

简兮明白陆周的话中包含的意思，点点头，说：“老师您放心，我会尽力演好。”

晚上简兮去唐斐家干活的时候，唐斐在翻剧本，岳乐在一旁记账，家里静悄悄的，唐斐突然抬起头说道：“看过剧本了吗？”

简兮心不在焉地擦着桌子，以为他跟岳乐说话，过了会，唐斐提高了音量：“我问你，看过剧本没？”

简兮一愣，问道：“你在和我说话吗？”换了一面擦桌子，“只看过人物大纲，详细的剧本还没发过来……”

唐斐笑了：“来对台词。”

简兮愣了。

唐斐白了她一眼：“我让你过来帮我对台词。”

简兮只好放下手里的抹布，磨磨蹭蹭地走过去，从唐斐手里接过剧本，认真地看了三行，突然瞪大了眼睛，她看过大纲和人物小传知道武燕燕爱徐承志，但她不知道剧本上的台词这么直白，还没回过神来，就听唐斐说："现在你就得开始练习。"

简兮没明白他的所指，问道："练习什么？"

唐斐皱眉道："这是对待爱慕对象说话的态度吗？"

简兮看着剧本说："现在又没有在拍戏。"

唐斐敲了敲桌子道："这是对戏，是实战演练。你从眼神到动作，我看不出一点爱慕的痕迹。"

"那是因为我本来就不爱你啊！"简兮脱口而出。

"就从现在开始学习怎么爱！开始吧。"

原想反驳，想想他说得也没错，简兮"噢"了一声。

虽然离唐斐还有一段距离，却感受得到唐斐的注视，她不自然地看了看剧本的对话情景，调整了一下子，目光深情地看着唐斐，刚要张嘴，却忍不住扑哧一声笑了出来，一边笑一边说："对不起，我实在忍不住。"

唐斐气得站了起来："上次不是主动教我观察吗？现在轮到你了！大街上站一夜，看情侣是怎么相处的！如果你一直没法入戏，就等着滚蛋吧！"

简兮不以为然地反驳："反正角色是我的……"

唐斐冷冷一笑："你果然很无知，这部是周播剧，如果演得烂，一周后你就会'被死亡'。"说完把剧本丢给她："好好琢磨一下吧，学学该怎么爱我！"

说完，摔门进了房。简兮才发觉事情的严重，赶忙认真去看剧本。

第 74 章
片场之虐

三天后，剧组正式开机。

简兮走进片场，工作人员正在进行拍摄前的准备，唐斐早已到了，正在看剧本。简兮准备走上去，身后突然有人越过自己直奔唐斐而去，再一看原来是季晴。

季晴被笑笑硬生生推到了唐斐的面前。

唐斐一低头就看到了季晴的短裙上有一大片污渍，连忙站起来，关切地问："这是怎么了？"

笑笑说："有人不小心撞上来，弄脏了裙子，哎，季晴拍完戏还有一个重要活动，来不及回公司换了，斐哥，可不可以麻烦你，陪季晴去最近的商场？斐哥，拜托你啦！好不好嘛！"

唐斐看向岳乐，岳乐翻了一下拍摄时间是一小时后，见时间充足，他起身对季晴温柔地说："走吧，我陪你去。"

岳乐转过身跟导演崔进致歉，崔进挥挥手："没事儿，让他们去吧，先拍她的戏份就好！"说完一指简兮，"还愣着干什么，赶紧化妆换衣服！"

这一场拍的是简兮在街上行走的戏，她刚走了两步，崔进便当场变脸："这样走不行，要优雅一点！"

简兮重新走了一遍，崔进一把摔了帽子："重来！"

一场走路的戏，来回 NG 二十几次，最后气得崔进暴跳如雷："先放下这个镜头，拍下一场。"

柯洛看到这个情况，面露担忧，刚想跟简兮说几句，简兮只是匆匆朝他点个头，便去准备下一场了。

这一场是在路边茶棚吃饭的戏。简兮面前的桌上放着一盘馒头和水，她拿起馒头刚吃两口，崔进便大叫："剧本写你很饿，要猛吃馒头！再来！"

简兮赶忙作出很饿的表情，低头大口大口地吃馒头，拍了快一分钟，崔进一直没喊停，直到简兮把一个馒头都吃完了，才说："不合格，重来！"

这一条又重复拍了十多遍，每次都是她吃完馒头才叫："不行不行，再来！"

连续吃了三盘馒头，简兮终于塞不下去，一弯腰全都吐了出来。

崔进怒道："你在搞什么！我让你吃馒头，你给我吐馒头！故意捣乱吗？！"

简兮连连摆手说："不是这样的，我是……"

柯洛看不下去了，快步走上去："导演，让简兮休息一下吧！"

崔进看了柯洛一眼："休息？到底你是导演，还是我是导演？"

副导演看到这种情况，立刻赔笑着上去："崔导，就休息五分钟，五分钟行了吧。"

崔进冷哼一声："谁惯的毛病，这么不懂规矩！告诉你们，我可不是那种花架子导演，我要的是真本事！拿不出来趁早滚蛋，我没空调教新人！"说完冷哼一声走去旁边。

柯洛上去扶着简兮坐下来休息，气呼呼地为简兮抱不平："吃个馒头而已，用不用吃十几遍，想要撑死人吗？"

简兮休息了一会才说："撑死总比饿死好吧？"说完抬头冲他勉强一笑，"不要不高兴嘛，我只要有戏拍就很高兴，不管吃多少遍，最后能过就好。"

"你傻吗，看不出来人家故意整你？"

简兮摇摇头："是你想太多了，我和崔导演互不认识，他为什么要整我啊？"

柯洛简直无言以对。简兮赔着笑说："好啦，我一定会小心的，下次好好表现！"

柯洛无可奈何地刮了一下她的鼻子。

远处的崔进见状，忍无可忍，又隔空大声教训："帅哥居然比拍戏有吸引力，要做花痴滚去别处！"

所有人都看向简兮，简兮的笑容僵在脸上，场面格外难堪，柯洛上前一步想要理论，被简兮拉住："没关系！导演，我现在可以重拍了！柯洛，你先去化妆！"

简兮又重拍了吃馒头的戏，这一次倒是过得很快，柯洛这才松了一口气，化妆去了。

简兮接着拍下一场。副导演说是先跳下一场，讲的是武燕燕因为狂妄任性得罪了人，要被人泼蛇！

工作人员拎着一纸包蛇过来，打开竟然是真蛇。

简兮吓坏了，她自小就怕蛇，工作人员见她脸色惨白，忙说："导演认为道具蛇效果太差，要真蛇才有感觉！"劝她不要紧，"都是训练过的，不会咬你啦！放心！"

简兮心绪还是不能平静，这时左左挽着展眉来到现场，沈嫣拎着大包小包，怯懦地跟在身后。

崔进一见连忙起身："哎呀，眉姐来啦，先等一会儿，我拍完这场咱们再说。"

展眉点了点头坐在一边观看。

"Action！"

两名地痞向简兮围过去，一人手里捧着纸包正准备丢向简兮，简兮下意识地一缩。

"Cut！你是白痴啊。"崔进吼道："又不知道纸包里是什么，躲什么躲！重新再来！"

再次开始拍摄，纸包刚丢出去，蛇一下子落到简兮身上，她脸色煞白，浑身僵硬。

"Cut！你到底在干什么，知不知道自己演谁啊！嚣张跋扈的武燕燕，别演得好像我要叫你卖身一样！"

拍摄重新再来，简兮还没躲避，崔进已经恼怒地冲了过去，一把抢过纸包罩住简兮的头，蛇全都落在了简兮的身上，吓得她狂叫了一声，崔进心烦意乱地用力一推，推得简兮跌倒在地上。

崔进破口大骂："到底怎么进的剧组，白痴！怕蛇！那就怕个够好了！现在怕不怕！你会不会演戏啊，不会演趁早滚蛋？"

简兮手忙脚乱地爬起来，刚站起来脚下踩到一条蛇，惊得她脸色惨白，腿一软又摔倒在地上。

展眉看到这一幕，微微一笑，向左左说："走吧，先去换衣服吧。"说完带着左左走了。

简兮心中一酸，欲哭无泪地抚摸着腿上的淤青，突然一瓶药递到她面前，简兮一抬头，看见沈嫣友好地冲她笑："这个很有效，试试看吧。"

简兮接过："谢谢啊，你是左左的助理吧，我们早就见过。"起身时因太急疼得倒抽一口气。

第75章
导演的报复

沈嫣连忙扶她坐好："我来吧！"说完拿过药膏替简兮擦，简兮感激地看着她。

擦完了药，她打开随身的小包，里面带着驱蚊液、晕车药、止痛片、纱布、晴雨伞、墨镜、针线盒……另外还有宣传稿。

简兮震惊地问："你还负责宣传？"

沈嫣点点头："左左刚出道，没有专门的宣传，她要求每天都得有新闻，所以我只能全担啦。"

"那没有活动的时候怎么办？"

沈嫣左右看了一眼，悄声地说："和男生出门唱K叫密会，和闺蜜购物叫扫街，实在发掘不出什么新闻点，就制造一个嘛！你看那天参加电影宣传，有个粉丝无意中摔倒，得说成现场有数千影迷在守候，大家为了见到她，现场惊现血光！"

简兮忍不住笑了："你真了不起。"

正说着，副导演叫简兮准备下一场，简兮一听脸色一阵发白，沈嫣安慰了她几句，便急匆匆找左左去了。

简兮站在了镜头前，也不知怎么了一听见崔进说"action"就眼前发黑，浑身发抖。

崔进见她呆呆地站着，勃然大怒，快步向她走过去，简兮下意识后退了一步，一边躲避一边脸色惨白，一个字说不出来。崔进劈头盖脸地骂着。

唐斐陪着季晴买衣服回来时碰巧看到了这一幕，唐斐脸色变了，问副导演："怎么回事？"

副导演如实相告了事情经过，唐斐对岳乐说："你去和崔导说，我有很重要的事，先拍我那场。"

岳乐快步过去："崔导，我们唐斐待会儿要赶通告，先拍他那场吧！"

崔进立刻恭恭敬敬地说："OK！"然后恶狠狠地瞪了简兮一眼，"别跟个柱子一样杵在这儿！"

简兮赶忙低着头走开了。

岳乐想了想觉得这事多少跟展眉有些关系，她找到了安心，从安心那得知展眉会在剧中客串角色，他试探问了一下崔进是不是故意刁难简兮，安心一愣，她也正在纳闷，从一进片场她便觉得事情不对，崔进不停地针对简兮，而简兮又是左刚启用的新秀，左刚曾经多次抢走了崔进的奖项，两人的关系一直不睦，要说跟展眉无关，她也不信。

"安心、安心！"

岳乐见她发呆，叫了两声。

安心回过神来说了句“不知道”便走开了，径直到了化妆间去找展眉询问真相。

化妆师在为左左化妆，展眉坐在一边给左左讲剧本，安心小声地把展眉叫了出去，开门见山地说：“崔导当着全组人的面骂简兮是猪，一次次地让她重拍，会彻底摧毁她的自信心，眉姐！我跟你那么久了，你能不能告诉我，是不是因为你跟崔进导演说了什么？”

展眉矢口否认，并不给安心再说话的机会，说：“好了，我得准备拍下一场，有什么事以后再说。”说完施施然走了。

安心叹了口气，刚要走开，忽然听见身后有人问：“你刚才说什么？”

回头一看，不知道什么时候柯洛出现在了身后，安心一脸震惊地看着他。

柯洛愤怒地大步走来，一把拉起蹲坐在地上的简兮：“走吧，立刻放弃拍摄，我们回去了。”

“可我还有……”简兮甩开他的手。

“简兮，那个导演是在故意羞辱你，他根本不想好好拍戏！继续留在这里，你会发疯的，跟我走！”

唐斐突然插进来说：“拍摄还没结束，哪儿都不许去。”

柯洛扭头望着唐斐说：“你要逼死她？难道你看不见崔进到底是个什么样的人？”

唐斐点点头说：“身为演员，首要服从导演的安排，如果连这点都做不到，干脆放弃好了。”

“演员也是人，不是任人欺负的木偶！导演提出无理要求，也要一一贯彻，当人白痴吗？”

唐斐不再理会他，对简兮说：“回现场去。”

柯洛拦住了简兮说：“崔进最讨厌欧阳山，欧阳山越是器重你，他越要踩扁你！尤其你是个毫无背景的新人，他故意在拿你出气！”

简兮愣住，远处遥遥地传来崔进的声音：“Action！”

简兮被那可怕的声音吓得一震，身形摇摇欲坠，她猛然捂住耳朵。

一遍遍的“action”，在耳边响起，世界在旋转，声音在轰鸣，崔进的脸在眼前无限的放大放大，她发疯似的喊了一声：“别再叫了！我的头好疼！别叫了。”

那声音越来越响，简兮一把推开唐斐，飞快地跑了出去，柯洛急忙追上去。

唐斐留在原地，震惊得说不出话来。

夜色下的唐家，隔着窗帘可见里面灯火通明。

岳乐拿着手机晃了晃：“我一直给简兮打电话没人接，副导演说了，简兮明天不能来，这角色就换人了。”

唐斐神色自若地看着手里的剧本，脑海中不由浮现了简兮痛苦的表情，他一下子丢掉了剧本，猛地闭上眼。

“这个傻瓜！”唐斐走窗前，用力拉开了窗帘望着对面那块已然消在黑暗中的玻璃，沉默着。

简兮正躲在教室的角落里，瑟瑟发抖，四周一片黑暗，她抱着脑袋痛苦地沉浸在黑暗之中。

啪的一下，头顶的灯光亮起，她条件反射似的缩了缩，紧紧地闭上了眼睛，抱住了头。

“你果然在这里。”陆周看着沉默不语的简兮，眉头微皱，“回去休息，明天早上八点准时到片场。”

简兮抬起头，望着陆周，眼里尽是失落：“老师应该都知道吧！这样，老师也坚持让我回片场吗？”

“身为女演员，就得回片场，不是吗？”

简兮惊恐地抱紧了胳膊尖叫着：“我不去！”

看着她的反应，陆周无奈地：“简兮。”

“不去，我绝对不去！”她把脑袋摇得跟拨浪鼓一样，绝望地喊着，“不管你怎么说怎么做，我也不会回去了！”

第76章 好像爱上了她

陆周理解简兮的绝望与惊恐，但他更知道这一行的游戏规则，他蹲了下来望着简兮，厉声说：“你到底在说什么？和讨厌你的导演就不能合作吗？你必须要回去！”

简兮猛地望向陆周，眼底满是不解：“最残忍的人不是导演，而是老师你。”

陆周身体微微一僵，他看着简兮，眼里有些许的不忍，但他不能让简兮放弃：“这是一种磨炼。”

简兮的泪水涌了出来，她痛哭着：“我会疼、会哭、会流血，我是活生生的人，老师你为什么要这样对我？我真的不明白！”

“明天早上八点，片场，你必须去！”

他什么都知道……简兮突然意识到了一点，她望着陆周有点不敢确定：“你早知道导演讨厌我对吗？明知道我会被欺负、被针对，老师还是若无其事地让我过去，对吗？”简兮望着陆周，不可置信地瞪大了双眼，绝望的泪水一滴滴落了下来：“我是一个傻瓜吗？在老师的心里，我到底算什么？”她伸出颤抖的手，“只要听到action，我的手就抖成这样，我很怕，我很怕听见那种声音！这样的我，还能拍戏嘛？”

简兮突然笑了，看了一眼陆周站了起来，头也不回地冲了出去，陆周站在那里久久地望着简兮消失的方向，叹了一口气。

唐斐修长的腿踢着地面，一会对着月亮叹气，一会对着草丛感慨：“真是讨厌鬼！”不知不觉间接近了车库方向，他抓抓脑袋喃喃自语，“我来这里干吗？”

他一转身，准备离开，却再也迈不动步伐，不远处的阴影里，立着一个垃圾桶，垃圾桶上居然坐着一个人，借着微弱的光线，他能认出，那个人就是简兮。

“你大半夜坐在垃圾桶上干什么？”唐斐大步流星地走过去，不可置信地盯着她。

简兮有气无力地看了他一眼，低头不说话，唐斐顿时火冒三丈，岳乐打了一下午电话，柯洛找她人都失踪了，她居然可以一个人蹲在垃圾桶上装垃圾？

“说话！”他愤怒地吼了起来。

过了一会，简兮的声音幽幽响了起来：“我在想，自己是不是真的垃圾。”

唐斐愣了下，一脸狐疑地望着她：“你脑子坏掉了吗？”

简兮露出一个比哭还难看的笑容来：“你说得对，我这种人跟垃圾没有两样。”

唐斐忍住打人的冲动，冷笑一声，用极其讽刺的口气说：“又灰心丧气了？真是笑死人了，我还以为你是打不死的蟑螂呢。”

简兮痛哭着抱着脑袋，失声尖叫：“只要他一喊 action，我就会吓得浑身发抖，这样根本没办法演戏了。”

“所以你准备放弃了？”唐斐的声音不自觉地提高，他愤怒地盯着简兮，“你说导演故意针对你，是，他在挑刺，没有人会蠢到毁掉自己的戏，不管多混蛋的导演，他拍戏的初衷，都是把戏拍好。”

简兮一愣，抬头看着唐斐，夜色下，他表情严肃。

“你知道全国每年有多少部电影吗？”

简兮茫然地摇头。

“假设有 200 部电影上映，平均聘用 100 名工作人员，只需雇佣两万人。”唐斐认真地分析给她听，“听起来很多是不是？但你知不知道，除了正规参加艺考的千军万马外，渴望入行的有多少？每个人受聘的机会是多少？成为演员的概率又有多大？”

看简兮愣在那里，唐斐继续说：“有人为出名当演员，有人为金钱当演员，还有像你这样的傻子，天天喊着人生理想，刚开始雄心万丈，最后一蹶不振，真正熬到功成名就的有多少？”他深深地望着简兮说，“比双色球中奖的概率还要少！”

简兮愣住，她深吸一口气：“我不懂，你到底想说什么啊……”

“如果是我，全力以赴，不管他怎么骂，当他是空气！只要我成功了，就是最酣畅淋漓的报复！否则的话，被人赶出来，我没脸说委屈！”他看了一眼简兮，满脸嫌恶，“既然你已经坐到垃圾桶上了，就别再回来了，臭死自己一了百了！”

唐斐露出一个极具嘲讽味道的笑，手指往前挥了挥，做出滚蛋的姿势，一转身大步往前走。

简兮怔怔地看着他离去的背影，想开口，却又没脸说什么，月光落在她的身上，将她与垃圾桶影子拉得很长。夜是孤独的，简兮是寂寞的。

唐斐脚步踩在落叶上，发出沙沙声，他极力忍住想回头的冲动，突然加快了脚步，将简兮远远丢在了那里。

“立刻换掉简兮！”崔进暴怒的声音传进岳乐的耳里，他担忧地望着唐斐，见他神色自若地看着剧本。

笑笑忍不住笑了起来，而季晴不自觉看向唐斐，他沉默地坐在那里，许久都没有翻页。

崔进的话也落在了刚刚进来的陆周耳里，他脸上带着笑朝崔进走去：“刚好，欧阳导演打电话过来，他要用简兮拍电影，让我跟你说声抱歉。”

“等等！”崔进狐疑地望着陆周，“你刚才说欧阳山要她去拍戏？”

“对，欧阳导演一直很欣赏简兮，新戏想找她继续合作……”

崔进打断了陆周的话：“我们事先签过合同了，我用定简兮了！告诉欧阳山，让他有多远滚多远！”

陆周的眼底滑过一丝光泽，脸上泛出一丝若有若无的笑。

这时候有人大叫了一声：“简兮来了！”

门口阳光灿烂，简兮站在那里，神清气爽。

她快步走了进来，站在崔进面前，深吸了一口气：“全是我的错，请您原谅。崔导，从今天开始，不管 NG10 次、100 次，我都不会对您有怨言。”

第 77 章
不想爱怎么演

崔进颇有些尴尬地看看陆周又看看简兮：“胡说什么，难道我是故意 NG 吗，是你拍不好！拍不好，懂吗？”

“是，全都是我的错。我会把今后的拍摄当成您对我的磨炼，全力以赴做到最好。”简兮坚定地说，“没有您的指点，我还不知道怎样做一名真正的演员。”

崔进别有深意地看着简兮：“你这是……在反讽吗？”

简兮摇摇头诚恳地：“不，请您相信我的诚意，更加严格的对待我。要说的就是这些，今后一切就拜托您了。”

“看到你这样的人就讨厌，算了你先去一边等着！”崔进掉头命令其他人，“快去准备！”

“因为我知道，您对我严格要求，是对我抱有期待。虽然欧阳导演发现了我，但我在您的戏里才学会了如何演戏。”她冲他深深一鞠躬，转身去准备了。

简兮的脚刚迈进化妆间，就看到了展眉迎面而来，她的身体往旁边一侧让开了路，头也不抬地往里面走去。

“等等！”展眉突然开口，叫住了正欲离开的简兮，“回去吧！”她的声音低沉。

简兮一回头：“回哪儿去？”

展眉望着简兮，她平静地质问：“为什么变成这样还要坚持留下来？这里根本不是你生活的地方！”

简兮哑然失笑：“你是我什么人？”

展眉的脸色猛地一变：“你——”

“既然今天你主动提起，我也把话说清楚。如果你是我的妈妈，才有资格管教女儿。可你什么都不是，没有对我指手画脚的资格！”简兮丢下这句话，转身进了化妆间。

展眉望着简兮消失的身影，说不出话来。

在片场，崔进拿着喇叭：“Action！”

大雪飘零，百官叩首，武则天望着满园枯枝，似笑非笑，素手拈枝：“竟只有腊梅绽放，坏了众卿的兴致。”

上官婉儿轻声道：“陛下，腊梅本系冬花，得了雪气滋润，所以大放。别的花卉，开放各有季节，现在不是盛放之时啊！”

“朕以女子之身，登上帝王之位，自古能有几人？天下都要向朕臣服，何况小小花卉。”武则天一挥手，霸气道，“来人，笔墨伺候。”

宫人将长卷铺于案头，武则天借着酒兴挥毫泼墨：“明朝游上苑，火速报春知。花须连夜发，莫待晓风催。”（《催花诗》）

她一步步走进大雪中：“苍天在上，朕命你日出时分，冰雪消融，百花齐绽！”

这时雪停冰消，百花竞相绽放开来，百官皆震惊，武则天坐在椅子上把玩着手中的杯子，冷声道：“传朕旨意，通缉叛党后人，死活不论！”

随着一声“cut”，展眉敛去一脸霸气，柔柔地笑着，这时候简兮刚化妆出来，展眉望着她对崔进有意无意地说：“拍戏是要天分的，有些人一辈子也学不会。”

话音刚落，简兮便冷冷顶了回去：“一辈子还很长，没有走到最后，谁都不知道结果。”

“哟！”左左瞪着简兮，“你还真是什么大话都敢说啊，狂妄！”

“谢谢夸奖！”简兮浅笑着，她望向展眉，“长江后浪推前浪，总有一天，新人会取代旧人。眉姐你说呢？”

“我很期待你的表现！”展眉的表情还是淡淡的，她温柔地望着左左，拍拍她的肩，“晚上要吃什么？”

左左得意地笑了起来，挑衅地看了一眼简兮：“我知道新开的一家餐厅，叫上爸爸一起去。沈嫣！”她大叫着，沈嫣匆忙跑了过来，左左趾高气扬地说，“帮我订餐厅，晚上七点半。”

简兮失魂落魄地看着她们两人上演着母女情深。崔进一扭头大声地叫："简兮！准备好了吗？"

她猛地一回神："准备好了！"

"别浪费我的时间。"崔进不满地看着简兮说，"记住一点，武燕燕深爱着徐承志。"

随着一声"action"，摄影机对准一艘海船。

唐小山（季晴），站在船头落寞地望着平静的大海。蜷缩在客人中的徐承志（唐斐）抬头看了一眼唐小山。

随着船夫一招手，船开始启动，这时候一辆马车突然一阵风似地闯到了码头，帘子一掀，露出一张俏脸。

武燕燕（简兮）："谁敢开船！"她气势汹汹地闯上船，手一指落在徐承志身上，"我是来找他的。"

知道躲不过的徐承志苦笑着："武小姐，你从洛阳开始，就不分昼夜跟着我，到底为了什么啊！"

武燕燕一跺脚："当然……当然是因为我……"她懊恼地看看四周说，"你这呆子！"

摄影机前，崔进的眉头皱了起来："这根本不是我要的武燕燕！"

船上，武燕燕面带羞涩抓过徐承志的手："徐承志，不管你去天涯海角，我都跟定你了！"

"Cut！"崔进气急败坏道，"简兮，你过来！"

"我和你说了多少遍，主题是爱情！爱情！武燕燕深爱徐承志！"崔进挥着剧本冲简兮怒气冲冲地吼着。

"对呀！"简兮认真地回答，"我就是这么演的。"

崔进无奈地把陆周叫了过来："我没时间教她，你看着办吧！"他一把丢下剧本，走了。

"还记得我教过你如何表现爱情吗？"陆周耐心地教导着。

简兮远远地瞪了一眼唐斐，痛苦地说："面对自己讨厌的人，怎么谈恋爱！"

"这就是你的问题！"陆周严肃地说，"一个演员必须克服个人好恶。"

简兮失落地走出片场，发现天色已经暗了下来，她慢慢地往前走，远处一辆车突然加快了速度，打着刺眼的远光灯，疯狂地朝简兮冲了过来。

突如其来的事故让简兮愣在那里，只听沈嫣喊了一声："简兮快跑！"她猛地反应过来，撒腿往后跑，那车却疯了一样追着她，眼看着要撞上。

第78章
企图谋杀

简兮绝望地闭上了眼，这时候她身体突然落入一个柔软的怀抱，一抬头：柯洛。

车子发出巨响，在她们面前停住，左左握着方向盘的手不停颤抖着，她双眼通红地望着前面紧紧拥抱在一起的两个人。

柯洛一把放开简兮，快步冲到车子前，愤怒地拍着车窗："出来！左左！你给我出来！"

左左敛去了愤怒，转而用一张笑脸面对着柯洛，摇下了车窗："干什么？"

"你知道你在干什么吗？"

柯洛的愤怒让左左内心更加气愤，只是她脸上的笑容也更深了："吓吓她罢了，这么胆小？"

坐在旁边的沈嫣一脸惨白，伸手准备开车门，左左狠狠瞪了过去："你敢下车！"

沈嫣吓得浑身一哆嗦，看了一眼简兮又看了一眼左左："我还是自己回去好了！"开了车门迅速下车。

左左冷哼了一声，一踩油门扬长而去。

"你没事吧！"沈嫣惊魂未定地走到简兮跟前望着她。

简兮摇了摇头，望着左左远去的车："她疯了！"

"她是疯了！"沈嫣向来柔弱的脸上挂着深恶痛绝的表情，简兮不由一愣。

简兮不经意地抚摸着被柯洛握过地手，想起柯洛将她拥在怀里的模样，脸微微一红。

"你受了这么大惊吓，要不要和导演说一声，先请假？"沈嫣关切地问。

"我没事！倒是你，得罪了左左，要小心。"

沈嫣愣住，简兮拉住她的手，真心地说："对不起，是我连累你了。"

"没事。"沈嫣含着泪一笑，不经意地说，"我要是你的助理就好……"

简兮一愣，望着深嫣那柔柔弱弱的模样，又想起左左那骄横跋扈的样子。

结束了一天的工作，回到家中。

"水！"

正在拖地的简兮瞪了唐斐一眼，嘀咕了一声："自己没手吗？"

唐斐把脸从杂志后面露了出来，看他的眼神不对，简兮飞快地倒了一杯水放在他面前，唐斐把杂志往茶几上一丢，懒洋洋地："现在我要果汁。"

简兮认命地打开冰箱："果汁喝完了，喝牛奶吧！"

"不要……"唐斐拉长声音，"苹果，要削皮。"

简兮拎着把水果刀，把苹果当成了唐斐的脑袋，用力扎下去，苹果皮一下子断了，继续削，按照唐斐的要求切成了一小块一小块，端到他面前。

唐斐嫌弃地看了一眼："你是用嘴啃苹果的吗？"

简兮瞪了他一眼，完全无视那盘削得坑坑洼洼的苹果，继续拖地。

唐斐咬了一口苹果，停了下来，若有所思地望着简兮："为什么跟我没办法演感情戏？"

"是啊！"简兮把抹布一丢，"对着你这张脸，我没办法表现出一往情深的样子，哪怕是装，也装不出来！"

唐斐的眉毛高高扬起，一脸愤怒："你说什么？"

"真是苦恼，我就是不喜欢看你这张脸！"她瞪着眼不以为然地说，"今天就到这里吧！我回去好好想一想！"

看着简兮扭头就走，唐斐气得跳起来："我没说完，你要去哪？"

门砰的一声被关上，而静静观察两人的岳乐想起简兮切苹果咬牙切齿的样子，小声地嘀咕："见过谁家长工爱上地主——"他话音一落，唐斐立即用愤怒的眼神盯着他，岳乐立即一改口，"也许会发生奇迹的。"

片场，拍摄工作又开始了。

"各部门准备！"

随着副导演的喊声，大家都忙碌了起来，简兮准备就位时，看到了柯洛，一想到昨天的拥抱，她的脸不由一红愣在了那里。

"要加油哦！"柯洛握住了简兮的手，"我会一直在这里，守护着你。"

她冲柯洛点点头，朝船的方向走去，心却不受控制飞快地跳动着。

"Action！"

武燕燕一脸委屈，一把抓过馒头，狼吞虎咽地，她一边吃一边看着徐承志，一脸的倔强和任性，一口馒头噎在了喉咙，瞬间瞪大了眼睛，她抓心挠肝地吐不出来，跪在地上，手捶打着地板："救……救命！"

徐承志终于注意到，快步走了过去，伸手拉住武燕燕："好些了吗？"

武燕燕（简兮）一抬头，映入眼帘的是，左左妖娆地挂在柯洛身上，一副相谈甚欢的模样。她愣在了那里，脑海中一片空白。

崔进坐在监视器前，大叫了起来："你在干什么？"

唐斐顺着简兮的视线望着，突然眼神沉了下来。

"对不起导演！"简兮猛地回过神来。

"再来一次！"崔进不耐烦地大声说道，而简兮却再一次被 Cut。

"业余的就是业余的！"崔进气得脸色发青丢下剧本宣布休息。

季晴望着简兮，突然会意过来，扭头问沉思的唐斐："简兮她喜欢柯洛！也就是这样，柯洛在场她没办法投入表演。"

唐斐的脸臭得不能再臭，冷冷地斥责："没有半点责任心。"

"新人嘛，经验少难免的。"季晴的心情突然变好。

“耽误拍摄进度，浪费的是我的时间！”唐斐冷冷的话让季晴不由一愣。

简兮穿过片场，视线远远落在了柯洛身上，她紧张地抓紧着了手，不知所谓地望着柯洛，而左左突然笑了起来，望着简兮：“原来这么简单，天真的孩子。”她笑靥如花。

在众人的注意下，唐斐一把抓住简兮的肩膀：“武燕燕，算是我拜托你，别再这么任性！”

“对，要深情一点！”崔进抓着剧本让他们对戏。

简兮无意地一抬头，左左的手有意无意地落在柯洛肩上，简兮强逼自己把视线从柯洛身上移开：“徐承志……”

唐斐突然打断了她的话：“够了！”他愤怒地站了起来：“连台词跟情绪都把握不好，你根本没资格做演员！”

说完，他转身就走，所有人都愣住了。

第 79 章
霸道一吻

季晴望着唐斐的背影，若有所思，她突然冲简兮绽放了一个灿烂的笑容：“晚上一起吃饭？”

简兮愣在了那里，季晴拉着她的手：“为上次的事，我向你道歉！”

“我晚上有事，约了朋友。”简兮不好意思地笑着，脸却不经意地一红。

季晴突然明白了什么，看了一眼柯洛：“是柯洛吗？”

简兮的脸更红了，她点点头，季晴会意地说：“既然这样，我就不勉强了。下次有机会，我们再约吧。”

柯洛带着简兮去他最爱的那家西餐厅，到了才发现已经客满，正想要换一家，突然听到有人叫她，原来是季晴，再一看对面坐着唐斐。

季晴起身拉着简兮跟他们一起用餐，唐斐一看到简兮便皱起眉头，头也不抬地说：“连戏都演不好的人，有资格吃饭吗？”

“唐斐！”季晴嗔怪地叫了一声，唐斐不说话。

柯洛紧挨着简兮坐了下来，唐斐又不高兴了：“好好想想吧，你今天 NG 了多少次？”

柯洛维护道：“斐哥，简兮还没能把握好人物性格，给她点时间慢慢来。”

柯洛不说话还好，一说话，唐斐更加愤怒了：“是别人逼她演戏了吗？一个没有责任心的人，别说做演员，只会一事无成！”

“你……”

简兮拉住了柯洛不让他说话，好在侍应生拿着菜单走过来，结束了这场争执，柯洛贴心地给简兮点了生菜沙拉，给自己点了七成熟的牛排。

不一会牛排上来了。柯洛故意吃得相当陶醉，馋得简兮直流口水，他乘机切了一小块放在简兮盘子里，说："坚持素食主义只能减轻体重，无法塑造体型。尝尝看啦！"

简兮这才吃了一口，柯洛放下叉子，鼓励地笑了："每天都要保证充足的蔬菜和肉，如果担心摄像机前不漂亮，可以用鱼肉或者鸡胸肉代替。"

微暗的灯光下，两人亲密地靠在一起。

唐斐突然烦躁了起来，重重放下了刀叉，拿着外套站起来："我先回去了。"

他大步走出店门，上了车，猛踩了油门，车子在马路上飞驰，他眼前全是简兮和柯洛相视而笑的画面，拳头愤愤地砸向了方向盘。

接下来拍的是外景戏，简兮还是不在状态，一连 NG 十几遍，导演崔进气得咬牙切齿。

一旁的唐斐看了，悄悄让岳乐找导演先拍他的戏。

简兮一脸沮丧地离开了片场，回到了化妆间，坐在梳妆台前，看着镜子里的自己，一瞬间甚至怀疑自己是不是真的不会演戏。

沈嫣走过去轻轻拍了拍她的肩膀，她救命稻草似的抓住了沈嫣的手，沈嫣安慰地说道："傅黛君那么鲜活生动，武燕燕也不难掌握，相信你一定可以做到！什么都别想，只想着这出戏。"

"你到底是谁的助理？！"左左的声音响了起来，冷冷地从门口走了进来，见沈嫣愣愣地站着，吼道，"愣着干什么，还不赶紧帮我整理衣服！"

沈嫣赶紧低着头走了。

左左冷哼一声看了一眼简兮："只是两句台词，都重复多少遍了，白痴！"

简兮痛苦地闭上了眼睛，门口一阵脚步声响起，陆周走了进来，坐在简兮的身边。

简兮慌乱地看着他："老师……"

陆周伸手制止住："我看过你的表演了，我想问你一句话，对你而言，恋爱的情绪会影响到拍摄吗？"

简兮低着头不语。

陆周说："对于演员来说，生活经历是表演经验的积累。恋爱中的喜悦与悲伤，都是人生体验的一部分。如果你能将恋爱成功转化为表演，你的表演只会更加生动。在这出戏里，你要把唐斐当成你的恋人，学会和对手谈恋爱。不管多么讨厌他，都要记住一点，他是你戏里的爱人。克服不应有的情绪，就是演员的基本素养。"

简兮哑口无言，过了好一会才说："如果我做不到呢？"

陆周看着她一字一句地说道："如果做不到，就不是真正的演员。"

陆周说完，从化妆间里走了出去，刚走出门口，就看见唐斐迎面望着他。

他一愣，想必刚刚的话全被他听去了，绕过他，要走，唐斐跟了上去，说道："在你眼里，连爱情都能当作演戏的筹码吗？原来我真没看错，你并非真心帮助简兮，只想塑造另一个你，一个只懂得演戏的怪物。”

陆周耸耸肩：“你要这么想，我也不必解释。”

“陆周，你别太过分了，她只是个单纯的傻子，不懂喜欢和爱的区别！别人对她好一点，就以为自己爱上人家了！现在是真的喜欢柯洛，还是因为一时的迷惑？连这个都分不清，你却对她说什么恋爱体验，到底是为她好，还是在害她？”

陆周停住脚步，转过身对她冷冷一笑：“是，我不关心她变成什么样，我只要她成为一颗璀璨的明星。”

“你不会成功的。”

陆周自信地一笑：“我会的，只要她有强烈的企图心、拼命往上爬的欲望，我就一定会成功！”说完径直从他身边走过。

唐斐拦住了他：“我会用自己的办法阻止你。”

陆周停顿了一会，说：“不，你阻止不了她，更阻止不了我！”

这是挑衅！唐斐绝不会认输，他当即打电话给齐文森要求换掉简兮，打完之后去了化妆间把这个消息告诉了简兮。

“因为你阻碍了拍戏进程，一个没办法和我演对手戏的女演员，不配留在片场里。”

他的话就像针一下一下地刺痛着她，从一开始相识到现在，每一次她都忍了，即便不忍，也很快就过去，但是这一次，他要亲手毁掉她的梦想。

简兮抬起头定定地看着他：“其实不光你讨厌我，我也无法忍受和你这样的人拍戏，更不喜欢你的霸道！”

唐斐不敢相信地抓住她的双肩，吼道：“我对你有那么坏吗？如果不是我的话，你早就无家可归了！是我收留了你，给你工作，一次又一次，我每次都容忍你，你凭什么讨厌我？你是真的喜欢柯洛，还是胜负欲在作祟？你这个什么都不懂的傻丫头，真懂什么是爱情吗？不，你不知道，你什么都不知道！”

“对，比起你来，我更喜欢他！因为你实在太讨厌了！”

她的眼眸里全都是厌恶，唐斐不可思议地看着他，她竟然讨厌他，他怎么可以讨厌他？他突然发力，挽住了她的腰，在她还没有反应过来之前，吻住她的唇。

简兮睁大眼睛，唇的柔软让她有一瞬间的失神，但是很快就反应过来，狠狠地咬住了他的唇。

唐斐吃痛，放开了她，她心里恨极了，扬手给了他一记耳光：“你太过分了！”

唐斐慢慢擦掉了嘴边的血渍，摸了摸脸，淡淡地说了句：“过分吗？只是提前演习一下而已。”

“你……”简兮愕然地看着他。

唐斐看着她，眼神里有一丝邪魅：“哪怕我十恶不赦，你也必须在戏里学会爱我！一切喜怒哀乐，全都不由自主，这是演员的宿命。如果你做不到，只能说明你幼稚！”

简兮眼眶迅速聚满了委屈的泪水，原来他只是练习而已，竟这样夺走了她的初吻。

唐斐深吸一口气：“再给你最后一次机会，如果待会儿一次演完，不 NG 的话就能继续拍摄，如果做不到，永远别回来了。”说完留下一个潇洒的背影，走了。

一直到他走了很远，季晴才从墙角走了出来，望着他离去的背影，慢慢地转过身，落寞地走了。

不一会就有工作人员来提醒她，拍摄马上开始。

简兮一到拍摄现场，崔进便直言不讳地说：“这是最后一次机会，如果再做不好，你就离开这儿。”

这场戏的剧本简兮看过很多遍了，讲的是武燕燕目睹徐承志与唐小山亲密举动后的嫉妒，这场戏里，没有为她安排一句台词，全部是自由发挥。

副导演喊道：“各就各位，三、二……”

简兮闭上眼睛，耳边响起了陆周说过的话：世上的一切感受，全都可以用来演戏……在这出戏里，要把唐斐当成恋人，学会和对手谈恋爱。

简兮睁开眼睛。

茶馆内，宾客满座，台上有歌女在弹唱，徐承志、唐小山、武燕燕走进茶馆。

坐下后，徐承志面带温柔的微笑，亲自给唐小山斟茶，武燕燕远远地盯着他们，表情高傲，眼神却怨恨。

唐小山的头发乱了，徐承志为她挽起，武燕燕猛然站了起来，她快步走上舞台，推开了弹唱的歌女，随着音乐，跳起了优美的舞蹈。

周围掌声雷动，宾客们将她团团围住，舞动中，一方帕子落在地上，有人殷勤地捧着上前，武燕燕却视而不见，她的目光始终盯着徐承志一人。

徐承志的眼里却只有唐小山，手轻轻落在了唐小山的手上，低声耳语了一句，唐小山脸红了。

武燕燕再也无法忍受，她猛然捂住脸，一把推开众人，跑了出去。

唐小山说：“徐大哥，快去追燕燕！”

徐承志一把拉住武燕燕，怒声道：“你又怎么了，这么任性！”

武燕燕猛然抬起头，眼里泪光闪闪。

唐小山忙道：“徐大哥，你不该这样说燕燕。燕燕，对不起，徐大哥不是有心的！”

武燕燕推开唐小山：“不用你管！”

唐小山被推了一个踉跄，徐承志连忙扶住她，厉声：“武燕燕，你这个疯子！”

武燕燕眼中含着泪：“对，我是疯了！从小到底，哪怕要天上的月亮，也会有人摘来给我。唯独你瞧不上我，所以才一路追着你跑！你说得对，这不是爱，我不爱你，绝不爱你！”擦掉了眼泪，骄傲而倔强地说道，“但是我向天发誓，一定要得到你！”

“Cut，OK！”

简兮开心地笑了，得意地看着唐斐。

唐斐看了她一眼：“就那么高兴吗？你还没理解真正的武燕燕。好好琢磨剧本吧，你还差得远。”

忽然，他看见了季晴在看着自己，朝她点点头走了过去。

“唐斐，从前你不管其他人的事，为什么对简兮这么在意？”季晴突然问道。

唐斐一愣，笑笑地说：“我只希望尽快完成这出戏。”

“可我不想看到你关心简兮，哪怕只是为了演戏，我也不想！”

季晴说完，意识到自己的失态，忙笑了笑说：“对不起，我也不知道自己怎么了，一整天都怪怪的，可能是拍戏太累了。”

唐斐愣了一下，叮嘱她要好好休息，季晴的心里却乱成了一团麻。

简兮拿到了预付款之后的第一件事，就是把钱还给了岳乐，她伸开双臂做了个自由的深呼吸，浑身从未有过的轻松。

可是当岳乐把这个把钱推到唐斐面前的时候，唐斐的反应则恰恰相反，一头倒在沙发上一动不动，连桌上的咖啡也提不起兴致来喝，感觉从来没有像现在这样无聊乏味过。

过了一会，他从沙发上跳起来，快步走到窗边，拉开窗帘，朝车库方向看了一眼，掏出手机，找出简兮的名字，按下通话键，听到嘟嘟的通话声，心跳得飞快，手不由自主握紧了电话。

“喂？”简兮的声音传来。

唐斐手一颤，下意识就挂断了。

不一会，手机响了，是简兮打来的，他一直等到快自动挂断的时候才假装慢悠悠地接起，一本正经地“喂”了一声。

“什么事？”简兮问。

第80章
霸道的恶魔合约

“啊？哦，钱收到了。只是想告诉你，终于不用再看到你这张傻瓜脸，我简直好得不得了！”

“我的看法和你一样，很高兴我们的交易结束了。”

简兮正准备挂电话，唐斐连忙叫道：“等等！你预付款拿到多少？这么有钱还我？”

“去掉公司的佣金、欠公司的培训费，剩下的都给你了。”

唐斐顿时高兴了起来，表面上冷淡道："你不用付房租和吃饭吗？就算你拼命省钱，置装费怎么办？平时就穿垃圾出门，要是被记者拍到了怎么办？求饶的话，我可以大发慈悲，原谅你的一时糊涂。不但让你留在身边，还会给你发薪水，解决全部的置装费，你刚刚出道，很缺钱吧，只做日常清洁，就可以赚钱，你、赚、到、了！"

电话那头传来简兮很轻却很坚定的声音："我、不、要！哪怕要穿得像个乞丐，没有钱吃饭，我也不想再忍受你的坏脾气。唐斐，我有句话一直憋在心里，终于可以说了，你是这世上最讨厌的男人，我讨厌你，非、常、讨、厌！再见！"

电话挂断了。

唐斐对着已经挂断的电话大喊："忘恩负义的坏丫头，有本事永远别回来了！"

接下来，简兮的戏拍得都很顺利，拍完了一天的戏，去化妆间卸妆的时候，远远地听见砰的一声有东西落在了地上，紧接着传来左左在发火的声音："你到底怎么办事的，他居然问我什么时候脱离爸爸的影响力自己做电影？什么东西！？"

沈嫣唯唯诺诺道："不对啊，采访提纲我都事先沟通好了。"

"第三个问题根本不在提纲上！什么事情都办不好，你就是个废物！"左左一把将笔记本甩在她脸上，"还有啊，你自己看看，答案字这么小，想看瞎我吗？白痴！"

左左一边说一边用手指头死命戳沈嫣的额头，沈嫣连连后退，眼圈都红了。

简兮快步了进去："够了！她做的是助理，不是你的奴隶。"

左左瞅了她一眼："我要怎么对待助理，需要你过问吗？"

简兮一把将沈嫣拖到自己面前："从今天开始，她不再是你的助理了。公司也在为我招聘助理，我一直很犯愁不知道该选谁才好，现在看来，有谁比沈嫣更合适呢？"

沈嫣震惊地抬起头。

左左暴跳如雷："你敢和我抢东西！"

简兮微微一笑："既然你不喜欢，我现在要用她，沈嫣有自主选择的权利，为什么不问问她的意见？沈嫣，愿意做我的助理吗？"

"我……"沈嫣低着头。

左左恶狠狠地瞪着她："你敢！"

沈嫣犹豫一会猛然吸了一口气："我要做简兮的助理！"

"好，你就滚蛋吧，我不需要任何人！"左左气得转身摔门走了。

沈嫣慢慢地走到简兮跟前："简兮，我很担心……"

"她不敢拿你怎么样的，别害怕。"她拉起沈嫣的手，"我已经正式出道。从今天起，你就是我的助理！

时尚杂志拍摄现场，工作人员在拍摄照片，女模特亲热地靠在唐斐的肩膀上，摆出各种姿势。

摄影师拍了一组："对，就是这样！好，最后一张！OK！"

唐斐微笑："各位辛苦了！谢谢。"

拍摄完毕，唐斐刚刚坐下休息，女模特亲昵地靠过去，挽住他的胳膊，就是这个时候简兮打来看电话，唐斐立刻甩开女模特的手，接起电话，却又突然挂了。

唐斐不接她的电话，简兮只好把电话打给了岳乐，把事情的经过说了一遍，提出要向唐斐要回那笔钱，理由是为了请助理。

岳乐把消息传递给了唐斐，脸上露出得意的神情，让她晚上去家里说。

简兮一进门就被唐斐一通痛骂："沈嫣是左左的助理，这样会让你们的关系雪上加霜！还是自掏腰包请助理，你是傻子吗？"

简兮好脾气地坐着任凭他怎么骂都无动于衷，最后唐斐提出，钱可以拿回去，利息要加倍，家务全包，合约一年。

为了不让沈嫣失望，简兮含恨签下了合约。

第二天，简兮开工就把沈嫣带到了剧组，左左一通冷眼，简兮根本不放在眼里。

结束了拍摄，又带着她去见陆周，陆周正在琴房内弹奏，沈嫣打开门，看着陆周淡雅沉静的侧脸，有些呆了。

简兮笑眯眯地走了进去："老师，我又来打扰了！这是我的助理，沈嫣。"

沈嫣受宠若惊鞠了一躬："陆先生……"

陆周只是盯着简兮："为什么突然跑回来？"

"我遇到一点问题啦！"

简兮捧上剧本，陆周从钢琴前站起，顺势斜倚在钢琴边上翻阅剧本，微微一笑说："是把握不好武燕燕吧？你要学会揣摩人物，不能每次都来找我。"

"是！沈嫣，咱们快走吧！不打扰老师弹琴了。"

沈嫣却站着不动，牢牢地看着陆周，急切地上前一步："陆先生，我们之前见过。"

陆周当然不记得，可沈嫣却永远也忘不了在她大学时勤工俭学在餐厅做侍应生的时候，她偷偷摸了钢琴被琴师骂得狗血喷头的那个晚上，是陆周出现救了她，并且弹奏了一首曲子，那激荡的琴声简直仍犹在耳，从此，她便再也没忘掉过他。

"我知道。"陆周礼貌地说，"你从前是左左的助理。从现在开始，拜托你照顾简兮了。"

陆周笑了笑，对沈嫣伸出手，沈嫣握手握到一半："你真的不记得我了吗？"

陆周摇了摇头，抽回了手。

沈嫣失望地垂下了头。

陆周推了推简兮的脑袋："快去摄影棚，导演该等急了！"

简兮立即拉着沈嫣跑了出去，一回头却看到沈嫣心事重重。

第 81 章
沈嫣的钟情

沈嫣说：“没想到陆老师这样年轻。”

简兮说：“当然，还很有绅士风度，对不对？其实老师很早就出道了，后来……”

“后来怎么了？”

简兮摇了摇头说：“具体情况我也不清楚，说是因为受伤的缘故才回到公司任教。”

教室里再一次响起钢琴声，沈嫣听得入了神：“陆先生是个很厉害的人，听到这首曲子，让人不由自主产生共鸣。”

简兮一愣。

“你听，这首曲子仿佛描绘出一幅画面，灰蒙蒙的天空，连绵的阴雨，垂死的海鸥……演奏者的心里一定充满了悲伤和痛苦，曲调才会如此沉重。”

简兮静静听着她的话说：“真可惜，我没有乐曲天分，老师曲子里的内容，一点都听不出来。”

沈嫣微微一笑说：“我学过一段时间的钢琴，因为家里发生了意外，没有钱继续进修，被迫停了。对不起，突然和你说这些，时间到了，快回去片场吧！”

沈嫣拉起简兮的手，拖着她一并离开，只是走了两步，她又不自觉地回过头看了一眼钢琴室的方向。

片场的拍摄正在有序进行着。崔进说：“准备好，各就各位。Action！”

客栈内院，徐承志在院子里踱步，武燕燕跟在他的身后。一点点小心地踩住他的影子，然后一路追随着。

月光将徐承志的影子拉得长长的，武燕燕亦步亦趋地追随着徐承志，因为追得太紧，他的影子忽然变成了她的影子，看着影子重叠在一起，武燕燕的脸上露出灿烂的笑容。

徐承志猛然转过头来：“你干什么？”

武燕燕吓了一跳：“没、没干什么！”

徐承志：“我出门打听一下，你们先休息吧。”

武燕燕：“带我一起去！”

徐承志：“不！你留下来，保护小山。”

武燕燕：“我——”

徐承志已经走远了，武燕燕气得跺脚。

唐小山站在房门口，满脸歉疚：“对不起，都是因为我。”

武燕燕：“对，就是因为你。”

唐小山泫然欲泣。

武燕燕：“好了好了，要是让人瞧见了，又以为我欺负你。还不回去睡觉！”

唐小山失望地看着她，武燕燕不理会她，唐小山无奈地关上了门。

剑花如流水，武燕燕收了剑势，望着徐承志，却不想他张嘴就是：“小山呢？”

她顿时瞪大了眼，气呼呼地说：“别问我，我又没义务照顾她。”

徐承志不再言语，一转身，身影没入繁花之中。

武燕燕痴痴地望着他的背影，一颗泪消然从腮上落下。

崔进终于满意地点了头说：“Cut！”然后冲简兮招招手，“过来！”

简兮瞄了一眼唐斐与季晴，见两人相携离去的甜蜜模样不由瞪了瞪眼，然后飞快冲到导演跟前。

“待会拍摄顺序会调整，武燕燕会被徐念远欺骗害徐承志入狱，而徐念远后来发现徐承志是他大哥，找武燕燕联手救人。”崔进颇为期待地望着简兮，“要把武燕燕那种不甘心却又不得不低头的情绪表现出来。”

简兮捧着剧本点点头，全身心地投入剧本之中，崔进满意地看着她。

“Action！”

武燕燕咬牙切齿地望着徐念远：“你还敢来！”

“嘘！”徐念远上前解开武燕燕身上的绳索，武燕燕抬手便是一掌，却被他一把抓住，“别吵，我带你去救徐承志。”

武燕燕一愣，不可置信地望着徐念远，徐念远颇有些尴尬地笑笑：“信我最后一次，这次我不会骗你。”

“好！”武燕燕笑嘻嘻地靠了过去，却猛然抬手刷刷两个巴掌，飞起一脚，徐念远猛地撞到柜门上。

摄影机前，牧歌的脸色微微一变：“她在干什么？立刻停下来。”

崔进倒是饶有兴趣地看着，阻止了牧歌：“等等。”

那边武燕燕抓起手头各种东西朝徐念远掷了过去，徐念远抱头鼠窜：“你不救徐承志了吗？”

“臭小子！”武燕燕双手叉腰，愤愤道，“先把欺骗本小姐的账还来！”

明晃晃的花瓶迎面而来，徐承志忙捂住脑袋蹲了下去。武燕燕趁其不备，一个飞身蹿了出去。

“这完全是她自己发挥！”崔进喃喃自语。

牧歌望着入戏的武燕燕，脸色阴沉。

徐念远追了出去，气急败坏：“坏丫头！”

只听得一声轻笑，只见武燕燕笑靥如花从屋檐下探出头：“坏丫头在叫谁？”

崔进愣在了那里，突然笑了出来：“去而复返，这丫头已经吃透了人物！武燕燕之所以可爱，就是因为她个性极强，如果轻易原谅徐念远，就不是真正的武燕燕。”

牧歌把手里剧本重重砸在桌上："简直是胡闹！"

"她不按剧本来，随意发挥！"左左唯恐天下不乱地凑到牧歌身边起哄，"简直当你是死人啊！"

"我想和简兮谈谈。"牧歌的神色不太妙，崔进只能停了拍摄把简兮叫过来。

简兮一过来，牧歌就劈头盖脸地一声吼："你不记得台词吗？"她愣在了那里。

"如果记不下来台词，我可以给你时间慢慢背！"牧歌指着剧本愤怒地说。

"我记住台词了。"简兮辩解，"不止是武燕燕的台词，其他所有人的台词我都记得。"

牧歌更加愤怒地指着简兮的鼻子吼："什么是剧本，一剧之根本！再红的演员，也要依托于剧本，不能随心所欲地发挥！"

"牧编剧，你真的误会了，我没有不尊重你的意思，只是觉得这样表现会更合乎人物个性。"

"自以为是，狂妄自大！"牧歌对于简兮的解释完全不予理会。

"没有恶意？"左左不失时机地挑唆着，"既然这么厉害，干脆完全丢掉剧本，自由发挥啊，还要编剧干什么？"

第 82 章
唐斐这大坏蛋

"对不起，我不知道你会这么生气……"简兮对着暴跳如雷的牧歌低头道歉。

"牧歌，消消火，我知道你对剧本付出了很大心力，也尊重你的劳动，这件事情大家可以商量。"崔进出来打圆场，实际上他觉得简兮的表演让角色有了灵魂。

"随意修改，是对我极大的不尊重！抱歉，我不能接受！"牧歌愤怒地把剧本扔到不知所措的简兮脸上，转身就走。

左左得意洋洋地看了简兮一眼，小跑着跟上牧歌的步伐。

唐斐懒洋洋地躺在那里，修长的腿搭在椅子上，脸被杂志盖着，简兮把厨房的门关上，在里面打扫卫生，岳乐一边敲着键盘一边小声地说："今天片场又出事了。"

唐斐连眼皮都没抬一下，自顾自地假寐。

"简兮在片场和牧歌争辩，弄得人尽皆知。"

岳乐的话音刚落，唐斐猛地坐了起来，杂志啪嗒掉在地上："她一天不找麻烦会死啊！"

"我还没看过这么固执的丫头，明明没有名气，还敢和著名编剧争辩。"岳乐笑着，把一杯水推到唐斐面前。

唐斐又躺了下去，闭上眼："作死！"

过了一会站起身，站在门口，手伸了出去想敲门，又却停住，这时候门哐当一声打了开来，他没好气地瞪了简兮一眼。

“知不知道你‘又’要被换掉了！”

简兮莫名其妙地抬起头：“要换掉我？”

“乱改剧本的下场！”

简兮不可思议地看着他：“我是乱改吗？根据人物进行二次创造，这是演员拥有的权利，不是吗？”

唐斐指着她的鼻子：“要做演员，就得学着和导演博弈、和编剧沟通、跟制片谈判！身为编剧，他的立场当然是维护作品。而你呢？拼了命想要角色光彩照人！彼此的立场，本来就是冲突的！”

简兮突然意识到唐斐并非吓唬她，昨天牧歌的愤怒历历在目，但她并不甘心：“所以呢？现在我处于弱势，就应该去道歉？”

唐斐指着她吼，“笨蛋！我是叫你要么沉默，要么非赢不可！”看着简兮愣在那里，唐斐又继续教训她，“你说要发挥角色，就得拼命说服牧歌——”

简兮摇摇头：“我试过，但是怎么都说不通！”

“说不通就一直说，直到说服为止！演员需要有最强的抗压力，不是别人说两句就被打垮了，更不能随便使性子不干了！你要告诉牧歌，角色不光属于他，更属于你，听懂了吗？！”

简兮看着咄咄逼人的唐斐，下意识地问：“你是在帮我吗？”

唐斐一愣，随着扑哧一笑：“谁有这个闲工夫，我就怕换人后，又要拍一遍！不要浪费我的时间！”他一推简兮，“去说服牧歌，用你最快的速度！”

简兮迅速脱下了身上的围裙跑了出去。

站在左家别墅门外，她鼓起勇气敲了敲门。

牧歌从楼上看到了简兮，对正要开门的刘姨说:“跟她说，我不见，就算来道歉也晚了。”

“是，牧先生。”

刘姨开了门，将这番话转达给了简兮，随后毫不留情面地关上了铁门。

简兮用力拍着铁门：“等一等！你告诉牧先生，我见不到他是不会走的！”说完盘腿坐在了门口，她已经下定决心，不论如何要等到牧歌。

左家楼上房间，窗帘微微动了一下，展眉挑开窗帘，朝下看了一眼。

由于简兮在家门口死守，牧歌不得不小心翼翼，仔细地观察着四周，确定没有人才敢开车出来，平稳地驶出左家，突然一个人影冲了出来，死死地挡住通道：“等一下！”

牧歌愤怒地打开车门：“你到底想干什么？我说过不接受你的道歉！”

“我不是来道歉的。”简兮摇头。

牧歌一愣：“你说什么？”

“我说，我不是来道歉的。我是来告诉你，我演的武燕燕更好。”

牧歌无语地望着她。

简兮说：“为了让这部电视剧成功，编剧你日夜颠倒地写作了吧，非常辛苦，付出了一切！我也是啊，为了塑造出成功的角色，天天都在背剧本，努力地理解你笔下的人物。”

“简兮你知不知道你在说什么？”

“当然知道！不提前沟通就动了你的作品，是对编剧极大的不尊重，我一定要说对不起！但关于这个角色，我依旧认为自己的表现没有错！”

牧歌准备上车：“不用再说了，你会被换掉的！”

简兮死死地拉住车门不让他离开：“那你有没有想过，哪怕你威胁要换掉我，我也在所不惜。究竟是为什么呢？”

牧歌犹豫地看着她。

“我只想在您原作的基础上，让人物遵循个性生活！因为我觉得，武燕燕真正活着，活在那个奇幻的世界里！”她望着沉默的牧歌，诚挚地说，“我会竭尽全力去演，让大家看到——您的作品有多出色！”

或许她说的没准，但眼下的这件事他做不了主。

牧歌复杂地看着简兮，突然推开了简兮的手，关上车门，他犹豫地看了一眼简兮之后，一踩油门，绝尘而去。

唐斐站在花圃前，装模作样拿着水管浇花，简兮失魂落魄地走过来，站在他身旁：“我又失去角色了。”

唐斐想上去安慰却又不自觉的脱口而出：“自作自受！”

“你就不会安慰我两句吗？”

“不是让你去道歉吗？连道歉都不会的蠢蛋！”

“大坏蛋！”简兮气愤地大吼了起来。

“你说什么？”唐斐怒不可遏地叫起来，忘了手里还拿着水管，手一抬，浇了简兮一脸。

原本简兮就已经失望之极了，现在被唐斐一激更加愤怒，她冲上去一把抢过唐斐手中的水管，毫不留情地喷了他一身。

第 83 章
武燕燕之死

“你这个幼稚鬼！”唐斐看着她，竟露出一丝浅笑。

“唐斐……”

两人一抬头，看到了目瞪口呆的牧歌，不由对视一眼，同时一松手。

唐家客厅里，牧歌坐在沙发上，用不确定的眼神观察着二人：“你们住一起？”

简兮下意识地反驳。

唐斐脑袋一扭：“谁会跟这种没品的女人住在一起？”

“你才没品！你才没格调，小心眼！”

牧歌哑然失笑：“你的角色会在这单元结束。”他说出了此行的目的。

简兮吞了口口水，不明白地望着他，牧歌点点头，“我仔细考虑过你的话，武燕燕有内在性格逻辑，她必须为徐承志牺牲，才是最大的圆满。”

“你要写死我？”简兮哭丧着脸，“你是故意报复吧？”

牧歌否认地摇头，唐斐哈哈两声大笑着：“看！挖个坑把自己埋了吧！”

这是武燕燕在剧中的最后一场戏，至关重要，她用死来成全唐小山跟徐承志。

“我真的好羡慕唐小山。”武燕燕无限悲凉地看了一眼唐小山，再把视线落在徐承志身上，眼中有不舍和眷恋。

一支箭从她面颊擦过，一缕发丝随之断落，她手一扬将袖里箭对准徐承志。

徐承志一惊，几乎是同时和她射出一箭。

武燕燕的身体如风中落花般向后倒去，应声而落的还有她的袖里箭，徐承志瞬间明白了，她并未向他射箭，他飞掠而去，手一伸，试图抓住武燕燕，却连她的衣角都碰不到。

落花飞红，武燕燕的脸上露出一丝浅笑，身体落入深深的湖水之中，渐渐沉没……

“OK！过！还有场骑马的戏要补！”崔进满意地看着简兮，“欧阳山那个老头，眼光还是不错的。”

左左嫉妒地盯着简兮，偷偷地取下胸针，往古街另一头走去。

简兮勒紧缰绳，从斜坡下去，她本来就是新手，对骑马没什么经验，眼下更是紧张，马冲下坡时突然双蹄腾空而起，猛地昂头嘶鸣。

她惊叫了一声，一下子从马上摔了下来，重重砸到地上，一动也不能动。

“简兮！”唐斐在众人没来得及反应前就冲了过去，抱起了简兮。

受到了惊吓的简兮脑袋一片空白，等她缓过来的时候，映入眼帘的便是唐斐关切的眼眸。

“我没事。”她挣扎着从唐斐怀里起来，唐斐却一把将他抱紧了：

“必须马上去医院！”他不容置喙的霸道口气让简兮一愣。

崔进赶了过来，紧张地问：“你没事吧？”

“没看到她受伤吗？”唐斐抱着简兮大步向前走，简兮挣扎着从他怀里跳了下来：“还要赶进度，我真的没事。”

唐斐不可置信地望着一脸倔强的简兮。

简兮从容地擦去脸上的血水，对崔进说：“请给我换另一匹马！”

左左的心提到了嗓子口，以为简兮发现了什么，实际上，简兮是心有余悸。

“好！换马！再来！大家准备！”

崔进在确定简兮安全后，开始准备拍摄工作。

季晴远远地看着简兮骑着马冲下坡，她的视线慢慢转回落在唐斐身上，他是第一个冲过去的，抱着简兮的模样，除了震惊……还有心痛。

“有这么敬业吗？大不了找替身拍！”笑笑不以为然地笑着。

季晴摇了摇头：“演员要以完成拍摄为第一要务，这是她的工作，换成我也会坚持拍摄。”

唐斐闻言抬头看着季晴，却发现她正柔柔地冲他微笑。

简兮坐在沙发上收拾着茶几上的杂志，肩膀却因为动作的牵引疼痛不已，她不得不放下了杂志，坐在那里龇牙咧嘴地揉着肩。

“笨蛋！”唐斐看在眼里，虽然心疼，嘴上却一句好话都没有，他拿来药膏恶狠狠地说，“没见过比你还蠢的人，骑个马都能摔成这样！”

唐斐说完坐到了简兮身边，手一伸，简兮将眼睛一瞪，望着他那快要落到她肩上的手：“你要干吗？”

唐斐没好气地一把拉过她的胳膊：“别动。”

他的手轻轻地落在她的手臂上，眼中不自觉满是温柔，简兮望着他不由愣在了那里，她熟悉的唐斐不是这样的……突然之间，她感到了自己心跳在加速。

唐斐一边用药膏揉着她的肩一边极力掩饰：“别误会啊，你得更努力地干活，才能弥补我的损失，要是你一直怠工，我可就亏大了”

简兮一下子从带着羞涩的心猿意马中清醒过来，狠狠地瞪了他一眼。

“今天为什么要忍耐？”唐斐看着她於青的手臂，脸色渐凝重，“马被人动了手脚，这种事有一次就会有第二次，你对人家心慈手软，他们只会变本加厉。你怎么那么笨！”

简兮揉着肩，淡笑着：“我当然知道，知道又能怎样？”唐斐一愣，看着一脸坚定的简兮。她摇摇头说：“我猜到是谁做的，她肯定指望我大叫大闹一通，最好闹得人仰马翻。然后所有人都觉得我拖慢了进度，对我诸多指责。”

唐斐愣在了那里，啧啧两声：“看不出来……你这种糨糊脑袋居然识大体了。”

简兮没好气地瞪了他一眼，一把抢过药膏：“你才是糨糊脑袋！和伤了手、伤了脚相比，当然是机会更重要！”

唐斐站了起来，看着她别扭地给自己上药，冷笑一声：“螃蟹掉了一只爪子还能打扫吗？快滚回去吧，膏药味让我头晕。”

简兮被气得站了起来，对他恨恨地一挥拳，却又被肩上的伤牵引得龇牙咧嘴，最后恨恨地一摔门，转身离去。

《镜花缘》一开播就受到了一致好评，尤其是简兮的武燕燕，让人过目不忘。微博上一直在话题榜。网上的评论从武燕燕之死激化，季晴的迷妹迷弟们跟简兮的粉丝们掐成了一片。

第 84 章
拒绝暴露出镜

至于另一个女配左左，贯穿整部戏，居然连提都没人提到她。

展眉走进来看到扔了一地的报纸，左左愤怒地大叫着："为什么当我是透明人！我才是女二！"

"演戏必须要好好演，不能有一丝杂念，水到渠成，自然大红大紫。"展眉望着愤怒的左左冷静地教导着，"只有拿出好作品的演员才是好演员，有我在，有你爸在，你可以拿到最好的角色。"

左左恨恨地踩着报纸上简兮唐斐季晴的合照："对！我要演最好的角色！"

而正在陪季晴化妆的笑笑也在关注网上的评论，愤愤地关上手机："居然有那么多粉丝替简兮出头。"

季晴拿过手机匆匆浏览着，上面简兮的人气居然不比她低。

"是《镜花缘》上的武燕燕吗？"化妆师惊喜地问，"她演得很不错，网上很多人喜欢她。"

"人设好啦！"笑笑不以为然的嘲笑着，"不过是个女配罢了，喧宾夺主，居然跟季晴相提并论！"

季晴关上手机望着镜中的自己，上妆后的她完美无瑕，她浅笑着："你认为我的风头会被她抢走吗？"

笑笑一愣，季晴一撩额前的碎发："不要看低简兮，看低她就是看低我。"她站了起来，入迷地望着镜中的自己，露出一个诡异的笑容，"真正的比赛，现在才开始！"

米蒂正在给简兮化妆，沈嫣抱来了一堆礼物，全部堆在桌子上："都是粉丝专程寄给你的礼物！"

"真的吗？"简兮目瞪口呆地看着，激动地一个个翻看礼物，有卡片、杯子、笔、扇子、手表，她抱住玩偶兴奋大叫，"哇，我居然有自己的粉丝了！"

笑笑陪着季晴进来找米蒂做头发，闻言快步走到简兮身边，随手夺过她手里的玩偶，嗤笑了一声，把玩偶丢在一边："我还当是什么，原来是这种东西！"

简兮连忙夺回玩偶："这是别人的心意，不要随便乱丢。"

"不会吧，你还真当宝贝啊！"

“笑笑！”季晴叫了她一声。

笑笑撇了撇嘴：“要比数量，我们季晴有专门收存礼物的仓库。说价值，她收到无数名牌手袋和鞋子。论创意，去年季晴过生日粉丝们送了季晴一幅照片，是用1056张季晴的小照拼成的巨幅头像，你见过吗？”

简兮摇了摇头：“没见过。”说完不再搭理笑笑，见画好了妆，和季晴打了个招呼便走了。

笑笑冷哼一声：“真以为自己红了，有什么了不起，只是个小配角嘛！”

季晴冷冷道：“如果你再不学会把嘴闭上，我真要重新寻找助理了。”

“季晴。”笑笑委屈地看着她。

“她跟我不一样，我的起点高，而她从群众演员到女配角，用了六个月，如果我站在她的位置上，现在还走不到这里。”季晴实话实说。

笑笑瞪大眼睛。

米蒂开始帮季晴整理头发，闻言笑了：“可不是，听说简兮马上要担纲女主角了！”

笑笑瞠目结舌：“什……什么？真的假的？”

米蒂说得不假，简兮要出演的这部作品名字叫《月亮》，是孟广明导演酝酿三年的力作。因为看中简兮在《董贤》里的表演，孟广明亲自选的简兮，邀请早就发给了齐文森。

可简兮翻阅完了手上的剧本，因为里面有大量的裸露镜头，郑重地放回到了齐文森的桌子上，拒绝了。

齐文森对她的反应大为光火：“你应该很清楚，这不是情色片，而是文艺片！这是公司已经决定好的剧本！给你三天时间，好好考虑清楚，三天后，我要看到你签协议！”

简兮一言不发地打开门走了，沈嫣快步追了出去，劝她看在女主角的分上不要拒绝，可简兮摇了摇头，推开了沈嫣的手臂。

沈嫣没办法，只好去找陆周，陆周一听马上放下手上的事情，随沈嫣找到了正在教室里做简单肢体练习的简兮。

陆周随意地走到沙发前坐下，平静地看着简兮说：“身为演员，没有不能演的角色。如果你有理由，那就说服我，如果可以说服我的话，你可以不接。”

简兮不说话。

陆周提高了声音：“你看过剧本，应该知道故事内容。女主角是人体模特，难免涉及部分暴露镜头，但导演的要求绝对不会过分，只是根据拍摄需要做出……”

简兮断然打断：“任何电影角色我都可以接受，唯独衣着暴露不可以。我知道女主角为艺术而献身，更知道这部电影在为艺术解放呼吁，但我不想让奶奶看到以后觉得难堪，不想！”

陆周一愣。

“也许你会觉得我的理由很可笑，但如果奶奶还活着，希望她坐在电影院里看我表演。

可是《月亮》这样的影片，我根本没法给她看。会让奶奶觉得蒙羞的电影，我情愿不拍。”

陆周站了起来：“对于我来说，艺术就是艺术，不管是什么样的角色，全都可以接受。你用这种低俗的想法去玷污电影，我完全不赞同。所以这一次，我绝对不会站在你这边，更不会替你向公司说情。你知道的，拒绝一定会付出代价的。”

简兮深吸一口气：“我愿意承担一切后果。”

陆周径直往门口走去，手放在门上，回过头看着简兮，问道：“哪怕要以迄今为止获得的一切为代价吗？”说完走了出去。

沈嫣急了，急忙拉着简兮的手劝道：“简兮，你连老师的劝告都不肯听吗？难道你没有听见老师的话，齐总不会容许你的任性！要是连他都不肯帮你，你到底要怎么办？”

简兮倔强地看向窗外，犹豫不决。

唐家厨房里，简兮心不在焉地洗着碗，望着哗哗的自来水兀自出神。

岳乐看了一眼简兮的背影，低声说：“从进了这里开始，整整两个小时她没说一句话，不会是在烦恼那部《月亮》吧，我就纳闷了，有什么好烦恼啦，这是今年最有希望冲击国际奖项的作品啊！如果是我的话，一定要接，死也要接啊！”

“可惜某人已经拒绝了。”

厨房里，简兮终于回过神来，关掉了水龙头，转过身来面对着满脸惊讶的岳乐，说：“是，我拒绝了。”

岳乐噌的一下子站起来：“简兮，这是你扬名的大好机会，如果成功出演，再也不用苦熬着了！现在拒绝，一定是疯了……”

唐斐突然坐了起来反驳道：“艺术一定要脱衣服吗？一部电影没有暴露镜头，就不能让观众记住吗？增加这种镜头，到底是哗众取宠还是艺术价值，见仁见智而已。”

岳乐诧异地说：“你不会……在替简兮说话吧？”

“我只是说这次她没有做错决定而已。”

岳乐瞪着唐斐：“你认真的啊，上回不是还说《月亮》是最有艺术价值的电影？”

唐斐脸色微微泛红，他斩钉截铁地说：“我说过吗？不记得了。”

突然听见门关上的声音，岳乐的话戛然而止，简兮已经离开了。

岳乐看向唐斐，唐斐站起身，把杂志丢在了岳乐怀里：“教唆女孩去拍这种电影，等于是犯罪，知道吗？”

说完走向窗边，看向浓浓的夜色，自言自语道：“这个傻子，不会真在考虑吧……”

由于简兮的拒绝，孟广明十分生气，宣布公开试镜。

简兮一直在犹豫，到底要不要去参加试镜。

沈嫣从教室外面走了过来：“简兮，今天是试镜会。”

简兮不说话，接过递过来的水，喝了一口。

沈嫣又说：“陆老师说过，今天是你最后的机会。”

简兮握紧了瓶子，旋上了盖子，放下后突然快步向外走去，招手叫了一辆车租车直奔试镜会现场。

现场人山人海，女演员正在试镜，表演人体模特的姿态，但搔首弄姿，非常浮夸。

唐斐靠在栏杆上，看着一楼簇拥的人群，搜寻着目标。

岳乐着急地催促着："唐斐，待会儿不是还有重要的粉丝见面会吗，我们快迟到了。"

唐斐毫不理会，他找了半天没看到简兮，掏出手机，拨通了电话。

简兮刚刚走进试镜会大厅，正站在人群中，远远地看着孟广明和齐文森正在交谈，她又犹豫了，这个机会对她真的很重要，第一次出演女主角，可为了这个出卖了底线，她实在做不到，她犹豫了一下，转身要离开，就在这时手机突然响了，她迅速掏出手机，接通了电话，唐斐的声音传进了耳朵里："不管你在不在试镜厅，不要出演。"

简兮愣愣地举着电话。

"你是白痴啊，不管怎样都别演！演出这部片，一生都会被打上脱星的烙印。喂，听见我说话吗？说话啊！我再说一遍，不要接这部电影！简兮！"唐斐大声地叫着。

齐文森突然在人群中发现了简兮，冲着孟广明微微一笑，高声说道："孟导，简兮来了！"

所有人的目光一下子集中在简兮身上。

唐斐也看到了简兮，他一下子握紧了手机，电话里已经只剩下忙音。

简兮在所有人的瞩目中，慢慢走上了舞台。

孟广明盯着她慢悠悠地说道："不是说对这部电影不感兴趣吗？真遗憾，我已经改了主意，现在就算你来了，角色也未必属于你！"

"我知道。"简兮诚恳地。

"那就开始吧！"

工作人员简单说明了一下情况："简小姐，请你演出画家给女主角月亮素描的情景。"

孟广明看着简兮："可以做到吗？如果能够做到，我就原谅你之前的无礼。"

简兮看着孟广明："请让我试试看。"

孟广明突然站起身，一把拎着椅子上了台，直接坐在简兮的面前："把我当成画家，演吧。"

简兮愣住，不知所措地看着他。

"怎么，你不行吗？不行就早点说，我可以理解！难怪会拒绝，原来是无能。"

简兮被激怒了："我可以。"

"那就开始吧。"

简兮深吸一口气，轻轻闭上眼睛，调整情绪完毕。

孟广明把一只茶杯递给了简兮："紧张吗？不必担心，我会把你画得很美。"

简兮伸手去接茶杯，孟广明却突然松了手，茶杯一下子掉在地上碎了。

孟广明挑衅地看着简兮，简兮看了他一眼，突然蹲下了身，捡起地上的碎片，突然她轻呼一声，手指被玻璃划破了。殷红的血滴落在地板上，她突然微笑了，染着鲜血的手指伸向自己的唇，用鲜血涂染苍白的唇，她的动作很慢，嘴唇逐渐变成欲滴的鲜红……她腼腆地笑了一下，重新回到椅子上坐下。

四周一片静寂，简兮重新站起来对着呆若木鸡的孟广明叫了一声："孟导？"

孟广明从迷惘中回过神，激动地站起来，伸手握简兮的手："我愿意接受你，做我的月亮。"

简兮慢慢松开了受："孟导，如果我是你心中的月亮，可以的话，能为我削减暴露镜头吗？"

孟广明的笑容一下子僵住，不可思议地看着她问："你说什么？"

简兮迎着他的目光，冷静地说："艺术电影未必要靠暴露镜头来表现，我相信自己可以演出最好的月亮，请你……"

第 85 章
季晴要造反了

孟广明愤然打断了她："你以为自己是谁？这是我的电影，不用演员来对我指手画脚！"

齐文森面色变了："孟导，对不起！简兮，还不向孟导道歉！"

简兮毫不退步："如果导演坚持的话，我只能辞演，对不起。"

孟广明气得一屁股跌坐在椅子上，齐文森吼了起来："简兮！你给我站住，立刻向孟导道歉！"

简兮没有停下脚步，穿过议论纷纷的人群，毫不犹豫地离开了。

身后传来了齐文森气急败坏的大叫声："简兮！你会后悔的，你一定会为今天的选择付出代价！"

简兮深吸一口气，加快了脚步。

岳乐目瞪口呆地看着她："她疯了她疯了，一定是疯了……居然敢当众拒绝孟广明……"

唐斐原本正在发怔，闻言却突然笑了："不觉得很有趣吗？演员一定要有自己的原则，看不出……这个傻丫头还挺有骨气。"

岳乐说："骨气？哼，这样让齐文森下不了台，只怕她要倒大霉了……"

就在简兮到达门口的一瞬间，她和匆匆赶来的左左差点撞在了一起，左左站住脚步，打量了一眼简兮说道："简兮！月亮这个角色，一定是我的！"说完直奔向孟广明："孟导，我愿意演月亮。剧本上怎样写，我都愿意演！"

孟广明已经被简兮气到了极点，从来没有人敢当面拒绝他，更别说是众目睽睽之下，他一咬牙，对左左说道："好，我就把月亮交给你！不但给你演，还要捧你做最红的女演员！"

左左大喜过望，跳了起来。

齐文森为孟广明这么疯狂的举动捏了一把汗，小心翼翼地提醒道："孟导，左左都没有参加试镜，是否再考虑一下？"

"不必了，我要证明给某些人看，《月亮》是真正的艺术，并不是非她不可！只要我选中的演员，一定会大红大紫！"他看向左左，"你对自己有信心吗？"

"我有信心，不管您要求我做什么，我都一定会做到！"

孟广明点点头道："齐总，服从导演比演技更重要，谁拒绝演我的《月亮》，一定会后悔终身！"

试镜会结束后，左左陪着孟广明等人从试镜大厅走了出来，挡纲此剧编剧的牧歌早就忍无可忍了，突然在旁边叫住了左左，左左权当没听见，加快脚步想要离开，牧歌急得冲过去，一把拉过了左左对孟广明说："对不起孟导，我有急事和左左说，回头再找您！"

孟广明点头。

牧歌强行把她拉进会议室，央求道："左左，关于这部电影，能不能再慎重考虑一下？"

左左猛地甩掉他的手："我说过了，别再管我！"

"左左！女主角是人体模特，简兮不也回绝了吗？你想想看，这么好的机会，她为什么放弃！"

"她放弃是她的事，跟我无关！你不是还要接剧本的修正工作吗？剧本你可以写，这叫艺术。角色我却不能接，这叫裸露，对不对？"

牧歌还没来得及接话，左左便彻底愤怒了："那你要我接什么片子？被公司赶出来以后，爸爸也不肯再给我机会，好不容易有了《镜花缘》，红的人根本不是我，我要怎么办？"

牧歌愣住。

"就算天底下有数不清的好片子，没有人请我做女主角，只会一辈子默默无闻！妈妈是那么红的女演员，可是到了我这里，我却变成了一个扶不起的阿斗！所有人都在等着看我的笑话，他们都在说这个嚣张的女人终于得到了报应！我不甘心，我不甘心啊！这次的机会，我一定要抓住！非抓住不可！"

一席话说得牧歌彻底呆了，好半天才长长吐出一口气："如果你一定要坚持，我会帮你。"

左左不敢置信地看着他。

"左左，我知道你想红，为了红不惜付出一切代价，对不起，从前我没能理解你……

现在，我会支持你。”牧歌微微一笑，认真说，“我会帮助你，成为最美的月亮。”

自从简兮拒绝了《月亮》之后，齐文森便下了令，不再给简兮任何通告和演出机会，将她冷藏了。

不过最近让齐文森头疼的事情不止简兮，还有他一向认为最听话的季晴，他给季晴接了三个大制作、大卡司的电影邀约，可季晴全都拒绝了，选择了一部和她一向完美的形象大相径庭的《女囚》。

他简直要疯了，为了塑造季晴的女神形象，他花了很大的心思，想不到现在她却选择了根本不合她戏路的蓬头垢面、狼狈不堪的角色，并且一反常态，斩钉截铁地对他说：“不要命令我，我不喜欢！还有，请尽快帮我办妥协议。”

这些人是要一起造反吗？

季晴却不这么以为，她觉得这是她人生的第一步，理直气壮、扬眉吐气。

一次用餐的时候，她把这件事告诉给了唐斐，简直让唐斐刮目相看。

季晴说：“永远做大家心目里的完美女神，头发整齐、妆容美丽、气质娴雅，连脚步都不能有一丝紊乱，这样的生活我已经厌倦了。我是季晴，是个优秀的女演员，出演的不仅仅是那些花瓶，哪怕是受尽冤屈的死囚，我也可以演出。大家却都在背后说，如果没有父亲的支持，我什么也不是！他们错了！我有自己的思想，绝非头脑空空的芭比娃娃。”

唐斐下意识地把玩着酒杯，微微一笑：“是吗？”

季晴深吸一口气：“唐斐，全天下的人都反对我也没有关系，我需要你的信任。”

唐斐惊讶地看着她：“为什么？”

第86章
原来爱她

简兮因为拒演一事遭到世纪的打压，取消了所有片约，连通告都不让出了。

她正在教室里练习压腿，练习生陆陆续续地来了，一看见她便议论纷纷起来：

“她还有脸来上课啊！”

“就是，居然敢拒绝出演，才刚刚成名就那么狂妄！”

“你哪里知道啊，人家在学季晴呢！季晴态度强硬地拒绝了三部公司片约呢！季晴是什么人，她又是什么人，怎么好和天之骄女比啊！不自量力。”

“你听说没，最后《月亮》由左左演啦！”

“啧啧，终于输给左左了嘛！”

……

简兮再也无法忍受了，猛然抬起头："说够了吗？"

"怎样，你自己敢做，我们连说说都不行吗？"

"就是，都到了这个地步，还以为自己是女演员吗？现在你不过跟我们一样，不，被公司冷藏的演员，连练习生都不如！"

就在这时候，陆周和浮生走了进来，众人瞪了简兮一眼，各自散开，简兮握紧了拳头，愤愤不平地站着。

陆周扫了众人一眼，目光停在了简兮身上："简兮，你出来。"

简兮一愣，跟着陆周出了门。

陆周背对着她看着远方地天空："我已经告诉过你，这是必须承担的后果，愤愤不平毫无用处。被公司冷藏，面对流言蜚语，这只是刚开始而已，你必须学会习惯自己的处境。"

简兮咬住嘴唇。

"简兮，为什么你现在还不明白？他们没有错，为了所谓的原则和底线，放弃了所有的一切，这就是你啊。那天出现在试镜厅。你想凭借自己的力量，改变这个世界，对吧？可现实给了你当头一棒，孟广明不肯为你改变，世界更不会因你而改变！唯一需要改变的，根本是你自己！"

简兮一阵心酸，看着陆周问："所以你要说，为了出名可以放弃底线吗？我绝对不会让步，也许我会很后悔放弃了今天的机会，但重新再来一次，我也不会出演，绝对不会。"

说完头也不回地走了。

陆周看着她的背影，微微动容，竟突然笑了。

楼下，经纪人和柯洛正向公司走来，迎面看见简兮走了出来，面色有些难看，忙对经纪人说："我还有事，你先回去吧。"

"柯洛，现在你发展势头很猛，小心点，别传出绯闻来。"

柯洛说："我知道，你不用担心，我一定会小心的！"

"可是——"

没等经纪人说完，柯洛已经快速向简兮跑了过去，然而唐斐却先他一步，抓住了简兮的手臂，简兮还没反应过来，就被他拉走了。

柯洛面色微微一变，快步追了过去，追出了大楼，唐斐的车子已经绝尘而去。

马路上车辆极少，唐斐将车开得飞快，一路上两个人都默契地沉默着。

车子游乐场门外停下，唐斐拿出早就准备好的帽子，给自己和简兮带上，拉起她的手走了进去，换上了旱冰鞋。

"到底为什么来这儿啊？"简兮小心翼翼地站在边上扶着栏杆，一头雾水地问道。

"我心情不好，让你陪我啊，因为你是我的长工。"他口不应心地说完，看了她一眼，"不会是，根本不会溜冰吧？"

"谁说的，我以前学过！溜得很好！"

简兮放开手刚想展示一下自己溜冰的技术，不成想被一个女孩子从身边擦过，整个人失去平衡，一下子被撞出去。

唐斐手一伸，把她牢牢抱在了怀里，两人靠得太近，四目相视，气氛暧昧。

简兮脸色通红，一把推开了他，转头刚滑出去，就摔了一个大跟头，趴在了地上。

唐斐忍不住大笑，过去伸手把她拉起来，示范地做了个花样轮滑，然后过来牵她的手："来吧。"

唐斐拉过她的手滑入了中央，领着她不停地旋转，简兮的脸上露出笑容，这时简兮口袋里的手机响了，是柯洛打来的。她刚取出来，就被唐斐一把夺过，关掉。

"你干吗呀？"

唐斐霸道地看着她："现在你的时间属于我，当然不可以和别的男人聊天。"

简兮生气了，一把抢过手机："刚觉得你没有那么讨厌，这会儿故态复萌！"

"我讨厌？到底是谁怕你不开心，才会——"

简兮一愣："才会什么？"

唐斐冷声，别扭地："算了，随便你。"

说完脱下溜冰鞋，转身就走了。

简兮追了两步，唐斐脚步越走越快，头也不回地走了出去。

简兮一路抱怨着走回来，进了小区坐在花圃的台阶上揉着脚踝，柯洛快步迎上来："简兮你怎么了？"

"没事啦，不过是小事而已，不用在意。有事找我吗？"

"没什么，下午看到……有点担心。你没事就好，我……我先走了。"柯洛支支吾吾地说完，走出几步，突然停住脚步，下了很大决心般地转过身，深吸一口气大声喊，"简兮，我喜欢你。"

简兮呆住。

柯洛难抑激动，快步走了过来，抓着简兮的手说："成为我的女朋友，放弃演戏，好不好？以后的每一天，我都会陪着你，让你开开心心，我保证！"

简兮脸上的笑慢慢消失了，定定地看着柯洛："为什么要让我放弃演戏？"

"因为你对演戏的热情和执着让我感到害怕，特别害怕，每当你表演的时候，你看不到我，看不到你自己，看不到任何人，简直像是走火入魔，简兮，我很担心这样的你，想要把你拉回到正常的生活里，像个平凡的女孩子，谈恋爱、逛街、看电影……"

"对不起，我不能现在回答你，我的心有点乱……"

柯洛笑了："不管你什么时候回答，我都会等。"

说完他轻轻靠近了简兮，捧起她的脸，低头吻了下去。

刚刚走进小区门的唐斐震惊地看着眼前的一幕，只觉得血往上涌，几乎忍不住要上去将两人拉开，眼看就要吻上了简兮的唇，突然简兮头一歪巧妙地避开。

柯洛愣了一下，亲吻落在她的额头，柔声说：“很晚了，回去休息吧，我走了。”

简兮目送着柯洛走远，长长松了口气，转身进了车库，藏在黑暗中的唐斐身子软软地靠在了墙上。

第87章
天下第一的鸭子

《月亮》拒演事件之后，简兮就一直没有再接到任何的通告，实在没办法她只好又去了公司询问工作的情况，得到的答案依然是没有安排给她角色。

她失望地走了出去，在走廊里遇到了展眉，有些天没看见了展眉了，好像她并没有什么变化，依旧是美丽大方，只是她还是跟以往一样，看都没看她，径直开门进了齐文森的办公室。

简兮的心里不是不难过的，好在已经习惯了，快步朝电梯走去。

安心突然追了上去叫住了她：“简兮！你的事情我都知道了，如果你改变了主意，上次说过的事情，现在还算数。”

她的心又是一阵锋利的疼：“改变主意？你是觉得我没钱吃饭了，很同情我吗？不必担心，就算我没饭吃，也不会拿这件事去威胁的。以后遇到了，请当不认识吧，绯闻的杀伤力有多大，你应该比我更清楚。既然不肯承认，就离得越远越好，千万别和我这种人扯上关系，我……高攀不起！”

说完电梯到了，她迈步进了电梯，电梯门关上

安心目送简兮离去，缓缓摇了摇头。

她刚下了楼，柯洛迎面走了过来，她本能地想要躲避，柯洛已经站在了她身边：“为什么躲着我？如果是为了表白的事，你不用放在心上。我说过吧，一定会耐心等你的回答，不管什么时候都可以。只是，不要躲着我，好吗？”

简兮犹豫了一下低着头：“对不起。”

柯洛笑了抓起简兮的手：“走，带你逛街去。”走了几步问道，“最近一直没有角色吗？”

简兮轻轻笑了一下：“这一次，别说配角，连路人甲都没得做。”

柯洛反倒更加高兴了，简兮如果可以彻底忘掉演戏了，跟他在一起最好不过了，刚好两个人走了橱窗前里面是一条漂亮的裙子，他指着裙子说：“你看，要不要试试？你一定会喜欢。”

柯洛回过头，简兮已经被一张《月亮》的宣传海报吸引了，海报上是左左的背影，姿态神秘、高雅。

简兮羡慕地看着：“真好。”

柯洛问道：“后悔了吗？”

简兮摇了摇头：“不，我是说，有戏拍真好。不管是什么角色，我都愿意拍。”

柯洛突然握住简兮的手：“不去想不开心的事，来，我们去别的地方！”

两人正说着，经过地铁口，恍惚中看见打扮朴素的季晴从人群中一闪而过。简兮愣住，丢下柯洛，追了过去。

突然她停住了脚步，揉了揉眼睛，她不相信地看着憔悴沧桑的季晴独自一人坐在商场外吸烟，眼神迷惘。

周围纷纷指指点点，有人认出了是季晴，立即就被另外的人否认了，理由是季晴就是个女神，而这女人好邋遢啦。

柯洛随着简兮追了过来，也惊呆了，季晴似乎看到他们，顿了顿，继续旁若无人地扮演着自己的角色。

笑笑突然过来拦住了他们：“别打扰季晴演戏啊！”

“演戏？”简兮左右看了看，既没有摄影机，也没有导演。

笑笑说：“季晴接的《女囚》的女主角被冤枉杀人，出狱后又无家可归，她是为了要抓住角色的感觉而这样做的。”

季晴吸完烟后，丢掉了烟头，脚尖竖起的动作，脚尖与地面形成90°，踩灭了烟头，混入人群中消失了。

简兮震惊了一下，突然问道：“她演的女囚是舞蹈演员吗？跳芭蕾吗？”

笑笑点点头：“落魄的芭蕾舞演员，一次舞蹈中受了伤，再也没有重返舞台。”

简兮眼前陡然亮起来：“这就对了，芭蕾舞演员习惯了用脚尖，所以连落魄以后踩灭烟头都是这样！这是永远改不掉的习惯！柯洛，知道《Center Stage》吗，真正的芭蕾舞演员，会把跳舞带入生活的每一个细节！季晴真厉害，如果是我，一定想不到这么细节的地方，如果换了我，应该怎么表演才对？”

简兮一路都在思考这个问题，一直走到公园处，连柯洛接了个电话离开了也浑然不觉。

旁边一群小孩子正在听一个女孩子朗读《小公主》，简兮加入了主动要求给孩子们表演《小公主》片段，她表演得特别投入，不但吸引了孩子们，连周围的家长也都被吸引了，一直到她演完，周围已经站满了人，孩子们响起了雷鸣般的掌声，父母们也跟着笑起来，不停地鼓掌，简兮被孩子们簇拥着。

这眼前的一切，深深打击了柯洛，他失落地坐在长椅上，远远地望着简兮。

陆周走到了他的身边，坐下，问道：“知道当初我为什么选中她？”

“因为她最努力。”

陆周摇了摇头：“刚开始我也以为是这样，简兮天生是属于镁光灯的，没有人能阻止，哪怕是她自己，也阻止不了这一天的到来。世上的一切对她都没有意义，除了演戏。”

简兮快步跑了过来，突然注意到陆周，吃惊地问道：“老师，你怎么在这儿？”

第88章
新工作是只鸭子

陆周站起身：“刚刚我看到你的表演了。真正的演员是透过眼神来演戏，你的肢体动作过多，让人看得眼花缭乱。”

简兮连连点头：“我记住了，还有其他吗？”

“观众的眼睛比摄影机更犀利，要时刻保持最美的状态。但是目前看来，你的现场表现很差。”

“是，我会努力的！”

陆周微微一笑，转身离开。简兮目送他的背影，轻轻松了一口气，一旁的柯洛突然叫她：“简兮——”

简兮根本没有注意到他情绪的变化，毫不在意地打断：“柯洛，刚才我的动作真的太多吗？你在台下是不是都看见了？观众的反应要怎么兼顾呢？”

柯洛忽然觉得很失望：“简兮！表演的时候，我在现场吗？我到底有没有去看表演，你注意到了吗？”

简兮一愣：“我……对不起，刚才是我太入神了，完全没有注意到你。”

柯洛失落地笑了：“看来……不管我多么努力，你看到的也只有演戏。陆周说得对，你是不会放弃演戏的。”

“柯洛。”简兮愧疚地看着他。

柯洛看着她，忽然有一种莫名的感伤，他勉强笑了笑：“走吧，我送你回去。”

唐斐远远地朝舞蹈室走去，他从笑笑那得知，季晴为了演好《女囚》这个角色进行了严格的形体训练，每天芭蕾训练3小时，游泳1公里，剩下时间用于排舞。每天运动8小时，持续超过15天。

刚一走近，就看见齐文森站在门口，远远地望着里面的正在练习芭蕾舞的季晴，若有所思。

齐文森听到了脚步声，见是唐斐来了，掩饰地笑了笑，点点头，快速离开。

唐斐走进了舞蹈室，递给季晴一瓶水：“只是一部电影而已，不用那么拼命吧。”

季晴接过水，脸上洋溢起甜蜜的笑意，然后认真地说：“女主角曾是一个优秀的芭蕾舞者，因为意外受伤被赶出舞团，生活的压力让她一步步沦落，最后无家可归，甚至变成监狱里的囚犯，就像一颗星星陨落。我希望，观众能够很清晰地看到，一件完美的艺术品是如何毁灭的。”

“可是这样高强度的训练，你能承受吗？”

唐斐的关心，让她觉得特别的温暖，她点头，试图站起身，却突然摔了下来，唐斐一把扶住，关切地问：“怎么了？”

季晴脱下了鞋子，洁白的鞋袜上沾染了斑斑血迹，唐斐愣住：“你受伤了？季晴，舞蹈动作你可以找替身的。”

季晴立刻穿上鞋子，起身回过头来看着唐斐：“不，我不需要。为了尽快掌握舞蹈技巧，我去参观了芭蕾剧团。你知道吗？那些美丽的芭蕾舞者，常年穿着足尖鞋，脚趾变形、趾甲淤血，可当她们站上舞台，所有的痛苦全都消失不见，只留给观众优雅的舞姿。既然她们可以为职业做出牺牲，我又为什么不可以？”

唐斐定定地看着季晴，眼前的季晴是他从未见过的，他由衷地赞道：“你很了不起。”

季晴轻轻旋转了一下，之后向唐斐深深低头施礼，唐斐被她曼妙的舞姿惊呆了，看得出她真的下了苦功。

季晴昂起头，灿烂一笑：“虽然比不上职业芭蕾舞者，但我希望在观众面前，呈现最专业的演员姿态。”

简兮接到了一个电话，说有一个工作给她，她按照地址找到了环宇影视公司。

电梯停了下，简兮走了出来，只听见周围传来一片清脆的高跟鞋声，满大厅都是美女，看着自己身上的朴素的连衣裙，不由自主更加紧张了。

给简兮打电话的是金制片，见简兮过来了，立刻迎上来，握手：“简小姐，欢迎你。我是《天下第一》节目的制作人，给你打电话的人就是我，想邀请你参加节目。据我所知，你已经有四个月没有接到任何角色。业界都知道你被冷藏的真正原因，说实话，我对你深表同情。齐文森最讨厌不听话的演员，你太有个性，他当然会想方设法教训你。”

金制片滔滔不绝的一番话把简兮说愣住了：“那你还敢用我？”

“我们只是一档综艺节目，齐文森还不至于紧抓着不放。更何况，所有人都知道环宇是知名公司，不会连这点小事都摆不平。”金制片翻着手里的资料，“你要做的工作是主持助理，和演员助理也没什么不同，你只需要站在旁边，给女主持李岚揉揉肩，倒杯茶，没事儿插个科打个诨，活跃一下气氛。众所周知，《天下第一》有两个主持，男主持古川，女主持李岚。李岚怀孕了，比较累，我们希望在台上有人能配合她。当然……不是以你的本来面貌。我们会给你制作一只小黄鸭的头套。”

“你是说让我做吉祥物？”

“可以这样说。刚开始肯定不会给你麦克风，因为观众有个熟悉的过程，不会这么快接受你。凡事也不能太主动，万一引起两位正式主持的反感，吉祥物都做不成了。所以，在舞台上就是一个绿叶而已，可以做到吗？”

简兮看着他，良久没有说话。

“我知道，你从电影屏幕上走下来，很难适应这种落差，但是……”

简兮深吸一口气：“我愿意！”

金制片一愣：“真的吗，没有一句台词哦！”

“对我来说，能够重新站在摄像机前比什么都重要。合同呢？”

金制片拿出合同给她，简兮迅速浏览了一遍，签了名，金制片起身跟她握手，并且告诉她明天就开始录节目。

从环宇从来，简兮坐在公园的长椅上，攥紧了手里的合同。突然，远远地陆周走了过来，简兮并不知道这个角色，是陆周找了金制片才得来的，他不想看她没有戏演，不想看她一天天消沉下去。

第 89 章
整蛊

他走到她的身边坐下，问道：“接到新工作，不高兴吗？”

简兮苦笑：“接到工作我应该很高兴，可这份新工作——只是舞台上的吉祥物而已。一只又丑又笨的鸭子，值得高兴吗？”

陆周笑了：“综艺节目可以直接面对观众，可不是每一个演员都有的。一只没有台词的吉祥物，却要让大家笑，不是比做主持难度大得多吗？演什么角色都不重要，关键是你怎么演。戴上可爱的头套，藏起喜怒哀乐，这一次你接受的角色，是迄今为止最困难的一个！”

陆周站起身，向前走了几步背对着简兮：“简兮，你有想过，演戏的真正意义吗？”

简兮摇摇头。

陆周回过身：“趁着这个机会，好好想想，演员到底是为什么存在？”

陆周在简兮的脸上做了一个戴上面具的姿势：“去吧，我等着你的答案。”

简兮把合约放在一边，想了一会儿，突然学起鸭子叫：“嘎嘎！”学着学着，她自己却忍不住先笑了：“好像有点难啊……”

简兮一边给唐斐家打扫，一边练习鸭子的角色。

岳乐在餐桌前坐下，一边盛饭一边说：“简兮，你在干什么？”

唐斐抬起头看了简兮一眼，端起牛奶：“看这种动作，八成又接了什么奇怪的角色。”

简兮接道：“一只鸭子，是一只可爱的吉祥物。”

唐斐嘴里的牛奶一下子全喷了出来，问岳乐：“我没有听错吧，她说什么？”

“好像是……鸭子。”岳乐说，“对，就是一只鸭子，《天下第一》的鸭子。”

唐斐哈哈大笑。

唐斐笑到半路，自己却咳嗽起来，简兮重新倒了一杯水：“对不起，我只能接到这种角色。”简兮说完，回去继续干活。

唐斐看了简兮一眼，淡淡地说道：“还蛮适合你的。”

简兮抬起头，惊讶地看着唐斐。

唐斐得意地一笑：“傻里傻气的角色，正合适你啊，不是吗？”

简兮狠狠地瞪了唐斐一眼，唐斐哈哈大笑起来。

现场观众还没入场，简兮刚刚进门，就听见李岚在跟金制片发脾气：“我怀孕了，想要找人取代我是不是？”

金制作：“开玩笑，一个吉祥物怎么可能取代你，多想了！还不是怕你在舞台上太累，给你捏捏肩膀、锤锤腿，《天下第一》从一开始就由你和古川两个人撑起来，观众只认你们，完全不认别人嘛！就说为了找你生产时候的代班主持，我头发都快愁白了！”

李岚脸色终于好看了一些：“你知道就好！”

古川嬉皮笑脸地走过来：“嗨，这样就吃醋了，一个吉祥物而已，你不喜欢她，不给她镜头就好了嘛！不过，人长得什么样？要是太丑了，我可不要跟她同台。”

金制作一回头：“简兮！快过来！”

简兮忐忑地走了过去。

金制作向众人招呼：“各位，这位是新来的主持助理简兮，先熟悉一下吧。”

古川和众人一起围了过去，有人认出了简兮：“你演过欧阳山的电影吧！电影咖怎么会跑来上综艺节目啊？”

简兮尴尬地只能微笑。

李岚打量着简兮：“头套做好了吗？”

金制作赶忙说：“做好了，头套呢？你们，快把服装拿过来！”

工作人员取来了鸭子服。

“一小时后正式开始录制，快去换衣服吧！”

简兮接过衣服，往后台跑去。

沈嫣小跑跟着，一边说：“简兮，就不能不演吗？”

简兮费力地穿上鸭子服：“怎么了？”

“一只鸭子啊，而且没有台词，你怎么能演这种角色！”

简兮一愣，转头看向沈嫣，沈嫣的眼睛都红了，简兮笑起来：“傻丫头，什么角色都需要人来演，鸭子又怎么样，也是个机会啊！”

“你别骗我了，我知道你都是硬撑着演，可是——”

简兮把鸭爪放在沈嫣身上：“好啦，别担心，我保证一切都会好的。”说完戴上头套，可爱地歪了歪头，“我要上场了哦。Give me five！”

节目录制开始了，这一期是采访歌星潇潇，简兮扮的黄鸭子一直站在李岚身后，因为摄像机一直没有给她正脸，她只能尴尬地站着。

在访谈过程中，潇潇聊到自己的美食，李岚突然笑了：“今天我介绍一道好菜给你，保证没吃过！”然后冲身后的简兮说：“喂，那只鸭子，赶紧去推过来！”

简兮连忙去把小推车推过来，打开了盘子，露出一道看似法国料理的餐点。

潇潇要去吃，李岚却突然叫起来：“鸭子，你先尝尝看嘛！”

简兮有点为难，李岚突然上去一把拔掉了她的头套：“你就先替嘉宾品尝一下！”

简兮一下子暴露在镁光灯下，众人都吃惊地盯着她。

古川解围道：“岚姐，这道菜是给潇潇准备的啦！”

李岚笑嘻嘻地：“今天台上来了新朋友，我们一定要先把她介绍给观众，所以才让她品尝啊！潇潇，你介意吗？”

潇潇连忙摆手：“当然没关系啊！”

简兮无奈地尝了一口，吃到嘴里才发现是芥末，呛得她鼻子红了，喉咙难受得说不出话来。

李岚笑得弯下了腰，拍着桌子问道：“味道好不好啊？”

简兮忍住愤怒，绽放出笑脸：“很 OK。”

“既然如此，你就唱潇潇的代表曲目《洛丽塔》吧。”

简兮无奈拿着麦克风走到舞台中央，谁知刚唱出第一个音，舞台中央的暗板突然打开，她整个人掉了进去。

第 90 章
车背上的浪漫

坑里全是白粉，眼睛、身上全都白了，等她艰难地从坑里趴了出来，谁知道头上一盆水哗啦一下洒下来，面粉变成了面糊，她整个人都呆住了。

台下的观众们哄堂大笑，简兮闭着眼，她什么都不想看，什么都不想听，她拼命地忍着眼泪，深深呼吸，一遍遍告诉自己，千万不能哭，千万不能哭。

结束了录制，她独自一个人坐在台上，没有人看到她，众人忙碌着自己的事，收拾完了以后，大灯啪的一声被关掉了，四周一片黑暗，她独自坐在黑暗里，不想动也不想走。

陆周一直在远处看着她，直到这是才走了过来，在她身边坐下，简兮望着他，委屈突然涌上了心头：“老师，我好像没办法演好鸭子了。以前拍电视剧、电影，即便对手很糟糕，我也能演下去，可是现在，如果台上所有人都在反对你，节目都无法进行下去。我不明白，金制片为什么会选中我？”

“是我让金制片给了你角色。”

简兮猛然一震，抬起头来看着陆周：“老师，你明知道我没试过直接面对观众，不懂得如何调动气氛，搞笑、逗乐，我更不行！”

陆周语重心长地说：“作为一个演员，不能说不行。我问你，综艺节目的卖点是什么？是矛盾。金制片明明看见你被人戏弄，却从来没有阻止，观众看到你被人欺负，却笑得更大声，这是为什么？因为冲突越大，矛盾越多，台上越是天翻地覆，节目就越有话题，话题带来收视率，收视率就是一切。”

“可是……”

陆周摸了摸她的头：“要制作出好看的综艺节目，受到观众的欢迎，不能光是忍气吞声，要学会正面对抗。你记住，综艺节目是最直接的表演，观众的喜怒哀乐都会直接反映出来！一切的忍耐都是演员的必经之路。”

简兮不做声了，周围陷入了长久的黑暗。

拖着疲惫的身体，简兮回到车库门口，黑暗中一束白玫瑰放在车库门口，她惊喜地抱起来，进了门，打开了灯，卡片上写着一行字：很高兴又在节目上看到你，我会一直为你加油，Mr.T。

简兮的眼底慢慢溢出了泪花，对着玫瑰郑重说道：“谢谢你，我不会放弃的。”

第二天的录像，李岚又开始打压简兮，一边大笑一边用托盘敲打简兮的头，托盘都被打得弯了过来，简兮只能赔着笑，下意识地伸出手阻挡，李岚立刻说：“喂，我是孕妇啦，不可以反抗！”

她越是倒霉观众越是开心，底下一片笑声，制片不喊停她只能忍着。

录制结束，摘掉鸭子头套，才发现额头都淤青了。

古川从外面走进来，他笑着上下打量着简兮说：“受伤了吗？我看看——哎呀，都青了！”

简兮避开他的手说：“没关系。”

古川啧啧了两声说：“看看你，明明比李岚长得可爱，却要受她的气，我也忍了她好久！”

简兮要走，古川拦住她，不怀好意地道：“要不要帮忙？只要我肯在台上帮你一把，你就不用再受罪了。”

“对不起，请让开。”

古川一把拉住她的手说：“傻丫头，我是为你好呀！你想想看，一直是李岚的笑柄，你熬到哪天才能出头？”

简兮用力想要挣脱，幸好沈嫣赶到，古川才放开了简兮。

出了门，沈嫣一脸担心地看着简兮说：“简兮，现在李岚天天欺负你，那个古川又不怀好意，不如算了吧。”

简兮摇摇头说：“我是签了协议的，三个月的主持助理，一天都不能少。”

沈嫣看看她，心里有些难过。

简兮强颜欢笑地安慰道：“总比没戏拍好吧，不用担心啦，我真的很好。待会儿还有事，我先走了。”

简兮说完跑了出去，骑上了自行车回过头满脸笑容地向沈嫣挥挥手。

马路上堵起了长龙，唐斐从车子里探出头看着前面的车流，皱起眉头。

就在这时候，无意中扫过后视镜，突然看见简兮骑着自行车慢悠悠地从人行道经过，在岳乐惊诧的目光中推开车门下了车拦住了简兮。

简兮差点撞到他的身上，抬头瞪大了眼睛：“又是你？”

“我赶着拍摄，时间不够了。”说完直接把简兮推到一边，自己骑上自行车，拍了拍后座，“上来。”

见简兮不懂，不由分说一把把她拉上车子，骑出去。

车子慢悠悠地在路上走着，简兮急了，下了车示意唐斐下车，抢过自行车骑上：“不是说着急吗？上来吧。”

唐斐犹豫地坐上了后座。

简兮脚一踩疾驰出去，娴熟地在车流里穿行，速度飞快，吓得唐斐一把抱住了她的腰。

简兮兀自对身后的唐斐说：“我以前扛过报纸哦，比你还重！”

唐斐搂住简兮的腰，不由自主地笑了。

安全送到了地方，简兮要走，唐斐拉住简兮的衣领，完全不理会简兮的挣扎，直接把她拉进了二楼摄影棚：“今天季晴会拍摄最重要的一场戏，也在这个摄影棚，是受到冤枉的女囚，不想看看她如何表演吗？”

简兮慢慢转过头来，看向唐斐，唐斐撇了撇头，简兮顺着他的视线，看向楼下的摄影大厅。

《女囚》拍摄正在进行，一群新犯人进来，沉重的铁链令她们举步维艰，狱警推了一个女囚一把：“走快点！”女囚慢慢抬起头，露出季晴的面孔。

狱警将女囚们被推在一起，打开了水管，冰冷的水冲着他们浇着，犯人一片尖叫。

“鬼叫什么！囚犯一辈子都是罪人，就算身体洗干净了，你们的灵魂，永远是肮脏的！”

季晴抬起头：“我没有犯罪。我没杀人！”

第 91 章
因祸得福

狱警冷哼一声："没罪的人不会在这儿，你是个彻头彻尾的杀人犯！"一棍子打在她的头上，"住嘴！说你有罪，你就一定有罪！"

季晴高高昂着头，愤怒地大声喊："我是无辜的，我没有杀人！"

狱警恼怒地说："无辜？整些伤风败俗的舞蹈，还杀死了自己的客人，你罪该万死！"

季晴歇斯底里地大喊："芭蕾不是伤风败俗的舞蹈！我也没有杀人，从来没有！"

狱警说："叫你住嘴，住嘴！"

季晴说："我没杀人！"

狱警一下又一下，用警棍残暴地抽打她，季晴最终倒在了血泊里。狱警大吼："关进禁闭室！"

季晴喃喃地说："我没有……我没有……"

禁闭室内，季晴面色苍白地发抖，目光死死地瞪着眼前的虚空，一只手伸出了栅栏，拼命地向天空伸出手，像是要挣脱囚牢。

刹那间，那只伸出的手臂，幻化为天鹅的一只洁白羽翼。她的嘴巴动了动，却是绝望的无声："我没有……我真的没有杀人……"最终，季晴渐渐合上双眼，身体一点点地，顺着铁栏杆滑下去了。

"Cut！"

简兮轻呼一声："刚才那个动作是天鹅之死。垂死的天鹅，绝望地抬起翅膀，遥遥指向天际，那是生的渴望，也是死亡之歌。"

唐斐点点头："季晴为了拍摄这部电影，耗费了全部精力，我相信她会成功的。"

简兮身子一震，猛然回过头看着唐斐："为什么要带我来看这些？我不看，完全不想看！"她一边说一步步向后退，转身飞奔离去。

唐斐追出门外，简兮早已不见人影。

季晴从门内走出来说："她人呢？"

"谁？"

"简兮，她在哪儿？"

唐斐愣住。

季晴一笑说："其实……我最想让她看见这场表演，很高兴你能带她来。"

唐斐突然发现摄影棚外不远处藏匿着身形的简兮，简兮连忙后退了半步，生怕被人发现。

唐斐大声地说："你有话要对她说吗？"

季晴微笑了一下说："是，请你告诉她，我不会等在原地。我已经越走越远，如果她无法追上来，就不配做我的对手。我想看到她重新站在摄像机前，请她好好努力！"

简兮靠着墙慢慢坐到了地上，一个人影罩了过来。

唐斐居高临下地看着她。

简兮低着头说："你知道我现在过怎样的生活吗？我好怕上节目，因为一站上那个舞台，人家拼命地嘲笑、捉弄我，我不能发怒，只能开心地笑，好像个傻子！我比不上季晴！我花费了多少努力才能和她站在一个舞台，可只要别人的一句话，我就会彻底被打回原形。既然这样，我努力又有什么用？"

"所以你就有懈怠的理由了？"唐斐冷笑，"世上任何人都无法选择出身，上天给予的太少，只能靠你自己去夺！比你优秀一百倍的人都在拼，你却只懂得怨天尤人，哈，这说明你不光投胎技术烂，连做人都输了对方一大截，还不如去死算了。"

唐斐骂完，把简兮丢下自己走了。

这句话刺伤了简兮，呆呆看着他的背影，咬牙切齿地大叫："你叫我去死，我就得去死吗？告诉你，我一定不会输的，绝对不会！"

《天下第一》开拍了。

工作人员在门外叫她："简兮，准备好了吗？"

简兮突然站住脚步，看向工作人员："麻烦你，请问麦克风准备好了吗？"

工作人员一愣，开了麦克风。

古川一看见简兮走来，笑嘻嘻地靠上去："偷偷告诉你，李岚今天可是准备了特别节目哦！别出心裁、出人意料的爆笑节目，怎么样，要不要我帮忙呀？"

简兮看了一眼他的手，微微一笑："你这样做，不是出卖岚姐吗？"

古川愤愤地："那个老女人，嚣张霸道惯了，成天欺负人，我早就看不顺眼，这次趁机会教训一下也好。"

简兮故意惊诧地："居然敢这样说岚姐，你不怕她生气呀？"

古川哼了一声："怕她才怪，我还可以在制作人那儿替你说话，让你做代班主持！都跟你说了不用怕！再过几个月她就得滚回家生孩子，这个舞台是属于我们俩的啦！怎样，要不要陪我吃晚饭？"

"陪你吃晚饭就会推荐我，你真是太好了，我好开心哦！来来来。"

古川得意地靠过去，简兮猛然提起拳头，一拳打在了他的左眼上，古川惨叫一声，迅速捂住了眼睛，蹲了下去。

简兮收起手："下次欠揍可以跟我说，谢谢惠顾。"

说完扬长而去。

古川怒气冲冲地上了舞台，正准备找简兮算账，他岂知后台的一切早就通过麦克风传到了所有人的耳朵里。

李岚李岚笑眯眯地朝他勾勾手指，古川靠了过去，李岚猛然一拳头捣上他的右眼，古川一声惨叫，捂住眼睛蹲了下来。

李岚大骂道："当初是谁带你出道？哦，我是老女人，一回家生孩子，舞台马上就是你的天下了，嗯？"站起来，鞋跟重重踩住古川的脚，碾过来碾过去。

古川痛得面部扭曲："岚姐！岚姐！"

李岚冷哼一声："今天那碗朝天椒就让你吃吧，好好吃，别辜负我的一片苦心！"

李岚转身走了，古川正要发怒，工作人员提醒："刚才你和简兮说话的时候，麦克风一直开着，我们在调试……全……全都听见了……"

古川目瞪口呆，只好吃了一碗辣椒，辣得嘴巴都肿起来了，李岚才饶过他。

这次接受访谈的是《女囚》的芭蕾舞指导程冉，当四名芭蕾舞演员走上台，音乐响起，李岚突然大叫："鸭子，鸭子呢！该你上场了，好好跳舞啊！"

第 92 章
化解危机

正在舞台角落的简兮吓了一跳。

古川附和道："对嘛，我们鸭子也有很深的舞蹈功底，一起表演嘛！去嘛！快点去啊！不要这么多观众等你！"

简兮被众人胁迫着，走上了舞台中央，鸭子造型和芭蕾舞演员站在一起格外可笑。

简兮看向台下的观众，所有人目光灼灼地盯着她，她突然想起了唐斐和陆周的话：比你优秀一百倍的人都在拼，你却只懂得怨天尤人……戴上可爱的头套，藏起喜怒哀乐，面对面赢得观众的喜爱。

简兮的神情慢慢变得坚定，她做了一个开始的手势。

音乐响起，芭蕾舞演员们翩翩起舞，简兮积极主动混入其中，模仿着舞者们的动作，可跳着跳着就跑偏了，一会到处看风景，一会跑错位置，活生生地变成了滑稽的喜剧，偏偏她无比认真，连鸭子头套掉了都不知道，还在一本正经地旋转着。

观众先是目瞪口呆，随后哈哈大笑，人仰马翻。

金制作来了精神："给简兮特写镜头，镜头推过去！快点！"

一曲跳完，简兮抬起头，看着大笑的观众们，眼底闪着倔强的泪光。

李岚一回到后台，立刻被记者们冲上来包围住了：

"岚姐，有消息说你欺压新人，是不是真的？"

"岚姐，你是不是与简兮不和啊？听说你台上台下都很爱欺负她，能不能说说为什么？

怕新人抢风头吗？！”

“是啊，岚姐给我们说两句吧！”

李岚不自然地笑：“没有的事！谁和大家这样说，这些都是谣传——”

简兮刚走过来，立刻看到记者们包围着李岚和古川，她脸色微变，转头看向沈嫣：“怎么回事？”

沈嫣有些不安：“是、是我打电话叫记者来的。我看不惯，他们总欺负你。只要记者肯报道，他们就不敢这样嚣张了！”

简兮着急地说：“你知不知道这样是火上浇油啊？！记者们这样涌过来，一下子闹得满城风雨，我还怎么继续做节目！”

记者们突然看见了简兮，呼啦啦冲了过来：“简兮，你是不是被欺负呀！对啊，李岚总是在节目里叫你‘鸭子’，你们是不是不和？说出来吧！我们帮你全都写出来！不要让舞台女霸王一直欺负人！”

简兮一愣，看向李岚，李岚紧张地看着她，她深吸一口气，突然笑了：“大家都知道，我曾经拍过电影，但对于综艺节目，我只是新人。能够参加《天下第一》节目，我要感谢制作人，更得感谢岚姐。原本节目观众对我都不熟悉啊，多亏了岚姐，她不停地叫我‘鸭子’，故意吸引观众，才让大家特别注意我。所以，我对岚姐非常感激，因为我知道，她一直想方设法提携我。”

记者们面面相觑：“可是你总被欺负啊，她还不停地打你，那都是真打啊，你难道不痛吗？”

简兮淡然地说：“这是在舞台上啦，很多时候眼见未必为实！为了让观众开心，一定要有节目效果。其实岚姐人特别好，私底下很关心我啦。岚姐打我的时候，很不忍心，是我让她使劲儿敲，千万别留情！”

沈嫣拉了拉简兮的衣角，简兮回头瞪了她一眼，继续说道：“所谓的欺负，是一种变相的帮和捧，让你们会产生误会，只能说岚姐演技太好！我长得不够美，又没有笑点，要给观众留下深刻印象只能这样啊！你们想想看，如果岚姐真的欺负人，干脆就别理我，让我永远没镜头就好啦！岚姐，对不对？”

李岚一下子回过神来，走过来：“是这样啦，我这个人就是大大咧咧，没想到大家会这样误会，其实我们私底下是很好的朋友！”

简兮笑眯眯地说：“不，不是朋友，岚姐就像是我的姐姐一样，对我特别照顾！”

李岚笑了，更加亲切地揽住简兮：“简兮在综艺舞台上还是新人，大家以后要多多照顾她哦！”

简兮和李岚亲密地靠在一起，记者们不停地拍着。

这边记者们刚走，那边李岚就冷了脸，叉着腰盯着简兮：“一边爆料给记者，一边伪善地解释，你把我当傻子吗？我告诉你，再整什么幺蛾子来，别怪我不客气！”

李岚说完趾高气扬地走了。金制作悄声地对简兮："别放在心上啊！"

简兮松了一口气。

沈嫣无法理解地看着她："简兮，你为什么不把事情真相都说出来啊？"

"因为我不想被赶出去，如果我今天大肆爆料，就算观众们同情我，事后也一定会惹恼岚姐。岚姐是节目创始人之一，人脉根深蒂固，这次彻底得罪了她，她会原谅我吗？对我来说，只要有工作，什么都能忍。倒是你，以后再也别这样干了！"

沈嫣恍然大悟，愧疚地低下头："对不起，我一时气愤，没考虑那么多就找来媒体，结果给你惹这么大的麻烦。"

简兮看着她，神情软下来："算啦，你是为我着想嘛！不过今后有事情一定要和我商量。"

沈嫣连连点头。

之后的节目一直很顺利，一转眼，简兮到了节目组已经两个多月了，这天她接到金制片的电话让她三点到办公室。

她特意提前了十分钟，一靠近门口就听见古川和金制片的谈话声，古川提出，在李岚生孩子的时候换掉她，启用第一美女主持陈萍。

金制作皱紧了眉头，满是踌躇地站起身，在屋子里踱步。

简兮敲了敲门："刚才我无意中听到，你们要换掉岚姐？"

两人对视一眼。

"岚姐为了节目尽心尽力，为什么要换掉她呢？"

金制作一脸为难。

第93章

代班主持

古川嗤笑一声："得了吧，要说这屋子里最恨她的人，应该就是你吧！你想想看，从进节目以来，她不是泼水就是撒面粉，从没有消停过，换正常人早就疯了吧，也就你忍耐下来，她还步步紧逼。再这样下去，你别说出头，连小命都要玩掉了。"

简兮一愣。

古川换了副推心置腹的语气："李岚离开节目，对我们大家都是好事儿啊，尤其是对你！陈萍初来乍到，没有根基，我会成为节目主导。你放心，只要李岚走了，我会给你更多镜头，让你站稳脚跟。对了，你不是想重新出来拍电影吗？好歹是个电影新秀，窝在这儿扮丑，多可惜啊！我认识的名导演最近在筹拍新片，可以推荐你去演重要角色，这样一来，你就算熬出头了。”

简兮呆呆看着古川。

古川咧嘴一笑，走到她面前来，得意洋洋地说：“当然，你也可以去告密，别怪我没提醒你，依照李岚的性格，你非但讨不到好，还会惹得一身骚！”伸手拍了拍简兮的肩膀，“想想究竟该帮谁，别犯傻，啊？”

简兮看向金制作，金制作向她点点头，施压道：“原本要和你谈续约的事儿，现在我有点事，明天你再来吧。”

第二天简兮坐在化妆台前，把她听到的消息跟沈嫣讲了一遍，刚说完，李岚带着助理进来了，随手把牛仔裤甩给助理：“告诉服装师，再改小一号。”

简兮看着李岚的大肚子，愣了一下，心想，衣服已经很紧了，改得太小，孩子能受得了吗？

“岚姐，你真应该放轻松一点，别太在意形象了。”助理劝道。

“放轻松？”李岚叫了起来，“在我胖的时候，没人会看到我的谈吐和内涵，大家眼里只有成堆脂肪！在摄像机前面，只有纸片人才能曲线玲珑！把午餐拿来。”

助理取出午餐放在桌子上：“这份午餐是按你的要求准备的，两个鸡蛋白，150 克卷心菜，可是营养不够啊！万一在节目上支撑不住，晕倒了怎么办？”

李岚拿着叉子开始吃饭：“一个月后找到了代班主持，我就可以正常吃饭了。”

助理连连摇头，抱着牛仔裤离开。

简兮突然站了刚要说话，被沈嫣连拉带扯地拖出去：“简兮，不要管了，难道你真想一辈子留在这儿扮丑逗笑，忘记自己的理想了吗？如果现在去告密，一切都付诸东流了。这是唯一一个重返大屏幕的机会。”

简兮犹豫了，沈嫣急了，拉着她的手央求：“我求求你，就当是为了我，我也不想一辈子跟着你被人嘲笑啊！”

看着沈嫣，简兮轻轻叹了一口气，点了点头。

从公司回来，她有些坐立不安，擦完自家的地板，又跑去唐斐家擦地板，乘机向唐斐求助，问唐斐：“前途和良心，哪个更重要？”

唐斐毫不犹豫地说：“当然是前途更重要！”

简兮默默地擦着地，又问：“如果隐瞒一件事，我就能重新演电影了。”

唐斐立即说：“那更好选了，你还蹲在这里擦地板，你的对手已经一飞冲天了，不想抓住机会，追上去吗？”

简兮愣住，唐斐话是没错，可她始终觉得良心不安。

接下的几天她都处在寝食难安的状态中。

这一天，早早结束了拍摄，从大楼内走出来，沈嫣的手机拉在化妆间的桌子上，让简兮等等她，她回去取手机。

就在这时，李岚匆匆出了大楼，上车离去。简兮电光石火地，拦下一辆出租车，追到餐厅将李岚拦了下来，告诉了她真相。

李岚平静地听完，皱皱眉头，什么也没说，快步进了餐厅。

简兮赶忙跟了上去："岚姐，我没有说谎，拜托你相信我吧！"

李岚一句话不说，走得飞快，简兮一路小跑地跟着，一边解释。

李岚一把推开了包间的门，简兮赫然看见金制作和古川、陈萍正坐在一起，古川举起酒杯，笑嘻嘻地说："那就这么说定了，先预祝我们合作愉快！"

李岚满脸笑容地走过来："哟，这么热闹，你们都来了，怎么能就缺我一个？"

古川慌张地站了起来："岚姐，误会，都是误会……我们是在和陈萍商议代班的事儿！是不是？"

陈萍愣住，金制作连连点头。

李岚笑了一把夺过古川手里的酒杯，猛地浇在了他的头上，放下酒杯："再敢睁眼说瞎话，捅穿你鼻子上的两个窟窿！"

就在这时候，记者们一窝蜂涌入，簇拥着整个桌台，金制作脸色变了，一下子站了起来："各位，你们这是……"

李岚微微一笑："是我请各位记者朋友来的，因为我有重大事项宣布。我为《天下第一》节目奉献了十年青春，在我的心目中，这不仅仅是一个节目，更是我赖以生存的土壤。今天我要和大家分享一个消息，我马上要做妈妈了，为了能够安心待产和让观众们继续收看高质量的节目，我们将推出一位代班主持。现在向诸位宣布，这位代班主持就是我的好朋友，最可爱的简兮小姐。"

众人一片哗然，简兮目瞪口呆。

金制作猛然大叫了一声："李岚你……"

李岚打断："金制作，这个决定早已通报了董事会，我想你也不会有意见的，对不对？"说完亲切地挽住简兮，"请相信简兮的实力，在接下来的数月中，她会成为最出色的代班主持，希望观众们会像支持我一样继续支持她，谢谢各位。"

陈萍猛然扯下餐巾丢在了古川的脸上，怒气冲冲地走了。

李岚笑嘻嘻地招招手："金制作，快过来拍照啊！"不由分说将他拉了过去。

第 94 章
访谈名模

记者们对着三人一阵拍照，李岚一手拉着一个，笑容十分灿烂。

结束了拍照，李岚邀请简兮喝茶，直到这个时候简兮才反应过来，原来李岚早就知道了真相。

李岚从事电视制作多年，一手创办了《天下第一》，整个团队都是她的老朋友，就连节目嘉宾大半都是冲着李岚的面子，金制作和古川的计划早就被她知道了，只不过要通过上层的决议，所以才到今天才出手。

简兮从恍惚的状态中回过神来，问道："岚姐，你为什么选我做代班主持？"

"一来么，你本来是演员，迟早要回去拍戏。二来么，"李岚看着简兮，笑了笑，"我没想到你竟然会跑来告诉我，虽然很意外，但我很感动。我也想问你，你不恨我欺负你吗？"

简兮摇摇头："有人问我，演戏的目的是什么，我一直无法回答。但是最近我突然明白了，是你让我明白的。"

李岚一愣。

简兮继续说："在观众们哈哈大笑的时候，我突然找到了表演的意义，表演不光是实现个人梦想，更是为了带给大家欢笑和鼓励。所以一个真正的演员，要向观众们传达幸福！"

李岚愣住了，想了想微笑："知道我一开始为什么讨厌你吗？"

简兮摇摇头。

李岚喝了一口茶："我是舞台上的焦点，当看到可怕的后辈，总会产生不安和嫉妒的心情。不过，这都是以前的想法了，一个月后，我会正式把节目交给你。"说完快速站起身，一把抓住简兮的衣领，"死丫头，我把这么重要的节目交给你，你得玩命努力才行，要是办砸了，我饶不了你！"说完松开了她的领口，拍了拍她，冲她微微一笑，"开玩笑的，但是你一定要努力啊。"

接下来，简兮全身心投入了工作，代班之后的第一期，很快进入的录制阶段，李岚特意约了当下最红的国际名模 Ice 归国发展的首次访谈。

Ice 出了名难伺候！

离开场还有半个小时，简兮看着陆陆续续进场的观众，下意识地转身回到后台，打开了水杯盖子，咕嘟咕嘟地喝下去。

李岚在背后突然开口："喝水无法缓解紧张，反而让你想去厕所。"

简兮一下子被呛着，咳嗽了半天："岚、岚姐。"

"看见我很惊讶？今天是你第一次正式代班，我得亲眼看到你完成工作才能走。"

简兮颓然地坐下来："今天来的是 Ice，我很没信心。"

李岚微微一笑，手落在她的肩膀上："抬起头，看着镜子里的自己。世上最了不起的才能，就是相信自己。"

简兮苦恼地说："但是大家都知道，Ice 是个自我保护意识很强的人，而且对媒体有很深抵触，从来没人能挖到她的真实想法。"

李岚说："记住一点，无论什么时候都要将心比心，要让Ice接受你的访问，就得发自内心去关怀，站在对方的立场看问题，让她觉得你可以信任。"

简兮苦恼地揉着脑袋还想再求教，工作人员已经快步走了，进来催促简兮赶紧上场。简兮紧张地看着李岚，李岚拍了拍她的肩膀："记住我的话，让她看到你的诚意。"

访谈开始了，古川首先提问，刚问了两个问题，就遭到了Ice的反驳："我看过你的主持，每次都是同样的问题，你是机器人吗？采访前连功课都不做，对不起，我不接受这种毫无意义的采访。"

古川脸色难看，Ice大发脾气："李岚呢？我是应她的邀请而来，不是来听一个菜鸟和一个蠢蛋做低端节目的，这会降低我的格调。Sorry！"转身要离开。金制片赶忙暂停了节目录制。

眼看着现场气氛僵持，默默在一旁观看的简兮，鼓起了勇气，突然站起来叫了一声："Ice！请等一等！"这是她第一次代班，李岚寄予的厚望，她不能让她失望。

Ice没有理会，简兮突然快步冲到她面前拦住了她。

Ice是名模，个子很高，足足高出她一头，居高临下地问道："小矮子，你干什么？"

"Ice，如果模特在T台上摔倒了，要怎么办？"简兮见她不说话，接着说，"哪怕跌倒了也要爬起来把秀走完，这是身为模特的基本素养，更何况你是大家喜欢的超级名模！同理，既然已经答应接受访问，哪怕主持人不如意，也要坚持到底啊，这才是职业素养，不是吗？"

Ice看着简兮，嗤笑一声："你现在是教训我吗？"

简兮摇摇头："不，我是在告诉你，如果你现在离开，明天报纸上就会出现头版头条，因名模耍大牌节目开天窗！你的经纪公司推你出来做节目，就是为了给全国观众留下好印象，你想在国内的首战失利吗？"

Ice格外惊讶，微微一笑："好啊，不是要采访吗？那就让你好好采访吧。"说完走回到沙发上坐下，跷起二郎腿，摆出防卫的姿势。

简兮想了想靠在金制作耳边耳语了一句，让他准备一样东西。随后快步上了舞台，古川也回到原位。

十分钟后，摄像机重新开始运作。

简兮突然微微一笑："Ice，丑小鸭变成白天鹅，是时尚圈里最有魅力，也是最鼓舞人心的话题。你说是吗？"

Ice神色冷淡，靠坐在沙发上，一言不发地看着她到底能玩出什么花样。

简兮不慌不忙地说道："如今的Ice身材好到爆表，大家猜一猜她的体重啊？"

观众们兴奋起来："95斤！""70斤！""75斤！""不！80斤！"

第95章
柯洛的体贴

简兮竖起手指，明明说错了，还故意一脸神秘："给大家一点小提示，根据官方数据，她的三围是82/60/92。"

Ice再也忍不住了，突然坐直身体："错了！"

"错了吗？"简兮愕然问，"难道是96？"

"是89！"Ice骄傲地说，"82/60/89。"

简兮也笑了，原本僵硬的气氛一下子轻松下来。

简兮顽皮地向观众张开双臂："看到现在的Ice，大家一定好奇她以前是什么样子。我特意准备好了，各位请看。"

她双击手掌，工作人员推出装有一只大袋子的手推车到了台上，简兮站起身走到手推车旁边，向一名观众招招手："请您上来一下。"

观众走上去，简兮让他试着提起来看看，观众又拎又扛，差点被压趴下。

简兮说道："知道是什么吗？是重达110斤的肉。就在8年前，16岁的Ice重200斤，因为被同学嘲笑，她下定决心开始减肥，结果大家都看到了！她减掉了110斤，跟这袋肥肉的重量一样！"

Ice不由自主地看向简兮。

简兮继续说道："大家看到这么重的肉，应该可以想象当时Ice付出多少艰辛了，对不对？是不是该向她致敬？"

观众们突然爆发出掌声，Ice的眼睛里突然有了些许泪光。

简兮说："我知道，很多人都觉得这堆肉很恶心，但你们想想看，当一个年轻的16岁女孩要负重110斤多余重量的时候，她有多么痛苦。我想正是因为这种痛苦，才逼得Ice不得不做出瘦身的决定。"

Ice突然接过了简兮的话："其实……当时我不是为了漂亮，而是为了活下去。因为过胖的体重已经严重威胁我的身体健康，连走路弯腰都会气喘吁吁。"

简兮笑了，说："在大多数人眼里，那时候的Ice只是个身躯肥胖的丑女孩，可是他们没有想到，Ice最终会穿过暗礁和险流，成功走出了困境。我想这都要依赖于你的独立自信，对不对？"

Ice点点头说："我是一个相当独立的人，很小就已经自己住了！"

简兮乘机说道："很多人说，父母在你很小的时候就分开了，这件事对你有影响吗？"

Ice的笑容突然僵住了，这个问题她从来没有人采访成功，童年是她的死穴，从无例外。

采访僵持30秒了。

简兮看着Ice迟迟不肯再开口，笑了：“Ice很坚强，不屑向众人展示过去的伤口。但是对我来说，节目不仅仅是为了逗笑观众，更是为了鼓舞大家的斗志，帮助大家更好地生活。既然Ice没有说，那我自己说说吧。我的童年在贫民区度过，因为从小没有爸爸妈妈，我一直被人嘲笑。那时候我真的很难过，为什么别人都有爸妈，只有我是没人要的小孩？有一次被人嘲笑了，我捡起石头去砸邻居的窗户，结果被别人追着打。如果不是奶奶，我可能会自暴自弃。是她的关心把我从痛苦的深渊里救起，是她让我知道，天底下没有不爱孩子的父母。”

Ice坐直身体，情不自禁：“然后呢？”

“然后吗？”简兮深吸一口气，“等我长大以后才知道，妈妈从来没爱过我，那些只是奶奶善意的谎言。我感觉很难过，因为……我觉得自己是被遗弃的，再努力也是徒劳。但现在一切都过去了。我们天天看新闻，以爱的名义虐待孩子的父母，或者直接遗弃孩子的父母，实在是太多太多。天下每个孩子都被爱，这是个彻头彻尾的谎言。但是，正因为在恶劣的环境下成长，我才更能体会到爱的珍贵。无家可归时让我住在公园的管理员，没饭吃的时候给我面包的路人，还有这一路走来给了我机会的人们，我真的非常感激你们。是他们给我的关心，让我撑过最艰难的时光。”

简兮转向了眼睛发涩的Ice，认真地看着她说：“坚强的人可以幸福，我站在这里就是一个证明。所以，希望你也可以谈谈过去，因为你的经历，可以给大家帮助。”

Ice沉默片刻，深吸一口气：“小时候我生过一场大病，药物中含有激素，体重严重超标，病情却一直反复。爸爸厌烦了到处求医，抛弃了妈妈和我。原本觉得很痛苦，可后来我想开了，就像你说的，在我的成长过程中，有太多人给了帮助。那些欣赏、提携过我的人们，比已经记不清的父亲对我更重要。我想告诉大家，Ice从前是个大胖子，还很穷，更没有值得夸耀的背景，可是你们看，我成功啦！”

观众雷鸣般的掌声经久不息。简兮站起身：“做这期节目，就是希望大家都能坚强地面对生活，不要被困境打倒，只要坚持下去，一定能看到曙光。”

Ice笑起来，主动站起来去拥抱简兮。

简兮成功了，节目顺利做完，成功采访到了重要信息，而且赢得了掌声。

安心看完了这个节目，流着眼泪问展眉：“眉姐，我问过你无数次，你却从来没有正面回答过我，简兮到底是不是你的女儿？”

展眉愕然了，这期节目她也看了，她沉默地站在楼梯上，微微闭目，头也不回地离开。

简兮刚刚卸完妆，突然接到了看完节目的柯洛第一时间打来的电话，问她下午有空吗，他一定要见见她，简兮只好推掉跟陆周的见面，沈嫣自告奋勇亲自上门跟陆周解释。

柯洛带着简兮去商场，要给简兮买衣服，简兮拒绝了。

柯洛古怪地看着她，说：“送礼物给喜欢的女孩子，很正常啊，你不像个女孩子，更不像个女演员。”

第 96 章
季晴爱上了唐斐

简兮蹦了起来：“我哪儿不像女演员，有人规定女演员什么样吗？”

柯洛指着对面季晴的服装代言：“就是那样啊。”

简兮看向海报，愣住，又看了一眼自己，有点泄气，她痛定思痛，走到旁边的柜台，仔细挑选起来，目光落在一条精致的红色连衣裙上，那条裙子她真的太喜欢了，可是伸出手的时候，却又止住了，想想还是肉痛，最后选了打折区的裙子，自己付了钱之后愁眉苦脸地说：“花钱的时候，我感觉血液哗啦啦地从身上流走了。”

不远处的男装柜台，戴着墨镜的唐斐站住了脚步，远远地看着看着被柯洛拉走后，还留恋地看着红裙子的简兮，不由挑起了眉头，悄悄跟了上去，躲在鞋架后面，简兮和柯洛的一举一动都落在了他眼里。

居然给她穿鞋！唐斐愤怒地抓着鞋架，一副咬牙切齿的模样，岳乐觉得很奇怪，他们为什么要躲在这里偷看？

这时候有个小女孩子站在他们身边，手里拿着棒棒糖，眼睛盯着他们：“妈妈，这里有两个怪叔叔！”

岳乐不由一捂脸，无奈地解释：“小妹妹，我们不是怪叔叔……”他话都没说完，人已经被唐斐拖走。

正在试鞋的简兮，若有所思地抬起头，朝两人消失的方向望去，这时候电话响了起来，电话那头传来陆周的声音，她的脸色微沉望着柯洛抱歉地一笑。

“老师让我回去练习。”

柯洛望着她的眼神渐渐暗淡，他看着简兮因一个电话而神采飞扬，不由想了许多，陆周曾说过她永远放弃不了演戏，他松开简兮的手：“在你眼里，演戏永远第一位。”

简兮看着他失望的表情，心里顿时不安，伸手想拉柯洛，却见他已经转身离开。

“柯洛！”她连忙换掉鞋子，拿着包一路追了出去，眼看柯洛越走越远，她的脚步缓了下来，微微改变了方向。

柯洛停住了前进的步伐，微微转过身，却看到简兮飞快地往相反的方向跑去。

很多时候，失去往往很意外，柯洛突然明白了这种感觉，他站在那里看着简兮从视线中消失。

成功摆脱怪叔叔称号的唐斐停住了脚步，他站在一家女装店前，看着那件一件红色的连衣裙看了一会，走进店去，叫店员包了起来。

“成为最受欢迎女主持人，就得意忘形了吗？在你追上季晴之前，没资格偷懒！”

陆周的刚才在电话里说的话，又在简兮的耳旁如雷般想起响起，她快速冲进影视公司大楼，顺着走廊狂奔着，气喘吁吁地站在教室门口："老师，我来了。"

陆周一言不发地打开了大屏幕，大屏幕上出现的是季晴表演《女囚》的片段。她疯狂地把领带缠绕在男人的脖子上，用尽力气勒住："我要跳舞，我还要跳舞的！"

陆周按了一下遥控器关了电视，转过身看着简兮说："没有人会停下来等你。"

他不允许简兮放松，也不允许自己放松，在这圈子里没有人可以松懈，他把剧本扔给了简兮，让她表演下一幕。

简兮的脚尖刚刚踮起，陆周的教鞭无情地落了下来，他疯狂地挥着双手："一个受了伤的芭蕾舞演员，不论何时都该挺直脊梁。"

简挺直了背，脑海中浮现季晴向天空伸手臂时绝望的眼神，脚步旋转着，突然教鞭又重重落在她脚上。

"受了伤的天鹅，她的翅膀永不会垂落！"

在陆周不停的呵斥声中，简兮终于找到了舞者的绝望。

她走到镜子前，拿出一根口红，慢慢地涂在嘴唇上，一层又一层，她对镜子露出一丝浅笑，手里的口红落在了镜子上，她轻轻描着嘴唇的轮廓，由轻到重，最后疯狂地画出一个个圈，她重重地丢下了口红，踮起脚尖，像踩在碎冰上行走的天鹅，高贵而寂寞地旋转，不停地旋转，最后脚一滑，瘫倒在地上，宛若振翅不起的黑天鹅，在绝望与孤寂去死去。

门外的季晴吃惊地看着这一幕，她是接到齐文森的电话而来的公司，无意中经过这里，她为简兮的表演喝彩：对！口红象征着女人的欲望和自尊，女主角心底最深沉的舞蹈梦破灭了，为什么我没有想到这一点？

不！我不能输！她转过身，疯狂往外跑去！连撞到了笑笑都没发觉。

看着季晴跑得没影，笑笑无奈地去齐文森那里交差，推开门，发现唐斐跟齐文森正用一种很古怪的表情看着她，笑笑缩了缩脖子，指了指外面："季晴突然跑了。"

齐文森若有所思地看了唐斐一眼，命令笑笑把季晴找回来，笑笑一出去，齐文森的表情变得非常微妙，他很不满意地敲着桌面："季晴她爱上你了！"

"我不爱她，事前就协议好，拍戏期间假装情侣。"唐斐淡淡地说。

齐文森一把拎起他的衣襟："你再说一遍？"

"别弄皱我的阿玛尼。"他轻蔑地一笑，掰开了齐文森的手，"还有，你喜欢人家，就自己去追，别把我扯进来。"

齐文森失望地松开手坐到椅子上，喃喃道："你不懂。"

"至少比你懂，答应给我的股份，记得别食言。"说完，唐斐整理了一下衣服，迈着轻松的步伐向外走去，走到门口突然一回头，"有空管我，不如管管柯洛，事业上升期，传出绯闻不好吧！"

唐斐走出去之后，齐文森的拳头重重砸在桌上。

而在齐文森办公室不远处的教室里，陆周正在训练简兮，随着教鞭落下，简兮跌倒，爬起，跌倒再爬起，最终她变成了真正的舞者。陆周看着她，脸上终于露出了一丝满意的微笑。

第97章
Mr.T到底是谁

终于是结束了，简兮收拾了东西，出大厅时工作人员递了一个包裹给她，简兮好奇地接过来，打开盒子，里面赫然是那件红色连衣裙，上面放着一张卡片：在力所能及的范围内，给自己买最好的裙子，Mr.T。

简兮冲出了公司大门，环顾四围，繁灯初上，行人匆匆，到底谁才是Mr.T？

每个人都秘密，如唐斐如简兮如……此刻无助的沈嫣。

她永远挂着一张楚楚可怜的脸，她知道这张脸是制胜的利器。

很多年前她也是家境优渥，弹着钢琴追逐着自己的梦想，只是某天，她的父亲欠下了一笔巨额债务，她所有的梦都在那一刻碎掉了，放弃最爱的钢琴，背着巨额债务，每天的生活就是喘不过气来地奔波，这样的生活她受够了。

她逃离了那个家，独自一人，开始生活，她想忘掉过去，忘掉所有的痛苦，只是过去永远在那里提醒着她。

沈嫣伸去擦掉脸上的泪，对着镜子露出一个怯怯的笑，然后快速换上制服，朝热火朝天的pub走去。

“小姐，来喝一杯！”一个醉醺醺的客人拉着了沈嫣。

“对不起，我不能陪客人喝酒！”沈嫣拼命挣扎，却挣脱不开，“先生，请你放开我！”

柯洛过来时，看到的就是这么一幕，有客人调戏侍应生，pub里客人很多也很乱，他从来不会管这种闲事，只是他一眼扫过去时，却发现这侍应生是他认识的。

柯洛一把抓住了那个男人的手，用力一拽将那男人甩到一旁去，男人被柯洛凶神恶煞般的表情吓得连滚带爬地跑了。

“这里太复杂，你一个女孩子，不要在这里工作了。”柯洛劝道。

沈嫣眼帘垂下，摇摇头：“我有苦衷。”

左左很喜欢pub找感觉，一来是最近她的心情很不好，原以为《月亮》上映会让她星途一片光明，可谁知道网上一片议论说她是脱星，她已经快要承受不了了；二来，她其实还有一个目的，就是能碰到柯洛。

今天她的运气特别好，一进来就看到了柯洛，离着老远就一眼就识出来了，毫不犹豫地走过去，一把推开了沈嫣。

沈嫣猝不及防，差点摔倒。

“你干什么？”

柯洛愤怒地望着突如其来的左左，掉头就走，左左一把抓住了他，委屈地问：“为什么？你不喜欢我？”

“我永远不会喜欢你的！”

柯洛烦躁地推开她，一把拉过吓愣住的沈嫣，大步离开了 pub。

喜欢谁，不喜欢谁，很难说明白，就如柯洛喜欢简兮，但简兮眼中除了表演再没有别的东西，他对于简兮来说，只是一个可有可无的东西。他想过放弃，却不由自主地去找她。

柯洛坐在那里把自己对简兮的感情和盘托出倾诉给沈嫣，沈嫣走了过去，给了他一个轻轻的拥抱。

就像牧歌，在找到醉得一塌糊涂的左左前，他也预想过无数种可能，放手，或是坚持，最终他还是站到了左左面前，看她哭得稀里哗啦的时候，他的心只剩下一片疼痛。

“是不是你也讨厌我了？人家现在不叫我花瓶，叫我脱星了！多好听的称呼，一个个都在装高尚！”

牧歌把她搂进怀里：“我永远不会讨厌你，左左，你在我心目中一直是个好姑娘。”

左左抓着牧歌的肩膀哭得更凶：“我怎么办？我要怎么办……”

“我会永远在你身边……”牧歌轻声安慰着。

简兮推着自行车往前走，夜色中想起 Mr.T 的礼物，谁会是 Mr.T ？她马不停蹄地跑到了那家店，在店员闪烁其词的对话中，唐斐两个字跃入她的脑海中，会是他吗？怎么可能是他？他一直讨厌她的。

吱的一声，一辆车停到了她身边，唐斐快速下车，一把把她从自行车上拉了下来，往车里一塞，油门一踩走了。

唐斐今天的脸色不太对劲，简兮想问他怎么了，却不敢问，沉默地看着他把车子开到了郊外的山上。

唐斐下了车，简兮也走了下来，两个人站在山顶，看着脚下的城市霓虹闪耀，都不说话。

许久，唐斐才幽幽说了一句：“今天是我生日。”说完伸出手，冲简兮摊开，颇有点耍无赖的意味，“生日礼物呢？”

简兮愣了一下，讷讷地说：“我又不知道你生日，哪来得及准备礼物。”

唐斐冷哼了一声，靠在车前盖上，懒懒地望着前方：“每年过生日，我的心情就会好差。”说完，抬头望望天空，指着天空吼，“看！老天也跟我作对，一颗星星都没有。”

简兮哭笑不得地看着天空：“下次看看天气预报再过生日。对了，你下午去过商场吗？”

唐斐一愣，装成若无其事地看着她，眉一挑：“是啊，我去接广告代言，签完合同就走，怎么了？”

简兮大失所望，转头看着摩天轮露出深深的笑容：“我有生日礼物了！”她大叫着。

“你闭上眼！”简兮伸手把唐斐的眼睛蒙上，把他推到了山坡上，“三、二、一！”猛地一放手，唐斐睁大了眼睛，远处的摩天轮，灯突然一盏接一盏地亮了起来，如同满天的星光绚烂耀眼。

“祝你生日快乐！”

唐斐望着转动摩天轮，终于泛起了一丝浅笑。

“你看摩天轮一转动，是不是像满天的星星？我把星星送给你了！”简兮开心地大笑着，脸在夜色下如闪亮着。

唐斐突然觉得，这是他这些年来过过的最愉快的一个生日。

当金制作告诉简兮下一期的嘉宾是当下最红的左左时候，简兮一时间无法接受，她不愿意面对左左，可从专业角度出发，她必须进去做这期节目。

她做好了全部的心理准备，可是但录制前，进入化妆间那刻脸色就不好了。

第 98 章
又丢了工作

左左趾高气扬地坐在那里化妆，沈嫣却是梨花带泪的模样，一碰到左左，简兮就失去了耐心。

“你又欺负她了？”简兮愤怒地盯着左左。

左左理都不理会唐嫣，目光盯着镜子里愤怒的简兮，嘴角微微勾起，笑了。

沈嫣一把拉住了她轻轻摇摇头：“我没事，千万不要跟嘉宾起冲突。”

左左最讨厌的就是沈嫣装成一副柔柔弱弱的模样，于是冷哼了一声。

简兮这才发现自己的化妆椅东倒西歪，愤愤地问：“谁踢的？”

左左吹了吹手指头：“我踢的，怎样？挡我路了。”

简兮突然哈哈两声：“你想矮半截跟我说话吗？”

左左蹭一下站了起来指着简兮：“你到底想干什么？”

简兮一脚把她的椅子踢开。

“你混蛋！”

左左刚要发怒，就见展眉跟安心走了进来，她随即冷笑一声，走到展眉身边，撒娇似的拉着展眉：“妈妈，有人欺负我。”

展眉望了简兮一眼，不问青红皂白便道：“请你向左左道歉。”

“凭什么我道歉？”

“你这样毫无礼貌，让我质疑你的专业性，任何情况下，主持人都不能剑拔弩张。”

她看了一眼工作人员，“你去请金制作过来。”

被吓呆的工作人员一下子反应过来，跑了出去，而简兮看着展眉跟左左亲昵的神态，笑了，喃喃地道：“真是天生一对母女，就喜欢仗势欺人。”

展眉的脸微微一僵：“简小姐，注意你的言辞。”

简兮一把扯下身上的话筒，往旁边一扔，头也不回地跑了出去，冲进了一间空置的办公室，猛地关上了门，背靠着门坐了下来，她早就被展眉伤透了心，只是没想到每一次她都能轻易再次让她受伤，她从来不想接触她，可这个圈子实在小得可怜，老天总是让她们一再相遇，想到这些，她捂住脸，泪水不争气地落了下来。

当她止住了哭声擦干了眼泪，发现不知道什么时候，办公室的门被人反锁了，更糟糕的是手机也没带出来。

“有人吗？”她用力拍打着大门，可周围一点回音也没有。

眼看着时间一点点过去，她越来越急躁，疯狂地拍打着办公室大门：“开门！开门……”

一个工作人员恰好经过，不可置信地望着被拍得砰砰作响的大门，轻声问道：“简小姐你在里面吗？”

“是我，快开门。”

门开了，简兮冲了出去，一路狂奔着冲进了摄影棚，突然她停住了脚步，节目早就开始了，李岚和古川坐在舞台上，正在采访着展眉和左左，展眉跟左左手挽着手站着，宛如亲母女……

随着一声“cut”而结束了访谈，观众开始离场，展眉和左左也走了。

李岚远远地看着呆呆的简兮，站了起来走到她身边，失望地看着她：“你让我太失望了，从今天起，你不再是《天下第一》的代班主持。”

“岚姐，我——”

“缺乏最基本的专业素养，滚！别再让我见到你。”李岚大声地喝道，说完毫不留情地转身走了。

所有人都用一种鄙夷的目光看着简兮，没有人再理会她，最后摄影棚的灯光熄灭了，简兮还是一动不动地站着，沈嫣伸手去拉她，简兮反应了过来，一扭头冲了出去。

她需要一个人静静。

夜深沉，她把自己关在家里，躺在黑暗中。

唐斐以为她出了什么事，差点把简兮的房门敲碎了，最后简兮再也无法忍受了，打开了大门，凶巴巴地盯着他：“你烦不烦，能不能让我静静！”

“你又惹事了？”唐斐问道。

简兮抬起头，不服气地顶回去：“唐斐！你以为你很了不起啊！”

“对啊！”唐斐一挑眉毛，“我就是了不起啊！有本事你一次性把钱还清。”

“我受够你了！我就算是卖血也会把钱还上，我再也不要看到你了！”说完就想关门，唐斐一下子顶住了门。

“看来你主持人的工作也丢了！”

简兮一把把他推了出去：“没错！现在你满意了吧！”说完大门砰的一声被关上。

唐斐碰了一鼻子灰，怒气冲冲地回到家中，对岳乐劈头盖脸道：“她丢了工作，又不是我害的，跟我急什么？”

“你说的是简兮？”

“就是那个白痴，我说过锋芒毕露的人待不长久。”唐斐没好气地往沙发上一倒。

“我倒是可以理解，自己的亲生母亲，不为所动才怪！”岳乐不以为然地说，“只要碰到左左跟展眉，一定会失去常态，毕竟还年轻嘛。”

唐斐起身走到窗前，远远地望着车库，低头沉思了片刻：“打电话给齐文森。”

岳乐一脸莫名：“什么？”

唐斐一字一句：“现在，立刻，马上，打电话给齐文森。”

夜色很沉，唐斐站在那里静静地望着。

就在简兮失去代班主持工作的第二天，齐文森把她叫进了办公司，说有一部 MV 要请她做女主角，这是唐斐的要求。

简兮当即跑问唐斐为什么要把 MV 的女主角给她。

唐斐看着简兮，装得十分平静地说：“只是一时找不到合适的女主角，才暂时找你顶上。”

虽然这样的答案让她有些不是滋味，但能站到摄像机前，她就已经很开心了，她立刻把这个好消息分享给了柯洛。

柯洛一接到电话立刻跑来了：“你不是说过很讨厌唐斐吗？为什么还要跟他合作？你为什么能接受他的帮助，却不能接受我的帮助？”

第 99 章
爱上她了

简兮愣住，半天才说：“他有时候是爱欺负人，但也没那么讨厌……你知道吗，他其实……”

柯洛烦躁地打断她：“不要再提唐斐了！”他深吸一口气，“关于那个问题，我一直在等你的回答，现在可以告诉我吗？”

简兮不说话了，过了好久才抬起头：“柯洛，我想了很久，我们……还是做朋友更合适。”

柯洛愣住了，不敢相信地看着她：“为什么？你明明对我有好感，不是吗？”

“我承认，我对你很有好感。”简兮专注地看着他，解释道，“但是为了这样的好感，我差点忘记自己的表演。我答应过老师，这样的事情，绝对不能再发生了。所以，我不能接受你的表白。”

柯洛愤怒地说：“为什么，为什么你总是把表演放在第一位？为了演戏，你可以放弃恋爱，放弃一切！简兮，你完完全全就是疯了！”

柯洛说完，转过身，冷漠地走了。

简兮追出两步，无奈地站住了，对着他的背影喃喃地说：“对不起了，柯洛。”

拒绝了柯洛之后，简兮的心里像空了一块，她把自己投入到在工作里，连抱着剧本睡着了也浑然不觉。

天亮了，她被急促的敲门声吵醒，一下子从床上跳了起来，看了一眼时间，已经七点三十分，赶忙收拾了一下，上了唐斐的车往片场去了，车上她又睡着了，不知不觉头靠住了唐斐的肩膀。

唐斐无奈地看着她，不忍心将她叫醒，一直等下了车，才发觉肩膀早已经麻木了。

到了片场，导演向简兮讲解了要拍摄的《无声之爱》的MV，导演说：“这是一个讲‘竹马’暗恋‘青梅’的故事，唐斐喜欢你十年，却一直没有对你说，这一幕是他借由音乐，表达对你的爱恋。”

拍摄开始之前唐斐走了过来，简兮叫住了他，说：“不论出于什么理由给我工作，我都会好好珍惜，一定好好努力，绝不会让你失望。”

唐斐毫不领情地毒舌过去：“好好努力？别自作多情了，这一幕以我的表演为主，你做一根不解风情的木头就好，这种难度，应该能做到吧。”

拍摄开始了。唐斐和简兮经过公园，突然被音乐声吸引，一步步走向草地；草地中间，一个乐队正在奏乐，其中一个鼓手总是犯错误，指挥生气地用指挥棒猛敲他的头，气愤离开。演奏者们一个个都跟着离开，只剩下鼓手一个人。唐斐微笑走上前去，鼓手让开了，他代替鼓手，敲打了两下，声音相当刺耳，紧接着打出一连串抑扬顿挫的鼓点。

公园安静了下来，原本离开的小提琴手回来了，和唐斐站在一起弹奏。紧接着，低音大提琴、小鼓、长笛等演奏者、指挥家一个个都被吸引回来，各种乐器紧随唐斐手下华丽而热烈的鼓点一起演奏动听而和谐的音乐。

唐斐把位置还给了鼓手，走过来向简兮伸出了手，两人在音乐声中翩翩起舞。

阳光下，唐斐的表情格外温柔，简兮望着唐斐的眼睛，一瞬间沉溺其中，分不清自己到底是在表演还是在现实中。

下一场是简兮和一个男演员骑着单车经过，唐斐在一旁心酸地注视的戏。

拍摄开始。简兮坐在男演员的单车上，亲昵地抱住他的腰间，唐斐站在不远处，一副失魂落魄的表情。

导演：“Cut！”

导演举起OK的姿势："非常棒！"

第三场是简兮发现自己的男朋友劈腿，正在伤心的时候，唐斐想方设法安慰她。

MV音乐响起，简兮一个人坐在房间里，掩住了面孔，肩膀隐隐抖动，窗户突然响了一下，简兮抬起头看见唐斐就站在窗户外，他用白板笔在玻璃上写着："不要哭。"

简兮说："我失恋了。"

唐斐迅速擦掉，写上："别伤心，有我在。"简兮的泪水流得更凶了。

唐斐擦掉后，写第三句话，充满希望地抬起头，简兮只是垂着头，伤心地哭泣着，再也没有抬起头来，玻璃上面写着："I LOVE YOU"，他顿了一下，默默擦掉了这一行字。

望着陷入伤心的简兮，唐斐露出失落的神情，画面定格。

导演："Cut！简兮，唐斐，请过来一下！"

唐斐和简兮来到导演面前，导演举着剧本："你们表演得很好，情绪非常到位，但是我想稍微改一下剧本。我觉得最后一幕男主角情绪的爆发太软弱，应该更强烈！你想想看，MV的高潮就是男主角表白的那一幕，一定要在最高点收住！Kiss！情感到最激烈的时候迸发，自然需要用强吻来表现！"

唐斐觉得导演的建议有道理："那就拍吧，"扭头见简兮犹豫不决，笑了起来，"我差点忘记问，简小姐的荧屏初吻还在吗？"

简兮瞬间脸红。

唐斐"嘁"了一声："你以为我愿意亲你吗？简小姐，难道你不知道世上有一种吻戏叫借位吗？！"说话间，他故意靠近了简兮，观察她的表情，恶作剧道，"看你的表情，不会在想什么有的没的吧？"

"我才没有！"

"那么，拜托了。"说完转身对导演说，"这场戏放到明天再拍。"

唐斐进了门，一把将外套丢在了沙发上，回头看见岳乐还看着自己，不由纳闷："你还站着干什么，今天的工作已经完成了，你可以回家了。"

岳乐还是一动不动地看着他，忽然说道："我有话要问你，你回答我，你是不是爱上简兮了？"

唐斐闻言一愣，手一下子顿住了，半晌才放了下来。

第100章
深深一吻

"为什么这么说？"

“我们合作这么久，你什么时候在表演，什么时候动真格的，我会分不清吗？身为经纪人，我相信你。但身为朋友，我很替你担心”

唐斐一把丢下杂志：“我很清楚自己在干什么，你到底有什么好担心的？”

“如果你要和季晴谈恋爱，我举双手赞成，可是简兮——简兮并不爱你。”

唐斐冷冷地站起身快步走向房间：“好了，我很累，你回去吧。”说完砰的一声关上了门。

简兮回到家，打开抽屉，取出日记本，翻开里面的玫瑰花瓣，轻轻地抚摸着，嘴角慢慢露出了微笑。

第二天，唐斐开车带简兮去片场，一路上他都冷着脸，简兮有心跟他说几句话，却又默默闭上了嘴巴，转头看向窗外。

沈嫣去了公司才知道简兮拍 MV 的时间，赶忙找了过来，听说简兮今天要拍吻戏，顿时紧张了起来，简兮赶忙告诉她只是借位而已，她这才放心下来，在导演叫简兮准备拍摄的时候，拿出了手机给柯洛打了个电话。

工作人员用力打场记板：“Action！”

唐斐走到站在简兮面前，抬起头别扭地看着她：“我爱你。”

简兮一愣。

“Cut！”

接下来，这个镜头连拍了几次都失败。

导演绝望了：“算了！休息五分钟！”

他的话音刚落，唐斐便已转身离去，简兮追上去，唐斐看都不看她，简兮一把拉住他的衣服：“等一下！”

唐斐转过头，冷冷地看着她。

“你今天……为什么这么奇怪？昨天还好好的，今天整个人情绪都不对了，连看着我的眼神都……”

“说我演得不好吗？”唐斐一把甩开她的手，“不要自作多情，我的心情和你不相干！拜托你，离我远一点！”

简兮正要发怒，突然看见柯洛走了过来，立刻露出了微笑，迎了上去。

柯洛走到她面前，看着她说：“我仔细想过了，那天的确是我不对。简兮，对不起，我太任性了，不该对你发脾气。只要你想演戏，我应该支持你。那你还把我当成最要好的朋友吗？”

简兮重重点头。

柯洛伸手捏住她的脸：“今天我是特意来给你打气的，一定要好好演哦。”

“嗯，我会的！”

四目相视，不禁笑了起来。

不远处的唐斐看到他们烦躁地转过了头，忽然季晴出现在他的视线里，身后跟着的笑笑带着蛋糕和披萨来探班。工作人员欢呼一片，连声道谢，一拥而上。

季晴问："唐斐呢？"

工作人员指了指，季晴看到了唐斐，快步向他走过去，问道："拍摄顺利吗？"

唐斐微微一笑："还算 OK。"

"拍完了以后有没有时间，我们一起吃饭？"

唐斐没有回答，目光注视着不远处说说笑笑的简兮、柯洛和沈嫣，季晴顺着他的目光望过去，刚好看到了柯洛伸手揉简兮的头发，唐斐的脸色变了，突然站起身，快步走到导演跟前冷漠道："导演，开始吧！"

导演正在喝茶，突然一口喷了出来，唐斐快步向场中走去。

季晴目送他离去，似乎意识到了什么。

拍摄继续进行，

导演挥挥手："Action！"

"我不想当你的朋友，因为，我爱你。"说完唐斐突然垂下了头，捧住简兮的脸，深深地吻了下去。

所有人在这瞬间目瞪口呆，导演欣喜若狂地跳起来大叫："Cut！ Perfect，太棒了！今天就到这里。"

唐斐终于松开了简兮，转身就走。

简兮摸摸自己的唇，完全傻掉了，小声地问导演："不是说借位吗？"

导演拍了拍她的肩膀："借位能拍出什么鬼，这样的发挥才完美，真情实感啊！"

简兮下意识转头看了一眼，柯洛已经不见人影，沈嫣迎上来告诉她柯洛已经走了。

简兮刚要说话，却见季晴走过来。

季晴朝她点了点头："欢迎你重新回来。不管到任何时候，我都不会输给你。再见。"

说完转身跟笑笑一起走了。

简兮看着她的背影，又伸手去摸嘴唇，不知道为什么突然有些失落。

从片场出来，唐斐直奔另外一个地方，拍了一组广告，从台上下来，脚步软了一下，幸亏岳乐及时扶住了他，说："二十四小时连轴转，人一旦太累，就容易生病啊，晚上的酒会不要参加了。"

唐斐咳嗽了一下："说了没关系。"

"不行不行，看你这个样子，记者们看到才麻烦，我会想办法推掉，去医院吧。"

"我不去医院……"话都没说完，便软绵绵地倒入躺椅里，朝岳乐摆摆手，"不要烦我，休息一会儿就好。"

岳乐没办法，只好在把唐斐送回了家之后给简兮打了电话，因为他有个重要酒会要参加，让简兮过来照顾唐斐。

简兮没办法只好跟陆周请了假，照顾唐斐，进了门，只见唐斐脸很红，躺在沙发上一动不动，于心不忍地取出温度计要给他测量一下体温。谁知唐斐站起身径直向房间走去，快到门口时，转过身来，恶狠狠地瞪着她："不用多事，快走开！"

简兮无奈，举着手里的温度计伸过去，唐斐转身就跑，她简直无语地看着他："喂！你是小孩子吗？快点！"

唐斐抢先一步进了门，简兮死死抵住门，不让唐斐关上："一个大男人，怎么会这么胆小！怕打针怕吃药，连温度计都怕，胆小鬼！"

"走开！"他烦躁地看着她。

"你别想，我答应了岳先生要照顾你，就不能食言！万一你发高烧死了，我要怎么交代？"

第101章
不可思议的情人

"哪儿那么容易……"说完，突然感到一阵眩晕，喃喃自语，"不去医院……针头、药片、白大褂……所有都讨厌……"

简兮使出浑身力气，重重推了一下，门一下子打开了，唐斐支撑不住，倒在了地上，简兮吓了一跳，赶忙将他拖到了床上，摸了一下他的额头，发现很烫，又要送他去医院。

唐斐无力地推开简兮的手，将自己裹在被子里。

简兮无奈地看着他，只好去药店给他买药。

出了门，才发现天下起了雨，她穿上雨衣，取出了自行车，摇摇晃晃地朝药店骑去……

唐斐也不知睡了多久，梦中感觉有一只手暖暖地落在额头上，心里一暖，他吃力地睁开眼，没想到是季晴坐在身边。

"你是怎么进来的？"

唐斐挣扎着想要坐起来，季晴连忙伸手去扶："对不起，这么唐突地来，刚刚到门外，我敲门的时候，门自己开了。"

唐斐一愣，下意识寻找简兮的身影。

季晴拿出买来的热粥："在去酒会的路上听岳乐说你重感冒了，所以我买了些热粥过来，快趁热喝吧。"

唐斐点了点头："谢谢你。"

简兮买好了药冒着大雨回到了小区，她刚下了自行车，一辆轿车映入眼帘，唐斐家的门开了，唐斐送季晴下楼，简兮不由低垂下脑袋，看到自己沾满泥水的裤子和鞋，下意识地躲在了一边。

季晴抬头看了看天空的大雨，叮嘱唐斐："如果非常不舒服，一定不要忍着，必须去医院才行。"

唐斐点点头："我已经好了很多，不必担心。"

季晴微微一笑："不用和我这样客气，其实我……"

唐斐看着季晴，等待她继续说下去，季晴欲言又止脸红了，低声："没事，我先走了，晚安。"

笑笑赶忙冲上去替季晴撑着伞，季晴上了车，唐斐帮她关上车门，季晴摇上车窗，向唐斐甜甜一笑，车子开走了。

唐斐转身，正准备上楼，突然听到简兮打了个喷嚏，回头看到了披头散发的简兮，足足吓了一跳，恼羞成怒地道："丢下生病的人，你到底跑去哪里了！"

简兮委屈地说："对季晴就那么温柔，跟我说话那么凶，你人格分裂啊！"

唐斐不假思索地说："你们怎么一样！"

简兮气得说不出话来："难道她是公主，我是女佣吗？这样区别对待，你太过分了！"

唐斐直接上楼，几步后又回头："为什么还不走？"

简兮突然用力地把药袋子向唐斐的后背丢去："我不管你了，你自生自灭吧！"转身气呼呼地走了。

唐斐弯下腰，从地上捡起药包，看向雨中消失的简兮，摇了摇头，回到客厅，发现了桌上冷掉的饭菜和纸条：我去买药，很快回来，简兮。

心里突然涌起了一阵暖意，抚摸着字迹，良久，脸上浮起一丝笑容。

导演袁亮的新电影《不可思议的情人》敲定了季晴和唐斐为主演，他在看了简兮和唐斐的 MV 之后，希望简兮出演男主角的初恋情人，让她参加三天后的试镜会。

而这个角色是个钢琴师，只有三天的时间给简兮训练，为了不失去这个机会，陆周手把手地教她，可她从来没有接触过钢琴，越弹越糟糕，她十分苦恼。

陆周给她弹一首曲子，让他记住他的每一个动作。陆周弹奏得行云流水，简兮却记得断断续续，不时地停顿住。时间一点点过去，她脸上的神情变得焦躁不安，颓然地放下了手："我不行……我甚至听不懂这首曲子。"

"果然太勉强了吗？"琴声戛然而止，陆周叹了口气站起身，"简兮，身为一个演员，任何角色都要拿捏自如。要你在三天内找到表演的精髓，的确很难，但你必须突破这个难关。这次要靠你自己，谁都帮不了你。"

陆周说完，转过身向外走去。

简兮站起身，追出去两步，却又站住了，回头看着那架钢琴。

沈嫣同情地望着她："我从很小就开始学习钢琴，到现在都不敢说自己是个钢琴师，要演奏出色的钢琴曲，还得在众人面前表演……这实在是太难了！简兮，放弃这个角色吧。”

简兮看着钢琴，想着陆周的话，缓缓摇了摇头：“不，不行。哪怕会被别人嘲笑，我也一定要去试镜。沈嫣，我不能不战而退啊。老师刚才弹奏的曲子，麻烦你继续弹奏给我听，我会努力记住你的每一个动作。”

终于开始拍摄了。简兮点头，快步走上了舞台，深吸一口气，走到钢琴前坐下，掀起了琴盖，手指珍爱地轻抚过琴键，最后高高举起了双手，做出一个猛然划过琴键的动作，快速凌空弹着空气。

工作人员想要阻止，袁亮突然做了个不要打扰她的手势。

季晴诧异地看着袁亮：“为什么她要这样表现？为什么？”

袁亮微微一笑：“唐斐，还记得剧本上男主角第一次见到初恋情人的情景吗？”

“剧本上说，我走入一间房间，看到了一个正在弹奏钢琴的少女。”

季晴陡然明白过来：“1937年11月，上海沦陷……那时候……男主角和少女初遇在沦陷后的上海！日本侵占上海，少女身处于沦陷区，她梦想着弹奏，却不敢弹出声音，这就是她空弹的原因！”

季晴震惊地看着台上的简兮。左左气得跺脚：“她又来了，每次都这样标新立异！”

唐斐则微笑起来定定地看着简兮，表情变得格外温柔：“真狡猾啊。”

舞台上，简兮中断了演奏，猛然捂住耳朵，眼睛里流淌出惊恐的神情，众人仿佛听到，悠扬轻远的钢琴声渐渐远去，战火在一步步靠近。

第102章
简兮受伤

袁亮冲简兮点了点头：“上台吧。请你表演男主角回忆里，初恋情人弹钢琴的那一幕。”

袁亮突然站了起来，用力鼓掌。

左左的脸色一下子变得苍白。

简兮从台上走下来，诚实地说：“导演，刚才我作弊了，空弹的想法，来自于《The Pianist》，我的真正目的，只是为了掩饰自己不会弹钢琴。但我想告诉您，阿德里安·布劳迪为出演在战争中压抑痛苦的犹太钢琴师，关在漆黑的房间里长达数月，变得骨瘦如柴、面目全非，借以体会极度惶恐的心态，我也可以为了出演钢琴少女而竭尽全力，请您——给我这个机会！”

袁亮思虑片刻，笑了，向她伸出手：“你的空弹恰到好处，简兮，欢迎你。”唐斐说道：“电影中你一共有三次弹琴的镜头，不可能次次都空弹。距离正式拍摄还有两个月，希望你能完成训练。”

“我一定会的。”

两人之间的对峙中，季晴下意识地挡住了唐斐的视线，微笑：“简兮，我相信你。要不要介绍钢琴老师给你？”

“不用了，我会在规定时间内达到要求。”

就在这时候，左左来势汹汹地快步走了过来，简兮警惕地看着左左，沈嫣马上挡在简兮的面前：“你……你要怎么样？”

左左在众人紧张的气氛里，突然笑了向简兮伸出手：“道喜。”

简兮愣住，随机微微一笑，伸出手去：“谢谢！”

左左扬了扬眉：“今年的电影节，我期待你的表现，可别让我失望。”

说完戴起墨镜，转身离去。

沈嫣看着她的背影，惊叹：“居然没有大发雷霆，好像变了一个人……”

简兮安慰道：“每个人都会成长的。”

沈嫣喃喃地：“可我觉得……现在的左左比以前更可怕了。”

之后的每一天简兮都在琴房里度过，每天从早到晚训练。为了快速练好，沈嫣给她出了个主意，在简兮的手背上各放了三枚硬币，虽然让简兮进步飞快却也导致了她的手受了伤，进了医院，陆周大发雷霆，吓得沈嫣几乎哭了。

而袁亮听说简兮的手受伤了，三月后才能康复，立刻脸色大变。

在这件事上简兮和陆周第一次发生了分歧，简兮坚持要带伤拍戏，而陆周认为不可以，如果手受伤更严重，今后怎么办？不能赌上一辈子的演艺生涯。

在一片争吵声中，沈嫣坐在钢琴前弹奏了一支曲子，惊呆了众人。

沈嫣说：“袁亮导演，我可以给简兮做手替，到时候摄像机只要拍摄她的脸，再拍摄我的手，不就好了吗？这是可以技术处理的，我学过专业钢琴，弹任何曲子都没有问题啊！”

袁亮有些犹豫。

陆周说：“袁导，你认可简兮的演技，也听过沈嫣的钢琴了，他们两个结合，能够演出最出色的钢琴师！”

袁亮看了看简兮，又看向沈嫣，点了点头：“好，既然你们都说没有问题，那就试试看吧。”

简兮和沈嫣对视了一眼，同时露出了笑容，陆周若有所思地看向沈嫣。

兮在叠衣服，岳乐连忙：“不用了，你的手不是受伤了吗，这段时间我会请家政负责的。你是女演员啊，如果伤了手，以后会很麻烦。”

唐斐从冰箱里取出一罐饮料，随意地打开喝了一口，突然冷笑了一声：“真是个傻子，为了拍戏拼命练习钢琴，连手都弄伤了还要坚持。”

简兮分辨道："这是我的工作，当然要坚持到底，更何况现在有小嫣做我的手替，拍摄也没有问题啊！"

唐斐顿住："手替？"

简兮点头，一脸骄傲："小嫣的钢琴很厉害，专业级别！如果不是小嫣的话，我可能要彻底放弃拍摄了。"

唐斐喝了一口饮料，却又停下来看了简兮一眼："那个沈嫣……好像是你的助理吧，你刚刚受伤，她就正好补上，还真是巧。我要提醒你，凡事多带脑子出门。"

简兮看着唐斐，明白了过来，恼怒地："只有坏心眼的人，才会以己度人！"说完快步走出门，走到门口却又忍不住，向唐斐做了个鬼脸，"哼！"随后砰的一声关上门，唐斐却忍不住笑了。

第一天的拍摄开始了，拍完了简兮的画面，接下来是沈嫣的画面。

沈嫣微微一笑，走到钢琴边上开始弹奏，简兮站在摄像机前，看着镜头里沈嫣美丽的手指在上下翩飞，简直变了一个人，不由露出向往的神情，下意识地学习着，却无意中牵动了右手，疼的嘴里嘶了一声。

沈嫣浑然不觉，在钢琴前忘我地弹奏着，每一个动作，就像是一幅完美的油画，镜头前的袁亮看得眼里放出了光芒。

结束拍摄之后，沈嫣穿着女钢琴师的衣服，面对着镜子里的自己，她不自觉做出一个弹钢琴的动作，露出陶醉的神情。

简兮冲进来："小嫣，你弹得真棒！整个人都在熠熠闪光。"

沈嫣吓了一跳，竭力装作镇定，一脸不好意思："真的吗？"

外面有工作人员喊："简兮！简兮！还有个镜头要补拍！"

"好，我马上就到！"简兮应完，转头对沈嫣说，"小嫣，你在这儿等我，收工后我们一块儿回去。"

简兮刚离开，袁亮走了进来，把沈嫣吓了一跳。

袁亮一脸兴奋："沈嫣，你弹得真好！简直出乎我的意料，比第一次听你弹奏的时候更精彩，更出色！"

第103章
酒店门

季晴推门进去，忽然看见袁亮的手正抚在沈嫣的肩头上，两人吓了一跳，猛然看过来。

袁亮马上站起来："我正在指导沈嫣做手替的方法。你们准备下，我先走了。"

袁亮说完向门外走去，沈嫣一脸紧张地看着季晴，季晴冷漠地扫了她一眼，转身就要走。沈嫣突然追了上去快步拦住她："求你，等一等！刚才你看到了吗？"

"我看到你和导演暧昧不清。"

沈嫣点了点头："没错……可我……可我是被逼无奈的，你知道吗？是因为贫穷！什么自尊、自爱，在贫穷面前一无是处！"

季晴抬头看着她。

"家里破产，被迫放弃钢琴，妈妈又在生病，到处都需要钱，我却连医药费都筹不出……如果失去这份工作，一定会走投无路！所以，明明不愿意，也只能忍耐，甚至赔笑脸。"沈嫣表情无比卑微地抹着眼泪，恳切地说，"只要你保守秘密，不要向任何人透露，尤其是简兮！她一定会很激动……万一跑去跟导演理论……你知道……她会丢掉这个角色……我的工作也保不住，求求你……"

"你别哭了，我不会对任何人说的。"季晴被她哭得心软了，从皮夹里抽出所有的钱，全部塞给她，"不管怎么样，不要再看低自己了。"

季晴摇了摇头，转身离去，沈嫣看着她的背影，取出一张纸巾，擦掉了眼泪，露出一丝得意的微笑。

简兮下了公交车，刚准备回家，突然接到了电话，电话屏幕上是沈嫣的名字。一接起电话，就听到了沈嫣抽泣的声音："简兮，我好害怕……我真的好害怕……"

简兮吓了一跳，忙问："你到底在哪儿？我现在就去找你！"

"我在……"沈嫣崩溃地大哭起来，"我在导演的房间……酒店……简兮，我害怕。"

简兮脸色一下子变了："你告诉我地址，我马上就到！"

说完转头就拦了出租车，车子一路飞奔到了酒店，连撞到了人都顾不上，找到了沈嫣说的那个房号，用力敲门。

门开了，袁亮刚刚洗完澡，只围着浴巾，一脸诧异地看着门口的简兮，简兮不由分说一把推开袁亮，快步冲进屋子里，四处寻觅，不见沈嫣的人影："沈嫣呢？袁导，沈嫣在哪儿？"

袁亮愣了一下："沈嫣？"

简兮被他的反应气坏了："她不是在您的房间里吗？请把人交出来！不然我要报警了！小嫣是个很单纯的女孩子，请你别做得太过分！"

袁亮无奈地一笑："我都被你弄糊涂了，我到底把沈嫣怎么了，你竟然这样怒气冲冲的。"

"她刚才哭着给我打电话，说你邀她来了房间。我知道，小嫣长得很漂亮又温柔，但她并不是你想的那种人。"

袁亮忍不住嗤笑一声："简兮，我是什么身份？"

"知名导演。"

“那你就该知道，如果我勾勾手，不知道多少女孩子会过来，我用得着勉强别人吗？”袁亮冷笑一声，“你可别忘了，成名是很多女孩子的梦想，很多人为了实现它，会不惜一切代价，沈嫣并不特别，只是其中一个而已。”

“你胡说，她不是那种人！”

“她是哪种人，你真的了解吗？不是人人都像你一样，拥有过人的表演天分，这是老天爷赏饭吃！有些人缺乏天分，当然要用旁门左道。不过么，将来有一天她红了，谁会在意她是怎么红的呢？”袁亮点燃了一支烟，皱眉，“简单点说，今天是沈嫣约了我，可她却没来。”简兮不信，摇着头。

“你还年轻，这个世界很复杂，人心也比你想象的黑暗。总有一天，你会明白的。”袁亮说完，又打量着简兮，“不过，沈嫣到底想干什么？约了我又不来，反而把你骗来了！难道她要成全咱们？！”

简兮猛然一下子后退，差点撞翻了身后的椅子：“袁导，沈嫣是我的朋友，我愿意无条件地信任她！所以你说的话，我一个字都不信！”

简兮说完，冲出房间，走廊后有人影一闪，很快那里没有了声息。

袁亮追到门口，注意到了什么，脸色一下子变了。

深夜，简兮一个人在车水马龙的大街上，她不停地拨打沈嫣的电话，却根本无人接听。

第二天她早早地来到了片场，她要找到沈嫣问清楚到底是怎么样，可刚一进去，左左迎面走过来：“难怪你会赢我，原来这么舍得下本啊！”说完把一张报纸丢在简兮脸上：“‘女演员为求上位，酒店深夜幽会’！哈，好耸人听闻的标题啊！”

简兮一愣，迅速展开报纸，报纸上是袁亮围着浴巾开门和她出入袁亮房间的大幅照片，下面的内容更让她浑身发冷，细数了她一年来上位之路：先是欧阳山的电影，再是爆红的综艺节目，现在更重归大屏幕，所有人的眼中，简兮是个靠美色上位的三流小演员。

左左嘲弄地说：“哎，我真是想不到，为了得到一个角色，你能做出这么无耻的事，早知道我就让给你嘛，何必这么肮脏下流！”

简兮浑身发冷，一把推开左左，快步冲了出去，她要找到沈嫣，她到了琴房，可房间里不见沈嫣人影，她转身又冲了出去。

她又跑回片场，里面的工作人员正拿着报纸议论纷纷：“真没想到她是这种人！”

“有什么想不到啊，她长相又不算顶出众，凭什么好事儿都轮到她！靠美色上位，好肮脏啊！”“就是嘛，最可怕的是这个女孩子平时看起来特别干净单纯，好虚伪哦！”

简兮站在他们背后，冷冷地听着，忽然有人发现了她，停止了说话。

简兮大声地：“沈嫣呢，我问你们，她人在哪儿？！”

有人向化妆间指了指，简兮快步冲了进去，正在整理衣服的沈嫣转过头来，一脸笑意地看着她：“简兮，你来了！”

简兮一步步走过去，猛然扬手，狠狠给了沈嫣一巴掌。

沈嫣呆住了，捂住面孔，另外一只手要去拉她：“简兮，到底发生了什么事？”

简兮后退一步：“别碰我！明明心里都清楚，你还装作一无所知，沈嫣，你的演技真好，我以前真傻，一直没看出来。”

工作人员纷纷涌入，沈嫣看到众人进来，脸色一下子苍白了起来，委屈地看着简兮：“简兮，是不是有什么误会，为什么大发脾气？还是我做错了什么，如果真是我做错了，我向你道歉！”

“道歉？哈，你居然还能说出这种话。沈嫣，我一直以为你是个善良软弱的人，所以处处站在你前面，可我绝对想不到，从背后给我一刀的人，居然会是你！”

沈嫣眼泪呼啦一下涌了上来：“你怪我，也要把话说清楚啊，我完全不明白……”

简兮不敢相信地看着她：“昨天晚上你骗我说袁导强迫你去酒店，可事实上等我赶到了那里，根本不见你的人影！”

“我……我没有啊！”

第104章 沈嫣的真面目

一早就赶来的柯洛，上前一把抓住简兮的手，被简兮甩开了，继续质问沈嫣：“你说话啊，我手机里还清楚地留着你昨晚给我打电话的记录，难道你要否认吗？”

沈嫣满脸委屈地说：“我是给你打过电话，只是为了提醒你今天早上拍摄的时间。我根本没想到那时候你在和袁导幽会，更不知道有人会偷拍啊……”

“我从来没有为了角色，出卖过自己！沈嫣，不管别人怎么说，我都选择相信你。因为我把你当成朋友，可你就是这样对待朋友的吗？这一刀刺得多疼、多狠！”

沈嫣哽咽：“简兮，我是你的助理啊，当然希望你处处都好……我劝过你的，不要把自己当成上位的筹码，可你听过我的劝吗？现在出了事，怎能一口咬定是我出卖了你！我不会、也不可能向记者们透露消息啊，因为我一直……一直把你当成最亲最好的朋友……”沈嫣一边说，泪水一边不停地流着。

简兮气结。柯洛一把拖过简兮，简兮还在挣扎，被柯洛把她强行拖了出去。

简兮一离开，沈嫣立刻崩溃地大哭，众人簇拥上去安慰。

柯洛盯着简兮：“那我问你，你昨天晚上是不是去过酒店？”简兮一愣。柯洛明白了：“事情已经到了这个地步，你为什么不说实话？”

“实话就是沈嫣故意引我去酒店，找人拍了那张含糊不清的照片！”

“是吗？”

简兮愣住了：“柯洛，你是我的朋友，为什么不肯信任我？难道你也和其他人一样，相信那种子虚乌有的照片？”

“我一直都站在你这边，可现在我觉得，你太疯狂了。我太了解你对演戏的执着，为了演戏，你可以付出一切，这样的认真让我害怕。我甚至觉得，为了一个角色，你很可能会走错路。”

“是，我很执着。但你不能因为这样，就判断我会为了一个角色而出卖自己！我不会！所有的角色，我都会凭实力去拿！”

柯洛打断她说：“钢琴师的角色，真的凭实力吗？明明已经不能弹奏了，为什么还能继续留在剧组？”

简兮睁大眼睛，不敢置信地看着他，突然笑了：“沈嫣告诉你的，是不是？她当然会这么说，因为从一开始，她什么都策划好了，你不知道……”

柯洛不愿再听她解释了，无力地摆了摆手打断：“简兮，为什么你要把错误推到沈嫣身上？你明明看到了，她是那么善良柔弱，怎么会来陷害你？你现在说话的态度，完全不理智，等你冷静下来，我们再谈吧。”

简兮后退了一步：“不，没什么好谈的了，今天我很难过，因为我一直保护沈嫣，没想到被她当成了靶子。而你，我一直以为我们是好朋友，可连你都不信任我。”

简兮说完转身就走，越走越快，根本头也不回。

柯洛还没来得及阻拦，胳膊已经被人抓住了，回过头来，只见沈嫣含泪望着他摇摇头：“我能理解她，全是我的错——”

柯洛安慰道：“你有什么错？这件事情，都怪她自己对演戏太执着了，跟你完全没关系的。”

“可是以后怎么办呢？事情闹得这么大，简兮以后的前途怎么办？现在大家都知道她和导演见面的事，名誉全都毁了，还能继续拍戏吗？我好担心。”

柯洛感动地说：“沈嫣，谢谢你为简兮担心，可惜她一点儿也不理解你。”

沈嫣摇摇头说：“没关系，我只希望简兮能平安度过这一关。”

柯洛转过头，望着简兮离去的方向，显得格外担忧。

沈嫣望着柯洛的侧脸，露出一丝意味不明的微笑。

唐斐回到家没看到简兮在做家务，才从岳乐那里知道了事情的全部，岳乐一说完，唐斐就快步冲出去找简兮，可敲了半天车库的门，也没人回应。

此刻的简兮，正在齐文森的办公室，沈嫣也在。齐文森告诉简兮，事情闹得太大，连袁导都已经请辞了，公司决定用沈嫣替换下她。

简兮呆了，才想起这段时间以来，沈嫣从头到尾看她表演钢琴师这个角色，一定记住了所有的表演方法。

还没来得及说话，沈嫣便叹息一声，劝道："简兮，你不要怪我，毕竟是因为你，电影才会蒙受损失啊。好在记者们没有进入酒店房间，否则还不知道会拍到如何不堪的照片。演戏的机会固然重要，但不值得你为此出卖自己。"

简兮终于看清了沈嫣的真面目，冷笑一声："谢谢你的告诫，作为你曾经的朋友，我也想奉劝你一句话。一个跳梁小丑，靠出卖朋友换取上位机会，绝对不可能长久！"

第 105 章
沈嫣的报复

沈嫣一愣，简兮摔门离去。

出了公司的门，漫无目的地在大街上走着，突然间再也忍不住哭出了声。她越来越伤心，终于忍不住号啕大哭。

一路找来的唐斐就开车悄悄跟在她的身后，一度想要停车，最终还是忍住了，看着她回家了，看着她踉跄地走进了车库的门，一直到灯熄灭了才回了家。

第二天，简兮去到了公司，迎面看到了陆周，旁边跟着沈嫣，一下子愣住。

沈嫣扭头冲陆周温柔地笑了笑："老师，我先进去教室等你。"

陆周点头，沈嫣走了。

陆周告诉她，这是公司的安排，他现在是沈嫣的指导，还告诉她，从简兮手受伤开始就知道了沈嫣是故意的，没有告诉她，是因为没人有义务替她处理一切，所有的事情都要她自己发现与经历。

陆周说完，走过她的身边，却又停下来说："从今天起，你不再是我的学生。"

简兮一下子转过头来，问道："为什么？！"

陆周说："因为你太不堪一击了。我要的，永远是最出色的学生！"

其实陆周的心里又何尝不痛，她是他最得意的学生，可她太脆弱了，他必须离开她一阵，让她学会在暴风雨中成长。

沈嫣一见他走进教室，便激动地站起对他："我一直有话藏在心里，希望你允许，今天全都说出来。第一次见到你，我还在酒吧里做侍应生，遇到别人的欺负，只是敢怒不敢言。是你站出来替我解了围。"

陆周摇了摇头说："我不记得了。"

"我明白，从前不是没有人向我伸出援手，可我讨厌那些人同情的目光，只有你，只有你不同！你和别人是不一样的！因为你没有用低人一等的眼神看我！后来我再次见到你，我好高兴。可是我太卑微，只是一个小小的助理，现在总算都过去了，以后我可以拍电影，身份完全不同，老师。”沈嫣露出怯生生的笑容，“我一直在偷偷喜欢你。我一定会让你看到，我比任何人都出色，更值得你喜欢！”

“说完了吗？”陆周打断，“我从来没打算收你做学生，更不会喜欢你！我帮助你，只是受齐文森所托，并没有其他含义。另外我相信简兮会振作起来。”

“你讨厌我？”沈嫣眼睛里有泪水打转，“老师，我是真的喜欢你，喜欢你很久了！我真的不比任何人差啊！老师的钢琴，只有我能明白，证明我才是你的知音。”

“很抱歉，我从来没注意过你，以后也不会。”陆周看了看表，“时间不早了，我要赶去上课，我先走了。”

沈嫣追上去，挡在他的面前，眼泪汪汪地看着他：“既然你这么欣赏继续她，我就彻底毁掉她！”

陆周一怔，沈嫣发疯般地冲出了教室。

电影杀青前一天，沈嫣约了柯洛，求柯洛帮她把简兮约出来，给自己一个解释的机会柯洛有些犹豫，沈嫣泪水流个不停，不停地哀求，终于让柯洛动容了，答应帮她约出简兮。

简兮刚刚走到门口，柯洛追上去，内疚地问：“你还在生气吗？上次都是我不好，说话语气太重，我向你道歉。从培训班开始，我们就是朋友，这么久了，难道连我犯了一点小错，你都不肯谅解？”

看他一脸的委屈，简兮笑了笑，说：“其实我不是在生你的气，是觉得自己太笨。”

柯洛长长出了口气：“不提不开心的事情，为了表示歉意，今天我请你吃饭，晚上七点。”

简兮看了一眼手表：“我八点要打工。”

“不会耽误很久，一个小时而已。你不肯去就是还在怪我啊。”

简兮无奈，只得同意下来。柯洛暗暗松了一口气，内心为自己能约出简兮跟沈嫣见面小小欢呼了一下。

七点钟，柯洛按照沈嫣的要求，带着简兮走了杀青宴现场。

简兮一进门就愣住了，还没反应过来，沈嫣已经走到了跟前，简兮面色一下子变了，她猛然转头看向柯洛。

柯洛解释道：“你们之间有误会，我希望你们能够解除误会，重新做好朋友。有什么话，你们当面说清楚吧。”

简兮环顾四周，冷笑一声：“杀青宴？是故意刺激我吗？”

沈嫣笑眯眯地：“你怎么会这样想？我只是很难过，无意中抢走了属于你的角色，导演马上要开拍下一部戏，他在寻觅重要角色，我想把你推荐给她。”

柯洛说：“简兮，我相信沈嫣是真诚的，你们原本是很好的朋友，互相帮助走了这么久，难道现在要放弃这段友谊吗？”

沈嫣试探着："柯洛，能不能让我单独和她说两句？"

柯洛走到一边去，唐斐走上来："你都干了些什么？"递给他一杯酒，"敬你杰出的情商！"

"什么意思？难道我做错了吗？"

唐斐冷声："是啊，大错特错！多亏了你，我们才能欣赏一对姐妹翻脸的画面，一定比电视剧精彩多了！"

柯洛愣住。

简兮看着沈嫣沈嫣一身白裙子，一副清纯的模样，突然笑了："你约我来，到底想干什么？炫耀你的胜利，还是再一次践踏我的自尊？"她冷冷环视了一圈，众人全都望着他们的方向。侍应生端着酒走过，简兮端起了酒杯说："是，你说得对，今天是杀青宴，我应该大度一点，恭喜你。"手一扬，红酒全都泼在了沈嫣的头上。

沈嫣尖叫一声，猛然倒退了两步，倒抽一口冷气，眼泪在眼里打转："简兮……你怎么能……"

简兮高傲地说："我不后悔交你这个朋友，谢谢你，让我知道虚伪两个字的含义。这样做，是为了纪念这伟大的一课！"

柯洛冲过去扶住沈嫣，侍应生手忙脚乱，匆匆取出纸巾替她擦拭。

柯洛压抑着怒火："简兮，你会不会太过分了，沈嫣真的是一片好意！"

简兮说："所以，我才以、酒、酬、谢！"说完冷笑一声，扬长而去。

沈嫣忍不住趴在柯洛的肩膀上，委屈地哭了。

唐斐突然笑了，他转头对岳乐："戏看完了，咱们也回去吧。"

第二天，简兮刚到公司，就发现门口已经被围得水泄不通，简兮甚至来不及挡住脸，就已经被记者们包围起来。

记者们连珠炮似的追问：

"简小姐，你是否伤害了沈嫣？"

"是啊，你让人动的手吗？"

"沈嫣现在右眼受了重伤，万一将来毁容，你要为此负责吗？"

"你的动机是什么，是不是输给沈嫣所以不服气？"

……

简兮几乎呆住，不可置信地看着众人："你们说什么？什么受了重伤？我不知道！"

就在这时候，另一辆车从远处驶过来，一名记者扭头一看，大喊一声："是沈嫣来了！"

众人迅速丢下简兮簇拥过去，车门打开，右眼蒙着纱布的沈嫣在助理的保护下从车上下来，记者们蜂拥上去，助理说："对不起各位，沈嫣现在的情况不宜接受采访。让一让，各位让一让！"

记者们不肯放弃，执着地追问："请问到底发生了什么事？"

“是谁打伤了你？”

“对啊，请沈小姐说两句吧！外界盛传和简兮有关系，这是真的吗？”

……

沈嫣走上了台阶，简兮拦住了她：“你把话说清楚，跟我有什么关系？”

助理愤怒地说：“昨天晚上庆功宴后，沈嫣在独自回家的路上遭到袭击，你敢说不是你做的吗？各位，既然都到了这个地步，大家有权知道真相！就是这个人——”指着简兮，“她为了得到角色去笼络导演，被揭发后丢掉角色，因为气沈嫣取代了她，才会动手伤人！你们看，我们沈嫣的脸都变成什么样了！简直恶毒、不可原谅！”

“不是我！”

“不是你还有谁？昨天我们所有人都亲眼看见了，你把红酒泼到沈嫣的身上，这根本是伺机报复！”

沈嫣柔弱地对大家说：“请大家不要怪罪简兮，她只是太想成名，才会做出错误的决定。不管怎么样，她永远都是我最好的朋友，我绝对不会怪她。”

……

后来怎么走进公司大门，简兮不记得了，她的心寒了，然而更让她心寒的是，齐文森告诉她，今天开始，不用再来公司！

从齐文森的办公室里出来，简兮看到沈嫣和助理经过走廊，简兮快步从后面追了上来。助理马上拦在沈嫣面前，简兮看向沈嫣，沈嫣微微一笑叫助理先离开。

助理走后，简兮看着沈嫣：“现在没有人了，你能不能告诉我一句实话，为什么要陷害我。如果仅仅是为了角色，用得着编出这种弥天大谎，非要把我逼入绝境吗？”

沈嫣轻言细语：“你说的对，原本只要得到女钢琴师的角色，我就该罢手了。既然你一定要问，我就告诉你。从前我穷困潦倒，走投无路，在酒吧做侍应生，被人欺负都不敢吭声……每一次我都告诉自己，忍、忍、忍，总有一天能扬眉吐气！后来我遇上了你……简兮，其实我本来很喜欢你，因为你比我努力，比我拼命，为了实现梦想坚持不懈——”

简兮打断：“好听的话不必说了，到底为什么？！”

“因为你太幸运了！我们一样生活在最底层，到处被人瞧不起，凭什么你处处遭受打击，还能一次次站起来？！凭什么你可以实现梦想，我却只能做个小小的助理？！最可恶的是……你得到了我渴望那么久的东西！陆周的关心！”

“你是不是有病，陆老师他——”

“我要他关注我，要他喜欢我，每天都很渴望！我一直想，如果能和你一样优秀，老师一定会高看一眼，可是他没有！在他的眼里，我依旧比不上你！我一定会证明给他看，我比你强一百倍！”

简兮不可思议地盯着沈嫣。

沈嫣依旧柔柔地说：“身为曾经的好朋友，我分享一个经验给你。如果被人打了一巴掌，一定要拼命哭、拼命叫，让所有人都看见你的伤口，才能得到大家的同情！像你这样硬挺着，谁都不会多看你一眼！因为人啊，都喜欢站在高处怜悯别人。你给了他们机会，又得到了更大便利，多好！”

“你真是让我恶心！”

“谢谢你的夸奖，好好看着吧，我会把所有属于你的，全部夺走！”

就在这时候，一阵急促的脚步声响起，柯洛快步冲了过来，沈嫣看见柯洛来了，立刻换上一副柔弱的模样：“简兮，你别再这样执迷不悟，除了演戏，人生还有很多其他的事……”

柯洛快步走过来一把拉住简兮：“沈嫣，我替简兮道歉，请求你不要追究她的责任，是她犯了错，她一定会悔改的。”

“柯洛，我没有做过！原来，你从来没有信任过我这个朋友，我认识沈嫣比你还要早，我们是好朋友啊，你为什么也和其他人一样，被她柔弱的外表欺骗了？！难道在你心里，我就是那种为了虚荣，不择手段的人吗？”

柯洛哑然。沈嫣一阵摇晃，柯洛吓了一跳，连忙扶住她，沈嫣靠在他的怀中：“对不起，我有点头晕……可以送我去医院吗？”

简兮看着柯洛扶着沈嫣，沈嫣投入他的怀里，突然地说：“如果你选择相信她，我就再也不会把你当成朋友了！”

柯洛身子一怔，最后还是带着沈嫣走了，丢下简兮一个人站在原地，满脸失望地看着他们的背影上了车消失不见。

简兮压低了帽子，准备悄悄离开。一个记者发现了她，一下子冲过来：“简小姐！你出来了！”

简兮大惊，急忙快步冲了出去，人群簇拥过来，已经将四面八方全部堵死。

简兮在记者们的包围中，再也无法控制住濒临崩溃的情绪，她尖叫一声，猛然捂住自己的耳朵蹲了下去。

就在这个时候，唐斐从人群后走了出来：“各位，没有证据的事，不要随便乱猜。”

唐斐走过来，众人纷纷让出一条路，他一直走到简兮身边，将她拉了起来，自然地握住她的手，简兮慢慢垂下头，不敢置信地看着那双交握的手。

“昨天晚上，我们在一起讨论MV的续篇，除了我，经纪人，还有MV的制作人都在场，大家都可以作证，简兮是一个敬业而且执着的演员，至于那些流言，全都是子虚乌有，请大家不要误会。”

记者们：“斐哥，为什么要在这个时候站出来？外界都说她是蛇蝎美人，斐哥，你真的了解简兮吗？”

唐斐神色自若地面对镜头，宣告般地说：“因为——我相信她。”

众人一片哗然，简兮猛然抬起头，不敢置信地看着唐斐。

唐斐说：“一个珍惜演艺生涯胜过生命的女演员，绝对不会因为一时意气自毁前途。而作为一个有责任感的朋友，我也有义务为她澄清。希望媒体朋友和广大观众，能够擦亮眼睛，看清事实，不要误会了一个有前途的好演员。”

简兮看着唐斐，充满感动。

公司的保安们已经赶到，连忙将记者们隔离在外。

车子快速开过来，唐斐拉着简兮上了车，岳乐挡住所有人的视线，一下子拉上了车门，隔绝全部人声。

车子飞快驶了出去，记者们被远远丢在后面。

简兮感激地看着唐斐，她从来没觉得唐斐是这样的帅过。

唐斐不等她开口，恼怒地：“你是白痴吗？居然傻傻地跟他们解释，有什么好解释，现在谁会相信你？！没人在乎什么真相，记者要新闻，公众要话题！你要是解释，他们说你狡辩！你要是憔悴，他们说你心虚！就算认了罪，一样有人口诛笔伐，说你不够诚恳！所以，从现在起，蒙起你的脸，不要再向任何人废话了！”

简兮刚要说话，立即被打断：“别反驳！如果我现在把你丢下去，你会被那些记者踩扁。”

简兮心有余悸地回头望望，又回过头来小心翼翼却又充满期待地看着唐斐：“你真的信我吗？”

“是，我相信你。我只是很清楚，你这样的猪脑袋，哪儿够智商去买凶啊！”

简兮原本在感动，闻言忍不住怒容相向：“你到底为什么要帮我？”

唐斐一愣，过了片刻，故意冷着脸：“系列 MV 早定了你做女主角，现在才说要换人，不觉得太晚了吗？你连累了我的形象，懂吗？”

简兮愤愤地看着唐斐，唐斐瞧都不瞧地说：“别这样看着我，有空不如想一想，到底要怎么翻身！”

柯洛陪着沈嫣出从医院出来，之后沈嫣突然问他：“那从今以后，我们能做朋友吗？”

柯洛点头：“当然。”

“你不怕简兮生气？”

柯洛愣住。

沈嫣扑哧一声笑了：“开玩笑的。”然后叹了一声，“我好羡慕简兮。”

“羡慕？”柯洛不解地问。

“是啊，你这么喜欢她，她却不把你放在眼里，只肯当普通朋友，整天只想着拍戏。如果是我的话……”

柯洛愣住，看着柔弱的沈嫣，一时不知所措。

沈嫣垂下来头：“对不起……我不是那个意思……”

柯洛别过脸：“没关系，我送你回去吧。”

柯洛加快了脚步，沈嫣看着他的背影，露出一丝得意的微笑。

左左百无聊赖地向外看，突然看到对面街上柯洛正陪着沈嫣，面色一变。猛然叫住停车，冲了下来，却已经找不到柯洛的身影。

简兮坐在唐斐家的客厅在网上搜索新闻，逐字逐句地看，她觉得如果一个人在撒谎，一定会有破绽，只要能找到，就可以翻身了！最后看得眼睛累了，只好下楼把所有有关沈嫣的娱乐杂志全部买回来，用彩色笔一条条勾出沈嫣的话。

唐斐冷眼旁观，岳乐一脸好奇。

可最后，简兮还是颓然地坐在地上，没发现什么有用的信息。

唐斐冷哼一声，扯过报纸和杂志对比，良久，唐斐翻到一页，突然笑了："所以我说你笨，看了这么久都看不出名堂！"

简兮充满期待："你到底看出什么了？"

唐斐用彩笔勾出了一条新闻："你看，这篇报道上说，沈嫣从举办庆功宴的酒店出来，经过东巷的时候被袭击，然后她去了医院诊治，当晚记者们赶过去，她接受了采访。再看看另一条，上面说，沈嫣于安泰医院就诊。"

简兮恍然大悟："如果能拿到她的病例或者就诊卡，就能判断她是否真的受伤了。"

唐斐沉思片刻，却摇摇头："不，行不通。医院有保护病人隐私的义务，没有当事人的身份证明，一定会拒绝调查取证，你根本不可能拿到消息！"

简兮失望了："已经全都翻遍了，也没得到有用的信息，看来是没希望了。不过还是谢谢你们，很晚了，你们早点休息。这件事我会自己想办法解决的，谢谢！"

简兮失魂落魄地往外走，唐斐目送她的背影，目光回到桌上的一堆画满了圈的报道上。岳乐收拾报纸，唐斐突然冷静地说："查一下最早报道这起事件的记者，联系对方，要第一手的采访记录，最好有录音。"

第 106 章
唐神探

人生通常不会一帆风顺，正如春风得意的沈嫣，正一脸不耐烦地打发找上门的父亲，她怕自己编织的谎言突然被戳穿，只能无情地拒绝，拒绝见病重母亲一面，因为对她来说，她的前途比什么都重要。

她拿出了一沓钱放到父亲面前："不要来找我了。"

但她没有注意到，从她见到父亲的那一刻开始，左左就跟踪她，并用手机记录了这无情的一幕。

左左拿着手机浅笑盈盈，她一直觉得沈嫣没那么简单，事实也是如此。这世界上看起来越无辜的人，有时候最可怕。

而机遇会随着一个演员的负面形象消失殆尽，比如现在的简兮。当她接到一个电话让她去演一个路人甲时，毫不犹豫地接受了。

没什么事情比站在摄影机前更让她向往，每年有无数的新人从电影学院出来，又有无数的孩子怀揣着梦进迈进电影学院，而她这种半道出家的，更是不计其数。

客人一个耳光落在简兮的脸上，她一下子跌倒在地，眼里蓄满了泪水。

她的表演很到位，沈嫣站在那里嫉妒地看着她，这种爆发力是她不可能具有的。

可惜摄影机那边的简兮不管表演得多到位，总会有人命令她不停重新来过，她反反复复地被殴打至摔倒，浑身是伤。

沈嫣知道是有人替她出头，她的眼里渐渐有了笑意，演技用在表演上有什么用？用在人生之中才是胜者。

随后导演满意地说了一声："Cut！"

简兮遍体鳞伤地站了起来，沈嫣露出一个关切的表情走过去，伸出手说："你还好吗？"

简兮本能地避开："不用担心，我好得很！"

她刚一转头，就听沈嫣嘲弄地说："一个电影新秀，居然来跑龙套，传出去你还能见人吗？"

"我凭我的演技吃饭，有什么不能见人？总比那些连演员也算不上的人强，整天算计别人！"

沈嫣的脸色沉了下去，不论她多风光无限，在简兮眼前却像跳梁小丑一样，她发誓，总有一天，要让简兮，为她的傲慢后悔！

简兮并不在意她怎么想，挺直了腰，去准备下一场戏，这是导演临时加的一场戏，要从火海中逃离。

导演对简兮的表现很是意外，一次次地摔倒，摔到遍体鳞伤，但一站到摄影机前，她就会爆发出令人折服的表演能力，这就是一个真正的演员和只会照本宣科的花瓶的区别。

他不屑地看着沈嫣，又看着简兮从火海中扑了出来，重重落在海绵垫上又滚了下来。

"Cut！"

如果不是齐文森，他绝对不会用沈嫣这样的木头美人来演戏，每一个导演都想拍一出令人拍案叫绝的好戏，但沈嫣这样的演员永远是戏中的污点，只有简兮这样的演员才是每一个导演梦寐以求的好演员。

简兮拿着薄得不能再薄的信封，里面装着她今天的片酬，笑了，钱虽然少，活儿虽然苦，但是重要的是，今天终于又站到摄影机前。

这时候有工作人员推来一车盒饭，她心中没来由地一阵欢喜，挤开其他群众演员，站在车前："我可以领一份盒饭吗？"

工作人员习惯性地把盒饭放到她手里，简兮拿着盒饭走到一旁的角落，正准备吃饭，一只突如其来的手抓住了盒饭。

她一抬头，看到了沈嫣趾高气扬地站在面前。

“你想干什么？”简兮站起身问道。

“吃饭啊？”沈嫣一把抢过了盒饭打了开来，“这是什么垃圾，你也愿意吃？”

简兮把自己的愤怒掩藏好，伸手去抢，沈嫣却装成手滑的样子，盒饭啪的一声掉在了地上。

“不好意思！”沈嫣露出她惯有柔弱的笑容，“多少钱，我赔给你。”

“你太过分了！”简兮飞快地蹲了下来，伸手去捡盒饭，这时候一双脚走到她面前，她微微一愣，有些尴尬地抬起头。

是唐斐！

“站起来。”唐斐伸出手。

简兮出神地望着他，被他眼底的温柔震惊到，下意识地伸出手，在唐斐的指尖碰到她的手时，突然一惊，如梦初醒地缩回了手，站了起来。

沈嫣的表情在唐斐到来那刻，瞬间从嚣张变成了怯生生：“唐先生，我不是故意的……简兮对不起……”

“沈小姐，你的演技如果用在表演上那一定是极好的，可是……你用在我身上，是不是太小看我了？要骗过我，再去修炼一百年吧！”

沈嫣的脸色微微发白，她还是装成柔弱的样子，不管是谁，信或不信，她都要装成柔弱无助的样子，只有这样子才能博得最终的同情。

“你右肘的伤好了？”唐斐突然变了一个语气，非常轻松地问。

沈嫣不由一愣，下意识地捂住了右手手肘：“快恢复了。”

唐斐伸手比划了两下：“揍人的话，一般都用右手，这只手……”突然，他右手成拳猛地朝沈嫣挥了过去。

吓得沈嫣尖叫着捂住了自己的脸，却发现拳头并未落在脸上，而是在离左脸一寸的位置，生生地停住。

“如果对方这样打过去，那么你受伤的不会是右眼，而是左脸。”唐斐的手很轻松地收了起来，“你说谁在撒谎？”

简兮突然恍然大悟：“原来你根本没有受伤！”

沈嫣的脸色白得像一张纸。

“至于诊断书……只要擦伤了手，医生自然会开出一份诊断书，然后再伪造一份眼部视网膜受伤的假证明。”

“谁能证明……”沈嫣垂死挣扎着。

“很简单，你的诊断书就是最好的证明。什么医院只有你一个病人，看了两个科室，开出的诊断书是连续的。”

唐斐轻松的推理，让沈嫣败下阵来。她瞬间泪流满面，扑到了简兮面前：“求求你，不要告诉任何人，都是我的错。求求你，给我一次机会，我向你道歉。”

第107章
温柔的唐斐

唐斐看着简兮的神色，怕她又做蠢事，忙道：“沈嫣，你践踏别人的时候，给过她机会吗？”

沈嫣的脸色死白，浑身发抖，她惊恐地望着唐斐，知道这个男人不会放过她，她的出路只有简兮，她疯狂地抓住简兮的腿，只要示弱，没有人会狠心对她……

“唐斐……”简兮的眼底有些不忍。

唐斐恨铁不成钢地叫起来：“笨蛋，背叛朋友的人，根本不值得原谅！”

沈嫣跪在地上哭得更凶了：“我妈妈病得快要死了，简兮，我一家人等我养活着，我知道你是好人，你一定不会说出去的。”

“这才叫演技，才会打动人。”唐斐一把拉过简兮，准备离开。

沈嫣双眼通红疯狂地尖叫着：“唐斐！就算我真的做错了，跟你有什么关系？”

唐斐嗤笑道：“看到坏人走投无路，心情真是太好了。”他紧紧地拉着简兮的手，凝望着她，声音突然温柔了下来，“这个笨蛋，只有我能欺负。”

简兮的脸顿时通红。

“一个小时内，召开记者招待会。向大家澄清一切。”说完，拉着简兮转身离去。

沈嫣痛哭了起来，突然身后传来了低呼：“小嫣……”

沈嫣绝望地转过头，看到父亲一脸慌张地跑过来，她颤抖地站起来指着父亲神经质地喊着：“你来干什么？不是让你消失吗？永远地消失！”

“记者，好多记者，冲到我们家拍照，不停地问，他们都知道了！”沈父语无伦次地说着。

“知道什么？”沈嫣一把甩开交亲的手，“你走，拍不到我们一家的照片，说明不了什么。”

“我们下午在咖啡馆见面的视频，也在记者手里。”

沈嫣终于懂得什么叫绝望了，可她不甘心，她吃了那么多苦，好不容易红了，她不允许，绝对不允许有人毁了她的前程，不管是记者还是唐斐。

唐斐的话又在耳边响起：一个小时内记者招待会。她突然一个激灵，清醒了过来，一把拉住了父亲的手："爸爸，救救我……我不能放弃这一切，我好不容易走到这一步。"

记者们纷纷提问：

"沈小姐，解释一下下午的视频。"

"你的个人资料里，出身书香门第，都是假的吗？"

"沈小姐，你对父亲这么冷漠无情……"

工作人员拼命拦着记者，记者却还是蜂拥而上，将沈嫣挤得站不住脚，她一脸委屈的模样，想开口却又低下了头。

"你这个不孝女！"沈父突然冲了出来，一把抓住沈嫣，"红了就不认父母了？"

无数的闪光灯亮起，对准了沈嫣父女两人，沈父大叫着："我要让全天下都知道我养了个白眼狼！"

沈嫣的助理义愤填膺："为什么沈嫣不认你？因为你到处花天酒地，欠了一屁股债，最后借了高利贷，把她母亲气得一病不起！可是你，不知悔改，就知道拿女儿的血汗钱！"

沈父一脸恼羞成怒，一把抢过沈嫣的包，拿了钱，重重把包扔在地上："我就是花天酒地，你们管得着吗？"

沈嫣从眼缝中看到记者们震惊的模样，顿时装成伤心欲绝的样子，扑过去抱着沈父的腿："爸爸！那是给妈妈看病的钱！"

沈父一脚把沈嫣踢倒在地："你妈死不了，这钱给我花还不是一样。"说完，在记者的咒骂声中扬长而去。

助理将沈嫣扶了起来，记者同情地看着她，七嘴八舌地安慰着，沈嫣柔柔弱弱地站在那里泣不成声："各位，我还要正式申明一件事，那天我遇袭，其实是我爸爸借了高利贷，那些人才会找上我。这也是我爸爸来要钱，我才知道的。大家都误会简兮了，跟她毫无关系。"

在众人目瞪口呆中，沈嫣一再强调自己是如何对不起简兮，记者终于又拿到一个消息离去。

助理不停地安慰着沈嫣，而沈嫣却非常不痛快地想到一件事，谁拍的视频？那个是谁？谁要害她？她绝对不会放过那个人的，她的脸上闪过一丝神经质的恶毒，在面对助理时，她又换上那受尽委屈的模样。

随着高跟鞋声传来，沈嫣看到左左带着一丝不怀好意的笑，慢慢走到她面前："有空聊两句吗？"

沈嫣突然意识到了眼前这个左左，那视频很可能是她放出去的，她扭头交代助理先上车等她，然后跟左左走到一个无人的角落。

"料是你爆出去的？"沈嫣冷冷地望着左左。

左左好笑地看着她，一扬眉："是我，你敢怎样？"她趾高气扬，丝毫不担心，"你给我离柯洛远一点，否则——"

话音未落，沈嫣猛地扑过去掐住她的脖子，用尽全身力气将她砸到车上："你给我听着，我沈嫣，是当红演员，不是唯唯诺诺的小助理，谁也不能从我手里抢走一切！"沈嫣的双眼通红，表情狰狞。

以前欺负简兮时，左左从来是以胜利者的姿态出现，但面对眼前这个近乎疯狂的沈嫣，左左竟吓得全身发抖。

"我不想跟左家结怨！如果有下一次！"沈嫣狠狠地望着左左，手的力量加重，左左连气也喘不上来，她狞笑着，"我会狠狠地扑上去，咬断你的脖子！"

她微微一笑，松了手，好像什么事情都没发生一样，左左抓着自己的脖子，惊恐地往后退："疯子，你是疯子！"

沈嫣望着她，笑容如花般绽放："记住，不要得罪一个疯子。"

简兮不可置信地看着电脑上的视频，如果不是一早就已经知道真相，连她也会被沈嫣和父亲演的对手戏骗倒。

唐斐看完撇撇嘴："这就是一条毒蛇，还有你跟袁亮的绯闻，也是她一手炮制的。"

第108章
有了新的经纪人

他放低了声音，微笑着："她现在就是一朵悲惨的白莲花，你现在去倒一盆污水，没人会信。"

唐斐低头小心地给她擦着烫伤膏药："你也是霉神附体了，大伤小伤不断。"

简兮突然发现他们正以很暧昧的姿势在擦着膏药，而唐斐的眼神看起来是浓浓的关切，再加上他不停地帮助她，她望着他，带着一丝难掩的欣喜："你……是在关心我吗？"

唐斐擦膏药的手一僵，为了掩饰自己的关心，突然重重地往她身上一拍笑着说："我在关心我的保姆，如果受伤了，谁来给我洗衣做饭？"

简兮哎呀一声，然后呆呆地盯着唐斐，看着他英俊的面孔，很诚实地说："其实，你笑起来真好看。"

唐斐的眼神微微一暗，他慢慢地凑了过来，呼吸急促，他抓住简兮的手，闭上眼，唇落在简兮柔软的唇上。

两人的心跳瞬间急剧加速，简兮突然反应过来，一睁眼，推开了唐斐，慌不择路地跑了出去。

她捂着通红的脸："一定是发烧了，我疯了，怎么让他亲我……"

唐斐坐在那里，回味着那个吻，再想到简兮那惊慌失措的表情，倒在了沙发上，兴奋地哈哈大笑。

清早，简兮刚一出门就被安心拦住了：“从今天起，我将会是你的经济人。”

现在的安心已经从展眉那里离开，事情还要从简兮说起。安心是一个人脉很广并且很有能力的经纪人，一直很敬佩展眉，一手把她带成一线，可自从简兮出现之后，安心和展眉渐渐开始分歧，尤其是展眉始终不承认简兮是自己女儿的这件事上，安心跟展眉吵过几次，直到她看完简兮在代班《天下第一》时候吐露自己小时候的经历，而展眉始终不闻不问甚至不放在心上，让安心彻底决心离开她，后来在陆周的建议下，她决定做简兮的经纪人，要一手把她带红。

简兮完全没料到安心会有这个想法，再说她是展眉的经纪人，所以对她的态度并不友善，直接越过了她，匆匆往外走去。

安心再次拦住了她，简兮不由分说推开她：“对不起，我有一场面试。”她径自上了一辆出租车，她没空跟别人开玩笑，试镜是她最重要的任务。再说了，现在她一无所有，根本不需要什么经济人。

这一次的试镜又失败了。拒绝再被拒绝，对于简兮来说是家常便饭，她预料到每次试镜的结果，但她还是不放弃，她恋恋不舍地看着拍摄场地，突然看见了一个胖女孩，庞大的身躯正在艰难地挪动着步伐，再一看愣住了，竟然是季晴。

一直跟着简兮的安心出现在她的身后：“是季晴，上一次演的是女囚，这一次演的是体重超过一百公斤的胖女孩。”

“身为一个女演员就是要不停地挑战角色。”简兮被吸引了，羡慕地看着季晴，心里突然涌起无限的失落，“她已经越走越远，我却连站在摄影机前的资格都没有了。”

“选我做你的经济人。我可以给你带来工作机会，给你挑选最合适的剧本，最好的规划！”

“我还有机会吗？”简兮喃喃道，老天知道，她有多么渴望这样的机会。

“有我在你身边，你会接到合适的case。”

“真的？”

安心重重点头，看着简兮那张激动不安的脸，知道自己已经成功，她伸出手说：“合作愉快！”

握完了了手，简兮似乎又找到了一些自己，看着远处的季晴，暗暗地想：季晴，我不会输给你，总有一天，我会超越你，我会走到巅峰，我会站到娱乐圈最高的位置。

安心一上任简兮的经纪人，立即着手给简兮联系工作机会，然而因为简兮负面消息缠身，根本没有人愿意给她机会，最后她翻开手机，给一个最看重演技的导演打去了电话，听说他最近有个新片马上开机。

忙得一团糟的刘涛接到了一个电话：“介绍新演员给我，好啊，演技好，好好……简兮，这名字很耳熟，好好，见面谈。”

他刚刚挂了电话，一回头，看到沈嫣站在那里柔柔地微笑着，手里拎着一堆食物。

将食物交给工作人员后，沈嫣笑着问："刚才好像听到你说简兮？"

刘涛翻看着工作日志一边点头："你认识她吗？"

沈嫣一脸欲言又止的模样，然后在刘涛询问下，露出一副为难的表情："其实我不想说的，既然你问起来了——简兮行为恶劣，我真的很害怕，不想再和她一起演戏了。"

刘涛一愣："可我已经答应安心，给她一个机会。"

"既然是您的决定，我也只好忍耐……"沈嫣眼里含着委屈的泪，"我会拼命忍耐的……"

刘涛又是一愣："算了，试镜的时候想法子推掉就好了。"

沈嫣心满意足了，在成功打消了刘涛想把角色给简兮的念头之后，收拾好自己来到了安心约刘涛见面的咖啡厅。

安心带着简兮正在咖啡厅包厢里等待着刘涛的到来，简兮看起来非常紧张，可万万没想到等来的竟会是沈嫣。

沈嫣婷婷袅袅地推门走了进来，往椅子上一坐公然挑衅道："等刘制片啊？他多忙啊，怎么有空来见一个小演员。"

简兮站起来要走，被安心按住。

沈嫣依旧笑眯眯的："何必这么激动，因为输给我了吗？我马上要出演《我的灵魂二十一公克》的女主角，剧里还有一些小角色。如果你自己上门去求，未必会得到，我帮你争一下的话，就大不相同了。"

简兮气得紧紧握着拳头，沈嫣故作恍然大悟："你不愿意吗？哦，我明白了，一旦出演我的电影，媒体又会闹得沸沸扬扬。从前你的那些丑闻，一夜之间会再次被翻出来。我倒是可以理解，何必苦苦煎熬呢，不如从此退出啊！"

简兮定定看了沈嫣一会儿，突然笑了："什么角色？你要帮我争取的，到底什么角色？"

"简兮，你这是干什么？！"安心起身对沈嫣说，"我们不需要！"

第109章
陆周的命题，简兮的挑战

沈嫣嗤笑了一声："这是求人的态度吗？别说我没给你机会，如果你跪下，我就答应你。"

"沈嫣，你别欺人太甚了！"安心气得脸都绿了。

沈嫣垂着眼皮："怎么样，做不到吧？！说得那么坚决，明明做不到！你知道，我向来不喜欢言不由衷的人。”

简兮看着眼前的沈嫣，想到了此刻的季晴在摄影机前拼命的场景，沈嫣的这点要求算什么？只要能让她回到摄影机前做什么都可以，她突然跪在沈嫣面前：“拜托，请给我一个角色。”

安心不敢置信地看着简兮，慌忙上前想要欲扶起她，被简兮推开。

“你！”沈嫣惊呆了，半天才回过神来，良久，她突然站起来，转身就往外走，快到门口时候，突然笑了，“一个小角色而已，我可是女主角！”

“那还有什么问题？我接受了。而且，我会对所有媒体说，好朋友沈嫣不计前嫌，给了我重生的机会。”简兮固执地看向沈嫣，“不管是刀山还是火海，只要有一个角色给我，我都一定会去。”

安心吃了一惊，睁大双眼，不敢相信地看着简兮，她承认她不了解简兮，但是她从来没有遇到这样对表演执着的演员，不禁心生敬佩。

沈嫣定定地看了一会儿简兮，说道：“简兮，有时候我真佩服你。我不爱演戏，我爱的是钱和地位，但是你真热爱演戏，明知道来演我的戏会发生什么，你竟然还敢来。好，那就给你一个视镜的机会。”

安心怒了：“什么试镜的机会，你明明说要给一个角色！”

沈嫣一笑：“不要嘛，那好啊，反正刘涛的作品，多少人求着要上，不差你一个！只是女主角的姐姐，我还不至于这么无聊，到时候见吧。”

沈嫣站起身，打开包厢门，慢条斯理地走了。

简兮看着她的背影，慢慢站起身，安心气得推了她一把：“你疯了啊！这种角色能接吗？！”

简兮摇摇头:“安心,不是说过自己是圈内最好的经纪人吗,可是你花了整整两个星期,一份工作都没有替我接到。不,请别误会,我不是在怪你,我只想说现在的情况有多糟糕。”

安心语气软了下来：“可是，我听说女主角的姐姐早就有内定人选了啊！”

“没关系。我只要一个机会！总有一天，她会为了给我提供这个机会而痛哭流涕的！”

安心愣住，简兮转头看向玻璃窗外的沈嫣，两人隔着窗户对视，沈嫣露出一个冰冷的微笑，向简兮摇手再见。

安心和简兮在教室里，安心手里捧着剧本，《我的灵魂二十一公克》是刘涛的最新电影作品，讲述少女常飞的故事。常飞从小热爱绘画，却得了肌肉萎缩性侧面硬化病，逐渐失去行动能力。简兮要出演的角色，是常飞的姐姐常然，因为长年照顾生病的妹妹，无法忍受无穷无尽的折磨，想要结束掉常飞的生命。

陆周从安心那里听说了这个消息之后，慢慢走了进来拿过安心手中的剧本，说:“简兮，我决定再给你一次机会。如果你能成功从沈嫣手里夺得女主角，我就会重新做你的老师，指导你成为最好的演员。”

安心认为这是一个基本不可能的任务："角色基本定了，怎么可能抢回来？"

可简兮却说："我可是下跪了啊，一定得让她后悔得肠子都断了，不是吗？既然陆老师这么说了，一定有机会，哪怕只有万分之一，我也得抓住！"

安心被她感染了："既然主意已定，只要你想演，我一定帮你。"

简兮把剧本给她："常飞得了渐冻人症，我必须领会这个角色，请你去替我找些东西。"

安心愣住。

唐斐和岳乐开车回来，唐斐无意中看见安心和简兮有说有笑地经过，愣住了。

岳乐看了他："你不知道吗？那个贼婆离开了展眉，成为简兮的经纪人了。她最近到处在拉关系，想给简兮找角色呢。我就不明白了，展眉的事业如日中天，安心那么精明，怎么会突然跑来帮助一个名不见经传的小演员，她吃错药了吗……"

话音未落，唐斐已经率先打开车门走了出去。

唐斐追到门口，看到了车库里的简兮和安心正在按照剧本练习。

安心在扮演病情已经发展到很严重的，连手臂都抬不起的常飞，简兮在扮演姐姐常然。

唐斐忍不住敲了敲门，双手包间靠在门上，说道："你们演渐冻人吗？ALS到底是什么病简兮你知道吗？"

"我已经去医院探望过这样的病人，知道——"

"知道？你在开玩笑吧！只是去看过，真的懂病人的痛苦吗？"唐斐一直走到她旁边，"渐冻人的四肢会逐渐失去功效，无法咀嚼食物，不能开口说话，最终呼吸衰绝而死。但最痛苦的并非无法行动，而是直到死去，病人的头脑都是清醒的！你现在演出的片段，应该已经发展到全身僵硬的阶段了吧。可演的是什么，连最基本的演技都不具备，要怎么从沈嫣手里抢角色？"

简兮呆住："你怎么知道……"

"刘涛要拍渐冻人的故事，沈嫣是女主角，业界都传遍了！所以说你头脑简单，有什么事情能瞒得过我的眼睛。想要超过人家，就一定得拿出无可挑剔的演技，病人的痛苦，在于全身仿佛被冻住，根本无法动弹。如果是普通人的话，这样碰一下肯定弹回去，可如果是病人就不同了，浑身无法控制，应该倒在地上才对。跟我演一遍。"

简兮坐在椅子上，唐斐推了一下简兮，简兮倒在了地上

第110章
原来是爱

夜已深沉，简兮还在不断重复、练习。安心打起了瞌睡，悄悄走了出去。

岳乐刚好从唐斐家出门准备回去，看到安心走出来，嗤笑一声："大经纪人，怎么舍得丢下展眉那棵摇钱树跑到这儿来？"

安心站住："又是你！哼，你等着瞧吧，我要让简兮成为最红的演员，超过你家唐斐！"

岳乐掏耳朵："比我家唐斐更红，你等下辈子吧！"

安心冷哼一声："那就比比看啊！"

"比就比，如果你输了怎么办？"

安心一拍胸脯："我要是输了，向你叩头认错！你呢？！"

岳乐同样一拍胸脯："一样！"

两人说完各自朝对方哼了一声，分头走出了小区。

为了体验常飞的人生，简兮一大早在就在身上绑了沙袋，跑出去给唐斐买了早餐，放在桌子上，唐斐刚刚刷完牙，懒散地走进了客厅，做了一下舒展动作，却看到简兮动作僵硬地在摆放早餐。他发现了这个秘密，简直用一种看白痴的眼光看着她。

简兮说："我想知道常飞的心情！因为我不明白，如果生命的结果是死亡，为什么她还要笑着面对。人都是趋利避害的不是吗？与其这样痛苦地活着，选择结束生命不是更容易吗？如果把握不了她的心情，我没办法演出最完美的常飞。"

唐斐愣住。

回到了车库之后，她又摸索出在声音之后依然酷爱画画的常飞。

明明手已经拿不住画笔了，但还是用不听使唤的手坚持画出一幅作品，并且临摹了曾经有一位身患 ALS 的设计师，凭借毅力完成了一幅冰与火的海报，纯净的冰块，燃烧着熊熊的火焰。

简兮进步得很快，可是陆周看完了却说她身上没有常飞的灵魂。

简兮不解，陆周说："想要从沈嫣手里抢过角色，光有这种动作是不行的，你必须彻彻底底成为常飞，才能打动制片人。"

陆周带着她打开酒窖大门，等简兮走进酒窖以后，陆周把门关上，插上插销。

这里是一个废弃的酒窖，藏酒的理想温度是十度到十四度，可陆周却按了墙边的按钮将温度调整到零下，神色冷漠地对酒窖里的简兮说："浑身被冰冻的感觉，只有在这里，你才能体会到，什么都不要想，只要想着常飞，想着画画，想着她最爱的家人！听见了吗？！除了剧本，什么都别想！除非抓住了常飞的角色，否则我不会放你出来。"

简兮听信了陆周的话，紧紧地抱着双臂，向酒窖内走去，酒窖的温度计不停地往下降，零度，零下一度，零下三度……最终零下十度。

酒窖里越来越冷，简兮实在难以忍受，用力想要打开门，但门依旧纹丝不动。渐渐地她感到呼吸急促，几乎发不出声音来，拼命摩擦着自己全身，可是寒冷令她浑身发抖，她又冲到了门边用力敲打着："老师，放我出去，放我出去。"

安心吓坏了，生怕简兮出事，央求陆周放简兮出来，遭到了陆周的拒绝，无奈之下她想起了唐斐，急忙往公司跑去。老远就见唐斐正在和季晴说话，笑笑拉着岳乐离开，显然是要制造两人单独相处的机会，到了这个时候安心顾不得许多，离着老远便大声叫了起来："唐斐！简兮出事了！"

唐斐吓了一跳，抛下季晴快步走过来，紧张地问："简兮怎么了？"

安心急得眼泪都快掉下来了，上气不接下气地说："她……她……她被陆周关在酒窖了！"

唐斐脸色大变："快带我去。"

安心领着唐斐直奔酒窖而去。

简兮紧紧抱住自己，浑身都僵硬了，手脚都动不了，身体已经没办法平衡，浑身好像被冰冻住，手指都无法伸展。她忽然感到了好可怕，真的好害怕，一瞬间她突然感受了常飞的心情，对就是这样，无望，绝望，却又怀着一丝希望活下去。

最后摔倒在地，神智越来越模糊，在无法控制身体的情况下，试着将手放在胸口，突然听到了一种奇怪的声音：扑通，扑通，扑通，是心跳的声音，她的眼中突然爆发出光彩，原来哪怕浑身都结了冰，心还在跳动……我想活，我想要活下去啊！

紧接着，简兮的神智越来越模糊，渐渐不动了，身上覆上一层冰霜。

唐斐跳下车冲了过来，被陆周挡住。

唐斐恶狠狠地给了陆周一拳，直接打开了酒窖的门，看到晕倒的简兮，一把抱起了她快速跑了出去。刚到门口就看见季晴带着笑笑也来了， 他紧紧地抱着简兮，上了车，催促岳乐："快，去最近的医院。"

浑身发抖的简兮，紧紧抓住他的手臂，用微弱的声音说道："不，不可以。"

安心急忙道："不能去医院，如果被记者拍到，会惹出更多麻烦！ "

唐斐看着眉毛头发都结了霜的简兮，急切道："回家，现在就回家！"

岳乐"哦"了一声猛然掉转车头往回开，迷迷糊糊之中简兮睁开眼睛，看见唐斐焦急的脸，渐渐他的脸变得模糊，她彻底陷入昏迷。

下了车，唐斐抱着简兮一脚踢开了门，快速一路冲进浴室，在浴缸里放了大量的热水，两三下把简兮的外衣脱掉，小心地将她放进了热水中，他紧紧抱住她，不时用热水来搓揉她的手，嘴里不停地说着："没事的，你很快就没事了。"

安心冲进了浴室看到这一幕，呆住。

简兮猛然咳嗽出声，虚弱地睁开眼睛。

唐斐猛一抬头："毛毯！"

安心愣愣地看着，岳乐快步冲进了房间里，抱出一床毛毯，又飞快地冲回了浴室裹在了简兮的身上。

第111章
唐斐吃醋

“水！要热的！”

岳乐冲去厨房，手忙脚乱，东西掉了一地，最后却只找到冷冻牛奶，他傻了眼。

安心快步走过去，一把从岳乐手里抢过牛奶，迅速把牛奶放进了微波炉。

牛奶热好了，安心快速跑过去，喂简兮喝下去，简兮呛了出来。

唐斐连忙替她拍背抚胸：“好点了吗？”

简兮睁开眼睛，看到唐斐的脸。

安心眼泪汪汪：“简兮，你快吓死我了！”

简兮说：“我懂了。”

安心说：“什么？”

简兮说：“是求生的渴望！”

简兮呢喃着，目光中绽放出光彩，她说：“我可以，一定能演出最好的常飞！”

唐斐看着简兮，目光却恼怒起来，他说：“你白痴啊！为了演戏，值得用生命去换吗！知不知道，刚才你自己差点死掉了！如果我晚来一点，你要怎么办啊！活活冻死吗！陆周让你去死你也去吗？你这种笨蛋，演什么女主角，演地主家的丫头都高攀了，别再做梦了！”

“要不要说得这么过分……”

唐斐一下子丢下她：“随你便，我再也不管了！”

简兮呆呆看着他的背影。安心说：“你要谢谢唐斐，是他把你抱出来的。刚才……他脸都吓白了……”

简兮看着湿漉漉的浴室，一刹那全都想起来了，不由震惊。

柯洛唐斐独自坐在长椅上，仰望天空。简兮端着烤肠走到他身边，顺着他的目光望天：“对不起。让大家都跟着我着急了。今天的事情，我全听安心说了，是你救了我……谢谢。”

唐斐冷哼一声。

“不过，我不是为了演女主角才这么拼命。”唐斐抬起头，看着简兮，“你别忘了，因为欠债被抵押，最后苦命地死于地主之手，那种可怜的丫头我也演啊！”

唐斐忍不住笑了，但又很快沉下脸来：“所以呢！”

“刚开始，我的确只想回到摄像机前，但是现在……我是发自内心想演。因为——这是渐冻人的故事，我想让大家都看到，让更多的人去关注。电影的力量是无穷的，你知道吗？《一公升的眼泪》上映后，脊髓小脑萎缩症获得大范围的关注。可是 ALS 呢？至今没有多少人真正了解。那我们又为什么不可以唤起大家对 ALS 的认识？哪怕多一个人知道，就能多一份力量啊！只要能参演这部电影，什么角色我都愿意啊！”

唐斐看着简兮，目光变得柔和起来，想了想，突然注意到了简兮手里的食物：“这是什么？”

“啊？是安心特意给我烤的——”

话音未落，唐斐直接俯身过来，一口咬掉了烤肠。

两人笑着闹成一团。就在这时候，柯洛出现在她的视野里，简兮一下子愣住了。

柯洛：“对不起，我出去商演，刚刚才回来，一听说你的事就赶过来了。简兮，直到今天我才知道是我误会你了！原来你从没有袭击过沈嫣，对不起，我真的不是故意伤你的心！请你原谅我，好不好？”

简兮神色轻松地说：“柯洛，我已经不伤心了。通过这件事，我更加明白了自己的心意，你对我来说，永远只是好朋友。虽然曾经有过迷惑，但那并不是爱情。”

柯洛试图上前拉住简兮，她却退开了一步：“柯洛！谢谢你一直陪伴在我的身边，不过从现在开始，请你放手吧。在我的心里，演戏才是第一位的，你并不需要这样的女孩子，不是吗？”

柯洛的手顿住，简兮微微一笑，缓缓从他手心里抽出：“回去吧。”

简兮往回走，柯洛呆呆看着她的背影，一动不动。

不过这一切都被藏在旁边的唐姓某人听得清清楚楚，长长松了一口气。

《我的灵魂二十一公克》的试镜厅外，安心陪着简兮坐在椅子上等待，安心环顾四周，试镜的人很多，周围演员都在背台词。安心神色不安，简兮也很紧张。这时候，工作人员出来，领一号进入。简兮看着门关上，手指不知不觉紧握成拳。

时间过得特别慢，终于轮到简兮了，她站起身，正预备跟着工作人员进去。

安心突然叫住了她，鼓励地看着她：“简兮！你一定要加油！”

简兮回头微微一笑，推门走了进去，走上表演区，向评审们深深鞠了一躬。

刘涛抬头看着她：“你就是简兮？”

“是。”

他不由皱起眉头，想起和沈嫣的话了，礼貌地说了句：“开始吧。”

简兮轻轻地闭上眼睛调整一下情绪，随后开始了她的表演，她先做出一个打开药袋的姿势，戴上手套，有条不紊地开始配药，面无表情自言自语地说着：“为什么妈妈不能分一点关爱给我？为什么我只能放弃工作的机会来照顾你？我也希望拥有属于自己的人生，所有的一切，全都被你毁掉了。”说完她取出有毒针剂，慢慢注入药瓶，“常飞，对不起……请你安心离去吧，只有你死了，全家才能得到安宁！只要你死了，妈妈就再也不用这么辛苦，我也不必再苦苦煎熬了。”

她轻轻摇晃着毒药瓶，目光平静，抓住药瓶，动作越来越用力，手背爆出青筋，突然间，她紧咬嘴唇，眼眶涌出泪水，浑身不停地发抖，下一刻，她猛地丢掉了药瓶，整个人哀叫一声，身体痛苦地蜷缩起来，身体颤抖着，泪水不停流下："我好累，我真的好累啊！对不起，对不起……我不是故意的……我真的……不是故意的……"

表演结束了，所有人呆呆看着她，简兮站起身："谢谢各位。"

第112章
来自唐斐的厚礼

原本早就觉得放弃她的刘涛，突然有了兴趣，淡淡地问："为什么要这样演？"

"因为我觉得，常然绝对不是个恶毒可怕的女人。剧本我看到的是，她认真读书、生活、讨好父母，但大家心里只有生病的常飞。一无所有的常然，认为不幸的来源就是患病的常飞。一度怨恨妹妹，想要让她消失，这是人性的恶。但常然也爱着妹妹，比谁都更爱她。如果不是，她为什么没有逃离家庭呢？我是这样认为的。一直照顾生病的妹妹，会感到疲惫和厌烦，但是真正的家人，无论如何都不会抛弃对方。"

刘涛笑了："你领悟得很好，我很欣赏你的演技，这个角色就交给你……"

简兮的眼里燃起了希望的火光，她立刻说道："我还想尝试另一个角色！我想演常飞，一流的故事，应该有一流的演员，您说对吗？刘制片，我能演出真正的常飞，请你再给我一次机会！"

评委们交头接耳。

工作人员强行拖住简兮的手腕，用力把她往外扯，简兮已经被推到了门边，刘涛连她都没看她，她叫了起来："为了演好常飞，我每天身上绑着沙袋，甚至体验了什么才是冰封的感觉，我了解常飞在想什么！请你给我一个机会，一个机会就好！"

就在简兮被推出去的刹那，刘涛突然抬起头："等一等！"

安心在试镜厅外焦虑地走来走去，就在这时候，简兮从试镜厅里走出来，安心紧张地迎上去："怎么样？！"

简兮严肃地看着安心，抿紧了嘴唇笑了。

唐斐和岳乐走到大厅，发现所有人都涌在世纪大厅的液晶显示屏前，出于好奇，唐斐也走了过去。只见电视屏幕里，刘涛、简兮和其他演员面对着记者坐着，他们正在开记者招待会。

刘涛说："今天我决定正式发表《我的灵魂二十一公克》主演名单，电影第一女主角，由简兮饰演。"

记者问："怎么会是简兮？跟之前的消息不符合啊。不是说已经定了沈嫣吗？到底怎么一回事？"

“是临时决定。”刘涛轻轻地笑着，“对于制片来说，选择最红的演员可以保证票房。但我不仅仅是制片人，更是热衷于创造美的人。我想要的不是当下最红的演员，而是最适合的演员。在苦苦寻觅很久后，现在我才发现，简兮的表演让常飞活了过来，这就是我改变主意的原因。”

镁光灯不停地闪着，简兮脸上是平和的微笑。

唐斐看着电影屏幕，突然笑了。

就在这时，沈嫣快步走了过来，突然看到了电视里的画面，整个人呆住了，面如死灰。

唐斐看了看她，摇摇头，笑着走开了。

简兮把最后一盘菜端上了桌，简兮解下围裙，关掉厨房的灯，七点，大门被打开，唐斐走进来，夺过她手里的围裙，一把扯过简兮放在沙发上的皮包：“跟过来，嗯？！”

“啊，我的包包！你去哪儿！放下！”

简兮丢下围裙就追了出来，发现唐斐乘坐上电梯，直接下去了一层。简兮眼睁睁看着电梯门关上。情急之下就顺着楼梯追下了楼，到了再下一层的时候，发现空了很久的房子门开了。

唐斐站在门口：“进来吧。”说完率先向客厅内走去。

简兮一愣，退后两步，慢慢走了进去，客厅的装修十分简洁大方，唐斐随手把她的包丢在了沙发上，唐斐把钥匙丢给了简兮：“从今天起，你就住在这里。”

简兮手忙脚乱地接住钥匙，惊讶地问：“为什么？”

“你要在车库那种地方住多久，真等记者们曝光才甘心？”唐斐坐在沙发上跷起二郎腿，“再说了，如果你搬出去住，打理家务很不方便。住在这里，每天都可以来帮我打扫，不是很好吗？”

“从前我没有经纪人，也不知道维护形象，但现在不同了，如果被人看见我和你出入同一幢大楼，他们会怎么想？”

“你以为这是什么地方，记者能随便出入吗？而且不会让你白住，每个月收房租的。”唐斐说完，直接把她带进卧室，打开了灯。

卧室装修得特别漂亮，简兮环顾四周开心坏了，一头栽倒在床上。

唐斐轻咳一声：“我有礼物送给你。不过，等我走了再看。”

简兮一愣，顺着他的视线，看向卧室中间一幅蒙上的画，感动地点了点头。

唐斐微笑着走了出去，简兮兴奋地一把揭开了布，那是一张放大的照片，简兮被画上了一只笨重的龟壳，只有一个脑袋露在外面，格外可爱。

唐斐已经走到了门外，突然听到简兮尖叫一声：“唐！斐！”

一回头，简兮已经扑了过来，唐斐笑着躲开了她：“喂！这是礼物啊！”撒腿就跑，简兮追了上去：“哪儿有人送这种礼物！大坏蛋！站住！”

简兮从车库里搬进了唐斐安排的新房子里，崭新的环境让她的心情也格外好。

这天，她早早地就在安心的陪同下到了教室里训练形体。

沈嫣的心情却很不好，她不甘心输给简兮，和助理安排好一切，等着简兮再次落入陷阱。她走到门口，调整了一下，脸色苍白地推开门，形容憔悴地站在门口。

简兮看了她一眼继续压着腿：“你可是文艺红人，现在应该忙得不得了，怎么突然跑来了？”

沈嫣冲了进去，大声喊道：“你明明什么都知道，一切都是因为你！是你，都是你抢走了我的角色，刘涛不再让我演女主角了。原本一切都很顺利，女主角属于我，为了这一天，我一直在练习，每天都在练习！”

“你做的不仅是练习吧。”简兮无动于衷地说，“为了让大家都知道你演了一流制作的电影，甚至连媒体的消息都放出去了。”

第 113 章
我们的灵魂一公克

“对！你说的没错，看到我要出演常飞，你心里嫉妒得要发狂，所以才施展卑劣的手段，抢走了属于我的女主角！”

“卑劣的手段？”简兮恍然大悟，“和你从前一样吗？”

沈嫣怒目圆睁，瞪眼看着简兮，突然抓住了简兮的胳膊：“你知道我花了多少心思，才让刘涛选我做女主角吗？！还给我，立刻还给我！”

伸手去抓简兮的脸，吓得安心赶紧护住了简兮，推搡之间，安心一用力，将沈嫣推到在地上，沈嫣的头发也乱了，眼睛也红了，愤怒地盯着简兮。就在这时候，教室的门砰的被推开了，沈嫣的助理带着记者们冲进来，一通狂拍。

助理指挥着：“拍，一定要全拍下来！简兮不但用卑劣手段夺走角色，现在还要欺负沈嫣！这样的人，怎么配继续做演员？”助理突然大叫起来，“哎呀沈嫣，你的脸都肿了！”

沈嫣早已换上了委屈的面孔：“简兮，原本是我介绍你来试镜，你却在背地里……这些都不提了，现在我都把角色让给你了，为什么还要这样？”

简兮冷冷地看着记者，又看看沈嫣。

沈嫣一脸哀伤地继续控诉：“想要角色的话，我让给你就好了，全都让给你！拿去！你也用不着……用不着这样伤人啊，我一直把你当成最好的朋友……为什么这样对我……”

简兮突然笑了：“故意惹怒我，最好逼我动手，制造被欺负的假象，又能在大众面前博取同情了，每一次都是这样，试图用眼泪来打动大家，达到不可告人的目的。只不过，不是每次都能成功的。”

沈嫣愕然一愣："这是……什么意思？"

"意思就是，我全都看见了。"刘涛打开侧门走进来。

沈嫣面色大变。

简兮微微一笑："今天我邀请了刘制片来看我练习啊。刚才你表演得那么精彩，刘制片在隔壁全都听见了。"说罢，转向刘涛，"您觉得她的表演怎么样？"

原来安心早就安排好了，以她在娱乐圈资深地位，早就从记者那得到了消息，所以一早就把刘涛约来，一来是让他亲自看看沈嫣的嘴脸，二来做个见证。

记者们面面相觑幡然明白过来，原来一切都是沈嫣故意安排好的。

沈嫣见事情败露，一咬牙，转身飞快跑了出去，记者们看了简兮一眼，连忙追了出去。

闪光灯不停地跟着沈嫣拍，沈嫣一副泫然欲泣的样子，助理拼命拦着记者，却有几个冲出来继续采访："沈嫣，你别走啊，跟我们说说事情真相吧！"

沈嫣捂住自己的脸，进退不得，柯洛看到了这边的情况，马上跑了过来突然挡在了她面前："不要再拍了！"说完揽着沈嫣挤开了记者们，直接拦住了一辆出租车，让沈嫣坐上出租车，猛然关上了门，车开走。

柯洛看着已经哭成泪人的沈嫣问道："到底是怎么回事？"

沈嫣抽抽噎噎地说："我今天本来想恭喜简兮，谁知道她叫了一群记者来羞辱我……呜呜……她……她对我误会太深了，上次的事情，她以为我是故意栽赃，可我真的不知道……那些人是为了追债才会找上我……事后我有给她补偿啊！是我把机会让给她的，她才能演女主角，可她却说我假惺惺……还叫来了记者……那些人在简兮的煽动下，认定我心机叵测。"

沈嫣猛然投入柯洛的怀抱："我好难过，简兮竟然那么恨我！我已经失去了好朋友，现在记者们又乱写……"

柯洛安慰地拍着她的背："没关系。什么都别担心，一切都会过去的。"

沈嫣靠在柯洛怀里假装默默流泪，一边偷看柯洛的脸色变化，见他已经完全相信了自己，乘机说道："你会在我身边陪着我吗？"

柯洛点点头："好吧，我陪你回去。"

《我的灵魂二十一公克》开拍的第一天，简兮正在化妆，安心捧着一束白玫瑰进来："今天一早有人送来的。"

简兮兴奋地从座位上站起来，接过花，抽出花束里面的卡片。卡片上写着：请你好好加油，我等着看新电影，Mr.T。看到这，简兮笑了。

安心微微一笑："好了，快准备一下，马上要开始拍摄！"

简兮不舍地抱着花："嗯，为了这位神秘影迷，我也一定会拼命努力的。"

拍摄工作开始了。

导演说："Action！"

常飞坐在轮椅上正在喝粥，突然呛到了。姐姐常然正冷漠地站在一边看着她："怎么了，连喝粥都做不到，想要我来喂你吗？"

常飞："不……不是的……我想让姐姐不要辞去医院的工作。"

常然受到了刺激："我必须辞掉工作！"

常飞："姐姐不是我一个人的，请别为我放弃当医生的梦想！我什么都可以自己做，真的可以！"

常然："都怪你不好！你越是努力生存，我越是过得痛苦！如果不是你，不是你的话……"再也说不下去了，她激动地说，"我要离开这个家，永远都不要再见到你了！"

常然转身就往外跑。

常飞："姐姐……"

常飞艰难地移动着轮椅，从后面抓住了常然的手臂："姐姐，不要走！"

常然回头狠狠瞪着常飞："别碰我！"

常然甩开常飞的手，常飞倒在地上，用力咳嗽着，竭力地靠过去抓住常然的裙子："姐姐，是我的错……都是我的错！请你不要抛弃我们，我不会连累你的，我会自己生活，哪怕离开家也可以！"

常然突然发了狂，一下子扑过去，掐住了常飞的脖子："对，该死的人是你！如果你死了，全家人都能解脱，我真的要疯了！"

第114章
英雄救美

常飞不再发出声音，泪水从眼角滑落，静静地看着常然。

……

"Cut！下一场。"

季晴得知今天《我的灵魂的二十一公克》开拍，特意过来看简兮的表演，看完觉得心里很难过，默默看着不远处正在补妆的简兮，慢慢走到刘涛身边，问道："您为什么要做这样的电影，太让人难受了。"

刘涛回过头，愣了愣："我做这个故事，是要给人们以希望。对于ALS患者来说，每天病情都会恶化。但是，哪怕连微笑都无法做到，也要全力坚持到最后一刻，这就是我想让大家看的常飞。将来看到这部电影的人，会不由自主地想，那样得病的孩子都拼了命地活下去，我当然要更千百倍地珍惜生命，爱护家人才行。只要他们有这样的想法，电影就成功了。我就想让大家都知道，生命本身，就是一种幸福！"

季晴有些明白了："为什么舍弃沈嫣，选择简兮呢？"

"这个么……"

忽然看到对面的安心已经替简兮整理好头发。

导演在喊："各就各位，要拍下一场了啊！Action！"

偏僻处，沈嫣孤独地站着，目光冰冷地盯着正在表演的简兮，然后她转身，快步离去了。

拍摄结束，安心给简兮递过来一瓶水，简兮正准备喝，发现了季晴，快步走了过来。

季晴由衷地赞道："演得很棒呢。"

"谢谢。"

季晴看着她："今年的电影节，我会等着你。我期待着和你一决高下，再见。"

简兮莫名其妙地看着季晴远去的背影，向安心："她刚刚说什么？"

安心说："今年的凤凰电影节，最佳女主角的竞争一定非常激烈。"

简兮愣住了。

正在片场等待拍摄的唐斐，正在翻阅剧本，突然电话响了，他接起电话看了一眼，脸色突然变得铁青。他接起电话吼了一句："这件事和我没关系，不要再来烦我！"

说完直接挂断。

一抬头看见岳乐一脸奇怪地看着自己，掩饰地拿起饮料却又心烦意乱地放下，站起身："告诉导演，尽快准备拍摄。"

电话再次响了，他随意地接起来，从电话那头传来一个沉稳的声音："唐斐！你敢挂掉，我马上去片场。"

唐斐手指顿住。

"我说过很多次，只要你肯来，不管是环宇的股份还是钱，都可以给你！对，从前我做错了很多事，可我们毕竟是父子。难道你要一辈子憎恨我？"

唐斐突然不想再听下去，他把手机放在了椅子上，径直离开去拍戏了……

从片场回来，唐斐的脸色就很难看。

岳乐翻开笔记本正在说明天的安排："明天上午八点要拍写真，十点是公司股东会议，一点要赶城郊拍摄外景……"

话音未落，唐斐已经站了起来，一把取过桌上的车钥匙。

岳乐一愣："你干什么去？"

"心烦，出去转转。"说完已经砰一声关上了门。

简兮属于那种狂热的表演者，她的人生目标很明确，演戏。

安心因为有事提前回去了，简兮一个人在从片场回家的路上，看到了一个橱窗，里面是一副抽象画，她站住了脚步，看着无数扭曲的线条，她手指落在玻璃窗上那刻，她就变成了常飞，手指微微僵硬，笨拙地描绘着线条。

她停住了手，微微笑了起来。

突然有几个人围了上来，她下意识地一低头，警惕地快步往前走，迎面走来一个，重重一撞，将简兮撞倒在地。后面几个人迅速围了上来，将她围在中间，其中一人拿着匕首拍了拍她的脸："别怪我们，有人出钱毁掉你这张可爱的脸。"

简兮吓到了，惊恐地瞪大了眼，就在那人挥刀要划的时候，一个懒洋洋的声音响了起来："我说这么晚不回家，又在找机会偷懒啊？"

这声音还能有谁？自然是唐斐！

"小子你谁啊？告诉你，别多管闲事！"

唐斐慢慢从阴影处走了出来，根本没听到那人说话似的，冲简兮微微一笑，说："我饿了！快给我弄吃的去。"

"妈的找死。"

三个人挥舞着木棍冲了上去，唐斐曾经拍过打戏，这三人哪是他的对手，左右两拳加一记回旋踢将三人打趴在地，蹲下身子一把抓住领头那人的衣领："我这个人很没有耐心！随便编一个理由，就够你们受的！"

"别别别，我说我说，有个女的，给了我一笔钱，和一张照片，照片那人就是她。"他用手一指简兮，"让我来弄花她的脸。"

"那女的是谁？说！"

"我不怎么知道她是谁啊，戴了墨镜看不清楚。"

唐斐见问不出什么，只好放了那几个人，让他们滚蛋去了，然后走过去扶起简兮。

简兮担心地检查唐斐："你没受伤吧？"

"猪一样，半夜在路上逛，你看出事了吧！"唐斐没好气地拉着她上了车，低头给她系安全带，简兮看着他的侧脸不由面红耳赤。

"我……自己来……"

看她害羞的样子，唐斐不由微微一笑，脚一踩油门，往前开去。

车子缓缓拐过一个街口，后面突然有辆车加速抄到他前面，后来猛地一拐弯，停在了路中间。

唐斐猛地一踩刹车，停在了那里，他抬头望着前面，只见车上下来几个黑衣人，排成一排站在前面。

简兮困惑地望看看前面，心里不由一惊，这时候唐斐表情突然变得凝重起来。

"你不要下车。"唐斐准备开车门，简兮一把抓住他的手，唐斐看了她一眼，拍拍她的脸，"乖，听话，坐在车上。"

他一开车门，黑衣人冲了过来将他围住，几乎是同时，唐斐的拳头重重砸到了对方的脸上。

第115章

一夜未归

简兮担心唐斐受伤，不顾一切地开了车门，刚一下车，就被人给按住了。

唐斐很快束手就擒。

“麻烦两位跟我们走一趟。”

两个人被推上了面包车，车子开走了。

一路上车子里谁也没说话，也不知开了多久，车子停下，几个人押着简兮和唐斐进了一间办公室，椅子上坐着一个相貌威严的老头。

“知不知道这样是绑票？你们是犯法的。”简兮叫起来。

老头面无表情地望着简兮，对这个多出来的女孩毫无兴趣，只是他必须要说明一点：“做爸爸的请儿子来喝茶，要被判刑吗？”

简兮不可置信地望着唐斐。

唐斐冷冷地笑了：“真讽刺，我什么时候成了你儿子？”

简兮后来才知道，面前的这个人就是唐斐的父亲韩正德，在唐斐很小的时候抛妻弃子。

“我已经癌症晚期，还有六个月。”韩正德看着唐斐，声音微微有些颤抖。

唐斐的手微微一僵，望着一脸病容的父亲，他很想去原谅，但一想到母亲，他的心瞬间就冰冷了下来：“从十岁开始，我就没有父亲！”

唐斐说完拉起简兮的手往外走去。

韩正德幽幽叹息着：“其实我有一个心愿，想请你帮我完成。”他拿出一个剧本，“这是你母亲写的小说，我找人改成了剧本，我希望你能演出这个剧。”疲惫地闭上眼，“这是环宇出巨资投入的大电影，我相信佳玉一定会希望由她的亲生儿子来演这部戏。”

旁边的人立刻将剧本递给了唐斐。

唐斐看着手中的剧本《梨园之王》，冷笑了起来，他一把抓起剧本，狠狠地望着韩正德，用力一撕撕成了两半。

“你不要做梦了！”他将剧本扔到了地上，“你绝对盼不到那一天！”

简兮蹲下来捡起剧本，拼拼凑凑地翻看着，唐斐的脸色更加难看，一把拉着简兮走了出去。

车被人开了到了大门前，唐斐一把把简兮塞进车里，看她还拿着剧本，一把抓了过来，扔到了外面。

车疯狂地往前开，唐斐的牙齿狠狠地咬着下唇，他不想回忆过去，偏偏今天被人赤裸裸地撕了开来，他跟韩正德之间的仇恨不是用言语可以解决的。

“怎么了？唐斐，你们到底怎么了？”简兮小声地问。

唐斐突然把车停到了路边，盯这她看了很多，才冷冷地开口："你要知道真相？那跟我来好了！"

他重重地踩着油门，车子以极快的速度往前，然后猛地一脚刹车，停住，跳下来。

简兮小心翼翼地跟在唐斐后面，一脸惊慌地看着四围，白色的墙，铁门后面不时地传来尖叫声，那尖叫声或痛苦，或压抑，或张狂，简兮吓得浑身发抖，几乎要跟不上唐斐的步伐，她小跑着抓住唐斐的胳膊，惊慌地问："为什么来这里？"

她的视线所及之处是一所精神病院。

"你不是想知道原因吗？"唐斐的手推开了一扇铁门。

简兮看到了一个女人坐在里面，她愣住了。只见唐斐温柔地望着那个女人："这是我妈妈。"

说完拿起梳子给唐佳玉梳头："你别怕，她不会伤害你的。"

简兮慢慢地走到她面前，不可置信地望着唐斐，又看看唐佳玉："阿姨为什么会这样？"

"我妈妈是一个作家，在离婚时受到了极大的惊吓，又害怕韩正德会将我带走，由于生活的压迫，所以就变成了这个样子，"唐斐望着自己的手无助地低下了头，"那时的我没有能力，可我那个所谓的父亲，娶了新的太太，过得逍遥自在，如果不是姨妈回国找我们，我现在都不知道自己会是怎样的，所以我妈妈有多惨，我就有多恨他。"

简兮心里突然堵得慌，眼前的唐斐，是以前她从未见过的。

她轻轻接过唐斐手里的梳子，温柔地替唐佳玉梳头，一边说："我觉得你更应该拍那部电影。那部电影，是阿姨的作品，她那么努力地写出来，却不能出版，你不是为了韩正德，你是为了你母亲。"

唐斐果断地摇头。

简兮不再说什么，转头望着唐佳玉："你母亲真美。"

"那是当然。"唐斐骄傲地笑了起来，"不看看我是谁，唐斐，全国最英俊的男演员。"

"所以更该去演《梨园之王》，因为没人比你更合适！"

唐斐的笑容瞬间消失，他站了起来，头也不回地走了出去。简兮连忙追了出去。

沈嫣早早地提着礼物来到片场，想看看简兮到底怎么样了？果不其然看到安心一脸惊慌地跟导演说简兮来不了。她心满意足地笑了，转身离开片场，开着车往简兮住的小区疾驰而去，她要确定简兮被毁容了，想到这些她就觉得格外激动。

谁知，车刚到小区门口，就看到唐斐跟简兮从一辆车上下来，简兮的脸完好无损，她愤愤地砸了一下方向盘，刚要离去，突然又笑了起来，自言自语道："成双入对，一夜未归啊——"她拿出手机轻轻一拍。

外面的唐斐和简兮毫无察觉地进了小区。

唐斐走在前面，简兮跟在后面。

进了家门，他疲惫地靠在沙发上："不要跟我提那部剧的事！我不想听。"

简兮慢慢地走了过去，突然从背后抱住了唐斐的肩膀："你还有我……"

唐斐愣在了那里，这一夜让他想起了太多过去，这个拥抱几乎让他落泪了，只不过，他倔强地一扭头："我不需要同情。"

"不！"简兮把抱地更紧了，脸靠在他的肩上，"昨晚的事我要说声谢谢，还要说声对不起，非常对不起！"

唐斐的呼吸渐渐困难，他伸手想要抱住她，可怎么也没想到，简兮轻轻地在他耳边说道："唐斐，我只是想代替阿姨给你一个拥抱。"

第116章
心机

唐斐一愣，有些生气，一把将简兮紧紧搂在怀里，然后板着脸一本正经地说："我才不需要你的安慰呢，我是很强大的人。"

简兮笑了起来。

阳光柔柔地照在两人身上，他们就那样静静地拥抱着。

沈嫣望着化妆的季晴，看了许久，突然吹了吹手指尖，然后走了进去，笑笑警觉地望着她，沈嫣笑了起来："不用这么大惊小怪，我只是过来探班而已。又是增肥又是扮丑，你真是拼命啊！"

季晴对沈嫣并没有好感，她只是冷冷地问："有什么事？"

沈嫣微微一笑，将手机递了过去："看看，拍得不错吧！"

季晴的脸色在看到手机的那刻变得惨白，问道："你这是想干什么？"

"我只想告诉你，昨晚他们一直在一起，到现在才回来。"沈嫣晃着手机，"我只不过是想你被人欺骗，特地过来提醒你。"

许久后，季晴突然一抬头望向沈嫣，半晌，突然笑了，沈嫣被季晴的笑弄得一愣，季晴突然扬起手，重重落在沈嫣的脸上："简兮是我的对手，但我会公平地赢她！而且，我最讨厌背后耍阴谋诡计的人，更不想成为别人手里的枪！"

"装什么高贵！"沈嫣捂着脸，一脸铁青地转身离去。

季晴的手突然颤抖了起来，她望着镜中的自己，身体也不停颤抖起来。

沈嫣冲到地下停车时一不小心扭到了脚，她恨恨地把断了跟的高跟鞋扔到一边，这时候一辆车停到了她身边，车窗摇下，露出季董的脸。

"鞋子坏了，我送你回去吧！"

坐到车里的沈嫣飞快地盘算着，然后冲季董露出一个柔柔弱弱的笑……

“老实告诉我，昨天你去哪了？”岳乐对唐斐失踪一晚上耿耿于怀，而唐斐则用沉默回答他。

问不出所以然的岳乐失望地坐在那里，感到自己这个经济人做得不够完美。

这时沈嫣突然拿着水果出现在他们面前，岳乐如梦初醒的说：“忘了告诉你，原定出演女主角妹妹的演员变更为沈嫣了。”

唐斐饶有兴趣地盯着沈嫣：“临开机前才突然改变，沈小姐到底怎么办到的？”

沈嫣笑了，颇为得意：“多亏了季董。简兮有运气，季晴有背景，我什么都没有，总得自己想法子吧。”

唐斐跟岳乐瞬间明白了这里面的门路，岳乐不出声，唐斐却很不客气地说：“出卖色相这条路挺适合你。”

沈嫣的笑容僵在了那里，她看着唐斐，知道连季董都撼不动他的地位，她再愤怒又如何？她伸出手示弱：“祝我们合作愉快吧！”

唐斐头没抬，她只好收回手，转头走了。

整个剧组都心知肚明了一件事，沈嫣如今是季董的人，大家不露痕迹地嘲笑着，面对沈嫣时却又露出奉承的笑容。

沈嫣在唐斐那边讨了个没趣，一转身看到了穿着旗袍的左左，而左左挑衅地一笑：“这不是被简兮抢走了角色的沈大明星吗？怎么跑这里来演配角了。”

“你就那么喜欢柯洛，到处树敌也无所谓？”沈嫣反将一军。

左左的脸色变了：“对，我喜欢他怎么了？”

“以前柯洛喜欢简兮。”沈嫣玩着手指，含着笑，眨巴着眼睛，“现在他喜欢的是——我。”

“居然敢挑衅我，我会让你在片场的每一天都变成噩梦！”

“拭目以待！”沈嫣歪着头冲她笑着。

另一边，简兮在片场似乎遇到了难题，她无论如何也演不出常飞对姐姐的情感，就在这个时候，一束白玫瑰出现在了化妆间，她看着镜子上贴着陆周鼓励的话：成功出演常飞将是你人生最重要的时刻，生就如同绽放的玫瑰，如果不能在最美的时候惊艳全场，就会很快凋谢。她忽然愣住，无数个可能从她脑海中滑过——那个神秘人物是陆周吗？

她要在凤凰电影节上拿到最佳女主角，必须如绽放的玫瑰。

《美人》的片场里，拍摄正紧张地进行着。

左左微笑着，一个耳光落在沈嫣脸上，扎扎实实地把沈嫣的脑袋都打歪到了一边，沈嫣捂着脸站在一边掉眼泪。

“Cut！表情要心痛，你这是凶狠！”导演气急败坏地又让她们准备。

左左看着沈嫣，眼中不觉狠厉，猛然甩手，又是一个巴掌过去，沈嫣被打得头晕目眩，一个没站稳，跌倒在地。

导演愣在了那里，指着左左吼：“拜托啊小姐，我连 action 都没喊呢！”

“你太过分了！”沈嫣的助理抱怨道。

“过分？才两个耳光而已，待会儿我NG个十次八次，你就知道什么叫脸大了！”

沈嫣捂着脸，再也忍受不了，转身冲了出去。

左左得意洋洋地看着沈嫣的背影，这时突然看到柯洛站在那里一动不动地看着她，柯洛冷冷地看了她一眼，转身追上了沈嫣。

直到这个时候，左左才突然明白了沈嫣为什么由着她打，原来她早就约好了柯洛。

沈嫣就是要让柯洛看着她多么无助，简兮欺负她，左左欺负她，而她只能隐忍和包容，她要一点点地占据了柯洛的心，她要从简兮那里彻底将他夺走，她要让一直欺负她、瞧不起她的左左痛彻心扉。

现在，她做到了。

不但如此，她还利用机会主动接近季董，牢牢抓住了他的心，有了这个后盾，以后再也没有人敢弃用她了。

她终于松了一口气。

第117章
准婆婆

唐斐刚走到病房门口，就看见简兮在病房里，正在给唐佳玉剪指甲，还在小声念叨：

“阿姨，唐斐最近很忙，可能没有时间来。不过没关系，我一有空，就会来看望你。”说着她抬头看着唐佳玉的脸，“这样看起来，唐斐和阿姨你一点都不像啊，你那么温柔美丽，他却很坏心眼，又爱捉弄人。不过，他最近都没什么精神，看到他那个样子，我总想为他做点什么。可是，我能做的事情太少了。”

唐佳玉似懂非懂地看着简兮。

简兮继续说道：“悄悄跟你说，你的小说会被改编成电影哦！”

唐斐原本想要进去的动作止住了，静静站在原地听着。

“阿姨，我劝他接受电影男主角，你不会生我气的，对不对？我是觉得啊，放开和父亲的恩怨不谈，要为妈妈实现梦想。因为看自己的作品变成电影，让更多的人欣赏，才是小说家的心愿啊！可是他完全不理解啊！”简兮歪着头，“在这点上，他就没有我这么可爱了，对不对？”

唐斐忍不住笑了，终于推开门：“你可真有脸说。”

简兮吓了一跳，猛然回过头来，只见唐斐走进门来，大步在唐佳玉的面前蹲下了身子握住她的手：“妈妈，今天过得怎么样？”

简兮见唐斐跟前几天相比有了一些精神，稍微放松了下来，从包包里取出饭盒："对了阿姨，我亲手炖了乌鸡汤，很有营养哦。"说完打开盖子亲手把勺子送到唐佳玉面前。

唐佳玉突然摇了摇头。

唐斐说："再过一个小时就是检查时间，在那之前不能进食。"

简兮有些失望地看着鸡汤："哦，要那么久啊，到时候就凉了吧。"

话音未落，唐斐已经把饭盒捧过去，喝了一口："味道太浓了，你又放了什么。"

"乌鸡汤里放了桂圆啊，如果你不想吃，就还给我。"

"谁说我不想吃了。"

"你耍赖，快还我。"简兮伸手去抢，唐斐急忙避开……

唐佳玉看着两个人，露出温柔的微笑。

片场上，正在拍唐斐和沈嫣的戏，沈嫣扮演的茉莉无意中摔倒，唐斐一把搂住她的腰。

"Cut！"

沈嫣趁机躺倒唐斐的怀里，唐斐猝不及防松手就走，沈嫣一下子跌倒在地上，周围一片笑声。

气急败坏地追上来，强忍着一口气："斐哥，你未免太过分了！我都还没站稳，你就松手了，怎么可以这样？"

唐斐叼着牛奶，翻看自己的手机，头都不抬。

岳乐抱打不平道："不是这样吧，我刚刚明明看到，你整个人都靠在唐斐身上，没有骨头的话，又能怪得了谁？"

沈嫣勃然大怒，刚要发火，岳乐抽出一张照片丢给她："下次去报社爆料，记得做干净点。"

沈嫣捏住照片，正是她几天前偷拍的那张。

"我们唐斐入行多久了，跟媒体的关系又有多好。这点小伎俩，别再拿出来献丑。"岳乐微笑着脸色却不好，"我知道你和季董关系匪浅，才能不停地加戏，但每一行都是靠实力说话的。拿不出过硬的作品，你也走不了多久。我劝你，立足未稳之前，不要整天想着扳倒别人，还是修修内功吧。"

沈嫣气得眼圈发红。

"哎，别哭，千万别哭，我又不是长城，哭不倒啊，你的泪水还是省下来给季董看吧。"

唐斐站起身，不知道为什么，今天满脑子都是简兮，他一分钟都不想耽搁想要立刻见到她。岳乐赶忙追了上去，丢下沈嫣一个人站在原地，气得握紧了拳头。

车子径直开到到了《我的灵魂二十一公克》片场，唐斐下了车，迎面看见安心低着头走来，忙走了过去问："简兮呢？"

安心一愣："斐哥，你怎么来了？"

唐斐说："我来探班啊，她人呢？"

安心指了指储藏室："说是不舒服要休息，不过……她今天有点奇怪，好像很不安的样子。"

这是，剧组的工作人员发现了唐斐，全都向他围拢过来，唐斐拉住安心，交代她拦住，然后快步朝储藏室走去，推门走了进去。整个储藏室里一片安静，简兮静静地低着头坐在角落，今天她的状态不对，一直NG，跟她搭戏的演员都已经没有耐心了，导演也很是无奈，她很着急，可越着急越演不好，她忽然对自己产生了怀疑。

唐斐望着她，好气又好笑："你呀，为什么要藏起来？"

简兮不说话，头垂得更低了。

"不管你遇到了什么难题，这样躲起来，根本无济于事。马上就要开拍了，走，跟我回去吧！"

唐斐来拉简兮，简兮猛然惊醒，连连往后退，惊声："不、我不去。唐斐，我没办法再演了！我不知道，我不知道接下去要怎么演！"

唐斐用力握住简兮的肩膀："看着我！"

简兮看向唐斐。

"你那么拼命才走到今天，一句不能演就要放弃吗？告诉我，为什么？

"我做不到，无论如何都没法做到超越季晴！老师他……让我得到凤凰电影节最佳女主角，不可能，我做不到的！做不到，我尽力了，真的尽力了，可就算我怎么努力，也不可能比过季晴，根本不行……"

唐斐静静看了她一会儿，抬起她的下巴："你为什么要演戏？"

简兮说："因为……我想演戏。实现自己的梦想，把这份心情传递给大家，让更多人感受到幸福。"

"那就专注于演戏本身就好了。在演戏的过程中，从最初的憧憬，到努力追求，最后攀到巅峰，就像是在爬山，越往上走，人就会越累。陆周让你得到最佳女主角，就是逼你走到最高处。可是对演员来说，那根本不是好事。"

"为什么？"

第118章
冰火爱情

"一个人到了山顶，以后的每一天，都是在走下坡路。就像是今天的我，很清楚知道自己不会永远走红，一直在为维持人气而努力，不是吗？明知到了顶端后，每天都非常辛苦，何必那么急着走到山顶？专注地想爬上去，拼命往前冲，却忽略了沿途的风景。走到最后，你根本忘记了，最初的梦想是什么，真正想要的是什么。”

简兮呆呆看着唐斐，说不出话来，唐斐握住她的手：“闭上眼睛。现在，只要想象自己是常飞就好。”

简兮的手颤抖一下，唐斐轻轻在她额头，附上一个吻，温柔地说：“从今天开始的每一天，都是一个新的起点。不要想电影节，不要想季晴，你就只是在做自己最喜欢的事。”

门外穿来了工作人员的叫声：“简小姐！简小姐你在哪儿，要开拍了！”

简兮条件反射般地站起身，快步走了出去。

简兮走到场中央，下意识地回头寻找唐斐的身影，看见了他在人群里对着自己微笑，她定了定神，闭上眼睛。

导演：“Action！”

简兮猛然睁开眼睛，恢复了自信的表情……

就在简兮投入表演的时候，唐斐悄悄地离开了。

一路上岳乐都在抱怨：“好好拍着戏，还要跑过来探班！你喔，到底想干什么！万一被记者看到乱写呢，不是每次都能压住消息啊！”

唐斐不咸不淡地道：“既然是真的，为什么要怕人写？”

岳乐猛然刹车回头看着唐斐，唐斐看着窗外：“如果他们要爆料，就随便他们好了。难道演员就不能谈恋爱吗？”

岳乐愣住了：“恋爱？！你真的爱上简兮了！你、你、你，居然都不告诉我！我是你的经纪人啊，怎么可以现在才说！唐斐，我必须提醒你，和季晴的绯闻还没结束，而且是和齐文森约好了啊。”

唐斐点点头：“那就在一个月内，这件事情必须结束。走，去季晴的拍摄现场。”

唐斐刚一靠近的季晴化妆间就听见里面传来季晴的惊叫声，急忙推开门只见笑笑满手是血，地上掉了一个礼盒，季晴正手忙脚乱地给笑笑包扎。唐斐走过去，蹲在地上捡起礼盒，只见礼盒盖子背面的血字，威胁季晴，要求季晴立刻和唐斐分手。

唐斐认为刚好乘这个机会，提早向大家说清楚两人并非恋人关系

季晴脸色发白不同意，认为当务之急是查出寄礼物的人……

鉴于事情的严重性最后还是报警处理，可唐斐心里还是隐隐感到不安，总觉得事情不会那么简单。

就如他预想的那样，果不其然，当天晚上他也收到一个礼物。

当时唐斐正在阅读剧本，岳乐噼里啪啦使用笔记本，门铃响了，正在打扫的简兮抬起头，快速跑过去开门，门外空无一人，正要关门，忽然发现门口躺着一只礼物盒，她好奇地抱着礼物进来：“有人送了礼物过来。不知道是谁送来的，刚才我出去就不见人影了。这么大一盒，会是玩具吗？”

两人同时抬起头，勃然变色。唐斐的脸色越来越难看，紧张地盯着那盒礼物。简兮浑

然不觉，下意识要拆掉礼物上的彩带。

唐斐吓坏了，厉声道：“别碰它！”

说完快步走过去，一把抢过礼盒丢在一边，并且严厉地告诫简兮以后他的东西不许乱碰。

简兮有些生气，有点委屈。

唐斐深吸一口气，说：“简兮，从今天开始你不必再来这里了。我已经找到了新的家政，现在不需要你再做打扫！你爱干什么都可以，不用再来了，不光如此，从今天起，见面了就当不认识，也不用再给我打电话！”

其实唐斐很想告诉她真相，但他太了解简兮了，如果让她知道了，她肯定要查个水落石出，那样只会连累她，所以，想来想去，扯了个沈嫣偷拍照片向媒体透露，最后被他压下去的借口，说不想被简兮影响前途，要跟她划清界限。

最后简单粗暴地把简兮赶走了出去，包包扔到外面，关上门，转过身才小心翼翼掀开了盒子，原来里面一套精致的男士睡衣。

唐斐缓缓松了一口气，当他把睡衣丢在旁边时，突然从睡意里面滚出一只断头的洋娃娃，彻底把他和岳乐吓了一跳。

原本想要报警，可又想到白天已经做过了笔录，没有确实的证据，警方只当恶作剧处理。

他想了想，他住的地方没有对媒体公开过，知道他住在这里的人，只有公司高层和极少数圈内的朋友知道，那么这个人，很有可能一直在跟踪他，从片场就开始了，一直跟到这里来，一天 24 小时。这一想，就更悚然了，不论如何，一定要找出这个人，尽快解决这件事!

简兮被赶了出来，站在门外，生气地盯着大门，闷闷地嘟囔着：“什么呀，突然大发脾气，还把人赶出来，太恶劣了！”

她恨不得把门瞪穿，可当她抬起脚时，凌空收住了，收回了脚，扭头就走，刚到楼下一头撞到了一个鸭舌帽的女孩身上：“对不起、对不起。”

她连忙道歉，可那女孩连头都不回，飞快地跑掉了。

简兮想了一夜，发现唐斐的态度就是从她帮忙收到包裹的那一刻开始不好的，一定是有事瞒着她。

第二天一早她就堵在唐斐家门口想问个究竟，可唐斐什么也没有说，最后被她纠缠得烦了，把她骂了一通让她滚远点，说以前只看她有趣，消磨时间罢了！不会爱上她。

简兮越想越觉得有问题，乘着拍戏的休息的事件，把经过跟安心说了一遍，安心觉得唐斐太过分了，不过这样也好，从今后就再也不必做苦工了啊，应该高兴才对。

第119章
发布记者招待会

可简兮还是闷闷不乐。

安心试探着问："简兮……你不会真的对他……"

简兮一愣，断然否决："才没有！我、我才没有喜欢他呢！"

安心揶揄地："我也没说你喜欢他啊！"

简兮哑口无言，急得脸都涨红了。

导演在喊："各就各位，准备拍摄了！"

简兮一下子回过神来，立刻站起来："我现在什么都不想，一定要把全副精力花在这部电影上！"安心做了个挥舞拳头的姿势：加油！简兮重重点头。

接连几天季晴和唐斐每天都会收到这种恐怖快递，不是送到家里就是送到片场，最后笑笑实在忍不了告诉了齐文森。

齐文森也正想要告诉季晴一个消息，唐斐已经跟他交涉过了，要借着这个机会向大家澄清他和季晴的绯闻。

季晴有些失落。

齐文森看了一眼她一眼，交代道："不要在这些事上浪费心力，《我的灵魂二十一公克》业界十分关注，你的《梦幻爱情》要出彩。今年的凤凰电影节，一定要夺得最佳女主角。"

下午，唐斐的记者招待会如期举行，并在招待会发出了澄清公告。

唐斐刚刚走出来，就被记者们包围了：

"唐斐，今天发出的公告是什么意思，难道季晴不是你的女朋友吗？"

"对啊，一直以来你都没有真正否认过啊！大家都知道你们在交往，为什么突然变卦了呢？是分手了吗？"

……

唐斐微笑着说："其实一直以来，我们隶属一家公司，合作机会很多，大家容易想太多，我是男生无所谓，现在造成季晴的困扰，我真是很不好意思。"

记者们面面相觑："你和季晴既然是好朋友，今后有发展的可能吗？"

唐斐想了想说："她只是一个普通朋友，至于今后的事，没有发生以前谁都不知道。"

岳乐见该说的说完了，马上挡住众人说："对不起各位，唐斐马上还有通告，不能再回答问题了！让让，请大家让一让！"

就在这时候，记者们突然一阵骚动："季晴！季晴来了！"

唐斐一愣，急忙抬起朝门口看去，只见盛装打扮的季晴从门外进来，一路在众人的注视中走进来，大家纷纷让开一条路，季晴一直走到唐斐面前才停下，在唐斐还没反应过来的时候，突然踮起脚尖，双臂环绕在他脖子上，轻轻吻上了他的唇。

所有人都呆住了，照相机闪个不停，拍下了这一幕。

唐斐终于醒过神来了，惊骇地退开一步，季晴已经微笑着转过身来面向记者，根本无视惊愕的唐斐，从容地朝大家微微一笑，说："我要告诉大家，我们非常相爱。唐斐今天否认我们的关系，是为了保护我，因为这些天来，我一直受到神秘粉丝的威胁。虽然感激唐斐的爱护，但我并不想为此退让。更要借此机会，告诉躲在屏幕后的那个人——我真心爱着唐斐，却从来没用过卑劣的手段。因为我知道，那种恶劣的行为，根本不叫爱情！你并不是爱着偶像的可爱粉丝，只是卑劣的下水道老鼠，不敢见人的肮脏犯人！"

唐斐觉得脑子嗡了一下，立刻拉住季晴想要阻止她，季晴却转过头轻轻摇了摇："唐斐，我不惧怕任何打击报复，因为我爱你，要和你共同承担这一切！"

唐斐愣住了。

结束了记者招待会，齐文森立即将两人叫进了办公司。

唐斐和季晴分别坐在两边的沙发上，齐文森心烦意乱地踱步，突然严厉地转过身，指着季晴："季晴，你知不知道自己都干了什么！"

季晴垂下眼睛，沉默不语。

唐斐也对季晴这样的做法无法理解："这个人身份不明，你这样做，会吸引全部的火力。"

季晴依旧淡淡的表情："很抱歉。"

齐文森错愕地看着她："抱歉？我都告诉过你了，马上澄清事实，这样可以保护你和唐斐，可你却故意挑衅，我真不知道你为什么要这么做？"

"我是为了真正解决这件事。采访播出后，对方一定会看到。看到我这样嚣张的告诫，他会怎么想呢？"季晴有条不紊道，"如果是我的话，一定会想，这个女人真是讨厌，不听我的告诫，还要坚持和唐斐在一起。这样一来，他一定会按捺不住，主动找上我。"

唐斐恍然大悟："你要用自己做诱饵？不，这太危险了！"

季晴看向他："那你有更好的办法吗？如果他一直这样躲藏着，在阴暗的角落窥伺我们，才是最恐怖的事吧，总要想个对策才行是不是？"

唐斐愕然："那也不能无缘无故让你冒险啊。"

季晴的声音突然温柔了下来："不，绝不是无缘无故，正相反，我是在投桃报李。唐斐，你可别忘记，从前你愿意默认绯闻，都是为了帮助我，不是吗？接受了帮助，必须有所回报。我要帮助你，把犯人抓出来！"季晴说完，转头看向齐文森，"我已经决定了，没有人能阻止！"

"这……"齐文森无奈地垂下了头，而唐斐也只能轻叹了。

谈话就此结束，季晴和唐斐一起从齐文森的办公室走出来，就在这时候，简兮和安心去教室上课时经过走廊，两拨人迎面碰上了。

早有人在网上发布唐斐招待会的视频，简兮已经看过了，当她看到季晴亲吻唐斐的时候，她的心不是不痛的，此时再看见他们一起走出来，不由得停住了脚步，看向了季晴。

场面一时间僵住，唐斐对季晴说："我们走吧。"说完率先离开。

季晴向简兮微微一笑点头示意了一下，快步跟上去。

简兮愣愣地转过身看着唐斐渐行渐远的背影发着呆，安心安慰性地拍了拍她的肩膀。

第120章
原来是爱她

陆周在给简兮上课："今年凤凰电影节最受关注的四部电影，分别是霍晶的《霓虹》、季晴的《梦幻爱情》、左左的《美人》，还有你的《我的灵魂二十一公克》。霍晶是上届最佳女主角得主，蝉联的可能性很小，所以竞争最激烈的将是你们三个人。而你的赢面是百分之一。"

安心反驳："怎么可能！简兮演得那么好。我们简兮演得是励志剧，应该评价很高才对！！"

陆周淡淡一笑，丢下一沓照片。

安心把照片一字排开。

陆周说："这些人中，德高望重的电影导演詹平亮将担任评委会主席，其余成员都是当前最杰出的导演、制片人，一共是七个人。这七个人，有一个共同特点，全都是老派评委，在他们面前，简兮这种资历很浅的新人，非常吃亏。三部电影分别是轻松爱情、心理悬疑、励志悲情。论票房号召力，简兮不及季晴；说挖掘人性的深度，《灵魂》又不及《美人》，本来就不占上风。所以要获胜，只能另辟蹊径。打煽情牌，靠口碑。"

话说到一半，陆周停住了，只见简兮心不在焉地在纸上画着一个又一个唐斐的卡通头像，画完拿起来就揉。

陆周猛然一拳头打在桌子上，把简兮吓了一跳："要是这样心不在焉，干脆立刻滚出去！为了演常飞，你付出了那么多努力，差一点被冻死，难道都忘记了吗？明明只要再进一步，你就能够登上巅峰了，为什么还这么懒散？"

简兮看着他，先是惊愕，随后恢复平静："老师，演戏是为什么？对老师来说，演戏是走向人生巅峰的最好途径。可对我来说，演戏就是演戏，实现人生理想，让观众有所收获，那样就可以了。至于今后票房好不好，能不能得奖，对我来说都不重要。要说的话就是这些，谢谢您，不必为我费心了。"

简兮说完站起来要走。

“站住！”

简兮停住。

“到底是谁把那些愚蠢的念头灌输给你的？！电影是拍给自己看的吗？不，是给所有的观众看的！演员，就是天底下最有表现欲望的人！如果不在意，干脆回家对着镜子演不是更轻松吗？承认吧，那么拼命地表演，就是想要大家为你鼓掌！获得电影节奖项，就是观众对你演技的肯定，就能让所有人为你欢呼！简兮，只差一步了，只差这一步！只要拿到最佳女主角，你就能够成为最红的女演员，得到最棒的角色！你要赢，你一定要赢！忘掉那些蠢透了的话！你所付出的一切，必须有所回报，你站在最高处，让所有人都看到你的努力！”

安心附和道：“是啊简兮，都已经到最关键的时刻了，什么都不要想，试试看吧！”

简兮看看陆周，又看看安心，沉默不语，现在她的心里全部被唐斐占据了，根本听不进去。

而唐斐和季晴从记者招待会之后，开始高调秀恩爱。甚至不惧记者拍摄。两人不但数次亲密同游，而且一向矜持的季晴更在出席慈善活动时，对男友唐斐大为赞赏，并不避谈婚约……

简兮故意想要避开这些消息，可偏偏走到哪里都能听到有人在谈论，她几乎忍不住想要找唐斐问问到底以前的都作数吗，可最终还是忍住了。

唐斐就像换了个人，每次偶遇时就像对待空气一样无视她，她的心里好难过、好压抑，但是只能忍。

其实唐斐的心更痛更难受，不知不觉中简兮已经深深走入了他的心底，他这么做是想保护简兮，她离他越远越好，最好完全不要扯上关系，只要能保护好简兮，即便简兮误会他也在所不惜。

这天，唐斐和季晴吃完饭刚从餐厅出来，就接到了安心的电话，火急火燎地问他见到简兮了吗，她失踪一整天了。拍戏的时候，她走开了，打电话，一直没人接听。

唐斐一听急了立刻挂掉了电话，拨了简兮的号码，发现果真无人接听。他立即甩下季晴，叫笑笑来接她，便上车，上车之后却发觉手一直在发抖，钥匙掉在椅子下，他快速捡起钥匙，发动车子飞驰离去。

唐斐冲进了房间，空无一人。她能去哪里？他马不停蹄地跑去了公司，推开舞蹈室的门，屋子里静悄悄的，简兮正在练习舞蹈，唐斐猛然冲过来，紧紧抱住了她，生怕失去她似的。

简兮试探着，轻轻把手放在他的后背，疑惑：“唐斐……怎么了？”

唐斐一下子惊醒过来，突然松开了她，生气地说：“你这一天都跑去哪儿了！你知不知道我到处找你，安心说你失踪了！”

简兮：“安心？我明明告诉她了的……”

唐斐一愣，电话突然响了，是季晴打来的：“唐斐，好像有人跟着我！”唐斐面色一变，快速向外走去：“你在哪儿，我马上到！”

岳乐和简兮一听，也都追上去。

当唐斐驱车赶到的时候，就见一名男子抱着季晴又亲又吻，一边大叫：“季晴，你真的是季晴啊，我的女神，我爱你。”

唐斐下了车，摸起路边的一根棍子，一竿子打在了男子的腿上，男子嗷叫了一声，抱着脚倒在地上。

唐斐扔下棍子，拍了拍手，居高临下地看着他：“追星不是这么追的，你吓到她了。”

岳乐跑过来，一把扭住男子的手：“不许动。”拿出电话开始报警。

惊魂普定的季晴一头扎进了唐斐怀里，唐斐拍了拍她的肩膀：“没事了。”

警察很快赶到了，把男子押走了，人们渐渐围拢过来，简兮也赶到现场，看到唐斐抱着季晴，一时愣住，就在这时候，一个戴着鸭舌帽的少女从人群里离去，和简兮撞在一起，简兮吃惊地看着她，少女立即跑开了。

第121章
男神要出击

简兮隐约觉得像是在哪里见过，一时却又想不起来，再抬头看时，已经不见了人影。

岳乐走了过来，简兮一把将他抓住：“今天发生这样的事，你们总该告诉我原因了吧。”

岳乐摊了摊手说：“就像你看见的，唐斐是不想连累你，才会刻意和你保持距离。”

简兮平静地说：“他不是不想连累我，而是并不信任我。否则的话，他不会选择让季晴帮忙。我要走了，谢谢你们今天来看望我。”

说完，简兮掉头离去。

唐斐正想要去追她，被警察拦住了：“唐先生！这人一直是季晴的粉丝，他只说偶然碰上了，太过激动才会忘形，但是拒不承认寄出了恐怖礼物，不过我们会调查清楚的。你放心，应该是没有问题了。”

简兮回去之后，看见安心正在家里吃着水果看电视，看见简兮回来就连忙站起来。简兮问：“为什么要骗唐斐？”

安心微微一笑说：“想看唐斐重不重视你。”简兮把晚上发生的事情说了一遍，最后说：“季晴才是他女朋友，我只是他普通朋友。”随后快步冲进卧室，一把关上了门。

唐斐的事情让简兮整夜都没睡好，第二天，幽魂般走进了公司大楼，直到撞在陆周身上才停下来。

陆周看她那副颓废的样子，简直是恨铁不成钢，最后他想了个法子要刺激简兮一下，把简兮带去了《美人》的片场。

这是《美人》的最后一场戏，主演左左正在和唐斐演对手戏，简兮远远地看着，慢慢地她的眼神被左左吸引了，她从来没想到过左左的演技已经今非昔比。

直到导演喊："Cut！"

她还呆呆地站在原地。陆周的手放在她的肩膀上："全都看到了吧，当你在心神不宁、踌躇不定的时候，你的对手全都在拼命努力。季晴的电影已经上映，票房拿到第一。过去只是绣花枕头的左左，今天也成了你强劲的对手。想想看，你到底该怎么办？"

简兮陌生地看着远处的左左。

陆周的手收紧："去吧，拿到凤凰电影节最佳女主角，一定要站在最高处！"

简兮的心慢慢静了下来，老师说的没错，这些日子她的情绪整日都被他占据，浪费了很多时间。

回到《我的灵魂二十一公克》片场，脑海中回忆起陆周的话，简兮睁开了眼睛，露出坚定的表情。

导演："Action！"

常然推着常飞走进画廊。

常飞："姐姐，为什么要来这儿？"

常然："从你生病开始，就没有来过画廊，从前你不是最喜欢来参观吗？"

常飞腼腆地笑了，目光投向墙上的画作。突然，她的身体僵住了：那是……

常然："是你六岁时拿到报社参展的作品《童年》。"

常飞不敢置信地看向常然，常然微微一笑，继续向前推轮椅，走过一幅幅熟悉的画，常然瞪大了眼睛："这些都是！都是我的画啊！"

常然："对，从六岁开始的画作，全都在这里。"

常飞转头看向母亲："妈妈，为什么不告诉我？"

母亲："你姐姐说，要给你一个惊喜。"

常飞："可是开画展需要钱啊！"

母亲含笑看向常然。

常然："我真的很想尽自己的力量，来帮你实现多年的愿望，钱是全家一起筹集的，不够的部分是我在街上跳舞募捐的。"

常飞震惊。

常然继续往前推：跟我来，有东西给你看！

轮椅停在最后的巨幅画前，常然亲自上前揭开，众人纷纷围了上来。

画上是一块冰湖，湖面上燃烧着熊熊烈焰。

常飞："《冰火》。"

常然微笑："对，是你刚刚完成的作品，也是最美的作品。"

常飞早已激动得不能言语，任由泪水流淌下来。

常然紧紧抱着常飞："请你活下去，哪怕再难受，也一定要活下去！"

常飞眼睛里迸发出强烈的渴望："我会，我一定会！哪怕不能做的事情越来越多，哪怕连呼吸都感到疼痛，哪怕只有一天、一个小时，我也想要继续活下去！"

导演："Cut！完美收官！"

众人用力鼓掌。简兮擦掉了脸上的眼泪，和常然的演员相视一笑。

唐斐躺在家里的沙发上喝着牛奶，眼睛却盯着杂志上简兮的照片发呆。

岳乐看他成天魂不守舍的样子，摇摇头："我说，你表达喜欢的方式未免太奇怪了！明明那么喜欢人家，就是硬撑着不肯表白。我提醒你啊，如果你再这样傲慢，简兮一定会被别人抢走的！"

"谁会喜欢她？"唐斐不以为然地。

"那可不一定！等简兮得了大奖，立刻变成电影女神，一定好多人追哦！你到时候后悔就晚了！"

唐斐手停住了，突然抬起头，合上杂志："电影节就在下周六吧？"

"是啊。"

"电影节那天，帮我办一件事。"

眼看电影节越来越近，安心带着简兮去她喜欢的那家服装店试晚礼服，谁知刚进门就看到了坐在沙发上喝茶的展眉，三人同时一愣。

安心不安地看了简兮一眼，迅速上前恭敬地叫了声"眉姐"，然后对简兮说："我想起这家的风格好像不适合你，我们换一家吧。"

简兮却坐了下来。

第 122 章
左左绝境

展眉笑了，看着简兮说："听说你的电影也入选了，恭喜，作为新人来说，得到提名机会，已经是一种进步了。"

"不，我会拿到最佳女主角。"简兮说。

展眉挑眉："年轻人有自信是好事，不过，要保持谦逊，才能继续进步。"

简兮冷冷地望着她："其实从很久以前，我就一直想问你一个问题。名利富贵真有那么重要，让你毫不犹豫地抛弃亲情？这个问题，困惑了我很久，却始终得不到答案。一次次被你拒之门外，我已经对母女团圆这种可笑的事不抱希望了，但我还是想要解惑。”

“你想知道什么答案？”展眉问，“就算知道真正的答案，现状也不会改变。与其如此，不如忘掉过去，才能生活下去。你说没有对我期待，其实都是假话。如果没有期待，就不会有疑虑。简兮，我再和你说一遍，我不是你的母亲，更没有相认的可能。”

简兮攥紧了手，手指隐隐发抖，她不敢相信地看着展眉，她怎么能睁着眼睛把瞎话说得这么真？

就在这时，左左从更衣室走出：“阿姨，你看我这一身漂亮吗？”

简兮转头望去，左左穿着晚礼服走出了门，她看到简兮，不由得笑了：“世界真是小啊，居然碰见你了。”

简兮浑身发颤，猛然站起身快步往外走，安心连忙追了出去……

安心追上去：“简兮，对不起，我没想到会碰到他们！”

简兮越走越快，安心追得气喘吁吁，简兮突然站住了。

安心试探地说：“简兮？”

“对不起，是我太冲动了。以后不会了。”她看向橱窗里琳琅满目的商品，深深吸了一口气，“她刚才说的其实没有错，我口口声声不在乎，其实一直都放不下！”

“眉姐她没有你想的那么坏，也许她……”

“也许她有苦衷，是不是？每次我都这样欺骗自己，现在我不能再这样想了。她唯一的苦衷就是，如何对丈夫和大众解释我的存在。从头到尾，她都没想过要认我，我又何必自作多情呢？”

安心张了张口，说不出话来。

“不抱期待，不会伤心，我会牢牢记住这句话。你放心，我不会再去追寻没有结果的答案。这一次，我要拿到最佳女主角，让所有人看到我的价值！”

一转眼就到了颁奖典的当天，世纪的化妆间里，造型师们忙忙碌碌地给演员们化妆。

沈嫣刚刚换好裙子，造型师在帮她调整肩带。

左左快步走进来，恼怒地把包包丢在了椅子上，目光射向沈嫣：“为什么她会在这儿？”

沈嫣的助理连忙上去：“沈嫣是公司的演员，今天也要参加电影节评选，为什么不能利用公司的资源？”

“哦，我倒是忘了，你拿到了最佳女配角的候选呀。”左左轻蔑地笑了笑，“不过，女配角永远要为女主角让路，我要用化妆间，还不快滚开！”

造型师为难地看着沈嫣。

助理争辩道：“凡事都有先来后到，明明沈嫣比你早到，怎么可以这么霸道！而且你早就已经不是公司的演员了。”

“谁让我爸爸在公司有股份呢？”说完直接坐下，丢下裙子给造型师，“我始终觉得这条裙子太阔了，现在又来不及送去店里，你立刻改一下！”

造型师立刻走到左左面前，看了一下裙子："很简单，只要滚个边，五分钟就好，稍等一下！"

左左得意地一笑。助理要上去理论，沈嫣按住她："柯洛说来接我的，你下楼等着，告诉他我还需要一会儿。"

沈嫣一边说，一边挑衅一般地看了左左一眼。

左左却别过脸去，仿佛没有听到。

化好妆，沈嫣一直坐在旁边等候，就在这时候，电话响起，电话是爸爸打来的，她一听声音脸色微变地站起来："是你！"

当意识到左左投来的狐疑目光，马上压低嗓音："不，我没时间。现在？"

沈嫣一边打电话，一边快速离开化妆室。

左左站起身，蹑手蹑脚地走出去，左左经过半掩的安全门，听见激烈的争吵，她透过安全门向里望去。

沈嫣父激动地："你妈妈病得那么重，就想见你一面，你就不能去一趟医院吗？"

沈嫣不耐烦地："我不是说过了吗，我得到了最佳女配角的提名！如果现在离开，等于自动放弃！"

"什么奖能比你妈妈更重要？医生说她的病情真的很危急，我怕她等不到明天，小嫣，"沈父抓住沈嫣的手臂，恳切地哀求，"算是爸爸求你，跟我去医院吧，啊？你妈妈一直在等着你！那都什么时候了！"

沈嫣摔开他的手："好了，我还要去化妆，别再耽搁时间了！我答应你，等颁奖典礼一结束，会立刻去医院的！"

沈父恼怒地再次扣住她的手臂："你别想，这一次我不会再听你的！现在就跟我走！"

沈嫣想要挣脱，沈父牢牢地抓住不让她走，两人在争执之间，沈嫣无意中推了父亲一把，沈父一脚踩空，从楼梯上滚了下去。

沈嫣吓坏了，惊叫一声，连滚带爬地扑下去，看到父亲头都磕破了，顿时惊慌失措地叫起来："爸爸，我不是故意的……别吓我，爸爸，爸爸你醒一醒！"

左左猛然推门进去，不敢置信地捂住嘴："你、你……"

沈嫣惊恐地抬起头来，呆了一下，丢下父亲，快速冲上去，一把抓住左左："左左、左左！我不是故意的，我真的不是故意的！我不知道事情为什么会变成这样，我……我……"

就在这时候，外面响起脚步声，左左转身就要出去叫人，沈嫣急了，一把推开了左左，冲了出去。

第123章
电影节颁奖

柯洛和助理正在寻找沈嫣，突然看见她头发散乱地从安全门冲出来，一头扎入柯洛怀里，死死抓住他，泪如雨下地大叫："叫救护车，快点叫救护车啊！"

柯洛连忙问："怎么了？到底怎么回事！"

沈嫣浑身发抖："我爸爸……他……他……"

左左追出来说："有人摔下楼，快点救人！"

楼下越来越多的人聚拢过来，沈父被抬出来，沈嫣扑倒在昏迷的父亲面前号啕大哭："爸爸！爸爸你醒一醒！"

助理诧异地说："到底怎么回事，我只是离开一会儿。"

"是因为……"左左想要说话，沈嫣突然指着左左大叫了起来："是她！是她推我爸爸下楼！全是她干的！"

所有人都看向沈嫣指的方向，左左一下子脸色煞白，惊得倒退半步。

简兮到达电影节休息室时，季晴也刚刚到，坐在一旁的角落里，一室的喧哗声。有几名女星正在为了抢红毯拖到后面出场，争得面红耳赤。

女星们争红毯很常见，安排在了前面，连媒体都没到全，越拖到后面越有利，压轴出场就更有面子。

简兮被她们吵烦了，站了起来要求先走，安心拉了她一把："你可不是被安排在前面的，排序那么好，干吗让给人家呀？"

简兮笑了："没关系，就当先进会场休息，我先走了，谢谢各位。"

她刚要走，季晴也站了起来："我和你一起走吧，这里太污浊了。"

几名女星一听立刻气得站了起来，季晴毫不在意地拉着简兮的手携手入场。

记者们见到今天的竞争对手一起出现在红毯上，大为震惊，纷纷拥上去拍照。

季晴挽住简兮的手，突然贴过去亲密地对着简兮耳语道："今天晚上，你能获胜吗？"

"我会全力争取。为了这部电影，我付出了全部心力。"简兮低声地。

"现在口碑一面倒，都说你会拿到最佳女主角，但我不会输给你。不光是最佳女主角，最终唐斐也会属于我。"

简兮猛地回过头去，错愕地看着她。季晴莞尔一笑："不用你让，我会自己争取！"

简兮的笑容僵住了，耳边传来了记者嘈杂的说话声："两位！两位靠得近一点！"她机械地配合着，面对镜头露出笑容，季晴挽着她，看起来格外亲密。

颁奖典礼格外的热闹，眼看着一个一个的奖项被领走，几家欢喜几家愁，最后终于到了最后的最佳女主角的颁奖。

男主持走上台高声说道："尊敬的各位来宾，女士们、先生们，终于到了最激动人心的时刻，评选今年的最佳女主角！近十五年来，凤凰电影节始终坚持艺术至上，从芸芸电影中挑选出最优秀的女演员。接下来，让我们通过大屏幕来回顾一下本次入选的电影。"

女主持高声宣布："《霓虹》，十里洋场的悲伤，烟花般绚烂的人生！"大屏幕上出现了上海街头的霓虹灯，霍晶烟视媚行地靠在台阶上吸烟的画面。

男主持："《梦幻爱情》，执着追求爱情的少女，浪漫的爱情童话！"屏幕上出现胖版的季晴在雨中给小花挡雨的画面。

女主持："《美人》，勇于挖掘人性的深度，具有争议性的题材，震撼人心的心理悬疑作品！"大屏幕上出现左左饰演的希文与巡捕对峙的画面。

男主持："《我的灵魂二十一公克》，与病魔顽强斗争的 ALS 少女，本年度口碑第一的励志悲情大作。"画面切换成医院中，简兮在与病魔抗争。

电影画面放映结束后，男主持说道："电影都是由百万观众网络投票选出的，而我们的最佳女主角，也已经由评委会选出，马上就要揭晓……"突然一名礼仪小姐快步上台，递给他一张纸条，男主持人低头看了一眼，声音响起："很抱歉，临时发生一点意外，组委会要取消电影《美人》的参赛资格。"

众人哗然一片，简兮吃惊地看向左左的座位才发现左左今天晚上也没有出席，遇到什么事了吗？组委会不会无缘无故取消电影参赛资格的……

众人看向展眉和左刚，左刚尴尬地站起来，快步向外走去，展眉追出去。

男主持人取出小金卡，满脸笑容："冗长的介绍说完了，开奖。今年的最佳女主角就是——在揭晓之前，为了渲染紧张气氛，鼓点响起。"

光芒一下子聚集在嘉宾席，几道光束，分别照亮了霍晶、季晴和简兮的脸孔。简兮紧张坏了，手紧紧地攥着。

男主持："简兮——"

简兮心一怔，刚要站起来，谁知男主持朝她微微一笑："你今天晚上很美，好可惜，只能明年再来了。"

简兮瞬间被失落包围了，原本照在简兮脸上的灯光一下子黯淡，恍惚中她听见男主持念出了今年的最佳女主角的名字是季晴！

她忽然想起了走红毯的时候，季晴在她耳边说的话，"最佳女主角是我的，唐斐也会是我的。"她忽然觉得眼睛模糊了，朦胧中看到季晴摇曳生姿地走向颁奖台，唐斐手里拿着小金人走过去给她颁奖，季晴探上前，在唐斐的面颊上亲吻了一下。

她再也坐不住了，黯然起身悄悄地走了。

外面下起了雨，她不顾一切地冲进大雨中，任凭雨水打湿了身上的晚礼服，眼睛里的眼泪，在雨水中痛快地流淌着，无数的车辆从她身边飞驰而过，司机们朝她投来诧异的一瞥，她就像木偶一样机械地走着，她只想回家，躲在屋子里谁都不要见，什么都不要听。

她摇摇晃晃地进了小区，想走到楼下，便走不动了，坐在台阶上放声大哭，也不知道哭了多久，感觉有人拍了拍她的肩膀，她回过头来，只见唐斐站在面前。

第124章
原来他是 Mr.T

唐斐看着她花了妆的脸，忍不住扑哧一声笑了：“你真是笨死了，越是拿不到奖，越要很大度地恭喜对手嘛！忍也要忍到颁奖礼结束，不然明天你一定上头条，他们会说你拿不到奖就跑，没有风度！”

简兮擦眼睛：“我不要风度！明明心里很难过，我要怎么恭喜？违心的事我才不做！”

“别再擦了，你看看自己，要是被记者拍到……”

“拍到又怎么样，演员就不是人，伤心就不能哭吗？你看我的手，你看啊！”

唐斐看向简兮的手。

简兮眼睛里含着眼泪：“电影里每一次摔跤都是真的，手脚都伤痕累累，我真的拼尽了全力，可我还是输了啊！没有任何理由，就这样轻易输掉了！为什么努力得不到回报？为什么我做不到最好？为什么呀！”

“好了回家了。”说完揉了揉她的头发拉着她的手进了电梯，按了上行，“在演艺这一行，谁来评定这个唯一，光靠一个凤凰电影节吗？”

简兮正要说话，突然上行的电梯停住了晃了一下，紧接着开始往下掉落，简兮吓得惊叫一声，扑进了唐斐的怀里。

唐斐迅速将所有的楼层都按了一遍，终于，电梯卡住不动了。唐斐试了试，确定不能打开，按了呼救铃。

低头看见简兮死死抓住自己，不由得笑了起来：“你在怕什么？刚才不是还哭得和天塌下来一样，现在就在害怕其他问题了吗？”

“我……”简兮无言以对。

“电影节是比赛，不是输就是赢。只有一个奖，总有人会失望。今年拿不到，明年再来就好。不管做人还是做事，有进取心是好的，但也要输得起。输不起的人，摔一跤就爬不起来，明年再来会变成一句空话。”

简兮定定地看着唐斐，这时电梯又晃动了一下，吓得她又把头埋进他的胸膛，过了一会儿，唐斐在她耳边轻轻叫了声：“简兮。”

她的脸紧紧贴着他的衬衫“嗯”了一声，唐斐刚要说话，电梯又猛然下降了一层卡住，简兮尖叫地捂住了头躲在唐斐的怀里，瑟瑟发抖。

唐斐在她耳边轻声说道："你看，和生命比起来，输赢一点儿都不重要。"

简兮无声地点点头，接着又摇摇头，过了一会她慢慢抬起头，四目相对，唐斐慢慢靠近她，简兮闭上了眼……

只听哗啦一声，电梯的门开了，维修工人拿着扳手目瞪口呆地看着里面的两个人，简兮一把推开了唐斐逃命一般地跑出了电梯。

唐斐微笑着追了上去。

一打开门，简兮就呆住了，只见满屋子都是白玫瑰。

唐斐从背后轻轻抱住了她，简兮浑身一震，莫名的喜悦和害怕交织在一起："你是Mr.T？"唐斐点点头，把头俯下来靠在她肩膀上，简兮试探地抱着了他。

唐斐轻轻地说道："在我的眼里，你是最好的女演员，唯一的女主角。"

简兮忍不住又流泪，唐斐感觉到她的哭泣，替她擦掉眼泪："本来想替你祝贺，就把玫瑰花先放在楼上，又怕被你发现，害我紧张好久。"说完轻轻放开了她，拿出一只黑丝绒盒子，轻轻打开，里面是一根带有玫瑰型坠子的项链，"这是我给最佳女主角的奖品，只能接受，不能拒绝。"

简兮说不出话。唐斐转到简兮背后，轻轻拂开她的长发，温柔地戴上了项链，然后捧起她的脸，想要亲，却又忍不住笑了。

简兮摸了摸自己的脸，唐斐笑得更厉害了，她赶紧取出镜子看，这才发现自己的妆容全都花了，刚要捂住脸，被唐斐拉开，轻轻吻了上去……

简兮只觉得心跳加速，整个人几乎要融化了。

嘴唇好久才分开，唐斐温柔地看着她："我宣布，从今天起，我们正式交往。"

简兮眨了眨眼睛："等等！这就算表白了吗，你还没有说喜欢我吧……"

唐斐盯着她："那你喜欢我吗？"

"我不知道。"简兮心都乱了，既甜蜜又幸福。

"快点说。"

"你先说！"

"好吧。我爱你！一直都爱你！从很久之前，在你还很讨厌我的时候，我就爱上你了！"他抓住她的手贴在自己心上，"我从来不做赔本的买卖，所以你也必须很爱我才行。你必须百倍、千倍地更爱我才行。快点答应。"

"你给我时间，再给我时间考虑一下！"她故意说道。

"我这么好的男人你还要考虑，疯了吗？"唐斐黑着脸，"给你三秒钟考虑，三、二、一，回答。"

简兮被他给逗笑了，将他朝门外推去："我要早点休息，快走啦！"

把他推出了门，立刻把门关上。

门外传来唐斐的说话声："那就一个晚上，明天早上，我来听你的答复！"

简兮抚摸着吊坠，紧张的手指隐隐发抖，更多的是甜蜜。

沈父仍在昏迷，沈嫣坐在一旁守候，神情焦虑不安。

柯洛轻轻拍了拍她的肩膀："伯父一定会没事，你放心。"

沈嫣闻言身子不自觉地抖了一下。

柯洛紧张地问："怎么了，你很冷吗？"

沈嫣一下子回过神来："没、没事，我只是太担心了，妈妈病得那么严重，现在爸爸也出事，我真的不知道该怎么办了。"

柯洛搂住她："没关系，我会陪在你身边，等着伯父一起醒过来。"

有敲门声传来，牧歌走了进来，沈嫣一见便激动地站起身。

"很抱歉在这个时候打扰你，我是替左左来道歉的。沈小姐，伯父所有医药费我们都会负担，不管你提出多少补偿，也都一定照办。只是——请你再给左左一次机会，不要把事情传扬出去。"牧歌充满歉意地看向沈嫣并把信封放在桌上，"沈小姐，算是我恳求你，不要毁掉左左的前途，我们一定会给你满意的交代。"

第125章
甜蜜的海岛之旅

柯洛愤怒地叫起来："那么多人都看见了，评委会也因为她的恶劣行径取消评选资格，你认为还能瞒得住？"

"满意的交代，是指钱吗？马上带着钱走人，我不想再见到左家的人。"沈嫣一边流泪一边掩住脸，"走！马上走！"

柯洛立刻拿起信封还给牧歌，用力推他出了房门："不要再来了！"

牧歌在门外徒劳地说："沈小姐！沈小姐，请你再给她一次机会！沈小姐！"

柯洛心疼地抱住沈嫣："好了，会没事的，一切都会好的。"

沈嫣借机伏在柯洛肩头，哭得更用力了。

牧歌无奈只好帮沈父交完住院费回到了家，刚好展眉陪着疲惫的左左从派出所回到了家，正在大厅里等着。左刚猛然站了起来伸手要打："你都干了些什么？"

展眉赶紧拦住。

左左猛然转过身："我干了什么？你告诉我，我到底做错什么了！"

左刚怒不可遏："你把人家推下楼，被取消评选资格，更闹得人尽皆知，我的脸都被你丢尽了，还好意思问做错什么？"

"我没有！根本是沈嫣冤枉我！人是她推下去的！"

左刚被气笑了："这种理由都想得出来，你简直无可救药！"

大门打开，牧歌飞快走了进来，左刚问道："事情办好了吗？"

牧歌叹了口气："我刚刚去过医院，沈先生至今昏迷不醒，沈嫣不肯收下我们送去的补偿金。"

左左惊愕道："补偿金？为什么要给补偿金？！我根本没有推他下楼，凭什么给补偿金？你们……全都不信我……是不是？"期盼地看向牧歌，"牧歌，我是无辜的！我没有推他下楼，都是沈嫣冤枉我，全是她的错！"

牧歌安慰地抓住左左的手："左左，我们必须把事情的危害降到最低，今天因为电影节的事，记者们还没时间理会，但明天呢？一定会蜂拥到医院，我们得在那之前想到对策。"

左左一把甩开："你根本不信任我！"用陌生的目光环视家里每一个人，"你们情愿相信一个外人，也绝不肯信任我！好，很好，我再也不需要你们相信了！从今天起，这件事情我自己来解决，不用你们担心！"

左左快步冲进了房，甩上门。

牧歌颓然地看着她的房门，左刚一屁股坐在了沙发上，手抚心脏的位置，气得说不出话来。

一整夜简兮都没睡好，想到 Mr.T 就是唐斐，心里就高兴坏了，可是一想到第二天一早就要给他答案，又紧张了起来。

乘着第二天有个广告要拍，早早就起了床，打开衣柜，取了衣服就往箱子里塞，安心过来的时候，发现简兮已经将一切都整理好了，再看到一屋子的白玫瑰，她明白了过来，故意说，"哎呀，我还有事，不能陪你去拍广告了，你自己去吧。"

然后帮简兮把东西搬上了车，立即悄悄给唐斐打了个电话。

于是，就在简兮在车上昏昏欲睡的时候，车子突然停在一个路口，唐斐戴着墨镜上了车。简兮感觉到异样，猛然睁开眼睛的时候，唐斐已经坐在了她身边。

她瞪大了眼睛问："你怎么来了？"

唐斐摸摸鼻子："咦，大概是我们要拍同一个广告吧。"

"不可能！我从没听说有你在！"

"对啊，二十分钟前我刚刚接受邀请。"

"就在你出门的时候。"

简兮这才明白是安心搞的鬼，连忙大叫："停车！"

试图去拉车门的手被唐斐拦住："逃得这么快，不是故意避开我吧？好好拍完广告，我再和你要答案。"

简兮无奈。唐斐得意地笑了。

她太困了，又睡着了，再次迷迷糊糊地睁开眼睛，突然看见碧蓝的海面离自己越来越近，她像个孩子一样开心地抓着唐斐的手大叫大笑，高兴了半天，突然意识到自己紧紧抓住唐斐的手，立刻不好意思地松开，唐斐反扣住她的手："正式拍摄前，我争取了一天观光时间。"

于是这一天，两个人在沙滩上漫步，一起潜水，看成群的海龟从眼前游过……

玩了一整天，傍晚的时候，唐斐躺在椅子上睡觉，简兮蹑手蹑脚地走过来，掀开他盖在脸上的书，在他脸上画乌龟，唐斐惊醒了，倒扣住简兮的手，简兮尖叫一声，撒丫子跑了，没跑两步，就被唐斐扛回来，两个人嘻嘻哈哈笑成一团。

唐斐一直把她扛到海边，说道："昨天的问题想得怎么样了？"

简兮摇头："不答应！"

唐斐作势把她往水里丢，吓得简兮大叫，唐斐又问："答不答应，我很没耐心。"

简兮鼓着嘴巴不说话，唐斐直接松手，简兮大叫一声抱住了他的脖子："我答应！"

唐斐哈哈大笑起来，还是哗啦一声，把简兮丢下水："晚了，这是惩罚！"扔完转头跑了，简兮从水里爬起来，气愤地追上去……

到了晚上，唐斐和简兮手拉手回到酒店，齐文森突然出现了，他快步冲上来，狠狠给了唐斐一拳，打得唐斐一愣。齐文森还要再动手，被唐斐一把扭住了他的手腕："你干什么？"

齐文森脸色铁青："都是因为你，季晴才遭遇危险，这一拳是你欠她的！"

唐斐愣住，简兮也呆住了。唐斐猛然松了手，死死地盯着齐文森："季晴怎么了？"

齐文森咬牙切齿地道："立刻跟我回去，她等着你救命！"

简兮和唐斐这两天都在沉醉了告白后的甜蜜之中，并不知道颁奖礼之后发生的事情。

颁奖礼一结束，陆周就冲进了后台质问主委詹平亮为什么要作假，詹平亮直言不讳地告诉陆周，简兮是当之无愧的女主角，但是季晴能拿奖是因为齐文森的运作。

第126章
死忠粉的劫持

陆周出来，就遇到了季晴，当季晴陶醉在自己险胜简兮时，陆周将真相告诉了她，她遭受了打击，当下便找齐文森问个究竟，并且亲手砸了小金人，跑进了大雨里。没过多久，她被人劫持了，对方要求一定要跟唐斐通话。

唐斐和简兮提前结束工作，迅速回来处理。

等待了很久的电话铃突然响了，唐斐快速接起电话："我是唐斐。"

电话那边传来了一个女孩的声音，难掩激动地道："唐斐，我最喜欢你了，从你一出道开始，每场演唱会我都追，每张碟片都会买！我想让你知道，我是你的忠实影迷，骨灰级的！”

唐斐冷静地说：“不管你是谁，不要伤害季晴！”

对方根本不管他说什么，自顾说道：“你还记不记得，有一次歌友会，我和你靠得很近很近，亲了你一口哦！”

唐斐一愣，想起了一次粉丝见面会上，正准备和粉丝合影，忽然从台下跳上来一位女生，冲向他，对着他的脖子咬了一口，最后被拉开时，已经咬得鲜血淋漓：“是你！季晴呢，让我和她说话！我要听她说话。”

“我真的好喜欢你啊，你是天下最帅的演员，我的偶像，去年的演唱会……”

唐斐打断她说：“请让我和季晴说话！”

少女任性地说：“不要，除非你肯见我！”

“如果你想见我，我可以去。但请你不要伤害季晴，她和这件事毫无关系。”

少女激动地说：“我会把见面地址发到你留给歌迷的公共邮箱，一个小时之内，我要见到你哦！”

齐文森一把夺过电话，努力保持声音平稳，手却隐隐发抖：“不要伤害季晴，否则我不会放过你！”

电话挂了，齐文森愤愤地砸了电话。

季董脸色惨白地问：“怎么办？”

唐斐说：“五分钟后她会把地址发给我，让警方处理。把凶手绳之以法，才能救出季晴。”

他的话立刻遭到了齐文森的反对，他担心会因此让季晴更加危险，唐斐认为这是绑架案应立刻报警。两人吵了起来，最后季董说，暂时不能告诉警方，不能冒一点儿激怒对方的风险。

这时，邮件发了过来，

唐斐对季董说：“你放心，我会把季晴平安带回来。”说完快步离去，简兮连忙追上去。

齐文森狠狠踩着油门，轮胎发出尖锐的声音，车子在路上风驰电掣，一路超车，齐文森脸色发白，速度越来越快。

“你冷静点！如果你不行，就换我来开！”唐斐安慰道。

“我已经很冷静了，否则现在你还能平安地坐在车上吗？”

“如果你真的关心她，就不要意气用事！”

齐文森重重一拳头砸在方向盘上，叫道：“闭嘴！”

简兮吓得一哆嗦，她看着齐文森紧紧握住方向盘的手，隐约明白了什么。

车子很快开到了约好的地址，鸭舌帽少女正在等待，季晴额头不停地流血，虚弱地躺在一边。

车子还没停稳，唐斐跳下了车，对鸭舌帽少女说：“我已经来了，放开季晴！你要见的人是我，我就站在这里。”

“唐斐，真的是你。”少女的眼里露出了光彩，可转瞬间光彩就消失了，“可如果没有她，你还会来见我吗？”

齐文森一看季晴受了伤，焦虑地想要靠近，少女急了，匕首搁在季晴的颈项上，大叫：“别过来！你再走近半步，我就划花她的脸！”

齐文森吓得立刻停住了脚。

唐斐制止道：“你到底想怎么样？”

少女看着唐斐，露出了迷恋的神情：“我爸爸妈妈都走了，就剩下我一个人，好寂寞啊！唐斐你是我最喜欢的人啊，当然你来陪我最好！”

“我可以来陪你，只要你放了她！”唐斐安抚道。

“不、我不信！”少女摇摇头，“万一我真的放了人，你又不理会我，那该怎么办？”

唐斐刚要说话，简兮突然说道：“你还记得我吗？我们从前见过两次，还记得吗？你以为季晴是唐斐的女友，才会带走她的吧？你错了，她不是！我才是唐斐的女朋友。”

少女立即转过头定定地看着简兮，似乎回忆了起来，马上皱起了眉头：“你走开，我不要和你说话！”

“难道你忘了，第一次见面的时候我从唐斐家里出来，我们一直在一起，只是没有对外公布而已！傻瓜，你绑错人了啊！”

少女警惕地盯着简兮，手里的匕首一加重，血从季晴的脖子上流了下来，齐文森吓得脸色都白了。

简兮赶忙继续说道：“喜欢一个人，就应该希望他幸福，像那些真心爱着唐斐的粉丝们一样，为他的每一个进步而开心，为他的每一次失败而难过。就算唐斐有了女朋友，她们也都是默默祝福，而你口口声声说爱唐斐，可你却在伤害他！你这不叫爱，叫中二少女病！”

“闭嘴，我让你马上闭嘴啊……”少女受了刺激，丢下季晴，突然向简兮扑了过来，直接划向她的脸。

简兮抬手去阻挡，匕首在简兮的手臂上狠狠划出一道伤口，少女还要刺过去，唐斐立刻扑了过去将她制服，随后交给岳乐，转身脱下西装裹住受伤的季晴，将她抱上了车，齐文森也快速上车。

“简兮，你先回去，我送季晴去医院，岳乐，你报警！”

唐斐的话来不及说完，齐文森已经飞快开了出去。

不一会，警察来了，押着少女要走。

“等一等。”

警察停下，简兮走过去，平静地对少女说：“被抛弃没什么了不起，我也一样被母亲抛弃了。世界不是为了你而存在的，过激的举动只会让人厌恶，唯一的法子就是好好过日子，活出人样儿来，让抛弃你的人看。”

第127章
闺蜜交恶

少女愣住，慢慢地流下了悔恨的泪水。

岳乐这才注意到鲜血一直顺着简兮受伤的手臂流下来，赶紧要送简兮去医院，简兮拒绝了，坚持回家自己包扎。

季晴的伤势很严重，右腿轻微骨折打了石膏，额头上被刀割伤，医生说可能会留下浅浅的疤痕，这几天她的情绪一直很不好，甚至疯狂地要拔掉点滴出院，一直到唐斐推门进来，才停息下来，条件反射地迅速用被子挡住自己的脸，在失控的尖声中打翻了吊瓶，导致血液倒流。

最后实在没办法，医生只好给她注射了镇静剂，她的情绪才渐渐稳定了下来。

齐文森见不得季晴哭，马上找医生进行整形手术，被医生拒绝之后大发脾气，差点拆了医生的办公室，唐斐只好将他拖了出去。

出了门，齐文森一把揪住唐斐的衣领说道："唐斐，如果不是为了你，季晴怎么会受伤？你知不知道，季晴从小就爱漂亮，最大的梦想就是做演员，现在她很可能再也无法站在摄影机前，你要负责。"

唐斐被他激动的模样吓了一跳，问："你想我如何负责？"

"你应该好好对待她——"他的眼睛里几乎喷出火来。

唐斐深吸一口气："感情是感情，歉疚是歉疚，不能混为一谈。季晴受伤的确和我有关，所有该负的责任我都会承担起来，一直陪到她康复为止。只是，这是我自愿自觉的，无须你教我怎么做。我要回去陪季晴了，抱歉。"

唐斐掉头走了，齐文森愤怒地盯着他的背影，一拳打在了墙上。

唐斐头也不回地走进了病房。

下午，简兮和安心来医院看望季晴的时候，刚走到花园附近，就看见远处的草地上，季晴坐在轮椅上，唐斐正推着她散步。

简兮下意识拉着安心就躲到旁边，远远地看着。

轮椅停了下来，唐斐脱下衣服温柔地披在她身上，季晴仰起脸看向唐斐并朝他温柔地笑了。

简兮叹了口气，默默地转过头，往回走去，齐文森突然出现在她面前，他将简兮约到了一个茶馆，坐下后开门见山地说道："希望你立刻和唐斐分手。"

简兮一愣，抬头看着他。

齐文森说："唐斐如日中天，你也渐有起色，如果这时候闹出绯闻，对你们两个人都不好。别忘了，在社会大众的心中，唐斐和季晴才是一对。"

简兮打断他："齐总！我和唐斐的事，由我们自己决定，不劳你费心。对不起，我待会儿要赶一个通告，今天就到这里吧。"

简兮起身往外走。

齐文森冷笑了一声："简兮，乖乖听我的话，立刻和唐斐分手。人的耐心是有限度的，希望你别得寸进尺。"

简兮停下脚步，回头看着他："威胁我吗？落井下石的事情你已经做了太多次，再来一次我也不怕。"

齐文森笑了："从前只是小儿科罢了，如果我真要毁掉你，简直易如反掌。"

简兮毫不理会，快步离去，齐文森看着她的背影，脸色阴沉下来……

同一家医院里，另外一个病房，沈父还在昏迷中。

沈嫣手里端着没有吃完的饭盒，悲伤地经过走廊，大厅里的电视上正在播放简兮的广告，沈嫣停下脚步盯着简兮，攥紧了饭盒，忽然她看到一群护士人员朝父亲的病房跑去，惊骇地跑了过去，沈父突然呼吸困难，被再次送进了ICU。

医生说："暂时没事了。不过，病人的头部严重受创，情况不太乐观。"

医生和护士走了，柯洛扶着沈嫣坐下来安慰了她几句，就在这时，沈嫣的电话突然响了。

沈嫣接过电话，突然站了起来，手机"啪"一下掉在地上，呆呆地看着柯洛："我妈妈……她……她刚刚过世了。"

说完，放声大哭。

简兮最近很忙，突然被各种档期压得连休息的时间都没有。

拍完了时尚杂志封面，接着公司又临时安排了一个专访，简兮的心中总有点怪怪的，突然想起齐文森的威胁，不由后背一寒，忙跟安心商量。

安心倒觉得很正常，毕竟简兮现在很红，推她上一线对公司只有益处，而且公司又不是齐文森一个人说了算，或许是其他董事要推简兮也说不定。

专访拍摄的过程一切顺利，直到主持人说到"有个观众的留言，问简兮对名演员左左蓄意伤人案怎么看"的时候，简兮愣了一下。

主持人接着说："左左伤人是最近的热门事件，能谈谈自己的看法吗？"

安心咯噔了一下，她深谙演艺圈的规则，这种风口浪尖尖锐的问题自然是能不回答就不要回答的，因为不管怎么回答都会让人找出漏洞攻击，何况简兮又一向是耿直的女孩子，她连忙向编导做手势，可编导却当没看见一样。

简兮沉吟了一下，说："人的眼睛会出错，太过于沉迷外表，很容易被假象迷惑。"

主持人马上追问："这是什么意思？"

简兮微微一笑："意思就是——毕竟我不在现场，没有亲眼见到的事，无法作出判断。"

主持人夸张地叫了一声："哇，你好像话里有话，暗指沈嫣撒谎吗？"

简兮赶紧说："我相信警方会仔细调查，还给大家一个真相。在那之前，还是不要随便揣测的好。"

接着主持人又问了几个有关沈嫣的问题，问简兮是不是讨厌沈嫣，并且提到，沈嫣的母亲刚刚去世，父亲又昏迷不醒，问简兮是不同情她吗？

简兮没做回答，见时间到了，便草草结束了采访，谁知第二天视频就被恶意剪切，报纸大幅报道，标题也特别具有迷惑性："揭秘简兮沈嫣闺蜜情，交恶内幕吓哭路人"。

第128章
沈嫣再出狠招

气得柯洛当即去找简兮质问："沈嫣的母亲刚刚去世，父亲又昏迷不醒，她已经够可怜了，你为什么还不肯放过她！"

简兮一头雾水，柯洛恨恨地看着她："我很后悔，为什么要来找你，你已经不再是从前的简兮了。"

说完不听简兮的解释跑了。

沈嫣更是在母亲的追悼会之后，接受记者采访，哭诉简兮冷血、无情、虚伪。捂住了面孔几次痛哭，令在场的记者十分同情纷纷表示要为沈嫣做主。

柯洛从简兮处跑来找沈嫣，远远地看着沈嫣正在接待客人，一边不停地伸手擦掉流下的眼泪，柯洛走过去："沈嫣，你还好吗？别太难过了。"

沈嫣转过头抚摸着母亲的遗照："我没有想到，你还愿意来看望我。"

"我当然会——"

沈嫣放下照片，盯着他，眼眶通红："可事情发生以后，你第一时间去见了简兮，对吗？"

柯洛说不出话来。

"她一定对你说，我是个心思很深、心眼很坏的女人，是不是？而你，肯定相信了。"沈嫣的身体开始颤抖，声音里带了哽咽，"妈妈走了，爸爸也病倒了，甚至连你也不相信我……为什么，为什么呀！我到底做错了什么，老天要这么惩罚！我这样的人，活着有什么意义，还不如去死好了！"

柯洛不由自主地上前一步，抓住沈嫣的肩膀："不，不是这样的，我真的没有——"

沈嫣一下子投入他怀中："我好怕，柯洛，现在我只剩下你了啊！不要丢下我一个人，不要！"

柯洛充满同情地看着她："不会，我不会丢下你。"

“那你相信我吗？”

柯洛沉默。

沈嫣用力抱紧他：“你不知道我有多害怕，现在的每一天都好像是从简兮那儿偷来的，你从前喜欢的人是她，不是吗？我好担心你会因为她的话而动摇啊！”

柯洛闭上眼睛：“不，你放心，我会站在你这一边。”

沈嫣靠进他怀里：“柯洛，谢谢你，真的谢谢你。只要有你陪着我，我什么都可以不要，再也不去和她争了……”

Ipad里在播放被剪辑过的采访视频，简兮看得很认真，化妆师替她化妆，一脸忐忑地关掉：“不要看这些啦，弄坏自己的心情！”

简兮沉默。安心突然大叫起来：“简兮！你看看！”简兮一愣，安心拿着手机冲过来：“看看你自己的微博！”简兮翻看微博蜂拥的留言：

“沈嫣都失去妈妈了，人家那么惨，你还欺负她，没半点同情心，不要脸！”

“说沈嫣虚伪，你才虚伪，好恶心！演什么励志电影啊，亏我还感动得直哭，真是好大一朵白莲花！”

“居然诋毁沈嫣，奉劝一句，人在做天在看，缺德事做多了会遭天谴！不信抬头看，苍天饶过谁！”

“人至贱则无敌，支持沈嫣，贱人简兮！”

“贱人、贱人、贱人、贱人、贱人！去死吧！”

简兮迅速删掉了微博。

安心着急地说：“简兮！这件事情一定有问题，我给那个网络栏目打过电话，他们根本不理会我们的抗议，还说这是节目效果。什么节目效果？根本颠倒黑白、是非不分！”

“这就是问题的关键！”两人同时回过头，陆周走进来，“我是来告诉你，接下来一个月的通告，暂时不要出席。”

“为什么？”

“整件事就是在针对你，有人想借由这个机会，把你彻底打垮。不光是这个节目，还有网络评论。你的微博评论在24小时内增了12万，这种情况很不寻常。我怀疑，有人在故意煽动网络评论。我已经着手调查这件事，在查出究竟是谁在背后捣鬼之前，希望你保持低调，尽量不要在大众面前出现，避免引起更多误会。这次的情况太不寻常了！”

简兮摇摇头：“我经历过被人攻击，一切只是旧事重演，更何况我只是说了一句话而已，又能掀起多大风浪，很快就会风平浪静的。对不起，我马上要赶一个广告拍摄，要迟到了。老师，谢谢你的好意。”

简兮转身收拾东西，准备去摄影棚，根本不听陆周的劝阻。

从摄影棚回来，她打开手机，网络上谩骂铺天盖地，她感觉有些窒息，关掉手机，可过了一会又打开了，这一夜，她翻来覆去，一夜无眠。

第二天赶去摄影棚继续拍摄广告，刚拍了一半厂商打来电话说，网上全是恶评，这个时候让简兮拍宣传海报，严重影响了产品形象，取消了拍摄。

简兮有些激动，手臂不小心撞了一下，旧伤口被撕开，鲜血直流，安心赶紧把她送去了医院。

唐斐这几天都在医院陪着季晴，今天因为有点事情上午没有来，事情一结束就立刻跑去了医院，刚好遇到季晴正在里面发脾气，不配合康复治疗，疯了般地抓起床头的水果向医生砸过去。

直到看到唐斐走进去，情绪才稳定了下来，看到救命稻草似地，急切地道："唐斐，你终于来了！"

唐斐握住她伸出的手："怎么回事？季晴，为什么又乱发脾气？"

"我要换医院，唐斐！这些人根本不会治病，我不要留在这里，马上就换！"

"你不想继续拍戏吗？"

季晴下意识地转头，用手抚摸自己额头上留下的一条长疤。

唐斐拉下她的手："我知道你很担心疤痕的事，但如果你想重新拍戏，就一定要面对现实。明明只是骨折，却要一直躲在病房里，真能解决问题吗？"

"可是我好怕。"季晴眼睛里涌上泪水，"真的好怕啊！如果脸不能恢复，我怎么演戏！我情愿一辈子留在病房里，也不想出去面对镜头，他们会怎么嘲笑我！季晴的脸毁了，再也不是什么女神，只是个丑陋的青蛙！"

唐斐轻轻拍她的肩膀，安慰地："我向你保证，一定会没事。我们找最好的大夫，治好这道伤疤。到那个时候，你就可以站在摄像机前！但是你一定要向我承诺，别再动不动就发脾气，坚强起来，积极面对。"

季晴看着唐斐，良久，含泪点头。

齐文森一直默默站在门外看着，痛苦地闭上了眼。

第 129 章
粉丝围攻

简兮去医院处理了伤口，安心去取药去了。简兮百无聊赖地等待着，忽然听到旁边两名小护士正在聊天："唐斐真人好帅哦，而且超有礼貌的，果然跟传闻一样啊！"

"季晴有这样的男朋友，简直是太幸福了，我好羡慕啊！"

"是啊，不过季晴阴晴不定的，高兴的时候人很 nice，一提到换药就完全变了个人，唐斐每天都要哄着她吃药呢！"

“他们正在那边复健，要不要去看看？！”

“好啊好啊！顺便要个签名！”

护士长走过来：“你们俩又摸鱼，病人要换药了，还不快去！”

两个小护士对望一眼，笑眯眯地跑了。

简兮站起身，朝小护士说的地方走去，在VIP病人专属的复健室外停步，透过透明的玻璃看见唐斐默默陪在一边看季晴练习走路。季晴扶着辅助器械走路，不意却被绊倒，整个人顿时失去重心，唐斐迅速伸过手来扶住了她：“小心！我扶着你走吧。”

季晴忍不住微笑。

简兮看着看着心里有一丝堵得慌。

齐文森就在这时候出现在了身后，其实这些天，他每天都在医院里偷偷关注着季晴的一举一动，季晴的一言一行都牵动着他的心，他偷偷地爱季晴很久了，他愿意为季晴做一切，只要季晴幸福。

“你都看见了吧。”

简兮瞬间回过头来。

齐文森看着玻璃窗里的季晴和唐斐问道：“你和唐斐在一起多久？半年，三个月，还是一个月？哈，我看应该很短暂才对。唐斐很早就出道了，外人面前他是个完美绅士，可我太了解他了。他最爱的不是演员的荣光，而是这份荣光给他带来的巨额利益。换言之，唐斐很爱钱，不，说视钱如命也不为过。”

“那又怎么样？”简兮问。

“人是感情动物，很容易被迷惑，他喜欢你，到底出自真心还是一时迷恋，我看现在连他自己都无法给出一个明确答案。等这阵热情冷却后，他还会选择你吗？”

简兮不由自主地看向玻璃窗内的两个人。

“不管是容貌、家世、人气，你完全无法和季晴相比，早点认清现实比较好。”

简兮转头看向齐文森：“你爱季晴吧？”

齐文森愣住。

简兮笑了：“我还以为是错觉，没想到是真的。你以为伤害我就能让季晴得偿心愿？你有没有想过，如果我失去唐斐，你也一样失去季晴了啊！我受到伤害，齐总的心情肯定也好不到哪儿去，这样一来，你还要继续说下去吗？”简兮上前一步，“齐文森，你和季晴相处这么久，都没能让她爱上你，知道为什么吗？因为公主喜欢白马王子，不喜欢恶毒的蝎子王。像你这样整天在阴暗角落里设计陷害别人、满眼里只有铜臭味的商人，永远也得不到喜欢的人！”

这句话说到了齐文森的痛处，他怔怔地看着简兮。

简兮深吸一口气，平静地说：“感情不是可以随意利用的工具，请你清清楚楚记得这一点，别再想着操纵人心了。除了你自己，你谁都控制不了！”

简兮说完走了。

齐文森在她的背后大声说道："如果你真那么有自信，为什么不敢继续看？你在害怕，怕看到真相，怕失去唐斐！你根本就是在虚张声势！"

简兮停顿片刻，加快了脚步。

齐文森看着简兮的背影，露出一丝冷笑。

预埋的炸弹轰地爆炸了，沈嫣和齐文森刀不血刃地将简兮弄得遍体鳞伤。"简兮滚出娱乐圈"事件继续发酵，无数愤怒的粉丝冲到影视公司，警卫们似乎失去了往日的作用，看着简兮被粉丝围攻泼污水却无动于衷。

如果不是安心及时出手，她可能更惨。

简兮站浴室里任由水哗哗冲洗着身体，污垢一点点被冲洗干净，她失魂落魄地看着自己的手，上面是一道道抓痕，一闭眼就可以看到粉丝疯狂尖叫着："简兮！滚出娱乐圈。"

她伸手关上花洒，看着镜中自己的脸上还有擦痕，她很艰难地冲自己微笑，然后装成若无其事的样子。

"我没事了！"她很轻松地对安心说。

安心必须去信任她，因为某些事情没人可以帮她。

安心走了之后，简兮靠着门颓然坐了下来，她抱着自己的胳膊，耳边响起了"简兮！滚出娱乐圈"的声音，推搡着扯打着，一桶污水迎面扑了过来。

她终于不用再掩饰，歇斯底里地哭了起来，所谓的坚强在二十几岁的简兮身上，只用到了人前，人后她再也不去伪装，她哭累了躺在沙发上渐渐睡去，梦中粉丝们紧追不舍，直接把她吓醒了。

她猛地睁开了眼，浑身都是冷汗。

门铃这时候突然响了起来，唐斐在外面喊："简兮，开门，我知道你在里面。"

她下意识地退后两步，跳到沙发上缩成了一团，将自己深深地藏进黑暗之中。

"简兮……是我。"唐斐拍打着大门。

他最近每天都在医院，刚从岳乐那听说，简兮今天在公司门口受到大批粉丝的攻击的事件，他吓坏了，着急忙慌地跑回来，敲了半天的门，里面一点声响都没有。

最后他摸出了钥匙，开了门。

第130章
夺走了爱她的人

漆黑一片的大厅，借着月色，他看到简兮像婴儿一样缩成了一团，他稍稍松了口，走到沙发前面，蹲了下来，拨开散乱的头发，唇轻轻落在她的额上：“没事就好。”

简兮的脸上还有些许泪痕，她突然睁开了眼睛，定定地望着唐斐：“这么晚了，有事吗？”

看着故作坚强的简兮，唐斐的心揪了起来，摸着简兮脸上的抓痕：“我听说了公司门口的事。”

简兮一轱辘坐了起来强装淡定地道：“我没事，不就是几个粉丝来闹事。真的没事！季晴那边还好吗？”

“马上要拆纱布了，情绪有些不稳定。”

“好好照顾季晴！”她站起来，推着唐斐一直推到门口，“我明天还有通告，这么晚了我要睡觉，你快走！”

“为什么要跟我撒谎？”借着门口的光线，唐斐看到简兮的眼睛红肿着，身上还有一道道触目惊心的抓痕。

“我有什么事？”简兮下意识地拉下袖子，装成无所谓的样子，“我没事。”

唐斐死死盯着简兮，简兮却避开了他的视线：“你问过我答案，我现在可以告诉你。”

唐斐一愣。

简兮抬起头，无所畏惧地直视着他慢慢地说道：“我们到此为止吧！”

说完，她的手一伸，试图关门，唐斐一把抵住大门：“理由呢？我问你话！”

简兮握着门把手的手不可见地颤抖了下，她尽量装出无谓的样子：“季晴她喜欢你，她为你可以受伤，你该负起责任。”

唐斐看着简兮，真想劈开她的脑子看一看，里面装的是不是糨糊。

“感情不是拿来让的，况且我对季晴的不是感情，而是感激和道歉，如果因为这样跟她在一起，对她更不公平——”

“够了！”简兮打断了他的话，“我不爱你，这个理由够了吗？”

“简兮？”

唐斐的声音不大，他抓着简兮的手抖了起来：“我不会分手的。”

“我讨厌纠缠不清的男人。”

她用力关上了门，真怕下一刻，就说不出这么绝情的话，泪水再也忍不住，她发泄般地抓着衣襟，压低声音痛哭。

谣言的能力是可怕的，幕后黑手一方面妖魔化简兮的形象，利用各大论坛大大小小的热贴攻击着她，另一方面利用沈嫣不断在媒体前面哭诉，赢得更多的同情，最后利用疯狂疯丝的噱头，彻底击垮简兮最终的心理防线。

所有人在同情弱者的同时，简兮就成了网络暴民最终讨伐的对象。

安心跟陆周发现他们什么都做不了，沉默再沉默，等风声过去，简兮却再也承受不住这重重舆论，在安心和陆周面前崩溃了：

“我没办法正常入睡，一闭眼，就是无数的谩骂声响起……”

陆周跟安心对视一眼，他知道稍不留神，简兮就会被击溃，只是在这个圈子里，不掌握好游戏规则，早晚会被淘汰。

“简兮，做人不是非黑即白，你先在节目上说了不该说的话，又这样不肯妥协，处处要强，有什么好处？”

“对不起，都是我的错！”简兮再也忍受不了，连陆周都指责她，她推开门冲了出去。

刚到公司门口迎面却看到了沈嫣，她生生地止了脚，望着眼前这个看起来楚楚可怜的女孩，就像看到一条毒蛇，调整情绪目不斜视地走了过去。

沈嫣笑眯眯地站在那里，等着，就在擦肩而过的瞬间，说道：“知道吗？柯洛正在跟我交往。”

简兮的脚步微微一顿，停在了那里。

“曾经他很爱你，但现在属于我！你的运气一直不错，走到哪儿都有人喜欢，我遇到陆周，他伸出手帮了我一把，我就在想这世界上怎么会有这么好的男人，结果他看都不看我一眼。”沈嫣恨恨地望着简兮，咬牙切齿地说，“如果没有你，他就会属于我。所以我要抢走柯洛，属于你的东西我要一样样全部抢走。这种感觉实在是太开心了，你懂吗？”

看着沈嫣那张扭曲的脸，简兮感到不可思议：“你疯了吗？”

沈嫣哈哈笑了起来，双手神经质地捧着自己的脸：“我就喜欢看到你这种表情，像被抢走心爱娃娃的女孩，愤怒却无能为力。”

“总有一天你的假面具会被人揭穿。”

“哈哈哈……”沈嫣猛地止住大笑，“到那一天你早就滚出娱乐圈了。”

看着她扭曲的面孔，简兮由衷地觉得，这是个疯子。

沈嫣看到她要走，轻蔑地道：“难道你不关心这件事是谁策划的吗？”

简兮一愣。

沈嫣走到她面前：“我告诉你，是齐文森！”说完，开心地笑起来，“明白得太晚了，哈，这次愤怒的可是全国观众，所有人都在大叫着让你滚出去呢！”

简兮的手颤抖着，她的手指用力拽着包包，她看着沈嫣，猛地扬起手一耳光抽了下去。

只是她的手还没落下来，便被柯洛抓住了。

“沈嫣，你没事吧？”柯洛问。

沈嫣的表情瞬间变得楚楚可怜，一脸委屈地抓着柯洛的手：“我没事。”

简兮不由得笑起来。

“简兮，你有什么好笑的？你现在为什么会变成这样可怕的人？”柯洛痛心疾首地看着她。

简兮摇摇头：“作为朋友，我只想告诉你她是个彻头彻尾的骗子，擅长利用别人的同情心，伪装自己的无辜。为什么每次事发都全身而退，为什么总摆出楚楚可怜的嘴脸，你应该想清楚！”

柯洛下意识地看了一眼沈嫣，见她紧张兮兮地抓着自己的手，他深吸一口气，坚定地说：“我不信。”

“时间会证明一切，到了真相揭穿的那一天，希望你不会后悔。”简兮说完转身便离开了。

看着简兮离去的背影，柯洛陷入了沉思，沈嫣恨恨地看了一眼，眼神一转落在柯洛身上，又变成害怕的模样，柯洛抓紧了她的手，安慰着：“别怕，我相信你。”

第131章
展眉补刀

简兮从超市买了一桶油漆朝齐文森的办公室走去，脑子里反反复复出现着粉丝攻击自己的画面，这一切的一切都是齐文森这个罪魁祸首造成的。

她一脚踢开了齐文森办公室的门，手里的油漆迎面泼了下来。

秘书尖叫着冲了出去：“警卫！”

简兮轻蔑地把油漆桶扔到了地上：“这次便宜你，只是油漆而已，下次就没那么容易了！”说完掉头往外走，走了两步回过头看着怒不可遏的齐文森，说，“你这种人臭不可闻，那颗污浊的心，强酸都洗不掉！”

齐文森的手重重地砸在桌子上，眼睁睁地看着简兮离开。

秘书紧张地问：“齐先生，要不要报警？”

“滚、全都滚出去！”

秘书和警卫们面面相觑。

专访事件爆发之后，简兮已经有很长一段时间没有接到工作了，连安心都感到焦头烂额。

幸好岳乐帮忙，从中周旋，总算有家公司答应用简兮代言，一切都谈好只差签合同。

安心觉得有必要用这个消息鼓励简兮，很自然地约了简兮出来吃饭。

看着信心满满的安心，简兮总是不踏实。

“我已经跟孙总说好了。”安心很肯定地，然后劝简兮，“好了，我相信你一定会靠这个广告翻身的。”

这时候有两个人走了进来，安心一眼就认出来是展眉，旁边那个男人，她的脸色微微一变，竟然是答应给简兮代言的孙总。

简兮想了想朝包厢走去。

半开放的包厢里，展眉优雅地向孙总敬酒：“孙总，今年贵公司的广告代言人找到了吗？”

孙总终于明白今天展眉突然约他的目的了，他有点为难：“已经找到了，就是演渐冻人的那个简兮。”

展眉的脸色起了很微妙的变化，她沉默了片刻，便笑吟吟地说：“这位简小姐，倒是很会演戏，有气质，是个很好的人选，只不过……”

展眉欲言又止的模样吊起来孙总的胃口，他好奇地追问：“只不过什么？这个简兮我也不太了解，是唐斐大力推荐的。”

“最近有点火，各大论坛恶评榜头条就是她。”展眉一如既往，优雅而从容，好像说的人跟她毫无关系一般，“孙总倒是胆大，不怕连累产品。”

孙总的脸色顿时难看了下去，看他这样，展眉又继续：“唐斐交游广阔，帮帮朋友正常，如果孙总愿意，我倒是有个合适的人选。”

“该不会是左左吧？”孙总恍然大悟，只是他犹豫，“左左伤人的案子？”

“都是误会，查清楚了。”展眉笑道，“如果孙总怕形象问题，如果我跟左左一同出镜呢？”

门砰的一声被推开，简兮站在那里愤怒地盯着展眉：“为了让你的女儿得到广告代言，不惜在广告商面前抹黑我？”她往里面走了一步，“为什么不说话，心虚了吗？别人践踏我，我都可以当无所谓，可是你呢？为什么连你都要这样！”

展眉看着简兮，叹了一口气：“知道为什么你会出各种事情？就是因为你的脾气，一个连脾气都控制不好的人，天分再高，也是枉然。”她冲孙总莞尔一笑：“我们换个地方谈。”

她站了起来，在离开前丢下一句话：“别再浪费时间。”

简兮站在那里久久不能回神，她看到安心过来，惨笑一声：“代言丢了，我可能真的不适合这个圈子。”她一把推开了安心，冲了出去。

简兮失踪了，安心跟唐斐都联系不到她，唐斐一边安慰着因毁容而失去信心的季晴，一边又要寻找简兮，心力交瘁。

简兮一个人在海边想了一整个晚上，终于决定离开这座城市。

她准备沉默地用一封信告别，放在陆周家门口，就在这时陆周打开了门，淡然地看着她，似乎已经明白了此行的目的：“进来吧。”

“不进去了，我只是来告别的。”简兮低着头。

陆周捡起地上的信封，撕掉，冲着惊诧的简兮微微一笑：“不管要告别还是要道歉，有话当面说吧。”

简兮站在门口：“老师，这回不管你说什么，我都不会再演戏了。”

“是吗？”

“是。你曾经说过吧，身为演员就要取得荣誉，这代表大家对我的认可。而我自己，也想要通过表演，把幸福传递给所有人。可我太无能了，丢了最佳女主角，也失去了观众。

现在大家都讨厌我，一个没有观众的演员，根本不能继续下去。”

“这是真正的理由吗？”陆周问。

“还有一个人，明明是亲生母亲……却那样讨厌我，不惜在背后中伤。既然大家都讨厌我，还是识趣点好。我不想再挨骂，也不想再难受，只要离开这里，一切都结束了。”

陆周微微一笑，手轻轻旋转开简兮背后的一道按钮。

刹那间，书架打开，暗阁里整齐摆放着各式奖杯，幽幽的光芒照亮整个房间。简兮惊呆了。

陆周走向第一个奖杯，怀念地拿起来：“这是我刚入行，拿到的第一个奖杯。最佳男配角奖，饰演一个刺客，零下二十度的天气，像个冰人一样在雪里打滚，手脚都冻伤了。”

简兮不由自主地上前一步。

陆周放下奖杯，微微一笑：“你看，那是最佳演技大奖，在拍摄的时候，被对手以玻璃瓶爆头，送到医院人都已经昏迷了。如果再偏一点，右眼就会瞎掉。后来在病床上躺了整整两个月，最后包着绷带去领了奖。对了，还有这一个。”陆周举起最大的一个奖杯。

第132章
想要放弃了

简兮不想再看，绝望地摇摇头：“没用，全都没用的！不管你怎么说，我都已经决定要放弃，我要放弃演戏，永远放弃！这次我不会再轻易改变主意……”

陆周看着奖杯上的字样，眼前闪过从高空坠落的那一幕，他自言自语：“最佳男主角大奖，就是为了拍那场戏，我发生了意外，变成现在这个样子！过去我拼了命演戏，才换来这些奖杯。如果不是受伤，我还会继续演戏，演到剩下最后一口气为止。”

简兮堵住了耳朵：“别说了！求求你别再说了！我……我也尽到最后努力了啊……可还是不行……不行！”

“你没有资格说不行。”陆周激动地拿起一个奖杯，“没到最后一刻，不能说放弃！”他一把丢掉奖杯，没用拐杖，拖着一条腿几乎是一步一拖地冲到简兮面前，一把抓住她的肩膀，“你以为我愿意躲在这个阴暗的角落里？你以为我愿意退居幕后吗？不，绝不！我有天分，是当之无愧的演员，可是不行，无论我怎么努力，谁也不会把男主角交给一个残废！”

看着陆周的模样，简兮全身发抖，她明白一个热爱表演的人再也没有机会去表演，那是一种怎样的痛苦。

“我——是被迫放弃了最心爱的演戏事业。可是你呢？明明那么有天分，为什么要放弃？为了那些无谓的争端，还是为了可笑的嫉妒！骂你怎样，打你又怎样，他们抢走了你的眼睛，还是夺走了你的腿？！”

陆周硬生生把她拖到窗外，指着外面的人潮：“那里！那里有多少人像行尸走肉一样活着，他们没理想，没目标，没天分！埋首根本不爱的职业，浑浑噩噩地过日子！可是你都有！上天给你的一切，你要生生浪费掉吗？！就算你想，我也绝不允许！”

简兮绝望地摇着头：“我不适合这个圈子！”

陆周双手腾空着，对着她说：“对，你只有演戏的天分，其他什么都不懂！就是这样的天分，演员只需要这个而已！身为演员，作品才是第一位！用你的演技去征服他们，拼命证明给所有人看！”

简兮震撼地看着陆周，她终于明白，她要继续走下去，哪怕头破血流也要走下去。

生活永远是一半机遇一半艰辛，简兮明白了如果她不去争取，那么她的人生永远会是灰暗的，她站在了安心面前。

“请你帮助我！”她的眼神坚定，再也没什么可以打倒她。

安心拿出一个剧本，推到她面前：“我已经帮你安排好了，一个公益电影。”

一切都很顺利，公益电影本身投资小，根本没演员愿意自降片酬去出演，对于简兮愿意分文不取出演，导演感激不尽，只是在签合同前半小时，沈嫣突然出现。

“为了公益我愿意自降片酬。”沈嫣脸上带着胜利的笑容。

本来是为了挽回形象去拍公益电影，没想到沈嫣会上来横插一脚，没人会傻到用恶评满天飞的简兮而不用形象正面的沈嫣。

安心跟简兮走出了公益宣传大厅，突然有人迎面走了过来，递了一张宣传单：“简小姐是吗？”那个人有点不好意思，“我们是动物保护协会的，想拍保护小狗的公益电影，只是没人愿意出演……”

简兮看着手中的宣传单，上面小狗昂着头微笑着，她笑了起来：“我愿意。”

回到家，安心第一时间联系了陆周，看着匆匆赶来的陆周，安心气得走来走去：“你疯了吗？我让你接公益电影是为了洗清负面形象！而不是让你拍这种以狗为主的电影！”她急促地催着陆周，“快点阻止她。”

陆周看着手里的宣传单，平静地望着简兮：“狗不同于人类，要和它培养出信任感可不容易，有信心吗？”

安心目瞪口呆地望着两个人：“你们两个都疯了吗？”

“有电影拍比没电影拍好。”陆周笑着。

“对，刚好我没事，又能帮上他们的忙，还能宣传保护动物的理念。”简兮看着宣传单上的小狗显得很开心。

“你真的要演？”

看简兮点点头，安心一屁股坐到了沙发上，再也不想说话。

季晴终于出院了。

医院里挤满了记者，看见笑笑带着季晴出来，蜂拥而上：“季小姐，听说你额头受伤严重，还能拍戏吗？”

“听说你毁容了……”

……

季晴紧张地低下了头。

唐斐低声道：“季晴，只要一天是公众人物，你总是要面对记者的，这样躲避没有用处。”

季晴下意识地抚着额头，别过脸去。

岳乐的车停下，季晴上了车，车子开走。

接下来的几天，季晴每天待在家里，好不容易被笑笑劝说出来了一趟，还要用宽檐帽遮住额头的伤口，一旦有人看着她，她便很紧张。索性衣服也没买便要回家，谁知迎面被一个玩旱冰鞋的小男孩撞到，帽子在一瞬间掉了，被男孩的母亲认了出来随后看到了她额头上的伤疤，惊呼。

季晴惊恐地捂住自己的脸仓皇逃走了。

这次的事情对季晴的打击很大，笑笑连忙打电话给唐斐。

自打受伤之后，季晴除了唐斐谁的话都不听。

可这一次，连唐斐都劝不好她，季晴堵着耳朵：“我不想听你说了，原本我站在云巅上，一下子被人狠狠推下来，没人能明白这种感受！”

季晴想推唐斐出去，结果太过用力，自己摔倒在地，手被碎玻璃扎破了。

唐斐没有在意她在流血，说道：“一出生你就站在云巅之上，那其他人呢？想想你一直以来的对手，想想简兮！想一想她，从小没有妈妈，最惨的时候要住公园和车库，莽撞地闯入演艺圈，除了对拍戏的热爱，几乎一无所有。从小角色开始演，一步步往上爬，好不容易熬出头了，现在又被打回原形。你说一声要拍戏，多少人拿合约排队。可是她呢？现在到处求人，只换来白眼而已！我总是骂她单纯幼稚，可谁都不知道她承受了多少压力！出身不同，起点不同，要和你站在同一个舞台上，她要付出多少艰辛！”

第133章
沦落做狗狗的女配

“不要拿我和她比！”

“你和简兮有云泥之别，但就是这样的人，跌倒了却一次次爬起来。而你，就像是精美的瓷器，浅浅的一道裂纹，就将你彻底摧毁了！”

季晴的眼底慢慢涌出泪水。

“有空的话，去看她的新作吧，看看沦落到给宠物做配角的女演员，到底是怎么演戏的。”

唐斐转身就走，笑笑拦住他，唐斐看了季晴一眼：“如果她自己不振作，谁都帮不上忙。”

笑笑扑过去抓住季晴的手：“季晴，你的手在流血。”

季晴却一把抓住笑笑：“带我去她拍戏的地方，我要看，我一定要去看！”

笑笑呆住。

简易的片场上，赵导正在给简兮说戏：“简兮啊，剧情主要是这样，女主角林香领养了小狗小新，从此生活在一起。但是后来亲生母亲要带她出国，于是把小新送给朋友寄养。回国时，朋友却告诉她小新失踪了。最后你回到旧宅，发现奄奄一息的小新一直在那里等待她。小新很调皮，要和它合拍电影不太容易，你能办到吗？”

简兮点点头，走向小新，小新的主人童瑶看了她一眼，微笑起来：“小新很怕生，拍戏的时候你要格外注意。来，给你。你来喂它。”

简兮接过童瑶递过来的狗食，刚送到小新面前，就被小新咬了一口，简兮惊呼了一声，安心快速跑过去：“哎呀，你的手！”

简兮收回手：“待会儿去打一针就好了，真的没关系。”

简兮再一次执着地把狗食喂给小新。小新犹豫了一下，开始吃简兮喂的东西。简兮摸了摸小新的头。

赵导：“准备拍摄了！简兮，第一幕就拍你和小新走散，到处寻找小新的过程。”

赵导：“Action！”

剧情很简单，这种戏对简兮来说易如反掌，一整天的拍摄从头到尾一遍过。

赵导非常满意，工作人员也都对她的表演很赞赏，可简兮却不满意最后一场戏，主动跟导演提出重拍。

赵导看着监视器：“我觉得可以啊。”

简兮坚持要求再来一次。

赵导不由感叹她的敬业。

一直在不远处默默观看的季晴，被感染了，忍不住叫了声简兮。

简兮回过头来，看到了季晴，赶忙跟导演说了句抱歉，便走了过去。

简兮注意到季晴额头上的伤口，季晴下意识地掩住疤痕，问道：“很难看吧。”

简兮笑了：“季晴，有没有疤痕，你都非常漂亮。维纳斯没有手臂，可就是残缺的美，才让它变得更珍贵，不是吗？”

季晴笑了，不自觉地放下了手：“你能这么说我很感激。你跟小狗演戏，很委屈吧，我看到了网上的唾骂了，也看到公司的绝情，所有人都要你滚出演艺圈，就算是这样，也要坚持拍戏？”

简兮点点头。

“那也不用沦落到演这样的制作……这种小成本电影，连宣传都没有，片酬更是拿不到，到底为什么要演？”

“季晴，我和你不同，从来都不是光芒耀眼的公主。生活里，一定有很多我这样的人，明明拼了命努力，还是到处被人骂。可如果我放弃了，我就会变成一个平庸的人！我，无法封住别人的嘴巴，但是随便说吧，我会证明给他们看，什么叫坚持到底！”

季晴完全呆住了。

赵导在喊：“简兮，要开始了！”

“好，我马上就来！”简兮向季晴微微一笑，转身向拍摄现场走去，突然又停下来，转过身看着季晴，“喂！我说你应该休息够了吧，是时候重新出发了！整天躲在房间里，你要做长发公主吗？我还等着和你一决高下呢！下一届电影节，我一定会赢你！”

季晴失笑：“就凭这样的电影？”

“是！我的明天就从这里出发，从这一刻起！如果你继续这样停滞不前，我很快就会远远超越你了！”

季晴看着她的背影，迟迟没有动，突然转过头对笑笑说：“替我联络医生，我要做手术。”

季晴表情坚毅地转过身，快速离去。

一路上，很多路人好奇地看着季晴，对着她指指点点，她突然摘掉了帽子，解开丝巾，随手一扬，丝巾随风飞舞，沉重的表情一下子豁然开朗……

结束了拍摄，简兮刚刚回来，就见唐斐坐在楼下的长椅上等着她，简兮犹豫了一下，转身打算离开。

唐斐叫住了她：“你能躲一辈子吗？”

简兮站住，慢慢转过身来。空气将两人凝固在原地，谁也无法向对方走近半步。

最后还是唐斐打破了沉默：“为什么轻易放弃？你有爱过我吗，哪怕只是一点点？”

简兮被刺痛了，看着唐斐急切的眼神，如鲠在喉，她慢慢摘下项链，轻轻走到唐斐面前，递给他：“很抱歉，我不能收下这份礼物。”

唐斐看着手心里的玫瑰项链，不敢相信地看着简兮。

简兮低着头从唐斐身边经过。唐斐突然问道：“简兮！我这样小气的人，项链一定会送给别人。今后……喜欢上别的女孩，还会送她白玫瑰花！我不会站在原地等你，还有现在的回忆，我会彻底舍弃掉！就算是这样，也没关系吗？”

“是，全都……没关系！”说完踉跄着快步走了。

唐斐痛心而生气，握紧了掌心的项链。

片子顺利拍完了，简兮跟每个工作人员道谢完毕，正要回家的时候，才发现那只小新孤零零地坐在那里。简兮想要过去，被安心拉走，说陆周晚上要带她见个制片人。

陆周就在离拍摄不远的地方等着他们，车子停下，陆周上了车便说：“金导在寻觅一部大电影的女主角，战争题材，你要向他证明自己的实力……”

第134章
你是我的唯一

简兮突然问道：“童瑶会准时来接小新吗？”

“童瑶吗？不会啦，我听见她在讲电话，说不能再养狗了，哼，这个女人太坏了，说丢就丢，还要骗人！我看她之前留着小新，只是为了赚电影酬劳吧！”

简兮突然叫了一声：“停车！回片场！”

陆周看着简兮，微微蹙眉：“马上要迟到了。”

“我会尽快赶回去，请你给我一点时间！”

安心转过方向盘。

天空下起了雨，雨越下越大，简兮下了车，飞快地冲了出去，终于在一片草丛里找到了小新，就在她想抱起狗的时候，突然车灯亮起，童瑶飞快地撑起伞下了车，小新立刻从简兮怀里跳出来，一路向着童瑶飞奔而去。

童瑶抱起小新，简兮愤怒地看着童瑶：“你知不知道小新一直在等你！都打算丢给别人了，不是吗？如果你不养狗，没人会怪你，既然决定养了，就请坚持到底！可是你呢？从早上到现在，整整十二个小时，小新一直在等你，哪怕下了大雨，它也不肯去避雨，就蹲在你说的地方等你！一直在等着你！狗和人不同，你有很多朋友，它只认你一个，想要就养，不想要就抛弃，和那些随便丢弃孩子的父母又有什么不同！”

简兮眼睛里不知不觉蓄满泪水：“想过被你丢弃的人，到底什么心情吗？每天都在等待，有一天会有人来找你，可是一天，一个月，一年，十年！那个人永远都不会回来！”

“你到底在说什么啊？”

“拜托你，不想养狗的话，就把狗给我吧！”

简兮快步上去夺，童瑶用力把她推倒在地上：“你疯了啊！”

简兮跌倒在地上，童瑶受了惊吓，飞快地抱着小新离开。

一把伞撑在简兮头上，她怔住，回头看向陆周。

陆周看着她：“你在说小新，还是说自己？那个被遗弃的人，说的不是小新，而是你自己，对不对？”

“是，是我！从小被妈妈遗弃，还一直傻傻空等，我等到了什么？只是一场空！如果不想要我，为什么要让我出生，我求过她吗？！随意丢掉一个人，对他们而言那么轻松！我不明白，一遍遍在心里问自己，是不是自己做错了什么，为什么她要这么对我啊！现在我已经不敢等了，明明有喜欢的人，可是不敢去爱，我很害怕，我每天都很害怕！”

“你怕什么？”陆周吃惊地问。

“我怕被抛弃，我怕再次被人像垃圾一样丢掉！我不要那样，绝对不要，所以我先说分手，不管怎么样，我也不要再来一次了！”她竭尽全力做出笑容，表情却越来越痛苦，最后无力地抓住陆周的袖子，很快她再也伪装不了了，筋疲力尽地大哭起来。

陆周蹲下身体，替简兮撑着伞，忍不住将她搂进怀里：“哭吧哭吧，哭完就好了。”

沈嫣的《白血病少女》上映了，她特意挽着柯洛的手来到电影院，大屏幕上正在放映她电影的动态宣传，柯洛看了一会微笑起来：“你的电影一定会场场爆满的。”

正在这时，旁边的情侣议论。

男孩子：“看《白血病少女》吗？”

女孩子：“不，还是去看《你是我的唯一》啦！豆瓣评分好高的，都说特别催泪。小狗好萌，简兮演得也超好，那个沈嫣好假的，根本没演技。”

沈嫣一愣，只见大屏幕上已经切换成简兮的电影宣传：旧居前，简兮冲进了房间，四处寻找，最后发现已经变老的小新，脏兮兮的，她抱着它，默默地流泪：“对不起，让你等了这么久……”

画面在简兮抱起小狗，泪流满面的瞬间定格。

沈嫣尖锐地说：“他们根本什么都不懂，我不想看了！”

唐斐正准备吃午饭，岳乐溜达到他身边：“你和简兮和好了吗？”唐斐没有回答。

“你们真的分手了？哇，还是第一次看到你被女孩子甩啦！”

唐斐瞪着岳乐。

岳乐吓一跳：“好啦好啦，只是分手而已，凭你的条件，多少女孩子排队等，忘记这件事就好了！”

“我不要，我爱她。”唐斐又想了一会儿，“我，绝对不会这样死心，更加不会放手。”

岳乐瞪大眼睛：“这样不是死缠烂打吗？”

唐斐斜视他：“单身狗没资格教训我。”唐斐完全无视他，打开饭盒正准备吃饭，电话突然响了，唐斐接起电话，下一刻，脸色就变了。

韩正德准备拍《梨园之王》，很多女星都投送了资料，包括沈嫣，可韩正德却亲自邀请简兮出演女主角，不但简兮呆住了，连安心也觉得不可思议，环宇旗下全是一线女演员，为什么要选简兮？

进了韩正德的办公室，落了座之后，韩涛直言不讳地：“家父看过简小姐最近的电影，非常受感动，公益电影上映后，大受观众好评，以小成本一举击溃大制作，堪称今年电影界的奇迹。可至今没有大电影向你伸出橄榄枝，不觉得奇怪吗？那因为你的名声太糟糕了，一部电影掩盖不了劣迹。你需要真正的大制作，爆炸宣传，轰动的效应！接拍《梨园之王》吧，我保证你会咸鱼翻身，成为一线！”

安心看了一眼韩涛，转头对简兮点头。

简兮目光停留在剧本上："韩先生，找我拍电影，是看中我的演技，还是认为我和唐斐关系匪浅？可惜我和唐斐毫无干系。并且我听说沈嫣在积极争取这个角色，还特意送来一辑武生照片，已经非常有诚意了。正常公司都会选择她。"

就在这时候，唐斐冲入会议室，警卫阻拦不及，一脸惊恐地跟着追进来。

韩涛挥了挥手，警卫退出去。唐斐压抑着愤怒，冷漠地问道："我妈妈呢？"

第135章
俏花旦唐斐

"坐吧。"

"韩正德，我在问你话！"

韩正德重重咳嗽起来，韩涛连忙替他拍背："你妈妈……会被照顾得很好。"韩涛将另一份剧本递给唐斐："拍完这部电影，阿姨会被好好送回去。"

唐斐大怒，一把挥开他的手："做梦！"

韩正德看向简兮："你所有的电影，我全都看过。从最初的配角，反面角色，最后是女主角，每个角色都有血有肉，令人赞叹。我不在意外界的评论，更不在意你是不是唐斐的女朋友，我在意的是，能不能最大程度上还原冷若冰霜的余傲君。简小姐，《梨园之王》的女主角非你莫属，能答应我吗？"

"简兮，你不要理会他！"唐斐大叫。

简兮想了一会："我答应你。"

唐斐不可思议地看着她，简兮平静地道："我是个女演员，《梨园之王》是好剧本，没有不接的理由，希望能和环宇合作愉快。"说完站起身平静地面对唐斐，"你一直都说我天真，现在感情用事的人，不正是你吗？和谁合作，拍什么电影，其实都不重要。重要的是，《梨园之王》是阿姨的心血，你忍心把它交到别人手上？"

"你！"

"哦，我差点忘了，沈澜是伶界之王，以男性扮女人难度太大，你根本没有自信出演，是不是？"回过头来看向韩正德，"韩先生，我不看好唐斐，不如让贵公司的杨明义出演，他容貌俊秀，比唐斐出色得多！"

"简兮你疯了吗？"唐斐怒不可遏地看着她。

安心连忙拉简兮的袖子，简兮不为所动："不愿意拍，又不想让出角色，你到底想怎么样？"

韩正德看着两人剑拔弩张，已经明白了简兮的意图，不由笑了：“我觉得你的建议很有道理，不如就让杨明义——”

唐斐打断：“他不够格拍妈妈的剧本！”他咬牙切齿，“我来演！”

韩涛松了一口气。

“不过电影拍摄结束，我要见到妈妈回到疗养院。”唐斐说完，冷哼一声，快步离去。

韩正德看着唐斐远去的背影，冲简兮感激地点点头：“简小姐，谢谢你。”

简兮也笑了：“我看过这部剧本，您说得对，唐斐是最合适的人选。”

“那……一切拜托你了。”

简兮点头。

简兮回到家，刚刚下车，唐斐一把拉过她：“为什么要逼我演《梨园之王》？”唐斐非常气愤，“你不是和我分手了吗？那么执着地说再见干什么还要管我要不要演？”

“唐斐，这个角色非常出色，你不是一直想寻求突破吗，只要出演《梨园之王》，一定会……”

唐斐不可思议：“你就这么想出演吗？生怕我不演，韩正德会换掉你，才想尽方法逼着我参演，是不是？”

“当然不……你听我说……”

唐斐不想再听解释：“你不是想演余傲君吗，好，咱们片场见吧！不过，如果你演不好，我会随时让你滚蛋！”

简兮摇摇头，这个笨蛋到底是不懂她心意，怎么不去想想他的母亲，《梨园之王》的作者，一定希望他去出演啊！

距离《梨园之王》开拍还有三个月的时间，简兮全身心地投入到准备工作之中，陆周也全身心地教她。

余傲君下了台，她是个年轻漂亮的女孩子。上了台，她就是精彩绝伦的武生，出身梨园世家，家学深厚，想要演好她，必须下苦功夫。

陆周要求她从学穿旗袍走路开始，哪怕睡觉也穿着，直到习惯为止！并且将给她请一位名师，教导她如何去做一个专业的武生。从最基本的手、眼、身、法开始练习！

简兮明白，如果不刻苦训练，她将不配和唐斐站在一个舞台上。唐斐是拿过最佳男主角的演员，何况这个又是亲生母亲的作品，他一定会竭尽全力。到那时候，如果她不努力，所有光彩都会被他夺去！

陆周对她的要求更高：打败唐斐，夺走他的光芒，做当之无愧的女主角！

陆周还说：“不管在台下你们是什么关系，一旦站在摄像机前，你们就是伙伴，努力赢得观众，同时也是敌人，因为真正的焦点，只有一个而已！”

当天简兮就去把头发剪短了，她要进入余傲君的灵魂。

唐斐也在为这场戏准备着，特意让化妆师给他改变了眉形，变得更秀丽温和。他要演沈澜，跟余傲君完全相反，台下是儒雅英俊的公子，到了台上就是倾国倾城的女子。

在此之前他从来没有接触过京剧，一切都是由零开始，出道以来，角色都是少年皇帝、英雄侠客，完全不同于沈澜的气质，沈澜是名震天下的旦角，必须从现在开始改变。

这是妈妈的作品，既然已经接了，他就要呈现出最佳状态的沈澜。

为此他还请一位京剧名家来替他化妆拍定妆照。

并且他一遍一遍地看张国荣的《霸王别姬》，一遍一遍地看。

岳乐担心这样改变戏路，观众们不接受。可唐斐坚定地认为，不管大家能不能接受他都无所谓，只希望妈妈看到这出戏，会知道他是全情投入，只要她一个人为他鼓掌，那就够了！

岳乐不好再说什么。

沈嫣最近很不顺，她最想演的余傲君被简兮拿走了，就连另外一个重要角色冯妙音也给了左左，她刚挂了电话，昏迷多日的父亲又醒了，记者们的消息特别快，早已将病房堵住了，正围着病房里的沈父问："当晚到底谁推你下楼？左左声称是沈嫣冤枉她，请你说说当时的真相。"

沈父迷迷糊糊地看着众记者，沈嫣急了，快速冲过去拦住记者："请各位先回去，我爸刚醒来，不能接受采访！"

第136章
痛打色狼

沈父看见沈嫣，一下子想起当天和沈嫣争执的场景，顿时脸色惨白："等等……"

"爸爸！"沈嫣惊恐地看着自己的父亲。

场面一时寂静，话筒伸到沈父嘴边，沈父看着沈嫣良久，最终是心软了，叹息了一声："我……我……记不清了。"

沈嫣松了一口气，护士赶过来把记者们赶出去。

终于关上门，沈嫣坐下来拉着父亲的手："爸爸，我真的不是故意的……那天我……"

沈父抽出手，别过脸，默默流下一行眼泪："你……好自为之吧。"

季晴的手术很成功，医生帮季晴拆掉额头上的纱布，笑笑把镜子递给季晴，她慢慢睁开眼睛。只见额头上的疤痕只剩下浅浅一道白色痕迹。

医生说："一年后这点痕迹也会消失的。"

大家全都看着季晴，季晴笑了："你们别这么紧张，我又不是脆弱的瓷娃娃，这点疤痕而已，上了妆就看不出来了。"

众人松了一口气。齐文森赶忙道："你不介意就好，先别急着工作，我给你放个假，好好休息半年。”

季董也赶紧附和：“让笑笑陪你出去好好玩玩，放松一下！”

笑笑忙不迭地点头。季晴微微一笑，不置可否，突然想起什么，问：“唐斐呢？”

齐文森说：“他刚接拍了《梨园之王》，真的很忙，才没能来看你……”

《梨园之王》第一次拍摄，简兮就在片场遇到了左左，狭路相逢，左左突然上前了一步冷哼了一声，快步从简兮身边走过。

浑身紧绷的简兮松了口气，左左突然又站住了，冲简兮说道：“别以为你替我说话，我就一定会喜欢你，做梦！”快步踩着高跟鞋离去。

简兮一头雾水地看着她，摇了摇头。两人一前一后进了化妆间。

此刻，扮演顾云生的杨明义坐在化妆间的椅子上要求坐在一边的梅导给他改剧本：“我向来只演男一号，这次答应出演顾云生，已经很给韩董面子了，帮我加几场戏，不用这么为难吧！”

“顾云生和沈澜戏份一样重，真的不能再加，拜托拜托啦！”

杨明义满不在乎地冷笑一声：“为了唐斐这样压我，梅导，咱们都合作这么久了，你们这样干，说得过去吗！”

就在这时左左和简兮走到了门口，梅导如蒙大赦：“先不说这个，我帮你介绍一下这次合作的女演员！”

杨明义懒洋洋地站起来。

梅导介绍道：“明义不需要我介绍，他将出演男二号顾云生，左边这位是……”

简兮下意识伸出手，杨明义却把手伸给左左：“我看过你的《月亮》，非常惊艳。”

简兮的手落在半空，梅导演一脸尴尬地哈哈笑了两声：“哦，看来左左不用我介绍了。这位是简兮。”

杨明义这才把手伸过来，无所谓地一笑：“你的长相太清汤寡水了，不是我的菜。”

简兮转头向梅导演：“我有剧本上的问题想要请教，现在方便吗？”

“方便！方便！”

杨明义撇了撇嘴。

一直等到简兮走远了，左左才说道：“清汤寡水就对了，真正的余傲君，本来就是寡淡的个性，不是吗？”

“在我看来，你可比简兮身材正多了，女主角应该让你来嘛！”杨明义一边说，一边下意识靠近左左，“脱掉的镜头更赞呢！”

左左脸色一沉一把推开杨明义，快步昂头离去。

杨明义刚要追上去就被经纪人拉住：“明义，这次不同以往，董事长特别重视，剧组里的女演员，你给我离得远远的！如果再闹出绯闻，我可保不住你！”

杨明义满脸不耐烦：“安啦，只是看看漂亮女孩子，能出什么事？”说完不耐烦地走出了化妆间，打算透透气，谁知迎面撞上陆周，他故意一用力将陆周撞倒在地上。

陆周低头去捡拐杖，杨明义一把踩住了，笑了起来：“好久不见啊，竟然又碰上了，了不起的陆先生，从受伤后就再没回到镜头前了，真是万分惋惜。听说最近在执教，我倒是很好奇，你这样的废人，到底能教人家什么？拄拐杖走路吗？”

陆周抬头看着他，杨明义得意地笑起来：“韩董事长最推崇的就是你，还说我完全不能相提并论，可是风水轮流转，真该请他看看你现在的狼狈样，好可怜。”

陆周不动声色地伸出手去捡拐杖，杨明义却一脚把拐杖踢开，拐杖咕噜噜滚到了一个人脚下。

原来化妆间的简兮听到外面响声走出来，她一弯腰捡起了拐杖，走过去扶起了陆周。

杨明义见状哈哈大笑：“不会吧陆周，居然混得这么惨，要个女人帮你出头啊？”

简兮扭过头直视着他：“要借你镜子吗，现在这种嫉妒的嘴脸，简直丑到家了！你一直被人说演技平平，光靠环宇开戏力捧。老师虽然现在不演戏了，却取得过无数辉煌的奖项。就因为这样，你才会嫉妒得眼都红了，可怜的人是你才对！”

杨明义暴怒：“死丫头，别以为你是女人我就不敢揍你！”

简兮冷笑一声，突然用拐杖用力戳开他：“走开，垃圾！”她一步一戳，把杨明义戳得连连后退，“不是要揍我吗？来啊，杨明义打女人的新闻一定很轰动！反正我名声不好，上头条很习惯了，这次能有人陪，很好啊！”

杨明义气愤地想要扑上去，旁边经纪人赶忙拉住他压低声音道：“明义，千万忍住！她是韩董钦点的女主角啊！”

简兮用拐杖敲了敲他的肩膀：“告诉你，别再对老师不敬，否则我饶不了你！懂了吧，臭小子！”说完转头把拐杖还给陆周，挽住他的胳膊，“不要和这种小人计较，老师，我的角色好难把握，正准备问你呢！”

简兮拖着陆周离去，杨明义一把挣开经纪人的手，愤恨不平地走了。

陆周一边走一边问道：“为什么要替我出头？”

“我当然不能看他欺负老师啊。”简兮理所当然地回答。

“别做多余的事。下次看到这种事，不用理会就好了。在这个圈子里，捧高踩低是人之常情，我早就习惯了。你和杨明义还要合作，不要和他闹僵。”

简兮握住陆周的手：“在我心里，老师比这出戏重要。”

陆周抽回手，突然咆哮起来：“你是傻子吗？你每次遇到困难，我从不出手帮忙，而是强迫你自己站起来，知道为什么吗？我心里，你只是一颗棋子而已。我拿不到的奖，让你去拿。缺失的一切，要你帮我夺回来。你的痛苦和烦恼，我全都不会放在心上，因为我只要你赢！仅此而已！所以，下次不用替我出头。”

“老师说的一切，我早就知道了。”简兮毫不在意地说，“在我有价值的时候，老师不会放弃我。但如果我没有演戏天分，你也一定不会理我，你从所有人当中选中了我，不是吗？从那天起，我就充满感激。是你告诉我生活有不同选择，是你一步步教我拍戏！”

陆周看着简兮，呆住了。

“生日的时候，你收留了我。自暴自弃的时候，老师也没有赶我走。现在还站在这里，都是因为你始终不肯放弃我。只要这样就够了，对我来说，这样的你非常重要！”

“别再说了，你好好练习吧。”

陆周向外走去，简兮纳闷地看着他的背影，愣了一下，忽然想起来妆还没化，赶忙回化妆间化妆去了。

安心过来欲言又止：“明天唐斐就要进组了。”

简兮刚刚化完妆正在整理裙摆，听完，手上顿了一下，故作若无其事地道：“不用替我担心，我保证一切顺利。”

就在这时，安心的电话突然响了，她接完电话之后看看表：“公司有一份合同要处理，我得赶回去。你那一场还要等一小时，我从公司回来正好接你。”

安心往外走，走出去又不忘从门外探进来：“千万别自己走啊，一定得等我！”

简兮点头，安心这才放心走了。

化妆间里就剩下她一个人，她认真地看着剧本。突然一只手凌空抽走了剧本，她惊愕地抬起头，只见杨明义一脸带笑地站在面前，简兮去夺剧本，杨明义身体一侧，简兮扑了个空。

杨明义不屑地笑了起来：“瞧你的样子。不过就是一本没名气的小说，要不是老董事长钦点，哪可能搬上荧幕。我劝你，别妄想借这部戏翻身！”

简兮一把扯过剧本，要离开，杨明义却突然挡住她，简兮往左他便往左，简兮往右他便往右：“早上看是清汤寡水，现在仔细看看，长得也挺有味道。难怪人人都说……”他突然欺身过来，“说你表面上清高，背地里风骚呀！”

简兮气急，狠狠踹了一脚，疼得杨明义立刻松了手，简兮转身就走，杨明义飞身扑了过来，把简兮压在化妆台上：“敢当众教训我，你以为自己是什么好东西！去问问外面的人，看谁不知道那点儿丑事！半夜敲导演房门，和唐斐不清不楚，谁知道用什么手段拿到了女主角！”杨明义用力按住她的手，另一只手撕扯她的衣服，“我把你的底牌都看透了，少装贞洁烈女！”

简兮用力挣扎，杨明义已经扯掉了她的外衣，正要轻薄，突然砰的一声，一个花瓶砸在了他的头上，砸得他满头是血。

左左还是不甘心，举起桌上杂物，一个接一个重重往他身上砸：“流氓！流氓！不要脸，欺负女人！大流氓！”

杨明义一边拼命躲避，一边挣扎着站起身来，冲外面大叫：“来人！快来人！”

梅导演带着工作人员冲进来，见状都呆住了。

杨明义一手捂住头上的伤口大喊：“简兮要勾引我！还有她！不知道发什么神经，冲进来就打人！”

梅导演目瞪口呆。

简兮辩解道：“梅导，是他先对我有不良企图——”

“不良企图？呸，你这样名声败坏的女人，我可一点儿没兴趣！”杨明义在一边耍无赖，“你们看，看我头上的伤啊！我要报警！立刻就报警！你、还有你，你们俩全都跑不掉！”

左左抓起东西还要揍他，简兮连忙拉住。

杨明义跳脚：“你们都看见了吧，她们俩都疯了！自动脱衣服勾引我，还想出这种不入流的手段陷害我！看看我的伤，我要告她们人身伤害！”

“人身伤害？”陆周大喝了一声，从外面走了进来，目光毫无表情地从简兮的身上掠过，所有人都顺着他的目光，看向了简兮，只见简兮裙子乱了，她下意识地捂住肩部，向后退了一步。

杨明义见占不到便宜，叫嚣着：“梅导，立刻打电话给韩董，听见没，我要辞演！马上！”

梅导为难地：“明义，不可以啊，我这儿都拍了一天了，怎么能辞演！看在我的面子上，咱们先去医院，其他事情以后再说？！”

杨明义拉了一把椅子坐下：“想要平息事态，可没那么轻松。你们俩向我道歉，赔偿医药费。”

“你做梦！这世上只有我左左欺负人，还从来没被人欺负过，想死啊！”

简兮拉住左左，左左压住了脾气。

梅导沉思了一下，杨明义的性格谁都知道，看来只能委屈简兮了，他面带歉意地看着简兮：“简兮，我知道今天这件事委屈你了，能不能请你——看在大局的份上，说声对不起。”

左左叫起来：“对不起个屁，他动手动脚，还要受害人说对不起，这是什么道理！”

第 137 章
杨明义辞演

梅导无奈地说：“你们俩想看电影开天窗吗？现在到哪儿去找杨明义这种大牌演员啊！如果少了他，整个电影的铁四角会塌掉一角啊！”

简兮一愣。

场面一下子僵住。

杨明义得意地说：“怎么样，不道歉今天的事就没完！快道歉啊！”

“简兮！就算看在我的面子上，大事化小小事化了！求求你了！”梅导恳切中透着无奈。

简兮愣怔地看着梅导。

忍无可忍的陆周径直走到杨明义面前，居高临下地看着他的伤口："的确伤得不轻。"

杨明义冷哼一声。

陆周突然一脚把杨明义的凳子踢翻，杨明义倒在地上，陆周拎起凳子砸了过去，杨明义本能伸手去挡，凳子狠狠地砸在了右手上，只听咯噔一声，像是骨头断裂的声音。

陆周抽出钱包，把钱一张张丢在杨明义脸上："骨折了吧，连同头上的伤口，医药费都由我来负责。"

杨明义捂住右手，惨叫连连。

梅导演跺脚："还不把人送去医院！"

工作人员连忙上去搀扶杨明义。

陆周微微一笑："不用担心电影，好好养伤吧，我会出演顾云生。"

所有人都呆住了，简兮更是瞪大了眼睛。

梅导大喜过望地看着陆周："你真的肯演顾云生？"

陆周微笑点头："在杨明义之前，韩董心中最好的人选是我。"

另一边，简兮真诚地向左左表达了谢意，不过左左蜻蜓点水地笑了笑说："那种轻佻的男人，我早就看他不顺眼了。"

简兮忍不住笑了。

左左说突然问道："你在节目上为什么替我说话？在那种时候，人人都会落井下石，别人问起你，索性就说肯定是我做的嘛，再把过去那些事爆个料，不就大仇得报了……换了我啊，一定这么干！"

"我又没亲眼看你推人下楼，为了报仇就胡说八道，不是很卑鄙吗？"

"谁让你那么蠢，大家都会避嫌，只有你说什么要调查真相，所以才总是倒霉！"

简兮笑了。左左更生气转身就走。

简兮回过头问陆周是否真要出演顾云生。

陆周调侃道："你担心一个瘸子演不好男二号？"

简兮连忙摆手："我不是这个意思，只是很惊讶，为什么你会突然——"

陆周转头看向远处正在准备的工作人员："我说没有适合自己的角色……是在撒谎。只要穿上特制的鞋，注意走路技巧，就可以再拍戏了。真正的原因是，我没有勇气再站在摄像机前。怕观众看到我的残缺，怕受到别人议论，更怕面对现在的自己……所以一直躲在阴暗的角落，回忆过去的辉煌。"

简兮好奇地问："既然决定躲下去，为什么还要站出来？"

陆周笑了："不能再躲下去了，我不想让女人来保护自己，那样太蠢了。"

简兮呆住。陆周揉了揉她的头发，宠溺地笑笑："去准备吧，马上要轮到你了。"

左左一路哼着歌，脚步轻快地进门，想不到沈嫣从客厅里走了出来，她愤怒地冲进展眉的房间，展眉却让她主动辞演《梨园之王》的冯妙音，并且告诉她这是沈嫣放弃诉讼的条件，不然便会让父亲出庭作证。左左叫天天不应，回去大哭了一通，牧歌劝了好半天才平息下来。

而当以为自己胜券在握的时候她找到韩涛，才得知已经另有人选了，这个人便是季晴。

韩涛把话说得很直白："沈小姐，我们很欣赏你的努力。但这部电影可是大投资，你的演技欠缺火候，不是最佳人选。"

机关算尽的沈嫣，心情糟透了。

简兮今天的戏是学戏。

梅导叫了声："Action！"

余傲君正在院子里烧火，师傅突然从房子里出来，大叫："袜子！袜子呢？"

余傲君连忙放下火炭，匆忙找了袜子送过去，她在手掌上放一块白布，把袜子搁在白布上，再跪着捧给师傅。

师傅坐在大树下，余傲君手持马鞭，念一声："回府！"

余傲君走了几步，师傅发怒："你这像是个什么样子，混账！"

余傲君吓了一跳，师傅示范过一遍："锣鼓为脚步而打，脚步要适应锣鼓走，你那不是步子，是毛病！再来！"

余傲君战战兢兢地再走一遍，师傅恼怒："说了多少遍，就是记不住！一定要先急后缓，你瞧，垫个小磋步，才能漂亮爽利！"师傅亲自示范，行至台口，缓缓一侧马鞭，然后勒马停住，厉声，"身段不能乱用，再来！"

余傲君又走了一遍，师傅劈手夺了马鞭，狠狠给了她一鞭子："叫你胡用、叫你胡用！"

余傲君被打得伤痕累累，大叫："师傅！师傅，别打了！"

师傅："从头再来！"

余傲君站起来，瑟缩地，眼含热泪，重头走了一遍。

"Cut！"

安心立刻上去扶住简兮，简兮疼得脸也变了，安心讷讷地："不是说了做个样子吗，怎么能真打啊？"

"我让师傅逼真点儿，鞭子全都落在地上，这出戏就不像真的了。真的没事，这场不是过了吗？准备下一场吧。"

就在这时，简兮看到了一身妆容的唐斐从身边擦身而过，竟然没有停步，心里有些失落，忙起身快步走去化妆间。

下一场是简兮和唐斐的戏：余傲君受邀参加堂会，撞上了沈澜，两人一见钟情。

梅导演说："Action！"

台上的沈澜剑影翻飞，身段绝美，他看向余傲君，含情脉脉，简兮浑身都僵住了，已经忘了自己在演戏，只是愣愣地看着唐斐。

“Cut！”

第138章
霸王与虞姬

梅导训斥：“简兮，你到底在干什么！你既是项羽，又是余傲君，戏里项羽深爱虞姬，戏外傲君对沈澜一见钟情啊，怎么跟个木头一样？”

简兮面色难看。

安心连忙道：“导演，休息一会儿吧，简兮已经拍了好久！这妆容又难受，不能哭不能笑的，你要一见钟情，也得给个时间酝酿啊！”

“拜托，我要赶进度！”

“导演！求求你嘛！就休息一会儿，一小会儿！”

唐斐径直下台：“我累了。”坐到了一边休息去了。

简兮疲惫地摘下胡须，这才下台，脚步一个踉跄差点从台上栽倒，安心吓了一跳，连忙上去扶住她。

简兮看了唐斐一眼，唐斐无动于衷地看剧本。

简兮垂下眼睛，对安心说：“穿着这身不习惯。”坐到一边休息，眼神不受控制地看向唐斐，唐斐却若无其事地继续看剧本。

安心同情地看着简兮：“你明明就很喜欢他。”

简兮嘴硬道：“我没有。我只想好好演完这场戏，仅此而已。但是他演得那么好，我要怎么超越呢？”她低头快速翻阅剧本，“下面是什么词，我差点忘了。”

十分钟后，梅导问：“可以拍了吗？”

简兮看向唐斐，唐斐已经站起身：“开始吧。”

唐斐和简兮上台。

唐斐突然说道：“待会儿跟着我就好。不知道怎么演，我会带着你走。收收心，跟上我。”

“Action！”

沈澜唱得很凄厉：“汉兵已略地，四面楚歌声，君王意气尽，贱妾何聊生？”

沈澜举起手中宝剑自尽，余傲君迅速上去扶住他，表情悲伤，四目相对，一时忘情，台上的沈澜和余傲君变成唐斐和简兮，两人的感情溢于言表。

季晴不知何时来到台下，看着监视器里的两人。

梅导演眼睛里不断射出兴奋的光：“好，他俩这戏是越演越真了。Cut！”

台上的唐斐直接起身，冷漠地拍了拍身上的灰尘，从简兮身边走开。

简兮还愣在那儿，直到安心上台来，拍了拍她的肩膀才回过神来，扭头只见唐斐正和季晴在一旁说话，她脚步停顿片刻，快速离去，而唐斐不经意地转头，目光扫过她的背影。

“我马上要进组了，我会正式接替左左，出演冯妙音。”

“季晴，你复出的第一部戏，应该多的是机会选择。”

“可我喜欢沈澜，所以厚脸皮地追来了。”

唐斐愣住。

“开个玩笑，不用这么紧张。”

唐斐的笑容有些不自在。

当安心把左左辞演的消息告诉简兮的时候，简兮吃惊了一下，当她说出，这次的冯妙音，会由季晴出演的时候，简兮慢慢坐回椅子上，脸色发白，她勉强微笑了一下，岔开了话题：“马上要拍下一场了吧，要赶紧准备才行。”

下一场是沈澜第一次约会傲君的场景的戏，安排在咖啡厅。

简兮正准备走向咖啡厅，唐斐突然把她叫住了，要求改剧本。

唐斐说：“老上海的电影院，只在晚上放新电影。所以我建议，等到晚上再拍这场戏。傍晚约女友吃饭，接着去看电影，再绅士地护送回家，那个年代就是这么追求女孩子的。”

简兮不以为然：“为什么不能在白天？”

唐斐看也不看她：“梅导，沈澜虽然唱戏，却不是没身份的下九流，他是轰动全国的名伶，怎么可能大白天陪着女友乱晃？这和人物身份、时代背景都不合。”

简兮马上反驳：“我不觉得剧情有问题，虽然是年代戏，却是拍给现代人欣赏的，当然要符合当下的价值观！”

唐斐道：“大家就是为了看有韵味的戏，一群现代人穿着旗袍长衫拍戏，用现代人的方法谈恋爱，不觉得可笑吗？”

“你这是吹毛求疵！”

“你不是很爱拍摄吗，那就按照时间逻辑，重来一遍吧。”

梅导被他俩吵得头疼：“二位！都冷静一点！不要再吵了！”

简兮：“这不是吵架，是据理力争。”

唐斐：“你是没道理还要搅三分才对。”

两人火光四射、针锋相对，别人完全不敢插嘴。就在这时候，陆周走了进来：“简兮，唐斐说得对，那个年代自有大家都遵守的约会时间，观众不知道，不代表你可以糊弄他们。”

“可是要等好久！”简兮说。

陆周看了看时间：“现在已经下午两点了，只要再等几个小时而已。一遍遍重拍，就是为了做到最好。往往电影里的一个细节，会影响到最后的观感。所以，就按照唐斐说的做吧。”

简兮咬牙，不甘心地瞪着唐斐。

陆周揉了揉她的头发，温柔地说："先去休息一会儿，别生气了。"

简兮不甘心地"嗯"了一声。

简兮和陆周离去，唐斐站在原地一动不动。

梅导看到众人还在发呆，大吼一声："看什么看，换场景！"

陆周问简兮："跟他演戏，真的那么难吗？"

简兮一愣。

陆周抬起她的下巴，专注地看着她："不去看那个人，也不用理他说什么，只要演好自己的戏就行了，这是演员的本分。"

简兮察觉到陆周特别的眼神，下意识地放下他的手，笑了："老师，其实你很紧张吧。"

陆周无意识地重新卷起剧本："紧张什么？"

"你马上就要拍第一场戏了啊。"

陆周微微抬起眼，看向镜子里的自己："已经四年了，从我离开摄影棚，再也不曾站在摄像机前。"

"可是我相信你，我相信，你一定是最棒的。"

陆周看着信心十足的简兮，良久无声。

第 139 章
陆周复出

咖啡馆外的拍摄场地挤满了工作人员，都是来看陆周的。梅导坐在监视器前，唐斐坐在一边，神情冷傲，内心却有些紧张，谁都知道四年前如果陆周没有受伤，是最有实力登顶的演员。

陆周穿着特制的鞋子，稳步走到了片场，看起来与正常行走无异，并且这种特制的鞋子，只要不大幅度奔跑，根本看不出来。

陆周一出现，就见众人的目光都集中在自己身上，一瞬间浑身都僵住了，他环顾四周，所有彩色的人都变成了灰色，黑洞洞的摄像机变得巨大，整个世界都向他倾倒过来，他下意识倒退了两步。

他呆了几秒，转身想要逃走，突然看见简兮站在他面前："老师，我在等你。"她用手指着那边的咖啡厅，"待会儿，我就坐在那个位置，等着你进来。"

陆周看向咖啡厅的位置，转回头又看着简兮。

简兮说："你告诉过我，无论如何都不许放弃，现在换我来说这句话。如果你轻易逃走的话，我也不会原谅你，绝对不会。老师对我来说是个非常重要的人，说是偶像也不为过，如果学习的目标都没有了，那我也不要再留在这个圈子了。”

陆周吃惊地瞪着她，简兮说完快步向咖啡馆走去。

陆周看着她的背影，身体慢慢地放松了，空气又恢复了流动，他缓缓吐出一口气，慢慢向咖啡厅走去。

梅导：“OK，各就各位了啊！ Action！”

余傲君百无聊赖地坐在咖啡馆里，她转头向窗外看，顾云生走了过来径直坐在身侧。

余傲君：“先生，我正在等人。”

顾云生从帽檐下慢慢抬起头，对着余傲君微微一笑：“我知道。”

余傲君：“那你还坐在这里？”

顾云生：“因为我也在等人。”

余傲君略有不耐烦：“请你换一张桌子。”

顾云生笑了笑：“小姐，这样说话可不礼貌。”

余傲君：“你！”

余傲君浑身僵住了，顾云生突然掏出枪，在桌下对准了她的腰间：“漂亮的小姐，请保持安静。”

余傲君声音发颤：“你……你要干什么？”

顾云生：“看到对面那桌男人了吗？”

才发现不远处一张桌子上坐着两个男人，正在低声交谈。余傲君：“看、看见了。”

顾云生脸上带着令人寒战的微笑：“他们是父亲的结拜兄弟，严格意义上来说，是我的叔伯，不过，他们出卖了父亲，令他横尸街头。现在，我来杀人，三分钟后，我会杀死他们。眉心，一枪毙命。”

余傲君瞪大眼睛，惊恐地看着他：“不，这里是公众地方，你逃不出去的！”

顾云生：“所以，我要请小姐你，协助我离开。”

余傲君：“你做梦！”

顾云生：“剩下两分钟了。”

余傲君：“不、不要这样，别杀人！”

顾云生：“一分钟。”

余傲君：“我绝不会帮你！”

顾云生露出微笑：“时间到。”

顾云生突然站起来，他快步走到那一桌，叩响扳机，子弹穿过一名男子的眉心，一枪毙命，余傲君目瞪口呆。

另外一个男子还没来得及反应过来，顾云生再次扣动了扳机，随着周围的一片尖叫声，尸体从椅子上滑下来……

顾云生微微一笑，手臂一垂，枪从手心滑脱到地面，他空着手，转身快步走过来，一把抓住正预备打开门冲出去的余傲君。

巡警们吹着哨子向咖啡馆冲了过来，顾云生拉着余傲君的手假装在大街上漫步，余傲君用包包砸顾云生："凶手，你这个凶手。"

顾云生用力把她拥入怀里，继续向前走，余傲君拼命挣扎，顾云生的手抵住她的腰："嘘，安静，如果我出事，龙帮欢迎你。"

余傲君惊恐地瞪大了眼睛，而顾云生像个孩子似的天真地笑了。

一辆汽车停了下来，车门开了，顾云生在余傲君脸颊上亲了一下："亲爱的女朋友，我先走一步。"说完快步上车，车开走了，余傲君追上去两步，愤怒地脱下高跟鞋，用力掷去。

顾云生从汽车里伸出一只手，潇洒地挥了挥。

"Cut！ Very good！"

随着导演的说话声，简兮兴奋地冲向了陆周，她跑得太快，脚步有点踉跄，脚上的高跟鞋掉了，唐斐一惊，生怕她崴了脚，站起身刚要向她走过去，忽见陆周已经飞快地走过去，弯腰替简兮穿上了高跟鞋。

唐斐冷冷地看着他们，坐回到椅子上。

这时，梅导演走上来对他说："真不愧是陆周啊，演得太好了。唐斐，你也要拿出真正实力来，我好久没看过这么精彩的表演呢！"

唐斐心烦意乱地看了他一眼，起身就走。

梅导莫名其妙地看着他的背影："怎么了？这是。"

结束了一天的拍摄，简兮去化妆间卸妆的时候，季晴正坐在里面等她，一见她进门便站了起来，微微一笑："从明天起我也会正式进组，今天只是来打声招呼而已。"

简兮见她额头上的伤疤已经差不多淡得看不见了，刚要祝贺，季晴却已经往外走去，走到门边突然又站住了，转过身："简兮，我不会输给你。今后也请好好加油。"

简兮的心情顿时阴郁了，她说得没错，刚刚的那场戏她的风头全部被陆周盖住了，所有人都在给陆周鼓掌她不是不明白，陆周把一个龙帮少爷演得既狠辣又风流倜傥，而她的女一号，却毫无特色。

想到这里，她懊丧地抱住了头，口袋里的电话响起，她按了个接听键，唐斐的声音传进了耳朵里："今晚十点，橡树餐厅见面，我有话要对你说。"

第140章
唐斐吃醋

她的呼吸一下子停滞了，张张嘴却不知道说什么。

“一直等到你来为止。”唐斐说。

她心里像开出了一朵花，刚要说好，电话却被人抽走了。

陆周拿着简兮的电话直接挂掉了：“唐斐约你见面？晚上要和我对戏，你忘记了吗？”陆周把她的椅子转过来，让她面对着自己，“爱情和事业难以兼顾，你现在一步步走向巅峰，如果为了一时冲动而作出决定，对你们彼此都没有好处。”

“可是……”

陆周打断：“我知道你现在难过！但是时间会战胜一切，更何况，你和唐斐发展的时间不长，感情基础也很浅薄。趁着现在分手，是最明智的决定。听话。”

简兮不再辩解了，继续卸妆。

唐斐最近的情绪全都在简兮的身上，整个人状态都不对，岳乐听见他打电话约简兮晚上见面，急了。

编了个借口说晚上约了制片人见面，将唐斐骗了出去，特意在酒会上安排了一众嫩模伺候，一个个使尽了手段，唐斐也不为所动，直到他发现被骗后直接走掉了，正在美女堆里挣扎的岳乐赶忙追了上去。

“唐斐啊，就当我拜托你好不好，简兮不适合你。你看看里面那么多美女，哪个不比她漂亮？何必在一棵树上吊死！”

唐斐走得飞快：“你是我的经纪人，个人私生活就不必过问了。”

走到车边，上了车，岳乐冲上去抢下钥匙：“你的感情生活我当然不管，可是你影响工作了啊！今天在片场和简兮针锋相对的人不是你吗？你平时工作的时候是很敬业的，如果对方不是简兮，你还会和她争执吗？不会！换一个吧，如果你不喜欢季晴，漂亮女孩子也多得是！”

唐斐冷冷看着他，厉声道：“把钥匙还给我！”

岳乐被吓到，一时噤声，无奈地把钥匙放在他手心。

唐斐发动汽车扔下岳乐直奔约会的地点，气得岳乐直翻白眼。

而此刻正在陆周家客厅听陆周讲戏的简兮完全心不在焉，她太想见唐斐了，眼睛不停地看着墙上的挂钟，陆周偏就是不让她走，剧本讲完了，起身去书房找京剧 CD。

他拿着 CD 犹豫了一下，打通了季晴的电话，让季晴去陪唐斐。

眼看着时间已经过了十一点，简兮再也坐不下去了，站了起来，取过外套要走，陆周在身后叫她，她也不听，头也不回地冲了出去。

“简兮，你给我站住。”陆周想要追，被安心拦住。

陆周把气撒到了安心的身上：“简兮现在根本不适合谈恋爱，这会影响她的事业。你是经纪人，应该很明白才对！”

安心摇摇头：“我不明白！她谈恋爱，担心曝光后事业受到影响的应该是我，你为什么这么着急？你一个劲儿阻止她，到底是出自善意，还是一片私心？”

陆周一愣：“你知不知道自己在说什么？我比任何人都看重简兮的事业，甚至远超过她自己！”

可这句话说出来的时候，并没有那么底气十足。对，他是有私心的，他也不知道从什么时候，或者是从第一眼开始，就被她吸引了……

简兮下了出租车，一路小跑到餐厅门口，唐斐大步走出来，径直从她身边走过。

简兮追上去：“对不起，我不是故意来晚，只是要谈剧本……”

唐斐突然停住脚步转身看着她：“你可以不来，为什么要约季晴？在你眼里，我就那么讨厌，让你迫不及待推出去吗？”

简兮一呆。

“我一直在等你，本来想好好谈谈，可你却告诉季晴，让她来陪我。你以为我是什么，又以为自己是什么！”他失望地笑了笑，“你把我变成了一个大笑话，简兮，我真的很佩服你。”

简兮根本知道这些都是陆周做的，慌张地解释道：“唐斐，我谈完了剧本就匆忙赶过来，根本不知道季晴在这里啊！真的！我完全不知情！请你相信我！”

唐斐头也不回地打开车门要走，简兮追上去，按住他的手。

唐斐任由她抓着，慢慢地转过身看着她：“你和陆周在一起吧？如果要谈剧本，不应该和我谈吗？为什么要和他在一起，还谈到这个时间，他不想让你来见我。他对你的心思，真的只是老师那么简单？他以各种理由霸占你的时间，阻止你谈恋爱，难道你还不懂吗？！他喜欢你，想要独占你！”

“不，这不可能！”简兮摇着头，“你为什么要这样说老师，他和这件事完全没关系。”

简兮的反应，更加让唐斐失望了。他的拳头重重砸在车上：“在我和他之间，你更信任他！”

简兮吓了一大跳，伸出手去拉他的手，唐斐直接推开了：“现在我相信你的话了，你根本从来没爱过我。或者是你的爱太过廉价，太容易动摇，陆周说上几句话，你就会相信他，毫不犹豫地离开我。上车吧，我送你回去。”

车上，简兮几次要开口说话，面对唐斐冷冽的侧脸，一句话都说不出。

简兮终于鼓足勇气，可唐斐直接打开了音响，音乐开得很大，堵住了简兮未出口的话。

第二天，两人又在片场见面了，却相互谁都不理睬。

这倒让安心和岳乐不能理解了，昨天刚见了面，理应和好，怎么更差了，一合计却打了起来，都觉得是对方的艺人不够主动，导致恋情又陷入了僵局，争了半天导演喊了一声：“Action！”

沈澜和余傲君从戏院里出来，便衣迎上去例行检查！沈澜皱起眉头，一名便衣拉住余傲君检查，趁机翻检她的口袋，故意摸她的脸：“这就是名动京城的武生吗，好好的女孩子扮什么男人，摘下胡子长得不错嘛！”

第141章
台上台下都是戏

沈澜：“你们干什么！”

便衣一把打掉他的帽子：“她就是个戏子，摸两下怎么了？”

沈澜挥拳就把一名便衣打倒在地，便衣们一拥而上，却被沈澜打得轮流倒地，狼狈不堪。沈澜停了手，从地上拾起帽子。

余傲君拉着沈澜正要走，突然一名便衣捡起一只玻璃瓶就砸了上去，谁知脚下一滑，玻璃瓶竟然真的飞向了余傲君。

沈澜来不及思考，护住了余傲君，手臂顿时被玻璃瓶刮伤了，他一脚踹开了便衣，便衣连滚带爬地跑了，沈澜冷冷地戴上帽子：“后会有期。”

“Cut！”

简兮大惊失色地抓住唐斐的手：“你的手流血了！”

简兮正准备翻开他的袖子，唐斐一把抽回了手，转身就走了。

简兮呆呆地看着他的背影，安心走到她身边，安慰地拍了拍她的肩膀，她醒悟般地朝唐斐追了过去。

化妆间的门开着，唐斐坐在里面，季晴坐在唐斐身边，小心地替他处理伤口。

她脚步顿住了，转过了身。

安心追过来，问道：“不进去吗？”

简兮缓缓摇头：“不了。我待会儿还有一场戏，先去换衣服。”

她的心乱极了，眼前都是季晴和唐斐的身影，换衣服时，几次失神。

换好之后到了片场，就见导演正在拍唐斐和季晴的戏，这场讲的是，沈澜爱上余傲君之后，希望和冯妙音解除婚约。

沈澜：“妙音，我不会娶你。我爱傲君。”

冯妙音在练字，闻言抬起头：“澜哥，自从母亲收留了我，我就注定是你的妻子。”

沈澜：“那一直都是母亲的意思，我从未答应过！”

冯妙音："我刚来的时候，是不识字的，你还记得吗？为了配得上你，鸡鸣时分便起身学习。从《三字经》起，每日学习，勤加背诵，如今已能默写《史记》。日夜学习，从不停止，数年过去，从最开始的目不识丁，现在已经能帮你编排新戏了。"

沈澜："妙音，你是个沉静、贤惠的姑娘，但我真正爱的人是傲君。只要你愿意，我会替你择一个更好的丈夫。"

冯妙音放下笔，慢慢地一笑："为了能替你分忧，除了管家做账，我还学着做戏袍，就连后台的师傅们都夸我天分很高。这一切，都是为了你。如果你不要我，学这些全都白费了。"

沈澜愣住。冯妙音的神情慢慢变得坚定。她斩钉截铁地说："所以，我不会走。哪怕是死，我也是沈家的儿媳！"

"Cut！"

简兮看呆了，季晴把情绪压得很平稳，比起冷漠傲慢的余傲君，季晴的冯妙音更温柔可亲。

陆周一直站在简兮的身后，说道："余傲君的光彩已经被冯妙音遮住了，你才是这出戏的女主角，不要让别人抢走你的光彩。"

简兮的心被什么东西撞了一下，从迷糊的状态中清醒了过来，她猛然冲到椅子前拿起剧本，飞快地翻阅着，暗暗发誓下一场戏她一定要夺回来。

梅导："Action！"

余傲君正在整理戏袍，目光从镜子里扫过沈澜。

沈澜在调红，上妆。

余傲君："伯母病了吗？"

沈澜："好些了。"

余傲君不动声色："明日我上门去看望，聊尽心意。"

沈澜微微一笑，故作平静："不必，母亲……爱静。"

余傲君猛然转身过来，定定看了沈澜一会儿，突然微笑："这妆不好，洗了，我来帮你画。"

沈澜吃了一惊："怎么啦？"

余傲君："就是想帮你画。"

沈澜笑着洗去了油彩，余傲君接过笔，替沈澜描画，一点点仔细地勾勒，双目相对，气氛旖旎。

沈澜先笑了："人人都说余老板嗓音沉雄，端凝肃穆，戏台上像个真男人，谁想到你有如此柔情的一面。"

余傲君微微一笑，在他眉眼间晕上一点胭脂："我一开嗓，大家便知是个女子，听到第二句，保管都把这茬给忘了。不过，唱得再好，终究是个女人，真要成了糟老头，那可是大大的不值钱了！”

沈澜笑得不可自抑，余傲君惊呼一声：“哎呀，别动！”

沈澜还在笑，余傲君把他抓回来，将一把热毛巾取来，趁着热气腾腾往他脸上一蒙：“加上这把热手巾，才能鲜明光润，余氏秘诀，不许你忘！”

两人携手上了戏台，唱起了《霸王别姬》。

余傲君：“适才闻报敌军歌唱楚国歌声，那刘邦定然得了楚地，孤大势去矣！”

沈澜：“啊，大王，此时逐鹿中原，群雄并起，偶遭不利也是常情。稍捱时日，等候江东救兵到来，那时再与敌人交战，正不知鹿死谁手？”

余傲君：“妃子，想孤出兵以来，大小几十余战，战无不胜，攻无不取，未尝败北，今日忽然遇见胯夫，用十面埋伏，将孤困在垓下。粮草俱尽，又无救兵，恐难闯出重围。八千子弟兵，俱已散尽，孤日后有何脸面再见江东父老？哎呀！依孤看来，今日是你我分别之期了。”

台下观众们起了一阵骚动，余傲君一愣，下意识看向台下。冯妙音高昂着头，一步步走进来，所有人自动让开一条路。

冯妙音冷冷注视着台上的余傲君，落座。

沈澜在台上：“啊，大王，好在垓下之地，高冈绝岩，不易攻入，候得机会，再图破围求救，也还不迟。备得有酒，与大王消愁解闷如何？”

余傲君：“唉！如此，酒来！”

沈澜：“大王请！大王请！”

沈澜一脸催促数遍，余傲君才接过酒杯，不经意扫过冯妙君冰冷的眼神，她手一抖，酒杯差点落在地上。

观众愕然。

余傲君及时醒过神，巧妙接下酒杯，掩饰过去。

第142章
情敌飙戏

唱完戏，众人大声喝彩。

二楼突然有人丢了一只金镯子下来，余傲君脚下一抬，正巧落在鞋尖，抬头一看，顾云生站在二楼向她微笑。

台下有人小声议论：“顾云生，是顾云生啊！龙帮的大少，专程来捧余老板的场子！余老板那一口嗓音艳惊四方，倾慕者无数，顾云生待她更是痴恋到了狂热，只要余老板唱戏，他是天天来看呀！”

沈澜看着余傲君。

冯妙音看着台上。

顾云生虎视眈眈。

余傲君摘下胡须，露出真容，微微一笑：“顾大少好大方，黄河发了大水，就当你为受难的灾民们捐款了！”话音一落，她脚尖一抬，金镯子正巧落在放置在一旁的捐款匣内。整个戏院爆发出热烈的掌声。

“Cut！”

台上的简兮走下来，安心把水递给她，她摇头：“暂时不喝了，待会儿补一场戏，别花了妆。”

她不经意地朝唐斐看去，只见唐斐目光冷峻地看着二楼的陆周，陆周微微一笑。

唐斐刚走下台，岳乐便递过去水：“接下来要补的这场戏是，沈母不同意沈澜娶余傲君，沈澜只好低调办了喜事，冯妙音侍奉沈母去世，傲君上门吊唁，两个女主角当面对峙。”岳乐啧啧两声，“简兮和季晴飙戏，戏里戏外都是情敌，又是竞争对手，这幕可精彩了！”

唐斐一愣，就见梅导走了过来：“唐斐啊，我跟你说。”

唐斐还在愣神，梅导演用大喇叭叫了声：“唐斐！”

唐斐吓了一跳。

梅导说：“我跟你讲哦，沈澜和余傲君两情相悦，却得不到母亲承认，最后只能在府外悄悄成婚。余傲君当然受尽委屈，而冯妙音也坚持侍奉沈母，两边都压抑着愤怒，一触即发。今天是沈母葬礼，也是整个电影冲突最激烈的地方，你得表现出舍不下爱人又舍不下孝道的心理！准备好的话，咱们就开拍了啊！”

唐斐点点头。

梅导走回去：“Action！”

沈宅门前，前来吊丧的宾客络绎不绝，余傲君头戴白花，一身素缟，刚跨进大门，就被管家拦住：“请余小姐留步！”

余傲君：“母亲去世，儿媳来吊唁是天经地义！为什么要拦着我？”

管家：“这是少夫人吩咐下来的。”

余傲君一愣：“沈家只有一个少爷，沈澜也只有我这一个妻子，哪儿来的少夫人！”

管家冷冷道：“我家只认那位少夫人。对不住，余小姐，您请回吧！”

余傲君突然大声道：“请沈澜出来！”

管家：“大少爷连日哀伤过度，水米不进，现在顾不上了。”

余傲君冷声：“夫君身体不适，我更要进去看看！”说着就要往里闯，管家大叫：“拦住她！”

余傲君大声地：“沈澜！我是傲君啊，我来给母亲尽孝！”

沈澜听见声音快步走了出来："傲君！"

余傲君冷声："沈澜，就是一般亲友，也能进去为老夫人上个香，可是我连这道门槛都踏不过去。究竟在你心里，我到底是什么人？"

沈澜一愣，目光严厉地看向管家："傲君，你进去吧。"

突然冯妙音走了出来，拦住门边，平静地说："余小姐，你不能进这个门。今天是母亲出殡的大日子，算我请求你，不要在这里喧哗，让她老人家安安静静地走吧。"

余傲君不可思议地说："难道我来送她最后一程，老人家就不高兴了？母亲去世，儿媳吊唁，天经地义。"

冯妙音依然很平静："我读书不多，却也明白事理。母亲留下遗言，终生不许你进门。哪怕天下人都说我霸道，我也要为她保持最后的清静！"

余傲君："如果今天我非要进去呢？"

冯妙音："你真要让大家都看沈家的笑话？"

沈澜："妙音——"

冯妙音："澜哥，你想大家都开心，是万万不能的。人活一世，凡事简单，就是永远写不好个全字！"

沈澜眼中流露出痛苦的神色。

冯妙音看向余傲君："你从不曾被沈家承认，既然名分未明，就该好好在偏宅窝着。跑到这里来，在大庭广众之下受尽嘲笑，往后哪里有颜面见人！回去吧！"

余傲君愣了半天，突然笑了："沈澜，我和你的婚姻有媒有凭，是你用大红花轿抬进门的！现在她却说我身份不明，哈，可笑，真是太可笑。"

冯妙音："没有父母首肯，不是身份未明，又是什么？"

沈澜："妙音，别再说了！傲君是我倾心相爱的女人，你不该这样说她！"

余傲君上前一步："沈澜，我不问旁人，我只问你，就一句话！"余傲君眼含热泪，"今日，我想进去祭拜母亲，你究竟——让不让？"

沈澜："全都让开，放傲君进去！"

众人犹豫不决，管家让开了一步。

冯妙音横扫众人："谁敢！"随后看向沈澜说道："母亲说过，余傲君生性冷傲，不甘于室，哪怕成了婚一样要出去抛头露面，还要与你争夺一时长短，这样的女人，永远也葬不进沈家祖坟！"

余傲君如同晴天霹雳："好，好！我今天就要硬闯进去！"

冯妙音厉声："今日你敢进门，我就一头撞死在棺木之上！"

沈澜痛苦得浑身发抖。

冯妙音："澜哥，我的一片苦心，全是为了母亲！若有半点私心，愿受天打雷劈！我求求你，让她老人家好好上路吧！"

沈澜猛然闭上眼睛，良久，他慢慢转过头，眼底含泪，看着余傲君：“傲君，今日你……先回去吧。”

第143章
简兮吃醋

余傲君看着沈澜，表情慢慢变得悲伤、黯淡，突然她笑了起来，沈澜上前来拉她，余傲君一把将他推开，沈澜一下子跌倒在台阶上。

冯妙音扑过去：“澜哥！”

余傲君冷冷地看着他们：“沈澜，我和你成婚，世人皆知。今母亲去世，你不能实践诺言，竟让我成了身份不明的人！当初一见钟情，结为伉俪，现在看来……全是年少无知，愚钝不堪！既如此，从今日起，你我一刀两断，再无瓜葛！”

沈澜面色大变：“傲君！你到底什么意思，把话说清楚！”

“是我负人？抑人负我？世间自有公论，不用今日赘言！”余傲君转身便要离去，沈澜大声：“傲君，难道你忘了我们夫妻情意，真要丢弃我吗？”

冯妙音抱住他大叫：“澜哥，让她走！余傲君，既然你自己识趣，我会给你补偿的！”

余傲君站住，慢慢抬起手，摘下了头上的白花，眼底涌上泪水，她抬起头不让泪水流下来：“你放心，我不要你的钱。我今后要么不唱戏，再唱戏不会比你差；今后要么不嫁人，再嫁人也绝不会比你差！”说完一把将白花丢掷于地，扬长而去。

梅导演忘了喊卡，直到身边人提醒，才大声：“Cut！”

简兮回过身来，众人不由自主替她鼓掌。

陆周微笑起来喃喃地：“决绝到不留一丝余地，这才是绝代坤伶的气派。”

季晴走到唐斐的身边，说道：“简兮啊，明明平时看起来普通得不得了，但是一喊action，整个人光芒万丈呢。有时候我真的很嫉妒她。”

唐斐不信地看着季晴：“你嫉妒她？你被誉为最有天分的女演员，说这样的话不会很奇怪吗？”

季晴笑了：“不，这是完全不同的。她好像天生有一种演戏的直觉，这样的东西不是人人都能有的。”

这时，笑笑带着主持人和记者走过来，季晴有个微访谈要拍。

主持人见唐斐也在，激动地让唐斐也一起参加，称自己是唐斐的粉丝啊，跟网友们说两句话就好！

唐斐拒绝不了，只好同意。

主持人问了几个电影《梨园之王》的问题之后，突然问道："你们二位明明是恋人嘛，我记得斐哥曾经说过，喜欢温柔大方、高贵得体的淑女，那不就是季晴吗，对了，那季晴呢，你喜欢哪一型的？"

季晴直言不讳："唐斐这样的男人。"

主持人："他是哪样的？"

季晴微微一笑："温柔，绅士，有时候会很固执己见。"

唐斐故意打岔："你是说偏执吧？"

季晴歪头："可是怎么办，哪怕是偏执，我都非常喜欢。"

主持人赶紧说道："就是嘛就是嘛，唐斐这么帅，如果我是女人都会迷上他，"看笑笑一个劲儿打手势，才说，"好好，我不问敏感问题就是啦！祝愿二位早日修成正果哦！"

一边的简兮再也听不进去，她突然站起身快步离去。

从片场回到家，简兮打开了笔记本，看到里面夹着的干花，停顿了片刻，心有点酸，犹豫了一会，还是把干花瓣取出来，丢进了垃圾桶，可丢弃的那一刻，又不舍地把干花从垃圾桶取出来。

真傻！为什么还是舍不得？唐斐现在已经是季晴的了，这样一想，终于下定决心丢掉。

一整天茶饭不思，到了晚上胃隐隐作痛，偏偏晚上又是一场夜戏，她只好忍了下来，正看剧本的时候，季晴和笑笑拎着大袋东西来探班，笑笑在给大家分发热咖啡，场面很热闹。

唐斐也在看剧本，季晴亲自端着咖啡到他面前，并且把另外一杯递给岳乐。

唐斐接过咖啡道了谢，问道："没有你的戏，你怎么跑来了？"

"我来看看你们拍得怎么样，今天晚上是拍雨夜诀别吧。"

唐斐点点头，又继续看剧本，季晴靠在他身边一起看剧本，简兮不自觉地看向他们，季晴察觉了，抬起头看了一眼，并向简兮微微一笑，简兮愣住了。

刚好安心送咖啡过去，简兮因着胃疼，把咖啡给了安心，安心换了热水给她，刚喝了一口。

片场已经一切准备就绪，梅导大叫："简兮，准备好了吗？"

"好了！"简兮把热水递给安心，"别担心，我去了。"

梅导："Action！"

沈澜冒雨追到余家门口，拼命叩门："傲君！傲君，给我开门，对不起，都是我的错！傲君，是我不够勇敢，不够坚持，才会伤害了你！傲君，求你再给我一次机会！"

一阵冷风吹来，大雨中的沈澜浑身不禁颤抖，大声道："我不要分开，无论如何都不要！傲君，你出来，我们把话说清楚！"

门内，余傲君站在雨中，神情冷傲。

良久，顾云生撑着伞走来，撑在她头上。

顾云生：“出去见他吧。”

余傲君：“该说的都说完了，没什么再好说。”

顾云生：“如果你不见面，他会一直等到天亮。”

余傲君默默地走到了门边。

顾云生不死心：“就算你躲得过今天，明日的赈灾堂会，你们也要见面的。”

余傲君冷冷地摇摇头：“不！这一生，我们都不会碰面了。”

门外的沈澜还在苦苦哀求，顾云生看了她一会儿：“傲君，和我离开这里吧。”

余傲君吃惊地抬起头。

顾云生：“从第一次见面起，我便爱上了你。还发过誓，这辈子要是不把你拉进我的怀抱，我就不是顾云生。等了整整四年，如今，这个誓言终于实现了。”

第144章 绝代坤伶

余傲君凄凉地一笑，轻轻靠近了门，伏在门边上：“我不会嫁给你的，此生都不会。我这一辈子，都是沈澜的妻子。”

“Cut！”梅导上来，“简兮，这一幕你的表情太冷漠，傲君不是不爱沈澜，是太爱他了，分离全是因为绝望啊！你这场，必须是压抑着内心的激动！”

简兮忍了忍绞痛的胃：“那重来一遍吧。”

梅导：“Action！”

简兮重演一遍。

“Cut！”梅导对唐斐说，“唐斐，你刚才表现得太软弱了，沈澜是个有内心坚持的人，再来一遍！”

梅导演一次次重来，简兮被迫一次次重演，明显浑身发抖得厉害。最后一遍，梅导：“Cut！ OK！”陆周觉得简兮脸色很苍白，疑问:“还好吗？”简兮摇了摇头:“我没事……”

还未说完，简兮就已经倒了下去。

唐斐快步过来，一把抱起简兮，唐斐向追过来的梅导说：“简兮生病了，我送她去医院。岳乐，你来开车！”

岳乐快速上了车。

陆周远远看着这一幕，愣在原地，他的手下意识地落在自己的腿上。

安心追上去，一把拉开车门上了车！车子开走了。

岳乐开车后，唐斐轻轻揽住简兮的肩，简兮朝他胸前缩了缩。唐斐低头看着简兮，忽然觉得很心疼。

唐斐坐在病床边，简兮正在打吊针。她睁开眼睛，唐斐原本握住她的手立刻松开了。

唐斐冷漠地说：“明明生病还要坚持拍摄，这样反而拖慢了进度。以后别再这样了，生病就休息，逞强会更讨人厌。”

简兮：“对不起。”

唐斐心中一动，但还是板着脸：“知道错了，就别再给大家惹麻烦！”

简兮抬起头，看着唐斐，眼眶红了，她想告诉他，在他抱起她的那一瞬间，她的心多么温暖，她想说没有他的这些日子多么煎熬，可话到嘴边，还是咽下了。

到底没有勇气说出来！

唐斐从满怀希望到失望怒气冲冲地走了出去，他是多么高傲的人，等着她开口，可她为什么不说话，只要说一个“爱”，什么过往全部不计，会立刻拥着她，保护她照顾她给她依靠。

唐斐走后安心走了进去，简兮的眼圈突然红了，安心递给她一张面纸说道：“认真听好了。爱情这种东西，就像胃痛一样，可以忍耐一时，终究还是一败涂地。哪怕你演技再好，喜欢就是喜欢，根本无法掩饰。不要去听别人的话，好好想想自己的心，再决定到底要怎么办。”

从医院回来之后，第二天又马不停蹄地去了剧组，今天是最后一场戏了，她不能拖延了大家的时间。

到了片场，梅导关切地问了几句。便开始给她讲戏：“余傲君随顾云生离开上海，却没有和他在一起，而是唱戏到老，终身未嫁。故事发展到多年后，沈澜再一次要求见余傲君一面，听到下人的禀报，余傲君伤心地流泪……”

余傲君背对着镜头，桌上的留声机响起《霸王别姬》的唱段，老旧的房间里，余傲君孤身一人坐在摇椅上，只微微露出侧脸。

婢女走了过来：“夫人，沈先生坚持要见你。”

余傲君没有转过头来。

婢女：“他说自己已经老了，此生……或许是最后一次相见。”

余傲君沉默了很久方道：“让他回去吧。”

婢女顺着她的视线看向台上的胡琴：“夫人要唱曲儿吗？”

余傲君点点头：“胡琴呢？”

婢女指着胡琴：“不是在那儿吗？”

余傲君摇摇头喃喃地：“可是胡琴永远不会再响了……”说罢，目光扫向墙壁，那里挂着一张沈澜的戏照。

“Cut！”

戏杀青了，众人沉浸在一片欢乐之中，简兮还是静静地站着回想最后一幕：你若爱我，我便痴心相随，无怨无悔。你若辜负，纵情深似海，也要慧剑断情。沈宅前沈澜的退却，已经为这段感情画上了终止符。纵然人言可畏，也要守着自尊，纵是此生不忘，但是再回首的时候，只剩下满心惆怅，不会再流泪了，因为胡琴都断了，眼泪也流光了。

一直到安心上去叫她她才回过神来，在化妆间卸妆的时候，工作人员来叫她参加晚上的杀青宴，简兮原不想参加，最后在安心的劝说下同意了。

换好衣服之后和安心来到pub里，里面早已经坐满了，唐斐和季晴在闲聊，制片和导演都簇拥在他们身边，气氛热闹。

简兮挑了个角落里的位子坐下，故意让植物挡住自己的脸，安心没办法只好拖着她去和导演制作人打招呼，硬生生被安心拉到唐斐季晴那一桌，谁知她跟和梅导演打过招呼之后，还是找了个角落坐下来。

有演员甲揶揄唐斐："斐哥，这部戏演完要接什么？"

唐斐还没说话，笑笑大叫起来："和我们季晴合拍一部电影啊，叫倾城之恋。"

又有人问："斐哥！斐哥！你和季晴什么时候给大家发糖啊？是不是要先订婚！季董那么疼爱女儿，肯定舍不得这么快把季晴嫁出去啦！"

简兮听不下去了，站了起来，勉强露出微笑："今天拍戏太累，我要先回去了，抱歉。"

简兮摆摆手，快步离开，出了pub拦了一辆出租车，上了车眼泪就不由自主地流了下来，她一路哭着回到家里，刚刚进门，就听到了门铃声起，以为是安心追来了，开了门才发现唐斐站在门外。

唐斐见她哭得眼睛通红，心里有些难受，却也不知道怎么安慰她，将手中的药袋子递过去："安心拜托我，把这个送来给你。"

简兮连忙过去接，手指碰到的瞬间，她立刻收回了手，药袋子落在地上，两人都蹲下身去捡。

第145章
说你爱我

"对不起！"唐斐突然说道："医院那天，我有些过分，不过是分手而已，不用变成陌生人。在这个圈子里，我们以后合作的机会很多。每次见面都装不认识，别人看到了，一定会很奇怪。大家都是这样做的，分手以后可以做朋友，遇到新恋情，也能彼此祝福。作为一个成熟的人，应该用这种态度处理。你刚才听到那些人开我和季晴的玩笑，就突然跑掉了，很容易让人误会。"

简兮抓住药，有些手足无措地低着头："我只是……突然想到有点事。"

“真是这样吗？”

简兮更慌了，一下子捂住脸孔哭了起来，一边说：“对不起，我不是成熟的人。我很笨……什么都搞砸了。已经努力，很努力装没关系了……季晴才是最适合你的人，像我这样幼稚又可笑的人，根本不合适。跟她比起来，我真的一无是处。可是，我没办法……和你继续当朋友。”

唐斐看着她：“为什么？”

简兮哽咽着：“因为……喜欢，我喜欢你。”

唐斐突然笑了。

简兮呼吸停滞地看着他。

唐斐几乎要跳起来了：“能够逼出你的真心话，我非常开心。我也一样很幼稚啊，如果对你死了心，就不会这样试探你了。不过，你肯定刚才说的话，不会再收回去了吧？”

简兮呆呆地摇了摇头。

“绝不后悔？”

简兮又摇摇头。

唐斐替她把眼泪擦干净，笑了：“刚才到底为什么要跑掉？”

简兮：“因为……他们说你买了戒指……”

“你这家伙真是笨死了。”唐斐从口袋里抽出项链晃了晃，“当初是为了买这条项链，才会特意跑去那种地方，我爱的那个人，不就是你吗？你实在是太笨了。”

说完趁机给她戴上了项链，在她唇上亲了一下：“不许再还给我，如果再有下一次，我一定真的生气了！”

简兮抚摸着项链，忍不住笑了，给了唐斐一个深情的拥抱，这些天所有的不愉快瞬间抛到了九霄云外。

好事不止这一件，电影《你是我的唯一》也拿到最佳爱心公益电影大奖，昨天公布之后，无数个通告发了过来。

齐文森也赶紧打来电话让简兮回公司，原来是在威尼斯电影节夺得最佳导演、最佳改编剧本两项大奖，蜚声国际的大导演李虹亲自邀请简兮出演她的新片，可把安心高兴坏了，见面回来一路眉飞色舞地对着简兮说：“你会大红大紫，你一定会大红大紫！”打开车窗，对着窗外大喊，“简兮，你一定会成为最红的女演员！”

简兮低下头翻开剧本，看到了德龄这个人物介绍：随身为驻外使臣的父亲裕庚远赴海外，17岁时归国，因精通多国语言，熟悉西方文化，被慈禧招入宫中，成为御前女官。看完之后脸上露出自信的笑容，这个角色很适合她，她一向擅长塑造内心戏，德龄的内心戏非常多。

很快到了剧本会的时间，到了那边简兮才知道，这部电影编剧是牧歌，演员不但有左左、沈嫣和季晴，都是熟人倒也不意外，倒是季晴参演，让她吃了一惊。

原本季晴正在拍《倾城之恋》，可因为导演出了车祸，要推迟三个月，于是加盟了此片。

故事发生在列强入侵时期，慈禧太后得知裕庚的女儿通晓外文及西方礼仪，便下旨召德龄、容龄姊妹入宫，为她担任翻译女官。两人穿着时髦洋装生活在古老陈旧的清王宫，第一次把现代舞和芭蕾引入中国，第一次教导慈禧照相画画，第一次以女性身份斡旋于各国列强间，给腐朽的宫廷带来一阵清新的风气。所以，这是个新旧交替时代的精彩故事。

李虹分配角色，把德龄这个角色给了季晴，容龄则由简兮饰演。

季晴和简兮各自吃了一惊，连编剧牧歌也站起来反驳："李导，你在开玩笑吗？我之前明明说过，德龄适合简兮，容龄更适合季晴才对！"

李虹轻轻地笑着："身为演员，应该轻松驾驭不同的角色，对吗？"不等众人分辨，接着说，"左左饰演光绪的皇后静芬。沈嫣演珍妃。"

"珍妃？"沈嫣急了，"她只存在于光绪的回忆里，只有几个镜头！你明明是答应过季董……"

李虹打断："我可不是让投资人指手画脚的导演，如果你不愿意，让季董撤资好了。就这样吧！"

沈嫣愕然，李虹快步起身离去，剩下一屋子人面面相觑。

简兮怎么也想不明白李虹为什么这么干。容龄天真烂漫，热情洋溢，从头到尾没有一丝阴霾，她从出道以来，从未演过这种角色。

不过，唐斐得到消息之后，只是微微笑了，给了她一本《清宫琐记》，让她深入容龄的生活，去了解容龄。

简兮还是毫无自信："容龄年纪小，是父母的心肝宝贝，德龄是姐姐，从小被严格要求，个性内敛温柔，可是没有人宠我，我怎么会知道被宠坏的感觉呢。"

唐斐立刻凑了过去："你是在暗示我吗？"

简兮脸一下子红了："谁……谁暗示你了啊？"

两个静静地对视着，突然相顾一笑，所有的言语都埋藏在这相视一笑里。

开拍的第一天就遇到了难题，李虹坐在椅子上让简兮和季晴把她当成慈禧试演一遍，两人演完之后，被李虹训斥了一通："简兮，虽然行了西方礼节，可你的表情，充满了对太后的恐惧，没有一丝天真烂漫的气息！仅仅礼节到位有什么用？空有羞涩腼腆，没有一点韵味！不，这不是德龄和容龄，起码不是我要的！"

李虹对两人很失望，让她们继续准备，先拍沈嫣的戏份。

第146章
沈嫣又弄事

拍完了沈嫣又让两人再试演一遍却再次被李虹否决了，李虹对两人失望了：“你们根本不是德龄和容龄，就像是一对傻子！我真是疯了，居然会相信你们的演技可以克服困难，都回去吧。我会和齐文森说，换掉你们两人！”

简兮和季晴愣住了，赶忙上去央求再给一次机会，李虹深吸一口气，冷漠地看着他们：“只有三天，三天的时间！如果三天后还把握不住人物，你们就放弃吧！”

季晴悟得还算快，很快就找到了正确的方向。开始融入人物，学习法语、日语，练习礼仪，穿洋装跳舞，插插花，弹弹琴。

简兮把自己关在房间里，想了一个晚上却更加困惑了，在房间里不停地在剧本边缘写着人物心得，最后把剧本涂成一团，烦躁地丢掉了。

一转眼三天过去了。

季晴带着笑笑到了片场，李虹正在等待：“开始表演吧，让我看看你的成果。”

季晴微微一笑，在一旁的椅子上坐下，时间一分一秒过去，季晴从旁边拿起一本书，安静地看书，偶尔打打呵欠，不时轻轻翻过一页，有时放下书，眺望远处的天空，再次露出温柔的笑容。直到妹妹容龄回家，德龄放下书，细心地整理好裙摆，才站起身，绽放出笑容，张开怀抱：欢迎回来。

李虹对她的表演很满意，可简兮却迟迟没到。

三天了，简兮把自己反锁在房间里，不吃不喝。最后安心实在没办法只好找来了唐斐，唐斐直接撞开了门进去，只见简兮躲在被子里，房间里窗帘拉得严严实实，地上到处都是撕碎的剧本。

唐斐赶紧上去叫了她一声。可简兮却毫无反应，唐斐迅速上前拉她，简兮大叫：“不要理我，我抓不住容龄的感觉，我演不了！”

“蓬头垢面像个女鬼一样，能抓住感觉才怪！”唐斐想把简兮抓起来，可她却把自己藏得更深了，她把自己卷在了被子里。

唐斐生气了，直接把被子丢在地上，猛地一展，简兮滚到窗边，安心猛然拉开了窗帘。耀眼的阳光瞬间洒满房间，简兮被迫坐直了，瞪大眼睛，突然跳了起来跑到阳光里，张开双臂。豁然开朗地大叫起来：“太阳！对，就是太阳！”

唐斐和安心面面相觑。

她忽然想起了今天的试演，飞快地穿上衣服朝片场跑去。

她气喘吁吁地跑到门口时，就见沈嫣缠着李虹让她试演，一看见简兮气得浑身发抖。

李虹松了一口气：“好了，大家准备一下！”

简兮的这次表演让李虹很满意：快活、热情、明媚，就像灿烂的朝阳，拥有把整个紫禁城的阴云都驱散的魔力。她好奇地望着简兮，上一回还完全把握不到精髓，现在就像换了一个人似的。

而沈嫣的脸色瞬间变了，如果简兮通过了，那么就意味着她就毫无机会。

天赋这种事情是注定的，机关算尽的沈嫣，演戏只是个木头美人，机会自然便少了，而简兮，没工夫去算计别人，心里除了演戏再无他物，成功实属正常。

李虹终于点头拍板，半个小时候正式开拍，牧歌拿着修改过的剧本找简兮对稿。

简兮一看牧歌，被吓了一跳，牧歌的状态很不好，整个人很憔悴，她小心翼翼地问道："跟左左吵架了？"

牧歌失魂落魄地摸脸："这么容易就看出来了吗？"

"拜托，你脸上写着失恋两个字好不好？"

说话间简兮的眼睛不经意瞄到左左，左左正看向这边，她心里一动，顽皮地撞了一下牧歌："要不要我帮你。"

牧歌一愣，还没反应过来，就见简兮已经靠了过来，贴在了身上。

左左不假思索地冲了过来，一把拉开简兮，大叫："你这死丫头，在干什么？"她一把推开简兮，拦在中间，"我告诉你，他是属于我的，你有多远走多远。"

简兮冲牧歌会意一笑。

牧歌明白了简兮的用心，再看看左左，笑了起来："谢谢你啊，简兮。"

左左狐疑地问："你们在说什么？"

"没有啊。"牧歌答。

"到底在说什么啊？"

"真的没有啦。"

两个陷入你追我问的状态，看着他们渐渐走远，简兮低下头继续看剧本。

拍摄现场，大家有条不紊地忙碌着，季晴正在喝水，简兮正在整理裙摆。

柯洛过来探沈嫣的班，见沈嫣从二楼上慌慌张张地走了下来，他也没多想便迎了上去。

拍摄开始了，简兮刚上台，就在这时，柯洛突然发现，简兮头顶上的摄影机摇臂晃动了一下，紧跟着又晃动了一下，他愣了一下，猛然间看到了沈嫣站在一边，死死地盯着摇臂脸上露出得意的笑意，柯洛还没反应过来，就见摇臂掉了下去。

柯洛吓坏了，健步冲了过去，一把推开简兮，只听一声巨响，所有人都愣住了，等大家跑过去一看，发现简兮安然无恙，柯洛却受伤了。

"柯洛，你没事吧？"简兮快速爬起来，冲到柯洛跟前，检查。

沈嫣脸色苍白地拎着医药箱冲到柯洛面前，一把推开了简兮："你走！如果不是为了你，他一定没事，我不想看到你！你走！"

简兮无奈只好让开，走到一边。

沈嫣手微微颤抖着，一边给柯洛包扎受伤的胳膊，一边哭着问："为什么要突然冲出去，简兮现在和你完全没关系啊？"

"她是我的朋友，退一万步说，就算她和我毫无干系，我也会帮忙的。"

"这样太危险了，你就一点也不顾及我的感受吗？"

第147章
沈嫣事情败露

柯洛闭了眼，如果不是亲眼看到，他真的会被她继续骗下去，他笑了，反问道："我还不够顾及你的感受？"

"你……说什么？"

"机器通常都放在二楼，我刚来片场时，你刚好从二楼下来，你掩饰得很好，可是你刚刚的笑和之前那惊慌出卖你了，我都看见了。"

"没有，我没有。"沈嫣拼命摇着头，大哭不止。

柯洛犹豫了，最终打消了怀疑："对不起，我不该怀疑你。"

沈嫣松了口气，一边哭一边道："你还喜欢简兮对吗？我是很羡慕简兮，羡慕她得到了一切，但也不至于做出这么恶劣的事情……"

"沈嫣……"

"在你眼中我竟是这样的人。"

她站起来转身就走，柯洛连忙拉住了她，沈嫣嘴角不由一抹得逞的笑意浮现，只是一回头面对柯洛时，又换成了委屈的模样："为什么要怀疑我，为什么呀？谁都可以讨厌我，连你也这样，我要怎么办？"

柯洛一把抱住了她，沈嫣趁机倒在他怀里。

这时候有工作人员过来，看了抱在一起的二人一眼，鼓起勇气打断了他们，把剧本递给了沈嫣。

其他人都在拍摄中，简兮惊魂未定地坐在那里，想着柯洛奋不顾身的一推，保全了她，自己却受了伤，再想到摇臂怎会无缘无故地掉落，心里不禁有了疑问。

就在简兮胡思乱想之际，沈嫣捏着剧本走到她面前："你让编剧删了我的戏份，是不是？"

简兮一愣。

"为什么不说话？除了你，谁还会这么做？"

"为什么我要这什么做？你每次都这样冤枉别人吗？"

“简兮，你只是运气好罢了，不，与其说是运气，不如说靠关系，如果不是唐斐，环宇怎么会选择你！”沈嫣怨恨地望着简兮，完全忘记了简兮是怎么被她踩入谷底，然后一步步艰难地爬出来的。

简兮无奈地摇摇头：“我不想和你起争执，这是片场！”

简兮的淡定更加激怒了沈嫣：“别瞧不起人了，我知道，现在你比我红，但我比你更有耐心，我会等，慢慢地等！总有一天，会亲眼看到你从神坛上掉下来！”

“你知不知道，你的脸很像画皮！外表是楚楚可怜的美人，内在是丑陋的魔鬼。你可得好好修饰，精心伪装，千万别被大家看穿你的本质，到了那一天，连配角都轮不上了。抱歉，先走一步。”

简兮拉着安心转身离开，沈嫣用力把剧本摔在地上。

回到了化妆间，安心越想越觉得担心。

简兮安慰到：“放心吧，我不会让她打扰到，我会专注把戏演好。”

“天真！”一边的左左凝视着指甲，“那种人，可以把自己的父亲推下楼，就是为了逼我让出角色，让我失去获得最佳女主角的机会。”她吹了吹指甲，“她就像一条躲在角落里的毒蛇，一口咬不死你，还会扑上来。”

简兮会意地一笑：“你在关心我吗？”

“我是怕你又被赶出来，再拍一遍浪费我的时间。”

安心跟简兮都笑了起来，两个人都觉得左左的话很有道理，毕竟沈嫣这种人，是不会死心的。

剧本被删，沈嫣又气又恨，只好找柯洛哭诉，柯洛把沈嫣紧紧抱在怀里，心疼得不停地说：“我信你！”

“我现在就只有你了。”

就在这时电话响了起来，是季董打来的，她接起电话故意走到一边接听，挂了电话对柯洛说：“我有工作要谈，要回公司一趟……”说完飞快地在他面颊落下一吻，“回家好好休息，我再给你电话。”

柯洛若有所思地看着匆匆离去的沈嫣，拿起了外套，跟了出去。

大街上季董的车开了过来，沈嫣飞快地上了车，车上两个人亲密地搂在一起……

柯洛不是没听说过她和季董的流言蜚语，但是每一次他都选择了相信，要不是亲眼所见他真的不敢相信，现在，他终于彻底清醒了，原来一切都是假的，一切都是沈嫣在演戏，他就像傻子一样被她耍来耍去，甚至误会了简兮。

夜渐深沉，沈嫣终于摆脱了季董，飞快地往家里走，却发现柯洛站在门口等她。

她拿着钥匙转动着门锁：“不是让你回家休息吗？都受伤了……”

沈嫣神态自若就像什么都没有发生一样。

他沉寂了半晌，说道：“我都看到了。”

“看到什么？”

“季董的车……”

沈嫣手抖了一下，惊慌地回过头盯着柯洛：“你跟踪我？”

“我跟踪你？我只是担心你不安全，可我看到的是什么？是不堪入目的一幕。”

他吼完，转过身失魂落魄地往前走，为什么一开始不相信简兮，而是被沈嫣那楚楚可怜的面孔蒙蔽。

“柯洛！”沈嫣不死心地追过去。

柯洛甩开她，不管沈嫣说什么他都不想再听，大步走了。

简兮每天沉浸在拍戏当中，中午的时候，意外地看着开了两小时车来见她的唐斐，感动得差点哭了。

结束这短暂的约会，刚回到片场门口，就被沈嫣拦住：“原以为抢走柯洛，你会很伤心，没想到你这么快找到下家了。”

简兮连搭理都不愿意搭理，越过她径直往片场走去，沈嫣不甘心地大叫着：“谁都知道，唐斐有钱有地位，还是世纪的大股东，我真得向你学习，外表那么单纯，攀高枝的能力一流。选择唐斐，不但得到了爱情，还能得到强大的资源。”

简兮终于是停住了脚步，回过头不可置信地望着她：“你以为谁都和你一样，用利益来判断一切吗？”

“难道你不是吗？不是就和唐斐分手啊！证明给我看！”

简兮真是懒得理她，掉头就走，沈嫣望着她的背影疯了般地吼道：“好好珍惜现在吧，因为你拥有的一切，我都会抢过来，包括你心爱的唐斐！”

简兮不由愣住，看着着魔般的沈嫣久久说不出话来。

第 148 章
沈嫣自杀事件

人的贪婪是没有止境的，野心膨胀到一定程度就会爆炸，爆炸后连自己都认不出自己，简兮在沈嫣身上深刻地读懂了这个道理。

从片场回来，就见柯洛坐在长椅上，喝得烂醉。

安心会意地先行上楼。

简兮坐到柯洛身边，关心地说：“伤好一点了吗？”

柯洛抬起头，望着简兮，苦涩地一笑：“你在和唐斐交往吗？”

简兮点头：“这件事，外界还不知道。”

“如果发生那些事的时候，我坚定地站在你这边，你是不是有机会喜欢上我？”

简兮一愣，复杂地看着柯洛。

柯洛看她的样子，内心有些难道：“全都怪我，你一再提醒我不要相信沈嫣，我却选择了信她，不信你。”

“都过去了，我一直把你当朋友。”

看着简兮离开的身影，柯洛的脚步停在了那里，久久凝望着。

由于季晴档期排得太紧的缘故，新片的主题曲选择了让简兮来演唱，毫无经验的简兮忐忑不安地接下了这个任务，最后发现原来是跟柯洛对唱，她只是配着旋律哼上几句就可以，心便安定了下来。

在音乐方向柯洛是专业的，他细心指导着简兮，终于让她跟上了曲调。

沈嫣嫉妒地盯着两个人，在门口若有所思，这时候柯洛一出来，她似乎拿好了什么主意，冲了上来，眼泪涟涟：“柯洛，不要跟我分手！”

柯洛冷漠地将她推开：“不要再纠缠下去，不然我把看到的事情抖出来。”

沈嫣一愣，不可置信地望着往日柔情款款的柯洛，她把目光投向了简兮，突然一个巴掌打在了柯洛脸上：“你为了简兮和我分手，我不会原谅你们，绝对不会！太过分了，真的太……太过分了！”

简兮被这突如其来的一句话弄傻了，愣在一旁，柯洛愤怒地抓着沈嫣：“你疯了？想干什么？”

沈嫣的助理扶着沈嫣愤怒地吼着：“柯洛，沈嫣这么爱你，你竟然劈腿！”

沈嫣泣不成声地抓着柯洛：“我爱你啊！”然后扑到简兮面前：“求求你，把柯洛还给我！”

这一出戏，演得精彩绝伦，不明真相的群众纷纷挤了过来，来围观这场夺爱之战。

安心一把拉过简兮，快步离开这是非之地，沈嫣突然抬起头，冷冷地说：“我一定会让你们知道，背叛必须付出的代价！”

人一旦疯狂，就没什么事情做不出来，沈嫣在失去柯洛后，又发现了一个很好的机会，她死死地抓住，狠狠地对准了简兮的脖子，准备一口咬下去。

助理把沈嫣送回了家，轻声安慰着，看着沈嫣渐渐入睡，终是放心离开，只是她并不知道，她的电话不知什么时候被沈嫣偷偷藏了起来。

片场内，李虹对简兮的表演满意极了，她完全将自己融入容龄这个角色。李虹细心地交代着接下来的剧情，突然有人冲进了片场，惊慌失措地跑到简兮面前。

“沈嫣……沈嫣她自杀了！”

岳乐开着车，唐斐靠在那里假寐，这时候车内广播传来：“著名演员沈嫣今日神秘入院，据可靠消息称，她因日前与男友柯洛分手，情绪不佳，当众崩溃，此次入院疑似因情伤轻生。记者联系其经纪人，至今未获可靠答复……”

无数记者蜂拥而至，将沈嫣团团围住："沈小姐，传闻你是为情自杀对吗？是简兮横刀夺爱是吗？"

沈嫣站在那里楚楚可怜，无数闪光灯亮起。

"我最爱的人和最好的朋友背叛了我……"沈嫣绝望地哭泣着……

沈嫣的助理由于手机落在沈嫣家，中途折返第一时间发现了沈嫣，而事发后齐文森立刻安排不知情的柯洛去国外拍ＭＶ，文齐森冷静处理了一切事情，把简兮推了出去，因为他早收到了风声，安心在接洽其他公司。

事情闹得很大，沈嫣咬住了简兮决不会放手，简兮突然想明白了，没有什么是可以逃避的，继续拍片才是唯一的选择。

在记者疯狂的围追堵截中，终于是来到了片场，所有人都用异样的目光盯着她，窃窃私语，她好像什么都不在意，坐到了化妆间里，而季晴同情地拍着她的肩："加油！"

安心递上了化妆包，化妆师很快替简兮上好妆，镜中的简兮仿佛又成了无忧无虑的容龄。

很快化妆间里便空无一人，有个女演员走了进来，拿起简兮的化妆包，看看四周确定没人，冷笑着："给你一个教训！"

简兮刚演完了一场戏，李虹给季晴和简兮讲解："你们俩的情绪上一定要把握准，光绪心爱的珍妃死了，他一直沉浸在悲伤中不可自拔。容龄的出现对他来说很新奇，不光是一个可爱的小朋友，而是射进阴暗宫廷的最后一道光芒。至于德龄，你的暗恋还不够明确，眼神要充满感情，明白了吗？简兮等会儿再拍，季晴，你先补两个画面。"

季晴继续去拍摄，简兮疲惫地和安心一起走向化妆间。

化妆师在帮人卸妆，简兮自己打开化妆包补妆。

安心这两日总觉得脸上的皮肤有些干，随手拿起化妆包里的爽肤水倒了一点涂在脸上，突然捧住脸开始抓，整张脸都红了。

简兮发现她不对劲，忙问道："怎么了？"

"眼睛痛，脸上又好痒！"

一边的女演员嬉笑起来："是报应吧！可惜报应的不是她呢！"说着看向了简兮。

简兮一把将装化妆水的小瓶子甩在女演员面前："到底在里面装了什么，说啊！"

女演员不缓不急地站起来："跟我可没关系，拜托你别乱说话，小心我告你诽谤！"

第149章
演艺协会封杀

站在门口的左左见简兮被人欺负，快步上去给了女演员一巴掌，女演员捂着脸：“你为什么打人啊？”

“我打的就是你这种欺负人的人。”

女演员冲上来和左左扭打在一起。简兮上去拉架，结果被卷入战团，左左三下五除二把女演员都打跑了。

简兮见安心的脸红得厉害，要带她去医院，左左揉了揉自己的脸，刚要走，被简兮一把拉住一块带去了医院。

到了医院之后，安心上了药，包扎得像个兔子，左左刚刚拿完药从旁边走出来就见安心一边揉着脸一边说：“那些人真不知道怎么了，无冤无仇为什么要害人？”

左左白了她一边：“还不明白吗？人家只是在发泄怒气而已。试镜过女一号，被刷下来以后怨气可大着呢！”说完疼得龇牙咧嘴，拿出小镜子照了照自己的脸，“哼，明天要是不能消肿，我再去撕她们的脸！”

简兮看着左左，鬼鬼祟祟地戴着眼镜，还顶着一头乱发，忍不住笑了，左左看着简兮也是浑身脏污，不由也笑了。

原本只是女演员打架算不上什么大事，可第二天简兮到了片场，刚刚换好衣服出来，就见所有人都用奇特的眼神看着她，李虹慢慢走上来，告诉她，刚刚接到消息，投资方经过讨论，决定换掉她的容龄。

简兮愣住了，李虹想了想还是跟她说道：“理由你应该很明白，用你这样的女主角，会严重影响电影形象。”

简兮以为还是因为打架的事，忙道：“如果是这样的话，我可以演配角！不管是什么角色，哪怕没有台词也可以啊！”

可李虹说：“简兮，我知道你是个非常专业的演员，我也非常欣赏你，但这次情况不同。”

简兮一头雾水，有工作人员过来向她要走剧本，她不舍地紧紧攥着但最后还是把剧本交了出去。

李虹要走，简兮追了上去：“李导，我能不能问一句为什么，就因为我形象不好吗？你说过，只要我好好演戏，不管外面闹得有多大，都不会撤掉我啊！我那么拼命地演戏，因为一些流言蜚语，就要否定我的努力？”

片场里一片寂静，半晌，李虹抬起头同情地看着她：“简兮，这件事你迟早都会知道，我直接告诉你吧。从今以后，都不会再有人找你演戏了。很抱歉，行业协会正式发出通告，要求所有剧组都不再录用你。”

简兮彻底地呆住了。

她连所谓演艺协会到底是什么都不知道，为什么要封杀她？

她马不停蹄地和安心找到了陆周商量。

陆周告诉她："演艺协会，简单地说，就是演艺公司和演员们自愿结成的社会团体，不是官方组织，却因为倡导者都是一线导演和著名演艺公司董事，所以颇具影响力，而这一次是收到了联名抵制的观众来信以简兮行为恶劣、严重影响行业形象为由，要求立刻停止她的一切演艺活动。"

简兮恍然明白了过来，这一切又是沈嫣的计划，从一开始她就全都策划好了，来自舆论的压力无法让简兮放弃，就用这种手段逼她离开。这样一来，完全没办法参加任何演出了，哪怕是公益电影商业演出也被禁止出现。如果没有充足证据，丑闻越演越烈的情况下，演艺协会不会采信任何的解释。

简兮绝望地从陆周的琴房跑了出去，刚到走廊，就遇见了沈嫣，两人同时站住，往事一幕一幕回到眼前，她一步步地走向沈嫣："刀片割下去的时候，不痛吗？为了打倒我，你对自己都这样狠心。"

沈嫣微微一笑："死亡的感受很痛苦，但看着你一步步走到巅峰，我会觉得更痛苦。两相比较，我情愿忍受一时的难受，亲手把你狠狠拉下来，一旦被演艺协会驱逐，就再也不能登上舞台了。我劝你，早点卷铺盖走路，不要再浪费时间。"

"你妄想，我不会放弃演戏，绝对不会！"简兮几乎拼尽了力气喊出这句话。

沈嫣的眼神透出寒光："很好，那我就看着你在沼泽里挣扎，而我，将变成最耀眼、最令人羡慕的女主角。"

"你以为打垮了我，就能得到容龄吗？"简兮笑了，"你啊，真是太可怜了。出演钢琴师的时候，你模仿我的表演，因为有出色的弹奏技巧，加上我的表演示范，你才能成功取而代之。可是这一回，我只演了几场戏而已，接下来的容龄，你要怎么把握呢？"

简兮说完，不再理会她，沈嫣恼怒地在她身后说道："我会证明给你看，我一定比你强！"

就如简兮预料的那样，仅靠两天突击跟现代舞老师邓肯学了一场舞蹈，连剧本都没看明白的沈嫣就自信地去试了一场戏，当场被李虹否定了。

冷眼相看的季晴起身说道："从拿到剧本开始，简兮就已经把全部心力都用在琢磨容龄上了，瓦尔格部乐舞、蒙古乐、番子乐、廓尔喀部乐、缅甸国乐、安南国乐……这些你都听过吗？"

沈嫣愣住。

季晴继续说道："这些都是清宫常见的宴乐舞蹈，身为慈禧身边的第一女官，又是中国第一位现代舞蹈家，从来都没听过的话，简直太可笑了。李导，我，不要拖后腿的容龄。"

沈嫣震惊得说不出话来，转向李虹，急切地说："李导，现在重新找演员根本来不及，我是唯一的人选啊！”

“李导，我不会接受半吊子的演员，如果您仓促拍摄，我会辞演。”季晴坚持道。

李虹头疼欲裂，最后宣布：暂时停止拍摄，直到找到真正的容龄为止。

这一次的打击，比以往的哪一次都要严重，几乎击垮了简兮，没有了演出的机会，她魂不守舍地坐在家里，魂都像丢了一样。

第 150 章
勾搭唐斐

唐斐今天有一则广告要拍，女主角迟迟不到，他上网看了一下新闻，知道了简兮的事，心想，这笨蛋肯定在哭，马上打去了电话：“哭了吗？”

简兮擦擦眼泪：“才没有，我很坚强的。”

沉重的鼻音一听就此地无银三百两。

唐斐心疼地：“待会儿，我来找你。”

“真的不用那么麻烦，我自己可以应付。”

“如果说……我想见你呢。”

简兮良久才“嗯”了一声。

“到了楼下后，我再给你打电话。”说完唐斐挂了电话，眼睛却盯着电话看了很久，才收起来。

“对不起各位，今天我来晚了。”听着声音耳熟，抬头一看，竟然是沈嫣满脸笑容地带着助理走进来。

唐斐看向岳乐，岳乐连忙朝唐斐解释道：“别这样看着我，我也是刚刚知道，原来定下的广告女主角被换成沈嫣了。”

导演问道：“斐哥，可以拍了吗？”

唐斐点头，快步过去。

开始拍摄了，导演：“二位麻烦再亲密一点。”

沈嫣直接贴到唐斐身上，敞开的衣领，皮肤若隐若现。唐斐蹙起眉头，强忍着不耐烦。

导演：“好，下一张，二位请注意一下，这是一对相互依偎、甜蜜幸福的情侣！”

唐斐照做，沈嫣想尽各种办法表现出亲密。

导演：“OK！完美！”

唐斐迅速离开，沈嫣失去支撑差点摔倒，助理连忙上去扶住她，助理恼怒地看着唐斐的背影，沈嫣却不以为意地向唐斐追了过去，娇滴滴地说道：“斐哥，我觉得刚才最后一张照片太冷淡，一点儿都不像亲密的情侣，要重新拍过。”

唐斐头也不抬地道：“我觉得没有问题。”

沈嫣见唐斐不接招，转念换了个招数，故作黯然地垂下头：“我觉得你……对我一直存在误会，现在连工作都无法容忍。可不可以请你给我一个机会，把事情解释清楚。只要两分钟就好！如果误会不能解除，今后我们要怎么合作呢？都是同公司的演员，碰到一起的机会很多，一定会很尴尬，我不想那样！”

唐斐抬头看着她，眉头微皱。

“我知道，很多事情我都做错了，你讨厌我是应该的。”沈嫣凝视着他，“但是，每个人的立场不一样，看问题的角度也会不同。我和简兮一样，不，比她更惨才对。她有天生的表演天赋，陆周那么器重她，给了无数机会。可是我呢，除了自己，什么都没有。这个圈子看似风光无限，背后那么残酷，如果我不红，就只能给人欺压！我不要那样，我要扬眉吐气，不想再忍气吞声啊！斐哥，你有今天，不一样是踩着无数人爬上来的么？是，我的行为很卑劣，这是因为我走了一条异常艰难的路！别人不明白，你应该懂得，如今的一切，都是情非得已！”

“所以呢？”唐斐问道。

沈嫣眼底含上泪水：“所以……只求你别讨厌我，试着从我的角度去看，施舍我一点同情吧。我也不想变得这么坏，真的不想啊！而且，我这么讨厌简兮，也是因为……”

唐斐突然笑了：“因为你很惨，我就要同情你，这是你的第一步吧，然后你要告诉我，一直对我很有好感，搞不好对简兮的嫉妒也是因为我呢！是不是？再接下来，你就得使劲浑身解数让我迷上你，彻底抛弃简兮，真是恶毒三部曲啊！靠这种手段，你得到了柯洛。很可惜，这办法对我没用。”

沈嫣被识破，一时间不知道如何是好。

唐斐接着说道：“是！你没说错，我是从最底层爬上来的，还曾经做过武替，可以说一无所有，很能体会你这种向上爬的心情。可是，我莫名很讨厌你，厌恶至极！如果堂堂正正地说，我就是要掠夺一切，我就是想做女主角，至少我还能说你诚实。可是你啊，实在是太贪心了，不择手段地成功后，还要得到好名声。明明自己做错了，还要找无数借口，怎么不怪上帝给你一张好脸，却生了一颗歪心？啧，这样的女人，真是让人倒胃口。好了，再见吧。”

唐斐转身要走，沈嫣拉住他，他甩开她的手一字一句：“你接近我，只想让简兮失去一切，真的很可惜，我对你这种女人，一点兴趣也没有。岳乐，走。”

沈嫣气得浑身发抖，紧紧攥起拳头。

一直到了楼下，唐斐才给简兮打电话。

没一会简兮来了，他走过去拉住她的手：“走，带你去个地方！”

“去哪儿？”

他故作神秘地微笑："跟我来就知道了。"

原来唐斐带她去的地方是游乐场，带着简兮一起玩打田鼠、电动游戏机，还在抓娃娃机前抓娃娃，一直到简兮开心地抱着娃娃笑起来，唐斐才松了口气，指着摩天轮说："我们去坐那个！"

摩天轮上了天，两人趴在窗边上，看着脚下的城市一片灯火辉煌，唐斐突然安静了下来，说："今天在片场，我遇到沈嫣了。"

简兮沉默了一下，轻松地："哦，你们一起拍广告吗？"

唐斐点点头："她说自己非常辛苦，希望大家都能体谅原来……我应该和她是同样一种人吧。"

简兮吃惊地转过头来："怎么会！"

"为了钱，我会毫不留情地抢走角色。为了钱，我也会在粉丝面前拼命装得很温柔。那些，全都是假象。刻薄、自私、吝啬不是你送给我的形容词吗？"他苦涩一笑，"刚开始遇到你的时候，真觉得你是个傻子。居然有人会为了演戏不顾一切，哪怕一次次跌倒，也会这么顽强地爬起来啊！就是因为你这么顽固，我才会爱上你，因为你跟我，是完全不同的人。你的身上……有我已经丢了很久的东西，感觉爱上你，那些东西慢慢找回来了。"

第151章
甜蜜爱恋

简兮歪头笑了："那你不是要感谢我？"

"喂，不要得寸进尺哦。"

简兮笑意更深，她转头看向窗外："你看，今天晚上的星星好漂亮！"

唐斐顺着她的目光望去，天空繁星点点："在这么高的地方，感觉星星很近。"

简兮看着星星："唐斐，你啊，和沈嫣是不一样的。喜欢钱，是为了阿姨吧。因为生活很艰难，所以想要很多钱，希望用钱来填补幸福。"

唐斐怔住："如果没有遇见你的话，我可能会变得更坏也不一定。"

"可是你遇到我了啊，所以没有如果。"

"那么，可以给我一个吻吗。这是安慰啊。"唐斐说罢已经凑了过去，"给这么可怜的我一个吻，不是女朋友的义务吗？"

简兮的脸瞬间泛起了红晕："我说啊，你不是故意在装可怜，博取我的同情吧？"

唐斐抚额："这么快就看穿了啊，好失望——"

他刚刚说完，简兮突然凑上去，轻轻碰了一下他的嘴唇。

唐斐惊讶地睁大眼睛，整颗心都融化了。

这一晚，两人玩得特别开心，唐斐从未如此开心过，从游乐场回到家，唐斐下意识看了一眼手表。

简兮才想起来他晚上还有夜戏要拍，催促他赶紧过去。

唐斐按住她的手:“那，我要走了。”简兮抬起头，唐斐趁机在她唇上吻了一下，“晚安。”

目送唐斐离去，简兮摸了摸嘴唇，微笑起来，用力向他挥手再见。

唐斐的车子开走后，简兮故作轻松的笑容就消失了，她明白唐斐这样陪她，是担心她，而她这样努力地配合是怕他担心，可不能演戏，真的是致命的打击。

陆周最近也没闲着，自简兮那天从她这离开之后，他就着手让浮生调查几个人，第一个就是沈嫣。

浮生特意请了私家侦探去她念书的学校、打工的酒吧调查，酒吧上下应该被打点过，口风很紧，但人过留痕，总会有迹可循，最后花高价从一个酒保手里拿到了照片，的确让人大吃一惊呢!

陆周翻到了一页，停住。

浮生好奇地问：“这些东西有什么用？”

陆周抬起头，微笑：“爆出丑闻的话，应该怎么办？要用更大的丑闻来掩盖啊。”

浮生终于明白了。

简兮的事，不仅唐斐和陆周着急，柯洛也忧心忡忡，一拍完 MV 就从外地赶了回来，就在公司大厅门口，等沈嫣过来问个究竟，不多会，沈嫣带着助理来了，柯洛一把扯住。

沈嫣大叫：“放手！”

柯洛恼怒地：“我不想在大庭广众下给女人难堪，马上跟我过来！”他不由分说把沈嫣拉进了会议室。

沈嫣关上了会议室的门，马上笑了，温柔地拉着他的手：“刚刚下飞机？拍 MV 是不是很累？一直想给你打电话，可怕你还在怪我，心里犹豫了很久。”

柯洛忍无可忍地甩开：“别再演戏了。”

沈嫣立即换上楚楚可怜的模样：“柯洛，你真的那么讨厌我么？我毕竟是个演员，季董又是世纪的大股东，他的约会我非去不可，但那只是逢场作戏，在我心里，你才是最重要的……”

沈嫣一边说一边试图抱住柯洛，被柯洛再次甩开：“我全都知道了，你为什么要这么做？”

沈嫣看着他，慢慢收起脸色的那抹怜色，直起身，整理了一下散落的长发：“你是来问理由的，还是关心简兮……”

“和你分手是我的决定，跟简兮毫无瓜葛！有什么都冲着我来，为什么要把她拖下水？”

沈嫣轻蔑地一笑："真是蠢。你完全搞错了因果关系。我啊，不是为了你才对付简兮，而是为了让她痛苦，才会和你在一起。你从小在优渥的条件下长大，又很快成了当红歌手，当然不理解我的心。如果我是个单纯的女孩子，一定会爱上你，可惜我不是。"

"真是卑鄙。"

"卑鄙？我啊，不是一开始就这么会骗人的，都是拜你们所赐！喜欢看女孩子掉眼泪，满足保护欲的，不正是可怜的男人们吗？你最讨厌简兮逞强的样子，爱看我流着眼泪向你寻求保护啊，现在凭什么一副受到欺骗的模样？"沈嫣一步步逼近，几乎是尖声，"我根本不是柔弱的女人，可为了你们的需要，我把自己塑造成这种模样！现在嫌弃我内心阴暗，当初信任美丽皮囊的，不正是你们吗！"

柯洛憎恶地看着她："不要再说了，我会马上向大家澄清事实！还有你那天刻意制造的意外……"

"现在说已经晚了，我可什么都没干过！别白费劲了，谁都救不了简兮！"

直到现在柯洛才感到深刻的后悔，他愤怒地摔门离开。

沈嫣盯着他的背影，轻声说道："我不会让任何人挡我的路，绝不！"

演艺协会正式发出通告，除非他们撤回决定别无他法，简兮现在要处理的是和合作商一家一家地解约，并且赔偿，一家合作商甚至直接把烟灰缸砸过去，简兮低头承受了，不停地道歉、鞠躬。

从最后一间公司出来，安心哇的一声哭了出来。

简兮从包包里取出纸巾递给她，安心一边擦眼泪一边抽搐："我还从来……从来没遇到过这种事……真的好难过啊！"

简兮忍不住笑了。安心哭笑不得地看着她："你还笑！如果从前碰到这种事，你早就跳起来了吧！好不容易经济宽裕了，这样一来，又是一场空啊！"

简兮安慰道："庆幸我身上只有两家代言四个广告一部片约，否则的话，我们一定会负债累累！"

第 152 章
快递来的贞子

没有通告的日子，简兮把自己关在家里拼命地吃吃吃，以前不敢吃的不能吃的，现在全都买回来，吃吃吃吃，好像只有在吃东西的时候才能暂时忘记烦恼。

唐斐和安心为了让她彻底放松，并没有来打扰她，就这样在吃东西和不分昼夜的看剧中，很快一个月过去了。

当新的一个月来临的时候，一清早门铃响个不停，简兮翻了个身，从床上滚下来，瞬间清醒了，吓了一跳，迷迷糊糊地走到客厅，顶着一头乱发去开门。

快递员送来了快递，她签收完毕，坐在沙发上，电话录机响了，是安心给她的留言：“简兮，公司这里的事不必担心，我会处理的。先放假一阵子，好好调整心情，难关一定会过去。”

她关掉答录机，打开包裹，里面装着一张DVD，顺手塞进了电脑里：画面出现了一片雪花，贞子突然出现在镜头前，吓得惊叫一声，整个人从沙发背上翻出去，她还没反应过来，就见视频里传出熟悉的声音：“是不是吓了一跳？”

简兮一愣，抓住了抱枕挡住脸，向屏幕望去，只见屏幕上唐斐正对着她笑，唐斐说：“人在伤心的时候，只要突然受到惊吓，立刻就会把不开心的事全都忘掉呢。我一直很好奇这个结论，今天终于论证了。现在是不是不会想哭了？好了，别生气，其实……我只是有很重要的话要说。但是面对着你的时候，我会说不出口。我知道，你已经变得很坚强了，不会在别人面前哭。但是……要在所有人面前强撑下去，是一件很辛苦的事。对我来说，你是最出色的女主角，电视上看不到没有关系，所有的影像我都录下来了。想要放弃的时候，回头看看走过的每一步，你就会知道，自己有多棒。”

画面一转，出现了简兮拍过的电影、电视剧：美艳的妲已，在画展上泪流满面的常然，在大殿里翩翩起舞的容龄，突然画面就在容龄的笑容里定格……

看着看着简兮的泪水掉下来，唐斐又在画面上出现：“本来是我的珍藏，现在送给你。千万不要哭啊，那样我的努力全都白费了。我希望，以后一直看到你笑的样子。”

简兮忍不住笑了，她拿起日历才发现竟然浪费了一个月的时光，她揉了揉脸，跑去镜子前惊恐地发现竟然已经肥了一圈，是该振作起来了，不能这样消沉下去，就算不能上银幕演戏又怎么样？找到自己的舞台才至关重要。

想到这，她飞速地洗漱，换衣服，然后去世纪影视公司见陆周。

陆周看见她振作起来很高兴，带她买了甜品去福利院看孩子，简兮突然想起曾经在公园里给孩子表演的场景，这里的孩子更需要关心，她鼓起勇气开始给孩子表演《神奇宝贝》，活灵活现的表演把福利院的孩子们都高兴坏了。

表演结束后，小男孩跑过来，送了个洗好的苹果给她。

她忽然明白了，真正的表演不只是在荧幕上，而是追逐内心深处的理想，来自表演本身的快乐，被人肯定的满足，发挥价值的快乐。

而这一次陆周没有让她拼命去争夺大奖，只是让她记住现在这份喜悦的心情，永远也不要忘了。

她从福利院回到家，刚刚洗完澡出来，门铃突然响了，门一打开，安心带了一支造型团队飞快冲了进来，火急火燎地指挥：“快，速度地行动起来！只有一个半小时！”

简兮被强行按着坐在沙发前，造型团队开始给她做头发、化妆。简兮一头雾水地任由他们摆弄着，最后穿好礼服，妆容整齐。安心打了个响指：“完美！”

简兮这才问道："安心，你还没有告诉我，到底要干什么呀！"

"来不及了，路上说！"伸手拉着简兮出了门，楼下早已有车等候，安心将她推到车前，车门打开，塞了进去，对着简兮挥手告别。

简兮一回头，看到唐斐坐在身边正在冲岳乐吩咐："开车！"

车子发动，简兮发现唐斐身上穿着礼服，刚要说话，唐斐嘘了一声，突然握住了她的手："去哪儿都不用担心，因为有我在。"

简兮抬起头来，怔怔地看着唐斐英俊的脸孔，点了点头。

唐斐带简兮要去的地方正是演艺协会举办的一年度一度的慈善晚宴。

此刻酒会现场非常热闹，各路明星大腕云集，在酒会的中央放着一台光可鉴人的钢琴。柯洛也在被邀的名单，他想借此机会跟理事长解释他和简兮没有暧昧关系，还简兮公道，理事长看了一眼楚楚动人的站在一边的沈嫣，反劝他不要和简兮搅和在一起，对他没有好处，不然连他一起处理。柯洛无奈地放弃了。

一直在旁观看的沈嫣走到柯洛面前，微微一笑："都看到了吧，没有人相信你的解释呢，不要再白费力气了，大家会选择相信我，因为我是受害者啊。就连我站在这里，都会被自动解释成对你痴心一片呢！"

柯洛气急败坏地看着她："你可真是我见过最恶毒的女人。"

"那你要谢谢我，给你上了宝贵的一课。"说完施施然地离开了。

季晴也已经到了，唐斐还没来，她不停地看着门口，从接到邀请开始，她就以为唐斐会邀请自己做他今晚的女伴，可直到齐文森接她出门，都没等到唐斐的邀请，他的女伴会是谁呢？简兮定然是不会来的？难道还能有别人吗？还是他也不来了？

齐文森递给她一杯酒，说每年的慈善晚会唐斐都会参加，让她不用着急，劝她去和沈嫣打个招呼，毕竟演的同一部戏，闹僵了可不好，齐文森说："在这个圈子里，和人打交道也是一种实力。虽然沈嫣演技不如你，但她也有自己的优点。"

第153章 恋情宣布

季晴看了一眼远处，沈嫣正在和理事们交谈，淡淡地道："恕我眼拙。"

"沈嫣进入公司一个月，就记住了所有人的生日，嘘寒问暖，周到贴心，光凭这一点，简兮做不到，你更做不到，你有今天的事业，不光是自己的实力，更重要的是我在为你铺路！"

"你是说我全靠家世吗？"

齐文森摇摇头："我只是想告诉你，别和简兮一样做傻事，毁掉自己的前途。"

季晴气得握紧了酒杯，齐文森难得见到季晴生气，突然从她手里抽走了酒杯，微笑道："身为淑女，不能发怒，会有损形象的。过来吧，我替你介绍王董。"

季晴站在原地一动不动。

齐文森将季晴的手拉过来，挽住自己的臂弯。

就在这时，理事长走上台："今天是我们的慈善晚宴，感谢各位嘉宾在百忙之中光临……"

有记者大叫一声："唐斐来了！"

季晴迅速朝门口看去，大门打开，只见唐斐挽住简兮走进来，季晴不由得呆住了，所有人都呆住了，连简兮自己也呆住了，她怎么也没有想到唐斐会带她来这里，她被演艺协会禁止演出，不管从哪个方面说，她都不该出现在这样的场合，她下意识就要从唐斐的手肘内挣脱，手却被紧紧抓住，简兮小声地抗议："唐斐，我真的不应该来……"

"你没有做错事，为什么不敢来，应该愧疚的，是背后搞鬼的人才对。"唐斐说道。

齐文森放开季晴的手大步走了过来："唐斐，你这是什么意思，为什么把她带来了？"

唐斐挑起眉毛："我选择谁做女伴，需要齐总同意吗？"

"这可是演艺协会举办的慈善晚会，在场又有这么多特约媒体，你要让大家都看笑话吗？这样的女人怎么能带进来？"

唐斐不再理会他，牵着简兮的手走过会场，在众人的一片议论声中，向理事长走去。

站在一边的沈嫣早已经目瞪口呆。

理事长吃惊地看着唐斐带着简兮来到自己面前，脸色发青："唐斐，这是怎么回事？"

唐斐指着简兮介绍道："理事长，这位简兮小姐，是我今天的女伴，也是交往日久的女友。"

整个大厅一片寂静，简兮的脸色发白，震惊地看向唐斐。

理事长吃惊地看着他，齐文森快步赶上来："唐斐，不可以开这种玩笑！谁都知道简兮是什么人，你要和她一起毁掉吗？！公布这种消息，必须经过公司……"

众目睽睽之下，简兮骑虎难下，转身要走，唐斐却死死地拉住她，微笑着朝大家说道："各位，今天我要正式向你们介绍我的女朋友简兮！"

记者们一听迅速蜂拥过来，七嘴八舌地问道：

"唐斐，这是怎么回事？简兮怎么会变成你的女朋友！"

"对啊，你的女友不是季晴吗？你从来没有在正式场合公布过恋情，能不能向我们解释一下，到底发生了什么事！"

齐文森扭头看了一眼脸色苍白的季晴，试探阻止唐斐，可已经来不及了，唐斐微笑着挽住简兮的手："其实，我们已经正式交往很久了，只不过我向来不喜欢私生活曝光，所以没有对外公布。我知道之前爆出了很多奇怪的传闻，竟然说我的女朋友是插足别人恋情的第三者，对她造成了很大的伤害，实在是不可原谅。”

有记者说道：“难道说之前的传闻都是假的？柯洛的秘密情人不是简兮吗？简兮不是第三者？那些丑闻又是怎么来的？”

唐斐别有深意地看了一眼不远处脸色发白的沈嫣，微微一笑：“有些人为了炒作不择手段，分个手都能闹上头条，我们毕竟无法揣测人家的想法。我知道的是，无论是怎样的恶性炒作，最后都会暴露，而我和简兮的感情，只会更加坚定。”

记者们不停地拍照。

这么虐狗的一幕，把周围的女演员们羡慕坏了，小声地议论道：“好幸福哦，唐斐还从来没有公布过自己的恋情呢！简兮还真是厉害，不声不响得到了唐斐啊！”

另一个点点头：“从前的传闻都是假的吧，还说沈嫣自杀，看看她活得气色红润呢，一点都不像，不过说真的，唐斐和柯洛，换你也知道怎么选啊！有这么好的男朋友，干什么去做第三者，多此一举嘛，不小心鸡飞蛋打，才是傻瓜呢！”

又一个加入了讨论：“这么说……沈嫣在撒谎了，听说她和简兮在争角色呢，那副哭哭啼啼的样子，骗骗观众而已，圈子里也很常见了吧！”

沈嫣的脸色越来越白。

柯洛终于松了口气，他想上去再帮简兮一把，被同样来参加晚宴的展眉给拦住了：“你向媒体和理事会解释一百句，比不上唐斐说一句。一则，你是当事人，说的话不具备可靠性。二来……唐斐在圈内的地位不可撼动，媒体和协会都会给他三分薄面。明天这个新闻就会传遍了，不用你再出面解释。”

唐斐手紧紧地搂着简兮的肩膀，转头看向理事长：“理事长，这个误会我一直想找机会澄清，因为这种莫须有的绯闻将简兮除名，未免太不公平了。既然丑闻的女主角不是简兮，应该为她恢复名誉，您说是不是？演艺圈不该错误地驱逐一个好演员。”

理事长满脸踌躇：“等今天的晚会过后，理事会再举行专门会议来商讨，好吗？”

唐斐点头：“多谢。”

简兮始终没说话，眼睛一直看着唐斐，心中百感交集，忽然觉得在他身边很有安全感。

唐斐带着简兮和众人寒暄，将演艺协会的诸位理事、秘书全都介绍了一遍，周旋在众人中间。季晴看着眼前的一幕，猛然闭上眼睛，转身走出去，她的心锋利地疼，她那么爱他，分分秒秒都在思念着他，到底他还是选择了简兮。

第 154 章
艳舞照

她想哭，却不敢哭，强压住心酸，站在洗手间的镜子前，看着镜子里的自己，用力拍了拍脸，强迫自己露出笑容。

沈嫣一直跟着她，站在洗手间的门口抱着肩膀看着她，季晴恢复了镇定，发现了她。

沈嫣突然说道："简兮可真是有本事啊，不费吹灰之力就得到了唐斐。"

季晴懒得听她废话，要离开，沈嫣快步过去堵住她的路："怎么，不想听吗？你自己看嘛！明天她的丑闻就会澄清，演艺协会也会重新考虑处分的事。唐斐在演艺圈有钱又有地位，她可是一步登天了！"

季晴难掩恼怒："你到底要干什么？"

"我是在羡慕简兮啊！本以为她这次彻底完蛋了，唐斐竟然为她冒这么大险，一个弄不好，连他自己都会名誉扫地！可见他一定是爱惨她了，这样的女人，才是真正的狐狸精呢！"

"够了！"季晴叫起来。

"生气了？"沈嫣故意说道，"季晴，你从出生开始，就拥有了一切。可是你没有想到，有一天自己喜欢的男人，会被一文不名的女孩抢走吧。"

"没错，简兮的确得到了唐斐的心，但她跟你不一样，从来没使过卑劣手段。真要说讨厌谁，我更讨厌你这种不劳而获的女人！"

沈嫣突然笑了："哦，我明白了。看到简兮成为唐斐的女朋友，你明明心里很酸很妒忌，还要装作很大度的样子。就连在我的面前都要死撑着，活得真累啊！难怪唐斐对你不感兴趣。"

"你！"

沈嫣微微一笑，故意惋惜地："你的目标是打败简兮吧，可是现在看来，不论是事业还是爱情，你简直一败涂地呢。真奇怪，明明你长得更美，起点更高，怎么会输得这么惨，这大概就叫天意。"

季晴强调地又说一次："我会赢，我一定会赢，光明正大地赢她。"

说完了这一句，她再也不想跟她多废话一个字，多说一个字，她都会觉得恶心，这个女人真的叫人恶心。

沈嫣目送季晴快步离去，冷笑了一声。

她努力调整情绪，当她出现在大厅时，早已恢复了如常的表情。

齐文森微笑着走上台："今天晚上，世纪捐款二十万，购买沈嫣小姐一首钢琴曲，希望能为慈善事业贡献一份力量。"

齐文森话音刚落，沈嫣上了台，向不远处的季董投去感激的一笑，季董向她举杯。

灯光全部暗下来，一束光线她从头顶落下，温柔地将沈嫣笼罩其中，她伸手弹奏钢琴，优美的旋律传进众人的耳朵里。

就在大家都沉浸在音乐声中时，电子大屏幕上突然出现了一张巨大的照片，照片上沈嫣穿得极少，豪放地跳钢管舞，众人一片哗然。

沈嫣察觉到骚动，侧头一看，蹭一下子站起来，发狂地向台上冲去，大叫："这是怎么回事！这不是真的！"

放映师满脸惊诧："怎么回事？电脑好像出了问题！"

沈嫣疯狂地拔掉了电脑连线，照片在大屏幕上消失。

看着众人鄙夷的目光，沈嫣慌了，她急中生智地叫道："这是谁在开玩笑，竟然合成这种照片！太过分了！"

大灯猛然乍亮，屋顶的彩球一下子炸开，雪花一样的照片飞了下来，众人纷纷捡起地上的照片，简兮捡起地上的照片，依旧是沈嫣跳舞的照片，各种角度，非常清晰，无可辩驳。

轰地一下，所有记者向沈嫣扑了过去：

"沈小姐，这是怎么回事？你不是玉女演员嘛，为什么会跳钢管舞？"

"你出道以来从来没有拍过类似角色，这不是演戏照片吧？照片上的摄影日期是三年前，三年前你还未出道啊！那时候为什么会去跳钢管舞！你是地下酒廊的色情女郎吗？你一直伪装清纯，是在欺骗观众！"

"你不光是欺骗观众，你还欺骗了我们，你说清楚，到底怎么回事？"

沈嫣连连后退，一下子跌倒在台上……

简兮下意识地转头，人群之中她恍惚看到了正倚在门边上的陆周，她快步向门外冲去，但太多人跑向沈嫣的方向，差点把她撞到，再看时陆周已经消失了，她紧紧地抓住唐斐说道："我刚才看到老师了，他就站在门口那儿！"

唐斐并没有看到陆周，他看着地上被人踩踏的照片说道："他不爱参加这种场合，参加的唯一理由是……"

简兮一下子明白过来，震惊地转头看向台上已经无地自容的沈嫣。

从酒会回来，唐斐把简兮送到门口，一路上简兮都心事重重。

唐斐好奇地看着她："看到沈嫣咎由自取，你应该很开心才对。"

简兮低着头："我只是感觉这件事情很奇怪……到底是谁准备了那些照片，又怎么会在晚会上全爆出来。"

"这些不是你该关心的事。"唐斐拉起她的手，温柔地说，"不管照片是谁准备的，都与你毫无关系，忘掉今天晚上发生的一切吧。"

简兮犹豫了半天，点头。

"晚安。"唐斐在简兮额头落下一吻。

送走了唐斐，简兮陷入了长长的思考之中。

沈嫣的事情愈演愈烈，而因为李导一直没有寻找到合适的容龄人选，最后还是准备让沈嫣来演容龄，季晴提出辞演德龄，一则沈嫣的容龄也毫无魅力可言，会拖整部电影的后腿。二来，她不接受人品低劣的合作者！为了击败对手，得到容龄角色，不惜制造出那么大的丑闻，彻底毁掉对手的前途，当然还有一个她没有说出来的原因，沈嫣和父亲的重重传言让她无地自容。

李虹经过慎重考虑最终开了沈嫣。

第 155 章
幕后的手

沈嫣慌了，急忙跑去见季董，不顾秘书的阻拦闯进了办公室，泪汪汪地哀求："季董！你要帮我！拜托，您不能不管我，那些照片都是合成的，有人故意诬陷啊！现在李导赶我离开剧组，我不要放弃角色！你帮帮我！"

季董烦躁地将她推了过去："现在闹得人尽皆知，公司上上下下全都知道，连小晴也知道了。抱歉，这是你咎由自取，我无能为力。从今天起，不要再来了。"

秘书强行将她拉出了办公室。

公司上上下下的工作人员都在聊着八卦，一看到沈嫣立刻若无其事地走开了。

沈嫣气得浑身发抖，刚好看到简兮和安心走入大厅，立即快步走到了简兮面前，愤怒地责问简兮为什么这么干。

简兮一口否认了，可沈嫣不死心咆哮："你没有？除了你以外，还会有谁？"

简兮冷冷地道："没有做过的事，我不会承认的。不过，你不是一口咬定照片是合成的吗，何必这么紧张？既然是你怀疑我，不妨打电话请媒体来，我们当面对质，顺便分析一下，照片是真是假！"

沈嫣欲哭无泪，可她坚信自己不会输，就算输也不会输给简兮，她还有一张牌，她要去找柯洛，只要柯洛还愿意相信她，她就还有起死回生的可能。不过，她低估了柯洛，被她一再欺骗的柯洛早已经心灰意冷，看清了她的真面目，无论她怎么哀求，都无济于事，并且还告诉她了一个消息，他要离开了。

沈嫣彻底无望了。

简兮摆脱了沈嫣之后直接走进了教室，她得把心里的疑问问个清楚。

陆周正在看教案，简兮快步走了进来，要跟陆周谈谈。

浮生担忧地看了一眼陆周："老师待会儿要上课了。"

陆周平静地说：“你们先出去。”

浮生还有些犹豫就被陆周赶了出去，陆周翻着教案，房间里只听见纸张的沙沙声。简兮张了张嘴，还是沉默。陆周：“你是不是想问我，昨天的事情，是不是我安排的？”

“是，因为昨天晚上我在会场看到你了。老师，我想知道，昨天的事情究竟和你有没有关系，那些照片……”

陆周打断：“是我安排的。本来我是打算进去的，后来看到场面那么热闹，就放弃了。简兮，只有爆出更大的丑闻，观众才会遗忘你。你别忘了，当初她是怎么对待你的，现在又是怎么做的。我从头到尾没有捏造过谎言，公布的照片也都是真实的，又有什么不对？我的确用了手段，却不会弄虚作假。难道在你心里，我是那种无耻的人么？”

简兮吃惊地：“你说那些照片都是真实的？”

“当然，你只需要知道，我做的一切，都是为了让你重新站在镁光灯前，而且碍于舆论压力，公司已经代表你提出抗议，答应我，耐心等待两天，什么都不要做。”

简兮犹豫了一下，张口欲言，良久，终于点头。

告别了陆周，回到家中，刚到楼下，就见柯洛坐在长椅上等她。

他是特意来跟简兮告别的，他要为自己的歌唱梦想重新出发。

“简兮，答应我，任何时候都不要放弃演戏，就算身在远方，我也一定会继续关注你。”柯洛说完抱住了简兮，眼睛涌起了泪光，在她耳边说道，“我……祝福你和唐斐，你们一定要幸福。果然，做任何事都要坚持到底，我很抱歉，没有走到最后。我被假象迷住了眼睛，做出很多无法挽回的事，心里一直很后悔。”

简兮刚要说话，柯洛已经松开了她：“我走了。不必送我，我要继续往前走，不能再回头看了。所以，请你给我死心的理由，就送到这里吧。”

简兮停住了，目送柯洛大跨步地离去，突然笑了起来，大声地：“柯洛，你也要加油啊！”

柯洛头也不回，潇洒地挥了挥手。

为了挽回最后的希望，沈嫣自导自演了一场出车祸的戏，然后私自召开记者会。

齐文森在接到消息后快速出现在会议室门口，里面早就人山人海，各路记者挤得满满当当。

沈嫣脸上带着多处擦伤，手上还打着绷带。可记者们不放过这样的机会，各种揭人疮疤的提问扔在了沈嫣的面前。

沈嫣早就预料到了，她对答如流，巧言令色：“我不想欺骗观众，那时候，我一天打三份零工，赚来的钱都不够生活，妈妈还躺在医院里等着医药费。最贫穷的时候，只能喝水充饥。我认识一个酒吧老板，他说可以让我跳舞赚钱。当时的我非常需要这笔钱，所以答应了。说实话，只要能为妈妈筹钱治病，出去卖血都可以，何况只是跳个舞而已，我还觉得十分庆幸。”

沈嫣一边说，泪水就流下来了，她适当地停顿了片刻：“我没想到有人会曝光这种照片，公司认为，照片会彻底毁掉我的前途，建议我否认这段过去。可是我不能撒谎，我做不到，真的做不到！”说到这里已经哭着说不下去了。

所有人都用同情的目光静静地看着她，沈嫣知道自己的目的达成了。

沈嫣郑重地向各大媒体道歉，态度诚恳，记者们同情着她，终于都散了。

会议室里只剩下齐文森跟沈嫣两个人，沈嫣还在擦眼泪，齐文森由衷地给她鼓掌：“沈小姐，我真是太小看你了。”

确实是小看她了，从来的路上她也想过否认这个事实，车祸让她意识到，只有弱者才能赢得同情票，一个家境贫寒的少女，为了养家糊口做出错误的选择，大家都会理解。

沈嫣成功地抓住了大众的心理，让舆论再次倒向她，只是她并不开心，在她看来，她的一切不幸都是拜简兮所赐。

第156章
自导自演的车祸

安心挥着通告冲了进来，兴奋地宣布处分撤销了，那边李虹打电话催她回片场。对于简兮来说，没有什么比再回到片场拍片更令人兴奋的事情了。

不过再次见到季晴，季晴好像变了个人，对她再没那么热情了，就像陌生人一样。

事实也是如此，季晴眼里，沈嫣不过是跳梁小丑，真正的对手从来都是简兮，昨天之前她还只是天真地把简兮当成对手，昨天之后，简兮已经不止是对手那么简单了。

倒是左左，对她还是一贯的态度，冷哼了声说：“你还没死啊！”然后别扭地把一袋栗子扔到简兮面前，挖苦到：“别一副要死不活的样子，打起精神来！”

简兮没好气地看看栗子：“安慰人能不能温柔一点，这是给我吃的？”

“难道是磨牙的？”说完傲骄地掉头就走。

看她的样子牧歌笑了起来。

“拍摄就要开始，大家各就各位……”众人坐在桌前，准备好了。随着李虹导演一声：“Action！”

桌上是一排海碗，容龄开始拼命吃饺子，皇后目瞪口呆地看着容龄为了饺子里面的铜钱，把嘴巴塞得满满的：“真是个小财迷，也不能吃这么多饺子。”

容龄突然眼睛一瞪，张嘴吐出铜钱，兴奋地喊着：“吃到了！吃到了！”她开心地笑着，一眼瞧见德龄走进来，立刻跑过去献宝：“姐姐，你看，我吃到钱币了。”

“吃这么多饺子，小心撑坏了。”德龄刚一开口，李虹导演突然喊一声：“Cut！”

不止是李虹感到了两个人间缺少默契，连简兮都感受到了，季晴冷漠的眼光带着些许的敌意，怎么可能演得出姐妹之间的亲昵感。

正因为这种敌意，简兮也很难表现出对季晴的亲近，两个人被李虹训了一顿又开始新的拍摄。

“Action！”

简兮小跑着冲到季晴面前，却看到季晴冷漠的眼神，她不由浑身发凉，连动作都变得僵硬，她张开手，抱住了季晴，却感受不到一丝温暖。

左左跟安心站在一旁，也看出问题所在，李虹终于是忍无可忍：“今天就到这里，你们有什么问题自己解决，拍戏需要绝对的默契。”

所有人的目光都落在了简兮和季晴身上，季晴的脸色越发难看起来。

离开片场的季晴一头栽进了健身房里，一种叫嫉妒的东西在她内心滋生蔓延，她第一次尝到了嫉妒的滋味。为什么唐斐对她的爱无动于衷？为什么简兮突然成长得那么快？她害怕，害怕简兮很快就会超越她。她麻木地望着前方，不停在跑步机上奔跑着。

笑笑不停地看着手表，季晴已经跑了三个小时，门外齐文森心疼地看着她，却没有进去打扰。

终于，季晴筋疲力尽地瘫倒在地，笑笑关掉了跑步机。

她痛苦地捂住了脸，缩成了一团。

躲在门外的齐文森终于忍不住推门走了进去，一把拉起季晴：“跟我走！”

季晴被他硬拖了出来，她奋力甩开齐文森的手：“你干什么？”

“你没办法演戏了，对吗？”他心疼地望着她。这是第一次看到这样颓废的季晴。

齐文森的话让她浑身一颤，惊恐地瞪着他。

“没办法面对简兮，也演不出姐妹情深，是不是？你连自信都失去了，还怎么演戏！”

季晴失声喊着：“我好害怕！跟她站在一起，我会变得没有自信！从来没有遇到这种对手，从来没有过！”

齐文森的眼神慢慢变得幽暗：“没有人可以夺走你的东西。”

季晴突然意识到魔鬼一样的齐文森很可能会让最佳女主角事件重演，她抬起头说道：“这件事与你无关，如果你再做什么事情，我不会感激你，只会更加厌恶你。”

她用力甩开齐文森的手，转身离开。

看着季晴离去的背影，齐文森愣在了那里。

这天唐斐送简兮到片场，无意间碰到了季晴，季晴连招呼都没打便走了，简兮有些担心，可唐斐倒不以为然。

告别了唐斐，又投入拍戏，季晴在休息间隙的神色都不太自然。

李虹交代了这场戏的要点，反复交代两个人不要演砸了，可季晴的视线一对上简兮，便冷哼一声，扭过了头。

这场戏容龄需要爬上屋檐，简兮爬上了屋檐，拍摄正式开始了。

德龄发现了爬上屋檐的容龄，见她不愿意下来，自己也爬了上去陪着容龄坐在屋檐上。

容龄跟麻雀一样叽叽喳喳地抱怨，德龄宠溺地戳了一下容龄的脑袋：“你呀！小心祸从口出。”

容龄突然站起身来指着天际：“看！是流星！”说到这，她冲到了屋檐前，显得兴致勃勃，就像个孩子。

德龄的眼神突然幽暗了下来，再无刚才那种亲热劲，她冷冷地望着简兮脚下的瓦片，心中又响起一个阴暗的声音：“为什么要有你的存在，简兮，我讨厌你……”

瓦片太滑，简兮一脚踩空半个身体都掉出屋檐，她拼命抓住屋檐。

下面所有人都被这一幕吓到。

季晴失神地看着她，没有动也没有说话，内心无比煎熬：没有她的话，唐斐会是她的，没有她的话，观众的目光只会追随着她……可是……

毕竟，她最终还是伸出了手。

简兮把手伸向了她，季晴奋力拉着简兮，把她拽了上去。

化妆间里，惊魂未定的简兮站在季晴面前表达感激之意。

季晴看着简兮，神情很复杂，她扭过头不去看简兮，而是盯着镜中的自己，想起那一刻她内心的阴暗：“别把我想得太善良。”她看着简兮愣在了那里，自嘲地笑了起来，“沈嫣说我嫉妒你，我一直不肯承认，但是现在才明白，她说得没错。”

第 157 章
同场飙戏

简兮不可置信地望着季晴。

季晴垂下了眼帘：“就在你掉下去的一瞬间，我甚至希望，世上没有你就好了。我一直以为自己在演戏上很有天分，但是现在才发现，你比我还要有灵气，甚至更加努力。”她慢慢蹲了下去，捂住了脸，眼泪涌了出来：“上次最佳女主角赢的不那么光彩，我想堂堂正正地赢你，发现并没那么容易，而我喜欢的唐斐，也爱上你了，嫉妒让我变得那么可怕……”

简兮在她身边慢慢蹲了下来，把手放到她的肩膀上：“我也是这样啊！”

季晴抬起头愣住了，简兮继续说道：“很多次，我都想提包走人，最后还是留了下来，你知道吗？我哭了很多次，因为我觉得跟你比起来，我就是一摊烂泥，什么都不是。”

季晴不可置信地望着她，简兮笑了起来：“你比我漂亮、聪明，有疼爱你的父亲，跟你比起来我什么都没有，我真的很嫉妒你，但我不会因为嫉妒而痛苦，反而变成我的动力。

我对自己说，总有一天，我会努力追上季晴，和她并肩站在同一个舞台上。”

季晴望着神采奕奕的简兮，简兮也望着她，四目相视，不禁都笑了。

晚上，唐斐来接简兮，带她去看电影，可简兮却一副心不在焉的样子。

唐斐以为是片场出了什么事，紧张地问：“到底怎么回事，今天拍得不顺利吗？”

简兮点点头，然后很认真地看着他：“季晴非常……喜欢你！”

唐斐听完温柔地望着简兮：“我喜欢的人只有你一个。”

“我知道，能不能暂时不要见面了，至少在拍戏这段时间，我不想刺激季晴。”

看着一脸认真的简兮，唐斐认命地点点头，他紧紧地拉住简兮的手。

连续几天的拍摄，都不成功，李虹急得直冒火，最后只好下了死命令，季晴和简兮如果再貌合神离，两个人一起滚蛋。

两人定了定心神，投入到下一场的拍摄中。

御花园里，慈禧正兴致勃勃地让德龄给她拍照，容龄突然冲出来跪在她面前：“老祖宗，奴才不想嫁给驻英公使！”

屋檐下的鹦鹉突然尖叫了起来，慈禧冷冷看了一眼：“没规矩。”

李莲英顺着慈禧的目光望去，立刻会意，一把扯过，重重丢在了地上，鸟儿惨叫一声，竟然活活摔死了。

慈禧将容龄扶了起来，抚着她的手：“小五啊！刚才你说什么来着？”

容龄吓得浑身发抖，德龄眼看压不住，突然下定决心往地下一跪：“老祖宗，求您收回成命！”

慈禧倒是不急不躁地望着德龄，细细听着。

“奴才以为，出嫁的人选要慎重，容龄年少无知，总是闯祸，真要嫁过去，一定坏了宫里的名声。”

听着德龄的话，慈禧眯起了眼神：“这旨意都下了。”

“旨意上写着让裕家的女儿下嫁，可裕家不止一个女儿。”

听着德龄的话，容龄失声叫了出来：“姐姐——”

慈禧终是点头同意，容龄挣扎着，德龄一把把她的脑袋按在了地上，自己头重重叩了下去：“谢老祖宗恩典！”眼中含着泪光。

这场戏终于是过了，简兮跟季晴终于安心，拿着剧本对戏。

不远处唐斐偷偷摸摸地在那里张望着，安心看到了唐斐不解地问他为什么，唐斐摇摇头戴上了眼镜，这出戏结束前，简兮是不会看到他的。

“Action！”

容龄：“我去求求皇帝！”德龄一手拍在桌上。

“Cut！这场戏气势不够，再来一遍！”李虹打出了手势，季晴点点头，又继续。

“我去求求皇帝！”

德龄的手重重一拍，直接拍到了水晶杯上，顿时玻璃四溅，她的手也血流如柱。

场内所有人都愣住了，连演对手戏的简兮也愣在了那里，而季晴却还在戏中，她微笑着，用流着血的手，轻轻抚过简兮的头："哪怕受了天大的委屈，也只能往肚子里吞。记住，没有装扮整齐，不能在外头跑，会乱了宫里规矩，让老祖宗看到，一定重重罚你。"

"姐姐……你明明喜欢皇帝呀，怎么能嫁给驻英公使……"

简兮的话让季晴一愣，她温柔地抱住简兮："可他喜欢的是你啊！你啊，不用怕，姐姐会一直保护着你。"

两个人定定地望着对方，简兮佩服地望着季晴，而季晴则是不服输地望着她。

"我们逃出紫禁城吧！"简兮一把抓住了季晴。

李虹猛然发现，这根本不是剧本里的剧情，而是简兮意识到所有的光芒被季晴夺走后，下意识争夺摄影机。

"我要保护姐姐——"简兮的眼神迸发出光芒，紧紧地抱住季晴。

这是真正的两个演员，两个人互飙着演技，李虹意识到了这一点，兴奋地开始下一场戏。

容龄突然哭了，伏在光绪的脚下，光绪轻抚着她的头发："康有为走了，珍儿走了，现在小五也要走了，朕身边的人，一个个都离开了。"

容龄抬起头，含泪望着光绪："皇上。"

"走吧，走得越远越好，像是一只快乐的鸟儿，永远不要再回来。"光绪的目光落在了遥远而蔚蓝的天空。

瀛台外，德龄远远地站在院子里，远望着光绪。

良久，她深吸一口气，缓缓跪倒在地，向光绪行了一个大礼，再抬起头的时候，眼底已满是泪光。

容龄走了。

光绪垂下头，静静弹奏着孤单的钢琴曲，断断续续，曲不成调。一阵风吹来，钢琴上的谱子突然被风吹散了。

光绪抬起头，不远处，德龄和容龄姐妹俩手拉着手，消失在视野里。

第 158 章
醋意浓浓

随着李虹的一声"cut"这部戏终于杀青，而季晴望着简兮微笑着："明年的凤凰电影节，我会等着你，请加油！"

李虹望着她们两个人微笑了起来，当初陆周向她引荐简兮演容龄时，她曾经犹豫过，事实证明陆周的眼光是正确的，真正好的演员，不管什么角色都驾驭得了，而正因为简兮不服输地投入表演，让她隐隐有些担忧。

这样的演员，把自己的一生赌到了演戏之中，如果失败会怎样？

她问过陆周，陆周微笑着，他要扶着简兮一步步走下去。

顶着唐斐女友光环的简兮又接拍了李虹的大电影，人气急速攀升。

一个真正的演员永远要靠作品说话，简兮很忙，唐斐也很忙，唐斐接下来要跟季晴拍摄《倾城之恋》，一待就是四个月，唐斐还没来得及告诉简兮，简兮先从笑笑那里知道了。

简兮有些生气，一想到唐斐没告诉她，要去跟季晴拍四个月的戏，最关键的是——在外地，他们会有很长时间见不到。

唐斐来敲门，赌气地装成听不到门铃声，唐斐打电话，她故意假装听不到。

门铃锲而不舍地响着，好久过后，终于停了。简兮竖起耳朵听，失望地坐在了那里。

正当她失望时，窗户外突然响起了敲击声，她吓了一跳，看着窗子被一只手推了开来，下一刻，唐斐跳了进来。

她看看唐斐，又看看深不见底的楼下："你疯了吗？这是三楼。"

唐斐满脸无辜："谁让你不给我开门呢？"

"不接电话也不开门，到底是发生了什么事？"唐斐反复问着简兮，她就是拧着脖子不说，他无奈地叹息了一声，然后装模作样地要从窗户爬回去，简兮吓得脸色发白一把抓住了他。

"你明天就要走了，却一直没告诉我！"

唐斐一把抱住了简兮，把下巴抵在她额头上："我一直想说，可是说不出来，我不想说再见，我舍不得离开你。"

简兮紧紧地抱着他："明天我去送你。"

唐斐装出大失所望的样子："你怎么不留我？"

看着简兮说不出话的委屈样子，他笑了起来："我不想看到你哭的样子，万一我舍不得走了怎么办？"他蹭了蹭简兮的脑袋，"你明天还有产品代言发布会，会很忙，我很快就会回来，我保证。"

月光中，两个紧紧地拥抱着。

第二天，简兮在参加一款最新手机的发布会的时候，心不在焉地拿着产品展示，台下是黑压压的人群，好不容易挨到活动结束，她飞快地跳下台。

陆周一把拉住她："你去哪儿？活动才进行到一半儿，待会儿要接受采访，晚上还要和厂商用餐。"

简兮看了一眼手表："老师，对不起，我有更重要的事，不能去了！"

陆周紧紧抓住她的手臂："我好不容易才替你约到对方的高层，简兮，不要错过机会。"

简兮挥开陆周的手，飞奔而去。

记者们惊讶地看着远去的简兮，议论纷纷：“怎么回事儿？”“是啊，活动才结束，简兮要去哪儿？”“我们还没采访呢！”

安心勉强挤过来，陆周冷冷地目送简兮的背影远去：“第二次。这是她第二次为了唐斐放弃工作。”

安心愣愣地站在原地，记者们涌上来，她连忙拦住：“对不起、对不起各位，简兮有重要的事临时离开，有什么问题我也可以回答呀！”

时间似乎来不及了，穿着长礼服的简兮在路上狂奔着，拦住一辆计程车，直奔机场而去。

唐斐坐在贵宾休息室，装模作样地看着杂志，其实连一个字都看不进去，岳乐在旁边喋喋不休，他一个字也没听进去，他就在那里出神地想着，简兮今天做代言活动……那个工作狂，肯定不会放下工作来送他，再说他一再强调，不要来送他。

他突然很想简兮，他感觉爱上了简兮，简直就是自己挖了个坑，把自己埋了。

岳乐催促着他快过安检，他坐在那里，一分一秒地拖着，他内心有那么一丝渴望，简兮会突然出现在他面前，虽然这个渴望很渺茫，他也不敢奢求。

车子终于停下，简兮拉着长裙狂奔进机场，四下张望着，在一片诧异的目光中，快速地朝贵宾休息室冲了过去，一边大叫：“唐斐。”

自以为镇定的唐斐在听到简兮的喊声后，手中的杂志掉到了地上，顿时心花怒放。

空姐想要阻拦，被岳乐拉开。简兮拎着破掉的长裙，冲到了唐斐面前，脸红了。

唐斐感动地看着她，他曾经害怕，在她的心目中，自己连第二都排不上，所以很坚决地不让她来送机，结果她竟然来了。

两个人就这么静静地看着彼此，呼吸相闻。

“要过安检了！”岳乐低声提醒着含情脉脉的两个人，然后无奈地摇摇头。

唐斐低下了头，千言万语变成了一个吻，吻了下去。

整个世界都安静了下来，简兮闭着眼，尽情地回吻着唐斐，许久后，唐斐松开了她，贴着她的耳朵：“等我回来。”

“嗯。”简兮点头，目送着唐斐走进安检。

长长的登机通道那头，季晴站在那里等着唐斐，她静静地望着简兮，然后温柔地转身欲与唐斐并肩离开。

简兮第一时间去的不是别的地方，而是和安心一起回陆周家解释。

她内心很忐忑，她知道陆周会生气，可是唐斐对于她来说太重要了。

陆周静静地喝着红酒，并没有理会她，突然怒不可遏地把杯子砸到了地上，一把把简兮推到了镜子前：“你好不容易走到了这一步，绝对不能因为其他事分心。”陆周望着镜中的简兮，“你必须要向所有人证明你的实力，如果做不到，那么就早点去嫁人生孩子！”

第159章
解约风波

简兮望着陆周，感到了无比的陌生："老师，如果你只是想让我听你的话，那么对不起，我做不到！"简兮说完跑出了陆周的家。

安心都觉得陆周太过分了，可陆周却说："我要打造一个站在娱乐圈巅峰的神话，绝对不允许这中间出现任何问题，我做的一切都是为了简兮好。"

"你这样做会把简兮推得更远。"

安心说完拎着包追了出去，陆周愤怒地把手边的红酒砸到了对面的镜子上，镜子碎成了一片片，他盯着镜子里的自己，无数块碎片分割出了不同的自己，他忽然有些恍惚了。

齐文森再次出手，替简兮推掉了一个大电影，安心在知道这个消息后，第一时间冲进了他的办公室，愤怒地指责他不该这么做。

齐文森轻蔑地一笑："我就是故意冷藏简兮又如何？"

在他眼里，不安分的演员应该被快速地榨取最后一滴油水，然后丢弃掉。

简兮追过来，拉着安心退出了办公室，就在那一刻，安心下定了决心，要给简兮找一家最好的公司跳槽。

安心很快接洽到了一家名叫海洋影业的公司，实力不错，对方开出了优厚的条件并答应支付违约金，简兮觉得还是等合约期满走比较好，可安心则觉得简兮在齐文森手下，只会被消磨掉剩余的人气，然后被齐文森一脚踢走，要乘着现在有人气的时候走。

在安心的反复劝说下，简兮终于点了头，两人一起去找齐文森谈判。

"解约？"齐文森眉毛高高挑了起来，不可置信地望着安心。

"对，解约！"

"我记得她还有五年合约。"齐文森有条不紊地说，"在我们公司，只有合约期满的，没有人解约的。"

"你最好同意解约！大家都在这个圈子里，以后还会有机会合作。"

齐文森望着一心想解约的安心，不解地摇摇头："你是个有经验的经纪人，但我觉得你现在脑袋不太正常，居然会教唆演员做出这么愚蠢的事。"

"换作别人，我一定好好商量，只是我没见过哪家公司会这样苛待一个演员，既然你无情，我们也只能无义了。"安心冷冷地说着。

齐文森玩着手中的钢笔："你们是打定主意要和我撕破脸了？"他在纸上飞快地写写画画，头也不抬，"解约可以，但是简兮必须支付违约金，当然，公司的片约也得完成。"

安心看到目的达成，终于是离开，看着她离开的背影，齐文森露出了一丝冷酷的笑。

记者几乎是第一时间得到了这个消息，将刚踏出公司门口的简兮和安心团团围住。

“风闻你要和公司解约，请问这个消息是不是真的？你是公司一手训练出来的，大红大紫后立刻离开，是否忘恩负义？”

“对啊，齐文森指责你严重违约，并且提出控告，请问你要怎么办？世纪的签约条件十分苛刻，你是否面临巨额赔偿金？”

安心护着简兮绕到了车门，让简兮上了车，然后对记者说：“她在公司一直遭到不公平对待，数次被冷冻雪藏，事业发展严重受阻，情况十分恶劣。这次，我们是被逼无奈，才会采取这样的行动！请大家理解！”

陆周几乎是得到消息第一时间赶到了简兮家，他把报纸砸到了安心脸上：“你这不是在帮她，你是在害她！对于娱乐圈的深浅，我比你懂，而简兮就是一个门外汉，听着你的鼓动，就没头没脑地跟着要解约。公司将对她单方面的解约，追究违约赔偿责任！”陆周愤怒地说：“我劝你不要玩火自焚，世纪不是好惹的。”

简兮这次坚定地站在了安心这一边，坚持要解约，陆周终是明白他劝不了这两个头脑发热的人，终于摔门离去，简兮站在那里，内心却有着隐隐的担忧。

唐斐是在手机新闻上看到这条消息的，岳乐看到这条消息时也愣在了那里，两个人意识到了事情的严重性，匆匆回房间拨通了简兮的电话：“这种事情你应该先跟我商量才对！”

电话那头简兮犹豫了一会，说：“对不起嘛，不过……这件事我会处理好的，请你好好拍戏，别为我担心。”

唐斐意识到简兮还不知道这事情的严重性，开口说：“还说不担心，我都被你气死了。真是个白痴，如果挑我在的时候，公司就不会出那么严厉的通告，事情一定会有缓和的余地。”

简兮随便应了两声，便找了个理由挂了电话，唐斐无可奈何地挂了电话。

正式提出解约后，安心开始联系先前接洽好的影视公司，电话却再也没人接，接着电话便打不进去了，她心里开始慌了，飞快地堵到对方公司门口，却得到一个答案：不愿意接收简兮。

不止是中亚影视，连海洋影业，都不再搭理她。

看着两个人急得如热锅上的蚂蚁，只好再去找陆周商量。

陆周恨铁不成钢地看着两人：“到了这个地步，你们还不懂吗？”他拿出了一张照片，上面是齐文森跟中亚王董的合照。

安心的脸色顿时惨白，她知道自己掉进了一个精心设计的阴谋里。

从一开始，这两家公司就没有接手简兮的打算，他们故意放低姿态，让简兮与安心跟世纪影视提出解约，等事情公开，就再也无法挽回。

陆周望着安心冷冷地说：“如果不是你一直跟其他公司秘密接洽，齐文森不会下手这么狠。”他转而望向简兮，“是你主动提出解约，翅膀还没长硬就要脱离恩人一般的公司，董事会和社会大众一定很反感，齐文森从道义上就占尽上风。更可怕的是，下家没有着落，要如何应对接下来的巨额赔偿？”

安心咬牙：“我一定会找到其他公司的，一定会想出其他办法。”

第160章
沦为沈嫣的配角

陆周猛地站起来：“就是你的刚愎自用，才让简兮到了如此被动的境地！”

他看着两个没有看清娱乐圈深浅的人，摇摇头叹了一口气：“我会跟环宇谈谈看能不能签约过去。”

简兮一下子愣住了，环宇的韩正德和唐斐是父子关系，她不能搅和进去：“不行！”陆周不解地望着她，简兮支支吾吾不肯说出真相，只好用不能为难唐斐作为理由推托。

而此时的唐斐，正在遥远的外地片场拍摄中，唐斐跟季晴拿着双枪，不停地变换pose，制片人不停地挑着刺，反复拍摄着，并要求加一幕唐斐在海里游泳的镜头。

唐斐因为简兮的事，变得很不耐烦，细心观察的季晴，反对拍摄提议，并指出了唐斐才是票房的保证，制片终于是放过他们了。

晚上的饭局上，制片人开始一杯接着一杯劝季晴喝酒，提出最后的游泳片段不加，要求加上唐斐跟季晴婚礼的彩蛋。

唐斐面露难色：“这恐怕不合适吧？”

导演看季晴没有反对，坚持要这么拍，季晴则是笑笑：“没关系啦，只是放在影片末尾，总比让你去大海游泳强。”

两个人又再次碰杯，季晴一饮而尽。

唐斐担心季晴喝多了，提前结束了饭局，扶着季晴回去，制片人颇为不高兴，好在岳乐出面打着圆场才缓和下去。

唐斐、季晴和笑笑乘着电梯回到了酒店，刚走出电梯，笑笑便找了个借口走开，让唐斐送季晴回房间。

唐斐无奈地扶着季晴开门进去，将她放在沙发上，她趁着酒劲未退，大着胆子走了过去，歪着头，假装很可爱地说：“给我奖励。”

唐斐一愣，推拖着：“他们还在楼下等我。”

季晴一把抓住他的手，哀求道：“不要走！”

“季晴你别这样。”唐斐为难地抽回了手。

季晴再也忍不了了，突然失控地哭了起来：“明明我比她更早认识你，却因为太骄傲，以为女孩子应该更矜持，只要继续等一下，总有一天你会先开口的！可是我没想到，这份骄傲让我错失了你！早知道这样，我根本不会……”

“这跟谁先谁后无关。”唐斐打断。

“不！一定有关系。”

唐斐不愿再给她遐想的机会，转身想要离开，季晴哪里能让他走，扑过来紧紧地抱住了他，不顾一切地表白：“我爱你……我爱你啊唐斐！把简兮当成竞争对手，有很大一部分原因是你！因为我嫉妒她，嫉妒平凡的她得到了你的心！我不知道为什么，为什么会变成这样……我可以把最佳女主角让给她，只要你回到我身边来……那些风光表象，甚至是自尊心，我都不要，只要你就好了！”

唐斐轻轻推开了季晴：“谢谢你喜欢我，但是，我没办法去你身边。”

季晴震惊地看着她。

唐斐转过身：“对不起，我不爱你。”

全力的表白，借着酒劲，放下所有的尊严，换来却这么一句“我不爱你”。季晴下意识往后退了两步，重重跌进沙发里，看着唐斐转身离去，她猛地捂住了脸，痛哭流涕。

安心跟简兮站在齐文森面前，看着他趾高气扬地哈哈大笑却无可奈何，是她们错了，低估了齐文森的手段。

齐文森讨厌所有不守规则的演员，包括不守规则的经纪人，他是商人，冷酷而残忍地处理掉对他不忠心的人，这是他的本能。

他拿出了新的合约，推到了安心跟简兮面前，安心在看完之后气得脸色发白：“太苛刻了，二八，这跟吸血鬼有什么区别？”

“要么签，要么高额赔偿。”齐文森摊摊手。

简兮拿过合约就想在上面签上名字，安心拉住她的手不让她签，被她轻轻推开了，她飞快地签上了名，把合约推到了齐文森面前。

齐文森的手指轻轻在合约上敲打着：“明天电视剧《末代格格》开机，你去演女二号好了。”

简兮深吸一口气，点点头，然后，快步离开了齐文森的办公室。

刚走到大门口，迎面碰上了沈嫣，其实她早就在这里等着她。

“简兮，你不知道吧，《末代格格》还是我提议让你演的，因为我是女一！”

“原来你一早就知道我无法解约了。陷害我痛快吗？”

沈嫣哈哈大笑离去：“痛快，真是太痛快了。那么，咱们片场见。”

安心愧疚地看着简兮：“对不起，是我一时失策，才会连累你。要你去给沈嫣做陪衬，齐文森分明是故意刺激你！”

“别这么说，你是为了我好，才会着急找公司。谁会想到那两家公司都只是鱼饵呢？再说了，只要能演戏，我什么都不在乎。请你相信我，哪怕是配角，我也会演得很精彩！”

回去之后，简兮为了不让唐斐担心，主动给他打了电话。

唐斐很高兴说："还有三个月，我就回来了，等我。"

简兮用一种轻松的语气通知了他，她跟公司续约了，因为待遇优厚，并且她还接拍了电视剧。

唐斐听她说话的口气不对，刚想说些什么，简兮匆匆挂掉了电话，垂下头，眼泪不禁流了下来。

这次简兮演的是女间谍。

导演说："简兮，你演的这个女间谍明日香和孝玉是亲生姐妹，都是满清末代皇室后裔，但你从小被送去日本，培养成为间谍回国，这次你的目标是勾引孝玉的未婚夫。我要的是风情万种的女人，你可别跟木头一样站在舞池里，懂了吗？"

简兮领会地点点头转身去换衣服。

简兮跟安心走进化妆间，就看到化妆师拿着一件破掉的旗袍满脸焦急迎了上来："不知道是谁，把旗袍勾出一个大洞，这条旗袍是找旗袍大师特别定制的，非常精美，别有风情，导演又很喜欢，现在该怎么办？"

第161章
娱乐八卦

安心一听就明白是谁做的，只是简兮不想再惹事："马上要开拍了啊！赶紧找衣服替换！"

安心找的满头大汗，简兮的视线落在了一条衣服上，突然眼前一亮，她看见了一件燕尾服，飞快地穿到了身上。

"Action！"

华尔兹舞会上，沈嫣和少帅正在翩翩起舞，言笑晏晏。

就在这时候，人群中起了一阵喧哗，少帅不经意间抬起头，整个人呆住了。

高高的台阶上，简兮身着简洁优雅的黑色燕尾服（男款礼服，类似《时尚先锋香奈儿》中香奈儿跳舞时穿的黑色礼服设计）居高临下地看着所有人。

台阶上所有穿着精致旗袍的女子们，纷纷让开了一条路。

简兮身穿黑色礼服，穿过重重叠叠的旗袍，格外显眼而耀目。

工作人员一愣，这跟剧本不符，想上前阻止，导演却一把拉住了他，穿着男士礼服、目光冷峻的女人，本身就是一种风情，比起浓妆艳抹，更能凸显蓬勃的野心。

少帅的目光追着简兮，简兮勾勾手指，一个舞伴上前，简兮与他翩翩起舞，简兮微微侧脸，有意无意地，视线轻轻扫过少帅。

脚步飞扬，发间的礼帽落下，少帅丢下了沈嫣，一把抓住了帽子。

随着一声：“Cut！”

沈嫣气急败坏地冲过来，却被导演呵斥着：“一个演员，在镜头前，完全没有表现能力，所有人只能看到了简兮的眼波和笑容，而你呢？就是一个透明人！”

沈嫣愣在了那里，导演看了她一眼：“这个剧虽然是小制作，也经不起你这样糟蹋，女主角一点自觉都没有。”

沈嫣气得浑身发抖，这时候听到导演说：“接下来是爆炸戏，简兮，你要提前练习一下。”

工作人员都走了，爆破师助理一个人在收拾，沈嫣故意丢了一只钻石耳环在地上，等他捡起来后沈嫣立刻上去，说自己丢的是一对，问他要另外一只，乘机威胁他：“如果让剧组知道你偷东西，一定会立刻被赶走。不，光是丢工作太便宜了，应该送交警察局才对。如果你肯帮我一个忙，我可以当作没看见。”

爆破师助理：“你想让我干什么？”沈嫣低声在他耳边说了两句。

爆破师助理惊恐：“不，不行！这会出大事儿的！”

沈嫣：“怕什么，这种事情总会遇到，最多当成意外处理。你又不是真正的爆破师，只是个打杂的小助理，就算出了事，责任也轮不到你来承担啊！”说完把一叠钱递给他。

终于买通了。

爆破师助理愣住，贪婪地看着那叠钞票，犹豫了。

沈嫣又加上一叠。

爆破师助理终于点头。

爆破师助理把箱子搬上面包车，开车离去。

助理离开后，一个人从藏身处走了出来，目送车子消失在转弯处。

因为很晚才从片场离开，安心担心简兮饿了，跑去买点夜宵，让简兮在路边等他。

早就在跟踪的齐文森按了一下喇叭，将车子停在路边，让简兮过去聊几句。

简兮上了车，坐在副驾驶座上，齐文森一言不发地丢了一份八卦周刊给她，画面上季晴抱住唐斐，背景是酒店房间。

不等简兮说话，齐文森便道：“你不要误会，这种场景可不是我设计的。你知道唐斐一向很多情，历任女友不是国际名模就是富家千金，你这样的类型，还是第一个。唐斐可能第一次遇到，有点新鲜感。但是时间久了，难免觉得腻味，想回到原先的生活轨道。”

“够了！你的话我不信！”简兮说完转身就要下车。

齐文森拦了一下：“我知道你是个很上进的演员，一直针对你，也是因为你不听话。不过，在这件事上我的确没有欺骗你，唐斐的个性我很清楚，贪图新鲜、有征服欲，一旦真正到手，又会索然无味。你的事业在上升期，又是个专心致志的好女孩，谈一场没结果的恋爱，根本是浪费时间。毕竟，你和季晴的差距，自己应该很清楚。”

简兮用力摔上了门，回过头把照片丢给他，怒极反笑："齐总，你是个聪明的生意人，可是碰到季晴的事情，又总是变得好蠢。如果唐斐真像你说得那么花心，季晴怎么会喜欢他？你这是在贬低我，还是贬低自己喜欢的女人？"

"你！"齐文森大怒。

"忘了提醒你，少看花边新闻，多花点时间工作，免得公司倒闭，再见。"

安心正在寻找简兮，看见简兮从齐文森的车上下来，车子一溜烟地开走了，赶忙跑了过来："又是他！他跟你说了什么啊？"

"没什么，只是两句闲话。"简兮掩饰道。

安心把食物给了简兮，一起往家走去："你知道齐文森有多讨厌，不理他就好了！明天要拍爆破戏，一定要特别注意安全，到时候我会督促着检查……"

她忽然发现简兮没在听她说话："简兮……你怎么了？"

简兮摇摇头。

安心将她送回了家，又叮嘱了几句才走。

因为是爆破戏，安心早早就来到了片场，安心陪着坚持了几次，还是不放心，要求用替身，被导演拒绝了，说："连海绵垫和湿麻袋都准备好了，保证没问题！而且有专业人士来指导，更何况只要从里面跑出来就行，危险系数很低，不要担心啦！"

再说下去导演有些不耐烦了："好了好了，多少演员都拍过，就你家简兮娇贵吗？"

简兮连忙安慰安心，让她不要担心。

导演拿着喇叭："爆破师，记得时间点，千万别有误差！"

爆破师做了个OK的姿势。

导演："各就各位了啊！简兮，准备！Action！"

第162章
爆破事件

简兮刚刚跑出仓库，助理就按下了启动按钮，提前引爆了炸点，红灯在一瞬间亮起，发出刺目的光芒，简兮只觉得一阵气浪来袭，瞬间被掀翻在地，就在这千钧一发之际，有人快步冲了过来保护住她，避开了危险的爆炸。

所有人都吓呆了。

安心进去发现，简兮手臂上只受了一点伤，旁边地上躺着身上沾染了火星的陆周，工作人员立刻拿着消防器材跑过来，浇灭了火焰。

陆周已经陷入昏迷，救护车急速赶来将人抬了进去，简兮跟着上了救护车，安心连忙跟上去。

导演和简兮坐在椅子上，紧张地等待着。安心焦虑地看着急诊室前亮起的红灯，简兮焦急地来来回回地走着，医生从急诊室内出来，众人连忙迎上去。

医生说："病人身体的灼伤并不严重，但当时爆炸产生的强大气流冲击地面，导致右臂被瓦砾击中，我们已经处理过，建议再留院观察一周，看有没有其他情况。"

众人松了一口气。

导演："这就好了，吓死我了。"

安心生气地把导演责怪了一通，导演也想不通好好的怎么就出了意外。

安心跟导演交涉，简兮受到了惊吓，也连累别人受了伤，希望能尽快提出赔偿方案！

就在这时，护士把陆周推出来，简兮连忙跟着去病房了，安心也跟了上去。

陆周醒了。看见简兮紧张地抓着他的手笑了："我没事。快回去休息，明天还要拍戏吧。"

"不，我明天不会再拍戏了。我要在这里守着，直到你康复为止。"

"也好，这个角色对你没有任何好处，趁着这次意外，完全可以要求公司终止拍摄。"陆周说完微微一笑，抬起左手，轻轻擦掉了简兮的眼泪，"我真的没事，很快会痊愈，不要再担心了。"

简兮点头，擦掉了眼泪。

从病房出来，安心见简兮脸色很差劝她回去休息。

简兮开始自责："如果我拍戏的时候更小心一点，不胡思乱想的话，说不定可以避开意外。全都是我的错，才会变成这样。从一开始，我就应该把全部精力放在演戏上。"

"你不要受陆周影响，原来的想法没有错啊。"安心连忙把她往外推，"好了好了，快点回去，总要先洗个澡，换个衣服啊，万一被人看到你这么狼狈憔悴，多难看啊！"

简兮点头，留恋地看了病房一眼，转身走了。

简兮刚刚回来，看到一个人坐在长椅上，吓了一跳。唐斐抬起头，快速起身，一下子抱住了她，上上下下打量："有没有哪里受伤？"忽然发现了简兮手上包扎的伤口，"那帮人到底怎么搞的，竟然找这么不专业的爆破师，医生怎么说，多长时间能康复？"

"只是……擦破一点皮而已。"

"擦破一点皮？要是伤在你的脸上，以后要怎么办？"

"那没关系！"简兮也不知道自己为什么突然说出这样的话，她勉强抑制住激动的情绪，"对不起，老师为了救我受伤，我的心情不太好。"

"这么说，你一直留在医院里陪他？"

简兮点头，说道："不好意思，让你特意跑一趟。不用担心我的事，请你好好拍戏。"

"我先走了。"

"我送你——"

"不用了！"他走出两步，越想越生气，猛然回过头来，"你真是……你这个笨蛋！

我特意跑这么远回来，可不是看你在医院守别人一个晚上啊！你就没什么话要跟我说吗？陆周受伤了你很难过，但我遇到这种事，也一定会冲上去保护你啊！真是气死我了，居然敢不接电话！说什么‘辛苦了’‘慢走’这种话，当然辛苦，我累得快要吐了。”说完脸色发白地蹲了下来。

“你、你怎么了？”简兮慌张地上前扶着他。

“晕机啊！每次坐飞机都要吃药，昨天晚上完全把这件事忘记了。”

简兮一低头，竟然看到唐斐脚上没有穿袜子，忍不住笑了。

岳乐不停地在小区外按喇叭，唐斐深吸口气，站起来：“我真的得走了。”

简兮握住他的手：“我……真的很高兴你特意赶回来看我……”说完上去亲了他一下，“对了，我有件事想要问你……你和季……”话到嘴边还是犹豫了一下，“那……电话里说吧。”

唐斐在她额头上亲了一下，转身要走，简兮冲着他背影喊：“唐斐，我等你回来！”

唐斐笑着朝她挥了挥手。

看着他的背影融入暮色里，简兮的笑容沉寂下来。

简兮出了意外，陆周受伤，片场的工作人员议论纷纷。导演更是因为简兮要照顾陆周不能参加第二天的宣传活动而忧心忡忡，只能把全部希望寄托在沈嫣的身上，让她独挑大梁了。全部宣传就拜托她一个人了！

在简兮看来，眼下什么事都没有陆周重要，所以她推掉了工作，在医院照顾陆周，给陆周喂饭。

陆周看着她，问道：“你现在不生我的气了吗？”

“怎么会生气？”简兮喂了口饭给他。

陆周拿起餐巾擦了擦嘴：“因为我和安心意见不合，你不是一直很为难吗？”

简兮放下碗：“是我太任性了，老师全是在为我着想，我却没能体会，很抱歉。如果不是我太心急和公司脱离关系，也不会被迫接拍这部剧……”

“安心是一个很好的经纪人，但是她跟着眉姐时间太久，习惯高高在上，一旦从神坛上走下来，她就不知道该怎么帮你了。”

简兮忙道：“这件事和安心没有关系，她没做错什么，是我不好……”

第163章
沈嫣被捕

陆周打断：“从现在开始，能相信我吗？会亲自带着你，一步步走到最高处。”他伸出手，温柔地看着简兮。

安心快步走了进来，见状一愣。

简兮回过头来，微笑："安心，你来了。"

安心狐疑地看了一眼陆周，向简兮："简兮，明天的宣传活动，我已经和制片方协调好，你不用参加了。"

简兮刚要点头，陆周便怒了："为什么不参加？她要去，一定得去！简兮，你想要半途而废吗？我曾经告诉过你，任何时候都不要放弃演戏。"

简兮迟疑良久，只好点头："好，我会继续把戏拍完。"

陆周指挥道："下午带她回公司准备明天的造型，务必不要在记者面前失礼。我只是伤了右臂而已，又不是不能动，你去吧。"

宣传活动来了很多记者，沈嫣站在台上，笑容可掬地供各位记者拍照。

记者们争先恐后地问："为什么简兮没有参加宣传？是不是因为之前发生的意外，造成简兮和剧组的矛盾？"

沈嫣充满同情和悲悯："简兮因为这件事受到了很大伤害，无法完成拍摄。希望大家多给她一点空间，我相信，她一定会重新振作起来。"

又有记者问："沈嫣，听说出事后你去探望，简兮拒绝你的探访，是真的吗？"

沈嫣露出柔弱的表情："这……"

助理突然插话："其实从一开始，沈嫣就劝她别拍这么危险的镜头。但她为了搏出位，非要勉强拍摄！爆破开始的时候，明明和她说好时间，她却不守约定才会受伤！"

沈嫣装模作样地阻止助理："不要说了！"

助理理直气壮地说："当然要说啊，我为你鸣不平嘛！简兮这样的女演员，就是沽名钓誉，一点责任心都没有，根本没伤到哪儿，还装可怜博同情！就连今天这么重要的宣传，人家都没参加呢！"

导演想不到沈嫣会这样说，一脸的尴尬却毫无办法，下意识看向沈嫣。

简兮带着安心走进来就看到了这一幕，她安静地听沈嫣说完之后，才说道："对不起，我来晚了。"

众人猛然回头，简兮笑容可掬地站在门口，手上还包着纱布。

众人呼啦一下子全涌上去：

"简兮，你不是拒绝继续演出了吗？为什么突然来参加宣传会？"

简兮微笑："谁说我不来了？"

众人都看向沈嫣，沈嫣笑容满面："来了就好，我差点以为你今天没办法参加，正在和大家解释。"

沈嫣一边说一边上前，亲切地要拉住简兮的手，简兮轻轻抬起手，避开了她的动作："对不起各位，我只是因为要去医院换药，所以来迟了。"

导演连忙打圆场："来了就好！大家都在等你，快过来拍照吧！"

正在这时候，门再一次被推开，两名警察走了进来，径直走到沈嫣面前："抱歉，打扰了宣传会，请问是沈嫣小姐吗？"

沈嫣一愣："是。"

警察："现在怀疑你和片场意外爆炸案有关，麻烦和我们走一趟。"

沈嫣脸色大变，连连后退："不，一定是哪儿搞错了！你们怎么能抓我呢，我什么都不知道，请放开我！"

"请你配合一点！"警察冷着脸，上去抓住沈嫣，将她带下台。

记者们一下子炸开锅，迅速包围了他们："究竟是怎么回事，沈嫣涉及剧组的意外爆炸？这是什么意思，请向大家解释一下？"

沈嫣完全慌乱了："是你！一定是你陷害我！"她如同抓住救命稻草，拼命解释："一定是简兮，是她故意诬陷我！我不懂，我什么都不知情！"

警察一副公事公办的口气："对不起，案件还在调查阶段，无可奉告。请让让！"说罢，将沈嫣带走了，记者们跟着追了出去。

简兮不懂这中间到底发生了什么，当天晚上她就接到了派出所打来的电话说沈嫣要见她。

如简兮预想的一样，沈嫣一见她就一脸忏悔地请求简兮撤销案件。

简兮拒绝了。

沈嫣再也无法控制自己的情绪，一下子失控地叫起来，痛诉自己的不幸，诉说自己活着的每一天，都是用底线和自尊换来的，在酒吧里跳舞赔笑被迫无奈，被摸了得笑着说"啊，是我不该穿裙子"。客人自己打碎酒杯，弄脏了鞋子，得说"对不起"，然后跪在地上舔干净！而曾经她坐在干净的房间里弹钢琴，不用为下一餐发愁的日子，这一切都是生活教她的！是生活把她塑造成了这鬼样子。

简兮平静地看着她："出身差，没人爱，被欺负，可以成为犯错的理由吗？这样滔滔不绝，可以掩饰内心的自卑吗？因为贫穷，所以偷东西；因为可怜，只能去掠夺；曾经被欺负，一旦翻身，就千百倍欺凌弱者！沈嫣，你觉得这一切都理所当然，可如果人人都像你这样干，还要法律干什么，要公道干什么！你一直说我和你一样，不，我们不一样！哪怕要饿死，我也绝对不会去偷、去抢，更不会谎话连篇！绝对不会！我也想红，但不是像你这样靠背叛朋友上位，我会用自己的努力，证明给所有瞧不起我的人看。是，要让大家认可我，需要很久很久，但我会一直等下去。对就是对，错就是错，你该为自己的所作所为付出代价！所以，我不会撤销控诉，该说的都说完了，再见。"

简兮已经走到了门边。

沈嫣突然笑了一声："你不是已经报仇了吗？那个助理为什么把我供出来，你应该最清楚！"

简兮一愣："为什么助理供出你，会和我有关系？沈嫣，你把话说清楚！"

第 164 章
爆破真相

沈嫣笑了笑："那个助理明明跑掉了，为什么会被轻易抓住，又那么容易供出我，不是很奇怪吗？简兮，你好好想想吧。"

简兮追到跟前，沈嫣却被警察带走了。

简兮忧心忡忡地出去，把经过跟安心说了。

安心意识到事情并不简单，她去查看了一下停车场，发现上方的摄像头，去监控室调监控的时候才得知浮生已经借走了事发前一天的记录。

她隐约意识到了什么，马上找到了陆周，她推断爆破助理当时和沈嫣就是在停车场交涉的当天晚上还有第三个人留在片场，而那个人就是陆周。

一开始时陆周一直不承认，直到安心要将浮生叫过来对峙！

陆周才叹了一口气说："既然你什么都明白了，又何必问呢。"

安心不可置信地看着他，问他为什么不报警，可陆周却说："要打击对手，就要一击必中。我不会给她翻身的机会，沈嫣必须为自己的行为付出代价！"

安心几乎说不出话来，呆呆看着陆周，很久之后，才缓缓吐出一口气："你这么做，真的只是将计就计打击沈嫣吗？简兮因为你为她受了伤，感激涕零，像从前一样言听计从！你根本不是为了她好，而是为了控制她！你这样和沈嫣有什么区别？"

陆周眼神冰冷，说道："对，我和她没有区别，那又怎么样，你要告诉简兮吗？"

这时，手机响了。安心看着电话，简兮的名字在跳动着。

陆周看着她："简兮和别人不一样，除了演戏以外，她不通人情世故，不知世事险恶，表面上很坚强，内心却很怕被抛弃。如果你把真相告诉她，她能承受吗？如果你想说，那就说吧，我不会阻止你。"

安心犹豫了很久最终接起了电话："喂，我吗？我只是出来买点东西，马上就去片场。好，一会儿见。"

陆周松了口气。

安心挂掉了电话，看向陆周："我这样做，不是为了你！不过，如果你再做这种疯狂的事，我一定会告诉简兮！"说完转头就走，一把摔上了门。

安心离开后，浮生从洗手间走出来，把洗好的水果放在桌上问陆周："为什么不解释？是老师保护了简兮！如果不是他，简兮一定会受重伤！那是爆破啊，谁都无法预计后果。

明知道有人动了手脚，可还是冲过去了！明知道会受伤，也要保护一个人。”

安心几次犹豫，最后没有告诉简兮，就在她鼓起勇气想说出真相的时候，浮生打来电话说陆周已经出院回家，简兮立刻跑去了陆周家里。

门铃响了很久，陆周才开门，诧异地将她让进门，问道：“你怎么来了？”

“这句话应该我问才对，”简兮说，“老师明明在医院，为什么要跑出来！”

陆周走进客厅：“我已经好多了。”他准备给自己倒水，水却洒了。

简兮立刻冲过去抢下水壶：“你看，这叫好了吗？”

“不用这么紧张，拍戏受伤都是常事，这点伤势不算什么。”陆周不以为然地。

简兮见水壶里的水凉了，就进了厨房，忙着烧水，一边问：“老师，今天的药吃了吗？”

陆周没有回答，在沙发前坐下。简兮倒了热水跑出来，准备好药丸送到陆周面前：“既然你要出院，那我就在这里照顾你。中午想吃什么？”

陆周吃了药说道：“浮生买好了，就放在冰箱里。”

简兮打开冰箱，见到满满都是方便食品：“这些不适合病人吃，我来想想看，应该准备什么午饭，老师的伤势还没痊愈，吃点清淡的好不好？”

安心提高音量：“简兮！今天的拍摄很重要，你必须回片场去！”

简兮回过神来，惊讶地看着安心。

陆周微微一笑：“简兮，这样实在太麻烦你，还是去片场吧，别让安心着急。”

“没关系啊，要不是老师，现在躺在医院的人就是我。我只是想为你做点事……”

安心憋不住了：“陆周，够了没？我再也无法忍受了！事实真相到底是怎样的，你心里最清楚！明明知道会发生意外，却任由事情发生，就是为了要控制简兮，让她全都听你的！简兮，你忘了沈嫣说的话吗？有人坐视一切发生，就是要在你面前装英雄！”

简兮立刻站起身，生气地说：“安心，你到底在说什么？沈嫣本来就是咎由自取，她说的话根本没有可信度，你刚才说的一切，证据在哪儿？”

安心一愣。

“没有证据是吗？安心，我知道因为照顾老师耽误了很多工作，我会全部补回来的，但是我请求你，不要对病人这样说话！这是我的决定，不是老师的错！”

陆周依然面带微笑：“简兮，我和安心对你的发展本来就有不同的规划，意见不同难免会产生误会，但我相信她所做的一切都是为了你好，不要伤了和气。”

“你真会演戏！简兮，你真的相信他吗？”安心转头盯着陆周，“我真想看看，你这出戏准备演多久！”

说完愤怒地转身走了，门砰的一声甩上。

简兮连忙向陆周道歉，陆周看了她一会，突然说道：“简兮，抛弃安心吧。她已经开始阻碍你前进的步伐了，对于这样的人，一定要毫不留情地抛弃掉！你拥有上天给予的灵气，也有常人没有的毅力，已经走到了这一步，若想要精益求精，要学习的还有好多。第一条，就是放弃！”

“怎么会，安心她一直在帮助我啊！”

“没有可是！你过来！”

陆周打开了奖杯展示柜：“看看这些闪闪发亮的荣耀，想要得到这些奖杯，一步步站到最高处，你就得甩掉负累，所有拖累你的人，全部都要舍弃！”

陆周把奖杯递给了她，简兮呆住：“那……第二步呢？”

陆周微微一笑：“学网球。”

第 165 章
冰上女王

《倾城之恋》已经拍了四个多月，还有最后几场戏就要杀青，编剧、导演和主要演员，正在酒店套房的会议室里讨论剧本。

唐斐最近都没有睡好，十分疲惫，季晴劝他休息一会，他点点头，揉了揉自己的眉心，走出会议室，在客厅沙发上躺下睡着了。

季晴起身走到房间里取来一床毯子，准备给唐斐盖上，就在这时候，唐斐放在桌上的手机震动了。

季晴看了熟睡的唐斐一眼，取过手机，电话是简兮打来的，她盯着屏幕看了一会儿，拿着手机走了出去，按了接听，简兮的声音从彼端传来：“唐斐吗，我有事想要问你的意见……”

季晴强压着怦怦直跳的心打断她的话：“是我。”

简兮显然愣了一下，声音有些颤抖地问：“季晴？”

“是。”季晴温柔地说，“唐斐已经休息了，你要他听电话吗？我帮你叫他。”

简兮的气息更加不稳了：“不、不用了。”

这种误会正是季晴想要的，她理直气壮地问道：“你有什么事吗？”

“没、没什么特别的事……我挂了。”

季晴突然叫住了她：“简兮，唐斐最近拍戏很累，如果没有必要的话……不要再打电话来了。”

电话那边挂断了，季晴看着手机，突然觉得心中一阵难过，是从什么时候开始她变成了这样？要用说谎来伤害另一个人。

她平复了好一会，才走回去，删除了通话记录，悄悄将手机放回原处。

拍完的最后一天，顺利杀青之后，季晴、唐斐一行乘同一航班回到了 A 市。

唐斐一早就给简兮发信息告诉她航班信息和回程时间，飞机落地，他不停地回头，在人群中寻找熟悉的身影，最终还是失望。倒是齐文森早已等在了出站口，迎接季晴归来。

季晴暗中观察唐斐的一举一动，故意装作毫不知情地问道："你没有告诉简兮，今天会回来？"

岳乐接口："怎么会没说，我发了短信给她啊！不过没有回音。"

齐文森挑了挑眉："不用等她了，她今天有个粉丝见面会，来不了。"他故意安排好了，就是为了不让他们见面。

唐斐一愣，季晴假装吃了一惊："有粉丝见面会啊，她没有告诉你吗？"

唐斐脸色有些不悦。

好在岳乐连忙打圆场："可能她太忙了，一时没有顾得上。唐斐，我的车停在那儿，先送你回去再说。"

唐斐点头，跟季晴挥手作别，上了岳乐的车。

也不是不生气的，可听说她有粉丝见面会，他还是为她高兴了一下，付出那么多的努力，终于一点一点地回报了回来。

车子开了一段，唐斐突然说："走，去看看那笨蛋的见面会现场。"

"啊？"岳乐目瞪口呆，唐斐出现在现场，岂不是要乱了，"不行不行。"

可唐斐岂会听他的……

简兮的粉丝见面会现场十分热闹，粉丝们排起了长长的队伍，等着签名。

唐斐戴着帽子和眼镜，混迹在粉丝之中，并没有人发现他。

排了约莫一个多小时，终于到他了。他把电影书送上去，简兮签完名还了过来，并没有注意到他。

这个笨蛋！他暗暗笑了，附身说道："可以拥抱一下吗？"

简兮听到声音，猛然抬起头来，她怎么也想不到竟然真的是唐斐："你怎么突然跑来了？"

"明明告诉你今天我回来，不来接机就算了，连开粉丝见面会都不告诉我？""公司决定得比较急。"

"再着急，说一声的机会总有吧！告诉你，我很生气，你该怎么补偿我！"

简兮刚要说话，突然听见有人敲门，两人同时看向门口，陆周微笑着走了过来："简兮，时间到了。"

简兮起身对唐斐说："今天要见一位制作人。"

随后在陆周的催促声音中跟唐斐说了句抱歉便走了。唐斐心里很郁闷，千里迢迢地赶回来，大老远地跑到现场，就这样匆匆一面。

安心把礼物全都捧进了后台，放在桌子上。

岳乐上去问道："你不是经纪人吗，既然要见制片人，你怎么还在这儿？"

“我现在只是名义上的经纪人而已。简兮的一切工作，都由陆周来安排。如果不是简兮强硬留下我，现在我都失业了！”

唐斐一惊，看向安心：“到底怎么回事？”

“你都看见了，简兮对陆周言听计从，我简直要气死了！如果换了以前，我早就走了！”

“都被人反客为主了，为什么不走？”岳乐气呼呼地问。

安心想了想：“我不能眼睁睁看着简兮被人蒙骗啊，一定要在她面前揭穿陆周嘛！可是这个人太狡猾，演技又是一流的，我等了这么久，都找不到机会！你看，反而是我自己，被他耍得团团转！”

……

陆周带着简兮从粉丝见面会出来，径直把她带到了网球场，他早就打听到了王牌导演徐子鱼马上要拍摄《冰上女王》，今天要来这里打网球，只要能拿到女一号，明年的最佳女主角一定不在话下，之前狠命地训练简兮学网球，就为了今天给徐子鱼留一个深刻的印象。

陆周带着简兮来到场外，徐子鱼微笑着走过来：“陆先生，这位就是简兮吧。”

简兮寒暄道：“徐导，你好。初次见面——”

“不算初次啦，陆周早就把你拍摄的电影拷贝了一份寄给我，所以你的全部角色我都看过！不过，关于这个角色，我还得考虑一下。”

第 166 章
突发病情

陆周不动声色地：“简兮也很喜欢网球，怎么样，杀一局吗？”

徐子鱼闻言有些兴奋，正准备邀请简兮入场，就在这时候，齐文森带着季晴走了过来：“这么热闹，怎么不邀请我一块儿？”

徐子鱼立刻迎上去，和齐文森握手：“我等你们好久了。今天不说电影，咱们好好打一场球！”

陆周做了个请的姿势，径直坐到旁边去了。徐子鱼和简兮配合，齐文森和季晴配合双打。

陆周刚喝了一口水，忽见身边多了个人，抬头一看是唐斐追了过来，唐斐问他为什么排挤安心，从一个经纪人沦落到助理，现在连这么重要的活动都不带她参加。陆周的解释是他只是一片好意，希望简兮能当上《冰上女王》的女主角。

两人正说话间，季晴看到了唐斐，立刻向他招手，齐文森把球拍递给唐斐，唐斐接过，代替了齐文森的位置。

简兮看到唐斐站在季晴身边，想到了那天深夜的电话，心里很不是滋味。

季晴发球，唐斐配合默契，干脆利落地赢了一球。

紧接着季晴又是一球，简兮节节败退，连累徐子鱼输了球。

季晴再接再厉，飞过来一球，简兮没能接住，连球拍都飞了出去，捡球拍的时候，简兮突然觉得后背一阵疼痛，她下意识皱紧了眉头，看了唐斐一眼。

回到了球场，简兮深呼吸，不由自主抓紧了球拍。

季晴再一次发起进攻，简兮反手一球，球笔直地飞向场外，季晴冲过去猛然跌倒在地，膝盖流了血，她捂住膝盖痛得说不出话来。

齐文森迅速站了起来，唐斐向季晴跑过去，简兮和徐子鱼也都快步过去。

唐斐快速扶起她，对着一直道歉的简兮说道："为了陆周的要求，你可真是卖力。"说完温柔地对季晴说，"我先带你去清理一下伤口。"

徐子鱼连忙说："那边就有医务室。"

唐斐点头，带着季晴离去。徐子鱼和齐文森都跟了上去。

简兮目送唐斐离去，想要去追，走了两步却停住，后背的疼痛迫使她停止脚步，陆周快步走到简兮面前问道："怎么回事？"

简兮忍痛摇头："可能刚才不小心扭了一下，等等就好了。"说完转过头，看向唐斐离去的方向，心中一阵失落油然而生。

接下来，陆周开始训练简兮练习花样溜冰，简兮在冰上训练，却突然整个人重重摔倒，她挣扎着爬起来继续训练，一次又一次地摔倒，直到最后根本爬不起来。

陆周这才发觉不太正常，快步过去抱起她。

简兮额头冷汗直滚，陆周面色大变飞快地将她送去了医院，经医生检查为脊柱侧弯症。

脊柱侧弯症不少是因跳舞导致脊柱受损的情况，通常成人的病情发展会很缓慢，不会影响日常生活。但是因为简兮练习太过苛刻，已经受到严重损伤，继续下去，轻者身体变形，持续发展，很可能会影响到心肺功能，甚至可能造成瘫痪。

医生建议尽快进行治疗，并且卧床休息，可简兮拒绝了，尽管医生一再强调，骨骼发育成熟后，支具治疗作用不大，她还是选择戴矫正器，她再也不能那样训练了，也就意味着《冰上女王》这个角色只能放弃了。

走出了医院，回到世纪影视公司，刚走进大厅，迎面遇到笑笑陪着季晴出来。简兮忙上去询问季晴膝盖的情况，被笑笑拦住，冷嘲热讽地说简兮为了《冰上女王》故意压季晴风头，让季晴受伤，简兮惨惨一笑，称已经放弃《冰上女王》。

季晴愣住，前几天还势在必得，现在突然放弃，让人想不通，她把简兮当成对手，简兮这样做，反而让她有一种受羞辱的感觉！

唐斐拍完了广告，见天色已经很晚，疲惫地上了车。季晴拍写真路过这里，特意买了热咖啡过来看望，顺便让唐斐捎带她一程。其实还有个原因，想旁敲侧击问问那天深夜的电话，对俩人的恋情有没有影响。

果不其然，简兮没有把退出《冰上女王》竞争告诉给唐斐。

一路上车子里出奇的安静，一直到将季晴送到门口下了车，唐斐都没说过一句话。

她忽然有些自责，她正在往一条坏女人的路上走去，可她阻止不了自己，她想要最佳女主角，她更想要唐斐，她不想输给简兮，想到这些，她痛苦地捂住了自己的脸。

车子在马路上飞驰，夜晚的风将路边的落叶卷起摔落，唐斐突然对开车的岳乐喊了一声："掉头。去公司。"

"啊？可是一小时后还有一个通告。"

"取消。"他干脆地吐出着两个字，倒是想看看简兮到底在做什么，陆周到底想要干什么。

车子调转方向，往世纪公司行驶而去，到了门口，不顾门卫的阻拦，一阵风似的跑进去。急切地推开了教室的门，可是简兮并不在里面，他一间又一间地寻找。当他推开第五扇教室的门的时候，看到简兮背对门坐在地上，陆周紧紧地拥抱着她，他猛然停住了脚步。

陆周抬眼看着他，一阵击碎般的心痛席卷了唐斐，他的手无力地松开了门，慢慢退了出去。陆周的脸上，露出一丝莫测的微笑。

毫不知情的简兮，好不容易止住悲伤的情绪，嘴里喃喃地说着："老师，我完蛋了，彻底完蛋了！做任何一个动作，都感觉到痛，好像全身骨头都在抗议！我演不了《冰上女王》，不，不，我连普通的角色都演不了！医生想让我用仪器固定脊椎，还要卧床休息，只有这样才能康复，老师，我想要继续演戏。可我的身体……"

陆周轻轻地拍着她的肩膀："没关系，不管发生什么事，我都会在这里。不演《冰上女王》，我们还可以演文艺片，我会帮你的。"

第167章
玫瑰人生

安心从旁人口中得知简兮要试镜《玫瑰人生》，她决定辞职，这样的经纪人不做也罢，她拿着辞呈来到简兮家门外，敲了敲门，简兮开了门之后，一言不发地将辞呈递给了简兮，转身就要走，简兮连忙去追她，结果动作太大，疼得她轻呼一声。

安心一愣回头，发现了沙发上的矫正器，面色微变，一把将矫正器扯过来："这是什么？"

“没什么，只是……广告，对，是我帮人做的广告产品。”

“简兮，我不是小孩子，你不要试图骗我，这种矫正器是医用的，你什么时候接过医药产品广告。”

简兮慢慢地坐在了沙发上：“我只是脊柱侧弯而已，不是什么了不起的病。”

“简兮，你是不是疯了啊，生病了就要好好休息，难道你希望继续恶化下去，变成永久性损伤？”

“有！我有休息！不是推掉《冰上女王》了吗？”

“你还在骗我！今天下午不是有《玫瑰人生》的试镜吗，你已经决定要去了！简兮啊，难道演戏真的这么重要吗？”

简兮微微一笑，握住安心的手：“安心，我想要演戏。虽然没办法出演溜冰女王了，可是我能演文艺电影啊，绝对不会有问题的！大不了我答应你，这部电影结束后，就接受治疗，好不好？在那之前，我需要你的帮助。拜托，请你帮帮我。”

安心看着简兮一脸坚决，有些不忍了，她真的很想不管她，可她这样单纯执拗得叫人心疼的姑娘，她又不忍心真的不管她。

简兮每天在家看剧本和康复训练，终于到了试镜的日子。

简兮刚一进试镜厅的门，就见到季晴正在等待，原来季晴听说了简兮要视镜《玫瑰人生》特意前来抢角，对她来说，没有了对手的话，抢到《冰上女王》也没有意义，她要跟简兮比赛，并且一定要赢。

来试镜的人很多，已经排成了队，工作人员过来交代说，所有来试镜的女演员都精心准备，谁能给他留下最深刻的印象，就会成为《玫瑰人生》的女一号，如果不愿意等可以放弃，如果留下来，化妆间已经准备好了，己备好化妆师，当然也可以自行准备。记住，一小时后请回到试镜厅，于先生会在那儿等。工作人员说完笑容可掬地离开。

简兮和季晴对视一眼，进了不同的化妆间。

季晴势在必得，一早就准备好了造型师，是业内著名的造星圣手白波，曾经受邀参与很多国际电影节颁奖典礼红地毯造型设计。

《玫瑰人生》里的女一号是个民国美人，做旗袍造型更是白波最为拿手的绝技。

而简兮的造型师是《玫瑰人生》配备的普通造型师，技术上无法相比，简兮要求妆容请尽量干净、朴素、青春，具有民国气息。

化妆师已经快要完成妆容，正准备给简兮上唇彩，陆周突然出现了，盯着镜子里的简兮说道：“这样是赢不了的。季晴的造型早就设计好了，会非常成功，你这样只会输。”

只剩下十几分钟，换造型已经来不及了，简兮看向挂在墙壁上的时钟，秒针正在一秒一秒地快速跳动，她想起了工作人员的话：谁能给他留下最深刻的印象，就会成为《玫瑰人生》的女一号。她眼前一亮盯着镜子里的自己：“请帮我换造型，老师帮我多拖延十分钟可以吗？”

陆周点点头："我在试镜厅等你。"

试镜厅内，所有的试镜人员正在拼命往前挤，工作人员竭力维持秩序："各位各位，对不起，请按照号码，一个个来。不要挤！各位请别再挤了！"

一个一个地上场，被于制片不耐烦地挥挥手退下，一直到季晴出现，他的眼睛才突然亮了起来，季晴艳光四射，仿佛是从老照片里出来的古典美人！

于制片看着季晴，站起身来，用力地鼓掌："季小姐，你果然如业界所说，是个出众的美人。"

季晴微微一笑，走上前去："于先生，我已经看过《玫瑰人生》的剧本，非常喜欢云朵这个角色，可以把女一号给我吗？"

于制片看向工作人员："已经全都到齐了吗？"

工作人员犹豫了一下："简小姐还没到。"

"是么，其实我还蛮期待看到两个最出色的女演员 PK 的场面诶。"于制片露出一脸失望的表情。

早就站在门口的陆周，快步走了过去："于先生，好久不见！没想到您是《玫瑰人生》的制片人，早知道我就先来拜会了。"

"陆周啊。"于制片惊喜道，"哪里，从前我们的合作非常愉快呢，真希望有机会再次邀请你。"

陆周微笑："从前您给了我很多专业上的指导，这次不知道能不能请你吃饭，就当是答谢……"

于制片刚要开口，笑笑走过来："喂，不要故意打岔啊！"转过来对一脸笑容的于制片说，"是不是应该尽早决定。"

于制片刚要开口，简兮就在这个时候赶到了："对不起，让大家久等了。"

众人全都回过头去，目瞪口呆地看着简兮走进来。

简兮身着旗袍造型，涂了浓重的黑眼圈、黑嘴唇、爆炸头，脸上还抹了脏，头发做成了包租婆的。

在众人一片哄堂大笑声中，简兮走向制片人，也就是这个丑爆了的造型，在一片群芳争艳的大厅里，成为了当晚一见难忘的作品，并且赢得了女主角的位子。

当于制片伸出手欢迎简兮的时候。季晴脸上的笑容完全消失了，她转过身，快速向外走去。

第168章
宣布退出

笑笑追出来，已经看不见季晴的人影了……

季晴在大街上，边走边用纸巾用力擦掉脸上的妆容，她越想越伤心，不由自主流下了眼泪，她也不知道走了多久，回到家的时候，连脚上的高跟鞋丢了一只都浑然不解。

齐文森一直在门口等待着她，看到她回来了，快速冲了过去，季晴抬起头看着他，眼泪长流。

齐文森叹了一口气："今天发生的事情我都知道……"

话音未落，季晴已经重重投入他怀里，齐文森愣然了。

季晴一边哭一边说："别人都说我是女神，根本不是！我只是空有一张脸而已，我的心和普通女人一样，会嫉妒，会疼痛！看到唐斐那么喜欢她，女主角又被她夺走，我真的不知所措，该怎么办？怎么办才好！不要变成这样，我不想的……我不想自己这么嫉妒……"

她越说越伤心，整个人蜷缩下来，哭成了一团。

齐文森蹲下来，轻轻搂住她："季晴，不管你变成什么样，我都会帮助你的。女主角，甚至是唐斐，只要你想要，我全部都会替你拿回来，全部！"

季晴愣愣地抬起头看着齐文森，齐文森牢牢地看着她："你相信我，好不好？"季晴想了良久，终于点点头。

自从那天在教室里看到简兮和陆周相拥的一幕之后，唐斐这几天也都没有和简兮联系过。

今天他去公司有点事情，刚从电梯里走出来，突然听见简兮的说话声，他立刻停下了脚步。

齐文森已经查出了简兮生病的事情并正在以此交涉，要公布于众，简兮自然不同意，她说道：

"身为经纪公司，你竟然完全不顾职业操守，要向大众公布我的病情吗？难道生病也是一种错误？"

唐斐吓了一跳，赶忙贴着耳朵听下去。

齐文森说："明明生了病，还隐瞒社会媒体，当然有问题！于制片知道你的病情吗？据我所知，你的病情不断恶化，应该承受了很大病痛吧。如果拍摄到一半儿，你突然住进了医院，剧组就要开天窗了。这部电影可是赶着档期上映啊！"

简兮一下子止步，猛然转过身去："我一定会坚持到拍完为止。"

"你还是这么天真，就算我相信你这番话，制片方会相信吗？你这样不光对自己不负责任，对电影也一样不负责任！你好好想想，如果现在退出，几年后你还可以重新出来演戏，但如果拍戏中途倒下了，别人会怎么看待你？这是故意欺骗吧，大家可不会轻易原谅这种人！今天下午的发布会，正式向大家辞演，并且宣布退出演艺圈，回去专心养病。”齐文森说完拍了拍她的肩膀，“记住，下午三点的发布会，我要看到你公开退出。”

齐文森走后，简兮整个人再也支撑不住了，顺着墙蹲在了地上。

唐斐一步一步地走了出来：“刚才他说的病情，到底是什么意思？”

简兮一下子回过身来，唐斐快步走过来，一把抓住她的肩膀：“刚才齐文森说的话，到底是什么意思？你……生病了吗？为什么不告诉我！”

简兮深吸一口气，用力推开了唐斐：“我没事。”

唐斐用力抓住她的手：“不要走，我是你的男朋友，发生任何事，不是应该第一个告诉我吗？为什么每次都要从别人嘴巴里知道你的消息。”

简兮抬起头看着他，无力地问道：“告诉你什么？说我得了很奇怪的病，不好好治疗的话，脊椎可能会严重弯曲，哦，也可能会出现双肩不平衡，更严重的话还可能……”她说不下去了。

唐斐不可思议地看着她：“简兮！都已经这么严重了，为什么不肯好好治疗！我一直支持你演戏，但这次不一样，没有任何事会超过你的健康，我不要你再演戏了，现在就放弃，我带你去看医生！”

唐斐拉着简兮就要往外走，简兮执拗地说：“我自己的事，请让我自己来决定。我热爱演戏，想要演戏，谁都不能阻止我！”

“所以啊，把病治好再……”

简兮打断：“治好？不，就算我接受手术，也可能留下后遗症！医生说卧床静养，那要静养多久，一年，两年，三年？一个女演员的黄金时期能有多久，万一脊背变形，还怎么表演？如果让我来选择，与其再也没办法演戏，我情愿留下最珍贵的记忆。只要一部戏就好！拍完《玫瑰人生》，我会好好回去治病！真的，很抱歉。”她推开了唐斐的手冲了出去。

“简兮！”唐斐没有追，只是目送她的背影，心疼地简直要炸裂了，他对随后赶来的岳乐说道：“替我约《玫瑰人生》的制片人出来。”

“啊？你不是对这个片子没兴趣么？”

“我要看剧本。”

岳乐举手投降：“好好好，我马上就约。”

唐斐的目光落在远处渐渐消失的简兮身上，轻轻摇头。

简兮回家到，拿出藏在日记本里的白玫瑰，久久地看着，对她来说这是一种信仰，是一种力量，她轻轻合上日记，望着窗外湛蓝的天空。

发布会现场人山人海，两名安检员正在负责给记者们安检。

简兮站在发布会现场门外犹豫着，这对于她来说是一种折磨，而对于齐文森来说是一种手段，在他的眼里这个圈子没有是非对错，只有胜负输赢，他对于简兮的告别词深感兴趣，这个不听话的女演员，会以怎样的姿态退出这个圈子。

他轻巧地跟简兮打了招呼，实际是施压让她快点进场。

发布会马上就要开始了，所有人都已经各就各位，记者们回到座位上安坐，所有人都在期待简兮入场。

安心硬生生把简兮带进了会场。

第169章
母女相逢

简兮的脚步踏过安检门的那刻，安检门突然发出刺耳的警报声，所有人的目光都落在了站在安检门那里的简兮身上。

工作人员立刻走过来，安心连忙解释："这位是简小姐，包里有钥匙，可能影响了安检门。"

工作人员点头，正准备放他们进去。

简兮终于下定了决心："等一等。"

所有人都惊讶地看着这一幕，于制片快速走过来："发生了什么事？"

"于先生，对不起，我有一件事要先向大家宣布。"她把那样东西从包里拿了出来，是一个医用矫正器，"这就是安检门会响的原因，不过平时我都需要佩戴在身上，今天特意放在了包包里而已。"

记者们目瞪口呆，随即蜂拥而至，一连串的问题抛了过来：

"简兮，这是医用矫正器吧，怎么会在你身上？"

"你生病了吗？"

"是啊，你到底发生了什么问题？为什么要把矫正器带到这里来？生病的话，会影响接下来《玫瑰人生》的拍摄吗？"

……

"因为我得了脊柱侧弯症，为了控制病情发展，要一直戴着这种矫正器，睡觉的时候，吃饭的时候，都要佩戴。我知道大家心里在想什么，明明生病了，为什么不公布病情，因为我不希望大家用异样的眼神来看待，更不想影响自己的演艺生涯。我原先预备，在拍戏的时候摘掉矫正器，拍完戏以后再戴上。我知道，这是一个很艰苦的过程，但是我一直有信心，可以克服这个难题。于先生，如果您觉得我不可以，临时提出换掉演员，我也可以理解。”

所有人的目光聚集在了于制片身上，齐文森微笑着走上来：“于先生，鉴于这种情况，我们公司深感抱歉，希望您重新挑选合适的演员，如果需要赔偿，我们也会全力配合……”

这个片刻十分漫长，所有人都在等待着他的回答。

于制片慢慢地道：“简兮，拍摄非常辛苦，女主角有舞蹈戏，你有信心可以克服吗？”

简兮一愣。齐文森面色微变：“于先生！”

于制片挥手，示意齐文森不要立刻开口，对简兮说道：“我很高兴你可以在拍摄之前向大家坦承，但作为制片人，我必须保证演员可以无障碍地完成演出。简兮，你真的能够做到吗？”

简兮的眼里不由自主涌起泪花：“我知道每个人忍受疼痛的能力都不一样，但我只要参加了拍摄，就一定会坚持到底。”

于制片看着简兮，对于她的坦承，他很是欣赏，最重要的是他在她身上看到了一种意志，一种寻常女演员不具备的能力，对表演的执着与狂热还有不放弃，他微笑着：“我在这里正式宣布，《玫瑰人生》的女主角是属于简兮的！”

简兮不可置信地望着于制片。

“还有！”于制片指着会场另一边，唐斐一身西装，精神抖擞地走了过来，“重量级演员，唐斐，将参演《玫瑰人生》。”

现场顿时沸腾了，唐斐跟简兮站在一起，无数的闪光灯亮起。

季晴远远看着唐斐和简兮站在一起，眼底渐渐起了雾，她来这里，就为了看这一幕吗？她扭头走了出去。

齐文森心疼地看着季晴的背影，暗暗在想：路还长着，属于季晴的东西，他会一样样帮她夺回来。

“知道我为什么没换掉你吗？”于制片跟简兮一边走出会场一边聊着，“有人给我寄了一封信，说你是一个很特别的演员，哪怕病倒了，一听说 action 的声音，也能马上从床上跳起来去拍摄。所以，今天我才在所有记者面前力挺你。”

简兮愣在了那里，看着简兮发愣的样子，于制片微微一笑：“你的影迷，Mr.T，好好拍戏，如果你不能完成拍摄任务，我会随时换掉你的。”

于制片说完匆匆走了，简兮站在那里嘴角露出了笑意。

简兮从来没想到，会有一天跟展眉演对手戏。

看到展眉是在《玫瑰人生》拍摄开始后，简兮换好了衣服，于制片突然要给她介绍一个人认识，简兮还喜滋滋地走了过去，结果看到展眉站到了她对面。

她所有的笑容在那一瞬间消失，原来演简兮妈妈的女演员临时退出，展眉来救场。

展眉依旧是优雅而高贵的，望着简兮好像不认识她一样，伸出手，很客气地说：“简小姐，我们合作愉快。”

所有的委屈和愤怒一下子蹿了上来，她不能自抑地叫了起来："为什么？你到底想干什么？"

安心一看情况不对，赶紧把一头雾水的于制片拉到了旁边，借口有事跟他谈，避开了。

展眉静静地看着简兮，瘦削的身体，眉眼间依稀有着她的神韵，她微微蹙眉教训着："你还是和从前一样，遇到事情一点都不冷静。"

对于简兮来说，她一刻都不想去面对展眉："明知道我出演女主角，你为什么特意跑来演？"

展眉微微一笑："我已经很久没接新戏了，现在需要一部大制作的电影抬高人气，只有这样，才能赚到更多的钱，不是吗？"

"你到底有什么目的，我可以不管。但我没办法和你演一对母女，很抱歉！"

简兮转身就要离开，展眉冷冷地叫住她："讨厌一个人就要放弃角色，你和那些为名为利演戏的女人又有什么不同？还不是一样把演戏当成可有可无的东西。"

"根本不是这样！"简兮猛地停住脚步。

"那证明给我看，哪怕再讨厌我，也能演好云朵对母亲的思慕之情！这才是真正的演员。"

简兮定定地看着展眉，愤怒地握紧了拳头。

于制片不知道真相，自然没办法理解她们之间奇怪的互动，他也不需要知道，他需要的是两个优秀的女演员站在一起，迸发出火花，将他的《玫瑰人生》推向辉煌。

第 170 章
疯狂的陆周

《玫瑰人生》讲的是女主角云朵的故事。云朵小时候被母亲抛弃，长大后在一次表演中重新遇到了亲生母亲盛雪林。此时的盛雪林已经成为著名女画家，上流社会的贵妇人，而且拥有幸福美满的家庭生活。云朵一次次努力，终于接近盛雪林，最终母女重归于好。

导演跟简兮讲戏："今天要拍的是第一场，云朵在歌舞表演的时候，在人群中一眼就认出了母亲，你一定要表现出震撼和激动，明白了吗？"

简兮点点头。

导演："各就各位！ Action！"

舞台上，灯光亮起。

简兮饰演的云朵缓缓抬起头，后背巨大的痛楚传来，她的脸色却丝毫没有变化，而是轻蔑地一笑，推开了簇拥着她的男舞者。

她唱起了《钻石是女孩最好的朋友》："只有钻石才是女人的心头宝，热吻也许美妙，却不能将房租抵消，哪怕一杯冷饮也不能折扣少少……时光如逝，青春如斯，一旦驼背就别想站直，但不管背痛还是跛脚，一到 Tiffany 你就不会弯腰……"

饰演盛雪林的展眉和一群人走了进来，高贵大方，气质高雅，只是她在听到这首歌后，一时间竟愣住了。

简兮挑衅地望着展眉，这首歌是她特意选的，讽刺，最大的讽刺，在她眼里展眉心中除了名利再无他物。

她载歌载舞，万般讽刺地歌唱着，看着展眉强作镇定，她的心中越发快乐，只是突然后背传来一阵痉挛般的疼痛，瞬间跌倒在地，额头上冷汗不停冒出。

导演惊呼："Cut！"

安心快速跑了上去，连忙搀扶起简兮："简兮！你没事吧！要不先休息一会儿？"

简兮勉强抬起头，额头上冷汗滚滚："没事，我可以继续！"

所有人都惊讶地看着简兮，展眉表情复杂。

导演一遍遍喊 action，简兮每一次都无法继续下去，最后一次重重从台上摔了下来，众人大惊失色，全都涌了上去。

展眉走了两步，停住了脚步，跟围拢在简兮身边的一群人比起来，显得格外疏离。

拍摄中断，展眉提出先拍她那部分，安心扶着简兮离开时，展眉淡淡丢下一句话："坚持不下去就早点离开，不要浪费大家的时间！"

疼痛得难以自抑的简兮愤怒地看着展眉远去的背影，她的心再次被践踏粉碎。

感同身受这句话，其实就是废话，没有谁可以明白简兮的痛，从身体到心灵，拍摄《玫瑰人生》在安心看来，这是将简兮推向毁灭的一部戏，而始作俑者就是陆周。

安心愤怒地找到他的时候，陆周正在琴房疯狂地弹奏着。

"你知不知道，你这样会害死她的？明明不能再继续了，还是拼命地跳舞，万一病情恶化，她以后怎么办！你把简兮一步步推到毁灭的深渊。"安心愤怒地吼着。

"我是为她好。如果不能演戏，那才是真正毁了她。"陆周站了起来，微笑着，"她一定会成为最好的演员。"

安心哑口无言，在她进电梯时碰到了岳乐，看她脸色不好，岳乐随便调侃了几句，安心把在陆周那边受的委屈一股脑地发泄在了岳乐身上。

知道前因后果后的岳乐也意识到了事情的严重性，赶紧通知了唐斐。

病痛和心灵双方面带来的痛苦，简兮默默承受着，她想回去看看，看看当初学表演的教室。

简兮站在漆黑的教室，想起第一天站在窗外的情景。

身后的投影突然开始播放：一个小女孩正在跳舞，光影转动中，她的身上带着沉重的矫正器。影片里的人是有着"世界佛拉明戈舞第一跳"美誉的西班牙舞蹈家阿依达·戈麦斯，她正佩戴着金属矫正器学习舞蹈。

无数洁白的玫瑰花在背景墙上绽放："只要心中有舞蹈，就能在舞台上尽情旋转。"

这一切都是唐斐为她准备的，简兮看着看着，眼泪温暖地落了下来。

于制片跟导演都明白，简兮很可能完成不了拍摄时的舞蹈难度，如果今天不能顺利拍摄，他们只能放弃简兮。

简兮也懂这是她最后一次机会，精心在准备。

随后导演喊了一声："Action！"

她闭上眼睛，回想起黑暗里屏幕上那个旋转的少女。

痛苦并快乐着，没什么是战胜不了的。

舞台上的音乐响起，身穿红裙的简兮开始跳舞，随着欢快的响板敲击，她热情而奔放地跳着。

台下的观众们情不自禁地加入到她的舞蹈世界。

无数鲜花抛向了舞台，狂热的人潮欢呼雀跃着。

"Cut！"所有人都停了下来，只有简兮还沉浸在表演的世界，她不停地旋转着，直到精疲力竭，她才身躯一软，整个人几乎跪倒在舞台上。

安心跑过去，满脸喜悦地说："简兮，你顺利完成了！"

简兮露出安心的笑容，不自觉在人群中寻找唐斐，他正注视着她，露出微笑。

简兮站起身，下了舞台，下意识向唐斐走去，然而陆周突然出现，拦在她的面前，拦住了她的去路。

简兮一愣："老师。"

"你跳得很好。"

简兮想起黑夜中的小女孩，一脸期盼地望着陆周："老师知道阿依达·戈麦斯吗？只要忘记痛苦，彻底忘掉就好！"就算在刀尖上跳舞，脚步血淋淋的，她也要跳下去。

唐斐在旁边静静地看着她，转过身消失在人群中，她走到了片场外，岳乐跑过来开玩笑似的提醒他："陆周对简兮别有居心，说不定会抢走简兮。"

被岳乐说中了要害，唐斐紧张起来，阴沉着脸转身又进了摄影棚。

接下来一场戏，是简兮跟展眉的对手戏。

第 171 章
母女飙戏

"Action！"

“妈妈。”简兮叫了一声。

盛雪林向后退了一步，像是受到了极大的惊吓。

云朵迫切地说：“妈妈，我是云朵，你的女儿云朵啊！我千里迢迢来上海，就是为了寻找你。”

表演刚开始，导演就喊了一声“cut”。

于制片说：“简兮，你的脸上看不到一点恋慕和渴求，多年后突然见到亲生母亲，你不激动吗？记住，你是来寻找最想见到的妈妈，那种特别到快要哭出来的心情，千万别忘了！”

导演跟制片反复交代后，拍摄又开始了。

简兮目光转向展眉，回忆起了第一天见到展眉时的情形……

“妈妈！为什么要装作不认识我？我是云朵啊！”云朵痛苦而惊慌地喊着。

盛雪林冷漠地说：“你认错了。”她打开了皮夹，取出钱扔在云朵脸上，“拿钱走吧，不要再回来了。”

云朵愣在了那里，不知所措地说：“我以为……妈妈会像我爱你一样，一直思念着我。我以为……见面的时候，妈妈一定会紧紧地抱住我，高兴得不知所措。”

盛雪林再也无法忍受，尖叫着：“你懂什么！如果让外人知道你是谁，让人知道我的过去，这么多年来我得到的一切，全都完了！你为什么要出现，我早已把你忘掉了，你只属于那不光彩的噩梦，和我现在的生活毫无关联！”

云朵看着撒了一地的钱，突然明白过来：“妈妈，你不肯认我，是因为……你不想让人知道，有一个在百乐门当舞女的女儿？”

“这个世上有为了明哲保身不肯承认亲生女儿的妈妈吗？”云朵的眼中充满了泪水。

云朵悲伤地望着满脸愤怒的盛雪林，眼中的泪落了下来。

简兮的眼前突然浮现起了小时候被欺负的一幕幕……她突然浑身发抖，她忘了这是在演戏，愤怒地逼近盛雪林：“那你当初为什么要生下我！既然生了我，为什么不好好养大！我是人，我是个人啊！你说话啊，为什么不回答！明明爱慕虚荣、自私自利，还在社会大众面前装成善良高贵的样子！明明抛弃女儿，不配做母亲，却出书立传、成名成家！”简兮几乎是崩溃地指责着，指责着展眉的不管不顾与无情。

所有人都呆住了，这根本不是剧本上的台词，导演要停止拍摄，被于制片拦住。

唐斐下意识地上前一步想把简兮从痛苦中拉出来，却被陆周拦住：“别去打扰她，我要让她面对现实。”

展眉问道：“你到底在说什么？”

“从小受尽欺负，到处被嘲笑，我都对自己说，没关系，我有妈妈，我的妈妈很爱我！一遍遍抚摸你的照片，就像是世上最珍贵的东西！我知道你有了丈夫，有了孩子，我没打算打扰你的生活啊！我只是想见你，妈妈，只是想见你！”

展眉极力地控制着，可手却不停地颤抖着。

“如果你对我还有一点感情，不，哪怕只是一丝良知，你就应该记得这首儿歌。”简兮凝望着展眉，看着她脸色渐渐惨白，唱道：“去年我回去，你们刚穿新棉袍。今年我来看你们，你们变胖又变高。你们可记得，池里荷花变莲蓬——”

展眉张了张口，却发不出声音来，她的身体猛烈地摇晃了一下，整个人颤抖着尖叫起来：“住口！求你不要再唱了。”

导演跟于制片惊喜地发现，不受控制的对话又回到了剧本的原话。

简兮静静地望着展眉，眼中是残酷的愤怒，声音却出了奇的温柔：“多美好的童谣啊，是不是？我一直牢牢记着这首童谣，想着念给你听。可是我忘了，抛弃孩子的女人，根本不能称之为人了。”

展眉猛地捂住了耳朵，下意识退后一步，惨叫一声，倒在了沙发上。

简兮冷冷地看着她，然后转头望着导演，导演目瞪口呆地望着她们。好半天才如梦初醒：“Cut！”

唐斐冷冷地看着陆周，拳头重重地砸在了陆周脸上：“你这个疯子，你满意了？我不会让你为所欲为的。”他丢下这句话，转身就走，岳乐追了出去。

众人忙着看陆周的情况，于制片却走到了还蹲坐在地上的展眉身边，展眉还沉浸在痛苦的情绪中，猛然一下子惊醒了。

于制片狐疑地问：“你还好吧？眉姐，你的脸色非常苍白？”

展眉挺直了腰杆，微微一笑：“当然了，入戏太深，我差点都出不来了。”

于制片也笑了：“是啊，简兮演得可真好，我差点要以为你们是一对母女了。”

展眉只是无力地笑着，目光转向简兮消失的方向，神情复杂。

简兮正默默坐在化妆间里。

安心看着她，欲言又止。

陆周走了进来，走到简兮身边，说道：“你做得很好。”

简兮猛然捂住自己的面孔，陆周抚摸着她的肩头：“真正懂得演戏的演员，就一定要真正地入戏。你有非常强烈的个人情感，完全可以利用起来。”

而一旁的安心终于明白陆周的心思，用简兮的痛苦来出演《玫瑰人生》，她愤怒地质问：“你这个疯子！为什么要接这出戏，你要毁掉她的人生吗？”

陆周丝毫不理安心的愤怒，只是看着简兮，看简兮坐在那里深深地抱着自己的脑袋，陷入了痛苦之中，他蹲在简兮面前，用力扳起她的脑袋，强迫她看着自己：“我要你继续下去，不管有多痛苦，都要坚持下去，把你的痛苦愤怒释放出来。”

安心一把推开了陆周，拉起简兮：“我们走，他是个疯子，不要听他蛊惑，他是在利用你！”

陆周用力把安心推到了一边，他指着她：“你给我滚开，简兮再也不需要你了。简兮只需要我一个人！其他人都无关紧要。”

第172章 展眉的苦衷

安心终于忍无可忍地摔门出去了，陆周捧起简兮那张宛如失去灵魂的脸，他深深地望着她的眼睛，一直望到她心灵深处，用梦呓般的声音，喃喃说着：“要记住，不管多么愤怒、多么痛苦，都不要忘记，摄影机在盯着你。只要成功演好这部戏，你会从痛苦中蜕变，成为真正的女演员！”

想把简兮从痛苦中拉出来却失败的安心，来到了左家，她恳求展眉，希望她能够帮助简兮，展眉愣在了那里，今天的片场她看到了简兮是有多恨她入骨，她怎么可能接受自己的帮助？

等安心走后，她失神地盯着一张病历单，楼梯上，左刚静静地看着她。

接下来是唐斐和简兮的戏。

唐斐扮演一个流浪的魔术师，对云朵一见钟情，教导她懂得了爱与宽恕。

于制片不想要程式化的表演，要完全独特的、不一样的魔术师。手部特写的镜头会用真的魔术师来做替手。到时候通过后期剪辑和渲染，一定会做到天衣无缝。

“Action！”

厉长风在光影变换间出现在云朵面前，他看上去神秘、优雅，手中捧着一只礼帽，手指旋转间，空空的礼帽中出来一条手绢，再一挥舞，漂亮的蝴蝶扑翼飞过来，衔走了手绢。

他微笑着伸出手，牵住云朵的手，然后轻声地：“如果我的爱让你感到负担，那我会后退一步，做回 Mr.T。”

云朵不可置信地望着厉长风，愣在了那里。

厉长风已经微笑着，再一挥，漫天的白玫瑰花瓣飘落。

云朵看着天空旋转飘落的玫瑰花瓣，呆住了。

于制片瞠目结舌：“唐斐会表演魔术吗？”

岳乐一本正经地咳嗽了一下：“嗯，为今天准备了好久，还特意请了一位魔术师，夜以继日练习了好久呢。”

“真的似模似样，难怪这么年轻有今天的地位，太敬业了。”于制片的话让岳乐差点笑喷。

一旁陆周目光冰冷地看着台上的唐斐和简兮。

从台上下来，简兮坐在沙发上，疼得蜷缩起来。

陆周推门进来，见状快步走到她面前：“简兮，还好吗？”

简兮忍痛摇了摇头，今天的戏份已经全部结束了，陆周要扶起她准备送她回去，有工作人员推门进来：“简小姐，有一位先生留给您一封信。”

简兮接过信，看了一下落款，愣住。

信是左刚写的，简兮直接撕掉了卡片，丢进了垃圾桶。

陆周却停住脚步，看一眼落款说道：“简兮，你要逃避吗？我告诉过你，不管现实多么残酷，都要勇敢面对吧，这些真实的情感，最终都会变成你的表演经验。去吧，听听他说的。”

就这样，简兮和左刚在一个餐厅包厢见面了。

看到年轻的简兮，左刚想起当年刚碰到展眉时的样子，那时候她还是乡下刚出来的小姑娘，抱着对表演的热情，一头扎进这个圈子，跌倒又继续。

“你和她一样，每个角色都尽善尽美，正因为如此，她爬到了现在这个位置。”左刚说。

“我跟她不一样。”

“不要怀疑你的母亲，没有她的存在，你会有这样的天分吗？”左刚继续说，“今天的你，就是昨天的展眉，有冲劲，敢拼搏，还有谁都比不上的野心。”

“至少我不会像她一样，那么冷酷无情！”

“她有苦衷。”

简兮不想跟他聊下去，打开了门想要走，门外展眉正准备进来，两人撞在了一起。

原来这次见面是左刚早就安排好的，他费尽心思就是想让她们母女合好。

简兮索性坐了下来：“左导说你有苦衷，你告诉我，你的苦衷是什么？如果你能说出合情合理的理由……”

展眉深吸一口气打断，平静地望着她：“理由只有一个，我想演戏。从小就想做演员，想要出现在屏幕上，可每一个人都告诉我，你不行，所有的女人都应该走同样一条路，老老实实待在家里做妻子、做母亲，可是我不甘心！在我找到自己喜欢的事情时，没有任何人能阻止我！我和你爸爸离婚，因为我有自己的追求！”

“为了你的追求，就能抛弃女儿吗？”

“那是因为你的奶奶就像是看守犯人一样看着我，他们说我异想天开，说我神经出了毛病！我的一举一动，都会被一五一十地汇报给你爸爸！我没办法忍受那种监狱一样的生活，所以逃了出来！”

简兮不可思议地望着她：“只有这么简单？”

“你以为我还会有什么苦衷吗？我有自己的梦想和追求，很清楚自己想要什么，也具备这样的天赋和实力。你，还有那个监狱一样的家，就像是一个包袱，越早甩掉越好！”

简兮再也听不下去，一把推开了展眉，猛地冲了出去。

展眉望着简兮的背影远去，回头问左刚：“你是什么时候知道的？”

其实从简兮在宴会上出现，左刚就猜到了真相，只是展眉不认，他也没说什么，如今，为了左念，他必须让展眉认下简兮，他颤抖地抓着展眉：“求你了，不要这么倔强，你低个头行吗？”

展眉素来冷静的面具一瞬间崩溃，眼中泪水滚落，她拿什么去认简兮？当初的无情，已经把简兮打入地狱，如今她还有脸吗？她一把推开左刚，失魂落魄地走出餐厅。

抬起头看着天空，强忍着泪水，地往前走去，展眉追了上来。

她发现了，加快了脚步继续往前走。

展眉突然在她身后说道：“我回去找过你。”

简兮的脚步微微一顿。

“我拼了命地想演戏，所以被他们从家里赶了出来。你爸爸，你奶奶，他们，把我赶了出来。”

第173章
不可化解的恩怨

简兮猛地转过身，不可置信地摇着头：“不可能，这不可能，奶奶说……”

“她撒谎！”展眉捂着胸口极力让自己平静，“我是被迫离开简家的！还有，你奶奶为了不让我带走孩子，故意将你转移，让我连你的面都见不到！我找你，疯了一样到处找你！只要有一点消息，我就四处去找，那时候被赶出来，也没有钱，连住的地方都没有！最难过的时候，一个人徒步走了三天。我只是想尽一切可能，找到你而已！可是找到你的时候，只见了一面，你就被抱走了！”

所有的委屈跟痛苦涌上了心头，当年她为了见简兮一面，守在门外等了一夜，忍不住倦地睡着了，当她醒来的时候，发现屋里全空了。

她一连找她找了三年，三年啊，一千多个日日夜夜，她是扳着指头数过去的，她的眼泪流光了，心也碎了，当她意识到再这么找下去也是枉然的时候，终于下定决心，把过去埋进泥土里，从那之后，她只当作曾经的自己已经死了，现在的她，没有女儿，也没有过去。

她一心一意地演戏，按部就班地结婚生子，就像过去真的什么都没有发生一样，然而生活给了她又一记耳光，简兮出现了！

她接受不了，她害怕，害怕面对过去的一切，所有的痛苦，连她自己都憎恨的那个过去的自己，那个连女儿都无法保护的自己，那个早就不复存在的自己，她无法面对。

她有了新的生活，新的家庭，新的人生，她不想让家人卷入风波，她不想再失去家人孩子，她的人生走到这里，已经无法重新来过。

简兮默默地望着展眉，竟不知该说什么。

和展眉分开后，简兮的心很乱，一直认为奶奶的话是对的，结果发现，她的人生真是一个好大的谎言。

她失魂落魄地走在路上，连唐斐站在她面前都没发现，只是一直往前，唐斐愣了一下，不死心地往后退了几步，站到她面前。

简兮如梦初醒地望着他："你怎么在这里？"

"粉丝跟踪偶像很正常啊！这叫追星。"唐斐故作轻松地开玩笑。

"你什么都知道，对吗？"简兮把过去种种联系到一起，知道唐斐是知道真相的。

"知道理由以后，心里舒服一点了吗？"

简兮摇摇头，她没有舒服一点，心里反而更加难过，她不知道该不该去原谅，原谅那个害她遍体鳞伤的人，她抚着胸口，眼中闪着泪光："我是人，不是石头。"

唐斐温柔地望着她，紧紧地把她抱进怀里，不再言语。

不管现实有多痛苦和烦恼，一旦进入片场后的简兮就变成了云朵，只是今天的戏并不顺利，导演反复地指点，最后还是展眉提醒简兮怎么去演，最后才拍完了演唱的这段戏。

所有人都走光了，简兮独自一人坐在舞台下，默默地看着灯渐渐熄灭。

展眉走到她身边，坐了下来，像寻常朋友一样，静静地坐着，许久后她才说道：

"我从来没想过你会原谅我，只是……我希望你知道，曾经我想过放弃梦想，做一个好母亲，一个好妻子，为了你，我没什么忍受不了的。"

听到这里简兮打断了她的话："你最终还是忍耐不住。"

展眉笑了起来，点点头："对，我最终还是忍耐不住，我忍耐不住的不是别的，是你的爸爸，他把我看成了一件私有财产，他不能理解我的想法。"她低下了头，"离开简家后，其实过得很辛苦，只是有梦想的一天总是充满了希望。"

简兮看着带着向往神情的展眉，神色慢慢柔和下来，或许有一天，她会理解展眉，但不是现在。

陆周远远地观察着她们，眼神渐渐冷漠，他的视线落在了一旁的唐斐身上，唐斐正匆忙往化妆间走去，他突然开口叫住了唐斐："是你，促成她们母女和解的吧？"

唐斐的脚步一缓，转过身，冷冷地望着陆周："你想说什么？"

陆周一步步走向唐斐："你以为这样对简兮，是好事吗？"

"我不管你有什么目的。只要她幸福就好了。"

陆周冷笑："很快你就知道，你犯了多大的错。"

唐斐愣在了那里，望着陆周远去的身影，心中有了一丝不安。

看到简兮和展眉母女化解了恩怨，安心觉得很开心，至少她在简兮脸上看到了笑容。

展眉要请安心和简兮吃饭，简兮也同意了，安心笑着先行出门到停车场去等简兮。

简兮在化妆间里卸妆的时候，看着镜子里的自己，嘴角不由露出一丝幸福的笑，当她抬头的时候，不知何时陆周出现在了身后。

陆周不由分说将她拉了出去，一直带着她来到了医院，一言不发地带着她走了进去，在一间病房前停了下来，简兮看到了左左坐在病房里，陪着一个小男孩玩耍。

这时候牧歌跟医生走了过来，简兮下意识地退后一步，陆周拉着她躲到了角落里。

“医生，小念情况怎么样？”牧歌问道。

“如果无法找到造血干细胞捐赠者，情况很不乐观。”

简兮回过头来看着陆周：“这是什么意思？”

“明明看到了，难道你还不懂？”

简兮整个人都呆住了。

电话响起，简兮看了一眼电话，“安心”两个字不停地跳动着。她接起了电话：“我有事，不过去了。”

她摁掉了电话，痛苦地望着陆周：“老师，早就知道了对吗？”

陆周同情地望着简兮，简兮的泪水不可遏止地涌了上来，只是她一仰头，生生把泪水压了回去，她转过身，踉跄地往前走，每一步就像踩在刀尖上一样痛。

原以为母亲真的要认她了，想不到，只不过是无奈为之。

第 174 章
恩怨情仇

这一夜，她抱着膝盖枯坐在床上，脑子里一片空白，亲情，原来真的是可望而不可即的。

第二天，她第一次迟到了，她不愿来，她不想见到展眉，可最后她还是来了，坐在化妆间里，冷冷地看着镜中的自己。

前几天的拍摄，展眉跟简兮的默契程度很是被人认可，今天大家也毫不操心，开始了新一轮拍摄。

“Action！”

简兮在台上，唐斐手把手教导她做魔术，轻轻在她耳边：“我很高兴，你们能够和好。”

她的呼吸瞬间停止，几乎喘不上气来，她看着唐斐手一扬，鸽子从礼帽里飞出。她抬起头，看着飞舞的鸽子，神色复杂。

“Cut！休息十五分钟，准备下一场！”

简兮又回到了化妆间补妆，这时候有工作人员送魔术表演的道具进来，她看到其中有一条“妈妈生日快乐”的锦条，手指不自觉地落在了上面。

拍摄开始：

简兮饰演的云朵在台上表演魔术，她轻轻挥动着魔术棒，在天空幻化出朵朵鲜花。众人纷纷鼓掌，唐斐和展眉坐在不同的卡座，微笑看着这一幕。

就在这时候，简兮的手托起，原本在地上的金色圆球冉冉升起，在众目睽睽下升上高空。众人惊叹地看着这一幕，充满期待。

简兮目光紧紧地盯着展眉，突然露出一个神秘的微笑，她的手轻轻一扬，整个圆球从中间裂开，一条锦带出现在众人面前。

在看清那锦带上面的字的同时，展眉脸色一下子变得惨白，猛然站了起来。所有人不敢置信地看着那条锦带，上面写着："妈妈，我恨你。"

锦带落在地上，所有人都还没回过神来，简兮已经微笑着下了舞台，一直走到展眉身边："这是我送给你的礼物，开心吗？"她笑了起来，面无表情地问，"左念生病了对吗？其他人的配型都不成功，然后你就盯上了我对吗？"

展眉失神地摇着头："不是这样的。"

"告诉你！我绝对不会去配型的，更不会去救左念。"

简兮丢下这句话，跑出了片场。

唐斐想去追她，却被陆周拦住，就在那么一瞬间，他突然明白过来，这一切都是陆周在后面搞的鬼，他真想揍他，但挥了挥拳头，还是放弃了，跟岳乐和安心分头去寻找简兮。

唐斐想到简兮可能在教室里，果不其然，当他推开教室的门，看到看简兮正对着镜子，就像什么事都没有似的在练习舞蹈。

唐斐走过去一把按住她的肩膀："为什么你这么相信陆周的话？"

简兮冷冷看了他一眼："只有老师才会全心全意对我，他让我看到了事情的真相。"

"简兮！他所做的一切都有目的！"

"够了！不要再说他的谎话了，我不是傻瓜，对不起，两个小时后还有采访，我先走了。"

简兮面无表情地离开了，唐斐一拳重重砸在了墙上。

等安心追到直播间时，简兮做好了上台的准备。

主持人跟简兮聊得很开心，谈角色谈演出，最后主持人很突兀地说："简小姐很少提及个人情况，能跟大家聊聊吗？"

简兮微笑着："我只是一个很普通的女孩。"

主持人很夸张地说："你可不一点都不普通。"她转而面向观众，"大家知道吗？刚刚收到一个确切消息，简兮是著名女星展眉的女儿。"

简兮的脸色顿时一变，所有人都呆住了，安心一把抓住节目组导演，质问为什么突然改变采访提纲，导演也是一脸的诧异，说这明明是跟世纪影视确认过的。安心明白了过来，原来这一切齐文森是早就布置好的，根本就是挖好了陷阱逼简兮就范。

简兮深吸一口气，竭力平静地说："这只是虚假消息——我和展眉，没有任何关系。"

主持人笑了起来："我们已经认真调查过，掌握了充分的证据。还有，记者无意中拍到了这一组照片。"

主持人挥挥手，大屏幕上出现展眉和简兮见面的一系列照片。台上台下一片哗然。

"现在愿意承认你和展眉之间的关系了吗？"

简兮调整了一下情绪："是，展眉是我的亲生母亲。但是她早年就已经离开了家庭，我是由祖母抚养长大的，所以我们之间很久没有联络了。"

"简兮，我们非常同情你的遭遇，也理解你不承认展眉的心情，但是，现在有一个人非常需要你的帮助呀！"

简兮愣住。就在这时候，左刚走了出来，坐在简兮的对面。

台上的简兮不知所措地望着左刚。

主持人一再煽动观众的情绪，反复强调左念的病情，希望简兮能去配型，因为家人全都无法匹配，唯一的希望就在简兮的身上了！这才是节目的初衷，挽救一个孩子的性命！

"请你帮帮小念，从血缘上讲，他是你的弟弟。"

简兮不可置信地望着左刚，嘲讽地说："我没有弟弟，我没有妈妈，我只有养我的奶奶。"

"你妈妈一直很后悔，她只是无法面对你。"

左刚的话让简兮的脸色变得惨白，她站了起来："不管她当初有什么苦衷，可从她撒谎骗我那天开始，我就没办法原谅她了。"

现场观众一片哗然，主持人适时地开始采访观众，众口一致认为简兮要去配型，简兮看看左刚，又看看主持人，原来用这种办法来逼她就范，她一把推开了主持人，头也不回地冲出了直播间，简兮情绪已经完全崩溃，几乎一路飞奔出去。

无数记者闻风而至，将简兮堵在门口：

"简兮，你真的不去配型吗？"

"说说你现在的心情？"

……

记者拼命推搡着，简兮几乎被推倒在地，她恼怒地一把推开了竭力涌上来的记者，一名记者大喊一声："别碰我机器！哎呀，简兮打人啦！"

第175章
事情败露

所有人对着简兮狂拍。

简兮再也承受不住了，在众目睽睽之下，猛然蹲下身体，捂住面孔。

唐斐在路上听到了这个消息赶忙赶了过来，停下车，快速向这边奔了过来。

然而，陆周已经及时推开了记者，一把拉住简兮转身，帮助简兮面对众人：“简兮是被亲生母亲抛弃,你们却要求一个被抛弃的女儿,原谅一个冷酷无情的母亲！既然说亲情，为什么从前不与她相认，现在却对她诸多要求，这根本不合理！好了，不要再为难简兮，今天的采访就到这儿吧！”

陆周护着简兮离开。

唐斐站在那里，似乎明白了陆周的用心良苦，他的目的就是要把简兮彻底地隔离起来，亲情、爱情、友情……一切都隔离开来，耗尽生命地投入表演之中。

他绝不会让他得逞。

网络上无数人指责着简兮不近人情，不去救亲弟弟左念。

看到这个消息，展眉真正地感到了绝望，她一开始接拍这部电影，就想接近简兮，从而让简兮接受她，然后去救左念，现在左刚导出这样一出戏，不止是伤害了简兮，更是把左念最后一条生路给堵死了。

她绝望地看着左刚问他：“为什么要这么做？为什么要和齐文森一起联手让事情曝光，把简兮逼上绝路？”

左刚冷冷地看着她：“我告诉你，只要能救小念，我可以不惜一切代价！哪怕伤害了简兮，我也无所谓！”

左左抱着最后一丝希望找到简兮，去求简兮救小念。

发着高烧的简兮痛苦地拒绝了左左，如果展眉曾经给过她一丝温柔，她都会毫不犹豫地去救左念，可是现在她找不到救小念的理由。

陆周买了退烧药回来，快步走过来，把左左整个人往外推：“出去。”

左左惊声：“简兮！我知道你很难过，可是小念只是个孩子啊，你不能把仇恨怪在他的头上！只是做配型而已，没有一定逼迫你捐赠，哪怕给我们一线希望！”

陆周厉声：“滚出去！”猛然把左左推了出去，左左跌倒在地，还没来得及再次开口，门已经被关上了。

想起病房内左念天真的面孔，简兮跌进了沙发里，她痛苦地捂住了脸，泪水一滴滴从指缝间滑落。

陆周走到她身边，温柔地安慰着：“简兮，不要紧，我会一直在身边保护你，不要担心……”

简兮扑在他怀里，放声大哭：“为什么每个人都说我错了？为什么？”

陆周摸着她的头发，轻声说着：“不，你没有错。所有人都喜欢在道德的制高点上去指责别人，却没有想过，如果事情发生在自己身上，是不是能够坦然处之。如果展眉能够早点承认你，如果左念和你有姐弟之情，今天你一定会主动站出来，可是他们没有。所以，这一切都是左念的父母造成的，所有的后果，全都应该由他们自己承受！”

“我……”简兮突然不知道自己该怎么做了。

“你没错，你什么错都没有。一个人活在世上，不可能让所有人都满意，你有自我选择的权利，没有任何一个人有资格，强迫你去做自己不愿做的事！我会替你做出最正确的决定。”

唐斐一脚踹开了齐文森的门，只见办公室的大屏幕上正在播放着采访简兮的视频，旁边的沙发上坐着季晴和齐文森，他快步上去，一拳将齐文森击倒。齐文森坐在地上，他抹了一把嘴角的血丝，刚要说话，唐斐又一拳打了过来。

季晴抓住唐斐的手臂：“唐斐，简兮的事……”

唐斐冷冷地看着季晴：“从前我觉得，你是一个值得别人爱护的好女孩，可是现在看来，是我错了。”

一阵刺骨的寒冷朝季晴袭来，她紧紧地握着拳头，连手指掐进了肉里也浑然不觉。

齐文森见不得季晴受伤，从地上爬起来一把抓住唐斐的衣领：“你再说一遍！”季晴用力推开了齐文森，她是做错了，早就该被唐斐嫌弃了，可她还是抱着一线希望，她不要齐文森再来帮她，她不想让唐斐误会哪怕一点点，她爱他爱到了骨头里，她不容许被他误会。

唐斐冷冷看了一眼眼前的两个人，转身走了出去，季晴毫不犹豫地追过去，挡在他面前，刚要开口，就被唐斐打断：“季晴，你为什么会变成这样？”

“因为我爱你，我不想把你让给她啊！”她必须要说出来，她爱了他太久太久，从第一次看到他就开始不可抑制地爱上了他，她被这份爱逼成了坏人，她太坏了，她都嫌弃自己了。

唐斐眼中平静如水：“我们之间从来没有真正相处过，你到底爱我什么？实际上，你连真正的我是什么样都不知道！”

“我知道，我都知道啊！唐斐，我爱你，是因为你绅士、正直，而且很温柔！”

唐斐摇摇头：“你只是爱一个虚幻中的我！绅士、正直、温柔，我是个演员，表演是我的职业，做出大众喜欢的样子，这是职业道德，根本不是我的本性！你不是一直问我，为什么爱简兮吗？因为她见到的我，和你们见到的我，完全不一样！”

“就算是那样，我也一样爱你啊。”说完她就后悔了，这样不顾一切根本就是自取其辱。

“那我就更直接地告诉你好了，我不爱你，永远都不会爱你。你纵容齐文森去伤害简兮，以前我虽然不爱你，可我尊重你。现在，你和从前的左左、沈嫣，又有什么区别？你这样的人，根本不配做简兮的对手。”

说完，唐斐一把推开了季晴，径直离去。

季晴瘫倒在地上，齐文森走到她身边，想要把她扶起来，被她嫌恶地推开，抬起头对着这个一直帮助的人大声喊着：“唐斐这么讨厌我，现在你满意了！”

起身跑了出去，她要找简兮，她要问清楚唐斐到底是什么样的人，不过她注定是要失望的，简兮认识的唐斐和她眼里的截然不同。

第176章
终章

简兮已经决定和陆周离开，陆周已经给她联系好美国的医院，接受进一步治疗，短期内都不会再回来了，她曾经想过，她走了，如果唐斐和季晴在一起也很好，季晴那么爱他，他们会很幸福吧："季晴，你是一个特别优秀的女孩，如果你们能走到一起，我也会祝福你们。"她尽量平静，可心虚得很，偷偷握着拳头。

"简兮……"季晴突然笑了，"你明明那么爱他，还说什么要让给我？"

"如果让给其他人，我一定很不甘心。可是季晴，你是我最尊敬的对手，如果最后输给了你，我会——愿赌服输。"

季晴呆住了，一下子都清醒了，是的，她根本不配做简兮的对手，简兮爱唐斐甚至可以拱手让给情敌，而她却一味地想要占有，难怪唐斐选择她。

简兮抱着收拾好的储物箱离开了公司，公司的合约，陆周会帮她处理，至于《玫瑰人生》，也早已经和对方达成了解约协议。

当季晴从恍惚中回过神来的时候，当她追出大门外时，已经不见了简兮的身影，她忽然有一种深深的失落，没有了简兮，她便没有了最好的对手，即便今年拿了最佳女主角又有什么意义。

迅速抽出手机，拨给了唐斐。

终是要离开了，简兮一个人在外面散步，留恋地看着眼前的一切，这城市的每一个角落似乎都留存着她和唐斐的记忆，她失魂落魄地走着，电话突然响了起来，是唐斐打来的，他问她在哪，她一愣，看了一眼周围，说了一下地标建筑，电话便一下子断了。

大约半个小时之后，唐斐的车风驰电掣地停在她身边，唐斐从车上冲了出来。

看到唐斐的一瞬间简兮的心里有一丝不舍，直到现在她才发现自己是那么的爱他。

"你要离开？"唐斐逼视着她。

"是。"她深吸一口气。

"不管我说什么，你都不会留下，对不对？"他盯着她。突然，他抓住她的手用力将她拉上车，甩上车门，迅速替她系上安全带。

简兮看着黑脸的唐斐，完全不知所措，唐斐发动车子，飞速消失在车流里。

车子在医院门口停下，他拉着她走进了医院，一直把她拉到左念的病房前，简兮明白了他的意图，她不敢见左念，她害怕急了，她拼尽力气终于甩开他的手，转身想要跑开，被唐斐拦腰抱住，半拖半抱将她弄到了病房前。

半开着的病房门内，突然滚出了一只玩具球，简兮一下子呆住，左念悄悄跑了出来，捡起了球，回过头看到简兮，好奇地盯着她。

唐斐慢慢松开手问道："小念，为什么一个人跑出来？"

左念嘘了一下："不要告诉护士阿姨，她们都不让我下床呢！"他注意到了眼睛通红的简兮，走了过去问道，"你眼睛怎么红了？"

简兮别过脸不去看他，左念伸出手，把玩具递给她："这个，给你。你别难过了——"

简兮看着左念天真无邪的表情，突然扬起手，打飞了那只球，转身就跑。

唐斐终于在门口追上了她，简兮奔溃地大喊着："全天下的人都在逼我，为什么连你都要这样？你们满口都是道德，是想要强迫我按照你们的意志去生活！你带我来看，想让我亲眼看到左念，唤起心底里的亲情，真可惜，我没有那种东西！所谓亲情，就像是存钱一样，从来都没有存过一分钱，要用的时候怎么取出来？"

"可是左念没有做错什么，全都是展眉犯下的过错。你一直在追寻母亲对你的爱，所以才会这么伤心，不是吗？你应当宽容她，你这样离开，根本是在逃避而已。"

"你要我宽容过去的一切？"简兮突然笑了，她可笑地看着唐斐，"既然宽容很容易，为什么你不肯原谅韩先生？"

唐斐雷劈一般愣住了。

简兮哭喊着："你根本没办法原谅他，就不要教我什么叫宽容，如果连你自己都做不到，就根本没办法体会我的心情！"

唐斐彻底被打击了，他也不知道自己是怎么回到家中的，拉上窗帘，坐在黑暗中，直到现在他才明白，其实他跟简兮一样落魄，一样因为得不到亲人的爱，一样在逃避，对啊，他根本没资格教训简兮。

简兮拖着箱子，依依不舍地回头扫过机场大厅，她曾经在这里送过唐斐，那一回她抛下工作不顾一切地来送他，只为看他一眼，当时的拥抱还在眼前，手心似乎还有余温。

陆周见时间到了，劝她赶紧进去。

安心依依不舍地和简兮作别，就在简兮快要走到边检口，接到安心通知的唐斐才急匆匆赶到，一路气喘吁吁，上气不接下气地跑过来。

终于等到了他，简兮微微一笑："谢谢你来送我。"

唐斐直起身体："我才不是来送你的！你不是问我，为什么自己做不到的事，要逼你去做吗？我做到了！我去找了韩正德，告诉他，我原谅他了！简兮，我按照你说的，学会了宽容！这是你教我的。"

陆周想要阻止他们，安心和岳乐上前，一左一右挡在他面前。陆周一时挣不开，生怕简兮动摇，说道："唐斐，到了这个地步，你不要再说了！"

唐斐完全不理会他，继续说道："从前我非常憎恨他，发誓到死都不会原谅！可是那样的我，一点都不快乐，每天都背负着沉重的心理包袱！因为和你相遇，我不再那么狭隘自私，我开始懂得，什么叫爱，什么是宽恕！”

简兮深吸了一口气：“这是两回事——”

“不，拜托你，好好想一想，如果不是展眉，你还是今天的你吗？是她的离开，造就了今天的你，坚强而又努力，拼命取得成功！你应该感谢她，过去的不幸，是我们人生的一部分，只有诚实地面对它，才能彻底解脱！今天你逃跑了，就永远无法面对过去！”

简兮摇摇头：“你只不过是想让我救人。”

“不，我没有那么伟大！简兮，天底下我只关心你而已！”

陆周打断：“简兮，不用理会他，没有任何一条法律——”

唐斐：“是！没有任何一条法律，规定你要去救助小念。可是简兮，人活着只是按照法理吗？你亲眼见过小念，接过他给你的玩具，你忍心眼睁睁看着他去死吗？我了解你，就算去了异国他乡，就算过去二十年，你也绝对忘不掉！我阻止你，只是不想让你犯下一辈子都后悔的错！”

陆周终于推开了安心，快步走过来，拉过简兮往边检入口走去，简兮下意识地回头看了一眼唐斐。最终还是和陆周进去……

唐斐失魂落魄地从机场里出来。

安心看着飞远的飞机再也看不见了，号啕大哭……

小念的病情越来越严重，左刚一家全都陪在小念的身边，简兮走了，最后一丝希望也消失了，全家人陷入了绝望之中，不知道死神何时降临，每一分每一秒都变得异常煎熬。

医生突然快步走了进来：“左先生，刚刚找到了一位合适的捐赠者，配型成功了！这位捐赠者，是看到电视上的新闻，才会来试试的，没想到居然配型成功了，但是具体信息，对方要求保密！”

左刚和展眉并不知道，捐赠者就是简兮。唐斐的话深深触动了她，他说的没错，如果她走了，小念因为没能得救，她会内疚一辈子。她说服了陆周，帮助完小念，她就跟随陆周离开。

简兮躺在分离器旁的床上，伸出两只胳膊，护士打开机器……

她故意做了匿名，不希望这件事传扬出去，只要能帮助左念，这样就好了。

简兮下床，差点摔倒在地，陆周扶住了她：“医生，简兮的身体很不舒服，全身都感到很麻。会不会有问题？”

“您放心，这是因为注射刺激因子的缘故，很快打针后的反应都会消失，只要好好休息几天，对她身体不会有任何影响。”

陆周点头，握住简兮的手：我们走吧。

刚走到门口就看到唐斐急匆匆赶来，简兮有些慌张，就在这时，唐斐脸上的墨镜被人碰到了，有病人认出他来，大叫：“唐斐！是唐斐！大家快看！”

众人纷纷涌上来，唐斐拼命想要从人群里挤出去，却根本没办法动弹，眼睁睁看着简兮被陆周带上了车。

简兮从后视镜里看着渐渐远去的唐斐，忽然觉得自己的心像缺了一块似的如窒息一般难受，可决定的事无可更改，她必须离开，她甚至想如果时光回流，当初奶奶去世之后，她不来找妈妈，待在乡下或许也可以过一生，往事一幕一幕又重新回到了眼前……她重新理清思绪忽然发现每一件事发生的时候都有陆周，而这次……齐文森既然设计了这件事，又怎么会让她这么轻松地离开呢？除非，陆周早就和他达成了协议，甚至她和展眉的关系，去医院看左念，最后和展眉的决裂，全都在陆周的策划中……不觉后背发凉。

她扭头看着正在开车的陆周，突然开口问道："我有一个问题，一直想问你，这次的事，背后策划的人，不是齐文森，而是你吧。"

陆周微微一愣，旋即笑了："简兮，你是不是太累了，怎么会说这么奇怪的话。我这样做，又有什么用意？这根本不合乎情理。"

"就因为不合常理，所以我从来没有怀疑过。因为老师一直在帮助、陪伴我，给予最大的鼓励，又怎么会是那个一直在背后策划一切的人？可我只想知道真相！"

陆周的神色慢慢变化，既然她已经知道了，也答应他离开了，不会有什么变卦了，是该让她知道真相了。

他娓娓地说道："不错，是我做的，因为我想让你没有牵绊，没有任何痛苦，一心一意去追寻电影，成为最好的女演员！爱情、亲情，那些东西全都是累赘！简兮，你是我亲手培养出来的，从前我可能一直在利用你，想让你代替我站在最高处！可是后来，我的想法变了！看到他们那样伤害你，我真的很心痛！所以，我要亲手保护你，清除掉一切障碍，让你可以心无旁骛地演戏！"

没错！一切都是他干的，沈嫣羞辱简兮，他便把她送进监狱。让她接《玫瑰人生》，是要激发情感，帮她克服病情的威胁！甚至展眉的欺骗，他也会一手揭穿真相！至于齐文森，就在刚才，她把他当初设计陷害简兮违约的证据全部曝光，世纪声誉受损，股价大跌，他很快就会一无所有！他相信总有一天简兮会明白，只有他，才是一心爱她、帮助她、成就她的人，为了她他可以做一切。

而在简兮看来，陆周这么做，只是将她隔绝，变成一个孤独的人，没有爱情，没有朋友，只有演戏，不！她不愿成为那样的人，她需要亲情，需要唐斐，这些陆周根本不会懂。

她想下车，陆周却加快了车速，开上了高速。

他要带她去机场，马上离开，绝不容许出现任何差池。

"让我下来，让我下来。"简兮苦苦哀求。

"不行！"他断然拒绝，"简兮，失去最心爱的演戏以后，我只有你了。不要让我失望，求你了。"

简兮愣住了，陆周一直以来都是严肃理智的，从来没有这样低声下气过。

连陆周自己也被惊呆了，脚下踩了油门，油表一直往上升。

简兮害怕地抓着安全带，突然车子整个向防撞护栏冲了过去，她只感觉一下子天旋地转，眼前一片刺目的白光……

紧急时刻，陆周紧紧抓住方向盘，猛然踩下了刹车，车子撞上了防撞护栏，玻璃一下子全都碎了，就在那一刻他猛然抱住简兮，替她挡住了所有的危险。

唐斐接到简兮出事的消息，快跑过来，一看到浮生，便紧紧抓住他："简兮呢？怎么样了？"

浮生一愣："他们在高速公路上出了车祸，现在抢救中……不过……"

"不过什么？"唐斐面色一白，他整个人都在发抖，浑身都是冰凉的，就如他接到电话的时候，整个世界就像炸开了一样四分五裂，站都站不稳。

"唐斐。"护士和简兮从一边急诊室的门内走了出来，简兮叫了一声他的名字。

唐斐猛然转过头，简兮头上刚刚包扎好，满身都是鲜血，他如梦方醒地冲了过去，紧紧地抱着简兮："你没事吧？不是说在抢救？"

"是老师……"

手术室的红灯醒目而刺眼，陆周已经进去七个多小时了。

门终于被打开了，医生走了出来，简兮连忙迎上去。

医生说："好在送来及时，如果再晚一点，就非常危险了，病人头部遭到严重冲撞，CT发现存在大块淤血，什么时候能够清醒，暂时还没办法确定，需要接受进一步检查。"

紧接着护士推着昏睡不醒的陆周走了出来，简兮和浮生连忙跟了上去。

时间一天天过去，陆周一直都没有醒来，简兮穿梭于医院，精心照顾着他。

浮生问过她："简兮，老师对你做了那么恶劣的事，你还会原谅他吗？"

简兮微笑着说："会，因为曾经没有一个人看好我，是老师给了我机会。如果不是他，就不会有今天的我。在所有人都看低你的时候，有一个人突然说，要相信自己，你一定可以。听到这样的话，突然觉得人生有希望了。更何况，这件事本可以有更好的解决方法，那天我质问他，实在是太冲动了。现在，我只希望他能醒过来，如果他希望我去美国，我一定会去。"

浮生问："纵然你根本不想离开？"

简兮良久没有回答，最终点头。

病房里陷入了死寂，谁都没有发现，昏迷的陆周有了反应，一滴泪水从眼角静静滑落。

第二天，简兮如常去医院照顾陆周，走进病房，发现病床已经空了，一种不好的预感当头袭来，她几乎崩溃。浮生走上来，把一张卡片递给了她，她打开卡片，只有一行字：你要的是玫瑰，我送的却是百合，抱歉！

浮生说："老师清醒后，立刻要求办理转院手续。就是不希望你知道，不要再打听了。他说，在你拿到最佳女主角之前，他是不会再和你见面的。他说一定要你继续演《玫瑰人生》，而且要拿到今年的最佳女主角。”

风吹起窗帘，一室的冷寂，简兮看着空荡荡的病房，陷入了深深的迷茫。

老师醒了，陆周醒了，这对她来说以后是莫大的恩赐，她不能让他失望，无论如何也要打起精神重新投入到《玫瑰人生》的拍摄当中。

在片场的化妆间里，简兮又遇见了展眉，展眉走过，说：“我没有想到，你还会答应回来。”

简兮站起身，平静地看着她：“我回来，是要拿最佳女主角。所以，我一定会演好《玫瑰人生》。”说完要离去。展眉突然叫住了她：“我知道，捐赠者就是你。”

简兮头也不回地说：“我是捐赠者，也不代表已经原谅了你。”说完她轻轻闭了一下眼睛，重新睁开的时候已经恢复了如常的表情，“要开始了，走吧。”

“我知道！”展眉回过头，看着简兮的背影，笑了。

远处，来探班的唐斐看到了母女和解的画面不由地笑了。

时光一天天过去。《玫瑰人生》杀青，上映，一跃成为当年最高票房和最好口碑的电影，紧接着迎来了第十六届凤凰电影节的颁奖仪式。

红毯上星光璀璨，女星们争奇斗艳，盛装打扮，在经过一番角逐之后，主持人宣布今年凤凰电影节最佳女主角是简兮。

光束一下子亮起，全场焦点都集中到了简兮的身上。

简兮的脑子里一片空白，唐斐低声催促她上台，她心里乱了一下，一步步地走上了舞台，每走一步就会想起这些年奋斗的画面，还有陆周，今天她的成绩有一半来自于陆周，她不禁想，如果他在就好了。

主持人的声音再次响起：“有一位连续获得三届凤凰电影节最佳女主角的优秀女性，要亲自来颁这个奖！”

在一片掌声之中，简兮转过头，只见展眉手捧花束款款走来，接过主持人手里的奖杯，和鲜花一起递给了简兮：“恭喜你！今天晚上的最佳女主角，是属于你的！”

简兮接过小金人，看着展眉，不由自主眼含热泪，她望着她，心中所有的憎恨消失无踪，伸出手，紧紧抱住了展眉，轻声在她耳边说道：“谢谢你……妈妈。”

展眉的泪水瞬间涌了出来。

台下，唐斐用力地鼓着掌。

旁边齐文森一边鼓掌，一边担忧地看向身边失落的季晴：“如果当时让简兮离开，今晚的最佳女主角，一定是属于你的。现在，后悔吗？”

季晴摇摇头，冲他微微一笑，反问道：“如果当时你不帮我，如今还会是世纪的CEO。现在，后悔吗？”

齐文森愣住，想了想，忍不住笑了，季晴的目光投向台上的简兮，慢慢也笑了。

女主持问简兮：“在这种激动人心的时刻，要不要和大家说两句？”

简兮微笑说："我不知道，应该说什么。开始演戏的第一天，所有人都说，简兮，你不漂亮，不聪明，很快就会放弃了。事实上，我也一次次提起包要离开。但是很庆幸，有人把我骂醒了。"

台下的唐斐闻言，想起以前和简兮相处的一幕幕，忍不住笑了起来。

简兮继续说道："今天我站在这里，只是想向大家证明，哪怕一无所有，也不要轻易放弃梦想。只要梦想存在一天，就有实现的一天。如果你现在非常痛苦，请坚持下去，只有你的明天，谁都抢不走，并对所有给予我帮助、关心和掌声的大家，最后说一声，谢谢。"

第 177 章
完结

简兮说完，眼睛就湿润了，弯下腰深深鞠了一躬，全场掌声雷动，就在她抬起头的瞬间，她看见远处陆周正注视着她。

陆周冲她微微一笑，将一束洁白的玫瑰放在了台阶上，翩然离去。

记者们、演员们纷纷涌过来，简兮快步过去捧起白玫瑰，拼命从人群中挤出去，到处寻找着陆周，可是人来人往，早已不见了陆周的身影。

就在这时，季晴和齐文森正被一群记者簇拥着走出来。

记者拦住季晴问道："季晴，听说你认真筹备了一年，最终还是输给了简兮，你心情怎么样？"

季晴抬起头，从人群中看了简兮一眼，一边走一边说道："我的确输了，但我输得起。今年拿不到奖，明年我一定会赢。"

就在两人与季晴擦身而过的时候，季晴突然停住脚步，朝简兮伸出了手："恭喜。"

简兮轻轻伸出手，短暂交握过后，季晴在齐文森的保护下匆匆离去。

简兮回过头来，记者们已经将她包围得水泄不通……

颁奖典礼结束，一切归于平静，所有人都已经走了，只有简兮一个人还呆呆地坐在颁奖大厅门口的台阶上，看着玫瑰花怅然若失。

唐斐在她的身边坐了下来，问道："在想什么？"

简兮抬起头看着天上的星辰："我没有想到，真的会拿到最佳女主角大奖。"

唐斐顺着她的目光看去："拿奖了应该开心才对。"

简兮半天没有说话，轻轻叹了一声："本来以为，今天可以见到老师……可惜，他似乎并不想见我。"

唐斐拉着她的手："你有没有想过，陆周不是不想见你，是他认为，你已经不再需要他了。你已经足够强大，可以一个人走下去。作为你的引路人，可以放开手了。”

“或许是吧。”简兮想了想，笑了，接着突然不笑了，“唐斐，我有一件重要的事，想和你说。”

唐斐正准备悄悄从口袋里取出锦盒，他早就买好了戒指，准备今天求婚，不经意地问道：“什么？”

“我要离开这里。”

唐斐一愣，手里的盒子不由自主又放了回去：“去哪儿……”

简兮看向满天的繁星：“一边治病，一边进修，尝试更多的表演学习，按照老师的要求，一步一个脚印，慢慢走下去。”她转过头面带歉意地看着他，“你……会不会怪我？”

唐斐不由自主攥紧了手心，将戒指放回了口袋，恶狠狠地说了个“会”。然后笑了，“如果是以前的我，现在一定拼命骂你，可是——我知道，只要是你决定的事，谁都没办法阻止。既然你想去，就去吧，不过，你一定要回来。”说到这儿，用力抱紧了她，“不管是用一年，两年，还是十年，完成你的愿望，一定要回来！”

简兮的手，轻轻落在了唐斐的背上：“谢谢你。”

就这样，简兮离开了，安心也随她一起离开。

唐斐目送着飞机远去，昂首阔步往停车场走去。

岳乐一脸诧异地追上去问道：“真舍得她离开？”

唐斐转过身：“不是还要赶通告吗，快点。”

岳乐不高兴地撅着嘴：“你倒好，放走了简兮，害得安心也跟着一起离开，我要怎么办啊？”

唐斐已经上了车，岳乐还看着天空自怨自艾：“我还没来得及表白呢……”一回头见车子已经开远了，追了上去，大喊，“等等我啊！”

两年后。

简兮戴着墨镜，压低了帽檐，下了飞机，机场里人来人往，她看了半天也没在出站口找到唐斐的身影。

安心一脸失望地看着手机：“我已经和岳乐联系过了，他说唐斐最近赶着拍戏，没办法来接你了。”

简兮点头，若无其事：“没关系。”

“你真的没担心？”安心试探地问，“我听说啊，这次的新戏，又是和季晴合作呢，你不怕他们……”

“才不会！”声音虽大，却透着心虚。

安心诡秘一笑：“不过啊，他告诉了我拍戏的地址，你要不要——”

简兮一把抢过了纸条。

车子直奔唐斐所在的片场，安心刚刚停下车就借口跑去买水了，留下简兮一个人站在路边等会，交警走了过来开罚单：“这里不许停车，不知道吗！”

简兮连声说：“对不起！”

就在交警正准备把罚单贴在车上的时候，突然出现了一位戴着面具的魔术师，他突然凌空一扯，仿佛拉开了天空的帷幔，把车子瞬间遮住，猛然再次提起，车子凌空消失，漫天都是闪耀的星光。

简兮被这突如其来的一幕惊得目瞪口呆，交警更是一脸莫名其妙，嘟囔着转身走了。

简兮看着魔术师，惊讶地往后退，一转身，发现刚刚还在报刊亭前买水的安心竟然也不见了。

随着魔术师一个清脆的响指，一束强光打在地面上，简兮眼前出现一条星光大道。道路两旁开始出现不同的电影画面，全都是简兮曾经拍摄过的电影，简兮不敢置信地瞪大了眼睛。

魔术师走近了简兮，一边跳舞一边旋转，眼看就要撞在柱子上，简兮不由自主地轻呼一声“小心”谁知就在撞在柱子上的一瞬间，魔术师嘴角弯起微微一笑，整个人突然消失了。

简兮追上去，好奇地走向柱子想看看到底怎么回事，这时魔术师突然从柱子中出现了，一把拉住了她的手，带着她旋转了一个圈，手指在她耳后环绕，再次伸出来的时候，手心出现了一朵洁白的玫瑰花。

简兮笑了，她已经意识到眼前的人是谁。

魔术师握住她的手，把玫瑰递到她的手心，简兮刚刚握住玫瑰，魔术师的手一反转，玫瑰已经化为一只闪亮的戒指，牢牢扣住了简兮的手指。

刹那之间，魔术师丢掉了面具，赫然是唐斐的面孔，俯身在她耳边轻声说道：“既然戴上了我的戒指，就永远不许再摘下来了。”

简兮忍不住喜极而泣。

以下对话十分肉麻，前方高能警示：

“唐斐，我不漂亮。”

“我喜欢。”

“我不够聪明。”

“我喜欢。”

“我凶巴巴的，总是爱犯错，人又很固执……”

唐斐笑了，张开双臂：“我喜欢。”

简兮看着他，忍不住笑了起来，投入了他的怀抱，唐斐紧紧抱住了她，仿佛是害怕一松手就会消失一般。

所有的灯光大亮，人们从幕后走了出来，原来一切都是用布景板搭建的，大家纷纷为他们的幸福鼓掌。

展眉看着幸福的一对，忍不住微笑。

左刚搂住展眉的肩膀问道：“我这个总导演，做得不赖吧！”

季晴也在人群之间，看着这一幕，不禁露出怅惘的笑容，齐文森站在她身边，轻轻拍了拍她的肩膀，季晴愣了一下，转头看向他。齐文森深情地望着她，最终，季晴伸出手，落在了齐文森的手上。

左左羡慕地看着，手悄悄落在牧歌的肩膀上，幽幽地问道：“你为什么不求婚？”

牧歌呼吸一顿，转头看着左左忍不住笑了。

左左一把抱住他的腰，大叫：“我不管，今天就求，马上就求！”

安心看着这一幕早已经泪花闪闪，岳乐及时递上帕子，安心接过擦眼泪，只觉得眼睛一阵刺疼，她惊讶地问道：“喂，这是什么？”

“胡椒粉。”

安心扔掉帕子，按住岳乐一顿暴打。

简兮转过头看着众人，头幸福地靠在唐斐的肩膀上，问道：“大家都在吗？”

“在你的眼睛里，应该只看到我才对。”

唐斐说完，扳过简兮的身子，捧起她的脸，深深吻了下去……

图书在版编目（CIP）数据

云巅之上 / 尔笛著，桑甜改编 . -- 合肥：黄山书社，2017.4
ISBN 978-7-5461-6358-1

Ⅰ . ①云… Ⅱ . ①尔… ②桑… Ⅲ . ①长篇小说 – 中国 – 当代
Ⅳ . ① I247.5

中国版本图书馆 CIP 数据核字 (2017) 第 074016 号

特约编辑　杨阿里
策　　划　朱莉莉
责任编辑　郑　程　常舒雅
装帧设计　观止堂 _ 未　氓
出版发行　时代出版传媒股份有限公司（http://www.press-mart.com）
　　　　　黄山书社（http://www.hsbook.cn/index.asp）
地址邮编　合肥市政务文化新区翡翠路 1118 号出版传媒广场 7 层　邮编：230071
印　　刷　安徽联众印刷有限公司
版　　次　2017 年 5 月第 1 版
印　　次　2017 年 5 月第 1 次印刷
开　　本　787mm × 960mm　1/16
字　　数　600 千
印　　张　27.75
书　　号　ISBN 978-7-5461-6358-1
定　　价　39.80 元

服务热线　0551-63533706

销售热线　0551-63533761

官方直营书店（http://hsssbook.taobao.com）